Von Victoria Holt
sind unter dem Pseudonym Philippa Carr
als Heyne-Taschenbücher erschienen:

Das Schloß im Moor · Band 01/5006
Geheimnis im Kloster · Band 01/5927
Der springende Löwe · Band 01/5958
Sturmnacht · Band 01/6055
Sarabande · Band 01/6288
Die Dame und der Dandy · Band 01/6557
Die Erbin und der Lord · Band 01/6623
Die venezianische Tochter · Band 01/6683
Der Sturmwind · Band 01/6803
Die Halbschwestern · Band 01/6851
Im Schatten des Zweifels · Band 01/7628
Sommermond · Band 01/7996
Der Zigeuner und das Mädchen · Band 01/7812
Das Licht und die Finsternis · Band 01/8450

Von Victoria Holt sind als
Heyne-Taschenbücher erschienen:

Das Haus der tausend Laternen · Band 01/5404
Die siebente Jungfrau · Band 01/5478
Die Braut von Pendorric · Band 01/5729
Das Zimmer des roten Traums · Band 01/6461
Der scharlachrote Mantel · Band 01/7702

PHILIPPA CARR
besser bekannt als
VICTORIA HOLT

Das Geheimnis im alten Park

Roman

WILHELM HEYNE VERLAG
MÜNCHEN

HEYNE ALLGEMEINE REIHE
Nr. 01/8608

Titel der Originalausgabe
THE CHANGELING
Aus dem Englischen übersetzt
von Dagmar Roth

Copyright © 1989 by Philippa Carr
Copyright der deutschen Ausgabe 1990
by Wilhelm Heyne Verlag GmbH & Co. KG, München
Die Hardcover-Ausgabe ist im Paul Neff Verlag KG,
Wien erschienen.
Printed in Germany 1992
Umschlagillustration: Bildagentur Mauritius/H. Schwarz, Mittenwald
Umschlaggestaltung: Atelier Ingrid Schütz, München
Satz: Prechtl, Passau
Druck und Bindung: Elsnerdruck, Berlin
ISBN 3-453-06110-1

Inhalt

DER LETZTE SOMMER 7

MONATE DES WARTENS 52

TRAGÖDIE IN DER WEIHNACHTSZEIT 111

DIE VERLOBUNG 135

DER GEIST IM GARTEN 193

DIE SCHATZSUCHE 228

ALPTRAUM 253

DIE ERPRESSUNG 317

EIN MENSCH VERSCHWINDET 332

DER VERRUFENE CLUB 370

DAS GESTÄNDNIS 398

Der letzte Sommer

Als ich zehn Jahre alt war, endete mein ruhiges, beschauliches Leben mit einem Schlag, denn meine Mutter heiratete Benedict Lansdon. Wäre ich älter und lebenserfahrener gewesen, hätte ich das Unvermeidliche kommen sehen. Doch ich lebte glücklich und geborgen in meiner kleinen Welt. Meine Mutter bildete den Mittelpunkt meines Lebens — und ich war überzeugt, ihr ein und alles zu sein. Es kam mir gar nicht in den Sinn, daß jemand dieses Idyll zerstören könnte.

Dabei war er kein Fremder für mich. Solange ich mich erinnern kann, begleitete er unser Leben — eine schemenhafte Gestalt im Hintergrund. Und dort gehörte er meiner Meinung nach auch hin.

Geboren wurde ich in einer australischen Goldgräbersiedlung. Auch er hielt sich damals dort auf. Um genau zu sein, ich erblickte in seinem Haus das Licht der Welt.

»Mr. Lansdon«, erklärte meine Mutter, »war nicht wie die anderen Goldgräber. Er besaß eine recht gewinneinbringende Mine und beschäftigte Männer, die ihre Hoffnung, ihr Glück auf den Goldfeldern zu machen, aufgegeben hatten. Wir wohnten alle in Schuppen. Du kannst dir das nicht vorstellen. Unsere Behausung sah aus wie die Hütte im Wald, in der dieser alte Landstreicher den letzten Winter verbracht hat. Einem Baby konnte man das bestimmt nicht zumuten. Deshalb beschlossen wir, daß du in seinem Haus geboren werden solltest. Auch Pedrek kam dort zur Welt.«

Pedrek Cartwright war mein bester Freund. Seine Eltern wohnten in London, aber seinem Großvater gehörte die Pencarron-Mine in der Nähe von Cador, dem Haus meiner Großeltern in Cornwall. Folglich waren wir sowohl in London als auch in Cornwall häufig zusammen. Wenn wir zu meinen Großeltern nach Cornwall verreisten und seine Eltern in London blieben, fuhr er mit uns. Meine Mutter verband eine enge Freundschaft mit den Cartwrights. Wir fühlten uns fast wie eine richtige Familie.

Als wir noch kleiner waren, spielten Pedrek und ich oft Goldgräber. Ein starkes Band verknüpfte uns, weil wir beide in den Goldfeldern auf der anderen Seite der Welt geboren worden waren — und beide in Mr. Benedict Landsons Haus.

Eigentlich hätte ich merken müssen, was vorging. Denn jedesmal, wenn meine Mutter von Benedict Lansdon sprach, veränderte sich ihre Stimme, strahlten ihre Augen und umspielte ein Lächeln ihren Mund. Aber damals maß ich dem keinerlei Bedeutung bei.

Nicht, daß mein Wissen um die Vorgänge etwas geändert hätte — die Hochzeit wäre mir nicht weniger verhaßt gewesen —, aber ich hätte mich darauf vorbereiten können und keinen Schock erlitten.

Erst nach der Heirat wurde mir bewußt, was für ein schönes Leben ich bis dahin geführt hatte. So viele Annehmlichkeiten hatte ich als selbstverständlich hingenommen.

In London führte ich ein unbeschwertes Leben. Wir wohnten in der Nähe des Parks. Jeden Morgen ging ich mit meiner Gouvernante Miß Brown im Park spazieren. Während ich mit den Kindern spielte, plauderte Miß Brown mit den anderen Kindermädchen.

Die vielen Geschäfte gefielen mir besonders gut; nicht weit von unserem Haus gab es einen Markt, und manchmal nahm mich Miß Brown an den Winternachmittagen mit dorthin. Ich fand es aufregend, mich durch das Menschengewühl zu schieben und die Leute in den Buden zu beobachten. Am schönsten war der Markt bei Einbruch der Dunkelheit, wenn die Petroleumlampen angezündet wurden. Einmal aßen wir an einem der Verkaufsstände Aale in Aspik. Miß Brown fühlte sich dabei ein wenig unbehaglich, denn sie meinte, es gehöre sich nicht. Aber ich bettelte so lange, bis sie nachgab. Hingerissen betrachtete ich die Damen in den herrlichen Kleidern und die Männer mit den Zylinderhüten und eleganten Cuts. Auch die langen Winterabende am Kamin genoß ich sehr. Gespannt warteten wir auf das Läuten der Glocke, das den Muffins-Verkäufer ankündigte. Sobald er klingelte, lief Ann, unser Dienstmädchen, mit einem Teller hinaus und kaufte ein paar Muffins, die meine Mutter und ich am Feuer rösteten.

Ich war überzeugt, diese schöne Zeit würde nie zu Ende gehen, denn ich ahnte nichts von dem im Hintergrund lauernden Benedict Lansdon, der nur darauf wartete, in dies Idyll einbrechen zu können.

Sobald die Bäume im Park zu knospen begannen und die ersten Triebe der Birnbäume in unserem kleinen Garten ein paar ungenießbare Früchte verhießen, pflegte meine Mutter zu sagen: »Zeit für unsere Reise nach Cornwall. Ich werde mit Tante Morwenna reden und mich nach ihren Plänen für dieses Jahr erkundigen.«

Tante Morwenna war Pedreks Mutter. Meine Mutter und ich besuchten sie in ihrem Haus, das nicht sehr weit von unserem entfernt lag. Pedrek und ich liefen die Treppe hinauf in sein Zimmer. Wir spielten mit seinem kleinen Hund oder einem neuen Spielzeug und machten Pläne für unseren bevorstehenden Aufenthalt bei den Großeltern.

Dann kam die aufregende Bahnfahrt. Pedrek und ich gaben uns sie größte Mühe, einen Fensterplatz zu ergattern. Während der Zug durch die Wiesen, Flußniederungen und Wälder von Bahnhof zu Bahnhof ratterte, machten wir uns mit lautem Gekreisch auf die draußen vorbeiziehenden Herrlichkeiten aufmerksam.

Und am Ende dieser Reise erwarteten uns die Großeltern, die uns jedesmal freudig begrüßten und uns das Gefühl gaben, daß es für sie nichts Schöneres gäbe, als uns bei sich zu haben. Pedrek machte sich mit seiner Familie auf den Weg nach Pencarron, und meine Mutter und ich fuhren nach Cador.

Cador, das herrlichste und aufregendste Haus der Welt, war viele Jahrhunderte lang Stammsitz der Cadorsons gewesen. Mein Urgroßvater Jake Cadorson war der letzte Träger dieses Namens, sein Sohn Jacco ertrank in Australien.

9

Nach seinem Tod fiel das Haus an meine Großmutter, die einen Rolf Hanson heiratete. Ich fand es sehr schade, daß es keine Familie Cadorson mehr gab, denn dieser Name gehörte meiner Meinung nach unbedingt zu Cador.

Aber zu meiner großen Freude befand sich das Haus noch im Familienbesitz. Obwohl mein Großvater nur eingeheiratet hatte, hing er ganz offenbar mehr daran als jedes andere Familienmitglied.

Ich verstand seine Gefühle nur zu gut. Das Gebäude erinnerte mit seinen grauen Steinwänden, den vielen Türen und Zinnen an eine mittelalterliche Festung. Befand ich mich allein in den riesigen, hohen Räumen, fühlte ich mich um Jahrhunderte zurückversetzt. Als ich noch sehr klein war, fürchtete ich mich in diesen hallenartigen Zimmern. Aber stets gab es die beruhigende Gegenwart meiner Mutter und meiner Großeltern. Mein Großvater erzählte mir spannende Geschichten aus der Vergangenheit, von den Kämpfen zwischen Cromwells Roundheads und den Royalisten, von Stürmen und gestrandeten Schiffen und Abenteuern, die die Welt entdecken wollten.

Ich liebte Cador. Dort erschienen mir die Tage länger, denn die Sonne stand oft tagelang am Himmel. Doch selbst bei Regenwetter konnte man eine Menge aufregender Dinge unternehmen. Auch das Meer faszinierte mich. Manchmal machten wir eine kleine Bootsfahrt, aber meine Großmutter mochte so etwas nicht, weil sie sich stets daran erinnerte, daß ihre Eltern und ihr Bruder ertrunken waren.

Häufig besuchte ich mit Mutter und Großmutter East oder West Poldorey. Wir bummelten an den niedrigen Häusern am Kai entlang, beobachteten die Fischer beim Netzeflicken oder hörten ihren Gesprächen über den Fang zu. Ab und zu durfte ich mit Mr. Yeo, dem Butler, auf den Fischmarkt gehen. Die Fische, die sich auf der mit silbrigen Schuppen gesprenkelten Waage wanden, faszinierten mich. Die meisten Fischer kannte ich namentlich — Tom, Ted, Harry. Seit der Zeit, als John und Charles Wesley durch Cornwall gezogen waren und dem Volk die rechtschaffene Lehre des Methodismus gepredigt hatten, zählten die meisten Familien zu den glühenden Anhängern der Wesleys.

Cador lag ungefähr eine Viertelmeile von den beiden durch den Fluß Poldor getrennten Städten East und West Poldorey entfernt. Eine alte Brücke verband die beiden Städte miteinander. Mir gefielen die steilen Straßen, die sich bis ganz hinauf auf die Klippe wanden. Von dort oben hatte man einen herrlichen Ausblick auf das Meer. Auf einer Holzbank konnte man sich nach dem anstrengenden Aufstieg ausruhen. Oft saß ich mit meinem Großvater auf dieser Bank und ließ ihm keine Ruhe, bis er mir Geschichten von Schmugglern und Strandräubern erzählte, die den Schiffen an dieser Küste auflauerten. Ich suchte am Strand nach den Halbedelsteinen, die hier angeblich zu finden waren. Aber die einzigen, die ich je zu Gesicht bekam, entdeckte ich im Schaufenster von Mr. Banders Laden, der mit einem Schild mit der Aufschrift »Fundstücke vom Strand von Poldorey« versehen war.

Es machte mich stolz, zur *Herrschaft von Cador* zu gehören, wie die Leute von Poldorey die Familie respektvoll nannten.

All das gehörte zu meiner Welt — und natürlich das Haus in London, ein hohes, schmalbrüstiges Gebäude, das meine Mutter und ich mit dem wenigen Personal teilten. Dazu zählte meine Gouvernante Miß Brown, die allerdings entsetzt gewesen wäre, hätte man sie zur Dienerschaft gerechnet; dann Mr. und Mrs. Emery — sie führte das Regiment als Köchin und Haushälterin, während er, das Faktotum des Hauses, sich auch um den winzigen Garten kümmerte; und schließlich beschäftigten wir noch ein Hausmädchen, Ann, und ein Stubenmädchen, Jane.

In unserem Haushalt ging es familiär zu. Meine Mutter hielt nicht viel von Förmlichkeiten, und ich glaube, die Bediensteten hingen sehr an ihr. Alle hatten das Gefühl, zur Familie zu gehören. Die unüberwindliche Kluft zwischen Herrschaft und Hauspersonal, wie sie in den großen Häusern wie dem von Mr. Benedict Lansdon und Onkel Peter und Tante Amaryllis bestand, gab es bei uns nicht. Übrigens waren die beiden nicht wirklich mein Onkel und meine Tante. Noch nicht einmal die meiner Mutter. Sie waren sehr alt, und die Verwandtschaft reichte Generationen zurück. Sogar mit Benedict Lansdon, dem Enkel von Onkel Peter, verband uns, wenn auch über viele Ecken, eine verwandtschaftliche Beziehung.

Trotz seines hohen Alters war Onkel Peter eine beeindruckende Persönlichkeit. Er besaß ein beträchtliches Vermögen und hatte zahlreiche, mir zuweilen recht merkwürdig erscheinende Interessen. Dennoch verehrte ich ihn sehr. Seine Frau, Tante Amaryllis, gehörte zu diesen ausgesprochen zarten, femininen Frauen, die einen liebenswert hilflosen Eindruck machen, es aber irgendwie fertigbringen, die Familie zusammenzuhalten. Jedermann liebte sie — ich eingeschlossen.

Sie führten ein großzügiges Haus. Meist übernahmen Onkel Peters Tochter Helena und sein Schwiegersohn Martin Hume, der bekannte Politiker, bei gesellschaftlichen Anlässen die Rolle der Gastgeber. Ich fand es richtig aufregend, einer solchen Familie anzugehören.

Deutlich kann ich mich an Vorfälle aus jener Zeit erinnern. Diese Wochen bezeichnete ich später als den *letzten* Sommer, denn nach dem Weihnachtsfest in jenem Jahr begann ich zum erstenmal zu ahnen, was mir bevorstand.

Meine Mutter und ich waren nach Cornwall gefahren. Pedrek begleitete uns, und wir beide wollten uns abwechselnd in Cador und Pencarron Manor besuchen. Jeden Tag mußten Pedrek und ich eine bestimmte Anzahl von Unterrichtsstunden über uns ergehen lassen. Zum Glück hatten aber Miß Brown und Mr. Clenham, Pedreks Hauslehrer, vereinbart, unsere Schulstunden zur selben Zeit abzuhalten. Pedreks Eltern wollten ihn nächstes Jahr auf die Schule schicken. Dann konnte er nur noch in den Ferien nach Cornwall kommen. Wir ritten sehr oft, aber man erlaubte uns nicht, allein das Gelände zu verlassen. Immer mußte uns ein Erwachsener begleiten. Das schränkte unseren Tatendrang natürlich ziemlich ein. Aus diesem Grund verbrachten wir die meiste Zeit auf der Koppel und trainierten Hindernisspringen, wobei jeder vor dem anderen mit seinen Reitkünsten prahlte.

Einmal begleitete uns meine Mutter auf einem Ausritt und, wie so oft, kamen wir wie zufällig zum Teich St. Branok.

Dieser unheimliche Ort übte auf mich und Pedrek eine gewaltige Anziehungskraft aus. Die Zweige der Trauerweiden reichten bis ins Wasser. Die Leute behaupteten, der Teich wäre unergründlich tief. Niemand wagte sich bei Dunkelheit an diesen Ort. Vermutlich faszinierte mich gerade das Geheimnisvolle und Gespenstische, das diesem Platz nachgesagt wurde, und auch meine Mutter konnte sich von diesen Gefühlen nicht freimachen.

Wie immer banden wir unsere Pferde an die Bäume und streckten uns im Gras aus. Mit dem Rücken lehnten wir uns an die großen Steine, die hier in Mengen herumlagen.

»Das könnten die Mauerreste des alten Klosters sein«, vermutete meine Mutter.

Die Geschichte von den im Teich versunkenen Glocken hatten wir schon oft gehört. Angeblich läuteten sie bei einer drohenden Gefahr.

Der überaus logische Pedrek warf ein, der Teich könne gar nicht unergründlich tief sein, wenn sich die Glocken auf seinem Grund befänden. Meine Mutter ging nicht näher auf seinen Einwand ein und meinte nur, bei den meisten alten Legenden könne man Widersprüchlichkeiten finden, wenn man nur lange genug danach suchen würde.

»Ich will nichts mehr davon hören«, entgegnete ich. »Ich möchte einfach glauben, daß die Glocken auf dem Grund liegen.«

»Die Mönche kamen vom Pfad der Tugend ab, und zur Strafe zerstörte die Flut dieses Kloster«, erklärte meine Mutter.

»In dieser Gegend gibt es allerdings noch reichlich tugendhafte Leute«, bemerkte ich. »Zum Beispiel die alte Mrs. Fenny, die am Kai wohnt und alles beobachtet, was vor sich geht. Sie ist felsenfest davon überzeugt, außer ihr selbst würden alle geradewegs ins Fegefeuer wandern. Oder Mrs. Polhenny. Jeden Sonntag geht sie zweimal in die Kirche. Außerdem versucht sie, aus ihrer Tochter Leah eine Heilige zu machen, wie sie selbst eine ist. Sie gönnt dem armen Mädchen nicht das kleinste bißchen Spaß.«

»Manche Menschen sind sehr seltsam«, sagte meine Mutter. »Aber du mußt nachsichtig mit ihnen sein. Du kennst doch die Geschichte mit den Balken im eigenen Auge, oder?«

»Jetzt hörst *du* dich an wie Mrs. Polhenny, Mama«, unterbrach ich sie. »Sie zitiert ständig aus der Bibel. Bestimmt ist sie sich absolut sicher, nicht einmal den kleinsten Splitter in ihrem Auge zu haben.«

Träumerisch blickte ich über den Teich und bat sie, mir noch einmal die Geschichte meiner Entführung durch Jenny Stubbs zu erzählen. Jenny wohnte noch immer in ihrem kleinen Häuschen in der Nähe des Teiches. Alle dachten damals, ich wäre im Teich ertrunken, weil mein Spielzeug am Ufer lag und ich nirgendwo zu sehen war.

»Die Männer suchten den ganzen Teich ab«, berichtete meine Mutter mit weit geöffneten Augen, als blicke sie direkt in die Vergangenheit. »Das vergesse ich niemals. Ich glaubte, ich hätte dich für immer verloren.«

Ihre Gefühle überwältigten sie, und sie konnte nicht weitersprechen. Aber ich liebte diese Geschichte und wollte sie immer wieder hören. Jenny Stubbs hielt mich in ihrem Cottage versteckt. Als sie die Leute nach mir suchen hörte, läutete sie mit Spielzeugglocken und hoffte, sie mit diesen Tönen zu vertreiben. Sie sorgte zärtlich für mich, denn sie war davon überzeugt, ich wäre ihr eigenes kleines Mädchen, das sie verloren hatte.

Auch Pedrek gefiel die Geschichte, und er wurde niemals ungeduldig, wenn er sie wieder und wieder anhören mußte. Er wußte genau, daß ich nicht genug davon bekommen konnte, und er achtete stets darauf, die Gefühle anderer Menschen nicht zu verletzen.

Ich erinnere mich sehr gut an jenes Gespräch am Teich, denn in dem Augenblick, als wir über Jenny Stubbs sprachen, trat die Hauptperson dieser Geschichte aus ihrem Cottage und ging auf das Teichufer zu.

Sie sah uns nicht gleich und blieb singend am Ufer stehen. Ihre hohe, dünne Stimme zerriß die Stille auf unheimliche Weise.

Meine Mutter rief: »Guten Tag, Jenny.«

Erstaunt drehte sie sich um. »Wünsche Ihnen auch einen guten Tag, Madam«, erwiderte sie. Nun stand sie mit dem Rücken zum Wasser und blickte uns an. Der leichte Wind zerzauste ihr feines blondes Haar. Sie sah aus, als wäre sie nicht von dieser Welt.

»Geht es dir gut, Jenny?« fragte meine Mutter.

»O ja, danke, Madam. Mir geht's gut.«

Langsam bewegte sie sich auf uns zu. Prüfend betrachtete sie Pedrek und mich. Ich erwartete, bei meinem Anblick ein gewisses Interesse in ihren Augen aufblitzen zu sehen. Immerhin war ich das Kind, das sie gestohlen und umsorgt hatte. Aber nichts dergleichen geschah. Später meinte meine Mutter, sie hätte den damaligen Vorfall bestimmt vollkommen vergessen. Wir müßten stets daran denken, daß Jenny ein wenig merkwürdig sei . . . nicht wie andere Leute. Sie lebe in ihrer eigenen Welt.

Dicht vor uns blieb sie stehen und sah meine Mutter fest an.

»Am Erntefest bekomme ich mein Baby«, sagte sie.

»Oh, Jenny . . .« antwortete meine Mutter und fügte rasch hinzu: »Bestimmt freust du dich sehr.«

»Es wird ein kleines Mädchen, da bin ich ganz sicher.«

Meine Mutter nickte. Jenny wandte sich um und ging zurück zu ihrem Cottage. Wieder sang sie mit ihrer merkwürdigen, fast überirdischen Stimme.

»Das ist wirklich sehr traurig«, sagte meine Mutter, als sich Jenny außer Hörweite befand. »Nach all den Jahren kann sie ihr Baby noch immer nicht vergessen.«

»Das Kind müßte heute ungefähr so alt sein wie ich«, warf

ich ein. »Immerhin hat sie mich damals mit ihm verwechselt.«

Meine Mutter nickte. »Und jetzt glaubt sie, sie wäre wieder in anderen Umständen. Und nicht zum erstenmal. Immer wieder bildet sie sich eine Schwangerschaft ein.«

»Was passiert, wenn sie merkt, daß sie sich getäuscht hat?« wollte ich wissen.

»Wer weiß schon, was in diesem armen, verwirrten Kopf vorgeht. Aber sie kann hervorragend mit Kindern umgehen. In den paar Tagen, die du damals bei ihr verbracht hast, kümmerte sie sich rührend um dich.«

»Trotzdem wollte ich mit dir nach Hause gehen, oder? Als du mich in ihrem Häuschen entdeckt hattest, rannte ich zur Tür und schrie, weil ich Angst hatte, du würdest mich nicht mitnehmen.«

Wieder nickte meine Mutter. »Die arme, arme Jenny. Sie tut mir unendlich leid. Wir müssen zu ihr so nett sein, wie wir nur können.«

Schweigend blickten wir über den Teich. Ich dachte an die Tage in Jennys Cottage zurück und wünschte, ich könnte mich an Einzelheiten erinnern.

Ständig fallen mir kleine Vorkommnisse aus diesem *letzten* Sommer ein. Häufig habe ich Jenny auf dem Weg vom Teich zu ihrem Häuschen beobachtet. Stets sang sie dieselbe seltsam faszinierende Melodie.

Sie machte einen glücklichen Eindruck. Doch ihr Glück beruhte auf reiner Selbsttäuschung. Ihr schlichtes Gemüt sagte ihr, ihr sehnlichster Wunsch, wieder ein Kind zu haben, müsse einfach in Erfüllung gehen. Ich empfand grenzenloses Mitleid mit ihr.

Meine Großmutter kümmerte sich sehr viel um mich, und oft unternahmen wir zusammen etwas. Wir waren die besten Freundinnen. Eigentlich wirkte sie viel zu jung für eine Großmutter, und ich sah eher eine Tante in ihr.

Häufig sprach sie über meine Mutter. »Du mußt auf sie

aufpassen. Sie hat eine schwere Zeit durchgemacht. Sie war mit einem wundervollen Mann verheiratet — deinem Vater. Aber er starb vor deiner Geburt, und sie blieb ganz allein zurück.«

Schon oft hatte sie mir erklärt, daß mein Vater nach Australien gegangen war, weil er ein Vermögen machen wollte, um der Familie nach der Rückkehr ein sorgenfreies und behagliches Leben in England zu ermöglichen. Ihn trieb die Hoffnung, Gold zu finden. Pedreks Eltern schlossen sich ihm und meiner Mutter an. Sie ließen sich in einer Goldgräbersiedlung nieder. Ein mutiges Unterfangen, denn keiner von ihnen hatte jemals zuvor Not und Elend erlebt. Großmutter erzählte mir von der lebensgefährlichen Arbeit in diesen Minen. Um die Gruben gegen Einsturz zu sichern, stützte man sie mit Holzpfählen ab. Trotzdem geschah das verhängnisvolle Unglück. Pedreks Vater hielt sich noch unten im Stollen auf, als es passierte. Mein Vater konnte ihn gerade noch retten. Er schob ihn über den Rand der Grube zu den Helfern. In diesem Augenblick geriet die Erde ins Rutschen, und die Erdmassen rissen meinen Vater in die Tiefe.

»Er hat sein Leben für seinen Freund geopfert«, schloß sie ihren Bericht.

»Das weiß ich«, gab ich zur Antwort. »Pedreks Mutter hat es mir erzählt. Sie sagte, Pedrek und ich dürften das nie vergessen. Wir müßten für immer Freunde bleiben.«

Sie nickte. »Ja, das wäre schön. Und du mußt deine Mutter zärtlich lieben, denn nach seinem Tod gab sie dir all die Liebe, die sie für ihn empfunden hat.«

Ich begriff, was sie meinte. Es war genau das, was ich von meiner Mutter erwartete.

Besonders gut erinnere ich mich an ein bestimmtes Erlebnis mit meiner Großmutter. An jenem Tag gingen wir nach West Poldorey zu der alten Kirche am Meer. Die kleine Kirche, erbaut zur Zeit der Normannen, erfüllte die Einwohner von West Poldorey mit gewaltigem Stolz, und die Leute von East Poldorey empfanden ein wenig Neid, weil die Kirche nicht auf ihrer Seite des Flusses stand. Schließlich kamen Menschen von überallher, um sie zu besichtigen. Man versuchte alles Erdenkliche, um ihren Verfall aufzuhalten. Unzählige Bazare und Gartenfeste wurden veranstaltet, auf denen Geld für die Instandsetzung des andauernd reparaturbedürftigen Daches gesammelt wurde. Man munkelte auch unheilvoll von Holzwürmern und irgendwelchen schädlichen Käfern.

Ich schlich mich gerne hinein, wenn niemand da war, und stellte mir all die Leute vor, die in dieser Kirche Trost gesucht hatten. Aus den Erzählungen meines Großvaters wußte ich, daß die Menschen sich hier zum Gebet versammelten, als die spanische Armada vor unserer Küste kreuzte, und auch später, als Napoleon das Land mit einer Invasion bedrohte. Wie in Cador, gelang es mir auch in dieser alten Kirche mühelos, mich in die Vergangenheit zurückzuversetzen.

Durch die geöffnete Kirchentür drangen Stimmen aus dem Innern des Gebäudes.

»Heute arrangieren sie den Blumenschmuck für die Hochzeit von John Polgarth«, meinte meine Großmutter.

John Polgarth, ein angesehenes Gemeindemitglied, besaß ein Lebensmittelgeschäft in East Poldorey. Seine Braut, Molly Agar, war die Tochter des Metzgers.

Die Hochzeit sollte am nächsten Tag stattfinden.

Wir traten durch die Tür, und sofort schlug mir Mrs. Polhennys befehlsgewohnte Stimme entgegen. Als Hebamme war sie in dieser Gegend eine wichtige Persönlichkeit. Die meisten der jüngeren Gemeindemitglieder hatten mit ihrer Hilfe das Licht der Welt erblickt. Offenbar leitete sie daraus das Recht ab, sich ein Urteil über das Verhalten und das geistliche Wohlergehen »ihrer« Kinder anzumaßen, denn sie mischte sich mit unnachsichtiger Strenge in deren ureigenste Angelegenheiten ein.

Natürlich machte sie das bei ihren Schützlingen nicht gerade sehr beliebt. Doch daran störte sie sich nicht. Ihr lag nichts an der Zuneigung anderer Menschen, für sie zählte nur, sie auf den tugendhaften Pfad des Heils zu führen.

Mrs. Polhenny war eine gute Frau, sofern man darunter eine Frau verstand, die jeden Sonntag zweimal und unter der Woche mehrmals zur Kirche ging, die ihre guten Taten ausschließlich zum Heil der Kirche vollbrachte, und die sich bei jeder Gelegenheit auf die Heilige Schrift berief. Selbstverständlich handelte sie stets aus der tiefsten Überzeugung ihrer eigenen Rechtschaffenheit und spürte sehr schnell und mit sicherem Instinkt die Sünden anderer auf.

Es gab fast niemanden in ihrer Umgebung, der nicht schon ihr Mißfallen erregt hätte. Nicht einmal der Vikar blieb von ihrer unnachsichtigen Kritik verschont. Ihrer Meinung nach legte er die Bibel zu wörtlich aus, indem er uneinsichtige Halunken und Sünder zu bekehren versuchte, anstatt sich mit ganzer Kraft seinen Schäfchen zu widmen, die sich durch ihre Frömmigkeit und Tugend bereits von allen Sünden reingewaschen hatten.

Ich mochte Mrs. Polhenny nicht, sondern hielt sie für eine ausgesprochen unangenehme Person. Mit ihrer damals sechzehnjährigen Tochter Leah hatte ich wenig Kontakt, dennoch empfand ich ein gewisses Mitleid mit ihr. Mrs. Polhenny war Witwe. Von einem Mr. Polhenny hatte ich nie etwas gehört. Zweifellos mußte sie verheiratet gewesen sein, sonst gäbe es keine Leah.

»Anscheinend hat sie ihn sehr schnell unter den Boden gebracht«, lautete der Kommentar von Mrs. Garnett, der Köchin in Cador, über Mr. Polhenny. »Der arme Kerl. Ich kann mir kaum vorstellen, daß er viele schöne Stunden mit ihr verlebt hat.«

Die auffallend hübsche Leah wirkte sehr verschüchtert. Sie machte den Eindruck, ständig über die Schulter zu blicken in der Befürchtung, gleich könnte der Teufel aus seinem Versteck auftauchen, um sie in Versuchung zu führen.

Leah war Näherin und fertigte auch wundervolle Stickereien an, die sie und ihre Mutter einmal im Monat an ein Geschäft in Plymouth verkauften. Ihre Arbeiten waren von auserlesener Schönheit, aber das arme Mädchen mußte auch unentwegt sticheln.

An jenem Tag half sie ihrer Mutter beim Schmücken der Kirche. Gemäß den genauen Anweisungen ihrer Mutter arrangierte sie die Blumen.

»Guten Morgen, Mrs. Polhenny«, grüßte meine Großmutter freundlch. »Was für herrliche Rosen.«

Mrs. Polhenny sah geschmeichelt aus. »Diese Rosen sind gewiß ein würdiger Rahmen für die Trauung, Mrs. Hanson.«

»O ja, ganz bestimmt . . . John Polgarth und Molly Agar.«

»Die ganze Stadt wird bei dieser Hochzeit in der Kirche sein«, fuhr Mrs. Polhenny fort und fügte betont hinzu: »Für die beiden wird es höchste Zeit.«

»Ich finde, Molly und John passen gut zueinander. Ein nettes Mädchen, die Molly.«

»Hm«, brummte Mrs. Polhenny. »Ein bißchen von der flatterhaften Sorte.«

»Sie hat eben viel Temperament.«

»Agar ist gut beraten, sie rasch zu verheiraten. Sie gehört nicht zu den Mädchen, die mit der Ehe warten können.« Mrs. Polhenny schürzte die Lippen und deutete damit ein geheimnisvolles Wissen an.

»Na, dann ist ja alles bestens«, antwortete Großmutter.

Im hinteren Teil der Kirche nahm ich eine Bewegung wahr. Mrs. Polhenny konzentrierte sich auf die Blumen und bemerkte nichts. Ich blickte mich um. Ein junges, mir unbekanntes Mädchen war hereingekommen, huschte in eine Bankreihe und kniete nieder.

Mrs. Polhenny befahl: »Bring mir den Wasserzerstäuber, Leah. Ich muß hier . . .« Jäh verstummte sie. Starr richtete sie ihren Blick auf das kniende Mädchen.

»Ich traue meinen Augen nicht«, verkündete sie laut und mit unüberhörbarer Entrüstung.

Wir schwiegen, weil wir nicht begriffen, was sie meinte. Sie ließ ihren Blumenschmuck im Stich, durchquerte mit energischen Schritten das Kirchenschiff und marschierte auf das Mädchen zu.

»Hinaus!« schrie sie. »Du Schlampe! Wie kannst du es wa-

20

gen, diesen heiligen Ort zu betreten? Deinesgleichen hat hier nichts zu suchen.«

Das Mädchen erhob sich. Es schien, als würde es im nächsten Moment in Tränen ausbrechen.

»Ich wollte nur . . .« begann sie.

»Hinaus!« brüllte Mrs. Polhenny. »Hinaus, sage ich!«

Meiner Großmutter ging das entschieden zu weit, und sie griff ein. »Warten Sie. Was soll das? Was geht hier eigentlich vor?«

Das Mädchen warf uns einen ängstlichen Blick zu und rannte zur Kirche hinaus.

»Das fragen Sie noch?« schimpfte Mrs. Polhenny. »Das ist eine von den Huren aus Bays Cottages.« Ihre Augen verengten sich zu schmalen Schlitzen, und ihr Mund verzog sich zu einem dünnen Strich. »Aber obwohl ich es kaum über die Lippen bringe, sage ich Ihnen, daß sie im sechsten Monat schwanger ist.«

»Ihr Mann . . .«

Mrs. Polhenny lachte freudlos. »Ihr Ehemann? Diese Sorte wartet nicht auf einen Ehemann. Und sie ist nicht die erste aus dieser Sippschaft, das sage ich Ihnen. Die sind alle durch und durch verdorben. Mich wundert nur, daß unser Herrgott sie nicht auf der Stelle straft.«

»Vielleicht ist er Sündern gegenüber nachsichtiger als mancher Sterbliche.«

»Die kommen alle vor das Jüngste Gericht, machen Sie sich da mal keine Sorgen.« Mrs. Polhennys Augen funkelten, als sähe sie das Mädchen bereits im Fegefeuer.

»Immerhin kam sie in die Kirche«, entgegnete meine Großmutter, »und jeder wirklich fromme Mensch nimmt einen reuigen Sünder in die Gemeinschaft der Kirche auf.«

»Wenn ich der Herrgott wäre«, schnaubte Mrs. Polhenny, »unternähme ich etwas gegen Bays Cottages.«

»Glücklicherweise sind Sie nicht der Herrgott«, sagte meine Großmutter. »Erzählen Sie mir von dem Mädchen. Wer ist sie?«

»Daisy Martin. Die ganze Familie ist verdorben. Die Großmutter des Mädchens hat mit mir gesprochen. Sie bereut ihr lasterhaftes Leben. Nun ja, jetzt ist sie alt und fürchtet sich vor dem Tod. Und das wundert mich gar nicht. Wegen ihrer Enkelin habe ich zu ihr gesagt: ›Sie ist im sechsten Monat schwanger, und wo ist der Mann?‹ Sie hat behauptet, der Vater sei einer von den Erntearbeitern. Das Mädchen ist erst sechzehn. Schändlich, kann ich da nur sagen.«

»Aber Sie werden der Mutter natürlich als Hebamme beistehen.«

»Was bleibt mir denn anderes übrig? Auch wenn ein Baby in Sünde gezeugt worden ist, ist es meine Pflicht, ihm auf die Welt zu helfen. Gott hat mich zu dieser Arbeit berufen, und nichts hält mich davon ab.«

»Das freut mich«, meinte meine Großmutter. »Wir dürfen die Kinder nicht für die Sünden der Eltern büßen lassen.«

»Wir sind alle Gottes Kinder, gleichgültig, von wem wir abstammen. Aber was dieses verdorbene Geschöpf betrifft . . . Ich hoffe, sie werfen sie gleich nach der Geburt des Kindes hinaus. Es schadet den Nachbarn, wenn sie mit einer wie der zusammenleben müssen.«

»Sie ist doch erst sechzehn.«

»Alt genug, um zu wissen, was sie tut.«

»Sie ist nicht die erste, der das passiert.«

»Das beweist nur, wie lasterhaft es auf dieser Welt zugeht. Aber der Herrgott wird Vergeltung üben«, versicherte uns Mrs. Polhenny. Sie blickte zu den Dachbalken hinauf, als könne sie direkt in den Himmel sehen. Jetzt fordert sie den lieben Gott auf, endlich seine Pflichten zu erfüllen, dachte ich.

Meine Großmutter empfand Mitleid mit der auf die schiefe Bahn geratenen Daisy. Mrs. Polhenny redete unbeirrt weiter: »Das sündhafte Treiben in Poldorey . . . also, ich bin davon überzeugt, daß Sie schockiert wären, wenn Sie wüßten, was da alles passiert.«

»Na, dann danke ich Gott für meine Unwissenheit.«

»Eines Tages übt der Herr Rache. Denken Sie an meine Worte.«

»Es fällt mir schwer, in East und West Poldorey ein Sodom und Gomorrha zu sehen.«

»Es kommt noch soweit. Wir werden es alle erleben.«

»Das hoffe ich nicht. Aber wir wollen Sie nicht weiter von der Arbeit abhalten. Auf Wiedersehen, Mrs. Polhenny.«

Draußen vor der Kirche atmete meine Großmutter tief durch. Dann wandte sie sich lachend an mich. »Eine schrecklich selbstgerechte Frau. Da ist mir jeder Sünder lieber. Wenigstens ist sie eine gute Hebamme. Weit und breit gibt es keine bessere. Meine Liebe«, sie sprach mit mir wie mit einer Erwachsenen, »wir müssen uns um das arme Mädchen kümmern. Gleich morgen gehe ich zu den Cottages hinüber und versuche, mehr zu erfahren.«

Dann erinnerte sie sich daran, daß ich noch ein Kind war und nicht mit allem konfrontiert werden durfte und wechselte das Thema. »Heute nachmittag fahren wir nach Pencarron. Ist es nicht herrlich, daß auch Pedrek seine Großeltern so oft besucht?«

Mir ging Mrs. Polhenny nicht aus dem Kopf. Ihr Cottage lag kurz hinter East Poldorey, und jedesmal, wenn ich daran vorbeiging, musterte ich es gründlich. Häufig lagen über den Sträuchern Wäschestücke zum Trocknen ausgebreitet, an den makellos sauberen Fenstern hingen Spitzenvorhänge, und die Steintreppen, die zur Vordertür hinaufführten, glänzten immer wie frisch geschrubbt. Sie glaubte wohl, Sauberkeit und Frömmigkeit seien der Inbegriff eines tugendhaften Lebens.

Ein- oder zweimal sah ich Leah am Fenster. Emsig arbeitend, saß sie über ihren Stickrahmen gebeugt. Sie sah von ihrer Arbeit auf und bemerkte mich. Ich lächelte und winkte, und sie erwiderte meinen Gruß.

Zu gerne hätte ich mich mit ihr unterhalten, um zu erfahren, wie man eine Mutter wie Mrs. Polhenny erträgt. Aber es bot sich keine Gelegenheit zu einem Gespräch, denn sie wandte sich gleich wieder ihrer Arbeit zu.

Arme Leah! Bestimmt war es nicht leicht, die Tochter einer

frommen Frau zu sein, die es für ihre Pflicht hielt, über die Moral des ganzen Landes zu wachen. Wahrscheinlich vertrat sie in ihrem eigenen Haus noch engstirnigere Moralprinzipien.

Ich dankte Gott für meine Mutter, meine Großeltern und die Pencarrons. Sie orientierten sich nicht in jeder Hinsicht an den Gesetzen Gottes, weswegen es sich mit ihren entschieden angenehmer lebte.

Dieser Sommer verlief wie gewohnt. Meine Großmutter machte Besuche in Bays Cottages und schenkte dem jungen Mädchen Kleidung und Lebensmittel. Mit Mrs. Polhennys Hilfe brachte Daisy einen gesunden Jungen zur Welt, und meine Großmutter lobte die Fähigkeiten der Hebamme.

In diesem Jahr begegnete ich Jenny Stubbs häufiger als sonst. Vielleicht kam es mir auch nur so vor, weil ich bewußter auf sie achtete. Sie diente bei einer der Bäuerinnen in der Umgebung, und ich hörte, daß sie zuverlässig und gut arbeitete. Sie wurde von den anderen trotz ihrer wirren Gedanken und Reden akzeptiert. Mrs. Bullet, die Bäuerin, achtete darauf, daß niemand sie hänselte oder ihr gar die Wahrheit über ihren Zustand verriet. »Sie tut doch niemandem was zuleide«, sagte Mrs. Bullet, »so laßt der armen Seele ihre Vorfreude auf das Kind.«

Jenny, mit ihrer dünnen Stimme eigenartige Melodien singend, und Mrs. Polhenny, fortwährend Rechtschaffenheit und Tugend predigend . . . das sind meine deutlichsten Erinnerungen an jenen *letzten* Sommer.

Im Rückblick erscheint mir das irgendwie bedeutsam.

Mein Leben ging gleichförmig weiter. Ich winkte den Großeltern zum Abschied und fühlte mich gleichzeitig traurig und freudig erregt bei dem Gedanken an die Rückkehr nach London. Mühsam versuchte ich, meine Vorfreude auf die Stadt vor ihnen zu verbergen.

»Ich wünschte, wir wären alle Nachbarn«, sagte ich zu Pedrek, »dann müßten wir uns nicht ständig trennen.«

Er hatte das gleiche Problem. Seine Großmutter brach bei

seiner Abreise fast in Tränen aus. Wie ich, wollte auch er zeigen, wie traurig er wegen des Abschieds war, und konnte doch die Freude über das bevorstehende Wiedersehen mit seinen Eltern nicht ganz verheimlichen. Die Übereinstimmung unserer Gefühle hatte Pedrek und mich schon immer verbunden.

In London erwarteten uns Pedreks Eltern am Bahnhof. Das übliche Ritual spielte sich ab. Wenn ich mit seinen Eltern gereist war, holte uns stets meine Mutter ab. Diese tröstlichen Alltäglichkeiten lernte ich erst zu schätzen, als sich alles geändert hatte.

Ehe wir uns von den Cartwrights und Pedrek trennten, fuhren wir alle zu uns nach Hause und tranken gemeinsam Tee.

Sie stellten uns unzählige Fragen, und Pedrek und ich erzählten begeistert von unseren Erlebnissen in Cornwall.

Während wir alle am Tisch saßen — auch Miß Brown und Pedreks Hauslehrer —, wurde ein Besucher angemeldet.

»Mr. Benedict Lansdon!« verkündete Jane. Und schon stand er im Zimmer — hoch gewachsen und schlank und all das verkörpernd, was man gemeinhin eine imponierende Erscheinung nannte.

»Benedict!« rief meine Mutter und erhob sich sofort.

Sie trat zu ihm, und er ergriff ihre Hände. Lächelnd blickten sie einander an.

Dann wandte sie sich an uns. »Ist das nicht eine schöne Überraschung?«

»Ich habe mich erkundigt, welchen Zug ihr nehmt, weil ich euch gleich heute begrüßen wollte«, erklärte Benedict Lansdon.

»Komm, setz dich und trink eine Tasse Tee mit uns«, sagte meine Mutter mit warmer Stimme.

Er schenkte uns allen ein Lächeln, und wir tauschten allgemeine Höflichkeiten aus.

Ich war enttäuscht. Durch seinen Besuch waren wir von unserer gewohnten Unterhaltung, die nach jeder Cornwallreise stattfand, abgekommen. Zu der üblichen Verabredung für den nächsten Tag kam es auch nicht.

»Wie läuft's in den Bergwerken?« erkundigte sich Benedict lächelnd bei Pedreks Vater.

»Es geht so«, antwortete Justin Cartwright. »Aber ich glaube, Sie wissen darüber besser Bescheid als ich. Obwohl ich vermute, daß es Unterschiede zwischen einer Zinn- und einer Goldmine gibt.«

»Ganz bestimmt sogar«, versicherte ihm Benedict Lansdon. »Aber ich habe mit Minen kaum noch etwas zu tun. Ich widme mich wieder der Politik«, erklärte Benedict Lansdon und warf meiner Mutter einen vielsagenden Blick zu.

»O Benedict, das ist ja wunderbar. Ich habe immer gesagt . . .« begeisterte sich meine Mutter.

Er sah sie an und nickte. Sie verstanden sich auch ohne Worte. Ich fühlte mich ausgeschlossen und wußte instinktiv, daß sie beide mehr verband, als meine Mutter mich hatte wissen lassen.

»Ich weiß«, fuhr er fort. »Und genau das habe ich jetzt getan.«

»Erzählen Sie uns mehr darüber, Benedict«, bat Morwenna, Pedreks Mutter.

»Gerne, es ist kein Geheimnis«, antwortete er. »Ich bin als Kandidat für Manorleigh in die engere Wahl gekommen.«

»Das ist doch Ihr alter Wahlbezirk«, rief Justin.

Benedict nickte, ohne seinen Blick von meiner Mutter zu wenden. Ich ließ sie nicht aus den Augen.

»Im Grunde verdanke ich diese Ehre einem reinen Zufall«, sagte Benedict. »Leider ist Tom Dollis ganz plötzlich an einem Herzinfarkt gestorben. Der Arme war noch gar nicht alt. Ihm war keine lange Zeit als Abgeordneter beschieden. Die Nachwahl findet schon bald statt.«

»Ist das nicht eine Hochburg der Konservativen?« fragte Justin.

Benedict nickte abermals. »Schon seit Jahren. Aber einmal wurde die konservative Vorherrschaft fast gebrochen.«

Erneut ruhte sein Blick auf meiner Mutter. »Falls ich gewählt werde, sollten wir uns bemühen, den Sitz für die Liberalen zu erobern.«

26

Wir? Er bezog also meine Mutter in seine Pläne mit ein.

Sie hob ihre Teetasse. »Leider habe ich gerade keinen Champagner zur Hand«, sagte sie. »Also trinke ich mit Tee auf deinen Erfolg.«

»Was spielt das Getränk für eine Rolle?« meinte er. »Nur die guten Wünsche zählen.«

»Ich bin schrecklich aufgeregt und hoffe sehr, daß du gewinnst.«

Wieder dieses Einvernehmen zwischen den beiden.

»Ich auch«, sagte er. »Und ich wußte, du würdest das sagen.«

Morwenna meldete sich zu Wort. »Soweit ich weiß, sind Sie ein glühender Anhänger von Mr. Gladstones Politik.«

»Liebe Mowenna, er ist der bedeutendste Politiker unseres Jahrhunderts.«

»Was ist mit Peel? Oder mit Palmerston?« beegann Justin Cartwright.

Benedict machte nur eine verächtliche Handbewegung.

»Viele halten auch Disraeli für einen sehr befähigten Politiker«, fügte Mowenna hinzu.

»Dieser Emporkömmling! Er verdankt doch seinen Aufstieg nur seinen aalglatten Schmeicheleien bei der Königin.«

»Nun machen Sie aber einen Punkt«, fiel ihm Justin ins Wort. »Da steckt ganz bestimmt mehr dahinter. Dieser Mann ist ein Genie.«

»Mit einem Hang zur übertriebenen Selbstdarstellung.«

»Er ist Premierminister geworden.«

»Ja, vielleicht für einen Monat oder zwei . . .«

Meine Mutter brach in lautes Gelächter aus. »Oje, jetzt stecken wir mitten in der Tagespolitik. Wann findet die Nachwahl statt, Benedict?«

»Im Dezember.«

»Dann muß sich die Partei schon in Kürze auf einen Kandidaten einigen.«

»Auf jeden Fall bleibt mir nicht viel Zeit zur Vorbereitung. Trotzdem muß ich es schaffen.«

Weder Pedrek noch ich hatten im Verlauf dieser Unterhaltung auch nur ein Wort gesagt. Ich fragte mich, ob er wohl dasselbe dachte wie ich. Nämlich daß sie unsere Anwesenheit einfach vergessen hatten. Sonst erkundigten sie sich bei unserer Rückkehr nach unseren Reitfortschritten, fragten nach dem Befinden der Großeltern, ob wir schönes Wetter hatten und dergleichen mehr.

Aber an diesem Tag sprachen sie nur über Gladstones Reformpläne für Irland. Natürlich war Benedict Lansdon bestens informiert. Er spielte den Wortführer, und die anderen dienten ihm als Publikum. Wir erfuhren, daß Gladstone über die katastrophalen Verhältnisse und die wachsende Unzufriedenheit in Irland beunruhigt war. Er war davon überzeugt, daß die neue Regierung die Angelegenheit in den Griff bekommen würde.

Das war unsere Heimkehr.

»Dieser Benedict Lansdon hat alles verdorben«, sagte ich enttäuscht zu Pedrek.

Von nun an bestimmte dieser Mann unser Leben. Andauernd besuchte er uns. Wollte ich mit meiner Mutter im Park spazierengehen, schloß er sich uns an. In eine angeregte Unterhaltung vertieft, schritten die beiden nebeneinanderher, ohne von mir Notiz zu nehmen. Hin und wieder richtete er eine beiläufige Bemerkung an mich oder erkundigte sich nach meinen Reitfortschritten und meinte, wir müßten endlich alle miteinander ausreiten.

Er wurde natürlich gewählt — wie es meine Mutter prophezeit hatte —, und er trug sich mit dem Gedanken, in Manorleigh ein Haus zu kaufen. Er bat meine Mutter, mit ihm dorthin zu fahren und ihm bei der Suche danach zu helfen.

Ich wünschte ihn so bald wie möglich fort. Während er sich nach einem geeigneten Kaufobjekt umsah, wohnte er in Manorleigh in einem möblierten Haus zur Miete. Leider hielt er sich auch häufig in London auf.

Inzwischen nahte schon der November. Im Park kehrten die Gärtner die Blätter zu großen Laubhaufen zusammen, und ein herrlicher Geruch nach Rauch lag in der Luft. Ein silbriger Dunst schwebte zwischen den Bäumen und ließ alles in einem geheimnisvollen Licht erscheinen. Pedrek und ich hatten den Herbst immer genossen. Wir liefen durch das raschelnde Laub und malten uns die phantastischsten Abenteuer aus.

Doch in jenem Jahr bereiteten mir diese Spiele kein Vergnügen. Ich fühlte ein merkwürdiges Unbehagen.

Und dann . . . Dann kam der Tag, an dem ich das Schlimmste erfuhr.

Ich lag bereits im Bett und las. Das war mir erlaubt, bis Miß Brown kam und das Licht löschte.

Meine Mutter kam ins Zimmer. Ihre Augen strahlten. Ich hatte einmal gehört, manche Menschen würden von innen heraus leuchten, und auf sie traf das an diesem Abend zu. Noch nie zuvor hatte ich den Ausdruck so reinen Glücks gesehen.

Sie beugte sich zu meinem Bett herunter und schloß mich in die Arme.

»Rebecca, du sollst es als erste erfahren.«

Ich lehnte meinen Kopf an ihre Schulter.

Sie strich mir über das Haar. »Immer hat es nur uns beide gegeben, das weißt du. Mich und dich. Ja, natürlich auch die Familie, die wir zärtlich lieben. Aber zwischen uns — zwischen dir und mir — bestand stets eine ganz besondere nahe und liebevolle Verbundenheit. Und das soll auch so bleiben, unser ganzes Leben lang.«

Ich nickte. Eine unbestimmte Angst stieg in mir hoch. Dunkel ahnte ich, was sie mir mitteilen wollte.

Und schon kam es: »Ich werde wieder heiraten, Rebecca.«

»Nein, nein«, murmelte ich.

Sie hielt mich ganz fest. »Du wirst ihn ebenso liebgewinnen wie ich. Er ist ein wunderbarer Mann. Ich kenne ihn seit meiner Jugendzeit. Damals war ich kaum älter als du heute. Zwischen uns bestand immer eine ganz besonders innige Freundschaft.«

»Aber du hast doch meinen Vater geheiratet«, erinnerte ich sie.

»Ja, natürlich. Doch ich bin schon sehr lange Witwe. Schon sehr, sehr lange.«

»Gerade zehn Jahre«, warf ich ein. »Er starb kurz vor meiner Geburt.«

Sie nickte. »Du fragst gar nicht . . .« begann sie.

Das brauchte ich nicht. Ich wußte es. Doch ehe ich antworten konnte, sprach sie es aus: »Ich heirate Mr. Benedict Lansdon.«

Obgleich ich gewußt hatte, daß es sich nur um ihn handeln konnte, erschauderte ich.

Sie fuhr fort: »Du wirst ihn gern haben, Rebecca. Er ist ein ganz außergewöhnlicher Mann.«

Ich schwieg. Was hätte ich auch darauf sagen sollen? Auf ihren ersten Satz hin hätte ich nur antworten können: Niemals. Und auf den zweiten: Ja, ich weiß, er ist außergewöhnlich. Aber ich mag keine außergewöhnlichen Menschen. Mir gefallen ganz gewöhnliche, freundliche, nette Menschen.

»Nichts wird sich ändern«, versuchte sie mich zu beruhigen.

»Doch«, erwiderte ich.

»Nun ja, ein paar kleine Änderungen ergeben sich zwangsläufig — aber nur zum Besseren hin. Oh, Rebecca, ich bin so glücklich. Ich liebe ihn schon lange. Er ist ganz anders als alle Männer, die ich je gekannt habe. In unserer Kindheit erlebten wir gemeinsam viele Abenteuer. Dann habe ich ihn aus den Augen verloren und lernte deinen Vater kennen.«

»Mein Vater war ein großartiger Mann. Ein Held.«

»Ja. Wir waren sehr glücklich. Aber er ist tot. Er würde nicht wollen, daß ich mein Leben lang um ihn traure. Auch du wirst glücklich sein, Rebecca. Jeder Mensch braucht einen Vater.«

»Ich habe einen Vater.«

»Ich meine einen Vater, der für dich da ist. Der dir hilft, dir Ratschläge gibt und dich liebt.«

»Aber ich bin nicht *seine* Tochter.«

»Du wirst seine Stieftochter sein, Rebecca, ich bin überglücklich heute abend. Bitte, mach mir nicht das Herz schwer. Du wirst dich bestimmt an den Gedanken gewöhnen. Was liest du gerade?«

»*Robinson Crusoe*«.

»Ein spannendes Buch, nicht wahr? Gestern sah ich Pedrek darin lesen.«

Ich nickte.

Sie küßte mich. »Ich wollte unbedingt, daß du es als erste erfährst. Gute Nacht, mein Schatz.«

Sie fühlte sich unbehaglich, weil ich durch meine ablehnende Haltung ihr Glück getrübt hatte — wenn auch nur ein wenig. Ich wußte, sie würde sich mit dem Gedanken trösten, daß ich noch ein Kind und bestimmt nur eifersüchtig sei.

Vielleicht hätte ich mich erfreut zeigen sollen, aber ich verabscheute Heuchelei.

In der Familie herrschte eitel Freude. Anläßlich der Verlobung lud Onkel Peter zu einer festlichen Abendgesellschaft ein. Die Hochzeit sollte bald stattfinden.

Meine Großeltern wollten zur Trauung nach London kommen. Sie hatten ihre Glückwünsche bereits brieflich übersandt und ihre Zufriedenheit über die bevorstehende Heirat zum Ausdruck gebracht. Auch Onkel Peter freute sich sehr. Er mochte meine Mutter und war stolz auf Benedict, der es ohne seine Hilfe zu einem Vermögen gebracht hatte. Ich vermute, ihm lag Benedict mehr am Herzen als sein eigener Sohn Peterkin, der sein Leben dem Wohltätigkeitswerk der Mission verschrieben hatte, oder Helena, die mit Martin Hume eine vorbildliche Ehe führte.

In unserem Haus herrschte dagegen eine eher gedrückte Stimmung.

Das Personal schien besorgt in die Zukunft zu blicken, machte aber mir gegenüber keinerlei Andeutung darüber. Ohne jedes Schuldgefühl belauschte ich ihre Gespräche. Ich mußte unbedingt wissen, welche Zukunftssorgen sie beschäftigten. In unserem kleinen Haus entging mir kaum ein Wort.

Einmal hörte ich Mr. und Mrs. Emery miteinander reden. Sie räumte Wäsche in den Schrank, die ihr Mann ihr reichte. Da sie sich in der Nähe meines Zimmers befanden, brauchte ich die Tür nur einen Spaltbreit zu öffnen — ein solches Benehmen schien mir angesichts der besonderen Umstände durchaus erlaubt —, um jedes Wort zu verstehen.

Sie sagte: »Ich mache mir keine Sorgen. Bestimmt bekommen wir rechtzeitig Bescheid.«

»Sie haben dort ein neues Haus. Aber wie ich Mrs. Mandeville kenne, läßt sie die Leute, die ihr treu gedient haben, nicht im Stich.«

»Das schon, falls sie in dieser Frage überhaupt etwas zu bestimmen hat, aber . . .«

»Warum denn nicht? Schließlich ist sie die Herrin, oder?«

»Du hast ja recht. Ich hoffe, er überläßt die Entscheidungen in den häuslichen Dingen ihr.«

»Ich bezweifle, daß er das Haus kauft, bevor alles entschieden ist.«

»Also, ich weiß nicht. Er ist doch bereits so gut wie gewählt. Das heißt, wenn er die Nachwahl verliert, dann gewinnt er eben die nächste Wahl. Die allgemeinen Wahlen finden schon bald statt. Ja, ich rechne damit, daß er das Haus kauft. Schließlich ist er bereits als Kandidat aufgestellt worden.«

»Glaubst du, er kommt ins Palament?«

»Er gehört zu den Menschen, die alles erreichen, was sie anstreben.«

»Vergiß nicht, was das letztemal passiert ist. Schließlich war er in einen handfesten Skandal verwickelt.«

Ich lauschte noch aufmerksamer. Das durfte ich mir auf keinen Fall entgehen lassen. Was für ein Skandal? Wußte meine Mutter davon?

»Aber es hat sich alles aufgeklärt, oder?«

»Anscheinend. Anfangs waren alle von seiner Schuld überzeugt gewesen. Alle glaubten, er hätte sie umgebracht.«

»Soweit ich weiß, hat sich zweifelsfrei herausgestellt, daß sie das Zeug selbst eingenommen hat.«

»Jedenfalls kam ihr Tod ihm sehr gelegen.«

»Gelegen! Diese Geschichte hat ihn seinen Sitz im Parlament gekostet. Er hatte ihn so gut wie in der Tasche.«

»Wer weiß. Sein Bezirk ist eine Hochburg der Tories, und er ist ein Liberaler.«

»Die Tories waren ganz schön nervös. Es sah tatsächlich so aus, als hätte er es geschafft. Er wäre in die Geschichte eingegangen. Zum erstenmal seit ungefähr hundert Jahren hätten die Tories in diesem Bezirk verloren.«

»Aber das Wunder ist nicht geschehen.«

»Nein. Weil seine arme Frau unter geheimnisvollen Umständen gestorben ist.«

»Aber ich sagte dir doch, es hat sich aufgeklärt. Er hat sie nicht umgebracht.«

»Meiner Meinung nach war es so das beste. Die Tories haben ihren Sitz behalten.«

»Ach, du und deine Tories. Ich bin für die Liberalen.«

»Was verstehst denn du schon davon?«

»Bestimmt nicht weniger als du. So! Hier sind wir fertig. Komm mit. Ich muß mich um das Essen kümmern.«

Leise schlich ich von der Tür weg.

Dieses Gespräch hatte mich innerlich aufgewühlt, und eine böse Vorahnung überfiel mich.

Er war schon einmal verheiratet gewesen. Seine Frau war gestorben . . . unter mysteriösen Umständen. Seine *erste* Frau. Und bald sollte meine Mutter seine zweite Frau werden.

Ich überlegte, was ich tun konnte. Sollte ich sie warnen? Doch mußte ihr dieser lange zurückliegende Skandal bekannt sein. Scheinbar störte sie sich nicht daran. Sie verhielt sich, als hätte er sie verzaubert.

Gerne hätte ich mit jemandem darüber gesprochen. Die Emerys oder eines der Mädchen zu fragen hatte wenig Zweck, denn von ihnen würde ich keine zufriedenstellende Auskunft bekommen.

Es blieb mir nur eine Möglichkeit, und zwar Pedrek. Ich mußte ihn um Hilfe bitten. Gemeinsam konnten wir herausfinden, was dahintersteckte.

Er half mir bereitwillig. Vom Butler der Cartwrights, mit dem er befreundet war, erfuhr er, Benedict Lansdon hätte sich vor längerer Zeit schon einmal in Manorleigh zur Wahl gestellt. Kurz vor dem Wahltermin verstarb seine Frau, eine farblose, ziemlich nervöse Person. Ihm sagte man eine sehr enge Freundschaft mit Mrs. Grace Hume nach. Man munkelte, Benedict hätte seine Frau umgebracht, damit sie ihm nicht mehr im Weg stünde. Diese Gerüchte hielten sich bis zur Wahl. Es gelang ihm nicht, seine Unschuld zu beweisen. Ohne dieses Gerede hätte Benedict Lansdon höchstwahrscheinlich einen Palamentssitz errungen. Aufgrund des Skandals erlitt er jedoch eine schwere Niederlage. Später fand man einen Brief, den seine Frau vor ihrem Tod geschrieben hatte. Darin stand, sie würde sich das Leben nehmen, weil sie an einer unheilbaren Krankheit leide und große Schmerzen habe.

Dieser Abschiedsbrief entlastete ihn völlig, aber die Wahl hatte er verloren. Er zog sich ganz von der Politik zurück.

Seine Vergangenheit barg also ein düsteres Geheimnis. Und dieser Mann wollte meine Mutter heiraten und sie mir wegnehmen!

Entgegen den Versprechungen meiner Mutter veränderte sich alles zum Schlechten. Ich bekam sie kaum noch zu Gesicht. Die ganze Familie schmiedete Pläne für die Hochzeit. Onkel Peter wünschte ein großes Fest.

»Nichts liebt die Öffentlichkeit mehr als romantische Liebesgeschichten«, behauptete er. »Und wenn du ins Parlament willst, schadet Publicity nicht, jedenfalls nicht, solange man dich mit angenehmen Dingen in Verbindung bringt.«

»Das ist typisch Onkel Peter«, sagte meine Mutter lachend. Damals lachte sie sehr oft. »Mir ist es vollkommen gleich, ob wir eine große Hochzeit oder ein Fest im kleinen Kreis feiern.«

Tante Amaryllis ergriff natürlich Onkel Peters Partei.

Benedict Lansdon kümmerte sich um das Haus in Marnorleigh. Meine Mutter hatte mich mitgenommen, weil sie unbedingt wollte, daß ich es mir ansah. »Schließlich werden wir uns die meiste Zeit dort aufhalten, denn wir dürfen auf keinen Fall den Wahlbezirk vernachlässigen.«

»Was geschieht mit unserem Haus?« fragte ich.

»Wahrscheinlich verkaufe ich es. In London steht uns bald das Haus deines . . . Stiefvaters zur Verfügung.«

Ich fühlte, wie ich rot wurde. Mein Stiefvater! Wie sollte ich ihn anreden? Ich konnte unmöglich Mr. Lansdon zu ihm sagen. Onkel Benedict? Er war nicht mein Onkel. Allerdings nannte ich etliche Mitglieder unserer Familie Onkel, obwohl sie im Grunde kein Anrecht auf diese Bezeichnung hatten. Onkel war ein vager Begriff. Ich beriet mich mit Pedrek. Staunend stellte ich fest, wie aus einer Nebensächlichkeit ein so großes Problem wurde. Sollte ich etwa Vater zu ihm sagen? Niemals! Blieb also nur Onkel. Ich fühlte mich dieser peinlichen Situation hilflos ausgeliefert, und das verwirrte mich mehr und mehr.

Meine Mutter tat so, als merke sie meine Verwirrung nicht, und verhielt sich, als wäre alles in bester Ordnung.

»Wir haben *sein* Haus in London. Es bietet mehr als genug Platz für uns alle. Und dann natürlich noch das Anwesen in Manorleigh. Oh, es wird herrlich werden, Becca.« Im Überschwang ihrer Gefühle gebrauchte sie neuerdings wieder diesen vertrauten Kosenamen aus meiner Babyzeit. »Es gefällt dir bestimmt. Das Haus in Manorleigh liegt am Stadtrand, fast auf dem Land. Du kannst dort herrliche Ausritte unternehmen. Und du bekommst ein schönes Schulzimmer. Miß Brown — wir alle — setzen große Hoffnungen in dich.«

»Was ist mit Mr. und Mrs. Emery?«

»Oh, ich habe — *wir* haben darüber gesprochen. Ich frage die beiden, ob sie mit uns nach Manorleigh möchten.«

Diese Antwort erleichterte mich ein wenig. Wenigstens mußte ich nicht auf die vertrauten Gesichter verzichten. Und sie mußten sich keine Sorgen um ihre Arbeit machen.

»Bestimmt kommen sie gerne mit. Zufällig habe ich gehört, wie sie miteinander gesprochen haben und . . .«

»Aha. Was sagten sie denn?«

»Sie machten sich Sorgen, was mit ihnen geschehen wird. Aber sie hofften, dir läge das Wohl deiner Leute am Herzen.«

»Selbstverständlich. Ich gebe den beiden gleich Bescheid. Dann können sie sich ihre Entscheidung in Ruhe überlegen. Was sagten sie denn noch?«

Ich schwieg. Fast hätte ich ihr erzählt, was sie über seine erste Frau gesagt hatten. Doch der Augenblick ging vorüber. Anscheinend war ihr mein Zögern nicht aufgefallen.

»Ach, weiter nichts. Jedenfalls kann ich mich an nichts erinnern.«

Zum erstenmal log ich sie an.

Er hatte sich bereits zwischen uns gestellt.

Meine Großeltern trafen in London ein.

Ihre unverhohlene Bewunderung für Benedict Lansdon und ihre Freude über die bevorstehende Hochzeit enttäuschten mich sehr.

In unserer Familie sprach man von nun an häufig über Wahlbezirke und allgemeine Wahlen.

»Die Chancen für die Liberalen stehen im Augenblick nicht besonders gut«, meinte mein Großvater. »Gladstone liegt zwar nicht schlecht, aber er könnte erneut über die irische Frage stolpern.«

»Wenn die Zeit dafür reif ist, wird bestimmt auch dieses Problem gelöst«, entgegnete meine Mutter. »Im Grunde wollen wir gar nicht, daß alles so schnell geht. Benedict muß zuerst Gelegenheit haben, sich im Parlament Gehör zu verschaffen.«

»Das wird ihm zweifellos gelingen«, fügte meine Großmutter im Brustton der Überzeugung hinzu.

Schon bald nach ihrer Ankunft fiel ihr mein verändertes Verhalten auf.

Meine Großmutter wollte ungestört mit mir reden, und an einem dieser nebligen Tage im Spätherbst gingen wir im Park spazieren. Ein sanfter Südwestwind trieb sein Spiel mit den Nebelschwaden, und die dampfende Feuchtigkeit legte sich angenehm auf die Haut. Der unverwechselbare Geruch des Herbstes lag in der Luft. An den Bäumen hingen die letzten bunten Blätter.

Nach einiger Zeit brach sie das Schweigen. »Ich glaube, du fühlst dich ein wenig ausgeschlossen, stimmt's?«

Ich gab keine Antwort. Sie nahm meinen Arm.

»Dazu besteht kein Grund. Zwischen dir und deiner Mutter ändert sich nichts.«

»Doch«, erwiderte ich brüsk. »Er ist andauernd da.«

»Du wirst dich bei ihm wohl fühlen. Er wird wie ein Vater für dich sein.«

»Ich habe einen Vater. Niemand hat zwei Väter.«

»Mein liebes Kind, dein Vater ist vor deiner Geburt gestorben. Du hast ihn gar nicht gekannt.«

»Aber ich weiß, daß er Pedreks Vater das Leben gerettet hat. Und ich will keinen anderen Vater.«

Sie drückte meinen Arm. »Die Heirat kommt für dich überraschend. Viele Menschen empfinden in einer solchen Situation genauso wie du. Du fürchtest dich vor der Veränderung. Ja, natürlich ändert sich einiges. Aber hast du schon mal daran gedacht, daß dein Leben dadurch schöner werden könnte?«

»Mir gefiel es, wie es war.«

»Deine Mutter ist sehr glücklich.«

»Ja«, stimmte ich ihr bitter zu. »Seinetwegen.«

»Deine Mutter und du, ihr wart ständig zusammen. Durch den Tod deines Vaters war das unvermeidlich. Ich weiß, zwischen euch beiden besteht eine sehr enge, besondere Verbindung. Daran wird sich auch in Zukunft nichts ändern. Aber sie und Benedict . . . sie waren immer schon gute Freunde.«

»Warum hat sie dann meinen Vater geheiratet? *Er* muß ihr doch nähergestanden haben.«

»Benedict ging nach Australien und verschwand aus ihrem Leben. Irgendwann sind beide eine Ehe eingegangen.«

»Ja. Und mein Vater hat einem Mann das Leben gerettet. *Seine* Frau ist gestorben.«

37

»Warum betonst du das so, Rebecca?«

»Immerhin ist sie unter merkwürdigen Umständen gestorben.«

»Wer hat das gesagt?«

Ich preßte die Lippen zusammen. Auf keinen Fall durfte ich die Emerys verraten.

»Sag mir, was du gehört hast«, drängte sie.

Ich schwieg eisern.

»Bitte, Rebecca, sag es mir«, bat sie inständig.

»Als sie starb, dachten alle, er hätte sie umgebracht, weil er sie los sein wollte. Und wegen dieses Skandals hat er die Wahl verloren. Später entdeckte man, daß sie Selbtmord begangen hatte.«

»Das stimmt«, bestätigte meine Großmutter. »Die Leute sagen anderen gerne etwas Schlechtes nach. Und ganz besonders, wenn es sich um eine bekannte Persönlichkeit handelt.«

»Aber sie ist tot.«

»Ja.«

»Ich wünschte, meine Mutter würde ihn nicht heiraten.«

»Rebecca, urteile erst über ihn, wenn du ihn kennengelernt hast.«

»Ich kenne ihn gut genug.«

»Nein, ganz bestimmt nicht. Wir kennen nicht einmal die Menschen genau, die uns sehr nahestehen. Er liebt deine Mutter. Und sie liebt ihn. Daran gibt es nicht den geringsten Zweifel. Sie war so lange allein. Zerstör ihr Glück nicht!«

»Ich?«

»Ja, du. Sie kann nicht glücklich sein, wenn sie weiß, daß du unglücklich bist.«

»Ich kann mir kaum vorstellen, daß sie überhaupt noch irgend etwas oder irgend jemanden außer ihn beachtet.«

»Augenblicklich ist sie überglücklich und freut sich auf die Zukunft. Verhalte dich ihm gegenüber nicht feindselig. Laß ihr die Freude. Warte, bis du dir deiner Gefühle sicher bist. Du baust Vorurteile gegen ihn auf. Und das ist falsch. Mit der Zeit wirst du merken, daß sich im Grunde gar nichts verändert hat. Sicher, du wohnst in einem anderen Haus. Aber was bedeuten schon Häuser? Das sind nichts weiter als Mauern, zwischen denen man lebt. Und du besuchst uns oft in Cornwall. Pedrek wird auch dort sein.«

»Pedrek schicken sie in die Schule.«

»Nun, es gibt so etwas wie Ferien. Glaubst du vielleicht, er besucht nie wieder seine Großeltern, nur weil er zur Schule geht?«

»Er ist sehr reich, dieser . . . dieser . . .«

»Benedict. Ja, inzwischen. Willst du ihm das etwa zum Vorwurf machen? Weißt du, die ganze Situation ist nicht so ungewöhnlich, wie du es dir einbildest. Viele junge Leute sind gegen eine Wiederverheiratung ihrer Eltern. Rede dir bloß nicht ein, er wäre ein Schurke. Seit Aschenbrödel haben Stiefeltern einen schlechten Ruf. Aber du bist doch viel zu vernünftig, um dich von derartigen Dingen beeinflussen zu lassen.«

Innerlich fühlte ich mich ein wenig erleichtert. Meine Großeltern hatten mir immer sehr viel Wärme und Verständnis entgegengebracht. Ich sagte zu mir: Und sie sind ja auch noch da. Falls es zu schlimm wird, gehe ich einfach zu ihnen.

Wieder drückte sie meinen Arm. »Nun sag schon, was dich noch beschäftigt.«

»Ich . . . ich weiß nicht, wie ich ihn anreden soll.«

Unvermittelt blieb sie stehen und sah mich an; dann lachte sie. Zu meiner Überraschung stimmte ich in ihr Lachen ein.

Sie nahm sich zusammen und machte ein ernstes Gesicht.

»Das ist allerdings ein schwerwiegendes Problem! Wie könntest du ihn nennen? Stiefpapa? Nein, wirklich nicht. Stiefvater? Stiefpaps? Oder einfach Vater?«

»Das kann ich nicht«, sagte ich nachdrücklich. »Ich habe einen Vater, und der ist tot.«

Der harte Zug um meinen Mund konnte ihr nicht entgangen sein.

»Wir wär's mit Onkel Benedict?«

39

»Er ist nicht mein Onkel.«

»Irgendeine verwandtschaftliche Beziehung besteht. Um hundert Ecken herum. Immerhin kannst du ihn mit gutem Gewissen Onkel Benedict oder Onkel Lansdon nennen. Das also hat dir Sorgen bereitet!«

Sie wußte genau, daß das nicht mein einziges Problem war. Trotzdem war uns beiden nach diesem Spaziergang leichter ums Herz.

Meine Laune besserte sich zusehends. Ich sagte mir immer wieder, daß sich meine Großeltern, was auch geschehen möge, um mich kümmerten. Die Atmosphäre im ganzen Haus hatte sich merklich entspannt, denn die Dienerschaft brauchte sich keine Sorgen mehr um ihre Zukunft zu machen. Alle hatten sich bereit erklärt, mit nach Manorleigh zu gehen. Das neue Haus bot sehr viel mehr Platz als unser jetziges. Wahrscheinlich mußten wir noch weiteres Personal einstellen. Für die Emerys bedeutete das einen Aufstieg. Mrs. Emery war ausschließlich für die Leitung des Haushalts zuständig, und ihr Mann bekam den Posten des Butlers. Ich behielt meine Abneigung gegen Benedict Lansdon für mich, denn ich wollte nicht allen die Freude verderben.

Dann belauschte ich wieder einmal eine Unterhaltung. Mit der Zeit entwickelte ich in dieser Hinsicht geradezu meisterhafte Fähigkeiten. Wegen meines Alters enthielten mir die Erwachsenen wichtige Dinge vor. Das war zwar nichts Neues und hatte mich in der Vergangenheit kaum gestört, aber angesichts der veränderten Lage wollte ich über alles um mich herum Bescheid wissen.

Jane und Mrs. Emery unterhielten sich wie alle anderen über die bevorstehende Hochzeit.

Ich ging die mit dicken Teppichen belegte Treppe hinauf, deshalb hörten sie meine Schritte nicht. Die Tür zu Mrs. Emerys Zimmer stand halb offen. Sie und Jane räumten einen Schrank aus. Wo ich auch hinkam, überall packte man für den Umzug nach Manorleigh.

Ich wußte genau, daß ich nicht lauschen durfte. Aber ich

tat es ohne Skrupel, weil ich soviel wie möglich über den Mann, den meine Mutter heiraten wollte, in Erfahrung bringen wollte. Das war von größter Wichtigkeit für mich — und für sie. Jedenfalls rechtfertigte ich mich auf diese Weise.

»Mich erstaunt ihr Benehmen nicht«, sagte Jane gerade. »Es ist doch nicht zu übersehen, wie sehr sie ihn liebt. Sie benimmt sich wie ein Teenager. Allerdings müssen Sie auch zugeben, Mrs. Emery, er hat schon was Besonderes.«

»Das stimmt«, meinte Mrs. Emery.

»Ich finde«, fuhr Jane fort, »er ist ein richtiger Mann.«

»Du und deine richtigen Männer!«

»Ich bin fest davon überzeugt, eines Tages ist er Premierminister.«

»Jetzt reicht's. Bis jetzt ist er noch nicht mal im Parlament. Man muß abwarten. Die Leute vergessen einen derartigen Skandal nicht so schnell. Und wenn sie nicht von selbst drauf kommen, hilft bestimmt irgend jemand ihrem Gedächtnis nach.«

»Sie meinen die Sache mit seiner ersten Frau. Aber das hat sich doch längst aufgeklärt. Sie hat Selbstmord begangen.«

»Schon. Aber er hat sie nur wegen ihres Geldes geheiratet. Sie war ein bißchen einfältig. Warum sollte ein Mann wie er ein solches Mädchen heiraten? Weil ihr eine Goldmine gehörte.«

»Eine Goldmine?« flüsterte Jane.

»Genau. Daher stammt sein Vermögen. Weißt du, auf dem Land ihres Vaters wurde Gold gefunden, und er kam dahinter. Und was hat er getan? Einen Sohn gab es nicht, also hat die Tochter alles geerbt. Er hat sie geheiratet, und damit gehörte das Gold ihm. Diese eine Goldmine hat ihn zu dem reichen Mann gemacht, der er heute ist.«

»Vielleicht hat er sie geliebt.«

»Ich nehme an, er hat ihr Gold geliebt.«

»Auf jeden Fall ist er nicht hinter Mrs. M's Geld her. Er besitzt ein sehr viel größeres Vermögen als sie.«

»O ja, natürlich, das ist etwas anderes. Ich wollte dir nur beweisen . . .«

»Mir was beweisen?«

»Was für ein Mann er ist. Er bekommt, was er will. Er wird in Windeseile im Unterhaus sitzen. Und sobald er drin ist, gibt es für ihn kein Aufhalten mehr.«

»Mir scheint, er imponiert Ihnen, Mrs. Emery.«

»Ich wollte schon immer bei einer Herrschaft beschäftigt sein, die eine große Zukunft vor sich hat. Mr. Emery geht es genauso. Ich sage dir, auf uns kommen im neuen Haus aufregende Zeiten zu. Denk an meine Worte! Aber was stehen wir hier herum und schwatzen! Genug jetzt, sonst werden wir mit dieser Aussortiererei nie fertig.«

Leise ging ich die Treppe hinauf.

Was ich gehört hatte, gefiel mir nicht. Möglich, daß er all die Eigenschaften besaß, die Jane von einem richtigen Mann erwartete, aber mir gefielen sie ganz und gar nicht.

Es folgten hektische Aktivitäten, denn die Nachwahl sollte schon bald stattfinden.

Meine Mutter reiste nach Manorleigh, und Grace Hume verließ die Mission, um ihr zu helfen. Grace hatte Benedict schon einige Male geholfen und sich als außerordentlich tüchtig erwiesen.

Ich hörte, besonders vom Personal, eine Menge über ihre Beziehung, denn Grace war eine enge Freundin von Benedicts erster Frau gewesen. Darüber schrieb die Presse allerdings nichts.

Meine Mutter, die zukünftige Frau des Abgeordneten, hinterließ während der Wahlvorbereitungen einen großen Eindruck in der Öffentlichkeit.

Onkel Peter bemerkte dazu: »Ein Hauch von Romantik sichert die Wählerstimmen.«

Ich fühlte mich einsam und ausgeschlossen, wähnte mich von meiner Mutter völlig verlassen. Alle waren vollauf mit den Hochzeits- und Umzugsvorbereitungen beschäftigt. Jede Unterhaltung drehte sich um die Wahlen. Und Miß Brown nahm in ihrem Unterricht stundenlang sämtliche Premierminister Englands durch. Mir gingen Sir Robert Peel und seine Peelers ebenso heftig auf die Nerven wie Lord Palmerston mit seiner Kanonenboot-Politik.

»Als zukünftiges Mitglied einer einflußreichen Politikerfamilie mußt du über die Führungspersönlichkeiten des Landes Bescheid wissen«, behauptete Miß Brown.

Obwohl sich Benedict Lansdons Wahlbezirk seit über hundert Jahren fest in den Händen der Tories befand, bezweifelte niemand, daß er die Wahl gewinnen würde. Jeden Abend hielt er eine Wahlversammlung ab. Er arbeitete unermüdlich, und meine Mutter wich kaum von seiner Seite.

»Sie ist bewundernswert«, bemerkte Onkel Peter nach seiner Rückkehr aus Manorleigh, wo er an mehreren Versammlungen teilgenommen hatte. »Sie ist die ideale Politikerfrau. Wie Helena. Von der Frau eines Abgeordneten hängt viel ab.«

Sie interessierten sich für nichts anderes mehr. Meine Haltung dazu war äußerst zwiespältig. Einerseits wünschte ich mir, er würde die Wahl verlieren. Andererseits tadelte ich mich selbst deswegen, denn das wäre eine entsetzliche Enttäuschung für all die Menschen, die ich am meisten liebte — ganz besonders für meine Mutter. Aber ein kleiner Mißerfolg kann ihm nicht schaden, sagte ich mir. Ich haßte ihn aus tiefstem Herzen, weil er in unser Leben eingebrochen war.

Zur großen Freude der Familie gewann er die Wahl und zog als Abgeordneter von Manorleigh in das Parlament ein. Damit hatte er die erste Hürde überwunden. Sein Sieg erregte großes öffentliches Aufsehen, denn schließlich hatte er den Tories den Sitz im Parlament weggenommen.

In den Zeitungen wurde viel über ihn berichtet. Die Journalisten versuchten, seinen Wahlsieg zu begründen. Sie bezeichneten ihn als gescheit und gut unterrichtet; lobten seine Schlagfertigkeit; behaupteten, er könne sich hervorragend auf Zwischenrufer einstellen. Einstimmig bescheinigten sie ihm, einen hervorragenden Wahlkampf geführt zu haben und über die notwendigen Qualitäten eines Parlamentsmitglieds zu verfügen. Man verglich ihn mit Martin Hume, der in der Tory-Regierung einen Kabinettsposten bekleidete, also sein politischer Gegner war. Die Liberalen genossen ihren Triumph, und Mr. Gladstone verlieh seiner Zufriedenheit Ausdruck.

Benedict hatte das große Glück gehabt, gegen einen neuen Mann antreten zu müssen, den niemand in Manorleigh kannte. An Benedict erinnerten sich die Wähler jedoch gut. Er war ihnen von seiner ersten Kandidatur her bekannt. Der mysteriöse Tod seiner Frau, der ihn damals den fast sicheren Wahlsieg gekostet hatte, schadete ihm deshalb nicht.

Onkel Peter war begeistert und ungeheuer stolz auf seinen Enkel. Die ganze Familie und besonders meine Mutter befanden sich geradezu in einem Freudentaumel.

»Bald ziehen wir in das Haus nach Manorleigh«, sagte sie. »Oh, Becca, du wirst sehen, es wird wunderschön.«

Davon war ich allerdings weniger überzeugt.

Weihnachten war vorbei, und der Frühling kündigte sich an. Damit rückte der Hochzeitstermin unaufhaltsam näher.

Ich hatte ernsthaft versucht, meine bösen Vorahnungen abzuschütteln. Ein- oder zweimal sprach ich mit meiner Mutter über Benedict. Sie redete nur zu gern über ihn, sagte mir aber leider nicht das, was ich hören wollte.

Früher hatte sie mir oft von der gemeinsamen Zeit mit meinem Vater und Pedreks Eltern in den Goldfeldern erzählt. Inzwischen konnte ich mir die australische Goldgräbersiedlung deutlich vorstellen: den Bergwerksschacht; den Laden, in dem es alles Erdenkliche zu kaufen gab; die Hütten, in denen sie wohnten; die fröhlichen Feiern nach einem Goldfund. Ich sah die angespannten Gesichter im Feuerschein, wenn sie ihre Steaks brieten, und spürte ihre Gier nach dem Gold.

Mein Vater unterschied sich deutlich von den anderen. Er verkörperte den charmanten Abenteurer, der um die halbe Welt gereist war, um sein Glück zu machen. Meine Mutter sagte, er sei stets heiter und unbeschwert gewesen. Er hatte immer fest auf sein Glück vertraut. Ich glühte vor Stolz auf meinen Vater und war unendlich traurig, daß ich ihn nicht hatte kennenlernen können. Sein heldenhafter Tod rundete mein Idealbild von ihm ab. Warum hatte er nicht weiterleben dürfen?

Inständig hoffte ich auf irgendwas, das Mutters Hochzeit mit Benedict Landson verhindern könnte. Doch die Tage vergingen ohne besonderen Zwischenfall, und der Hochzeitstag rückte immer näher.

Benedict Lansdon hatte ein altes Herrenhaus am Stadtrand von Manorleigh gekauft. Es mußte dringend renoviert werden, aber meine Mutter meinte, es mache ihr selber großen Spaß, das Haus wieder bewohnbar zu machen. Es war Anfang des vierzehnten Jahrhunderts erbaut worden. Zur Zeit Heinrichs des Achten hatte man es bereits einmal modernisiert — zumindest die beiden unteren Etagen, das oberste Stockwerk war noch mittelalterlich.

Hätte dieses Haus nicht *ihm* gehört, so hätte ich mich bestimmt dafür begeistert. Es war zwar nicht mit Cador zu vergleichen, aber trotzdem beeindruckend schön. Eine rote Ziegelmauer umschloß den verwilderten, eingewachsenen Garten, der mir besonders gut gefiel. Dort konnte man träumen und die Zeit vergessen. Hingebungsvoll widmete sich meine Mutter der Renovierung. In ihrer damaligen Stimmung fand sie einfach alles wunderbar. Anfangs wollte ich mich heraushalten, aber es gelang mir nicht. Manor Grange, das Anwesen, zog mich in seinen Bann, und ich begann, mich an den Unterhaltungen über mittelalterliche Dachziegel und Wandverkleidungen zu beteiligen. Das Dach mußte dringend ausgebessert werden, und es war nicht leicht, die passenden Ziegel, die sowohl alt als auch in gutem Zustand sein mußten, zu bekommen.

Im Herrenhaus befand sich eine lange Galerie, die meine Mutter mit Gemälden schmücken wollte. Tante Amaryllis schenkte ihr ein paar Bilder, und meine Großeltern forderten sie auf, sich in Cador Gemälde für Manor Grange auszusuchen. Wäre nicht Benedict Lansdon mit im Spiel gewesen, hätte ich ihre Begeisterung geteilt.

Über der Galerie lag das Dachgeschoß. Dort befanden sich

große Zimmer mit schrägen Wänden für das Personal. Mr. und Mrs. Emery hatten ihre Räume bereits besichtigt und sich sehr zufrieden geäußert.

»Am besten wäre es, Sie zögen schon eine Woche vor der Hochzeit nach Manorleigh«, sagte meine Mutter zu Mrs. Emery. »Dann könnten Sie alles Nötige für unseren Einzug vorbereiten.«

Mrs. Emery hielt das für einen ausgezeichneten Vorschlag.

»Wir müssen auch zusätzliches Personal einstellen«, fuhr meine Mutter fort. »Allerdings sollten wir die Leute sehr sorgfältig auswählen.«

Auch hierhin stimmte Mrs. Emery mit ihr überein. Sie platzte fast vor Stolz angesichts ihrer neuen Verantwortung in einem sehr viel größeren Haushalt.

Die Möbel, die meine Mutter behalten wollte, sollten ungefähr eine Woche vor der Hochzeit nach Manor Grange gebracht werden. Unser Haus stand zum Verkauf. Die Woche vor der Hochzeit verbrachten meine Mutter und ich bei Tante Amaryllis und Onkel Peter. Meine Großeltern, die zur Trauung nach London kamen, wohnten auch dort.

Die Emerys zogen hoch erfreut ins neue Haus ein. Jane und Ann waren schon dort. Als erstes kümmerten sich die Emerys um die Einstellung des neuen Personals. Die beiden hatten sich über Nacht verändert; unverhohlen stellten sie ihre neue Würde zur Schau. Von nun an trug Mrs. Emery bevorzugt Kleider aus schwarzem Seidentaft, die beim Gehen raschelten. Außerdem schmückte sie sich mit einer Kette aus Jettperlen und dazu passenden Jettohrringen. Ihre Haltung wirkte gebieterisch und furchteinflößend. Mr. Emery veränderte sich auf ähnliche Art. Er kleidete sich höchst sorgfältig. In seinem makellosen Cut und den gestreiften Hosen war er kaum wiederzuerkennen.

Meine Mutter und ich amüsierten uns köstlich über die Verwandlungen der Dienerschaft, und in solchen hin und wieder auftretenden Augenblicken fühlte ich die Verbundenheit von einst.

In London stand uns weiterhin ein Wohnsitz zur Verfügung, ein großes, elegantes Haus im georgianischen Stil in einer vornehmen Londoner Gegend. Es ähnelte dem Anwesen von Onkel Peter und Tante Amaryllis, nur daß Benedict Lansdons Haus viel größer war. Es verfügte über eine geräumige Halle und eine breite Treppe, die sich hervorragend für den Empfang der Gäste eignete, ehe man sie in das hallenartige Empfangszimmer im ersten Stock hinaufführte. Natürlich mußte ein ehrgeiziger Parlamentsabgeordneter zahlreiche Empfänge geben. Der Empfangsraum war einfach, aber teuer eingerichtet. Die Farben Rot und Weiß herrschten vor, nur hie und da blitzte ein Hauch Gold. Ich war davon überzeugt, mich mein Leben lang nach meinem Zimmer in unserem alten Haus zurücksehnen zu müssen, wenn es auch nur halb so geräumig war wie mein neues in Manor Grange. Miß Browns Zimmer stand dem meinen an Größe kaum nach. Auf demselben Stockwerk befand sich auch das Schulzimmer. Das winzige Kämmerchen, in dem Miß Brown und ich bisher gearbeitet hatten, hielt einem Vergleich mit diesem Saal nicht stand.

Miß Brown freute sich ebensosehr wie die Emerys über die Veränderungen, allerdings zeigte sie es nicht so offen. Ich fragte mich, ob auch ich mich für unseren neuen großzügigen Lebensstil hätte begeistern können, wenn ich Benedict Lansdon nicht hätte akzeptieren müssen.

Der verhängnisvolle Termin rückte immer näher. Die Hochzeit wurde intensiv vorbereitet, und alle redeten nur noch von ihr.

Ich durfte am festlichen Abendessen am Vorabend der Trauung teilnehmen. Onkel Peter meinte, daß Kinder ab einem gewissen Alter den Gesprächen der Erwachsenen zuhören und daraus lernen sollten. Ich muß gestehen, er beeindruckte mich. Er verhielt sich gegenüber jedermann gleichbleibend freundlich und zuvorkommend und behandelte auch mich nicht wie ein unreifes Kind. Bei ihm gab es kein »Das ist nichts für Kinder«. Häufig richtete er das Wort an mich, und manchmal blickte er mich über den Tisch hinweg an, so daß ich das Gefühl hatte, zwischen uns bestünde ein geheimes Einverständnis. Er orientierte sich nicht an Konventionen. Eine irgendwie verruchte Aura umgab ihn. Ich wußte, in seiner Vergangenheit gab es einen dunklen Punkt, aber ich hatte keine Ahnung, worum es sich dabei handelte. Sein Geheimnis zog mich magisch an. Immer wieder bemühte ich mich herauszubekommen, was er angestellt hatte, aber niemand sagte es mir.

Seltsamerweise erinnerte er mich ein wenig an Benedict. Früher mußte er große Ähnlichkeit mit seinem Enkel gehabt haben. Beide waren in Skandale verwickelt gewesen, und beide hatten sich nicht geschlagen gegeben. Benedict haßte ich, weil ich ihn fürchtete. Von Onkel Peter hatte ich nichts zu befürchten, deshalb genoß ich seine Gesellschaft.

Onkel Peter hielt seine Freude über die bevorstehende Hochzeit nicht zurück; er fieberte dem Termin sichtlich entgegen. Für ihn bestand nicht der geringste Zweifel an Benedicts glänzender politischer Zukunft, und Politik hatte ihn schon immer fasziniert. Er wäre selbst gerne Politiker geworden, aber dieser geheimnisumwitterte Skandal hatte alle seine diesbezüglichen Pläne zunichte gemacht. Durch seinen Schwiegersohn Martin Hume blieb er der Politik dennoch verbunden. Hin und wieder hörte ich beiläufig, wie man das Verhältnis der beiden einschätzte: »Martin ist Peters Marionette.« Ich fragte mich, ob das zutraf, und es schien mir vorstellbar. Nun betrat auch Benedict die politische Bühne, doch zweifellos würde er niemals die Marionette von irgend jemandem sein.

Wie Benedict verfügte auch Onkel Peter über ein beträchtliches Vermögen. Eine dunkle Ahnung sagte mir, daß beide ihren Reichtum auf ziemlich fragwürdige Weise erworben hatten.

Ich wünschte, ich hätte mehr darüber gewußt. Ein Kind zu sein ist wirklich nicht leicht. Die Erwachsenen behalten die wichtigsten Dinge für sich, und man muß die notwendigen Informationen wie die Teile eines Puzzlespiels mühevoll zusammentragen. Und immer fehlen die entscheidenen Stücke.

Beim Essen drehte sich die Unterhaltung ausschließlich um die Hochzeit und die Hochzeitsreise nach Italien. Nach Frankreich wollte meine Mutter nicht fahren, denn dort hatte sie die Flitterwochen mit meinem Vater verbracht. Ab und zu erzählte sie mir von dem kleinen Hotel in den Bergen, in dem sie damals abgestiegen waren, und schwärmte von dem herrlichen Blick auf das Meer.

»Bleibt nicht allzulange fort«, riet Onkel Peter. »Sonst fühlen sich die Leute in Manorleigh von ihrem Abgeordneten gleich vernachlässigt.«

»Wir bleiben höchstens einen Monat weg«, beruhigte ihn meine Mutter. Als sie Onkel Peters entsetzten Blick bemerkte, setzte sie hinzu: »Ich bestehe auf einer vierwöchigen Hochzeitsreise.«

»Du siehst«, sagte Benedict, »mir bleibt nichts anderes übrig, als zu gehorchen.«

»Ich glaube, die Wähler in Manorleigh haben Verständnis für eure Flitterwochen«, meinte mein Großvater.

Meine Mutter lächelte Onkel Peter zu. »Du hast immer gesagt, die Leute mögen romantische Liebesgeschichten. Bestimmt wären sie von uns enttäuscht, wenn wir nur ein paar Tage verreisen würden.«

Als wir uns in unsere Zimmer zurückzogen, kam meine Großmutter zu mir.

»Ich möchte mich gerne mit dir unterhalten«, sagte sie. »Wo wirst du die Zeit bis zu ihrer Rückkehr verbringen?«

»Ich darf hierbleiben.«

»Möchtest du das?«

Ich zögerte. Die Zärtlichkeit in ihrer Stimme berührte mich tief. Erschrocken merkte ich, daß mir Tränen in die Augen stiegen.

»Ich . . . ich weiß nicht«, stammelte ich.

»Das dachte ich mir.« Sie lächelte mich an. »Warum kommst du nicht mit zu uns? Dein Großvater und ich haben im Zug darüber gesprochen. Wir beide freuen uns sehr, wenn du eine Weile bei uns in Cador bist. Miß Brown kann auch mitkommen.«

»O . . . ich komme sehr gerne zu euch.«

»Dann ist es also abgemacht. Tante Amryllis wird dir nicht böse sein. Sie weiß, daß du dich hier ohne deine Mutter ein wenig einsam fühlst. Außerdem schadet dir eine Luftveränderung sicher nicht, und wir alle wissen, wie gern du in Cador bist. Ganz abgesehen davon, daß wir dich gerne bei uns haben.«

»Oh, Granny«, rief ich und legte meine Arme um ihren Hals.

Ich weinte ein wenig, aber sie tat so, als bemerke sie nichts.

»Im Frühjahr ist es in Cornwall am schönsten«, sagte sie.

Die Trauung hatte stattgefunden. Meine Mutter sah wunderschön aus in ihrem lavendelblauen Kleid und dem gleichfarbigen Hut mit der Straußenfeder, die ihr Gesicht verdeckte. Benedict wirkte sehr vornehm. Das gutaussehende Paar erregte allgemeine Bewunderung.

Unter den Hochzeitsgästen befanden sich viele bedeutende Persönlichkeiten, die nach der Kirche alle mit zu Onkel Peter und Tante Amaryllis kamen, die als Gastgeber fungierten.

Onkel Peter machte einen sehr zufriedenen Eindruck. Mich dagegen überschwemmte eine Welle der Traurigkeit. Alle meine Hoffnungen auf ein Wunder, das diese Hochzeit hätte verhindern können, waren dahin. Der Himmel hatte mich verlassen, und alle meine Gebete waren auf taube Ohren gestoßen. Aus meiner Mutter, Mrs. Angelet Mandeville, war Mrs. Benedict Lansdon geworden.

Und *er* war mein Stiefvater.

Die Hochzeitsgesellschaft versammelte sich im Empfangszimmer. Der Hochzeitskuchen wurde angeschnitten, Champagner getrunken und Reden gehalten. Die Zeit der Abreise in die Flitterwochen rückte immer näher.

Meine Mutter ging auf ihr Zimmer, um ihre Garderobe zu wechseln. Sie hatte mich gebeten, mit ihr zu kommen. »Rebecca, ich muß mit dir reden.«

Bereitwillig gehorchte ich.

In ihrem Schlafzimmer sah sie mich an. Kummer überschattete ihr Gesicht.

»Oh, Becca«, sagte sie. »Ich lasse dich so ungern allein.«

Tiefe Freude durchflutete mich, aber ich wollte ihr meine wahren Gefühle nicht zeigen. »Ich kann von dir schlecht erwarten, daß du mich mit auf deine Hochzeitsreise nimmst.«

»Du wirst mir schrecklich fehlen.«

Ich nickte stumm.

»Hoffentlich geht es dir gut. Ich bin froh, daß du nach Cornwall fährst. Ich weiß, wie gerne du dort bist und wie sehr du deine Großeltern magst. Und Cador.«

Wieder nickte ich.

Sie drückte mich ganz fest an sich.

»Wenn ich zurück bin, wird alles wunderbar. Wir werden alle Herrlichkeiten miteinander teilen . . .«

Ich lächelte, aber innerlich war ich betrübt, weil ich mir das neue Zusammenleben nicht so schön vorstellen konnte.

Meine Großmutter und ich begleiteten sie zum Bahnhof, und als der Zug losfuhr, winkte ich ihr zu. Großmutter hielt meine andere Hand ganz fest und drückte sie.

Am nächsten Tag reisten meine Großeltern und ich nach Cornwall.

Monate des Wartens

Für mich ist der Frühling die schönste Jahreszeit in Cornwall. Als die Dampflokomotive durch Devon schnaufte, wo die Gleise einige Meilen direkt am Meer entlanglaufen, atmete ich tief den Geruch der See ein. Sofort fühlte ich mich besser. Der Zug überquerte den Fluß Tamar, und schon fuhren wir durch die wundervolle Landschaft Cornwalls, deren eigenartiger Reiz einmalig auf der Welt ist.

Der Zug lief pünktlich in den Bahnhof ein. Nach der Begrüßung durch den Bahnhofsvorsteher brachte uns der Stallbursche, der uns bereits mit der Kutsche erwartet hatte, nach Cador. Beim Anblick der grauen Steinmauern und der dem Meer zugewandten Türme vergaß ich meinen Kummer. Ich wußte, daß die Entscheidung, die Rückkehr meiner Mutter in Cador abzuwarten, richtig gewesen war.

Mein vertrautes Zimmer wartete bereits auf mich. Ich trat ans Fenster. Gebannt beobachtete ich die kreischenden Möwen und bewunderte ihre eleganten Flugkünste. Auf den von der Südwestbrise sanft gekräuselten Meereswellen bildeten sich kleine weiße Schaumkronen.

Meine Großmutter schaute zur Tür herein. »Ich bin froh, daß du hier bist. Dein Großvater befürchtete, du kämst nicht mit.«

Lächelnd sah ich sie an. »Wie kommt er nur darauf?« Wir lachten beide.

Auch Miß Brown gefiel es in Cornwall, obwohl ich sicher war, daß sie sich bereits auf ihre neuen großen Zimmer in Manorleigh und London freute.

»Der Ortswechsel wird dir guttun«, meinte sie. »Die Zeit in Cornwall wird dir helfen, dich besser auf dein neues Leben einzustellen.«

Bereits in der ersten Nacht schlief ich so gut wie schon lange nicht mehr. Ich schreckte nicht mehr aus wirren Träumen hoch, die mir in der letzten Zeit häufig den Schlaf geraubt hatten. Stets tauchte Benedict Lansdon in diesen Alpträumen als eine finstere, unheilvolle Gestalt auf. Doch erzählte ich niemandem auch nur ein Wort davon. Ich wußte genau, daß man behaupten würde, ich baue nur Vorurteile gegen ihn auf, weil ich keinen Stiefvater haben wollte.

Am nächsten Morgen fragte mich meine Großmutter beim Frühstück: »Was hast du heute vor?«

»Miß Brown besteht auf Schulstunden. Sie sagt, ich habe genug Zeit verschwendet. In letzter Zeit haben wir den Unterricht ziemlich vernachlässigt, und sie will unverzüglich wieder mit dem geregelten Ablauf anfangen.«

Großmutter verzog das Gesicht. »Heißt das etwa Unterricht am Vormittag?«

»Ja, leider.«

»Ist das ein Gesetz?« fragte mein Großvater.

»Ich fürchte, hier sind Schulstunden unabänderliche Naturgesetze«, antwortete Großmutter.

»Und ich hatte mich so darauf gefreut, heute mit dir auszureiten«, meinte er. »Schade. Aber uns bleibt ja noch der Nachmittag.«

»Ihr solltet einen Besuch bei Jack und Marian machen«, riet Großmutter. »Sie sind sicher verärgert, wenn du nicht mit Rebecca bei ihnen vorbeikommst.«

Jack war der Bruder meiner Mutter und der Erbe von Cador. Mit derselben Zielstrebigkeit, die auch seinen Vater auszeichnete, hatte er sich schon seit frühester Jugend auf die Verwaltung des Landsitzes vorbereitet. Ich vermutete, daß er mit seiner Familie bald nach Cador übersiedeln würde. Aber zur Zeit wohnte er mit seiner Frau und den fünf Jahre alten Zwillingen noch in Dorey Manor — einem schönen elisabethanischen Herrenhaus. Sie kamen oft nach Cador. Seiner Frau zuliebe hatte er auf einem eigenen Haushalt bestanden. Sie verstand sich zwar gut mit meiner Großmutter, wollte aber ihr eigener Herr sein können. Bestimmt war es kein Fehler gewesen, beiden Frauen ihr eigenes Reich zu geben.

Mein Großvater stammte von Dorey Manor, folglich gehörte es auch zum Landsitz von Cador.

»Heute nachmittag besuchen wir sie«, erklärte Großvater. »Einverstanden, Rebecca?«

»Natürlich. Ich freue mich schon darauf.«

»Also abgemacht. Ich sage im Stall Bescheid, man soll Dandy für dich satteln.«

»O ja, bitte.«

Ich hatte das Gefühl, als sei ich in den Schoß meiner Familie heimgekehrt.

Der gutmütige Dandy, den ich in Cornwall immer ritt, erwartete mich schon. Den Namen hatte er wegen seiner anmutigen Erscheinung bekommen. »Er ist der perfekte Dandy«, hatte einer der Pferdepfleger bei seiner ersten Begegnung mit diesem Pferd gesagt. Und so wurde er fortan genannt.

Mit einer überraschenden Frage riß mich meine Großmutter aus meinen Träumereien. »Erinnerst du dich noch an High Tor?«

»Du meinst das schöne alte Haus? Wohnen da nicht neue Leute drin?«

»Ja, die Westcotts. Aber sie hatten es nur gemietet. Sir John Persing, der letzte Angehörige der Besitzerfamilie, ist vor kurzem gestorben. Nach seinem Tod verkauften die Vermögensverwalter das Haus, und die Westcotts zogen aus. Inzwischen wohnt eine französische Familie dort. Es sind Flüchtlinge.«

»Kennt ihr sie?«

»Nur vom Sehen. Sie kamen nach dem ganzen Schlamassel in Frankreich hierher. Vielleicht auch schon vorher, falls sie über genug Weitblick verfügten.«

»Was für ein Schlamassel?«

»Willst du deinem Großvater etwa erzählen, daß du nicht weißt, was in Frankreich passiert ist?«

»War da nicht Krieg oder so was?«

»Allerdings. In Frankreich herrschte Krieg, und die Franzosen erlitten eine schwere Niederlage gegen die Preußen.

Wahrscheinlich sind die Bourdons deshalb nach Cornwall gekommen.«

»Soll das heißen, sie haben einfach ihr Vaterland verlassen?«

»Ja.«

»Und sie wollen hierbleiben?«

Meine Großmutter zuckte die Achseln. »Das weiß ich nicht. Augenblicklich wohnen sie jedenfalls in High Tor. Wahrscheinlich warten sie ab, wie sich das in Frankreich entwickelt.«

»Was sind das für Leute?«

»Ein Ehepaar mit einem Sohn und einer Tochter.«

»Aha. Mögen die Leute hier diese Familie?«

»Ich weiß es nicht genau, immerhin sind es Ausländer, und denen gegenüber haben die meisten Vorurteile«, antwortete Großvater.

»Das Mädchen ist ganz reizend«, berichtete Großmutter. »Sie heißt Celeste. Ich schätze sie auf ungefähr sechzehn Jahre. Was meinst du, Rolf?«

»Das könnte stimmen.«

»Der junge Mann ist ein flotter, eleganter Bursche. Was meinst du . . . achtzehn, neunzehn?«

»So in etwa. Sobald sich eine Gelegenheit ergibt, fragen wir sie. Interessiert dich diese Familie, Rebecca?«

»Na klar. Vermutlich hat sich hier sonst kaum etwas verändert.«

»Oh, bei uns passiert auch schon mal was. Aber in letzter Zeit ist außer dem Einwanderungsstrom aus Frankreich nichts Aufregendes geschehen. Die Oktoberstürme tobten letztes Jahr heftiger als sonst. Die Bauern waren von den schweren Regenfällen nicht gerade begeistert. Mrs. Polhenny trennt noch immer die Spreu vom Weizen und droht den Sündern, und das sind die meisten von uns, mit ewiger Verdammnis. Und Jenny Stubbs ist so verwirrt wie eh und je.«

»Geht sie immer noch singend durch die Gegend?«

Großmutter nickte. »Die arme Seele«, sagte sie mitfühlend.

55

»Und ist sie immer noch überzeugt, ein Baby zu bekommen?«

»Ich fürchte, auch daran hat sich nichts geändert. Aber sie ist glücklich. Meiner Ansicht nach ist sie mit ihrem Schicksal ausgesöhnt und empfindet sich nicht als die tragische Gestalt, als die wir anderen sie betrachten.«

»Das schöne Wetter wird sich heute halten«, wechselte mein Großvater das Thema. »Ich freue mich schon auf unseren Reitausflug.«

Ich erhob mich vom Frühstückstisch und ging nach oben, wo Miß Brown mich schon im Schulzimmer erwartete.

Nach dem Unterricht schlenderte ich zu den Ställen hinüber.

»Schön, daß Sie wieder einmal hier sind, Miß Rebecca«, empfing mich der Stallbursche Jim Isaacs, der mittlerweile schon Dandy gesattelt hatte.

Nachdem auch ich ihn freundlich begrüßt hatte, unterhielten wir uns bis zum Eintreffen meines Großvaters.

»Hallo«, sagte er. »Alles bereit? Dann wollen wir mal, Rebecca.«

Beim raschen Ritt über die Feldwege vergaß ich meine düsteren Gedanken. Am Wegrand wuchsen Wildblumen in Hülle und Fülle, und die Luft roch herrlich nach Frühling. Auf den Wiesen und Feldern blühten Löwenzahn und Gänseblümchen, Wiesenschaumkraut und Kuckucksnelken. Die Vögel zwitscherten ihre fröhlichen Lieder.

»Wohin willst du im Anschluß an unseren Besuch in Dorey Manor? Hinunter ans Meer, zurück durchs Moor oder über die Landstraße?«

»Das ist mir einerlei. Ich freue mich einfach und genieße es, wieder hier zu sein.«

»Das ist fein«, freute er sich mit mir.

In Dorey Manor eilte uns Tante Marian mit den Zwillingen an der Hand zur Begrüßung entgegen.

Sie umarmte mich herzlich.

»Jack«, rief sie, »sieh doch mal, wer da ist.«

Rasch lief Onkel Jack die Treppe hinunter.

»Rebecca.« Er drückte mich an sich. »Schön, dich zu sehen. Wie geht es dir?«

»Sehr gut, Onkel Jack, und dir?«

»Jetzt, wo du da bist, besser denn je. Wie war die Hochzeit?«

Ich erzählte ihnen, alles sei planmäßig verlaufen.

Die Zwillinge zerrten an meinen Röcken. Ich blickte zu ihnen hinunter. Es war ein niedliches Pärchen namens Jacco und Anne-Mary. Jacco wurde nach dem jungen Cadorson genannt, der mit seinen Eltern in Australien ertrunken war, und Anne-Mary setzte sich aus dem Namen meiner Großmutter, Annora, und dem Namen der Mutter, Marian, zusammen.

Jauchzend hüpften sie um mich herum. Anne-Mary fragte mich ernst, ob ich auch wisse, daß sie im Juni fünf Jahre alt werde. Als vertraue sie mir ein großes Geheimnis an, fügte sie wichtigtuerisch hinzu: »Jacco auch.« Ich würdigte diese Tatsache angemessen und lauschte anschließend Jaccos aufgeregtem Bericht über seine Fortschritte beim Reiten.

Wir betraten das Haus, auf das mein Großvater sehr stolz war. Es war fast eingestürzt, als er und seine Eltern es erworben und umgebaut hatten. Mein Großvater war ein ebenso erfolgreicher Rechtsanwalt gewesen wie sein Vater. Trotzdem verzichtete er leichten Herzens auf seinen Beruf und kümmerte sich nach seiner Heirat ausschließlich um die Verwaltung von Cador.

Während Marian eine Karaffe mit selbstgemachtem Wein holte, zeigte uns Jack die neue Wandtäfelung. Die Unterhaltung drehte sich um Dorey Manor und natürlich um die Hochzeit. Marian erkundigte sich nach allen Einzelheiten des Festes.

»Angelets Leben ändert sich von Grund auf«, bemerkte Jack.

»Es wird bestimmt aufregender«, vermutete Marian.

Wieder stiegen in mir die inzwischen schon vertraute Traurigkeit und der aufgestaute Groll auf. Ich hatte die Heirat meiner Mutter noch längst nicht verwunden.

Wir blieben nicht allzulange bei Jack und Marian, sondern setzten unseren Ausflug fort. Ungefähr eine Meile weiter landeinwärts tauchte ein graues, auf einer kleinen Anhöhe liegendes Haus vor uns auf.

»High Tor«, erläuterte mein Großvater. »Der Name bedeutet Hoher Fels, dabei steht das Haus nur auf einem kleinen Hügel.«

»Aber der Wind umpfeift das Haus. Es ist ein sehr zugiger Wohnort«, bemerkte ich.

»Dafür hat man einen herrlichen Ausblick. Außerdem hat das Haus sehr dicke Mauern. Seit mehreren hundert Jahren trotzt es den Stürmen. Wenn man es hübsch einrichtet, ist es bestimmt sehr gemütlich. Die Bourdons fühlen sich gewiß recht wohl hier.«

»Ich glaube eher, sie sind traurig, weil sie ihr Land verlassen mußten.«

»Sie hätten ja auch bleiben können.«

»Auf jeden Fall ist es nicht leicht, sich zur Flucht zu entscheiden. Ich kann mir nicht vorstellen, daß du Cador jemals verlassen würdest.«

»Hoffentlich werde ich niemals vor eine solche Entscheidung gestellt.«

»Ohne dich, Großvater, wäre Cador nicht mehr dasselbe.«

»Ich habe mich auf den ersten Blick in Cador verliebt. Trotzdem verstehe ich diese Leute irgendwie. Überleg doch mal! Die Revolution liegt noch nicht lange zurück. Und dann noch die bittere Niederlage gegen die Preußen. Derartige Ereignisse können einen Menschen schon um den Schlaf bringen.«

Langsam ritten wir einen schmalen Weg entlang. Plötzlich hörten wir Pferdegetrappel. An der nächsten Wegbiegung standen wir unvermittelt zwei Reitern gegenüber — einem Mädchen von ungefähr sechzehn Jahren und einem etwas älteren jungen Mann.

»Guten Morgen«, sagte mein Großvater.

»Guten Morgen«, grüßten beide zurück. Sie sprachen diese Worte mit einem französischen Akzent aus.

»Rebecca«, sagte Großvater, »darf ich dir Monsieur Jean Pascal Bourdon und Mademoiselle Celeste Bourdon vorstellen? Meine Enkelin, Rebecca Mandeville.«

Zwei hellwache dunkle Augenpaare musterten mich eingehend.

Das Mädchen mit den dunklen Haaren und Augen und der bräunlichen Haut war außergewöhnlich hübsch. Ihr Reitkleid betonte ihre vollendete weibliche Figur. Sie saß auffallend anmutig auf ihrem Pferd. Der junge Mann sah ebenfalls gut aus mit seiner geschmeidigen Figur, den glatten, fast schwarzen Haaren und dem charmanten Lächeln.

»Sind Sie zu Ihrer Zufriedenheit untergebracht?« erkundigte sich Großvater.

»O ja. Das Haus gefällt uns sehr gut. Nicht wahr, Celeste?«

»Es ist sehr schön«, bestätigte sie nach kurzem Zögern.

»Das freut mich. Meine Frau möchte Sie bald einmal zum Essen einladen«, fuhr Großvater fort. »Hätten Sie Lust, uns einen Besuch abzustatten?«

»Es wäre uns *un grand plaisir.*»

»Ihre Eltern und Sie beide. Was halten Sie davon?«

Das Mädchen antwortete: »Wir werden sehr gerne . . .«

Ihr Bruder fiel ihr ins Wort: »Ja, wirklich, sehr gerne.«

»Wir sollten mit der Einladung nicht mehr allzu lange warten«, fügte mein Großvater hinzu. »Rebecca wohnt in London, und wir wissen nicht, wie lange sie noch bei uns bleibt.«

»Sehr schön«, antworteten beide gleichzeitig.

Großvater zog grüßend seinen Hut, und wir setzten unseren Weg fort.

»Nette Leute«, brummte mein Großvater, und ich stimmte ihm zu.

»Wir sollten langsam umkehren«, sagte er nach eine Weile. »Wir haben uns doch länger in Dorey aufgehalten, als ich vorgehabt hatte.«

Auf dem Rückweg kamen wir an Mrs. Polhennys Cottage vorbei. Die blütenweißen Vorhänge waren zugezogen, so daß ich keinen Blick auf Leah werfen konnte. Ich stellte mir

59

vor, wie sie gebückt über eine Stickerei hinter einem dieser Fenster saß. Wieder erfaßte mich tiefes Mitleid mit ihr.

Meine Großmutter interessierte sich sehr für unsere Begegnung mit den Bourdon-Geschwistern. »Ich sollte sie wirklich bald einmal einladen«, meinte sie.

In Cador mußte ich meine Mahlzeiten nicht im Schulzimmer einnehmen, sondern durfte gemeinsam mit meinen Großeltern essen. Sie sagten, sie hätten mich so selten um sich und wollten keine Minute auf meine Gesellschaft verzichten. Auch Miß Brown aß mit uns im Speisezimmer.

An diesem Abend sprachen wir über die Bourdons. Meine Großmutter hatte bereits eine Einladung nach High Tor geschickt.

»Ich bedauere die Menschen, die ihr Heimatland verlassen müssen«, sagte sie.

»Gegen Ende des letzten Jahrhunderts kamen viele Flüchtlinge zu uns«, fügte Großvater hinzu.

Miß Brown bezeichnete die Französische Revolution als gräßlichsten Zeitabschnitt der Geschichte. »Dieses Thema behandeln wir, sobald wir alle englischen Premierminister durchgenommen haben, Rebecca.« An meine Großeltern gewandt, fügte sie hinzu: »Da sie sich bald in politischen Kreisen bewegen wird, halte ich es für notwendig, daß sie über diese Dinge Bescheid weiß.«

»Ausgezeichnet«, erwiderte Großvater. »Bestimmt lernt sie viel Interessantes bei Ihnen.«

»Über die Politiker kann man gar nicht genug wissen«, setzte Großmutter hinzu.

Miß Brown entgegnete: »Leider sind längst nicht alle Staatsmänner für ihre Aufgabe geeignet. Anscheinend haben alle großen Männer ihre Fehler.«

»Wie wir anderen auch«, meinte Großvater.

»Napoleon der Dritte ganz gewiß.«

»Weißt du, wer dieser Napoleon ist, Rebecca?« wandte sich Großvater direkt an mich. Er bezog mich immer in die Unterhaltung mit ein.

»Ich glaube, vor dem Krieg war er Kaiser von Frankreich. Stimmt das?«

»Ganz genau. Es ist ein großer Fehler, Menschen nur aufgrund eines Verwandtschaftsverhältnisses politische Verantwortung zu übertragen. Es gab einen Napoleon. Einen zweiten oder dritten hätten wir nicht auch noch gebraucht.«

»Aber wegen seiner Herkunft stand ihm der Thron zu«, sagte ich.

»Der Vater von Napoleon dem Dritten war Louis Bonaparte, König von Holland und Bruder des ersten Napoleon, und seine Mutter Hortense Beauharnais war die Stieftochter von Napoleon dem Ersten«, erläuterte Miß Brown, die aus jeder Unterhaltung eine Schulstunde machen mußte. »Schon sehr früh beschloß er, in die Fußstapfen seines Onkels zu treten.«

»Er setzte alles daran, um Kaiser zu werden«, behauptete meine Großmutter.

»Am Anfang seiner Laufbahn jagte eine Katastrophe die andere«, fuhr mein Großvater fort, der sich ebenso wie Miß Brown sehr für Geschichte interessierte. »Seine großspurigen Versuche, die öffentliche Aufmerksamkeit auf sich zu lenken, endete mit einer Art Gefangenschaft. Zuerst floh er in die Vereinigten Staaten und später nach England. Beim Ausbruch der Revolution von 1848 erkannte er seine Chance und kehrte nach Frankreich zurück. Er errang einen Sitz in der Nationalversammlung und begann, mit Macht nach der Kaiserkrone zu streben.«

»Nun, damit hatte er immerhin Erfolg«, warf meine Großmutter ein.

»Ja, für eine gewisse Zeit.«

»Eine ganz schön lange Zeit, finde ich«, antwortete sie.

»Er wollte mit seinem Onkel in einem Atemzug genannt werden. Aber er besaß nicht dessen geniale Begabung.«

»Und wohin hat Napoleons Genialität ihn gebracht?« fragte Großmutter.

»Nach Elba und Sankt Helena«, platzte ich heraus. Ich wollte ihnen unbedingt beweisen, daß ich auch mitreden konnte.

Miß Brown warf mir einen anerkennenden Blick zu.

»Wahrscheinlich wäre alles gutgegangen«, fuhr Großvater fort, »wenn er auf die wachsende Macht Preußens nicht neidisch geworden wäre. Auch hat er die Preußen unterschätzt. Von seinem ruhmreichen Sieg überzeugt, brach er leichtfertig einen Krieg vom Zaun. Aber er hat nicht mit der preußischen Disziplin gerechnet. Die Schlacht bei Sedan besiegelte sein Schicksal endgültig.«

»Und die Bourdons entschlossen sich zur Flucht«, sagte ich. Ich wollte die Unterhaltung endlich auf ein Thema lenken, das mich entschieden mehr interessierte.

»Sehr weitsichtig von ihnen, das muß ich sagen«, meinte Großvater. »Revolution in Paris . . . die Katastrophe mit Napoleon III. Und wir beherbergen die Kaiserin und ihren Sohn im Camden House in Chislehurst. Inzwischen ist auch der Kaiser eingetroffen. Er ist kein Gefangener, lebt aber im Exil.«

»Wie die Bourdons«, meldete ich mich wieder zu Wort.

Großmutter lächelte mir zu. »Sobald dein Großvater einmal mit seinem Lieblingsthema, der Geschichte, angefangen hat, ist er nicht mehr zu bremsen.«

»Das ist aber auch ein interessanter Gesprächsstoff«, bestätigte Miß Brown lächelnd.

Als wir das Eßzimmer verließen, trat ein Botenjunge auf meine Großmutter zu und überreichte ihr eine Nachricht.

Die Bourdons bedankten sich erfreut für die Einladung und nahmen sie dankend an.

Pünktlich zur verabredeten Zeit trafen sie ein. Es wurde ein sehr interessanter Nachmittag.

Monsieur und Madame Bourdon repräsentierten typische Franzosen. Jedenfalls behauptete das meine Großmutter, als wir uns später über die Besucher unterhielten. Monsieur Bourdon tug einen sorgfältig gestutzten Spitzbart, hatte krauses dunkles Haar und benahm sich überaus galant. Er küßte sogar mir die Hand und bedachte meine Großmutter mit einem eindeutig bewundernden Blick. Die gutaussehende Madame Bourdon wirkte durch ihre Lebhaftigkeit und ihren Charme zehn bis fünfzehn Jahre jünger, als sie sein mußte. Sie neigte etwas zur Fülle; ihr Haar war makellos frisiert, und ihre großen braunen Augen blickten ein wenig traurig. Bestimmt hat sie Heimweh, dachte ich. Sie sprach unzulänglich Englisch, aber ich fand ihre drolllige Aussprache ausgesprochen charmant.

Sohn und Tochter waren fast Ebenbilder ihrer Eltern. Die Galanterie des jungen Mannes in Gegenwart der Damen unterschied sich kaum vom Verhalten des Vaters; und die gepflegte, elegante Erscheinung des Mädchens ähnelte der der Mutter.

Die Bourdons waren von dem prachtvollen Cador, dessen nostalgische Ausstrahlung ihnen besonders gefiel, begeistert. Meine Großmutter bot ihnen an, sie nach dem Essen durch das ganze Haus zu führen. Monsieur Bourdon nahm diesen Vorschlag freudig an. Auch Madame drückte ihr Entzücken aus, und die Kinder schlossen sich den Eltern an.

Während des Essens berichteten sie von den schrecklichen Ereignissen in Frankreich, die sie ins Exil getrieben hatten.

Madame Bourdon war mit Kaiserin Eugénie bekannt, und Monsieur Bourdon hatte mehrmals die Ehre gehabt, mit Napoleon dem Dritten zusammenzutreffen.

»Und nun weilen unser Kaiser und unsere Kaiserin in England. Es ist uns ein Bedürfnis, ihr Los mit ihnen zu teilen«, sagte Monsieur Bourdon mit schwankender Stimme.

Meine Großmutter fragte, wie ihnen High Tor gefiele.

»Sehr gut . . . sehr gut«, lautete die einhellige Antwort.

»Glauben Sie, Sie werden eines Tages wieder nach Frankreich zurückkehren?« erkundigte sich Großvater.

Resigniert legte Monsieur Bourdon die Handflächen aneinander, schüttelte den Kopf und hob gleichzeitig die Schultern.

»Vielleicht ja. Vielleicht nein. *La République.*« Ablehnend verzog er das Gesicht. »Wenn der Kaiser zurückkehrt . . .«

»Ich kann mir kaum vorstellen, daß das in absehbarer Zeit der Fall sein wird«, sagte Großvater.

»Und in der Zwischenzeit lebt er im Exil«, fügte Großmutter hinzu. »Ich frage mich, ob sich die Kaiserfamilie hier wohl fühlt. Es muß doch sehr merkwürdig sein, nach all dem Pomp und den Festen am französischen Hof plötzlich im ruhigen, abgeschiedenen Chislehurst zu leben.«

»Vielleicht ist er ganz froh, daß er endlich seine Ruhe hat.«

Mir fiel auf, wie interessiert Jean Pascal das Mädchen Jenny beobachtete, das bei Tisch servierte. Die Augen der beiden trafen sich, als sie ihm die Schüssel mit dem Gemüse reichte. Das Blut schoß in Jennys Wangen. Ich wußte, daß sie sich mit jungen Männern auskannte, und beschloß, sie zu fragen, wie ihr der Franzose gefiel.

Nach dem Essen zeigten wir den Gästen Cador.

Ich hörte meinem Großvater gerne zu, wenn er von Cadors Vergangenheit erzählte. Er sprach stets voller Begeisterung und ließ keine Einzelheit aus, so daß meine Großmutter ihn immer wieder freudlich unterbrach, weil sie fürchtete, er könnte die Gäste mit seinen endlosen Geschichten langweilen.

Als wir in die Galerie kamen, in der die fast fünfhundert Jahre alten Wandteppiche hingen, wurde Madame Bourdon auffallend munter und interessiert.

»*Cette tapisserie* . . . Sind sie . . . wie sagt man? . . . re . . . in Ordnung gebracht?«

»Restauriert? Ja, das war unumgänglich. Doch ich finde, die Arbeit ist sehr gut gelungen.«

»Ausgezeichnet.«

»Das ist Ihnen aufgefallen?«

»Meine Frau interessiert sich sehr . . .« versuchte Monsieur Bourdon zu erklären. »Wir haben auch *tapisserie*, sehr schön . . . sehr alt. Gobelins. Verstehen Sie?«

»O ja, natürlich«, sagte meine Großmutter. »Sicher besitzen Sie herrliche Stücke.«

Jean Pascal sprach besser Englisch als seine Eltern und erläuterte, daß sie einige ihrer wertvollsten Gobelins mit nach England gebracht hätten. Eigentlich wollten sie die Teppiche in Frankreich ausbessern lassen, aber da diese komplizierte

Arbeit hier offensichtlich sehr sorgfältig ausgeführt wurde, konnten sie den Auftrag wohl auch in England vergeben.

»Ein junges Mädchen aus unserer Gegend hat den Teppich vor zwei Jahren ausgebessert«, berichtete meine Großmutter. »Wie Sie sehen, geht sie sehr geschickt mit der Nadel um. Sie ist Näherin, fertigt aber auch herrliche Stickereien an. Einige Geschäfte in Plymouth verkaufen die von ihr bestickten Kleider. Und ich bin überzeugt, daß sie nicht gerade billig sind.«

Madame Bourdon war sehr interessiert.

»Meine Mutter wird Ihnen unendlich dankbar sein, wenn Sie ihr den Namen dieser Stickerin verraten«, sagte Jean Pascal.

Meine Großmutter zögerte. Sie warf einen raschen Blick auf meinen Großvater.

»Leah hat diese Arbeit gemacht«, erklärte sie schließlich. »Das kompliziert die ganze Sache ein wenig. Du erinnerst dich bestimmt, wie sich Mrs. Polhenny angestellt hat, als Leah damals zu uns ins Haus kam.«

Sie wandte sich an ihre Gäste. »Ich spreche mit der Mutter des Mädchens. Vielleicht erlaubt sie ihrer Tochter ausnahmsweise, nach High Tor zu gehen. Wissen Sie, ihre Mutter besteht darauf, daß sie nur zu Hause arbeitet.«

»Wir bezahlen gut . . .« begann Jean Pascal.

»Überlassen Sie es mir. Ich versuche mein möglichstes.«

Damit wandten wir uns wieder den Gobelins zu. Anscheinend besaßen die Bourdons einige unersetzliche Stücke — einen aus dem Schloß von Blois und einen aus Chambord.

»Natürlich war es ein Wagnis, die kostbaren Gobelins hierherzubringen. Aber meine Mutter konnte es nicht ertragen, sie zurückzulassen. Auf dem Transport wurden einige beschädigt.«

Beim Abschied versprach meine Großmutter, gleich morgen zu Mrs. Polhenny zu gehen und ihnen baldmöglichst Bescheid zu geben.

*

Am nächsten Nachmittag fragte mich meine Großmutter, ob ich mit ihr zu Mrs. Polhenny gehen wolle. Natürlich wollte ich.

Auf dem Weg in die Stadt unterhielten wir uns über die Bourdons und darüber, ob Mrs. Polhenny Leah nach High Tor gehen ließe.

»Sie müßte einige Wochen dort bleiben dürfen.«

»Warum kann sie denn nicht jeden Tag hingehen?«

»Weil sie für eine so schwierige Arbeit unbedingt das beste Licht braucht. Wenn sie erst jeden Tag hingehen muß, kann es passieren, daß bei ihrem Eintreffen die Lichtverhältnisse schon wieder ungünstig sind.«

»Und was sollte Mrs. Polhenny gegen einen Aufenthalt in High Tor haben?«

»Mrs. Polhyenny sieht überall nur das Böse. Sogar da, wo gar nichts ist. Sie ist immer auf das Schlimmste gefaßt. Deshalb läßt sie Leah nicht aus den Augen. Für sie ist ihre Tochter nur im Schutze ihres Heims sicher.«

Wir erreichten das Cottage. Die blitzblanken Fenster funkelten, die Kieselsteine auf dem Weg sahen aus wie frisch poliert, und die Stufen zur Veranda waren offensichtlich erst vor kurzem feucht gewischt worden. Großmutter klopfte an die Tür.

Nichts rührte sich. Wir lauschten angestrengt und glaubten, drinnen ein Geräusch zu hören. Meine Großmutter rief: »Wir sind's, Mrs. Hanson und Rebecca. Bist du das, Leah?«

Leah öffnete die Tür. Vor Verlegenheit wurde sie rot, doch das machte sie eher noch hübscher.

»Meine Mutter ist nicht da«, erwiderte sie. »Man hat sie zur Egham Farm gerufen. Bei Mrs. Masters ist es soweit.«

»Oh«, meinte meine Großmutter. Nach kurzem Zögern setzte sie hinzu: »Dürfen wir einen Augenblick hereinkommen?«

»Aber ja, natürlich. Bitte«, antwortete Leah.

Sie führte uns in das Wohnzimmer. Mir fielen die funkelnden Messingbeschläge an den Möbeln auf. Die beiden Kissen auf dem Sofa waren in einem perfekten Winkel angeordnet. Die Rückenlehnen der Sessel zierten fleckenlose Schonbezüge. Sogar über den Armlehnen lagen Schondeckchen, damit sie auf keinen Fall von den Benutzern beschmutzt wurden.

Wir wagten kaum, uns zu setzen.

»Soll ich Mutter ausrichten, daß sie Sie aufsuchen soll, sobald sie zurück ist? Ich weiß allerdings nicht, wann sie kommt. Bei einer Geburtshilfe weiß man nie.«

»Eigentlich sind wir deinetwegen hier, Leah«, sagte meine Großmutter. Schließlich war Leah mit ihren fast achtzehn Jahren kein Kind mehr und mußte imstande sein, selbst zu entscheiden. Aber offensichtlich war Leah sehr hörig und Mrs. Polhenny eine furchteinflößende Mutter. »Kennst du die Franzosen?«

»Die in High Tor?« fragte Leah.

Großmutter nickte. »Sie waren gestern zum Essen bei uns. Später haben wir ihnen das Haus gezeigt, und dabei ist ihnen deine ausgezeichnete Arbeit an dem Wandteppich aufgefallen.«

»Oh. Diese Arbeit hat mir sehr viel Freude gemacht, Mrs. Hanson.«

»Das weiß ich. Es war eine schöne Abwechslung für dich, nicht wahr? Anscheinend besitzen die Franzosen einige sehr kostbare Gobelins. Kennst du diese kostbaren Wandteppiche, Leah? Diese Gobelins sind sehr alt und müssen ausgebessert werden. Sie möchten, daß du es machst.«

»Oh, das würde ich sehr gerne. Ich bin es leid, andauernd Rosenknospen und Schmetterlinge auf Damenunterröcke zu sticken.«

»Das wäre mal eine ganz andere und künstlerisch anspruchsvolle Arbeit, nicht wahr? Immerhin sind diese Kunstwerke vor mehreren hundert Jahren angefertigt worden.«

»Ja, ich weiß.«

»Wahrscheinlich müßtest du ein paar Wochen in High Tor bleiben. Du brauchst hervorragendes Licht, und der Hin- und Rückweg kosten zuviel Zeit.«

Sie nickte. Nachdenklich sagte sie: »Meine Mutter mag es nicht, wenn ich bei anderen Leuten arbeite. Damals, als ich zu Ihnen kam, war sie auch dagegen.«

»Ich weiß. Deshalb bin ich hergekommen, damit wir darüber reden können. Ich habe Monsieur und Madame Bourdon versprochen, dich zu fragen. Sie würden dich für deine Arbeit gut bezahlen. Ich glaube, sie bezahlen jeden geforderten Preis.«

Ich betrachtete sie eingehend. Sie war tatsächlich auffallend hübsch. Ihre Freude über das ihr gezollte Lob machte sie noch schöner.

»Möchten Sie eine Tasse Tee?« fragte sie.

»Ja, gerne«, antwortete meine Großmutter.

Sie ließ uns allein. Wir blickten uns in dem kleinen Zimmer um. Ich wußte genau, was Großmutter dachte. Der Raum wirkte kalt und lieblos. Hier konnte niemand glücklich sein. In diesem Haus hatten nur Zucht und Ordnung Platz.

Während wir Tee tranken und selbstgemachte Bisquits knabberten, kehrte die Hausherrin zurück.

Sie eilte geradewegs ins Wohnzimmer. Überrascht starrte sie uns an. Einen Augenblick streiften mich ihre Augen, als ob ich etwas Unrechtes getan oder den mit braunem Samt bezogenen Armsessel entweiht hätte.

»Mrs. Hanson . . .« begann sie.

»Bitte verzeihen Sie unser Eindringen, Mrs. Polhenny«, fiel ihr meine Großmutter ins Wort. »Leah hat uns Tee angeboten. Ihre Hafermehlbiskuits schmecken ausgezeichnet.«

»Fein«, erwiderte Mrs. Polhenny lächelnd. »Ich freue mich, daß Leah daran gedacht hat, Ihnen etwas anzubieten.«

»Ging alles gut auf der Farm?«

»Ja. Es ist wieder ein Junge.« Ihr Gesicht wurde ganz sanft. »Ein hübscher, gesunder Junge. Die Eltern sind überglücklich. Es war keine leichte Geburt, aber es ging alles gut. Ich muß sie noch eine Weile im Auge behalten. Heute abend gehe ich noch mal hin.«

»Es freut mich, daß alles gut verlaufen ist. Wir wollen Ihnen einen Vorschlag machen. Mit Leah haben wir bereits darüber gesprochen.«

»So? Um was geht's?«

»Wie Sie wissen, sind in High Tor Flüchtlinge aus Frankreich eingezogen.«

»Ja, und?«

»Vor einiger Zeit hat Leah unsere Wandteppiche hervorragend ausgebessert. Gestern waren die Franzosen zum Essen bei uns, und bei dieser Gelegenheit bewunderten sie die Arbeit Ihrer Tochter. Sie möchten, daß Leah einige ihrer wertvollen Gobelins repariert.«

Mrs. Polhenny runzelte die Stirn. »Leah hat hier im Haus genug Arbeit.«

»Es wäre einmal eine Abwechslung für sie, und ganz bestimmt keine schlecht bezahlte.«

Jetzt blitzte ein wenig Interesse in Mrs. Polhennys Augen auf.

»Sie müßte ein oder zwei Wochen, vielleicht auch etwas länger, in High Tor bleiben.«

Sofort verhärtete sich Mrs. Polhennys Miene. »Warum kann sie nicht jeden Tag hingehen und wieder nach Hause kommen?«

»Der Weg ist ein bißchen weit . . . zweimal am Tag. Dazu kommt, daß sie bei diesen komplizierten Arbeiten stets das beste Licht ausnützen muß.«

»Leah will jedoch nicht außerhalb dieses Hauses arbeiten.«

»Glauben Sie nicht, daß ihr ein wenig Abwechslung guttäte? In High Tor fehlt es ihr bestimmt an nichts. Die Bourdons wären sehr froh, wenn sie die Arbeit übernähme. Madame Bourdon schwärmt von ihren Wandteppichen. Sie hängt sehr daran. Überlegen Sie es sich noch einmal, Mrs. Polhenny.«

»Der Platz eines jungen Mädchens ist zu Hause bei seiner Mutter.«

»Sie wäre ja nicht weit weg.«

69

»Können diese Leute die Wandteppiche nicht zu uns ins Haus bringen lassen?«

»Unmöglich. Die Gobelins sind sehr groß und außerdem sehr kostbar.«

»Bestimmt finden sie jemand anderen für diese Arbeit.«

»Aber gerade Leahs Arbeit gefällt ihnen. Ihre Tochter ist außergewöhnlich talentiert. Außerdem könnte sich dieser Auftrag sehr vorteilhaft für sie auswirken. Den Gästen der Bourdons fällt ihre Arbeit gewiß ebenso auf wie den Bourdons die Ausbesserung unseres Wandteppichs. Stellen Sie sich vor, was sich daraus alles ergeben kann. Kaiser Napoleon und Kaiserin Eugénie weilen in England. Das Kaiserpaar ist mit Monsieur und Madame Bourdon befreundet. Wer weiß, vielleicht arbeitet Leah einmal für die kaiserlichen Hoheiten.«

Mrs. Polhenny blickte sie zweifelnd an. »Nach allem, was ich gehört habe, führen diese Herrschaften ein lasterhaftes Leben.«

»Aber, Mrs. Polhenny. Sie können doch nicht alles glauben, was man sich erzählt. Dieser Auftrag ist Leahs große Chance. Davon bin ich fest überzeugt.«

»Ich erlaube meiner Tochter nicht, über Nacht wegzubleiben. Ich möchte sie bei mir haben. Ich will, daß sie im Zimmer nebenan schläft.«

»Lehnen Sie das Angebot bitte nicht gleich ab. Denken Sie darüber nach. Leah hat die Arbeit an unserem Wandteppich großen Spaß gemacht. Das ist sehr viel interessanter als die einfachen Stickereien, die sie sonst anfertigt.«

»Bei Ausländern!«

»Das sind Menschen wie wir«, warf ich ein.

»Verbleiben wir doch so«, schlug meine Großmutter vor, »daß Sie sich das Ganze noch einmal in Ruhe überlegen. Und vergessen Sie den finanziellen Aspekt nicht.«

»Ich will sie über Nacht zu Hause haben.«

»Das wird sich kaum machen lassen. Sie kennen unser unberechenbares Wetter nur zu gut, und sie braucht unbedingt hervorragendes Licht. In High Tor ist sie nicht aus der Welt.«

Wir verabschiedeten uns, ohne zu einer Übereinkunft gekommen zu sein.

Auf dem Heimweg meinte meine Großmutter: »Manchmal verhält sich Mrs. Polhenny wirklich ein wenig eigenartig. Es ist schade, denn sie ist eine ausgezeichnete Hebamme.«

»Und eine gute Hausfrau. In ihrem Cottage steht alles in Reih und Glied. Allerdings finde ich es geradezu ungemütlich sauber und ordentlich.«

Großmutter lachte. »Ordnung und Sauberkeit gehen ihr über alles. Sie macht einen wahren Kult daraus. Ich finde das schlimm. Die arme Leah hat in ihrem Leben noch nicht viel Freude gehabt. Es muß unerträglich sein, sich ständig von dieser nach Perfektion strebenden Mutter angetrieben zu sehen. Und wie sie das Mädchen bewacht. Das ist doch unnatürlich.«

»Anscheinend hat sie Angst, Leah könnte etwas . . . Schlimmes tun«.

Großmutter nickte. »Hoffentlich ändert sie ihre Meinung. Als ich vom Geld sprach, erschien sie etwas interessierter.«

»Ja. Das ist mir auch aufgefallen.«

»Wir müssen nun abwarten. Ich schicke Madame Bourdon eine Nachricht und setze sie über die Verzögerung in Kenntnis. Vielleicht lockt das Geld . . .«

Ein Brief meiner Mutter traf ein. Sie schrieb, sie sei sehr glücklich und hoffe, es gefalle mir in Cornwwall. Sie freue sich schon darauf, mich bei ihrer Ankunft in London wiederzusehen.

»Du kannst uns bei unserer politischen Arbeit unterstützen. Das macht dir bestimmt Spaß. Oh, Becca, wir werden sehr glücklich sein . . . wir drei.«

Ich zeigte den Brief meiner Großmutter.

»Man merkt, wie gut es ihr geht«, sagte sie lächelnd. »Freuen wir uns mit ihr, Rebecca.«

»Sie will, daß ich bei ihrer Rückkehr in London bin.«

»Dein Großvater und ich bringen dich hin. Ein paar Tage in der Stadt sind für uns eine schöne Abwechslung.«

An meinem letzten Tag in Cornwall ritt ich frühmorgens noch einmal mit Dandy aus, während Miß Brown sich schon auf die Abreise vorbereitete und packte. Auf dem Weg zum Teich traf ich Jenny, die leise vor sich hin sang. Mich beachtete sie nicht weiter. Ich fand sie genauso merkwürdig wie Mrs. Polhenny. Beide verhielten sich ungewöhnlich. Allerdings war mir Jenny entschieden lieber als die Hebamme.

Inzwischen hatten wir erfahren, daß Mrs. Polhenny mit dem Vorschlag einverstanden war. Sobald Leah die Aufträge für ihre Kunden in Plymouth ausgeführt hatte, durfte sie nach High Tor gehen, um die Gobelins der Bourdons auszubessern.

Am nächsten Tag fuhren wir nach London, wo wir wieder bei Onkel Peter und Tante Amaryllis wohnten. Meine Mutter und ihr Ehemann trafen einen Tag später in London ein.

Ich sehnte mich nach dem Frieden in Cornwall zurück. Dort hatten mich die Wandteppiche der Bourdons, Mrs. Polhennys frömmlerische Verhaltensweise und die fröhlich singende Jenny Stubbs von den neuen Familienverhältnissen abgelenkt. In London holte mich die rauhe Wirklichkeit wieder ein.

Onkel Peter verhielt sich seltsam ruhig und zurückhaltend. Als ich mich nach seinem Befinden erkundigte, antwortete er, er habe viel zu tun, aber es gehe ihm gut, und er freue sich schon sehr auf die Rückkehr des jungen Ehepaares.

»Benedict wird uns beweisen, was er kann«, behauptete er. »Er ist ehrgeizig und gehört nicht zu denen, die stillstehen und sich mit dem Erreichten zufriedengeben.«

Der Stolz und die Bewunderung in seiner Stimme befremdeten mich. Warum empfanden nur alle so viel Hochachtung vor diesem Mann?

Am nächsten Tag empfingen wir meine Mutter und Benedict in der Halle. Meine Mutter sah schöner aus als je zuvor. Halb ärgerte und halb freute mich ihr strahlendes Lächeln.

Ich flog in ihre Arme.

»Oh, Becca, Becca«, rief sie. »Du hast mir so sehr gefehlt! Mit dir wäre die Reise noch schöner gewesen.«

Benedict lächelte mir zu. Er ergriff meine Hände und hielt sie fest. Meine Mutter beobachtete uns dabei. Sie erwartete eine freudige Reaktion von mir. Also lächelte ich so herzlich, wie ich nur konnte.

Sie hatte mir einen Wandteller aus Porzellan mitgebracht. Es war ein Frauenporträt darauf gemalt, das Raffaels *Madonna della Sedia* ähnelte. Meine Mutter hatte sich daran erinnert, daß ich einmal eine Kopie von diesem Bild gesehen hatte und davon begeistert gewesen war.

»Wunderschön«, sagte ich.

»Wir haben den Teller gemeinsam ausgesucht.«

Wieder lächelte ich ihm etwas mühsam zu.

Beim Essen unterhielten wir uns angeregt. Tante Amaryllis konnte gar nicht genug über Italien und die Flitterwochen erfahren. Onkel Peter interessierte sich mehr für Benedicts Zukunftspläne.

»Wir fahren so bald wie möglich nach Manorleigh«, erklärte Benedict. »Ich will nicht gleich einen schlechten Eindruck bei meinen Wählern hinterlassen. Ich muß für sie dasein.«

»Auf dich kommen eine Menge neuer Pflichten zu, Angelet«, meinte Tante Amaryllis. »Ich weiß, wie vielen Aufgaben Helena nachkommen muß.«

»Die Eröffnung von Gartenfesten, Bazaren, verschiedene Wohltätigkeitsveranstaltungen«, entgegnete meine Mutter. »Darauf bin ich vorbereitet.«

»Ihr werdet euch in Manorleigh wohl fühlen«, fuhr Tante Amaryllis fort. »Und dann habt ihr ja auch noch das große Stadthaus. Es könnte alles gar nicht besser sein.«

»Zum Glück liegt Manorleigh in der Nähe von London«, bestätigte Benedict. »Das erleichtert die ewige Hin- und Herfahrerei erheblich.«

»Stell dir mal vor, du wärst an einen Wahlbezirk wie Cornwall gebunden!«

»Dem Himmel sei Dank, daß dem nicht so ist.«

Da war ich allerdings anderer Meinung, denn in diesem

Fall hätte ich öfters bei meinen Großeltern sein können. Ich wollte sie aber trotz der beträchtlichen Entfernung weiterhin häufig besuchen. Sollte das Leben mit *ihm* zu schwierig und unerträglich werden, hatte ich eine Zuflucht.

Nach dem Essen gingen meine Mutter, Benedict und ich zu seinem Haus. Mir graute davor, aber es gab keinen Ausweg. Mein neues Leben nahm seinen unvermeidlichen Anfang.

Auf dem Heimweg ging meine Mutter in der Mitte, auf der einen Seite ihren Mann, auf der anderen mich untergehakt. Jeder, der uns sah, mußte glauben, einer glücklichen Familie zu begegnen. Niemand bemerkte, wie es in meinem Inneren tobte.

In dem großen Haus kam ich mir völlig verloren vor. Ich hatte das Gefühl, nicht hierherzugehören. Kaum hatte ich die Halle betreten, schien das riesige Haus auf mich herabzublicken und sich erstaunt zu fragen, was ich hier zu suchen habe. Die ganze Innenausstattung zeugte von großem Reichtum. Breite Bänder rafften die schweren roten Vorhänge zu üppigen Falten zusammen. Die tapezierten und frischgestrichenen weißen Wände brachten die eleganten alten, vermutlich georgianischen Möbel vortrefflich zur Geltung. Über der breiten Treppe hing ein prachtvoller Kronleuchter. Hier oben würde meine Mutter, auf der Treppe neben ihrem Ehemann stehend, in Zukunft ihre Gäste empfangen. Die hallengroßen Speise- und Empfangszimmer lagen im ersten Stock. In einem solchen Palast konnte ich mich niemals heimisch fühlen.

Ich bekam ein großes, hohes Zimmer mit einem riesengroßen Fenster, das auf die Straße hinausging. Schwere dunkelblaue Samtvorhänge und zarte Spitzengardinen hielten neugierige Blicke von der Straße fern. Mein Bett hatte ein blaues, farblich auf die Vorhänge abgestimmtes Kopfbrett. Auch der Teppich hatte ein Muster mit blauen Sprenkeln. Es war ein schönes Zimmer, aber ich konnte mich darin nicht wohl fühlen.

Ich war froh, als wir endlich nach Manorleigh fuhren.

Das Herrenhaus entsprach mehr meinem Geschmack, aber weil es ihm gehörte, gab ich nicht zu, wie gut es mir gefiel. In den großzügigen Stallungen standen prächtige Pferde, und ich konnte ausreiten, wann immer ich wollte. Obwohl Manor Grange nicht weit außerhalb der kleinen Stadt Manorleigh lag, hatte man das Gefühl, mitten auf dem Lande zu leben.

In seinem Wahlbezirk hatte Benedict viel zu tun. Er wollte seinen Wählern unbedingt beweisen, wie sehr er sich für ihre Probleme engagierte.

Meine Mutter wollte die perfekte Ehefrau sein und unterstützte ihn, wo sie nur konnte. Sie bereisten den ganzen Bezirk, der zahlreiche Dörfer und etliche Kleinstädte umfaßte.

»Dein Stiefvater möchte keinen Wähler vernachlässigen«, erklärte meine Mutter.

Gerne hätte meine Mutter anders von ihrem Mann gesprochen, aber da ich mich weigerte, ihn Vater zu nennen, richtete sie sich notgedrungen nach mir. Über seine Gefühle für mich war ich mir nicht im klaren. Er spürte wohl, daß ich ihn innerlich ablehnte und verhielt sich, trotz der Versicherungen meiner Mutter, daß ich nichts gegen ihn hätte, zurückhaltend. Meine Mutter litt sehr darunter, behielt aber ihren Kummer für sich, so daß ich mich nicht genötigt sah, mein Verhalten zu ändern. Es bereitete mir eine gewisse Genugtuung, ihm weiterhin zu grollen.

Trotzdem hielt ich mich gerne in Manorleigh auf. Auch Miß Brown schätzte das behagliche Leben in der Provinz.

Im Unterricht beschäftigten wir uns weiterhin mit den Premierministern. Inzwischen waren wir bei Mr. Disraeli und Mr. Gladstone angelangt.

»Natürlich«, erklärte Miß Brown, »ist es nicht möglich, alles über unsere Zeitgenossen in Erfahrung zu bringen. Manchmal kommen erst nach ihrem Tod die kleinen Geheimnisse ans Tageslicht.«

Wir ritten zusammen aus, und zuweilen mußte ich mit meiner Mutter und ihrem Mann ausgehen. Er liebte die gemeinsamen Ausflüge, denn eine glücklich erscheinende Familie machte einen guten Eindruck auf seine Wähler. Und nur das zählt für ihn, dachte ich.

Mit der Zeit begann ich mein Zimmer mit den mächtigen Deckenbalken und den unebenen Fußbodendielen zu mögen. Mir gefiel der Blick aus den Bleiglasfenstern in den Garten auf die uralte Eiche, unter der eine Holzbank stand. Daneben hatte eine prachtvolle Sonnenuhr ihren Platz. Die malerische Aussicht gab mir stets meinen inneren Frieden zurück. Ich konnte bis zum Teich hinübersehen, auf dessen Wasseroberfläche große Seerosen blühten. Über dem Teich thronte eine steinerne Statue des Götterboten Hermes.

Oft ging ich den von herrlichen Rosensträuchern gesäumten Weg vom Haus bis zur Bank unter der Eiche und setzte mich dort nieder. An diesem stillen Platz konnte ich alle meine quälenden Sorgen vergessen.

Bald nach unserer Ankunft begannen die unvermeidlichen Besuche. Wir besuchten viele Soireen, zu denen auch bekannte Pianisten, Geiger und andere Musiker kamen und spielten. Zu uns kamen auch häufig bedeutende Persönlichkeiten und wichtige Gäste. Glücklicherweise mußte ich nicht bei all diesen Veranstaltungen zugegen sein. Meiner Mutter machten diese Gesellschaften großen Spaß, und sie genoß es, eine großzügige Gastgeberin zu sein.

Eines Tages sagte sie zu mir: »Rebecca, ich glaube, ich verwandle mich in die Frau eines guten Politikers.«

»Mama, das heißt eine gute Politikerfrau. So, wie du es gesagt hast, hat es sich angehört, als fändest du den Politiker gut.«

»Ist er das nicht?«

»Ich glaube nicht, daß du es so gemeint hast.«

»Es freut mich, daß du bei Miß Brown so gut die Grammatik lernst.« Sie wirkte immer ein bißchen durcheinander, wenn das Gespräch auf Benedict kam.

Aber es war offensichtlich, wie gut ihr unser neues Leben gefiel.

»Ich treffe mich gerne mit all diesen Menschen«, erklärte

sie. »Natürlich sind manche schrecklich oberflächlich und aufgeblasen. Aber gerade nach solchen Begegnungen amüsieren wir uns köstlich und haben immer viel zu lachen.«

So war es. Mit ihm lachte sie, und mich schloß sie immer aus.

Im Grunde meines Herzens wußte ich genau, wie kindisch und ungerecht diese mißgünstigen Gedanken waren. Schließlich hielt ich mich absichtlich von ihm fern und nicht er sich von mir. Ein paarmal versuchte ich, die Situation zu akzeptieren. Aber dann flammte wieder der alte, tief sitzende Groll auf.

Eines Tages teilte Mrs. Emery uns mit, sie könne unmöglich allen ihren neuen Pflichten nachkommen, solange sie soviel in der Küche zu tun habe.

»Sie haben recht«, stimmte meine Mutter ihr zu. »Wie gedankenlos vor mir. Wir müssen unbedingt eine Köchin einstellen.«

Mrs. Emery war sichtlich erleichtert.

»Offensichtlich steht eine Hausdame in der Hierarchie über einer Köchin«, sagte ich zu Mutter. »Sie machte ja einen höchst befriedigten Eindruck, als sie hörte, daß sie in Zukunft nicht mehr kochen muß.«

»Mrs. Emery möchte eben sehr gerne die Aufsicht über den Haushalt führen.«

»Je feudaler es bei uns zugeht, um so vornehmer gibt sie sich.«

Die Nachricht, daß der neue Abgeordnete eine Köchin für Manorleigh suchte, verbreitete sich wie ein Lauffeuer. Mrs. Grant kam in unseren Haushalt.

Meine Mutter mochte sie sofort, und als sie hörte, daß bereits Mrs. Grants Mutter und davor ihre Großmutter Köchinnen in Manorleigh waren, wußte sie, daß sie die Richtige für uns war.

Mrs. Grant war eine dicke Frau mit rosigen Wangen und blauen Augen, die vergnügt unter dem üppigen, widerspenstigen blonden Haar hervorfunkelten.

Mrs. Grant ergriff von der Küche Besitz, und wir merkten

bald, was wir mit ihr gewonnen hatten. Wir beide verstanden uns auf Anhieb.

Sie unterhielt sich sehr gern und freute sich, wenn ich zu ihr in die Küche kam, während sie eine Tasse Tee trank und ihren Beinen Ruhe gönnte.

»Diese Zeit genieße ich«, sagte sie. »Ich muß soviel stehen, mehr als mir guttut. Wenn ich mich am Nachmittag ein wenig hinsetzen kann, komme ich mir vor wie im Himmel.«

Einmal fragte sie mich: »Du bist gern im Garten, nicht wahr?« Sie goß sich noch eine Tasse Tee ein und holte auch eine für mich. »Ist dir etwas Besonderes an ihm aufgefallen?«

»Ja«, antwortete ich. »Er besitzt einen besonderen Zauber. Das liegt wohl an den uralten, mächtigen Bäumen. Hoffentlich vergreift sich der Gärtner nicht an ihnen.«

»Das hoffe ich auch, denn damit wären sie ganz und gar nicht einverstanden.«

»Wer?«

Sie machte eine verschwörerisches Gesicht und deutete nach oben. Erstaunt sah ich zur Decke hinauf. Sie rückte mit ihrem Stuhl näher an mich heran.

»Du hast doch bestimmt schon von Häusern gehört, in denen es spukt.«

Ich nickte.

»Wir haben hier einen Garten, in dem es spukt.«

»Wirklich? Ich habe noch nie von Gespenstern gehört, die in Gärten herumgeistern.«

»Geister können überall sein, nicht nur innerhalb von Mauern. Ich glaube, du bist bereits mit ihnen in Berührung gekommen. Du sitzt immer unter der alten Eiche. Warum?«

»Weil es dort so friedlich ist. Ganz einfach. Wenn ich unter der Eiche sitze, fühle ich mich . . . abwesend.«

Sie nickte. »Genau das dachte ich mir. Das liegt am Geist. Er erscheint dort.«

»Erscheint?«

»Ja, denn seit Miß Marthas Tod ruft ihn niemand mehr.«

»Ach bitte, erzählen Sie mir die Geschichte.«

»Damals, als meine Großmutter hier Köchin war, kam

Lady Flamstead als Braut in dieses Haus. Meine Großmutter hat mir erzählt, daß sie eine liebenswerte und sehr schöne Dame gewesen sei. Er war sehr viel älter als sie. Sir . . . wie hieß er doch gleich? Ronald, glaube ich.«

»Was geschah dann?«

»Es war eine schöne Hochzeit. Sie wirkten wie zwei Turteltauben, erzählte meine Großmutter. Die Lady war noch so jung und so begeisterungsfähig. Vor ihrer Heirat hatte sie in ärmlichen Verhältnissen gelebt. Nun begann sie ihr neues Leben in vollen Zügen zu genießen. Als sie ein Baby erwartete, war ihr Glück vollkommen. Meine Großmutter sagte, die Herrschaften machten einen Wirbel, als hätte noch nie jemand ein Baby bekommen. Sir Ronald — vermutlich war er doch noch nicht ganz so alt — war außer sich vor Freude. Und Lady Flamstead fühlte sich wie im Himmel.«

»Und?« drängte ich neugierig.

»Wie gesagt, alle freuten sich. Die beiden schmiedeten große Pläne. Sie richteten ein Kinderzimmer ein und kauften jede Menge Spielzeug. Aber dann . . . Lady Flamstead überlebte die Geburt nicht. Das Baby, nach dem die beiden sich so gesehnt hatten, ein Mädchen, hatte sie das Leben gekostet.«

»Wie furchtbar traurig!«

»Das findest du auch, nicht? Eine große Veränderung ging von nun an in diesem Haus vor sich. Alle waren unendlich glücklich gewesen. Aber das war nur ihr Verdienst. Nach ihrem Tod wurde alles anders. Meine Großmutter sagte, Sir Ronald, nun ja, er war wohl ein guter Herr, aber er kümmerte sich nicht um seine Leute. Erst als sie ins Haus kam, wurde das Leben in Manor Grange angenehm. Alle haben sie geliebt. Und plötzlich war sie nicht mehr da.«

»Aber es gab das Baby«, unterbrach ich sie.

»O ja, die arme Miß Martha. Weißt du, er lehnte sie ab. Ich glaube, er gab ihr die Schuld am Tod seiner geliebten Frau. Ihm war nur Miß Martha geblieben . . . ein winziges Etwas mit einem roten, runzligen Gesicht. Und seine schöne Frau war fort. Das Schicksal geht oft seltsame Wege. Der Kleinen hat es an nichts gefehlt, sie hatte Kindermädchen und später eine Gouvernante. Meine Großmutter hat erzählt, sie sei ein hübsches kleines Ding gewesen. Sie kam genauso gerne in die Küche wie du. Aber in diesem Haus wurde nicht mehr gelacht, und ein Haus ohne Lachen ist ein trauriger Ort. Auch wenn man eine Menge Personal hat, die köstlichsten Gerichte vorgesetzt bekommt und wenn in jedem Zimmer ein wärmendes Feuer brennt. Es ist trotzdem kalt. Verstehst du, was ich meine?«

»Ich weiß genau, was Sie meinen, Mrs. Grant. Und wann erschien der Geist?«

»Nun . . . Miß Martha war ungefähr zehn Jahre alt, also in deinem Alter, als die anderen es zum erstenmal bemerkten. Sie ging oft hinaus und setzte sich unter diesen Baum, genau wie du. Sie sprach vor sich hin — alle dachten, sie führe Selbstgespräche. Damals veränderte sie sich. Sie war schon immer ein wenig schwierig gewesen und hatte eine Menge Unfug getrieben. Meine Großmutter sagte, sie habe ständig versucht, die Aufmerksamkeit auf sich zu lenken, weil sich ihr Vater gar nicht um sie gekümmert hat.«

»Es war gemein von Sir Ronald, ihr die Schuld am Tod ihrer Mutter zu geben.«

»So direkt hat er das nie gesagt. Er konnte einfach ihre Gegenwart nicht ertragen. Ich vermute, sie erinnerte ihn zu sehr an den geliebten Menschen, den er für immer verloren hatte.«

»Aber Sie haben gesagt, Martha hätte sich verändert.«

»Sie wirkte plötzlich zufriedener, fast ruhig, behauptete meine Großmutter. Und Tat für Tag ging sie hinaus und sprach vor sich hin. Alle waren überzeugt, sie würde . . ., nun ja, ein wenig sonderbar werden.«

»Weswegen hat sie sich denn verändert?«

»Eines Tages glaubte eines der Dienstmädchen, in der Dämmerung eine weiße Gestalt gesehen zu haben. Es hätte nur irgendein Schatten sein können, aber sie rannte schreiend ins Haus und fürchtete, sie habe den Verstand verloren. Da sagte Miß Martha ganz ruhig: ›Du brauchst dich nicht zu ängstigen. Das war meine Mutter. Sie kommt oft, um mit mir zu reden.‹ Das erklärte alles. Die Veränderung, die mit ihr vorgegangen war, ihr ständiger Aufenthalt im Garten, die angeblichen Selbstgespräche. Sie hat sich im Garten mit ihrer Mutter unterhalten.«

»Ihre Mutter ist also zurückgekommen . . .«

»Weil sie keine Ruhe finden konnte. Sie wußte, wie unglücklich ihre Tochter war. Miß Martha war anders als andere Menschen. Eine seltsame junge Dame. Sie hat nie geheiratet. Nach dem Tod ihres Vaters hat sie das Haus geerbt. Sie war eine Einzelgängerin. Im Garten durfte nichts verändert werden. Die Gärtner regten sich furchtbar darüber auf und sagten, daß hier ein Baum geschnitten und dort jenes entfernt oder neu gepflanzt werden mußte. Aber das erlaubte sie nicht. Sie war recht alt, als sie starb. Damals war meine Mutter Köchin in diesem Haus.«

»Glauben Sie, Lady Flamstead ist tatsächlich zurückgekommen?«

»Meine Großmutter und all die anderen, die damals hier waren, haben das steif und fest behauptet.«

»Vielleicht ist in diesem herrlichen alten Garten vieles möglich.«

Mrs. Grant nickte und trank ihren Tee.

Nach diesem Gespräch setzte ich mich noch häufiger auf die Bank unter der Eiche und dachte an Miß Martha. Ich verspürte eine große Zuneigung zu ihr, obwohl ich mich in einer ganz anderen Lage befand. Meine Mutter lebte, auch wenn sie sich etwas von mir entfernt hatte. Aber ich verstand Marthas Gefühle. Sie war unerwünscht, weil sie kein Ersatz für die Frau war, die ihr Vater verloren hatte.

Eines Tages entdeckte mich meine Mutter auf meinem Platz unter der Eiche und leistete mir Gesellschaft.

»Du sitzt sehr oft hier«, sagte sie. »Das ist dein Lieblingsplatz, nicht wahr? Ich habe fast das Gefühl, dir gefällt das Haus.«

»Es fasziniert mich. Besonders der Garten. Hier spukt es.«

Sie lachte. »Wer hat dir denn das erzählt?«

»Mrs. Grant.«

»So? Rebecca, jedes Haus, das älter als hundert Jahre ist und etwas auf sich hält, besitzt sein Gespenst.«

»Das weiß ich. Aber wir haben es mit einem sehr ungewöhnlichen Geist zu tun. Er treibt sich im Garten herum.«

»Um Himmels willen! Wo?« Meine Mutter sah sich mit gespielter Angst um.«

»Genau hier. Mach dich nicht lustig über mich. Ich glaube, Geister mögen es nicht, wenn man sie auslacht. Sie nehmen sich außerordentlich ernst.«

»Nanu, haben wir diese neue Weisheit Mrs. Grant zu verdanken?«

»Ich erzähle dir die ganze Geschichte. Lady Flamstead war die junge Frau von Sir Ronald. Er liebte sie sehr, aber sie starb bei der Geburt ihres Kindes. Sir Roland lehnte das Kind ab, weil er es für den Tod seiner Frau verantwortlich machte. Das arme kleine Ding war entsetzlich unglücklich. Als sie ungefähr in meinem Alter war, saß sie hier auf dieser Bank, und Lady Flamstead kehrte zurück.«

»Eben hast du gesagt, sie wäre gestorben.«

»Ich meine, sie kehrte auf die Erde zurück.«

»Aha. Sie ist also der Geist.«

»Sie ist kein böses Gespenst oder schreckliches Ungeheuer. Sie war freundlich, gültig und sehr beliebt, und sie kam nur zurück, weil ihre Tochter so unglücklich war. Mrs. Grant sagte, ihre Großmutter und alle anderen, die damals hier lebten, hätten an die Geistererscheinung geglaubt. Du glaubst nicht daran, stimmts?«

»Weißt du, diese Geschichten werden im Laufe der Zeit immer phantastischer. Irgend jemand bildet sich ein, etwas gesehen zu haben, ein anderer schmückt die Erzählung ein bißchen aus, und schon hast du deinen Geist.«

»Vielleicht, aber in diesem Fall trifft das nicht zu. Miß Martha veränderte sich nach dem Erscheinen ihrer Mutter. Und sie wollte auf keinen Fall, daß im Garten auch nur eine Kleinigkeit verändert wurde.«

82

»Sitzt du deshalb so häufig hier? Wartest du auf das Erscheinen des Geistes?«

»Nein. Mir zeigt sie sich bestimmt nicht. Sie kennt mich gar nicht. Aber ich spüre, daß diesen Ort ein Geheimnis umgibt. Seit ich von dieser Geschichte erfahren habe, finde ich ihn noch interessanter. Mama, kannst du dir vorstellen, daß es stimmt, was Mrs. Grant erzählt hat?«

Sie schwieg und dachte ein paar Sekunden nach, bevor sie antwortete: »Möglich ist manches, und zwischen einer Mutter und ihrem Kind besteht eine besondere Verbindung. Das Kind ist ein Teil von ihr.«

»Empfindest du diese besondere Verbindung auch zwischen uns?«

Sie sah mich an und nickte.

Ein tiefes Glücksgefühl durchströmte mich.

»Und daran wird sich niemals etwas ändern, mein Schatz«, sagte sie zu meiner übergroßen Freude.

Die nächsten Monate flogen ohne besondere Vorkommnisse vorbei. Wir hatten uns inzwischen in Manor Grange eingerichtet, und bald verstrichen die Tage wieder in gewohnter Weise. Meine Mutter genoß das Leben an der Seite meines Stiefvaters, den sie hin und wieder nach London begleitete. Jedesmal fragte sie mich, ob ich nicht mitkommen wolle, aber ich zog es vor, auf dem Land zu bleiben. Außerdem bestand Miß Brown auf geregeltem Unterricht und sah es nicht gern, wenn ich zu viele Schulstunden versäumte.

Ich dachte häufig an Cador. Die Gegend um Manorleigh hatte keine Ähnlichkeit mit der wilden Schönheit Cornwalls. Die pedantisch angelegten Felder grenzten ordentlich aneinander wie die einzelnen Stoffstücke einer Flickendecke. Die Bäume wurden regelmäßig geschnitten und ähnelten nicht im entferntesten den knorrigen, seltsam geformten Bäumen in Cornwall, die sich seit Urzeiten den Südweststürmen beugen mußten. Die Häuser der sauberen, gepflegten Landstädtchen im Bezirk Manorleigh sammelten sich um einen zentralen Platz. Nur die Kirchturmspitze überragte die hohen Bäume. Mir fehlte der Zauber Cornwalls.

Meine Sehnsucht nach Cador wurde immer größer. Häufig trafen Briefe meiner Großeltern ein, in denen sie sich nach unserem Kommen erkundigten.

Doch daran war nicht zu denken, denn Benedict Lansdon kümmerte sich emsig um seinen Wahlkreis. Er scheute keine Mühe, denn schließlich verfolgte er große Ziele. Meine Mutter hielt es für selbstverständlich, bei ihm zu bleiben und ihn zu unterstützen. Natürlich hätte ich auch alleine meine Großeltern besuchen können, aber seit der Unterhaltung im Garten fühlte ich mich wieder mehr zu meiner Mutter hingezogen, und ich wollte sie auf keinen Fall verlassen. Ich versuchte sogar, meine Vorurteile gegen meinen Stiefvater zu unterdrücken.

Der November kam, und ich dachte tagtäglich an Cornwall. Ich erinnerte mich an den Teich von St. Branok, der im nebligen Spätherbst besonders unheimlich wirkte. Wie gern war ich immer mit Miß Brown hingegangen — niemals allein, denn ich fürchtete stets, mir könnte etwas Schreckliches zustoßen. Manchmal begleiteten mich auch Pedrek oder meine Mutter. Ich wollte die Glocken vom Grund des Teiches läuten hören. Aber ich habe ihren Klang noch nie vernommen, was mich zutiefst enttäuschte. Ich war ein phantasievolles Kind. Vielleicht hatte mein Großvater mit seinen Erzählungen von den Wundern und Geheimnissen Cornwalls meine Phantasie angeregt. Hier in Manorleigh beschäftigte nur der Geist von Lady Flamstead meine Phantasie.

Eines Abends, als ich schon im Bett lag, kam meine Mutter in mein Zimmer.

»Du schläfst noch nicht?« fragte sie. »Sehr schön. Ich möchte dir nämlich etwas sagen.«

Ich richtete mich auf, und sie setzte sich neben mich auf das Bett. Zärtlich legte sie einen Arm um meine Schultern.

»Ich wollte es dir sagen, ehe die anderen Bescheid wissen.«

Gespannt wartete ich.

»Rebecca, hättest du nicht gern einen kleinen Bruder oder ein Schwesterchen?«

Ich schwieg. Damit hätte ich eigentlich rechnen müssen, aber ich war überrascht und wußte nicht, was ich davon halten sollte.

»Du würdest dich doch über ein Geschwisterchen freuen, nicht wahr, Becca?« wiederholte sie flehentlich.

»Soll das heißen, du bekommst ein Baby?«

Sie nickte und ließ mich nicht aus den Augen. Wieder strahlte sie dieses geheimnisvolle Leuchten aus. Sicherlich wünschte sie sich dieses Kind von ganzem Herzen.

»Ich bin überzeugt, daß du dich schon immer nach einer kleinen Schwester gesehnt hast. Aber würdest du dich auch über einen kleinen Bruder freuen?«

»Ja«, stammelte ich. »Natürlich würde ich mich über ein Brüderchen ebenso freuen.«

Ich schlang meine Arme um ihren Hals.

»Das habe ich gewußt.«

Ich dachte darüber nach. Wieder stand uns eine einschneidende Veränderung bevor. Ein Bruder . . . oder eine Schwester. Der Gedanke gefiel mir.

»Aber das Kind ist soviel jünger als ich«, wandte ich ein.

»Natürlich. Es ist ein Baby. Wir sind alle als winzige Wesen auf die Welt gekommen. Ich bin zwar davon überzeugt, daß ich ein wunderbares Kind bekomme, aber ich glaube kaum, daß es von einem Tag zum anderen erwachsen ist.«

»Wann wird es soweit sein?«

»Es dauert nicht mehr lange. Im Sommer, wahrscheinlich im Juni.«

»Und was meint er dazu?«

»Dein Stiefvater? Oh, er freut sich schrecklich. Er möchte am liebsten einen Sohn. Alle werdenden Väter wollen das. Aber ich bin sicher, über ein kleines Mädchen freut er sich genauso. Ehrlich, Becca, freust *du* dich?«

»Ja«, erwiderte ich langsam. »O ja.«

»Das macht mich sehr glücklich.«

»Sie ist aber nicht meine richtige Schwester, oder?«

»Du zweifelst nicht einen Augenblick, daß es ein Mädchen wird. Du möchtest wohl am liebsten eine Schwester.«

»Ich weiß nicht.«

»Wie auch immer, das Kind wird dein Halbbruder oder deine Halbschwester sein.«

»Ich weiß.«

»Das sind schöne Neuigkeiten, nicht? Bestimmt freut sich die ganze Familie mit uns.«

»Hast du es den Großeltern schon gesagt?«

»Noch nicht. Ich schreibe ihnen gleich morgen einen Brief. Ich wollte erst ganz sicher sein. Oh, Rebecca, ich freue mich so sehr. Natürlich muß ich dann mehr zu Hause bleiben.«

Wir umarmten uns ganz fest, und ich dachte an die wunderbare Zeit, die vor uns lag.

Die Neuigkeit verbreitete sich rasch. Meine Großeltern beschlossen, Weihnachten in Manorleigh zu verbringen. Onkel Peter freute sich besonders, weil die Wähler einen Abgeordneten mit einem glücklichen Familienleben außerordentlich schätzen.

Mrs. Emery nickte beifällig, und Jane, Ann und die beiden neuen Dienstmädchen gerieten fast außer sich, als sie von dem Baby erfuhren.

Es war herrlich, meine Großeltern an unserem ersten Weihnachtsfest in Manor Grange bei uns zu haben. Das ganze Haus strahlte im festlichen Glanz. Das Weihnachtsfest wurde im Familienkreis gefeiert, aber am zweiten Weihnachtsfeiertag gab Benedict eine Gesellschaft, zu der seine wichtigsten Parteifreunde eingeladen wurden. Mrs. Grant war während der Weihnachtsfeiertage unermüdlich um das Wohl der Familienmitglieder und der Gäste besorgt, was von allen dankbar anerkannt wurde.

»Solange ich noch Zeit für meine Tasse Tee habe und am Nachmittag einmal die Füße hochlegen kann, ertrage ich das«, meinte die erschöpfte Mrs. Grant. Und sie schaffte es und zauberte herrliche Gerichte. Mr. Emery und Mrs. Emery trugen ihr Bestes zum allgemeinen Wohlbefinden bei.

Am Weihnachtsmorgen gingen wir alle gemeinsam zur Kirche. Auf dem Nachhauseweg plauderten wir vergnügt. Großmutter nahm meinen Arm und meinte, sie freue sich sehr über mein glückstrahlendes Gesicht.

Weihnachten bedeutete für mich die Zeit des Friedens und der Hoffnung. Ich mochte sogar Benedict Lansdon etwas . . . oder ich bewunderte ihn eher. Er zeigte sich von seiner besten Seite. Er war ein höflicher und wohlwollender Gastgeber, der sich um jeden kümmerte.

Er behielt meine Mutter ständig im Auge und ermahnte sie ab und zu, sich etwas mehr zu schonen. Meine Großeltern betrachteten ihn mit offensichtlichem Wohlgefallen. Seit sie wußten, daß auch ich mich mit der Situation abgefunden hatte, hinderte sie nichts mehr daran, ihre Freude über das neue Enkelkind ganz offen zu zeigen.

Lachend beklagte sich meine Mutter, daß wir sie wie eine Kranke behandelten. Schließlich sei sie nicht die erste Frau, die ein Baby erwarte. Ihr ginge es sehr gut, und wir sollten endlich mit unserer übertriebenen Fürsorglichkeit aufhören. »Und damit bist auch du gemeint, Benedict«, fügte sie hinzu.

Alle Anwesenden lachten. Wir verbrachten ein wirklich glückliches Weihnachtsfest. Es sollte für lange Zeit das letzte fröhliche Weihnachten sein.

Mein Verhältnis zu meiner Mutter wurde wieder enger. An manchen Tagen mußte sie ruhen, und dann leistete ich ihr Gesellschaft. Gegen Miß Browns Widerstand las ich ihr *Jane Eyre* vor, denn meine Mutter hielt dieses Buch trotz meiner Jugend für eine durchaus angemessene Lektüre.

Weder meine Mutter noch meine Großeltern hatten je versucht, die Tatsachen des Lebens vor mir zu verbergen. Ihrer Überzeugung nach schadete es nicht, wenn ich möglichst früh möglichst viel lernte. Ich merkte bald, daß ich mehr wußte als andere Kinder und auf viele Menschen ein wenig altklug wirkte. Aber das störte mich nicht.

Seit der Nachricht von der bevorstehenden Hochzeit meiner Mutter hatte ich mich noch nie so glücklich gefühlt wie in dieser Zeit.

Doch von einem Tag zum anderen änderte sich alles.

Mein Stiefvater hielt sich anläßlich einer Parlamentssitzung in London auf. Eigentlich hatte meine Mutter ihn begleiten wollen, aber kurz vor der Abreise fühlte sie sich ein wenig schwach, und Benedict hatte darauf bestanden, daß sie in Manor Grange blieb und sich ausruhte.

Es war ein strahlender, wenn auch etwas kühler Märztag, aber der Frühling schickte seine Vorboten bereits ins Land. In den Rabatten prangten die ersten gelben Blüten. Wir gingen zu meinem Lieblingsplatz und blickten über den Teich auf die Hermesstatue.

Natürlich sprachen wir über das Baby. Bei ihrem nächsten Aufenthalt in London wollte meine Mutter einen ganz bestimmten Leinenstoff für die Babywäsche aussuchen.

»Du mußt mir dabei helfen«, sagte sie gerade, als eines der Mädchen erschien und Alfred, einen unserer Londoner Diener, ankündigte. Er sei gerade aus London gekommen und wolle sofort meine Mutter sprechen.

Meine Mutter erhob sich sofort. »Alfred!« rief sie angstvoll.

»Bitte beunruhigen Sie sich nicht, Madam«, sagte Alfred.

Meine Mutter unterbrach ihn: »Es ist etwas passiert. Mr. Lansdon . . .«

Alfred versuchte, trotz der Krisensituation seine Würde zu bewahren. »Mr. Lansdon geht es gut, Madam. Ich bin in seinem Auftrag hier. Er hielt es für besser, wenn ich Ihnen die Nachricht persönlich überbringe. Es geht um Mr. Peter Lansdon. Er ist krank. Die Familie versammelt sich in seinem Haus, Madam. Mr. Lansdon dachte, Sie möchten bestimmt auch dorthin kommen, sofern es Ihr Zustand erlaubt.«

»Onkel Peter«, wiederholte meine Mutter fassungslos. Sie sah Alfred an. »Wissen Sie, was ihm fehlt?«

»Ja, Madam. Mr. Peter Lansdon erlitt letzte Nacht einen Schlaganfall. Sein Befinden ist . . . nicht gut. Aus diesem Grund . . .«

»Ich verstehe. Wir brechen so schnell wie möglich auf. Haben Sie etwas gegessen, Alfred? Gehen Sie zu Mrs. Emery. Sie wird sich um Sie kümmern, bis wir mit unseren Reisevorbereitungen fertig sind.«

Ich nahm ihren Arm, und wir gingen ins Haus zurück. Die Nachricht hatte uns beide tief erschüttert.

»Onkel Peter«, murmelte sie. »Ich hoffe, er wird nicht . . . Ich hoffe, er wird bald wieder gesund. Ich hielt ihn immer für unverwüstlich.«

Wir nahmen den Nachmittagszug nach London und gingen gleich zu Onkel Peters Haus. Benedict war bereits dort. Er begrüßte meine Mutter mit einer zärtlichen Umarmung. Mich bemerkte er kaum.

»Ich hatte Angst, du bekommst bei dieser schlechten Nachricht einen Schock, Liebling«, sagte er besorgt. »Aber dann dachte ich, du wärst bestimmt gern hier. Weißt du, er hat immer wieder nach dir gefragt.«

»Wie geht es ihm?«

Traurig schüttelte Benedict den Kopf.

Tante Amaryllis kam auf uns zu. Sie sah sehr verloren und verwirrt aus. Noch niemals hatte ich sie in einem solchen Zustand gesehen. Sie schien uns gar nicht richtig wahrzunehmen.

»Tante Amaryllis«, begrüßte meine Mutter sie. »Oh, meine Liebe . . .«

»Ihm hat nichts gefehlt«, murmelte Tante Amaryllis. »Es hat mich vollkommen überrascht . . . er ist plötzlich einfach zusammengebrochen.«

Wir standen an seinem Bett. Er hatte sich vollkommen verändert und sah sehr bleich und alt aus.

Das ungläubige Staunen in den Gesichtern seiner Angehörigen machte mich betroffen. Er lag im Sterben, und niemand hatte mit seinem Tod gerechnet. Nun wußten sie, daß sie von ihm, diesem Abenteurer, der die Stürme des Lebens bisher unversehrt überstanden und sein Geld zu einem Großteil skrupellosen Geschäftsmethoden zu verdanken hatte, Abschied nehmen mußten. Oft genug hatte ich das

89

Getuschel in der Familie gehört. Einmal kam es fast zu einer Katastrophe. Doch es gelang ihm, sein Vermögen zu retten. Seitdem hatte er ein anderes Verhältnis zum Geld und verwandelte sich in einen Wohltäter. Den größten Teil seines zweifelhaft erworbenen Geldes ließ er Wohltätigkeitsvereinen zukommen, so auch der von seinem Sohn Peterkin und dessen Frau Frances geleiteten Mission.

Ich glaube, wir alle liebten ihn. Sicher, er war ein Gauner, aber er war auch ein sehr kluger und liebenswerter Mensch. Zu meiner Mutter und meiner Großmutter war er stets freundlich gewesen. Amaryllis hatte ihn verehrt; sie hatte seine Schwächen nachsichtig ignoriert. Und nun standen wir an seinem Sterbebett.

Die Zeitungen veröffentlichten einige Artikel über ihn — den Millionär und Wohltäter nannten sie ihn. Sie schrieben nur Schmeichelhaftes. Nirgendwo erschien auch nur der kleinste Hinweis auf die zweifelhafte Art, mit der er sein Vermögen erworben hatte. Der Tod macht aus Sündern Heilige. Ich vermutete, daß es daran liegt, daß die meisten Menschen zwar Millionäre sein, aber nicht sterben möchten und mit dem Tod der Neid verschwindet. Außerdem beschleicht wohl die meisten Menschen bei der Verunglimpfung eines Toten ein unbehagliches Gefühl.

Onkel Peter blieb also wegen seiner guten Taten im Gedächtnis aller, über seine schlechten breitete man einen Mantel des Schweigens. Viele Menschen gaben ihm das letzte Geleit. Tante Amaryllis war vor Kummer wie betäubt und nahm kaum was von dem, was um sie herum geschah, wahr. Selbst Frances, die in der Mission hervorragende Arbeit leistete und niemals einen Hehl daraus gemacht hatte, wie wenig sie ihren Schwiegervater mochte, sah niedergeschlagen und traurig aus.

Bald nach dem Begräbnis fand die Testamentseröffnung statt. Ich nahm nicht daran teil, hörte aber später, wie das Erbe verteilt worden war.

Die Dienerschaft konnte zufrieden sein, denn sie erhielten

alle ganz schön viel Geld. Onkel Peter hatte niemanden vergessen. Für Tante Amaryllis war bestens gesorgt; Helena und Martin, Peterkin und Frances erhielten ebenfalls einen beträchtlichen Anteil. Er hatte ein großes Vermögen hinterlassen, aber das meiste Geld steckte in seinen berüchtigten Clubs, die er seinem Enkel, Benedict Lansdon, vermacht hatte.

Darüber wurde ausgiebig getuschelt, und ich fragte mich, ob es wegen des Erbes zu Streitereien kommen würde.

Die Antwort darauf erhielt ich schon bald. Die Beziehung zwischen meiner Mutter und ihrem Mann hatte sich fast unmerklich verändert. Sie strahlte nicht mehr vor Glück, sondern wurde zusehends niedergeschlagener.

Ich beobachtete die beiden im Garten. Anstatt wie bisher lachend Hand in Hand zu gehen, schritten sie in größerem Abstand nebeneinanderher und sprachen offensichtlich über eine ernste Angelegenheit. Ihre Gebärden, ihre Mienen und ihre Stimmen verrieten mir, daß sie sich stritten.

Ich ahnte, daß ihr Streit etwas mit der Erbschaft von Onkel Peter zu tun hatte.

Ich wünschte, meine Mutter würde mit mir darüber reden. Aber natürlich sagte sie mir kein Wort. Es war eine Sache, *Jane Eyre* lesen zu dürfen, aber eine ganz andere, mir ihre Streitereien anzuvertrauen. Dafür war ich wohl noch nicht erwachsen genug.

Ich belauschte ein Gespräch zwischen meiner Mutter und Frances. Frances gehörte zu den wechselhaften Charakteren, die zwar meistens sehr freundlich und rücksichtsvoll sind, aber sehr ruppig werden können, wenn ihnen das Verhalten eines anderen Menschen nicht gefällt. Ihr ganzes Leben widmete sie der Wohltätigkeit. Sie nahm Onkel Peters Geld dankbar an, denn es war ihr gleichgültig, woher es kam und auf welche Weise es verdient worden war, solange es nur in ihre Hände geriet und ihr die Arbeit zum Wohl der Menschheit erleichterte. Onkel Peter stand sie kritischer gegenüber als jedes andere Familienmitglied.

Frances sagte: »Benedict sollte diese Clubs unbedingt verkaufen. Das kann ihm ein Vermögen einbringen. Er will sie doch ganz sicher nicht weiterführen, oder?«

»Er denkt, daß es in Onkel Peters Sinne wäre«, antwortete meine Mutter.

»Das ist doch Unsinn. Peter will, daß er das macht, was für ihn das Beste ist. Genauso hat *er* sein Leben lang gehandelt.«

»Trotzdem . . .«

»Er gefällt sich in dieser Rolle. Jawohl, das behaupte ich ganz entschieden. Mein Schwiegervater segelte manchmal hart am Wind, das weißt du. Aber ein Politiker kann sich das nicht leisten.«

»Genau das habe ich Benedict auch gesagt.«

»Und er glaubt, er könne Geld von der Unterwelt einstreichen und noch reicher werden. Sicherlich, Geld ist bei einer politischen Karriere zweifellos sehr nützlich.«

»Es macht mir angst, Frances.«

»Wie der Großvater so der Enkel. Man merkt, Benedict ist aus dem gleichen Holz geschnitzt.«

»Benedict ist wundervoll.«

Ein kurzes Schweigen folgte. Damit brachte Frances unmißverständlich zum Ausdruck, daß sie diese Meinung absolut nicht teilte.

Schließlich sagte sie gedehnt: »Wie du weißt, haben diese Clubs meinen Schwiegervater beinahe ruiniert.«

»Ich weiß. Eben deshalb . . .«

»Manche Männer sind eben so. Sie nehmen jede Herausforderung an. Das hängt mit ihrer männlichen Überheblichkeit zusammen. Sie wollen beweisen, daß sie unbesiegbar sind.«

»Aber damit kann er sich ruinieren . . .«

»Sein Großvater ist immerhin gut damit durchgekommen. An seinem Grab hat man ihn geehrt und gelobt. Solche Männer fühlen sich nicht lebendig, wenn sie nicht einer Gefahr trotzen können. Reg dich nicht auf, Angel! In deinem Zustand mußt du auf dich aufpassen! Kümmere dich um dich, und laß Benedict machen, was er will! Menschen wie er gehen niemals unter, sie kommen immer durch. Ich bin sicher, er weiß genau, was er tut.«

Das war also der Grund für die Streitigkeiten zwischen meiner Mutter und Benedict. Er wollte also die nicht ungefährlichen Geschäfte von Onkel Peter weiterführen.

Tante Amaryllis war sichtlich gealtert. Bis zu Onkel Peters Tod hatte sie sich ein jugendliches Wesen bewahrt. Nun wurde sie völlig teilnahmslos. Für sie hatte das Leben jeden Sinn verloren. Sie erkrankte an einer Erkältung, von der sie sich nicht mehr erholte.

Meine Großeltern kamen nach London, weil sie sich Sorgen um meine Mutter machten.

Zufällig wurde ich wieder Zeugin eines Gesprächs.

»Sie sieht nicht gut aus«, behauptete Großmutter. »Als wir das letztemal hier waren, sah sie noch viel glücklicher aus.«

»Nun, die Geburt des Kindes naht, das wird's wohl sein«, meinte mein Großvater.

»Nein. Da steckt mehr dahinter.«

Ich war beunruhigt.

»Granny«, fragte ich, »geht es Mutter gut?«

Sie zögerte den Bruchteil einer Sekunde zu lang. »Aber natürlich geht es ihr gut«, sagte sie schließlich. Aber es klang wenig überzeugend. »Ich frage mich nur . . .« Sie verstummte und wandte sich ab.

»Was denn?«

»Ach, nichts weiter«, wehrte sie achselzuckend ab.

Ich merkte bald, was sie und Großvater im Schilde führten. Sie wollten, daß meine Mutter das Kind in Cornwall zur Welt brächte. Doch das hieße, daß sie sich von Benedict trennen müßte, und dem würde sie wohl nicht zustimmen. Oder vielleicht doch? Ihr Verhältnis zu ihrem Mann hatte sich verändert. Die Erbschaft stand zwischen ihnen. Sie versuchte ihn zu überreden, von den Geschäften abzulassen, aber er weigerte sich strikt.

93

Mein Großvater führte lange Gespräche mit ihm, und meine Großmutter sprach ein wenig mit mir.

»Ich glaube, du solltest mit deiner Mutter nach Cornwall kommen. Allerdings müßten wir schon bald fahren. In ein paar Wochen erlaubt der Zustand deiner Mutter keine Reise mehr.«

»Sie will bestimmt nicht. Weil *er* sie nicht begleiten kann.«

»Du meinst deinen Stiefvater? Nein, natürlich kann er nicht mitkommen. Aber er kann sie an den Wochenenden besuchen. So weit ist es nicht, und er ist das Herumreisen gewöhnt.«

»Oh, Granny, hoffentlich ist sie einverstanden.«

Beruhigend drückte meine Großmutter meine Hand. »Wir müssen sie eben überzeugen. Weißt du, seit Onkel Peters Tod hat sich alles verändert. Wir hatten gedacht, daß sich hier in London Tante Amarillys um sie kümmert, aber die arme Seele ist augenblicklich nicht dazu in der Lage. Dein Stiefvater sorgt sicherlich dafür, daß sie die beste Pflege bekommt, aber bei einer Geburt möchte man doch die liebsten und nächsten Menschen um sich haben.«

Ich sprach mit meiner Mutter darüber.

»Großmutter möchte, daß du mit ihr nach Cornwall gehst.«

»Sie will mich nur bemuttern.«

»Du bist immerhin ihre Tochter.«

Sie schenkte mir ein nachdenkliches Lächeln. »Cornwall. Ich habe selbst schon manchmal daran gedacht, Becca. Ab und zu fühle ich mich sehr erschöpft. Dann hätte ich meine Mutter gerne um mich. Findest du das kindisch?

Ich nahm ihre Hand. »Ich glaube, jeder Mensch sehnt sich bisweilen nach seiner Mutter.«

»Wahrscheinlich hast du recht. Auch ich sollte immer dasein, wenn du mich brauchst. Du sagst mir doch, wenn dich etwas bedrückt?«

Ich zögerte mit der Antwort, und sie drang nicht weiter in mich ein. Ihre Worte bewiesen mir, daß sie meine Abneigung gegen meinen Stiefvater genau spürte.

Weil sie nie mit mir über das Zerwürfnis mit ihrem Mann sprach, dachte ich manchmal, ich würde mir das alles nur einbilden. Bestimmt liebte sie ihn so sehr, daß nichts ihre Gefühle für ihn ernsthaft beeinträchtigen konnte. Aber wie tief war ihre Liebe zu ihr? Ich hatte nicht die geringste Ahnung. Ich war zu jung und unerfahren, um mich in die Schwierigkeiten eines Ehepaares einfühlen zu können.

Immer wieder fanden lange Diskussionen über einen Aufenthalt in Cornwall statt. Ich merkte, wie ihr Widerstand gegen die Reise ins Wanken geriet.

Einmal nahm sie mich beiseite. »Du möchtest gerne fahren, nicht wahr, Becca?«

Ich nickte zustimmend.

»Arme Becca. Du warst in der letzten Zeit nicht sehr glücklich, nicht wahr? Wir hatten uns ein wenig voneinander entfernt. Zuerst die Flitterwochen. So lange waren wir noch nie voneinander getrennt gewesen. Und anschließend habe ich mich überwiegend um seine politische Arbeit gekümmert.«

»Das ließ sich nicht ändern«, erwiderte ich.

Sie nickte. »Trotzdem hat es dir nicht gefallen. Ich weiß, wie sehr du deine Großeltern liebst. Und ich kenne deine Gefühle für deinen Vater. Du verehrst ihn und hast ihn wie ein Denkmal auf ein Podest gestellt. Und das ist nicht gut, Becca.«

Was meinte sie damit? Warum gefiel es ihr nicht, daß ich meinen Vater anbetete und nicht Benedict? Sie erkannte wohl, daß Benedict nicht so bewunderungswürdig war, wie sie anfänglich meinte, denn er hatte Onkel Peters anrüchige Clubs übernommen, ohne sich von ihren flehentlichen Bitten davon abhalten zu lassen.

Onkel Peters Tod hatte tief in unser Leben eingeschnitten. Wir konnten nicht mehr bei Tante Amaryllis wohnen und mußten ohne seinen hilfreichen Rat zurechtkommen. Auch die Kluft zwischen meiner Mutter und ihrem Ehemann hing mit seinem Tod zusammen.

Meine Mutter sprach weiter: »Augenblicklich kann ich

mich um niemanden richtig kümmern — auch nicht politisch aktiv sein. Vielleicht sollte ich mich wirklich für eine gewisse Zeit zurückziehen. Immer wieder muß ich eine Verabredung absagen, weil ich mich plötzlich unwohl fühle. Es ist wohl für alle Beteiligen am besten, wenn ich nach Cornwall gehe.«

»Und die Großeltern wären überglücklich.«

»Ja, gewiß. Ich würde sie bestimmt nicht stören.«

»Stören! Im Gegenteil! Sie wären hoch erfreut.« Vergnügt hüpfte ich durch das ganze Zimmer, und sie lachte.

»Wann reisen wir?« fragte ich.

Benedict hielt nichts von unserer beabsichtigten Reise. Er behandelte meine Mutter sehr zärtlich und rücksichtsvoll, und ich merkte, wie sie wieder zu schwanken begann.

Meine Großeltern führten ein langes Gespräch mit ihm. Meine Großmutter erklärte Benedict energisch, daß sie in der gegenwärtigen Situation besonders um das Wohl ihrer Tochter bemüht und davon überzeugt sei, daß Angelet der Aufenthalt in Cornwall guttäte. Dr. Wilmingham, seit langer Zeit ein Freund der Familie, würde sich um sie kümmern. Er habe schon Angelet auf die Welt geholfen. Ganz in der Nähe wohne die beste Hebamme, die man sich überhaupt vorstellen könne. Ihm müsse doch klar sein, daß auf Tante Amarylis' Hilfe nicht gezählt werden könne. Er könne jederzeit zu Besuch kommen, was ohne viel Aufwand möglich wäre.

Nach einer Weile gab Benedict zu, daß meine Großmutter recht habe, und meine Mutter und ich bereiteten uns auf die baldige Abreise nach Cornwall vor.

Ich war so glücklich wie schon lange nicht mehr, denn es war so wie in alten Zeiten: Meine Mutter und ich ganz allein bei meinen Großeltern in Cornwall.

Benedict stand am Bahnsteig und winkte uns zum Abschied zu. Er sah so unglücklich aus, daß ich befürchtete, meine Mutter könnte es sich im letzten Moment noch anders überlegen. Auch sie war traurig, und angesichts ihrer

Liebe, die ich ihnen immer noch nicht gönnte, wurde ich wieder neidisch.

Ich nahm ihre Hand und hielt sie ganz fest. Sie gab mir einen Kuß und meinte seufzend: »Wahrscheinlich vergeht die Zeit wie im Flug.«

»Benedict wird dich sicher bald besuchen kommen«, tröstete meine Großmutter ihre betrübte Tochter.

Einer der Stallburschen erwartete uns mit der Kutsche am Bahnhof. Wir sausten über die kurvenreiche Landstraße dahin. Als Cador in Sicht kam, freute ich mich noch mehr als sonst über diesen Anblick, denn Cador gab mir in gewisser Weise meine Mutter zurück, wenn auch nur für kurze Zeit.

Ich nahm mir fest vor, diese Wochen in vollen Zügen zu genießen. Wenn ich an das Baby dachte, bezeichnete ich es stets als *unser* Baby, denn natürlich wollten wir uns gemeinsam um das Kleine kümmern.

Um wahres Glück empfinden zu können, muß man unglücklich gewesen sein. Nie zuvor waren diese Worte deutlicher in mein Bewußtsein gedrungen als auf dieser Reise.

Unsere Ankunft glich einer Heimkehr. Die Lebensgeister meiner Mutter kehrten zurück. Sie liebte Cador. Sie war hier aufgewachsen und mochte ihre Eltern über alles. In dieser Umgebung vergaß sie bald ihren Kummer über die Trennung von Benedict.

Es war Anfang April, eine besonders schöne Jahreszeit. In Cornwall hielt der Frühling stets ein wenig früher Einzug als in London. Hier lag er in der Luft. Ich roch das Meer und lauschte dem beruhigenden Auf und Ab der Wellen. In uns allen bereitete sich große Zufriedenheit und Ruhe aus.

Meine Großmutter schickte gleich nach Mrs. Polhenny. Sie kam so schnell sie konnte. Ich fand, daß sie älter aussah als bei unserer letzten Begegnung, wenn auch nicht weniger selbstgerecht.

Die Aussicht auf ein neues Baby freute sie offenkundig.

»Herrlich, wieder ein Kleines auf Cador zu haben, Mrs. Hanson«, rief sie aus. »Dabei kommt es mir vor, als wäre Miß Angelet gerade erst geboren worden. Wie die Zeit vergeht!«

»Das Kind meiner Tochter soll in *ihrem* Zimmer zur Welt kommen. Wir sind froh, sie hierzuhaben. Den Leuten in London habe ich gesagt, wir hätten in Cornwall die beste Hebamme der Welt, Mrs. Polhenny.«

»Das war sehr freundlich von Ihnen, Mrs. Hanson. Aber ich vollendete nur Gottes Werk. So sehe ich das jedenfalls.«

Meine Großmutter und ich wechselten einen amüsierten Blick.

»Ich möchte mir Miß Angelet gerne einmal ansehen. Natürlich nur, wenn Sie damit einverstanden sind.«

Aber selbstverständlich«, entgegnete meine Großmutter. »Ich führe Sie hinauf in ihr Zimmer.«

Meine Großmutter verschwand mit ihr auf der Treppe und kehrte kurz darauf zu mir zurück.

»Sie singt noch immer Gottes Lied in einem sündigen Land«, bemerkte Großmutter belustigt.

»Es muß außerordentlich befriedigen, von der eigenen Güte und Rechtschaffenheit dermaßen überzeugt zu sein«, entgegnete ich. »Ich frage mich nur, wie viele Menschen ihre eigene Meinung über sie teilen.«

»Mrs. Polhenny kümmert die Meinung anderer Leute nicht. Ich kenne keinen selbstzufriedeneren Menschen als sie.«

»Wie lautet eigentlich ihr Vorname?«

»Laß mich mal nachdenken. Er war ein wenig ungewöhnlich. Violet, glaube ich. Wie das Veilchen. Ich kann mir keine bescheidenere Blume vorstellen als das Veilchen.«

»Hat es schon einmal eine heilige Violet gegeben?«

»Ich glaube nicht, aber jetzt gibt es eine. Zumindest ist Mrs. Polhenny davon überzeugt. Aber sie ist die beste Hebamme, die ich kenne. Schon aus diesem Grund verdient sie ein wenig Nachsicht für ihre Schwächen.«

Als Mrs. Polhenny die Treppe herunterkam, machte sie ein besorgtes Gesicht.

Meine Großmutter fragte in scharfem Ton: »Es ist doch alles in Ordnung?«

»Aber ja.« Sie sah mich an. Meine Großmutter nickte. Ich

wußte, was das zu bedeuten hatte. Mrs. Polhenny wollte etwas mit ihr besprechen, das nicht für meine Ohren bestimmt war.

Ich verließ das Zimmer, blieb aber hinter der Tür stehen. Es ging um meine Mutter, und Mrs. Polhennys Gesichtsausdruck hatte mich alarmiert. Ich mußte einfach wissen, was los war. Deshalb lehnte ich die Tür nur an und lauschte.

»Sie scheint ziemlich erschöpft zu sein, Mrs. Hanson.«

»Sie hat gerade erst die lange Reise von London hinter sich.«

»Hm«, brummte Mrs. Polhenny. »Sie hätte früher herkommen sollen. Ich bestehe darauf, daß sie sich gründlich ausruht.«

»Hier wird sie jede erdenkliche Ruhe haben. Stimmt was nicht, Mrs. Polhenny?«

»Nein . . . nein.« Ihre Antwort kam nur zögernd. Dann setzte sie hinzu: »Ich glaube, sie ist schon mindestens eine Woche weiter, als wir annahmen.«

»Wirklich?«

»Ja, ganz bestimmt. Ich bin heilfroh, daß sie die Reise nicht noch länger hinausgeschoben hat. Es wäre besser gewesen, sie wäre früher gekommen. Na ja! Wir werden uns gut um sie kümmern, machen Sie sich keine Sorgen. Sie ist in den besten Händen. Mit Gottes Hilfe wird alles gutgehen.«

»Ganz gewiß, Mrs. Polhenny.«

Gleich nachdem Mrs. Polhenny sich verabschiedet hatte, suchte ich meine Großmutter auf.

»Es fehlt ihr doch nichts?« fragte ich ängstlich.

»Ach was. Mrs. Polhenny verlangt, daß sie sich ausruht. Natürlich ist sie nach der Reise ein wenig erschöpft. Aber sie wird sich bald erholt haben.«

»Mrs. Polhenny klang ein wenig besorgt.«

»Nein, eigentlich nicht. Sie will uns nur klarmachen, wie sehr wir auf sie angewiesen sind. So ist sie eben.«

Wir gingen lachend zu meiner Mutter hinauf.

»Die heilige Mrs. Polhenny befiehlt dir, dich auszuruhen«, verkündete Großmutter.

99

Meine Mutter legte sich in ihre Kissen zurück und lachte. »Diesen Befehl befolge ich nur zu gern. Ich bin wirklich sehr müde.«

Meine Großmutter beugte sich über sie und gab ihr einen Kuß.

»Ich bin froh, daß du zu Hause bist.«

Wir saßen alle zusammen am Eßtisch. Meine Mutter hatte sich sichtlich erholt und sah in ihrem rosafarbenen Nachmittagskleid hinreißend aus. Miß Brown aß eine Kleinigkeit in ihrem Zimmer. Die Mahlzeiten gestalteten sich stets ein wenig kompliziert. In Manorleigh oder in London nahm ich meine Mahlzeiten meist mit Miß Brown ein, aber hier in Cador pflegten wir ein engeres Familienleben, und Miß Brown fühlte sich im engsten Kreis fehl am Platz. Meine Großeltern wollten nicht, daß sie alleine aß und hatten ihr vorgeschlagen, mit dem Personal in der Küche zu essen. Aber Miß Brown behauptete meist, sie habe noch zu arbeiten und wolle deshalb auf ihrem Zimmer speisen. Aus mir unerfindlichen Gründen zog sie ein einsames Mahl vor.

Folglich waren wir an diesem Abend ganz unter uns.

»Jack und Marian wollen morgen vorbeikommen«, sagte Großmutter. »Sie freuen sich sehr, daß du hier bist. Marian wird uns eine große Hilfe sein. Sie ist eine sehr praktisch veranlagte Frau. Und natürlich können wir uns auf Mrs. Polhenny verlassen.« Sie sah mich an. »Zu schade, daß Pedrek nicht hiersein kann. Der arme Junge! Seit er auf der Schule ist, kann er nicht mehr so oft herkommen. Er wird schnell erwachsen.«

»Erzähl uns, was in der Zwischenzeit passiert ist«, bat meine Mutter.

»Oh, nicht viel. In unserem abgeschiedenen Winkel geht das Leben wie gewohnt weiter.«

»Wohnen die Flüchtlinge aus Frankreich immer noch in High Tor?«

»Nein. Obwohl sie das Haus gekauft haben. Wahrscheinlich bereuen sie das heute. Sie wohnen jetzt in der Nähe von

Chislehurst. Dort können sie ihre Verbindungen zur Aristokratie, auf die sie immer sehr stolz waren, besser pflegen.«

»Ah ja«, meinte meine Mutter. »Halten sich dort nicht der Kaiser und die Kaiserin auf?«

»Ja, als Verbannte. Ich glaube, sie haben ein prachtvolles Haus in Chislehurst. Aber der Kaiser ist vor kurzem gestorben. Nach seinem Tod meinten die Bourdons, sie müßten sich dort niederlassen und die Kaiserin trösten. Ich zweifle nicht daran, daß die Kaiserin dort Hof hält und ihre treuen Untertanen gebührend empfängt.«

»Ich hörte davon. Ich glaube, er ist im Januar gestorben.« Meine Großmutter nickte.

»Und was ist mit Mrs. Polhennys Tochter?« fragte ich neugierig.

»Leah wohnt bei einer Tante. In St. Ives, glaube ich.«

»Bei einer Tante? Etwa einer Schwester von Mrs. Polhenny?«

»Soviel ich weiß, ja.«

»Ich wußte gar nicht, daß sie Verwandte hat«, sagte ich. »Ich dachte, sie wäre geradewegs vom Himmel herabgestiegen, um die Sünder auf den Pfad der Tugend zurückzubringen.«

Alle lachten, und mein Großvater pflichtete mir bei: »Mir fällt es auch schwer, sie mir als gewöhnliches kleines Mädchen mit einer Schwester vorzustellen.«

»Wahrscheinlich war sie als Kind noch ganz normal«, überlegte meine Mutter, »dann meinte sie plötzlich, missionieren zu müssen. Ähnlich wie Paulus auf der Straße nach Damaskus.«

»Dein Vergleich würde Mrs. Polhenny in Begeisterung versetzen«, meinte meine Großmutter.

»Hat Leah die Wandteppiche in High Tor repariert?« wollte ich wissen.

»Ja. Sie hielt sich ein paar Wochen dort auf, ungefähr einen Monat, wenn ich mich recht erinnere. Danach war sie ganz verändert. Ich habe sie noch ein- oder zweimal gesehen. Sie sah gut aus und schien sehr glücklich zu sein. Das

101

arme Mädchen, endlich war sie für eine Weile von ihrer Mutter befreit.«

»Warum machen es die Leute einander oft so schwer?« fragte ich.

»Weil sich die einen für besser halten, als sie sind«, antwortete meine Großmutter. »Und wir anderen sind nicht so schlecht, wie *sie* uns glauben machen wollen.«

»Man muß sich von solchen Leuten einfach nicht beirren lassen«, fügte Großvater hinzu.

»Das ist nicht so leicht, wenn du die Tochter einer solchen Frau bist«, entgegnete meine Mutter. »Arme Leah!«

»Jedenfalls bin ich froh, daß sie ihren Aufenthalt in High Tor genossen hat«, sagte ich. »Und jetzt lebt sie bei dieser Tante. Man könnte meinen, sie hätte Geschmack an Abenteuern gewonnen.«

»Es überrascht mich allerdings, daß Mrs. Polhenny nichts dagegen hat«, meinte meine Mutter.

»Anfangs hatte sie natürlich etwas dagegen, aber später gab sie nach.«

»Leah wird erwachsen«, sagte meine Mutter. »Vielleicht hat sie nicht nur Abenteuerlust entwickelt, sondern endlich auch einen eigenen Willen.«

Wir schwatzten weiter über die Leute von Poldorey. Meine Mutter erkundigte sich nach allen, die sie in ihrer Kinderzeit gekannt hatte.

Wir verbrachten einen wundervollen, friedlichen Abend, der mir noch lange im Gedächtnis blieb.

Die Tage vergingen in Windeseile. Meine Mutter protestierte stets, sobald man sie an ihre verordnete Ruhe erinnerte. Dr. Wilmingham äußerte sich sehr zufrieden über ihren Zustand. Als langjähriger Freund der Familie blieb er oft zum Mittagessen. Er teilte die Meinung meiner Großmutter über Mrs. Polhenny. »Zuweilen ist sie schon ein wenig sonderbar. Aber sie ist in der Tat eine hervorragende Hebamme. Ich wäre froh, wir hätten noch mehr Frauen wie sie.«

Mit meiner Mutter unternahm ich kleine Spaziergänge.

»Frische Luft und ein bißchen Bewegung kann ihr nur guttun«, erklärte Dr. Wilmingham. »Sie darf damit nur nicht übertreiben.«

Meistens spazierten wir durch den Garten, doch meine Mutter zog es immer wieder zum Teich von St. Branok. Nach wie vor übte dieser Ort eine magische Anziehung auf sie aus.

Hin und wieder begegneten wir Jenny Stubbs. Sie kam dann strahlend auf uns zu und grüßte: »Guten Tag, Miß Angel, Miß Rebecca.«

Meine Mutter erwiderte ihren Gruß dann ausnehmend freundlich. Jenny fühlte sich sehr zu meiner Mutter hingezogen. Mich hingegen bemerkte sie kaum. Das fand ich sonderbar, da sie mich doch einmal für ihr eigenes Kind gehalten hatte.

»Einen schönen guten Tag, Jenny. Ein herrliches Wetter haben wir heute, nicht wahr?«

Jenny blieb stehen und sah meine Mutter, deren Schwangerschaft nicht mehr zu übersehen war, voller Bewunderung an.

»Es freut mich, daß Sie ein Baby erwarten, Miß Angel.«

»Ja, danke, Jenny.«

Jenny kicherte und zeigte auf ihren eigenen Bauch. »Ich auch, Miß Angel. Ich bekomme ein kleines Mädchen.«

»Wie schön für dich, Jenny«, meinte meine Mutter.

Lächelnd drehte sich Jenny um und ging singend zu ihrem Cottage.

Benedict kam einige Male zu Besuch. Wir wußten vorher nie, wann er eintreffen würde. Jedesmal, wenn er unangemeldet auftauchte, warf er dunkle Schatten über mein Leben. Ich hatte immer das Gefühl, er würde eine unsichtbare Mauer zwischen mir und meiner Mutter errichten. Seine Anwesenheit konnte man nicht einfach übersehen. Stets drängte er sich in den Vordergrund. Die Tischgespräche drehten sich nur um die Partei und die nächste Wahl. Mir kam es vor, als säßen Mr. Disraeli und Mr. Gladstone persönlich an unserem Tisch.

Während seines ganzen Besuchs wich er nicht von der Seite meiner Mutter. Für mich war kein Platz mehr.

Mehr als einmal hörte ich ihn sagen: »Mir kommt es vor, als verstreiche diese Zeit nicht. Warum habe ich dich nur fortgelassen?«

Sie lachte glücklich und antwortete: »Es dauert nicht mehr lange, Liebling. Bald bin ich wieder zu Hause, mit dem Baby. Freust du dich nicht?«

Bei diesem Wortwechsel fühlte ich, daß ich die Zweisamkeit mit meiner Mutter bis zur Neige auskosten mußte; dies Glück währte nicht lange.

Der Mai kam mit all seiner Blütenpracht. In einem Monat sollte das Baby geboren werden. Mrs. Polhenny war ganz sicher, daß es früher kommen würde, als wir geglaubt hatten.

»Ich sollte keine langen Spaziergänge mehr machen. Aber ich möchte noch einmal zum Teich«, sagte meine Mutter.

»Ich glaube nicht, daß du auf diesen Steinen sehr bequem sitzt«, entgegnete ich.

»Becca, derzeit ist für mich nichts bequem.«

»Die Steine werden auch zu feucht sein.«

»Bei diesem Wetter? Seit Wochen hat es nicht mehr geregnet. Los, komm schon!«

»Aber sobald du müde wirst, kehren wir um.«

»Ich will zum Teich, und ich schaffe es bis zum Teich.«

»Was fasziniert dich an diesem Ort? Es ist ein düsterer Platz. Ich habe immer das Gefühl, als ob ein böser Schatten darüber liegt.«

»Vielleicht zieht es mich gerade deshalb dorthin.«

»Man sollte endlich den Teich umzäunen, damit kein Unglück geschieht.«

»Dann wäre er nicht mehr derselbe.«

»Das wäre vielleicht gar nicht so schlecht.«

Energisch schüttelte sie den Kopf.

Am Teich angekommen, setzten wir uns auf die Erde und lehnten uns mit dem Rücken an die Steine. Es war ganz still um uns herum.

Nachdem wir eine Zeitlang geschwiegen hatten, sagte meine Mutter: »Becca, ich möchte mit dir reden.«

»Ja, ich höre.«

»Du bist mein liebes Kind. Den Tag deiner Geburt werde ich nie vergessen.«

»In den australischen Goldfeldern . . .«

»Du hast mein ganzes Leben verändert. Du darfst niemals denken, ich liebte dich heute weniger als früher. Bist du eifersüchtig auf das Baby?«

»Eifersüchtig? Ich liebe das Baby schon jetzt.«

»Ich wünsche mir, daß du es von Herzen liebhast. Mir liegt sehr viel daran. Seltsam, plötzlich empfinde ich eine tiefe Besorgnis. Als ob ich in die Zukunft sehen könnte. Dieser Ort ist wirklich etwas merkwürdig . . .«

»Das finde ich auch. Du glaubst, weil ich auf ihn . . . eifersüchtig bin, könnte ich auch das Baby nicht lieben.«

»Meine Liebe zu dir ist nicht weniger geworden, nur weil ich auch andere Menschen liebe.«

»Das weiß ich.«

»Dann denke auch nicht so.«

Heftig schüttelte ich den Kopf. Ich war innerlich zu bewegt, um etwas zu entgegnen.

Sie ergriff meine Hand und legte sie auf ihren Bauch. »Du bist noch sehr jung. Die meisten Leute würden sagen, du solltest von solchen Dingen noch gar nichts wissen. Aber ich habe dich nie als kleines Kind betrachtet. Du warst stets ein Teil von mir. Darum standen wir uns so nahe, bis . . . bis du gedacht hast, alles hätte sich durch die Heirat verändert. Da irrst du dich, Becca. Er möchte dich ebenso liebhaben wie ich. Er ist tief verletzt, weil du ihn so ablehnst. Spürst du, wie sich das Baby bewegt, Becca? Unser Kind, deines, meines und seins. Versprich mir, daß du es immer lieben und umsorgen wirst.«

»Aber natürlich. Es ist doch meine Schwester . . . oder mein Bruder. Natürlich liebe ich dieses Kind von ganzem Herzen. Das verspreche ich dir.«

Sie führte meine Hand an ihre Lippen und küßte sie.

105

»Ich danke dir, mein Schatz. Du machst mich sehr glücklich.«

Eine Zeitlang saßen wir noch schweigend nebeneinander am Ufer. Plötzlich erhob sie sich und reichte mir ihre Hand.

»Komm, wir gehen. Du bist mein liebstes Kind, vergiß das nie.«

Wir verbrachten soviel Zeit wie möglich zusammen. Mir war ganz leicht ums Herz. Nach der Geburt des Kindes mußten wir zu Benedict zurückkehren. Ich nahm mir fest vor, ihn nicht mehr zu hassen. Inzwischen sah ich ein, daß ich an meinen Schwierigkeiten größtenteils selbst schuld war.

Er war bereit, mich in seine Familie aufzunehmen. Nicht er hatte mich ausgeschlossen, sondern ich mich selbst.

Meine Mutter ging nicht mehr aus. Jeden Tag kam Mrs. Polhenny und versicherte uns, es wäre nun bald soweit. »Beim ersten Anzeichen bin ich da.«

Pedrek machte einen kurzen Besuch in Pencarron Manor. Wir ritten gemeinsam aus. Es war wie in alten Zeiten. Trotzdem blieb ich nie lange von Cador weg, weil ich meine Mutter nur ungern allein ließ.

Eines Nachmittags kehrten wir von einem Ausritt zurück und verabschiedeten uns schon auf halbem Weg. Pedrek ritt nach Pencarron Manor und ich Richtung Cador. Es war ein trüber, mit grauen Wolken verhangener Tag. Die Luft roch nach Regen. Auf meinem Weg kam ich an Mrs. Polhennys Cottage vorbei. Wie oft hatten wir über die pingelige Sauberkeit Mrs. Polhennys gelacht — die geschrubbte Türschwelle, die glänzenden Kieselsteine, die schweren Vorhänge hinter den blitzblanken Fensterscheiben gaben häufig Anlaß zur Heiterkeit.

Ich wußte, daß Mrs. Polhenny am Vormittag zu den Peggotys in West Poldorey gegangen war. Bestimmt hielt sie sich dort noch auf.

Doch als ich zu den Fenstern hinüberblickte, nahm ich einen Schatten wahr. Mrs. Polhenny war also schon zu Hause.

106

Ich sah den Schatten nur für einen Augenblick, dann verschwand er.

Ich zögerte. Meine Großmutter hatte sich wegen Mrs. Peggoty Sorgen gemacht, denn sie bekam ihr erstes Kind und war schon vierzig Jahre alt. Bestimmt interessierte es sie, ob die Geburt gut verlaufen war. Entschlossen stieg ich vom Pferd und band es mit den Zügeln an einem Strauch fest.

Zu mir selber lächelnd klopfte ich an die Tür. Ich fragte mich, was Mrs. Polhenny wohl von mir denken würde, wenn ich mich nach der Geburt des Peggoty-Babys erkundigte. Von einem der Dienstmädchen in Cador hatte ich gehört, daß sie mich für ein »frühreifes Ding« hielt. Ich wisse zu viel für mein Alter, und sie könne nicht begreifen, daß meine Großeltern so etwas zuließen.

Ich muß ehrlich gestehen, ich empfand ein boshaftes Vergnügen bei dem Gedanken, sie neuerlich zu schockieren.

Ich wartete. Aber niemand öffnete. Kein Laut drang aus dem Haus. Aber ich war ganz sicher, sie am Fenster gesehen zu haben. Sie mußte es gewesen sein, denn Leah wohnte bei ihrer Tante in St. Ives.

Zehn Minuten wartete ich geduldig. Nichts rührte sich. Verwundert stieg ich auf mein Pferd und ritt nach Hause. Ich war ganz sicher, daß jemand im Haus war.

Erst am nächsten Morgen erinnerte ich mich wieder an diesen Vorfall, als meine Großmutter verkündete, daß Mrs. Peggoty einem gesunden Jungen das Leben geschenkt habe.

»Er kam heute morgen um drei Uhr zur Welt. Mrs. Polhenny erzählte mir, sie sei den ganzen Tag und die Nacht über bei den Peggotys geblieben, weil die Geburt so anstrengend war.«

Sie konnte also gar nicht in ihrem Haus gewesen sein. Wie eigenartig. Hatte ich mir den Schatten am Fenster nur eingebildet? Ich war mir ganz sicher, jemanden gesehen zu haben. Die ganze Geschichte erschien mir reichlich mysteriös.

Anfang Juni befand sich Mrs. Polhenny, wie sie sich ausdrückte, »ständig auf dem Sprung«. Sie wirkte häufig ein wenig geistesabwesend und seltsam bedrückt. Ich machte mir Sorgen um sie und fragte mich, ob das mit meiner Mutter zusammenhing und ob tatsächlich alles mit ihr in Ordnung war.

Eines Morgens hörte ich Mrs. Polhenny zu meiner Großmutter sagen: »Ich bin einfach baff. Das hätte ich nie geglaubt. Ich machte mir zwar so meine Gedanken — mein geübtes Auge, verstehen Sie. Also sagte ich zu ihr: ›Jenny‹, sagte ich, ›ich möchte dich einmal näher anschauen.‹ Sie ließ es erfreut zu. Ich untersuchte sie und . . . es ist unglaublich. Ich kann es selbst nicht fassen . . .«

Ich lauschte, denn ich befand mich ständig in Alarmbereitschaft. Ich hatte das deutliche Gefühl, sie würden nicht offen mit mir über den Zustand meiner Mutter reden. Irgend etwas verheimlichten sie mir.

Aber aus dieser Unterhaltung gingen keine neuen Informationen über meine Mutter hervor, aber ich erfuhr etwas anderes, etwas geradezu Unglaubliches. Jenny Stubbs erwartete ein Kind. Wie konnte das geschehen? Natürlich dachte jeder sofort an die Erntezeit. September oder Oktober . . . Peggotys hatten Erntehelfer beschäftigt. Vielleicht war der Vater von Jennys Kind einer der Wanderarbeiter. Und die sonderbare, verwirrte Jenny, die sich so sehr ein Kind wünschte, war allzu empfänglich gewesen.

Mrs. Polhenny wollte sich alleine und unentgeltlich um das Mädchen kümmern. Diese Pflicht habe ihr Gott auferlegt.

Meine Mutter freute sich über diese Neuigkeit.

»Ich weiß, wie schön es ist, einem Kind das Leben zu schenken«, sagte sie.

Meine Großmutter meinte, ein eigenes Kind könne Jenny völlig verändern. Vielleicht verbesserte sich ihr geistiger Zustand sogar.

»Im Augenblick habe ich alle Hände voll zu tun«, stöhnte Mrs. Polhenny. »Gleich zwei Babys — und das zur selben Zeit. Gott wird mir die nötige Kraft geben.«

»Die Zusammenarbeit mit Gott muß Mrs. Polhenny außerordentlich befriedigen. Er dient ihr anscheinend als eine Art Geburtshelfer«, bemerkte meine Großmutter ein wenig spöttisch.

Meine Mutter lachte. »Dir fehlt jegliche Ehrfurcht, Mama.«

Die gemeinsame Zeit mit meiner Mutter war unendlich kostbar für mich.

Der Tag der Entbindung war gekommen. Wir alle erwarteten gespannt das Baby.

Mrs. Polhenny war soeben erschienen. »Gestern nacht half ich Jenny Stubbs' Baby auf die Welt. Ein hübsches kleines Mädchen. Jenny ist überglücklich.«

»Wer kümmert sich um sie?« fragte Großmutter.

»Ich habe sie schon kurz vor der Geburt zu mir genommen. Ich hielt das für das Beste, weil ich jederzeit für die Entbindung Ihrer Tochter bereit sein wollte. Leah ist zu Hause und hilft mir.«

»Das ist lieb von Ihnen, Mrs. Polhenny.«

Mrs. Polhenny wehrte gönnerhaft ab und machte ein noch tugendhafteres Gesicht als sonst.

»Ja, Jenny hat es hinter sich. Jetzt ist die Reihe an Mrs. Lansdon.«

Meine Großmutter sagte später zu mir: »Trotz all ihrer Selbstgerechtigkeit hat sie das Herz auf dem rechten Fleck. Es war wirklich sehr wohlwollend von ihr, Jenny aufzunehmen.«

Zu dieser Zeit verlief noch alles normal. Jenny hatte eine leichte Geburt gehabt. Wir hofften, daß es auch bei meiner Mutter keinerlei Komplikationen gäbe.

Mrs. Polhenny war um elf Uhr am Vormittag eingetroffen. Am Nachmittag wußten wir, daß nicht alles planmäßig verlief. Wir schickten nach Dr. Wilmingham.

Benedict traf ein. Niemand hatte ihn vom Bahnhof abgeholt, aber sein Kommen überraschte uns nicht weiter. Jeder hatte erwartet, daß er zur Geburt nach Cador käme. Er wollte sofort zu meiner Mutter gehen, aber es wurde nicht zugelassen.

»Wir sagen ihr, daß du hier bist«, versprach meine Großmutter. »Das wird sie trösten und ihr helfen.«

Nun begann eine der schrecklichsten Perioden meines Lebens. Die Erinnerung daran quälte mich stets, weswegen ich versucht habe, alles zu verdrängen. Bis zu einem gewissen Grad gelang es mir, denn heute sehe ich alles wie durch einen Nebelschleier. Die fürchterlich lange Wartezeit verbrachte ich in Gesellschaft meiner Großeltern. Auch Benedict war da. Er konnte nicht still sitzen und ging unruhig im Zimmer auf und ab. Ständig bombardierte er uns mit Fragen. Wie sah sie aus? Wie fühlte sie sich? Warum hatte man nicht schon früher nach ihm geschickt? Wir hätten rechtzeitig etwas unternehmen müssen.

Schließlich bat mein Großvater: »Sei um Gottes willen still, Benedict. Alles wird gutgehen. Sie ist in den besten Händen.«

Aufgebracht entgegnete er: »Sie hätte in London bleiben sollen.«

»Wer weiß schon, was richtig oder falsch ist?« fragte Großmutter. »Wir hielten es so für das Beste.«

»Ein kleiner Landarzt! Eine alte Frau . . .«

Ich wurde wütend. Er beschuldigte meine Großeltern. Aber gleichzeitig wußte ich ebenso wie sie, daß ihn nur seine große Liebe zu meiner Mutter zu diesen Ausbrüchen verleitete. Er hatte Angst und fühlte sich elend vor Hilflosigkeit. Er mußte einfach jemandem Vorwürfe machen.

Die Stunden schleppten sich dahin. Alle Uhren schienen stillzustehen. Warten . . . warten . . . und mit jeder Minute, die verging, wuchs die Angst. Ich hielt es kaum aus. Kalte Angst ergriff mich. Ich fröstelte und wußte, den anderen ging es nicht besser. Meine Großmutter saß neben mir. Hin und wieder trafen sich unsere Blicke und offenbarten unsere Gefühle. Sie nahm meine Hand und drückte sie ganz fest.

Nach Stunden erschien der Arzt in Begleitung von Mrs. Polhenny. Sie brauchten kein Wort zu sagen. In ihren Gesichtern stand die fürchterliche Wahrheit. Eine Woge der Verzweiflung überschwemmte mich und trug mich davon.

Tragödie in der Weihnachtszeit

Ich erinnere mich nur an einzelne, kurz aufblitzende Augenblicke — Augenblicke großer Verzweiflung und des entsetzlichsten Jammers, den ich je erlebt hatte. Ich sehe uns um ihr Bett stehen. Der Tod hatte sie völlig verändert! Sie war wunderschön; ihr Gesicht strahlte eine selige Ruhe aus; sie sah so weiß aus, so jung — und so weit entfernt von uns. Ich begriff noch nicht, daß ich sie für immer verloren hatte.

Um das Baby kümmerten wir uns kaum. Ich glaube, wir brachten es einfach nicht über uns, obwohl wir fühlten, daß es nicht richtig war.

Meinen Großeltern brach das Herz. Sie hatten ihre Tochter so sehr geliebt. Nun waren sie wie gelähmt, genau wie ich. Benedict schien völlig zerstört. Noch niemals hatte ich soviel entsetzlichen Schmerz in einem Gesicht gesehen. Erst nach ihrem Tod erkannte ich das wahre Ausmaß seiner Liebe zu ihr. Wir alle wollten mit unserer unermeßlichen Trauer allein sein.

Der Doktor und Mrs. Polhenny sorgten für das Kind. Ich vermute, damals glaubten sie, daß es auch nicht überleben würde. Die Ernährung des Kindes war ein Problem, aber Mrs. Polhenny wußte Rat. Wir vergruben uns in unserem Kummer und waren außerstande, an praktische Dinge zu denken. Ich weiß nicht, wie wir ohne Mrs. Polhenny zurechtgekommen wären.

Nach einiger Zeit sagte meine Großmutter, wir müßten Mrs. Polhenny stets dankbar sein. Ohne Aufhebens hatte sie das Kind versorgt, während wir uns unserem Leid hingaben.

Dann mußten wir jedoch Entscheidungen treffen. Das Baby sollte wohl in Cador aufwachsen. Sobald sich meine Großmutter von diesem entsetzlichen Schicksalsschlag ein wenig erholt hätte, wollte sie das Kind bestimmt um sich haben. Und ich wollte das auch. Aber damals unterdrückte ich jeden Gedanken an das kleine Geschöpf. Mrs. Polhenny brachte Verständnis für unser Verhalten auf. Der Racheengel des Herrn verwandelte sich in eine praktische, hilfsbereite Krankenschwester, die sich um die Lebenden kümmerte, während wir um die Verstorbene trauerten.

Ich weiß nicht mehr, wie wir diesen Tag überstanden haben. Als ich am Morgen nach einer schlaflosen Nacht aufstand, wurde mir schmerzlich bewußt, daß mein Leben ohne sie weitergehen mußte. Meine Mutter war tot. Diese unabänderliche Tatsache mußte ich hinnehmen. Ich hatte sie endgültig verloren.

Wir alle gingen wie in Trance umher — besonders Benedict. Mein Großvater versuchte, ruhig und vernünftig zu sein, machte Zukunftspläne und lenkte sich auf diese Weise von seinem Kummer ab. Es mußten Vorbereitungen für das Begräbnis getroffen werden. Man bettete sie in den Sarg — sie, die stets so lebendig, so fröhlich gewesen war, meine Mutter, der wichtigste Mensch meines Lebens.

Natürlich blieben mir noch meine Großeltern, und dafür dankte ich Gott. Aber ich hatte auch die kleine Halbschwester. Ein zartes, schwaches Mädchen, behauptete Mrs. Polhenny, weil sie nicht wollte, daß wir uns um das Kind kümmerten. »Überlassen Sie die Sorge um die Kleine ruhig erst einmal mir.«

Widerspruchslos und erleichtert überließen wir sie der Obhut von Mrs. Polhenny.

Den Tag der Beerdigung vergesse ich niemals. Die vielen Kutschen, den Leichenwagen, die Leichenbestatter in ihren feierlichen Anzügen, den Duft der Lilien, der mich auch später immer an den Tag der Beerdigung erinnerte.

Wir standen am Grab, Benedict, meine Großeltern und ich. Krampfhaft umklammerte ich die Hand meiner Großmutter. Als die Erde auf den Sarg geworfen wurde, beobachtete ich Benedict. Abgrundtiefe Verzweiflung stand in seinem Gesicht.

Cador war zum Trauerhaus geworden.

Die Dinge sind dem Wandel unterworfen, nichts währt ewig. Mit dieser Binsenweisheit versuchte ich mich zu trösten.

Am Tag nach dem Begräbnis reiste Benedict ab. Ich glaube, er konnte unsere Gegenwart nicht länger ertragen.

Die Kutsche, die ihn zum Bahnhof bringen sollte, stand bereits vor dem Haus, als wir ihn hinausbegleiteten. Meine Großmutter versuchte ihn etwas zu trösten. »Laß ein wenig Zeit verstreichen, Benedict. Später, wenn wir uns ein wenig gefaßt haben, werden wir über die neue Lage nachdenken. Bis dahin bleiben Rebecca und das Kind bei uns.«

Als sie das Kind erwähnte, verhärtete sich sein Gesicht. Aus seinen Augen blitzten Ablehnung und Haß. Für ihn stand fest: Seine Tochter war schuld an Angelets Tod.

Ich fühlte ähnlich, allerdings ihn betreffend, denn ohne ihn wäre meine Mutter noch am Leben. Diese Schuldvorwürfe waren zwar nicht ganz realistisch, aber sie linderten unseren Schmerz.

Ich war froh, als er abgereist war.

Pedreks Großeltern, die Pencarrons, bewiesen ihre Freundschaft durch einen Vorschlag, den sie meiner Großmutter machten: »Kommt doch für einige Zeit zu uns nach Pencarron. Dort werdet ihr schneller über den Verlust von Angelet hinwegkommen.«

»Aber das Baby . . .« warf Großmutter ein.

Traurig sah Mrs. Pencarron meine Großmutter an. »Ich weiß, aber Mrs. Polhenny kümmert sich um das Kind. Sie müssen hier weg und versuchen, zur Ruhe zu kommen.«

Es gelang ihr, meine Großmutter zu überreden, und wir verließen Cador.

Die Pencarrons bemühten sich nach allen Kräften, uns zu helfen, doch ihre Anstrengungen waren vergeblich. Meine Großmutter blieb ruhelos. Ich machte lange Spaziergänge mit ihr, während der sie ständig von meiner Mutter sprach.

»Ich spüre deutlich, daß sie bei uns ist, Rebecca. Wir müssen darauf achten, sie niemals auszuschließen. Sprechen wir, als ginge sie neben uns.«

113

Ich erzählte ihr von unserer Unterhaltung am Teich. »Sie bat mich, für das Kind zu sorgen. Ich solle meinen kleinen Bruder oder mein Schwesterchen lieben, hat sie gebeten. Sie verhielt sich irgendwie ungewohnt.«

»Dieser Platz hatte für sie eine besondere Bedeutung.«

»Ja, ich weiß. Ich erinnere mich genau an ihre Worte. Wenn ich zurückdenke, kommt es mir fast so vor, als hätte sie geahnt, daß sie nicht mehr lange bei uns sein wird.«

Großmutter hakte mich unter. »Wir haben das Kind, Rebecca.«

»Aber niemand scheint es zu mögen.«

»Das liegt nur daran, weil . . .«

». . . weil meine Mutter während der Geburt gestorben ist.«

»Das arme kleine Ding. Was kann es denn dafür? Wir müssen dieses Kind lieben, Rebecca. Natürlich werden wir es lieben. Es ist deine Schwester. Mein Enkelkind. Deine Mutter wünschte sich, daß wir es mögen.«

»Und wir haben die Kleine bereits allein gelassen.«

»Ja, du hast recht. Wir müssen zurück. Dieses Kind ist unser Trost. Morgen gehen wir zurück. Die Pencarrons haben sicher Verständnis dafür. Es sind so liebe Menschen.«

Am nächsten Tag verabschiedeten wir uns von Pedreks Großeltern und kehrten nach Cador zurück.

Eine sehr zufriedene Mrs. Polhenny begrüßte uns.

»Die Kleine entwickelt sich prächtig«, teilte sie uns mit. »Sie ist über dem Berg. Ich habe sie Tag und Nacht nicht aus den Augen gelassen. Sie brauchte ganz besonders viel Zuwendung. Manchmal habe ich gezweifelt, daß ich sie durchbringe. Aber seht nur selbst, sie ist kaum wiederzuerkennen. Sie schreit aus voller Kehle . . . etwas scheint den Unmut der jungen Dame zu erregen.«

Voller Stolz führte sie uns ins Kinderzimmer hinauf.

Sie hatte recht, die Kleine war rundlicher geworden und sah viel gesünder aus.

»Sie wird sich schnell weiterentwickeln«, prophezeite Mrs. Polhenny. »Ich kann euch sagen, es ging wirklich um Leben und Tod.«

Von diesem Augenblick an ging es uns besser. Wir hatten das Baby, für das wir sorgen mußten.

Die paar Tage in Pencarron hatten uns gutgetan, denn dort hatten wir doch ein wenig Abstand von unserem entsetzlichen Leid gewonnen.

Unsere Rückkehr nach Cador zwang uns, der Wirklichkeit ins Gesicht zu sehen. Unbewußt hatten wir alle befürchtet, daß auch das Kind sterben könnte. Sowohl Dr. Wilmingham als auch Mrs. Polhenny waren davon überzeugt gewesen, daß es nicht durchkäme. Aber wie durch ein Wunder hatte es nicht nur überlebt, sondern war auch völlig gesund geworden.

Nun kreisten alle unsere Gedanken um das Kind. Die Kleine mußte getauft werden. Großmutter schlug den Namen Belinda Mary vor. Wir hatten nichts dagegen, und Belinda wurde eine eigenständige Persönlichkeit. Wir bemerkten, daß sie uns auf eine besondere Art anstrahlte, so als wisse sie genau, wer wir sind.

Glücklicherweise mußte Mrs. Polhenny gerade keinen anderen Verpflichtungen nachkommen und konnte sich daher weiterhin um Belinda kümmern.

Dennoch brauchten wir bald ein Kindermädchen, da Mrs. Polhenny irgendwann wieder ihren Hebammenpflichten nachkommen mußte. Sie versprach uns, sich nach einer geeigneten Person umzusehen.

Ungefähr eine Woche nach unserer Rückkehr aus Pencarron machte sie uns einen Vorschlag.

»Wie wär's mit meiner Leah?« meinte sie. »Seit den paar Wochen in High Tor hält sie nichts mehr zu Hause. Ich hatte gehofft, der Aufenthalt bei meiner Schwester in St. Ives brächte sie zur Vernunft, aber sie will schon wieder fort.«

Meine Großmutter und ich wechselten einen vielsagenden Blick. Wir konnten uns nur zu gut vorstellen, daß sich Leah nicht übermäßig nach ihrem strengen Zuhause sehnte.

»Leah geht mit kleinen Kindern großartig um«, fuhr Mrs. Polhenny fort. »Sie hat viel von mir gelernt. Und ich bin ja auch noch da. Die Stellung als Kindermädchen wäre für Leah ein großer Vorteil. Sie wäre von zu Hause weg, und ich wüßte sie gut aufgehoben.«

»Leah!« rief Großmutter überrascht. »Aber Leah ist eine geschickte Näherin und Stickerin.«

»Sie kann auch Kindersachen anfertigen, das macht ihr gewiß Spaß.«

»Haben Sie schon mit ihr darüber gesprochen?«

»O ja. Und, glauben Sie mir, sie möchte die Stellung. Sie ist es leid, immer über einer Näharbeit zu sitzen. Dabei verdirbt sie sich auch nur die Augen. Sie muß ihre Augen schonen. Wegen der anstrengenden Arbeit leidet sie ohnehin schon häufig an Kopfschmerzen. Was sie von der Kinderpflege noch nicht weiß, bringe ich ihr bei. Sie liebt kleine Kinder wirklich sehr.«

»Na denn«, willige Großmutter ein, »wenn Leah wirklich will, soll sie es dürfen.«

»Ich schicke sie her. Sprechen Sie selbst mir ihr.«

»Damit wäre unser Problem gelöst. Und wir hätten jemanden im Haus, den wir kennen. Das ist sehr beruhigend.«

Leah kam zu uns und richtete sich im Kinderzimmer ein. Das Baby schien sie von Anfang an zu mögen.

Auch wir schlossen Leah ins Herz. Wir hatten sie schon immer gern gehabt, doch seit sie dem Einfluß ihrer Mutter etwas entronnen war, hatte sie sich zu ihrem Vorteil verändert. Stets war sie freundlich und ausgeglichen. Meine Großmutter fand, daß wir das beste Kindermädchen hatten, das wir uns wünschen konnten.

Leah hatte sich zu einer stahlenden Schönheit entwickelt — ihre langen dunklen Haare und die ausdrucksvollen braunen Augen machten sie sehr reizvoll. Meine Großmutter verglich sie mit dem Bildnis einer Renaissance-Madonna. Leah kümmerte sich liebevoll um das Kind.

Belinda half uns über die ersten traurigen Monate hinweg. Meine Großeltern und ich sprachen fast ausschließlich von ihr. Das erste Lächeln, der erste Zahn — alles war von größter Bedeutung und größtem Interesse für uns.

Allmählich fanden wir uns mit dem Tod meiner Mutter ab und begannen wieder Freude am Leben zu finden.

Eines Tages saßen meine Großeltern und ich am Frühstückstisch, als die Post hereingebracht wurde. Es befand sich ein Brief von Benedict darunter. Großmutter zuckte zusammen und zögerte, ihn zu öffnen. Überflüssigerweise sagte sie zu Großvater: »Ein Brief von Benedict.«

Er nickte ernst.

»Bestimmt will er das Kind.«

Mit sanfter Stimme ermunterte sie Großvater: »Mach ihn auf, Annora! Vielleicht teilt er uns nur mit, daß er es für besser hält, wenn Belinda und Rebecca vorerst noch bei uns bleiben.«

Mit leicht zitternden Fingern öffnete sie den Brief. Ich beobachtete sie unentwegt. Während sie las, entspannten sich ihre Gesichtszüge.

»Er schreibt, er trage die Verantwortung für das Kind und Rebecca.«

»Für mich nicht«, protestierte ich.

»Er ist dein Stiefvater und betrachtet sich deswegen auch als dein Vormund«, erklärte Großvater.

»Nein. Ihr seid meine Vormünder.«

Er lächelte mich an. »Was schreibt er sonst noch?«

»Er will demnächst mit uns über die Zukunft der Kinder sprechen. Bis dahin wäre es ihm recht, wenn die Kinder bei uns bleiben könnten, sofern es uns keine Unannehmlichkeiten bereitet.«

Großmutter lachte. »Er schreibt tatsächlich Unannehmlichkeiten.«

Ich stimmte in ihr Lachen ein. »Er will uns nicht, aber wir wollen ihn auch nicht.«

»Dann ist ja alles gut«, rief Großmutter. »Er möchte für die Kosten, die die Kinder uns bereiten, aufkommen.«

»Um Himmels willen, was will er?«

»Ich vermute, er will das Gehalt des Kindermädchens, die Lebensmittel und so weiter bezahlen.«

»Was für ein Unsinn!«

»Schon gut. Wir gehen darauf nicht ein.«

Der Briefinhalt war also nicht so schlimm wie befürchtet, und wir atmeten erleichtert auf. Trotzdem beunruhigte mich, daß er als mein Vormund und als Vater von Belinda über unsere Zukunft entscheiden konnte.

Ich lief zu Großmutter und umarmte sie. »Wir bleiben bei euch«, beteuerte ich heftig. »Ich will nicht zu Benedict.«

»Ist schon gut«, versicherte mir Großvater. »Er wollte uns nur mitteilen, daß er für dich sorgen möchte, aber gleichzeitig ist er froh, daß wir uns um dich kümmern. Er weiß, daß es dir hier in Cador bessergeht als bei ihm.«

Später sprach ich noch einmal mit meiner Großmutter über meine Befürchtungen. Sie beruhigte mich. »Mach dir keine Sorgen. Ohne Frau kann er weder in London noch in Manorleigh einen Haushalt mit Kindern führen. Außerdem nimmt ihn seine politische Karriere voll in Anspruch. Er wollte uns nur zu verstehen geben, daß er sich seiner Verantwortung nicht entzieht. Ihm ist klar, daß Belinda nirgendwo besser aufgehoben ist als hier. Aber du darfst nicht vergessen, er ist ihr Vater.«

»Leider«, antwortete ich kurz angebunden.

Traurig schüttelte Großmutter den Kopf.

Ein Jahr war inzwischen vergangen. Benedict besuchte uns während dieser Zeit zweimal in Cornwall. Jedesmal betrachtete er prüfend das Baby. Belinda erwiderte seinen Blick vollkommen gleichgültig. Leah nahm sie aus ihrem Bettchen und legte sie ihm in den Arm. Er hielt sie behutsam, aber Belinda fing an zu schreien und beruhigte sich erst wieder, als Leah sie ihm abnahm.

Leah sagte: »Sie ist ein sehr kluges Kind, Sir. Sie können stolz auf sie sein.«

Aufmerksam sah er Leah an. Sie senkte den Blick und wurde ein wenig rot. Mehr denn je ähnelte sie einer Madonna.

Meine Großmutter sprach mit ihm über Leah. »Sie kümmert sich hervorragend um Belinda. Man merkt, daß sie die Tochter einer Hebamme ist. Sie hat von ihrer Mutter eine Menge über Babys gelernt.«

Er antwortete nur: »Sie macht einen tüchtigen Eindruck.«

Mit mir redete er wenig. Wir beide machten keinen Hehl aus unserer Antipathie.

»Rebecca, es wird Zeit, daß du zur Schule gehst«, sagte er eines Tages. »Der Unterricht durch eine Gouvernante ist auf Dauer nicht ausreichend.«

»Ich bin sehr glücklich mit Miß Brown.«

»Zu einer Ausbildung gehört mehr als nur Glücklichsein. Außerdem war der Schulbesuch längst eine beschlossene Sache.«

Offensichtlich hatten meine Mutter und er schon darüber entschieden. Sie hatte also mit ihm über mich gesprochen.

»Vielleicht nächstes Jahr«, meinte er dann.

Für die nächste Zeit befand ich mich folglich noch in Sicherheit.

Meine Großmutter und ich atmeten erleichtert auf, als er bald wieder nach London abreiste. Sie war froh, daß er Belinda und mich nicht mitgenommen hatte.

In den Sommerferien brachte Pedrek einen Schulfreund mit nach Cornwall, der natürlich seine Zeit nicht mit einem Mädchen verbringen wollte. Pedrek, der darauf bedacht war, niemals die Gefühle anderer Menschen zu verletzen, merkte zwar, daß ich mich zurückgesetzt fühlte, mußte aber ein wenig darüber hinwegsehen, weil er sich um seinen Gast zu kümmern hatte. Ich tröstete mich damit, daß sein Freund ja nicht ewig dabliebe. Wir wurden langsam erwachsen und mußten lernen, daß sich nicht alles unseren Wunschvorstellungen entsprechend veränderte.

Häufig ging ich zum Teich hinunter. Dort dachte ich stets an das letzte Gespräch mit meiner Mutter und an ihre Bitte, mich um das Kind zu kümmern.

Wenn ich mich am Teich aufhielt, dachte ich immer, meine Mutter säße neben mir und wolle mir etwas mitteilen.

119

Hier begegnete ich Lucie zum erstenmal.

Sie interessierte mich sehr, denn niemand hatte wirklich an die Schwangerschaft ihrer Mutter geglaubt — und niemand wußte, wer ihr Vater war.

Manchmal sprach Mrs. Polhenny von Jenny Stubbs.

»Man kann sich keine bessere Mutter vorstellen als Jenny Stubbs. Eigentlich merkwürdig, wenn man bedenkt, daß sie nicht alle Tassen im Schrank hat, wie man so sagt. Aber bei ihrem Umgang mit Kindern merkt man nichts davon. Was für ein winziges Geschöpf war doch diese Lucie . . . und jetzt ist sie ein so niedliches Mädchen. Das ist nur Jennys Verdienst. Sie ist die geborene Mutter. Nur schade, daß unser Herr ihr nicht genügend Verstand mitgegeben hat.«

Das war die schlimmste Kritik an unserem Herrn, die ich je aus ihrem Mund gehört hatte. Sie muß sehr erregt gewesen sein.

Auch meine Großmutter staunte über Jenny. Mrs. Granger, auf deren Farm Jenny arbeitete, sagte, sie habe sich seit Lucies Geburt völlig verändert. »Sie ist jetzt ganz vernünftig«, berichtete sie. »Und Lucie . . . Besser kann auch Miß Belinda nicht umsorgt werden. Sie ist immer sauber . . . immer bestens versorgt. Sie nimmt sie mit zur Arbeit, was mich nicht stört. Jenny ist eine gute Hilfe, und ich will sie nicht verlieren. Seit Lucies Geburt und ihrer gesunden Geistesverfassung hat sich ihre Leistung erheblich verbessert.«

Großmutter sagte zu mir: »Die arme Jenny hatte nichts anderes im Kopf als ein eigenes Kind. Du weißt ja, ihr erstes Baby, ein kleines Mädchen, hatte sie schon früh verloren. Nun ist sie vollkommen zufrieden. Mit Kindern kann sie wirklich gut umgehen. Als sie dich damals in ihr Cottage mitnahm, hat sie sich ebenso liebevoll um dich gekümmert wie heute um ihre Lucie. Mrs. Polhenny und ihresgleichen mißbilligen zwar die uneheliche Geburt des Kindes, aber wenn sich dadurch ein Leben zum Besseren wendet, kann ich daran nichts Schlechtes oder Verwerfliches finden.«

Wie gesagt, Lucie weckte sofort mein Interesse. Auch sie

schien mich zu mögen. Wenn ich mich am Teich aufhielt, kam Jenny oft mit ihr vorbei und unterhielt sich mit mir.

Bei unserer ersten Begegnung war Lucie ungefähr ein Jahr alt — ein hübsches Kind mit blauen Augen und dunklem Haar. Die Kleine setzte sich dicht neben mich und blickte mich aufmerksam an. Plötzlich glitt ein Lächeln über ihr Gesicht.

»Sie mag Sie, Miß Rebecca«, sagte Jenny strahlend.

Manchmal begleiteten mich Leah und Belinda zum Teich. Die beiden Kinder waren im gleichen Alter und spielten zusammen. Belustigt stellte ich fest, daß Belinda immer die Tonangebende sein wollte.

Ich hätte mich gefreut, wenn die Kinder häufiger zusammen gespielt hätten, aber Leah fand immer wieder Ausreden, um nicht mit mir zum Teich gehen zu müssen. Sie beobachtete die beiden Kleinen beim gemeinsamen Spiel aufmerksam und mißbilligend, und ich fragte mich, ob Leah vielleicht etwas snobistisch war, weil sie es offensichtlich nicht ertrug, wenn Belinda mit dem Mädchen aus dem Cottage spielte.

Ich sprach darüber mit meiner Großmutter, die mir zustimmte und erklärte, daß sich die Angehörigen niedrigerer Stände der bestehenden Klassenunterschiede sehr viel bewußter seien als wir. Ich solle mir nur einmal die Hierarchie beim Personal genauer anschauen.

Über mein Interesse an Jenny und Lucie freute sich meine Großmutter sehr. Sie besuchte Jenny oft in ihrem Cottage und brachte ihr Lebensmittel mit.

Je besser ich Lucie kennenlernte, um so lieber gewann ich sie. Ich freute mich jedesmal auf unser Wiedersehen.

»Was soll nur aus ihr werden?« fragte ich Großmutter. »Solange sie noch so klein ist, wirkt sich ihre Umgebung nicht nachteilig auf sie aus. Aber was geschieht, wenn sie älter wird?«

»Wahrscheinlich nimmt sie eine Stellung in einem der Herrenhäuser oder auf einer der Farmen an. Wie ihre Mutter.«

121

»Ich habe immer das Gefühl, sie sei etwas Besonderes.«

»Wir behalten sie im Auge und tun alles für sie, was in unseren Kräften steht.«

»Weißt du, sie ist sehr gescheit. Genauso klug wie Belinda. Allerdings hat Belinda mehr Durchsetzungsvermögen.«

»Das kann man in dem Alter noch nicht mit Bestimmtheit sagen.«

»Doch, ich glaube schon. Auf jeden Fall werde ich auf Lucie achtgeben.«

Ich hatte damit gerechnet, daß Benedict wieder mein Glück zerstören würde. Gleich nach Belindas zweitem Geburtstag schickte er mich zur Schule. Der Unterricht bei Miß Brown mißfiel ihm zunehmend.

»Was weiß er denn schon?« trumpfte ich auf. »Im Grunde ist es ihm doch völlig gleichgültig, ob ich etwas lerne oder nicht.«

»Vermutlich hat deine Mutter mit ihm darüber gesprochen«, beschwichtigte mich Großmutter. »Die Schule schadet dir wirklich nicht. Du bist in Cador sehr viel allein. In der Schule kommst du mit Gleichaltrigen zusammen.«

In den ersten Wochen haßte ich die Schule. Aber im Laufe der Zeit gewöhnte ich mich ein und fand sogar Gefallen an ihr. Ich fand rasch Freundinnen und hatte auch keine Lernschwierigkeiten.

Die Zeit verging rasch. In den Ferien fuhr ich nach Cador, worauf ich mich jedesmal sehr freute. Doch in Cornwall sehnte ich mich nach meinen Schulfreundinnen. Ich dachte oft an bevorstehende Ereignisse in der Schule, zum Beispiel daran, wer beim nächsten Schulkonzert im Chor mitsingen durfte, mit wem ich das Zimmer teilen wollte oder wohin wir unseren alljährlichen Schulausflug machen würden.

Meine Großeltern waren sehr erleichtert, weil ich mich so schnell in der Schule eingelebt hatte. Sie freuten sich über meine Briefe und schickten sie an Benedict weiter. Ich glaube allerdings nicht, daß er sie je gelesen hat.

Auch in den Weihnachtsferien kam ich nach Hause und

sah Pedrek wieder, der mit seinen Eltern die Feiertage in Pencarron verbrachte. Wir trafen uns häufig, denn diesmal hatte er keinen Freund mitgebracht, der uns stören konnte.

Belinda wurde bald vier Jahre alt. Erstaunt bemerkte ich, wie sehr sie während meiner Abwesenheit gewachsen war. Sie hatte ein gebieterisches Auftreten und redete fast ununterbrochen.

Voller Stolz wies Leah auf die Klugheit der Kleinen hin.

Weihnachten wollten wir ihr zuliebe ein Kinderfest veranstalten, und wir luden einige Kinder aus der Nachbarschaft ein. Zur Unterhaltung der kleinen Gäste engagierten die Großeltern sogar einen Zauberer aus Plymouth.

Ich dachte an Lucie. Wie anders würde doch ihr Weihnachtsfest verlaufen!

Als ich mich bei meiner Großmutter nach Lucie erkundigte, antwortete sie: »Oh, weißt du, sie und Jenny sind gut versorgt. Ich habe immer wieder Holz und Kohlen ins Cottage geschickt. Vielleicht möchtest du einen weiteren Korb hinüberbringen?«

»Gerne. Wann?«

»Meine Liebe, du bist gerade erst angekommen. Bis Weihnachten dauert es noch was.«

»Ich gehe morgen zu Jenny. Vielleicht kann ich schon etwas mitnehmen.«

»Du hast Lucie sehr liebgewonnen, stimmt's?«

»Ja. Niemand hatte damit gerechnet, daß Jenny noch ein Kind bekommen würde. Und außerdem ist Lucie sehr klug. Ich kann mir nicht erklären, wie ausgerechnet Jenny zu einer so gescheiten Tochter kommt.«

»Ach, weißt du, die Kinder geraten nicht immer wie die Eltern. Aber ich muß dir recht geben, sie ist wirklich ein liebreizendes Mädchen.«

»Ich vergleiche sie ständig mit Belinda — Belinda hat alles.«

»Das ist der Lauf der Welt, und die soziale Ungerechtigkeit wird sich nicht ändern lassen.«

»Wahrscheinlich hast du recht. Aber ich will ihr etwas wirklich Schönes mitbringen.«

Am nächsten Tag ging ich zu Jennys Cottage. Als ich am Teich vorbeikam, hüllte feuchter, düsterer Nebel die Weiden ein und tauchte den Ort in ein trübes, trauriges Licht.

Aber das saubere, gepflegte Cottage machte einen einladenden Eindruck. Ich klopfte, und sofort öffnete Lucie die Tür. Sie schlang ihre Arme um mich und vergrub ihr Gesicht in meinem Schoß.

Sie begrüßte mich ganz natürlich und spontan.

»Ich konnte dich so lange nicht besuchen kommen, weil ich in die Schule gehen mußte.«

»Das habe ich ihr bereits gesagt«, seufzte Jenny. »Aber sie versteht nicht, was das bedeutet.«

»Ich erkläre es ihr.«

Ich setzte mich auf einen Stuhl und nahm Lucie auf den Schoß. Ich erzählte ihr alles über die Schule, von den Schlafsälen, der Aula, den Lehrern, vom mühsamen Stillsitzen und den harten Schulbänken, den langen Spaziergängen, bei denen eine Aufsichtsperson am Anfang und eine am Ende der Schlange ging, von unseren Spielen und Liedern.

Gespannt hörte sie zu. Bestimmt verstand sie nicht einmal die Hälfte von dem, was ich ihr erzählte, aber sie sah mich aufmerksam an, und einmal klatschte sie sogar vor Entzücken in die Hände.

Jenny erkundigte sich nach Belinda und ich sagte, ihr gehe es gut, sie freue sich schon sehr auf Weihnachten. Ich erzählte ihr von dem geplanten Kinderfest und von dem Zauberer aus Plymouth. Als mir bewußt wurde, daß Lucie nicht an dem Fest teilnehmen konnte, hörte ich mit meinem Bericht auf. Ich wollte nicht gemein sein.

»Was ist ein Zauberer?« fragte Lucie.

Ich versuchte, ihn ihr zu beschreiben. »Er läßt Dinge verschwinden und findet sie dann auf geheimnisvolle Art und Weise wieder.«

»Und er kommt den ganzen weiten Weg von Plymouth hierher«, ergänzte Jenny.

Lucie staunte mich aus großen Augen an. Sie wollte noch

mehr über den Zauberer wissen, und ich beantwortete bereitwillig alle ihre Fragen.

Ich überlegte, ob ich sie nicht auch zu Belindas Gesellschaft einladen sollte. Meine Großeltern waren alles andere als konventionell und hätten bestimmt nichts dagegen einzuwenden. Wenn aber Lucie — das Kind der »verrückten Jenny« — eingeladen wurde, dann mußten wir auch alle anderen Kinder aus den Bauernhöfen und Cottages der Umgebung einladen.

In Cador erzählte ich Großmutter sofort, was ich durch meine unüberlegte Plauderei für Hoffnungen geweckt hatte.

»Es war dumm von mir, über dieses Fest zu reden. Aber es ist nun mal passiert. Und als ich von dem Zauberer erzählte, hörte Lucie nicht auf zu betteln, zu uns kommen zu dürfen.«

Erwartungsgemäß hatte Großmutter etwas gegen eine Einladung Lucies. Sie dachte wie ich, daß wir dann auch all die anderen Kinder einladen müßten. Aber dann fand sie eine elegante Lösung. Sie wollte Jenny bitten, am Festtag in der Küche zu helfen und Lucie mitzubringen. So konnten wir Lucies Anwesenheit vor jedem rechtfertigen, ohne daß er sich ausgeschlossen fühlte.

Am nächsten Tag ging ich zu Jenny und machte ihr unseren Vorschlag, und freudig strahlend sagte sie zu. Als ich noch hinzufügte, daß sie bitte Lucie mitbringen möge, klatschte sie begeistert in die Hände und rief: »Seit gestern spricht sie von nichts anderem mehr als von dem Zauberer.«

Lucie hüpfte vor Freude im Zimmer auf und ab, als sie von der Einladung erfuhr. Ich kniete nieder und schloß sie in die Arme. Eine Welle der Zärtlichkeit für dieses Kind durchströmte mich und das Bedürfnis, es stets zu beschützen.

Dann fiel mir ein, daß die anderen Kinder alle in ihren Festtagskleidern erscheinen würden. Lucie aber besaß nur ihre Kinderkittel. Sicher, sie waren sauber und recht hübsch, aber unter den anderen Kindern würde sie in dieser Kleidung unangenehm auffallen.

In Belindas Schränken hingen mehr als genug Kleider, die

sie nicht brauchte. Warum sollte ich nicht Lucie eines davon schenken? Wieder sprach ich mit meiner Großmutter, die sofort damit einverstanden war.

Leah und ich entschieden uns für ein hübsches Kleidchen, das sie für Belinda genäht hatte. Es war hellblau, hatte einen kleinen Kragen und einen Rock mit vielen Volants. Die Taille schmückte eine blaue Borte.

»Das ist genau das richtige«, nickte ich.

»Belinda hat es nie gemocht«, sagte Leah. »Ich glaube, mit den vielen Volants habe ich einen Fehler gemacht. Die haben ihr nicht gefallen.«

»Mir gefällt es gut, und Lucie sicherlich auch. So ein hübsches Kleid hat sie noch nie besessen.«

Bei meinem nächsten Besuch in Jennys Cottage überreichte ich ihr das Kleid. Nie zuvor hatte ich ein solch freudestrahlendes Kindergesicht gesehen. Jenny betrachtete ihre Tochter und klatschte bei ihrem Anblick vor Entzücken in die Hände.

»Oh, Miß Rebecca«, rief sie. »Sie sind so gut zu uns.«

Ich war gerührt. Jennys rückhaltlose Liebe zu ihrem Kind überwältigte mich. Für sie gab es nichts Wichtigeres auf der Welt als das Glück ihrer Tochter. Ich hatte befürchtet, Lucie könne sich benachteiligt fühlen, wenn sie sah, in welcher Pracht Belinda lebte. Aber sie wurde mit so viel Liebe überschüttet, daß sie keinen Neid empfinden würde. Lucie fehlte es an nichts.

Wir lachten und schwatzten. Ich konnte kaum glauben, daß diese überglückliche Frau dieselbe Jenny sein sollte, die wehmütig singend den Weg zum Teich hinuntergegangen war.

Belinda half Leah beim Schmücken des Weihnachtsbaumes. Wichtigtuerisch und mit herrischer Stimme erteilte sie Anweisungen. »*Ich* will, daß diese Kugel hier hängt . . .«, so ging es die ganze Zeit.

Für alle Kinder lagen Geschenke bereit, die vor dem Auftritt des Zauberers verteilt werden sollten. Ich hatte für Lu-

cie eine Puppe mit langen hellblonden Haaren und Schlaf-
augen besorgt.

Als erste Gäste traf Pedreks ganze Familie ein. Die Pencarrons wollten über Nacht bleiben, denn nach Einbruch der
Dunkelheit war der Heimweg nach Pencarron sehr be-
schwerlich.

Nach ihnen kamen Jack und Marian mit den Zwillingen
Jacco und Anne-Mary. Dann die Wilminghams mit Sohn
und Tochter und den drei Enkelkindern. Wir erwarteten
noch ein kleines Mädchen und einen Jungen, die ungefähr
eine Meile entfernt von Cador wohnten.

Endlich erschien Jenny mit Lucie, die in ihrem blauen Vo-
lantkleidchen ganz entzückend aussah. Kaum hatte sie mich
erblickt, rannte sie auch schon auf mich zu und umarmte
mich. Wie stets freute ich mich über diese herzliche Begrüßung. Heute wirkte sie ein wenig eingeschüchtert, und sie
klammerte sich fest an mich.

Meine Großmutter gab ihr einen Kuß und führte sie in die
Halle, in der die anderen Kinder sich bereits versammelt
hatten. Beim Anblick des Weihnachtsbaumes glänzten ihre
Augen und wurden ganz groß vor Staunen.

Belinda trat auf sie zu. Amüsiert beobachtete ich, wie
würdevoll sie Lucie begrüßte. Ich hatte ihr gesagt, daß
Lucie käme, und sie darauf hingewiesen, daß sie sich als
Gastgeberin um das Wohlbefinden ihrer Gäste kümmern
müsse.

Mit der ihr zugewiesenen Rolle war sie sofort einverstanden.

»Das ist mein Haus«, erklärte sie Lucie ohne Umschweife.
»Ich bin die Gastgeberin.«

Lucie nickte, ohne den Blick vom Weihnachtsbaum abzu-
wenden.

Meine Großmutter und ich verteilten die Geschenke. Lucies Gesicht erstrahlte beim Anblick ihrer hellblonden Puppe erneut.

In diesem Augenblick hatte ich das Gefühl, als stünde
meine Mutter neben mir und teilte mein Glück über die

Freude des Kindes. Leise versicherte ich ihr, sie niemals zu vergessen.

Der Zauberer bereitete seinen Auftritt vor. Während ich die Stühle für die Kinder aufstellte, hörte ich Belinda zu Lucie sagen: »Lucie, du hast mein Kleid an.«

Verlegen strich Lucie über die üppigen Volants, auf die sie so stolz war.

»Ich habe es dir nicht geschenkt. Es gehört mir.«

Ich nahm Belinda beiseite und flüsterte: »Sei nicht albern. Ich habe dir gesagt, du sollst höflich zu deinen Gästen sein.«

»Aber sie hat mein Kleid an. Es ist meins!«

»Es gehört ihr.«

»Aber es sieht genauso aus wie meins.«

»Sei still, oder du darfst dem Zauberer nicht zusehen.«

Belinda streckte mir die Zunge heraus. Sie war schon öfters wegen dieser Respektlosigkeit und Frechheit ermahnt worden. Jedesmal hatte sie geschworen, sie könne sich nicht erklären, wie ihr die Zunge aus dem Mund gerutscht sei. Manchmal fand ich sie wirklich unausstehlich. Sogar Leah, die in sie vernarrt war, nannte sie zuweilen eine »Nervensäge«.

Beim Auftritt des Zauberers herrschte atemlose Stille. Er faltete ein Stück Papier und zerriß es. Als er es wieder ausbreitete, war ein Schiff daraus geworden. Er warf drei kleine Bälle in die Luft, aus denen ständig mehr wurden, und fing sie alle wieder auf. Anschließend zauberte er Eier aus seinen Ohren und ein Kaninchen aus einem Zylinder.

Hingerissen sahen die Kinder seinen Zauberkünsten zu. Ab und zu forderte er eines von ihnen auf, ihm zu helfen — etwas in den Hut zu blicken und den Zuschauern zu versichern, daß er tatsächlich vollkommen leer war, oder sich das blaue Taschentuch genau anzuschauen, das nach seinem Verschwinden und plötzlichem Wiederauftauchen auf einmal rot war.

»Möchte einer von euch . . .«

Stets war es Belinda, die wollte. Versuchte ein anderes Kind, zum Zauberer hinzugehen, schob sie es rücksichtslos zur Seite. Auf diese Weise wollte sie wohl ihren kleinen Gästen ständig zu verstehen geben, daß sie als Hausherrin gewisse Vorrecht hatte.

Natürlich war sie klug und verfügte über eine rasche Auffassungsgabe, aber mir gefiel nicht, wie sie mit den anderen umsprang.

Nach seinem letzten Trick packte der Zauberer seine Sachen zusammen. Belinda tanzte um ihn herum und bombardierte ihn mit Fragen.

Jacco brüstete sich damit, einen sehr guten Zaubertrick zu beherrschen. Er versuchte ihn vorzuführen, doch es glückte ihm nicht, woraufhin ihn alle verspotteten.

Nun war es Zeit, die Kerzen am Christbaum anzuzünden. Die Kinder standen ehrfürchtig um den Baum herum, der wirklich wunderhübsch aussah.

Pedrek trat zu mir.

»Er hat seine Sache gut gemacht, findest du nicht auch?«

»Ja. Ich möchte zu gerne wissen, was hinter den Tricks steckt.«

»Das verrät er dir nie.«

Gelangweilt sah sich Belinda um. Offensichtlich hielt sie Ausschau nach einem neuen Opfer. Da entdeckte sie Lucie.

Laut und für alle vernehmlich verkündete sie: »Du hast mein Kleid an.«

»Nein, es gehört mir«, entgegnete Lucie mit fester Stimme. »Miß Rebecca hat es mir geschenkt.«

»Das darf sie gar nicht.«

Ich wollte eben eingreifen, da sagte Pedrek: »Was hältst du von einem Morgenritt?«

»O ja, eine herrliche Idee.«

Jenny brachte ein Tablett mit Limonadegläsern herein. Sie stellte es neben den Baum. Lucie sah ihre Mutter und lief zu ihr, um Belindas bösartigem Angriff zu entkommen. Mit einer raschen Bewegung holte Belinda eine Kerze vom Weihnachtsbaum herunter. Sie hielt die brennende Kerze bedrohlich in der hocherhobenen Hand und eilte hinter Lucie her.

»Das ist mein Kleid. Das ist mein Kleid. Ich bin eine Hexe.

129

Ich schwinge meinen Zauberstab. Ich verwandle dich in eine Kröte.«

Alles ging ganz schnell. Sie berührte einen Volant des Kleides mit der Kerze. Ich stand wie erstarrt da, als die Flammen den Rock ergriffen . . . die kleine Lucie war ein Feuerball.

Ich hörte entsetztes Schreien und Rufen, aber ehe einer der anderen eingreifen konnte, warf sich Jenny mit ihrem Körper auf ihr Kind. Mit bloßen Händen schlug sie die Flammen aus. Dann schob sie das Kind von sich weg. Lucie lag auf dem Boden, die Flammen waren gelöscht. Aber bei der Rettungsaktion hatten Jennys Kleider Feuer gefangen und brannten lichterloh.

Es dauerte nur ein paar Sekunden, bis sich Pedrek gefaßt hatte. Er griff nach einem Teppich und wickelte Jenny fest darin ein. Verzweifelt kämpfte er gegen die Flammen an und erstickte sie.

Jenny lag bewegungslos und schwach stöhnend am Boden. Ihr Haar war verbrannt, ihre Haut entsetzlich zugerichtet.

Dr. Wilmingham kniete bereits neben der schwerverletzten Jenny. Aber jede Hilfe kam zu spät; für Jenny gab es keine Rettung mehr. Sie hatte ihr Leben dem Leben ihres Kindes geopfert. Rasch wandte sich Dr. Wilmingham Lucie zu, die einen schlimmen Schock erlitten hatte.

Lucie war weniger schwer verletzt, als ich befürchtet hatte. Jenny hatte das Feuer mit ihrem eigenen Körper erstickt, so daß das Kind nur leichte Verbrennungen davongetragen hatte, die Dr. Wilmingham gleich behandelte.

Auch Pedrek hatte Verbrennungen an den Händen, die aber glücklicherweise nicht allzu schlimm waren.

Gleich nach dem Unfall hatte Leah Belinda weggebracht. Ich fragte mich, was in dem Mädchen vorging. War ihr bewußt, daß sie für den Tod eines Menschen verantwortlich war und beinahe auch noch ein Kind getötet hätte?

Wir alle waren erschüttert. Wir mußten Belinda ernsthaft

klarmachen, was sie da verbrochen hatte, aber augenblicklich war es wichtiger, uns um Lucie zu kümmern. Ich wollte sie die ganze Nacht über bei mir im Bett haben und nicht aus den Augen lassen.

Sie stand noch unter Schock und hatte große Schmerzen. Ich wußte, daß meine Gegenwart sie ein wenig beruhigen und trösten würde. Dr. Wilmingham gab Lucie ein Beruhigungsmittel. Ich war froh, als sie bald darauf einschlief.

Unten in der Halle hatten sich meine Großeltern, Pedreks Familie und die Wilminghams versammelt. Jack und Marian hielten es für angebracht, ihre Kinder nach Hause zu bringen, und auch die anderen kleinen Gäste befanden sich bereits auf dem Heimweg.

»Mein Gott, wie konnte nur so etwas Entsetzliches geschehen«, klagte Großmutter. »Ich komme einfach nicht darüber hinweg.«

»Wie durch ein Wunder kam die Kleine mit leichteren Verletzungen davon«, sagte Dr. Wilmingham. »Das hat sie nur dem raschen Eingreifen ihrer tapferen Mutter zu verdanken. Aber natürlich hat ein solcher Vorfall einen furchtbaren Schock zur Folge. Wir dürfen sie nicht aus den Augen lassen. Das arme Kind hat seine Mutter verloren. Ich weiß nicht, wie sie das verkraftet.«

»Die Frage ist doch, was mit ihr geschehen soll«, seufzte Großmutter.

»Wir sorgen dafür, daß es ihr an nichts fehlt. Nicht wahr, Granny?« bat ich.

Sie nickte. »Das arme, arme kleine Ding. Beim Auftritt des Zauberers war sie noch so glücklich.«

»Und Belinda . . .«, begann ich.

Bekümmertes Schweigen breitete sich aus.

Nach einer Weile sagte Großmutter: »Leah macht sich große Sorgen um sie.«

»Sorgen um sie!« schrie ich. »Sie ist doch schuld an dem ganzen Unglück. Was mag wohl jetzt in ihrem Kopf vorgehen? Sie hat Jenny Stubbs auf dem Gewissen.«

131

»Ich weiß«, antwortete Großmutter. »Es ist schrecklich, wenn einem Kind so etwas wiederfährt.«

»Sie hat die Kerze absichtlich und bewußt vom Baum genommen und Lucies Kleid angezündet.«

»Kindern ist die Gefährlichkeit des Feuers nicht bewußt. Sie ist noch sehr klein. Dann hat sie auch noch kurz zuvor diese Zaubertricks gesehen. Wahrscheinlich wollte sie Lucie nur in einen Drachen oder etwas Ähnliches verwandeln.«

»Wir dürfen nicht zu hart mit ihr ins Gericht gehen«, mahnte Großvater. »Ein solcher Vorfall kann in einer Kinderseele schlimme Narben hinterlassen.«

»Es ist alles meine Schuld. Ich habe Lucie Belindas Kleid geschenkt«, klagte ich betrübt.

»Hör auf damit«, unterbrach mich Großvater. »Es hat keinen Sinn, sich Schuld vorzuwerfen. Wir können diese Tragödie nicht ungeschehen machen. Es ist lieb von dir, daß du dich um Lucie kümmerst, Rebecca.«

»Falls sie in der Nacht aufwacht, ist sie wenigstens nicht allein . . .«

»Ja, du hast völlig richtig überlegt.«

Wir schwiegen. Jeder dachte an die kleine Lucie und an die schreckliche Tragödie, die sich heute hier abgespielt hatte.

Ich lag neben dem Kind und lauschte dankbar Lucies regelmäßigen Atemzügen. Am liebsten hätte ich geweint. Das grausame, unbarmherzige Leben hatte mir meine Mutter genommen, und nun hatte auch Lucie ihre Mutter verloren. Ich fühlte mich ihr in zweifacher Hinsicht verbunden und wollte sie festhalten und trösten.

In dieser Weihnachtsnacht machte ich eine seltsame Erfahrung. Ich wußte nicht genau, ob es Traum war oder Wirklichkeit. Ich spürte die Gegenwart meiner Mutter in meinem Zimmer. Ich sah sie nicht wirklich, aber ich fühlte ihre Nähe, und ihre lautlosen Worte drangen in meinen Kopf. Sie sagte mir, was ich tun sollte.

Mit pochendem Herzen lag ich im Bett, vor Freude über

ihre Anwesenheit innerlich jubelnd. Ich wollte nach ihr rufen, brachte aber keinen Ton heraus.

Ich wußte, was sie von mir erwartete.

Hellwach sah ich mich um. Das Kind schlief ruhig an meiner Seite. Im bleichen Schimmer des Mondlichts warfen die Möbel merkwürdige Schatten in den stillen Raum.

Ich stieg aus dem Bett und zog meinen Morgenmantel und die Hausschuhe an.

»Wo bist du, Mama? Liebste Mama, wo bist du?« flüsterte ich.

Keine Antwort.

Ich trat ans Fenster und blickte hinaus. Auf den Wellen des Meeres tanzte das Mondlicht. Ich lauschte in die Stille, die nur vom sanften Rauschen der leichten Brandung unterbrochen wurde.

Im Zimmer hielt ich es nicht mehr aus. Ich ging zur Tür, öffnete sie einen Spaltbreit und spähte hinaus. Nichts war zu sehen. Langsam ging ich die breite Treppe zur Halle hinunter.

Da stand der Weihnachtsbaum mit den heruntergebrannten Kerzen. Das Symbol einer Tragödie. Ich setzte mich neben dem Baum auf den Boden und vergrub mein Gesicht in den Händen.

»Komm zurück«, murmelte ich. »Komm zurück, Mama. Ich weiß, du warst da. Du bist zurückgekommen, wenigstens für kurze Zeit.«

Plötzlich hörte ich leichte Schritte auf der Treppe. Gespannt blickte ich auf und sah Großmutter hereinkommen.

»Rebecca«, sagte sie. »Ich glaubte, ein Geräusch zu hören. Was machst du hier unten?«

»Ich . . . ich konnte nicht schlafen.«

Sie setzte sich neben mich und nahm meine Hand. »Mein liebes Kind, ich weiß, wie dir zumute ist.«

»Das Kind«, flüsterte ich. »Ich muß es tun.«

»Was denn?«

»Ich möchte sie zu mir nehmen. Ich möchte sie zu uns ins Haus nehmen. Nicht als Kind eines Dienstmädchens. Ich will, daß sie zu unserer Familie gehört. Mein Gefühl sagt mir, daß ich es tun muß.«

Meine Großmutter nickte. »Du liebst sie sehr, nicht wahr?«

»Ja. Und jetzt ist sie ganz allein. Ich könnte nicht ertragen, wenn man sie in ein Waisenhaus steckte. Irgend etwas Sonderbares ist geschehen, Granny. Dort oben, in meinem Zimmer, gerade eben. Meine Mutter war bei mir.«

»Ach, mein Liebling . . .«

»Glaubst du, ich habe geträumt? Ich weiß es nicht. Ich spürte ihre Gegenwart. Sie war bei mir und hat mir gesagt, was ich tun muß.«

»Dein Herz hat es dir gesagt, Rebecca.«

»Möglich. Aber ich weiß, was ich zu tun habe. Es ist mir gleichgültig, ob mir jemand dabei hilft oder nicht. Ich sorge für Lucie.«

»Was soll das heißen — ob dir jemand hilft oder nicht? Du weißt genau, daß wir dir helfen.«

Ich sah sie an. Liebevoll zog sie mich an sich und legte ihren Arm um meine Schultern. »Rebecca, du bist ein liebes Kind, und ich bin sehr stolz auf dich. Wir nehmen sie bei uns auf. Belinda soll das Kinderzimmer mit ihr teilen. Das ist sie ihr schuldig, meinst du nicht auch?«

»Was ist nur mit Belinda los, Granny?«

»Sie ist ein ganz normales Kind mit sehr viel Phantasie. Sie wollte niemandem ein Leid zufügen. Leah sagt, sie hätte bitterlich geweint. Für sie war alles nur ein Spiel. Sie wußte nicht, was Feuer anrichten kann.«

»Dann hat sie heute abend eine bittere Lektion erteilt bekommen. Zum Preis von Jenny und Lucie!«

Unvermittelt erhob sie sich.

»Es ist kühl«, sagte sie. »Wir sollten wieder zu Bett gehen. Stell dir vor, Lucie wacht auf und du bist nicht bei ihr.«

»Ich tröste sie. Ich werde immer für sie dasein, Granny. Mein ganzes Leben lang.«

Ich eilte hinauf in mein Zimmer. Friedlich schlafend lag Lucie im Bett. Wieder spürte ich, daß meine Mutter bei mir war. Und sie war sehr glücklich und zufrieden.

Die Verlobung

Meine Mutter war bereits sechs Jahre tot, und mein siebzehnter Geburtstag lag hinter mir. Während all der Jahre hatte ich die Weihnachtsnacht nicht vergessen, in der ich ihre Gegenwart in meinem Zimmer gespürt habe. Irgendwie fühlte ich immer ihre tröstliche Nähe.

Das Leben geht weiter. Wie oft hatte meine Großmutter das zu mir gesagt! Wir dürfen nicht zurückblicken, sondern müssen uns auf die Zukunft konzentrieren. Ich kümmerte mich um Lucie, die in den ersten Wochen nach Jennys Tod sehr viel Zuwendung brauchte. Die Sorge um Lucie gab meinem Leben einen neuen Sinn. Oft hatte sie nach Jenny gerufen, und obwohl ich sie mit meiner größten Liebe umsorgte, war ich doch kein Ersatz für ihre Mutter. Zum Glück hatte ich schon vor Jennys Tod Lucies Zuneigung gewonnen. Ich wollte gar nicht darüber nachdenken, was sonst mit ihr geschehen wäre. Sie vertraute mir und wich mir in den ersten Wochen nach dem Unglück nicht von der Seite. Ihr kleines Gesicht zuckte vor Angst, wenn ich sie auch nur für eine Minute allein ließ. Als ich wieder zur Schule mußte, versuchte meine Großmutter nach Kräften, ihr über meine Abwesenheit hinwegzuhelfen. Aber Lucie war bis zu meiner Rückkehr sehr unglücklich und kaum ansprechbar.

Jedermann empfand unendliches Mitleid mit dem Kind und versuchte zu helfen. Leah kümmerte sich rührend um die beiden Kinder und richtete ihnen das Kinderzimmer behaglich her. Das Personal gab sein Bestes. Keiner der Bediensteten lehnte das Kind aus dem Cottage ab, wie wir zuerst befürchtet hatten. Alle behandelten Lucie als vollwertiges Mitglied der Familie.

Zu meiner großen Überraschung zeigte sich Belinda sehr hilfsbereit und teilte mit Lucie ihre Spielsachen. Nie grollte sie ihr. Ich glaube, sie hatte begriffen, was sie Fürchterliches angerichtet hatte, und versuchte es auf ihre Weise wiedergutzumachen. Seit dem Unglücksfall war sie viel zurückhaltender. Leah bestand darauf, ihr nicht zu verdeutlichen, daß sie für Jenny Stubb's Tod verantwortlich sei, und wies sie nur nachdrücklich auf die Gefährlichkeit im Umgang mit Feuer hin. Leah war ein verständnisvolles Kindermächen, das sich gleichermaßen um Belinda und Lucie kümmerte. Angesichts ihrer eigenen trostlosen Kindheit, in der sie als Gefangene einer selbstgerechten Mutter stundenlang Stickereien anfertigen mußte, überraschte mich das etwas.

Als die beiden Mädchen fünf Jahre alt waren, stellte Großmutter eine Gouvernante, Miß Stringer, ein. Die energische und tüchtige Frau setzte sich freundlich, aber nachdrücklich durch und brachte den Kindern Disziplin bei, was besonders bei Belinda vonnöten war.

Leah behielt natürlich ihre Stellung als Kindermädchen, und für meine Großmutter war sie unentbehrlich.

Benedict kam in regelmäßigen Abständen zu Besuch. Meinetwegen hätte er nicht zu kommen brauchen, doch er hielt es wohl für seine Pflicht. Sein Anblick erinnerte mich stets an diese verhängnisvolle Heirat, die mit dem Tod meiner Mutter ein jähes Ende fand. Dieser Mann hatte mein Leben zerstört.

Immer wenn er mit Belinda zusammen war, zeigte sein Gesicht überdeutlich, daß er sie für den Tod ihrer Mutter verantwortlich machte. Er lehnte sie ebensosehr ab wie ich ihn.

Belinda merkte wohl, daß ihr Vater sie nicht mochte. Wenn sie ihn ansah, blitzte auch in ihren Augen Feindseligkeit auf. Wenn sie ihm alle Fragen bezüglich ihrer Reitfortschritte, Schulstunden und so weiter ausreichend beantwortet hatte, drehte sie sich um und streckte ihm hinter seinem Rücken ihre rosige Zungenspitze heraus. Entgegen meinem Willen mußte ich lächeln. Von dieser Angewohnheit konnte sie also nicht lassen. Sie war wirklich ein ungezogenes kleines Mädchen.

Inzwischen hatte ich die Schule abgeschlossen. Wie es

weitergehen sollte, würde der Familienrat entscheiden. Als wieder einmal ein Brief Benedicts eintraf und meine Großeltern mich zu einem Gespräch zu sich riefen, ahnte ich, daß es um meine Zukunft ging.

Ich betrat das kleine Wohnzimmer, in dem sie mit besorgten Gesichtern auf mich warteten.

»Rebecca«, begann Großvater. »Du wirst bald erwachsen sein.«

Ich zog die Augenbrauen hoch. Ganz bestimmt hatten sie mich nicht gerufen, um mir diese offenkundige Tatsache mitzuteilen.

»Die Schulzeit ist vorüber«, fügte Großmutter hinzu. »Es ist an der Zeit, über deine Zukunft nachzudenken.«

Ich lächelte. »Nun, ich werde wohl zu Hause bleiben. Hier gibt es für mich genug zu tun.«

»Wir müssen überlegen, was für dich das Beste ist«, sagte Großvater, und meine Großmutter fuhr fort: »Cador ist vielleicht nicht ganz der passende Ort für ein junges Mädchen. Jedenfalls ist dein Stiefvater der Ansicht, es müsse etwas geschehen.«

»Mein Stiefvater! Was geht denn ihn das an?«

»Er ist dein Vormund, das weißt du genau.«

»Das ist er nicht. Ihr seid es. Ich war immer bei euch.« Ich begann unruhig zu werden.

Meiner Großmutter entging meine Besorgnis nicht, und sie versuchte, mich zu beruhigen. »Wir müssen vernünftig darüber reden, Rebecca«, sagte sie. »Dein Stiefvater heiratet wieder.«

»Was?«

»Deine Mutter ist vor sechs Jahren gestorben. Ein Mann in seiner Position braucht eine Ehefrau.«

»Und deshalb heiratet er?«

Meine Großmutter zuckte die Achseln. »Nun, ihm wird an seiner zukünftigen Frau wohl auch gelegen sein. Ich glaube, deine Mutter würde ihm von ganzem Herzen ein neues Glück wünschen. Sie hat ihn sehr geliebt, wie du weißt, und er sie.«

»Und jetzt heiratet er wieder!«

»Vielleicht ist er einsam. Er braucht eine Frau . . ., eine Familie. Er ist ein aufstrebender Politiker und eine Frau kann ihm nur helfen und guttun. Er war in den letzten Jahren sehr unglücklich, und ich hoffe, er findet endlich wieder ein bißchen mehr Freude an seinem Leben.«

»Und was hat das mit mir zu tun?«

»Er möchte, daß du bei ihm lebst . . . du und Belinda.«

»Und Lucie?«

»Sie bleibt bei uns. Mach dir um sie keine Sorgen, wir kümmern uns um sie.«

»Aber ich habe versprochen . . .« Ich zögerte, dann fuhr ich entschlossen fort: »Ich habe geschworen, mich mein ganzes Leben lang um sie zu kümmern.«

»Wir wissen, wie du dich fühlst, aber wir sollten abwarten, wie sich alles entwickelt. Er kommt bald her.«

»Ich verlasse Lucie niemals.«

»Warte doch ab, was er sagt.«

»Wen heiratet er?«

»Das hat er uns nicht mitgeteilt. Es muß eine Frau sein, die er in London oder Manorleigh kennengelernt hat. Im Laufe seiner politischen Karriere kam er mit sehr vielen Menschen zusammen.«

»Dann hat er bestimmt eine gute Partie gemacht.«

»Sei nicht ungerecht, Rebecca. Ich wünsche ihm von Herzen Glück.«

Benedicts bevorstehender Besuch warf seine Schatten voraus. Meine Großeltern sprachen häufig von ihm.

Großvater sagte: »Bestimmt ist er enttäuscht, daß Disraeli noch immer an der Macht ist. Das müssen jetzt doch schon fünf Jahre sein. Aber Gladstone ist im Kommen, er wird immer beliebter. Vielleicht haben wir in ein oder zwei Jahren eine neue Regierung.«

»Das ist das Schlimme an der Politik«, entgegnete Großmutter. »So vieles hängt vom Glück ab. Diese jahrelange Warterei auf den Tag, an dem er endlich wichtige politische

Entscheidungen treffen kann, macht einen Mann auch nicht jünger, und so manche vielversprechende Karriere endet wegen Ungeduld viel zu früh. Aber wenn die Liberalen an die Regierung kommen, nimmt Benedict mit Sicherheit eine einflußreiche Position ein. Er ist ein hervorragender Mann, der seiner Partei sehr viel Profil verleiht.«

»Hm«, brummte Großvater.

»Ich weiß schon, du denkst an den mysteriösen Tod seiner ersten Frau.«

Mittlerweile unterhielten sie sich in meiner Gegenwart frei und ungezwungen und zeigten mir so, daß sie mich als erwachsenen Menschen akzeptierten. Es war für mich kein Geheimnis mehr, daß Benedict vor der Ehe mit meiner Mutter mit Lizzie Morley verheiratet gewesen war, der er die Goldmine, den Grundstock seines Vermögens, zu verdanken hatte. Auch ihr plötzlicher, geheimnisumwitterter Tod, der sich erst später als Selbstmord herausstellte, kam in meiner Anwesenheit zur Sprache.

»Vielleicht«, meinte Großvater, »wirkt sich diese Sache immer noch nachteilig für ihn aus.«

»Nicht, wenn er wieder eine richtige Familie hat«, erwiderte Großmutter.

»Ich glaube, er wird Angelet nie vergessen können. Vom ersten Augenblick an, als er als junger Mann zu uns ins Haus kam, fiel mir diese besondere Beziehung zwischen den beiden auf.« Seine Stimme schwankte, und Großmutter wechselte rasch das Thema.

»Warten wir ab«, sagte sie energisch. »Alles wird sich zum Guten wenden.«

Daran zweifelte ich. Er heiratet nur deshalb wieder, weil ihm eine Frau bei seiner politischen Karriere von Nutzen sein konnte. Aus demselben Grund mußten Belinda und ich zu seiner Familie gehören. Er hatte stets gute Gründe für sein Verhalten. Lizzie hatte ihm ihre Goldmine gegeben; meine Mutter ihm ihre Liebe; und seine neue Frau, Belinda und ich sollten ein Teil der glücklichen Familie sein, die die Wähler gerne sehen wollten.

Aber eines wußte ich ganz genau: Eine Trennung von Lucie kam für mich niemals in Frage.

Er traf am Spätnachmittag ein und zog sich gleich mit meinen Großeltern zu einem Gespräch zurück.

Anschließend kam meine Großmutter zu mir ins Zimmer. »Er möchte für alle nur das Beste, davon bin ich überzeugt.«

»Das Beste für sich«, widersprach ich.

»Das Beste für alle Beteiligten«, korrigierte sie mich. »Er möchte selbst mit dir darüber reden.«

Mißmutig ging ich in das kleine Wohnzimmer hinunter. Als ich eintrat, erhob er sich und reichte mir die Hand.

»Meine Güte, Rebecca, bist du groß geworden!«

Was hat er denn erwartet, fragte ich mich boshaft. Daß ich mein Leben lang ein kleines Mädchen bleibe?

»Komm und setz dich zu mir! Ich möchte mit dir reden.«

»Ich weiß. Großmutter hat es mir ausgerichtet. Aber zuerst möchte ich dir zu deiner bevorstehenden Hochzeit gratulieren.«

Er runzelte die Stirn und sah mich forschend an. »Ja«, sagte er langsam. »Ich werde in einem Monat heiraten.« Er beugte sich zu mir herüber, und plötzlich empfand ich tiefes Mitleid mit ihm. Seine Lippen zitterten ein wenig, und seine Stimme klang völlig fremd. »Es ist fast sechs Jahre her, Rebecca. Ich denke immer nur an sie. Aber . . . man kann nicht immer nur in der Vergangenheit leben. Du weißt, was sie mir bedeutet hat. Doch ich glaube, sie würde wollen, daß ich wieder heirate. Das Leben geht weiter. Ich kenne deine Gefühle sehr gut, denn ich weiß, wie nahe ihr beiden euch gestanden habt. Sie hat es mir oft gesagt. Ich war bei deiner Geburt dabei, vielleicht betrachte ich dich deshalb wie ein eigenes Kind. Aber dagegen hast du dich gewehrt. Du hast mich abgelehnt, aber ich werfe dir das nicht vor. Du siehst, wir beide haben sie unendlich geliebt.«

Aus dem Mund des großartigen, hochmütigen Benedict klangen diese Worte einfach unglaublich. Zwar berührte mich sein Kummer tief, aber von seiner Aufrichtigkeit war ich trotzdem nicht überzeugt. Mag sein, daß er sie geliebt hat — aber nur auf seine selbstsüchtige Weise. Er liebt nur einen Menschen uneingeschränkt, und das war Benedict Lansdon.

Er schien seine sentimentale Anwandlung zu bereuen, denn er fuhr mit seiner gewohnten nüchternen Stimme fort: »Wir müssen beide vernünftig sein, Rebecca, ich kann so nicht weiterleben und du auch nicht. Du bist jetzt eine junge Dame und kannst dich nicht zeitlebens auf dem Land verkriechen.«

»Ich verkrieche mich nicht. Ich bin sehr glücklich bei meinen Großeltern.«

»Das weiß ich. Die beiden sind wundervolle Menschen. Aber du mußt auch die Welt kennenlernen. Das hätte sich deine Mutter auch gewünscht. Du mußt dein eigenes Leben führen und Leute deines Alters kennenlernen. Du mußt mit Menschen deiner Gesellschaftsschicht zusammenkommen, mit Menschen, die zu dir passen.«

»Zu mir passen? Immer muß alles passend sein.«

Überrascht sah er mich an. »Was ist daran falsch? Natürlich muß im Leben alles zueinander passen. Würde es dir etwa gefallen, wenn alles drunter und drüber ginge? Ich stelle es mir folgendermaßen vor: Sobald wir uns nach der Hochzeit eingerichtet haben, kommst du mit Belinda zu uns nach London. Die meiste Zeit verbringen wir wahrscheinlich in Manorleigh. Das wäre das . . . Passendste.« Sein Mund verzog sich zu einem leichten Lächeln. »Du magst doch das alte Haus. Die Gouvernante und das Kindermädchen nehmen wir mit. Wir lassen das gesamte Kinderzimmer von Cador nach Manorleigh bringen.«

»Wenn man dir zuhört, klingt das alles ganz einfach.«

»Es *ist* einfach. Allerdings solltest du eine Saison in London verbringen.«

»Das will ich aber nicht.«

»Ich fürchte, es bleibt dir nichts anderes übrig. Es ist . . .«

»Passend?«

»Notwendig . . . das bist du deinem Stand schuldig. Du bist meine Stieftochter, vergiß das nicht. Man erwartet es

141

von dir. Außerdem glaube ich, daß du den Aufenthalt in London genießen wirst.«

»Da bin ich mir nicht so sicher.«

»Aber ich. Du hast dich viel zu lange von allem zurückgezogen.«

»Ich war hier glücklich. Jedenfalls den Umständen entsprechend.«

»Das weiß ich doch. Ich bin deinen Großeltern auch sehr dankbar.«

»Belinda kannst du mitnehmen, aber mich nicht. Ich kann nicht weg. Und dafür habe ich einen guten Grund.«

»Und der wäre?«

»Die kleine Lucie.«

»Oh«, sagte er. »Das kleine Mädchen im Kinderzimmer. Ich dachte, es sei die Tochter des Kindermädchens.«

»Nein. Ich habe mich ihrer angenommen. Ohne sie gehe ich nirgendwohin. Ich erwarte kein Verständnis von dir. Ich glaube sogar, du hältst das für sehr . . . unpassend.«

»Warum versuchst du nicht, es mir zu erklären?«

»Ich habe es dir bereits gesagt. Ich trage die Verantwortung für sie.«

»Du — ein junges Mädchen — trägst die Verantwortung für ein Kind? Das ist lächerlich.«

»Meine Großeltern sehen das anders; sie haben Verständnis für mich.«

»Ich hoffe, du gibst auch mir Gelegenheit, dich zu verstehen.«

Ich erzählte ihm von der Tragödie am Weihnachtstag. Mit wachsendem Entsetzen hörte er mir zu.

»Belinda — meine Tochter — hat so etwas getan!«

»Sie wußte nicht, was sie tat. Aber die Mutter ist an den Verbrennungen gestorben. Sie gab ihr Leben für ihr Kind. Ich mußte die Verantwortung für Lucie übernehmen. Belinda ist meine Halbschwester. Außerdem weiß ich, daß meine Mutter es von mir erwartet hätte.«

Er nickte. »Was ist mit Belinda? Wie hat sie sich verhalten?«

»Sie hat ihren Leichtsinn bitter bereut und Lucie bereitwillig in ihr Kinderzimmer aufgenommen. Vorher hat sie in ihr stets eine Gegnerin gesehen. Ich glaube, deshalb hat sie auch Lucies Kleid angezündet. Sicherlich wußte sie nicht, wie gefährlich Feuer ist, aber sie wußte, daß sie etwas Entsetzliches angerichtet hatte. Leah, das Kindermädchen, verhält sich ihr gegenüber ganz großartig. Sie hat viel Verständnis für sie und erzieht sie, so gut sie kann. Aber ich habe geschworen, mich immer um Lucie zu kümmern, weil sie durch die Schuld meiner Familie ihre Mutter verloren hat. Diesen Schwur halte ich, und nichts und niemand wird mich daran hindern.«

Aufmerksam sah er mich an. Vielleicht täuschte ich mich, aber für einen kurzen Augenblick glaubte ich, so etwas wie Bewunderung in seinen Augen aufleuchten zu sehen.

Schließlich sagte er: »Du hast die richtige Entscheidung getroffen. Obwohl ich es für besser gehalten hätte, deine Großeltern hätten die Verantwortung für dieses Kind übernommen.«

»*Ich* wollte die Verantwortung für sie tragen. Es war mein ausdrücklicher Wunsch.«

»Du hast sie aber allein gelassen, während du in der Schule warst.«

»Bei meinen Großeltern, ja.«

»Dann kann sie doch auch in Zukunft dort bleiben.«

»Aber du nimmst Blinda, Leah und das Kinderzimmer mit.«

»Dann sehe ich nur eine einzige Möglichkeit. Lucie kommt auch mit.«

»Soll das heißen, du nimmst sie in dein Haus auf?«

»Was denn sonst? Du kommst nach London. Belinda ebenfalls. Folglich muß auch dieses Kind mit nach London.«

Triumphierend lächelte er mich an, weil er das von mir aufgebaute Hindernis beseitigt hatte.

Er fuhr fort: »Sobald meine Frau eingezogen ist, kommst du mit den beiden Kindern nach London. Ich regele alles Nötige mit deinen Großeltern. Sie sind ebenfalls der Meinung, daß du nach London mußt. Natürlich behielten sie dich gerne weiterhin bei sich, aber du kannst ja nach wie vor in den Ferien nach Cador fahren. So wie wir es früher gemacht haben, als . . . als . . .«

Ich nickte.

»Glaube mir, Rebecca, es ist wirklich zu deinem Besten. Auch deine Mutter hätte es so gewollt. Ich habe mir überlegt, ob du vielleicht für ein Jahr ein Internat auf dem Kontinent besuchen solltest. Nach allem, was ich gehört habe, erzieht man dort die jungen Mädchen zu wahren Wunderwesen.«

»Niemals lasse ich Lucie ein Jahr lang allein. Noch nicht einmal sechs oder sieben Monate.«

»Das habe ich befürchtet. Stellen wir also einen weiteren Schulbesuch erst einmal zurück. Sobald der Haushalt vollständig eingerichtet ist, bereiten wir deine Einführung in die Gesellschaft vor. Ich glaube, die Debütantinnenbälle finden gegen Ostern statt. Uns bleibt also noch viel Zeit. Bis dahin bist du achtzehn. Soweit ich unterrichtet bin, ist das genau das richtige Alter.«

Nach einer kurzen Pause fragte er mich: »Möchtest du bei der Trauung dabeisein?«

Ablehnend schüttelte ich den Kopf. Er berührte ganz leicht meinen Arm.

»Mit der Zeit wirst du einsehen, daß es für uns alle das Beste ist, Rebecca.«

Ich wußte, Widerspruch war zwecklos. Meine Großmutter hatte mir deutlich genug gesagt, daß ich seine Stieftochter und er somit mein Vormund war. Ich mußte mich seinen Anordnungen fügen.

»Bestimmt verträgst du dich mit meiner zukünftigen Frau.«

»Hoffentlich tun es die Kinder.«

»Ich glaube nicht, daß sie sich in die Kindererziehung einmischt. Sie ist um einiges jünger als ich. Ich glaube sogar, du kennst sie. Sie hat vor etlicher Zeit in Cornwall gewohnt. In einem Haus mit dem Namen High Tor.«

»High Tor!« rief ich überrascht. »Aber das Haus gehört Franzosen.«

144

»Richtig. Soviel ich weiß, besitzt die Familie das Haus heute noch. Allerdings haben sie es vermietet, weil sie sich meist in Chislehurst und London aufhalten.«

»Das können nur die Bourdons sein.«

Er lächelte. »Mademoiselle Celeste Bourdon wird meine Frau.«

Verblüfft versuchte ich, mich an Monsieur und Madame Bourdon zu erinnern, aber ich konnte mir ihre Gesichter nicht mehr ins Gedächtnis zurückzufen. An die Kinder Celeste und Jean Pascal hatte ich noch schemenhafte Erinnerungen. Celeste mußte sechs oder sieben Jahre älter sein als ich. Das bedeutete, sie war dreiundzwanzig oder vierundzwanzig Jahre alt und damit wirklich beträchtlich jünger als Benedict. Der gutaussehende Jean Pascal war ungefähr zwei Jahre älter als seine Schwester.

»Ich habe sie in London kennengelernt«, fügte Benedict hinzu. »Natürlich kamen wir sofort auf Cornwall zu sprechen.«

»Ich verstehe«, erwiderte ich.

Ich war beunruhigt, verstand jedoch nicht, warum Menschen, die ich kaum kannte, solche unangenehmen Gefühle in mir auslösten.

Mein neues Leben würde erst ein paar Wochen beginnen. Zuerst mußte die Hochzeit stattfinden, darauf folgten ausgedehnte Flitterwochen, und anschließend mußte sich die junge Frau in ihrem neuen Heim einrichten. Erst dann rechnete man mit unserem Kommen.

Ich unterhielt mich mit meiner Großmutter, und wir wollten die Kinder so bald wie möglich auf die kommenden Veränderungen vorbereiten.

Da zur Zeit kein Unterricht stattfand, hielt sich Miß Stringer nicht in Cador auf. Sie von dem bevorstehenden Umzug in Kenntnis zu setzen schien mir auch nicht so wichtig, denn sie würde überall unterrichten. Den anderen bedeutete Cornwall dagegen sehr viel; es war ihr Zuhause. Ich fragte mich, wie sie reagieren würden. Kurz entschlossen machte ich mich auf den Weg ins Kinderzimmer, das mir ein friedliches Bild bot.

Belinda lag der Länge nach ausgestreckt auf dem Boden und legt ein Puzzle. Lucie kniete neben ihr und reichte ihr einzelne Teile. Leah saß in einem Lehnstuhl und beschäftigte sich mit einer Näharbeit.

Bei meinem Eintritt sprang Lucie sofort hoch und lief auf mich zu. Belinda blickte nicht einmal von ihrem Puzzle auf.

Lucie nahm meine Hand und führte mich zu einem Stuhl. Zutraulich lehnte sie sich an mich.

»Ich muß euch etwas sagen«, begann ich.

Belinda blickte kurz von ihrem Puzzle auf. »Was denn?« fragte sie herausfordernd.

»Das sage ich dir erst, wenn du herkommst und dich hier hinsetzt!«

Ich wies auf den neben mir stehenden Stuhl.

Belinda widmete sich wieder ihrem Puzzlespiel, als habe sie meine Aufforderung nicht gehört.

»Nun, dann erzähle ich es eben nur Leah und Lucie.«

»Wenn es etwas Wichtiges ist . . .« murmelte Belinda.

»Belinda interessiert es nicht, was ich zu sagen habe, also setzen wir drei uns zusammen.«

Belinda sprang auf. »*Natürlich* will ich es wissen. *Natürlich* höre ich zu.«

Zu dieser Zeit besaß sie die etwas irritierende Angewohnheit, fast jeden Satz mit einem sehr betonten »natürlich« zu beginnen.

»Gut. Dann komm her! Wir werden Cornwall bald verlassen.«

»Wir alle?« fragte Lucie und blickte mich ängstlich an.

»Du, Belinda, Leah, Miß Stringer und ich.«

»Wohin gehen wir?« wollte Belinda wissen.

»Zuerst nach London und dann nach Manorleigh. Wir ziehen zu deinem Vater, Belinda.«

Diese Eröffnung machte sie erst einmal sprachlos.

»Du kommst mit uns, Lucie«, versicherte ich. »Nichts ändert sich. Wir werden nur in einem anderen Haus wohnen, nicht mehr in Cornwall.« Beruhigend drückte ich Lucies Hand. »Natürlich kommen wir oft hierher zurück.«

»Ist das alles?« erkundigte sich Belinda schnippisch.

»Ist das nicht genug?«

»Natürlich. Mir paßt das gar nicht. Ich bleibe hier.«

»Das werden wir ja sehen.«

»Ich mag meinen Vater nicht. Er ist kein sehr netter Mann. Außerdem kann er mich auch nicht leiden.«

»Du mußt nur freundlich und nett zu ihm sein, dann mag er dich ganz bestimmt.«

»Natürlich.«

»Dann können wir uns ja alle schon heute auf eine freundliche Belinda freuen.«

»Natürlich. Aber nur, wenn ich will.«

Ich wandte mich an Leah. »Nun müssen wir ja ganz schön ran und packen.«

»Ja, das ist viel Arbeit«, sagte Leah. »Wann geht's denn los?«

»Das steht noch nicht genau fest. Wir müssen warten, bis er uns Bescheid gibt.«

Belinda kehrte zu ihrem Puzzle zurück.

»Soll ich dir helfen?« fragte Lucie.

Belinda zuckte gleichgültig die Schultern, und Lucie ließ sich neben ihr auf dem Boden nieder.

Ich ging mit Leah in das angrenzende Zimmer.

»Mr. Lansdon heiratet wieder«, erklärte ich ihr.

»Ah, deshalb . . .«

»Er will wohl nicht nur eine Ehefrau, sondern gleich eine ganze Familie.« Spöttisch fügte ich hinzu: »Für einen Abgeordneten ist eine glückliche Familie gut fürs Image.«

»Ich verstehe.«

»Du wirst überrascht sein, wenn du erfährst, wen er heiratet. Erinnerst du dich noch an die Bourdons? Bestimmt, du hast doch damals in High Tor die Wandteppiche ausgebessert.«

Verblüfft sah sie mich an.

»Das ist wirklich ein toller Zufall, findest du nicht auch?

Mr. Landson hat die Familie in London kennengelernt. Die meiste Zeit halten sie sich in Chislehurst auf. Kannst du dich an Mademoiselle Celeste erinnern?«

Sie hatte sich fassungslos von mir abgewandt. Wahrscheinlich fürchtete sie sich davor, Cornwall zu verlassen. Ruhig antwortete sie: »Sicherlich erinnere ich mich an sie.«

»Sie wird seine Frau.«

»Ah ja.«

»Du kennst diese Familie durch deine damalige Arbeit an ihren Wandteppichen sicher besser als ich.«

»Ja. Ich war ein paar Wochen bei ihnen.«

»Na, dann ist sie wenigstens keine Fremde für dich.«

»Äh . . . nein.«

»Glaubst du, wir werden uns verstehen? Mr. Lansdon hat gemeint, sie mische sich bestimmt nicht in die Kindererziehung ein.«

»Ja. Davon bin ich überzeugt.«

»Wir werden ja sehen. Warten wir's ab. Mir ist nicht ganz wohl bei dieser Sache. Aber Mr. Lansdon besteht darauf. Und er ist schließlich Belindas Vater.«

»Ja«, murmelte sie.

Sie schien mit ihren Gedanken meilenweit entfernt zu sein. Zu gerne hätte ich gewußt, was sie dachte. Aber ich konnte es mir nicht vorstellen. Sie verhielt sich wirkich etwas merkwürdig.

Der Tag, an dem wir uns von Cornwall verabschieden mußten, war gekommen.

Großmutter nahm mich beiseite und sagte: »Es ist für dich ganz bestimmt das Beste so. Aber du wirst uns schrecklich fehlen. Daß ihr gleich alle fortgeht, macht es uns noch schwerer. Das ganze Haus ist plötzlich leer und still.«

»Er läßt uns doch nur kommen, um seinen Wählern eine glückliche Familie vorführen zu können«, erwiderte ich verächtlich.

»Ich glaube nicht, daß das der alleinige Grund ist. Zieh keine voreiligen Schlüsse, Rebecca! Er hat eine schwere Zeit hinter sich. Und eins steht nach wie vor fest: Er hat deine Mutter sehr geliebt.«

»Und jetzt stellt er ganz einfach eine andere Frau an ihren Platz.«

»So darfst du das nicht sehen, Rebecca.«

Ich schwieg und dachte mir meinen Teil

Wegen des traurigen Abschieds war ich fast froh, als wir endlich in den Zug stiegen. Leah hatte sich in den letzten Wochen immer merkwürdiger verhalten. Sie war wohl noch nie in London gewesen und hatte anscheinend entsetzliche Angst, Cornwall zu verlassen. Belinda war ganz aufgeregt und freute sich bereits auf das neue Haus in der großen Stadt. Obwohl sie ihn nicht mochte, prahlte sie ständig damit, bald bei ihrem reichen und berühmten Vater zu wohnen.

Lucie ließ mich nicht aus den Augen. Ich gab mir Mühe, meine unguten Vorahnungen vor ihr zu verbergen.

Nach einiger Zeit hatte ich mich ein wenig beruhigt. Ich versuchte sogar, mich auf Manorleigh zu freuen. Schließlich sah ich dort die Emerys, Ann und Jane wieder. Außerdem übte Manor Grange besonders durch den verwilderten Garten eine große Anziehungskraft auf mich aus.

Miß Stringer, die aus London gekommen war, hatte während der Fahrt strahlende Laune. Der Umzug kam ihr sehr gelegen, denn in Cornwall hatte sie sich nicht recht wohl gefühlt.

Eine Kutsche brachte uns vom Londoner Bahnhof nach Manor Grange. Benedict und Celeste erwarteten uns in ihrem Haus. Er war sehr freundlich und schien sich aufrichtig über unsere Ankunft zu freuen. Celeste hielt sich im Hintergrund, bis er ihr ein Zeichen gab.

Die Französin hatte sich in eine attraktive junge Frau verwandelt, die sich auffallend elegant kleidete. Ihr hellgraues Kleid war bestimmt ein Pariser Modell. Dazu trug sie eine Perlenkette und Perlenohrringe. Ihr dunkles Haar war geschmackvoll frisiert, und sie bewegte sich mit vollendeter Anmut.

Sie trat zu mir und ergriff meine Hände.

»Ich freue mich sehr, daß du hier bist«, sagte sie mit starkem französischem Akzent. »Ich habe schon sehr auf dich gewartet. Du wirst hier glücklich sein. Das wünschen wir uns . . . beide.«

Sie lächelte Benedict zu.

»Ja«, sagte er und erwiderte ihr Lächeln. »Das wünschen wir uns beide. Und nun stelle ich dir die Kinder vor. Das ist Belinda.« Seine Tochter warf ihm einen trotzigen Blick zu. »Und das hier ist Lucie.«

Ich nahm Lucies Hand und trat mit ihr vor.

»Ich hoffe, dein neues Heim gefällt dir«, sagte Celeste so, als habe sie die Worte auswendig gelernt.

Die Kinder starrten sie bewundernd an.

Celeste lächelte Leah zu. »Aber . . . wir kennen uns doch. Aus High Tor. Ich erinnere mich gut daran.«

Leah errötete. Sie fühlte sich sichtlich unwohl und ich hatte den Eindruck, als wolle sie nicht an die Zeit in High Tor erinnert werden, obwohl die Bourdons mit ihrer Arbeit sehr zufrieden waren. Das hatte zumindest Mrs. Polhenny behauptet.

Miß Stringer wurde vorgestellt, und wir bemerkten, daß sie Benedict und seiner Frau gefiel.

Wir wurden in das Kinderzimmer geführt, das im obersten Stockwerk lag. Es war ein großer, hoher Raum mit riesigen Fenstern, die auf einen Platz mit einer Grünanlage hinausgingen. Auf diesem Stockwerk befanden sich auch die Zimmer von Miß Stringer und Leah.

Wir trennten uns, denn Celeste wollte mir mein Zimmer im zweiten Stock zeigen.

»Ich dachte, du wolltest zuerst die Kleinen in ihre Zimmer . . . wie sagt man?«

»Auf ihre Zimmer bringen.«

Lächelnd nickte sie. »Hier ist dein Zimmer.«

Ich betrat einen großen, elegant möblierten Raum, der hauptsächlich in Weiß und Cremefarben gehalten war. Auch von hier aus konnte man durch die riesigen, hohen Fenster herrlich auf den Platz mit der gepflegten Grünanlage blicken.

Sie hakte mich unter. »Ich wünschte mir so sehr, daß du dich hier wohl fühlst.«

»Das ist sehr freundlich von dir.«

»Dein *beau-père* . . .«

»Mein Stiefvater.«

»Ja, dein Stiefvater, er wünscht sich das von ganzem Herzen.« Mit einem reizenden Lächeln fügte sie hinzu: »Und weil er sich das wünscht, wünsche ich es mir auch.«

»Das ist wirklich sehr freundlich. Ich werde mich hier bestimmt wohl fühlen.«

Sie nickte. »Ich lasse dich jetzt allein.« Sie rieb ihre Hände aneinander, als wasche sie sie. »Und wenn du . . . *prête*, kommst du herunter, ja? Wir trinken Tee und unterhalten uns. Ich glaube, dein Stiefvater möchte das.«

»Vielen Dank. Übrigens . . . Wie soll ich dich anreden?«

»Ich heiße Celeste. Ich will nicht Stiefmutter genannt werden . . . o nein. Ich bin zu jung, um deine *maman* zu sein, meinst du nicht auch?«

»Viel zu jung«, versicherte ich ihr. »Ich sage Celeste zu dir.«

»Das freut mich.« Sie ging zur Tür, drehte sich aber noch einmal um. »Ich sehe dich bald, nicht?«

»Ja.«

Als sie gegangen war, dachte ich mir, daß wir uns vertragen würden, denn sie war mir ganz sympathisch.

Sie preßte ihren Kopf an meine Schulter.

»Nichts hat sich geändert. Und bald besuchen wir Cador«, versprach ich.

Ich ging hinüber zu Belindas Bett. Sie öffnete die Augen und blickte mich mißtrauisch an.

»Gute Nacht, Belinda, schlaf gut!« Ich beugte mich zu ihr hinunter und gab ihr einen flüchtigen Kuß.

»Du wirst dich hier wohl fühlen«, murmelte ich.

Sie nickte und schloß die Augen.

Lautlos trat Leah ins Zimmer.

»Sie schlafen sicher gleich ein«, flüsterte sie.

Das kleine Zimmer, in dem das Essen eingenommen wurde, grenzte an einen riesigen, imposanten Speisesaal, in dem Benedict vermutlich seine politischen Freunde bewirtete. Er wirkte sehr gemütlich, dennoch fühlte ich mich in seiner Gegenwart unwohl.

Während der Fisch aufgetragen wurde, meinte Benedict: »Obwohl die Kinder in Manorleigh wahrscheinlich besser aufgehoben wären, sollten sie doch noch für eine Weile in London bleiben.«

»Ja«, sagte ich. »Manorleigh ist besser für sie, denn auf dem Land haben sie mehr Freiheit.«

»Genau.«

»Natürlich gibt es in London herrliche Parks. Ich erinnere mich, wie . . .«

Ich verstummte. Ich wollte die Erinnerung an meine Mutter nicht heraufbeschwören; das war für ihn ebenso schmerzlich wie für mich.

Celeste hatte mitbekommen, an wen wir dachten, und ich hatte ein schlechtes Gewissen, weil ich glaubte, sie verletzt zu haben.

Rasch sprach ich weiter: »In London können die Kinder im Park spazierengehen und die Enten füttern, aber trotzdem sind sie auf dem Land besser aufgehoben. Dort können sie reiten und haben einen herrlichen Garten zur Verfügung. Der Garten in Manorleigh ist einfach phantastisch.«

»Du mußt aber in London bleiben«, warf Celeste ein. »Wegen diesem . . . wie sagt man?«

»Debüt«, ergänzte Benedict. »Die Einführung in die Gesellschaft. Ja, Rebecca, während der Saison mußt du hierbleiben.« Er wandte sich direkt an mich. »Ich . . . wir meinen, die Kinder sind bestimmt unglücklich, wenn wir sie gleich von dir trennen. Sie mußten sich gerade von den Großeltern verabschieden und haben diese Trennung natürlich noch nicht überwunden. Daher haben wir uns überlegt, daß du so lange mit den Kindern nach Manorleigh gehen könn-

152

test, bis sie sich ein wenig eingelebt haben. Anschließend kommst du zurück nach London.«

»Das ist eine gute Idee. Leah müßte natürlich immer bei ihnen bleiben.«

»Sie geht wirklich sehr gut mit den Kindern um«, sagte Celeste.

»Du mußt sie eigentlich recht gut kennen«, bemerkte ich. »Schließlich hat sie einige Wochen bei euch in High Tor verbracht.«

»Bestimmt gewöhnen sich die Kinder schnell ein.« Benedict wechselte rasch das Thema.

Ganz gewiß, wo du doch schnellstens deine Vorzeigefamilie für deine Wähler brauchst, fügte ich in Gedanken hinzu.

Dann unterhielten wir uns weiter über Belanglosigkeiten, die ich nicht behalten habe. Allerdings erinnere ich mich an eine gewisse Spannung, die zwischen den beiden bestand. Sie machten keinen glücklichen Eindruck auf mich. Ich fragte mich, warum er sie geheiratet hatte. Die Liebe zu meiner Mutter hatte deutlich auf seinem Gesicht gestanden, aber für Celeste schien er keine besonderen Gefühle zu hegen. Mir kam es vor, als betrachte er sie kritisch distanziert, während sie regelrecht in ihn vernarrt war.

Ich versuchte nun, ihn nur als Mann zu sehen und danach zu beurteilen. Bislang hatte ich mich nur auf seine Schwächen und mutmaßlichen bösen Absichten konzentriert — und etwaige positive Eigenschaften von vornherein negiert. So mußte ich mir nun eingestehen, daß er gut aussah, wenn auch nicht schön im Sinne eines Adonis oder Apoll. Er war groß und wirkte etwas despotisch. Seine eher weichen Gesichtszüge konnten jedoch von einer gewissen Härte seines Charakters nicht ablenken. Er war ein reicher Mann und verkörperte Macht. Inzwischen hatte ich begriffen, daß die Machtposition eines Mannes für seine Anziehungskraft ausschlaggebend ist. Resümierend mußte ich zugeben, daß Benedict wirklich ein anziehender Mann war.

Um herauszufinden, was zwischen den beiden nicht stimmte, begann ich, ihn und Celeste genauestens zu beobachten. Ein wenig verachtete ich mich selbst wegen meiner indiskreten Neugier, aber ich konnte nicht dagegen an. Er hatte mein Leben zerstört, warum sollte seins in ungetrübter Freude verlaufen?

Morwenna lud mich in das Haus der Cartwrights ein, das nicht sehr weit von Benedicts Stadthaus entfernt lag.

Sie begrüßte mich herzlich.

Ich hatte Pedreks liebenswürdige Mutter immer gern gehabt. Sie war eine gute Freundin meiner Mutter gewesen.

»Schön, dich zu sehen, Rebecca. Ich freue mich, daß du in London bist. Obgleich ich gestehen muß, daß mich diese gräßlichen Einführungen in die Gesellschaft jedesmal in Angst und Schrecken versetzen. Ich bin froh, daß ich das hinter mir habe.«

»Das glaube ich. Meine Mutter hat mir oft von eurem Debüt erzählt.« Mit Mowenna konnte ich unbefangener über meine Mutter reden als mit Großmutter. Morwenna machte es nichts aus, ihre Gefühle zu zeigen, während meine Großmutter sich stets bemühte, ihre Trauer zu verbergen.

»Es war scheußlich. Weniger die Vorstellung bei Hofe, die war schnell vorüber. Ein kurzer Hofknicks, bei dem man nur darauf achten mußte, nicht zu stolpern, damit man Ihrer Majestät nicht zu Füßen lag. Du kannst dir vorstellen, wie peinlich das gewesen wäre. Aber die Partys und Bälle verabscheute ich. Immer diese Angst, keinen Tanzpartner zu finden. Einfach fürchterlich. Deine Mutter hat sich deswegen keine Sorgen gemacht. Aber sie hatte auch keinen Grund dazu.«

Ich hatte das alles schon früher gehört. Beim Zusammensein mit Morwenna hatte ich das tröstliche Gefühl, als stünde meine Mutter neben mir im Salon der Cartwrights. Ein tiefer Friede breitete sich in mir aus.

»Was muß ich alles tun?«

»Zuerst mußt du Tanzunterricht nehmen. Und ein paar Gesangsstunden. Ihre Majestät interessiert sich sehr für Gesang und Tanz.«

»Ich dachte, sie hätte sich von allem zurückgezogen.«

»Ja, schon vor einigen Jahren. Seit dem Tod des Prinzen. Trotzdem hält sie an den Traditionen fest.«

»Mama hat mir oft von Madame Dupré erzählt, die eigentlich Miß Dappry hieß und die euch beide schikaniert hat.«

»Ich war wohl auch die ungeschickteste Person, die sie jemals unterrichten mußte.«

»Das hat meine Mutter nie gesagt. Sie meinte, du habest dir das nur eingebildet.«

»Sie war eine sehr kluge Frau.«

Schweigend hingen wir unseren Erinnerungen nach. Morwenna brach schließlich die Stille. »Du schaffst das leicht. Du hast nicht das geringste zu befürchten. Bei mir war das anders. Meine Eltern wünschten eine großartige Partie für mich. Ich glaube, das war der Zweck des ganzen Unternehmens. Ich hatte einfach Angst, sie zu enttäuschen. Die Eltern deiner Mutter wollten ihrer Tochter nur eine Freude machen, während meine diesen Hintergedanken hatten.«

»Den hat mein Stiefvater auch. Natürlich erwartet er von mir, daß ich einen Ehemann finde.«

»Aber deine Großeltern . . .«

»Die wünschen sich nur, daß ich glücklich werde. Aber er verfolgt mit diesen Gesellschaften gewisse Ziele. ›Die Stieftochter von Benedict Lansdon, dem Parlamentsabgeordneten von Manorleigh, gibt ihre Verlobung bekannt mit dem Herzog von . . ., dem Grafen . . ., dem Vicomte Sowieso . . .‹ Ein einfacher ›Sir‹ wäre ihm nicht gut genug.«

»So darfst du nicht denken. Laß es einfach auf dich zukommen. Wenn du einen Mann kennenlernst, der zufällig Herzog, Graf oder Vicomte ist, und du verliebst dich in ihn, dann spielt doch sein Titel keine Rolle.«

Ich lachte laut auf. »Für ihn schon.«

»Es geht um dein zukünftiges Glück. Nur das zählt.«

»Du kennst ihn nicht, Morwenna.«

»Ich glaube schon.« Sie schwieg einen Augenblick. Dann fügte sie hinzu: »Er hat deine Mutter sehr geliebt. Und sie ihn. Keinem anderen Mann stand sie so nahe wie ihm.«

»Sie liebte meinen Vater. Er war ein wundervoller Mann.«

Sie nickte. »Justin und ich haben allen Grund, ihm dankbar zu sein. Wir werden ihn nie vergessen.«

»Er war ein guter Mensch. Ein Held. Ein Vater, auf den man stolz sein kann.«

Wieder nickte sie zustimmend. »Aber man liebt einen Menschen, keinen Helden. Weißt du, deine Mutter und Benedict lernten sich Jahre vor ihrer ersten Heirat mit deinem Vater in Cornwall kennen. Es war Liebe auf den ersten Blick. Ich wußte, sie würden ein glückliches Ehepaar sein. Aber wenn ich daran denke, auf welch tragische Weise ihr Glück zu Ende ging, dann . . . Sie hatten sich beide so sehr auf das Kind gefreut.«

Wir konnten unsere Tränen nicht zurückhalten, aber es befreite uns etwas von unserem Schmerz.

Morwenna nahm meine Hand. »Das Leben geht weiter, Rebecca. Er ist dein Stiefvater. Er möchte für dich sorgen.«

»O nein. Er möchte seinen Wählern eine glückliche Familie präsentieren.«

»Nein, nein. Er will dich um sich haben. Du bist ihre Tochter, deshalb ist er um dich besorgt.«

»Ich bin die Tochter eines anderen Mannes. Das gefällt ihm sicher nicht.«

»Ach, darum geht es nicht. Versuch doch, ihn zu verstehen und ein wenig gern zu haben.«

»Er ist mir so unsympathisch, wie soll ich ihn gern haben?«

»Indem du deine Vorurteile abbaust. Schau nicht nur auf seine Schwächen, Rebecca!«

Ich schüttelte den Kopf. »Wo sind denn seine Vorzüge?«

»Er möchte dich und Belinda lieben. Hilf ihm dabei.«

»Schon bei dem Gedanken, *wir* könnten ihm helfen, würde er loslachen. Er braucht keine Hilfe, er hält sich für allmächtig.«

»Er ist unglücklich.«

Sofort wurde ich hellhörig. »Meinst du wegen seiner neuen Ehe?«

»Celeste ist ein nettes Mädchen. Ich bin überzeugt, sie liebt ihn heiß und innig.«

»Er hat sie geheiratet, weil er glaubt, sie wäre die passende Gastgeberin bei seinen Gesellschaften.«

»Er trauert noch immer um deine Mutter. Sie steht zwischen ihm und Celeste. Das wäre das letzte, was sich deine Mutter gewünscht hätte. Wie jede liebende Frau wollte sie, daß er glücklich ist. Er hat die gleichen Schwierigkeiten wie du, Rebecca. Ihr solltet einander helfen. Oje, was rede ich da eigentlich? Ich rede von Dingen, die mich nichts angehen und von denen ich so wenig verstehe. Wie dumm von mir. Pedrek kommt bald von der Schule zurück. Er wird sich freuen, daß du in London bist.«

»Das ist schön. Er hat mir in Cornwall sehr gefehlt.«

»Ja, die Schule hat ihn verändert.«

»Was will er denn anschließend machen?«

»Wir wissen es nicht genau. Vielleicht geht er auf die Universität. Andererseits interessiert er sich auch sehr für die Geschäfte. Sein Großvater möchte, daß er das Bergwerk in Cornwall übernimmt, wohingegen sein Vater ihn gerne im Londoner Büro hätte.«

»Ich freue mich darauf, ihn wiederzusehen.«

»Du wirst ihn bestimmt oft sehen. Aber zuerst haben wir natürlich alle Hände voll zu tun, um dich hoffähig zu machen. Vorschriftsmäßige Kleidung, richtiges Benehmen, Tanzstunden. Meine liebe Rebecca, du wirst bis zu deinem ersten Hofknicks kaum eine freie Minute haben. Ohne auch nur ein klein bißchen zu wackeln, versteht sich. Bis dich die Londoner Gesellschaft als ihr Mitglied akzeptiert hat, bist du vollauf beschäftigt.«

Die Vorbereitungen begannen. Ich mußte mich der gleichen Prozedur unterziehen wie meine Mutter vor zwanzig Jahren. Morwenna erzählte mir, die Vorstellungszeremonie sei nicht mehr ganz so förmlich wie früher. Zu Lebzeiten des Prinzgemahls hatte man die Debütantinnen nach sehr strengen Maßstäben ausgewählt und besonders sorgfältig darauf geachtet, daß ihre Familien vor den Augen der Königin bestehen konnten.

Die Nachfolgerin von Madame Dupré, Madame Perrotte, eine schwarzhaarige, blasse Frau in mittleren Jahren, erteilte mir Anstands- und Tanzunterricht. Ich fand es nicht gerade aufregend, mit ihr zu tanzen, aber trotzdem gefielen mir diese Stunden. Ich mußte auch singen. Natürlich hielt meine Stimme einem Vergleich mit der großartigen Opernsängerin Jenny Lind nicht stand, aber Madame Perrotte hielt sie immerhin für recht passabel.

Der Unterricht fand im Haus der Cartwrights statt, da Morwenna, als meine Patin, mich in die Gesellschaft einführen sollte.

Kurz vor Ostern kam Pedrek von der Schule zurück. Nun machten mir die Tanzstunden wesentlich mehr Spaß, denn jetzt hatte ich einen Partner. Madame Perrotte saß am Klavier und spielte die Melodien, nach denen wir uns immer wieder drehen mußten. Die Möbel hatten wir zur Seite geschoben, um genügend Platz für eine Tanzfläche zu schaffen. Madame Perrotte, ein Auge auf die Tasten und ein Auge auf uns gerichtet, rief: »*Non . . . non*, mehr *Esprit . . . s'il vous plaît*. So ist es gut, ja, gut so. Nein, zu langsam . . . zu schnell. Oh, oh, *ma foi*!« Pedrek und ich tanzten fröhlich und unbefangen und konnten uns kaum das Lachen verkneifen.

Selbstverständlich mußte ich auch das korrekte Benehmen bei Hofe und den der Etikette entsprechenden Hofknicks lernen. Ich fand die ganz Unterrichtsprozedur etwas übertrieben, aber Madame Perrotte behauptete nachdrücklich, ein falscher Schritt oder ein winziges Ausrutschen könne einem Mädchen für immer den Zugang in die Gesellschaft verwehren.

Pedrek und ich lachten über die alberne Knickserei. Ich ging auch ins Kinderzimmer und zeigte den Kindern, wie man einen perfekten Hofknicks macht, und erzählte ihnen von den Tanz- und Gesangsstunden. Sie hörten mir aufmerksam zu und versuchten mich nachzuahmen. Begeistert spielten sie Empfang bei Hofe. Natürlich wollte Belinda immer die Königin sein, und wir amüsierten uns alle über ihr majestätisches Gehabe.

Inzwischen war es mir gleichgültig, ob mein Stiefvater aus politischen oder anderen Gründen einen Herzog oder Grafen als Ehemann für mich wünschte. Ich amüsierte mich. Schließlich hatte ich ihn nicht darum gebeten, bei Hofe vorgestellt zu werden.

Drei Wochen vor dem großen Tag schickte Benedict die Kinder nach Manorleigh. Ich sollte eine Woche bei ihnen bleiben und dann nach London zurückkehren, um mich in Ruhe auf das bevorstehende Ereignis vorzubereiten.

Die Kinder freuten sich sehr auf das große Landhaus.

»Aber so groß wie Cador ist es nicht«, bemerkte Belinda.

»Nein«, gab ich zu. »Aber es *ist* groß. Und ihr könnt auf der Koppel reiten und viele schöne Dinge unternehmen.«

»Und du kommst mit?« erkundigte sich Lucie zum hundertsten Male.

»Ja, für die erste Zeit. Dann muß ich nach London zurück. Aber es ist ja nicht weit, und ich komme euch, so oft ich kann, besuchen.«

In Manorleigh erinnerte mich alles an meine Mutter. Doch ich hatte damit gerechnet, und es traf mich nicht unvorbereitet. Mr. und Mrs. Emery begrüßten uns äußerst würdevoll, wie es sich für den Butler und die Hausdame eines bedeutenden Abgeordneten gehört. Die beiden hatten offenbar keinerlei Vorbehalte gegen Benedict.

Nach der offiziellen Begrüßung entspannte sich Mrs. Emery ein wenig. Unter dem schwarzen Taftkleid schlug noch immer dasselbe weiche Herz.

»Ich freue mich, daß Sie wieder hier sind, Miß Rebecca«, sagte sie, als wir endlich ein paar Minuten allein waren. »Hoffentlich kommen Sie oft nach Manorleigh. Mr. Emery und ich haben viel von Ihnen gesprochen.«

»Gefällt es Ihnen hier, Mrs. Emery?«

»O ja, Miß Rebecca. Mr. Lansdon ist sehr freundlich. Er gehört nicht zu den Hausherren, die sich ständig in alles

159

einmischen. Er weiß, wir machen unsere Arbeit gut, und deshalb läßt er uns völlig freie Hand. Außerdem wohnen wir in einem schönen alten Haus; was wollen wir mehr?«

Über die Ankunft der Kinder freute sie sich sehr.

»Ein altes Haus braucht Kinder. Die schönen großen Kinderzimmer wollen belebt sein. Leah gehört wohl eher zu den Ruhigen und wird die meiste Zeit vermutlich mit den Kindern verbringen. Und Miß Stringer, nun ja, Gouvernanten sind immer ein Problem.«

»Ich nehme an, sie ißt auf ihrem Zimmer.«

»Das wäre jedenfalls üblich.«

Mrs. Emery kannte sich mit allen Hausangelegenheiten sehr gut aus und achtete streng auf die Einhaltung der Regeln.

Als ich die Treppe hinaufging, hörte ich die Kinder lachen. Ich öffnete die Kinderzimmertür, und Leah blickte auf. Sie machte einen glücklicheren Eindruck als in London.

»Gefällt dir das Haus, Leah?«

»Ja, Miß Rebecca. Außerdem bin ich gern auf dem Land. Für die Kinder ist es auch besser. Hier werden sie wieder rote Backen bekommen.«

»So blaß sehen sie doch gar nicht aus.«

»Oh, Sie wissen genau, was ich meine, Miß.«

Ja, allerdings. Leah und die Kinder würden hier auf jeden Fall glücklicher und zufriedener sein als in London.

Miß Stringer war nicht so begeistert. Sie wäre lieber in London geblieben. Da Manorleigh jedoch nicht so weit von London entfernt war wie Cornwall, konnte sie hin und wieder einen Ausflug in die Großstadt machen.

Mrs. Emery teilte mir mit, sie habe mein altes Zimmer wieder für mich herrichten lassen. Fragend blickte sie mich an. »Ich dachte, es wäre in Ihrem Sinne, Miß Rebecca. Falls ich mich geirrt habe, kann ich rasch ein anderes Zimmer bewohnbar machen lassen.«

Ich wußte, woran sie dachte, und war ihr wegen ihrer Feinfühligkeit dankbar. Dieses Zimmer hatte ich zu Lebzeiten meiner Mutter bewohnt, und es konnte sein, daß die da-

160

mit verbundenen Erinnerungen sehr schmerzlich für mich waren. Aber ich sagte Mrs. Emery, daß ich in mein altes Zimmer einziehen wolle.

In der ersten Nacht schlief ich sehr unruhig, weil mich die Erinnerungen überschwemmten und ich vor Trauer und Sehnsucht immer wieder aufwachte. Ich stieg aus dem Bett, ging zum Fenster und starrte lange auf den Teich hinunter. Fahles Mondlicht fiel auf die Hermesstatue. Und dort stand die Bank unter dem alten Baum. Mir fielen die Spaziergänge und die Gespräche mit meiner Mutter ein. Als ich nach einiger Zeit wieder ins Bett ging und endlich einschlief, träumte ich viel von meiner Mutter.

Ich hatte gewußt, daß ich mich in diesem Haus wieder öfters an die gemeinsame Zeit mit meiner Mutter erinnern würde, aber nach sechs Jahren hatte ich gedacht, daß es weniger schmerzlich sei.

Den Kindern gefiel es in Manorleigh. Daran gab es nicht den geringsten Zweifel. Sie lebten sich schnell ein und auch Leah blühte förmlich auf.

Die Kinder ritten jeden Tag jauchzend vor Freude auf ihren Ponys aus. Dieses Vergnügen war für sie viel reizvoller als alles, was sie in London unternehmen konnten.

Lucie hatte sich verändert. Sie lief nicht mehr dauernd hinter mir her, sondern wurde etwas selbständiger. Zwar war ich für sie nach wie vor die wichtigste Bezugsperson, aber ihr wachsendes Selbstvertrauen ließ sie auch einmal ein paar Stunden ohne mich auskommen. Inzwischen konnte sie sich auch recht gut gegen Belinda behaupten, und zwischen den beiden entwickelte sich ein geschwisterliches Freundschaftsverhältnis. Zwar stritten sie hin und wieder miteinander, insbesondere wenn Belinda als Tochter ihres bedeutenden Vaters Vorrechte beanspruchte, aber das beeinträchtigte ihre Zuneigung füreinander nicht.

Wirklichen Kummer bereitete mir hingegen Belindas unverhohlene Abneigung gegen ihren Vater. Seine widerstreitenden Gefühle ihr gegenüber konnte ich mittlerweile verstehen. Nach wie vor machte er sie für den Tod ihrer Mutter verantwortlich. Ihr Tod hatte eine innere Leere bei ihm verursacht, über die er nicht hinwegkam.

Meine Mutter und er hatten die Zimmer im zweiten Stock bewohnt. Ich bin dort nie oft hingegangen, aber ich erinnerte mich genau an das Schlafzimmer, das angrenzende Ankleidezimmer und den Wohnraum in den vorherrschenden Farben Blau und Weiß.

Einen Tag nach meiner Ankunft konnte ich dem Drang, diese Zimmer noch einmal zu sehen, nicht widerstehen. Doch die Türen waren verschlossen.

Ich lief sofort zu Mrs. Emery. Falls sie ihre alten Gewohnheiten beibehalten hatte, trank sie um diese Zeit ihren Tee und las entweder *Lorna Doone* oder *East Lynne*. Früher hatte sie jedenfalls nur diese beiden Bücher gelesen. Hatte sie das eine beendet, begann sie mit dem anderen wieder von vorn. Ihr gefielen diese Bücher, hatte sie nachdrücklich erklärt, warum also solle sie andere lesen?

Ich klopfte an ihre Zimmertür, und sofort ertönte ein gebieterisches »Herein«. Bestimmt dachte sie, jemand vom Personal wolle sie sprechen.

Bei meinem Anblick lächelte sie, und ihre Stimme wurde freundlicher. »Kommen Sie herein, Miß Rebecca.«

Sie legte *Lorna Doone* beiseite und blickte mich über ihre Brille hinweg an.

»Es tut mir leid, daß ich Sie in Ihrer Freizeit störe, Mrs. Emery«, begann ich.

»Das macht nichts, Miß Rebecca. Kann ich etwas für Sie tun?«

»Ja. Die Zimmer im zweiten Stock . . . Ich wollte hinein, aber die Türen sind abgeschlossen.«

Sie erhob sich, ging zu einer Kommode und holte einen Schlüsselbund aus der Schublade.

»Ich begleite Sie«, sagte sie.

»Weshalb sind die Zimmer denn abgeschlossen?«

»Dafür gibt es einen Grund. Aber ich habe das nicht veranlaßt.«

Während ich noch überlegte, was sie damit meinte, waren wir im zweiten Stock angekommen. Sie schloß die Tür auf, und wir traten ein.

Was ich sah, bestürzte mich. Die Zimmer sahen aus, als bewohne sie meine Mutter noch. Alle ihre persönlichen Dinge lagen herum. Auf dem Toilettentisch lagen der mit ihren Initialen und den Emailintarsien verzierte Spiegel und die dazu passenden Haarbürsten. Mein Blick wanderte von dem großen Doppelbett, das sie mit ihm geteilt hatte, hinüber zu dem großen weißen Schrank mit den vergoldeten Griffen. Ich konnte der Versuchung nicht widerstehen und öffnete ihn. Wie ich es vermutet hatte, hingen alle ihre Kleider darin.

Ich drehte mich um und sah Mrs. Emery an. Ihr Blick verschleierte sich, und sie nickte traurig mit dem Kopf.

»Er hat es so angeordnet«, sagte sie leise. »Außer mir darf niemand diese Räume betreten. Ich persönlich muß hier Staub wischen und saubermachen. Wenn er nach Manorleigh kommt, sitzt er stundenlang hier drin. Mir gefällt das nicht, das sage ich Ihnen ganz ehrlich, Miß Rebecca, da stimmt was nicht.«

Ich merkte, daß sie so schnell wie möglich wieder hinauswollte.

»Er will nicht, daß jemand diese Zimmer betritt«, wiederholte sie. »Mir erlaubt er es nur, weil schließlich irgend jemand die Räume in Ordnung halten muß.«

Wir gingen hinaus. Sorgfältig schloß sie die Tür hinter sich ab. Als wir in ihr Zimmer zurückkamen, legte sie den Schlüsselbund sogleich wieder in die Schublade zurück. »Ich mache eine Tasse Tee und würde mich freuen, wenn Sie mir dabei Gesellschaft leisten, Miß Rebecca.«

Dankend nahm ich ihr Angebot an.

Sie wartete schweigend, bis das Teewasser kochte. Dann nahm sie den Kessel von der eigens zu diesem Zweck eingelassenen Kaminnische und brühte den Tee auf.

»Er muß noch ein bißchen ziehen.«

Sie setzte sich auf einen Stuhl.

»So geht das seit ihrem . . .« begann sie. »Sie hat ihm sehr viel bedeutet.«

»Mir auch«, erinnerte ich sie.

»Das weiß ich. Ihre Mutter war eine wundervolle, einmalige Frau. Sie konnte so viel Liebe schenken. Jeder vermißt sie. Er hatte sich so lange nach ihr gesehnt. Und als er sie endlich bekam, durfte er sie nur kurze Zeit behalten. Es ist eine Tragödie.«

»Sie führte eine glückliche Ehe mit meinem Vater.«

Mrs. Emery nickte. »Ich finde, daß er die Zimmer neu einrichten lassen und ihre Kleider weggeben sollte. Er kann nicht endlos trauern, ohne Schaden zu nehmen. Auch bringt er sie so nicht ins Leben zurück, obwohl . . .«

»Obwohl was, Mrs. Emery?«

»Nun, in einem Haus wie diesem, das ein paar hundert Jahre alt ist, geschehen die seltsamsten Dinge. In diesen riesigen Zimmern bewegen sich dunkle Schatten, und manchmal knarren die Dielen. Naive Dienstmädchen behaupten, hier spuke es.«

»Wirklich?«

»Ja. Man erzählt sich diese Geschichte von Lady Flamstead und ihrer Tochter Martha. Und diese Lady Flamstead soll hier herumgeistern.«

»Ich kenne die Geschichte. Sie starb bei der Geburt ihres Kindes.«

Traurig sah mich Mrs. Emery an. »Begreifen Sie jetzt? Es ist dieselbe Geschichte. Ihre Mutter starb bei Belindas Geburt.«

»Nach allem, was ich von den beiden gehört habe, hat meine Mutter nicht die geringste Ähnlichkeit mit Lady Flamstead und Belinda nicht mit Miß Martha. Miß Martha hing sehr an ihrer Mutter. Belinda interessiert sich nur für sich selbst.«

»Das ist bei Kindern ganz normal. Aber wie ich bereits gesagt habe, ich wäre froh, wenn er die Zimmer ausräumte und ihre Kleider weggäbe. Aber er weigert sich entschieden. Vielleicht findet er in diesen Zimmern Trost. Wer weiß das schon? Er kann sich wohl mit ihrem Tod nicht abfinden und versucht sich einzureden, sie wäre noch am Leben.«

»Oh, Mrs. Emery, das alles ist entsetzlich traurig.«

»So ist das Leben, Miß Rebecca. Dieses Schicksal hat uns der liebe Gott auferlegt, und wir müssen es tragen.«

Ich nickte.

»Es ist einfach nicht richtig. Besonders jetzt, da er wieder verheiratet ist.«

»Wenn er sie so gern gehabt hat, warum . . .?«

»Ein Mann braucht eine Frau, und er ist da nicht anders. Und wenn man nicht die haben kann, die man gerne möchte, nimmt man eben die Zweitbeste. Mir tut die junge Mrs. Lansdon leid, obwohl sie ein bißchen seltsam ist. Ich kam mit diesen Ausländern noch nie zurecht. Sie sprechen so komisch und fuchteln dauernd mit den Händen herum. So benimmt sich doch kein normaler Mensch. Aber sie kümmert sich zweifellos sehr um ihn. Er hat sie geheiratet, oder etwa nicht? Er hätte sie nicht heiraten dürfen, solange er dauernd in diesem Zimmer sitzt und der Vergangenheit nachtrauert.«

»Weiß sie das?«

»Die arme junge Frau. Ich denke schon. Sie begleitet ihn stets nach Manorleigh. Und dann verschwindet er in diesem Zimmer. Sie muß es wissen. Vermutlich ist sie darüber ziemlich verzweifelt.«

»Aber er muß sich doch um sie kümmern . . .«

»Er ist nicht leicht zu durchschauen. Seine Gefühle für Ihre Mutter waren offensichtlich. Und daß sie ihn liebte, merkte man auch. Aber die jetzige Mrs. Lansdon . . . Nun ja, sie ist jung — sehr viel jünger als er —, und sie sieht gut aus, wenn man diesen ausländischen Typ mag, was für mich nicht zutrifft. Sie wendet soviel Zeit auf für ihre Garderobe und ihre Frisur und all das. Es würde mich nicht wundern, wenn sie ihre hübsche Erscheinung hauptsächlich irgendwelchen Tiegeln und Töpfchen zu verdanken hätte. Und dann diese französische Zofe — Yvette heißt sie oder so ähnlich. Manche von der Dienerschaft behaupten, sie habe sich ihm an den Hals geworfen. Ihn beim Wahlkampf unter-

165

stützt. Andererseits ist sie, um es mit den Worten von Jim Fedder, dem Stallburschen, zu sagen — verzeihen Sie bitte den Ausdruck, Miß Rebecca —, natürlich schon ein appetitanregendes Häppchen . . . eine Frau, bei der die Männer schwer nein sagen können. Wenn Sie verstehen, was ich meine.«

»Allerdings, Mrs. Emery.«

»Sie sind schnell hinter das Geheimnis dieser Zimmer gekommen. Und ich habe Sie hineingelassen . . . Aber Sie sind die Hausherrin, wenn er oder sie nicht anwesend sind. Ich bleibe dabei, ich halte das für fragwürdig. Das habe ich zu Mr. Emery gesagt und würde es auch Mr. Lansdon ins Gesicht sagen, wenn sich die Gelegenheit ergäbe. In einem Haus wie diesem reden die Dienstboten seltsames Zeug. Man kann Dienstboten nicht ändern. Einige behaupten, die Tote könne keine Ruhe finden, weil er noch immer so furchtbar traurig ist. Demnächst werden sie erzählen, sie hätten sie unter der Eiche gesehen. Alles wird wieder von vorne anfangen, wie mit Lady Flamstead.«

»Ich verstehe Ihre Besorgnis, Mrs. Emery, es ist wirklich ungesund.«

Gedankenvoll nickte sie mit dem Kopf. Nach einer kleinen Pause fragte sie: »Möchten Sie noch eine Tasse Tee, Miß Rebecca?«

»Nein, danke. Ich gehe wohl besser, weil ich noch einiges zu erledigen habe. Es war nett, mit Ihnen zu plaudern.«

Ich verließ sie, denn ich mußte über diese Neuigkeiten erst einmal in Ruhe nachdenken.

Vor meiner Rückkehr nach London wollte ich soviel Zeit wie möglich mit den Kindern verbringen.

Eines Tages hielt ich mich wie so oft im Kinderzimmer auf, als Jane kam und den Kindern Milch, Kuchen und Biskuits brachte. Sie wartete, bis die beiden Mädchen ihre Mahlzeiten beendet hatten.

Leah war auch da, und wir unterhielten uns über Belanglosigkeiten. Ich fragte Jane, ob sie es bereut habe, von London nach Manorleigh gegangen zu sein.

»Ich habe gerne für Mrs. Mandeville gearbeitet«, antwortete sie. »Aber es war doch ein ziemlich kleines Haus. Hier ist
alles ganz anders. Es hat schon etwas für sich, in einem großen Haus zu arbeiten.«

»Das einem Palamentsabgeordneten gehört?« fragte ich
bissig.

»Es ist schon eine Auszeichnung, für einen Gentleman
wie Mr. Lansdon arbeiten zu dürfen.«

»Aber es ist doch sehr ruhig hier, Jane.«

»Nur wenn der Herr nicht da ist. Ansonsten gibt er oft Gesellschaften. Dauernd lädt er irgendwelche Leute ein. Ich
finde es sehr aufregend. All diese interessanten Gäste, die
hier ein und aus gehen. Manche kenne ich aus den Zeitungen. So ruhig wie zur Zeit ist es bei uns selten, Miß. Seit Sie
hier sind, waren keine anderen Gäste da.«

»Kamen in letzter Zeit viele Gäste?«

»O ja. Meistens Freunde von Mr. Lansdon. Und natürlich
ihre Leute.«

»Sie meinen Monsieur und Madame Bourdon?«

»Stellen Sie sich vor, die sind noch nie hier gewesen. Aber
Monsieur Jean Pascal.«

»Oh, Mrs. Lansdons Bruder war hier?«

»Ja. Er besucht uns hin und wieder.« Sie errötete und kicherte. Ich erinnerte mich an ihn und daran, wie ungeniert
sein Blick auf jungen Mädchen ruhte.

»Aber es ist ja ganz selbstverständlich, daß er öfters
kommt, Miß Rebecca, schließlich ist er der Bruder der jungen Herrin.«

»Natürlich«, pflichtete ich ihr bei.

In den letzten Tagen hatte sich Leah nicht wohl gefühlt, und
ich wollte einen Arzt rufen lassen.

»Nein, Miß. Mir geht es gut«, lehnte sie mein Angebot ab.
»Das liegt nur an der Luftveränderung.«

»Sicher besteht ein Unterschied zwischen London und
Manorleigh, Leah, aber das Klima ist dem in Cornwall doch
sehr viel ähnlicher«, wandte ich ein.

»O nein, Miß. Nirgendwo ist es so wie in Cornwall.«

Sie machte einen erschöpften Eindruck, so als hätte sie in der letzten Nacht kaum geschlafen. »Leg dich eine Stunde ins Bett«, riet ich ihr. »Wenn du dich ein wenig ausgeruht hast, fühlst du dich wieder besser.«

Schließlich gab sie nach, und ich ging mit den Kindern allein in den Garten.

Ich stand am Ufer des Hermesteiches und beobachtete die über dem Wasser tanzenden Mücken. Die Mädchen spielten mit einem roten Ball, den sie sich gegenseitig zuwarfen. Plötzlich spürte ich die Gegenwart eines Fremden.

Rasch blickte ich auf. Ganz in unserer Nähe stand ein Mann und beobachtete uns.

Er lächelte. Es war das charmanteste Lächeln, das ich je gesehen hatte. Warm und freundlich und doch ein wenig spöttisch. Er zog seinen Hut und machte eine tiefe Verbeugung. Die Kinder hörten auf zu spielen und starrten ihn überrascht an.

»Was für eine reizende Gesellschaft«, sagte er. »Ich muß mich für die Störung entschuldigen. Ich nehme an, Sie sind Miß Rebecca Mandeville.«

»Ganz recht.«

»Und eine dieser reizenden jungen Damen ist Miß Belinda Lansdon.«

»Ja, ich«, kreischte Belinda.

»Was würde Miß Stringer zu dir sagen, wenn sie jetzt hier wäre?« fragte ich sie.

»Daß man nicht schreit«, sagte Lucie. »Genau das würde sie sagen. Du schreist immer, Belinda.«

»Die Leute wollen verstehen, was *ich* zu sagen habe«, betonte Belinda.

»Du vergißt deine guten Manieren«, tadelte ich sie.

»Wenn du meinst.« Sie wandte sich an den Besucher und streckte ihm ihre Hand entgegen. »Ich bin Belinda.«

»Das dachte ich mir«, entgegnete er trocken.

»Möchten Sie zu Mr. Lansdon?« fragte ich ihn. »Er ist nicht da. Er hält sich in London auf.«

»Tatsächlich? Nun gut, ich bin ganz zufrieden damit, seine reizende Familie kennenzulernen.«

»Sie wissen, wer *wir* sind. Wie wäre es, wenn Sie uns sagten, wer *Sie* sind?«

»Bitte verzeihen Sie meine Unhöflichkeit. Ich war so entzückt darüber, auf diese unkonventionelle Weise Ihre Bekanntschaft zu machen, daß ich jede Anstandsregel vergaß. Mein Name ist Oliver Gerson. Man könnte sagen, ich bin ein Geschäftsfreund Ihres Stiefvaters.«

»Vermutlich suchen Sie ihn wegen einer geschäftlichen Angelegenheit auf.«

»Viel lieber plaudere ich mit seiner Familie im Sonnenschein.«

Seine übertriebene Höflichkeit wirkte ein wenig unecht — der typische Großstadtmann mit dem Talent für oberflächliche Komplimente. Trotzdem mußte ich eingestehen, daß er über eine gewisse Anmut und einen Charme verfügte, die seine Unaufrichtigkeit vergessen ließen.

Er fragte, ob er sich zu uns setzen dürfe. Lucie stellte sich ganz dicht neben mich. Belinda streckte sich lang im Gras aus und starrte den Besucher mit unverhohlener Neugier an.

Freundlich erwiderte er ihren Blick. »Du unterziehst mich einer scharfen Prüfung, Belinda.«

»Was soll das heißen?« fragte sie herausfordernd.

»Du betrachtest mich sehr aufmerksam und fragst dich, ob ich in das Bild passe, das du dir zurechtgelegt hast.«

Sie schien ein wenig betroffen, genoß es aber zugleich, im Mittelpunkt der Aufmerksamkeit zu stehen.

»Erzählen Sie uns etwas von sich«, forderte sie ihn auf.

»Ich bin ein Geschäftsfreund deines Vaters. Wir machen zusammen Geschäfte. Das Parlament allerdings interessiert mich weniger. Stimmt es, Miß Rebecca, daß Sie bald der Königin vorgestellt werden?«

»Ich kann einen Hofknicks«, schrie Belinda und sprang auf, um es ihm zu beweisen.

»Bravo«, rief er anerkennend. »Schade, daß du nicht auch bei Hofe vorgestellt wirst.«

»Kleine Mädchen werden nicht vorgestellt.«

»Gott sei Dank werden aus kleinen Mädchen im Laufe der Zeit große Mädchen.«

»Aber bis dahin muß man warten. Bei mir dauert das noch eine Ewigkeit.«

»Die Zeit vergeht rasch, nicht wahr, Miß Rebecca?«

Ich bejahte und sagte zu Belinda und Lucie, es würde nicht mehr lange dauern, bis auch sie an die Reihe kämen.

»Wir wissen bereits, was wir machen müssen«, behauptete Lucie.

»Sie sind erst vor kurzem aus Cornwall gekommen?« erkundigte er sich.

»Sie scheinen eine ganze Menge über uns zu wissen!«

»Benedicts Familie interessiert mich. Unterstützen Sie ihn bei der nächsten Wahl?«

»Ich werde ihm helfen«, verkündete Belinda.

»Du bist eine sprunghafte junge Dame.«

Belinda schob sich über das Gras auf ihn zu und legte ihm eine Hand auf das Knie. »Was soll das heißen?«

»Phantasievoll, impulsiv. Stimmt diese Beschreibung, Miß Rebecca?«

»So in etwa.«

Ernst und aufrichtig sah er mich an. »Ich freue mich darauf, Sie nach Ihrer Einführung in die Gesellschaft wiederzusehen.«

»Oh, werden Sie in der Stadt sein?«

»Ja. Nachdem ich erfahren hatte, daß Sie das schrecklich abgelegene Cornwall verlassen haben, wollte ich Sie kennenlernen. Ihr Stiefvater ist sehr stolz auf seine Stieftochter.«

»Sie kennen ihn wohl sehr gut?«

»Das kann man behaupten. Wir arbeiten zusammen.«

»Natürlich, das sagten Sie bereits.«

»Können Sie reiten?« unterbrach uns Belinda.

»Ich bin hierhergeritten. Ein tüchtiger Stallbursche versorgt gerade mein edles Roß.«

»Wir haben Ponys, Lucie und ich«, prahlte Belinda.

170

Lucie nickte bestätigend.

»Wollen Sie einmal sehen, wie wir über Hindernisse springen?« fuhr Belinda fort. »Wir nehmen schon sehr hohe Hürden.«

»Also wirklich, Belinda«, sagte ich lachend. »Dafür wird Mr. Gerson kaum Zeit haben.«

»Ich habe Zeit.« Er lächelte Belinda zu. »Und es ist mein größter Wunsch, Miß Belinda und ihrem Pony beim Springen zuzuschauen.«

»Warten Sie so lange, bis wir unsere Reitkleider angezogen haben?« fragte Belinda ganz aufgeregt.

»Bis in alle Ewigkeit«, versprach er.

»Sie reden merkwürdig. Komm mit, Lucie.« Sie drehte sich rasch noch einmal zu ihm um. »Warten Sie hier, bis wir wieder zurück sind. Gehen Sie ja nicht weg.«

»Keine tausend Pferde bringen mich von hier weg.«

Rasch eilten die beiden Mädchen davon. Erstaunt sah ich ihn an. Halb um Verzeihung bittend lächelte er mich an. »Die beiden waren so begierig, ihre Reitkünste vorzuführen. Ich konnte ihnen nicht widerstehen. Miß Belinda ist ein bezauberndes, munteres Geschöpf.«

»Wir finden sie manchmal zu munter.«

»Auch das andere Mädchen ist ganz reizend. Das ist die Waise, oder irre ich mich?«

»Diesen Punkt erwähnen wir nie.«

»Entschuldigen Sie bitte. Ich bin ein guter Freund von Benedict und kenne die besonderen Umstände. Schon lange wollte ich seine Familie kennenlernen, und heute bot sich mir die Gelegenheit.«

»Es erstaunt mich, daß Sie nicht wissen, daß er sich in London aufhält.«

Er zog eine Augenbraue hoch und lächelte.

»Können Sie mir noch einmal verzeihen? Ich habe es gewußt. Ich suchte nach einer Gelegenheit, seine Stieftochter schon vor all diesen offiziellen Gesellschaften, die Sie im Anschluß an Ihre Vorstellung bei Hofe besuchen werden, in einer zwanglosen Umgebung kennenzulernen.«

»Wieso machen Sie sich diese Mühe?«

»Ich dachte, unter diesen Umständen sei eine Begegnung erfreulicher. Dieser ganzen Tanzerei und der oberflächlichen Konversation haftet immer etwas Zwanghaftes an. Ich wollte Ihnen abseits von diesem Trubel näherkommen. Bitte verzeihen Sie meine Dreistigkeit.«

»Immerhin sprechen Sie offen mit mir, und deshalb sehe ich wirklich keinen Grund, weswegen Sie sich entschuldigen müßten.«

»Darf ich Ihnen gestehen, daß ich selten einen so angenehmen Nachmittag verbracht habe.«

Er sprach mit so viel Überzeugungskraft, daß ich ihm beinahe geglaubt hätte. Auf jeden Fall sorgte er für ein wenig Abwechslung.

Die Mädchen kamen mit hochroten Wangen und ganz aufgeregt zurück.

»Brauchen wir einen Reitburschen?« fragte Lucie.

»Ja. Geht und schaut nach, wer gerade in den Ställen ist.«

»Wir brauchen keinen«, widersprach Belinda ungeduldig. »Wozu denn? Wir können hervorragend reiten. Nur kleine Kinder brauchen beim Reiten einen Reitburschen.«

»Ich weiß, ihr seid schon fast erwachsene Damen und außerordentlich erfahrene Reiterinnen. Aber es ist nun einmal Vorschrift, daß ein Reitbursche anwesend ist, und wir müssen uns daran halten.«

»Das ist doch Unsinn«, protestierte Belinda.

»Du darfst dich nicht einfach über Vorschriften hinwegsetzen, Belinda«, wies ich sie zurecht. »Sonst hält dich Mr. Gerson noch für eine Rebellin.«

»Wirklich?« fragte sie kokett. »Bin ich das?«

»Die Antwort lautet ja.«

»Sie sind ein Rebell. Sie sind ein Rebell«, sang sie und hüpfte übermütig um ihn herum.

»Können mich jetzt bereits unschuldige Kleinmädchenaugen durchschauen?«

Belinda gab sich nicht die geringste Mühe, ihre Begeisterung für Mr. Gerson zu verbergen. Ich befürchtete, sie könnte sich zu einer unüberlegten Handlung hinreißen lassen, nur um ihn zu beeindrucken.

Wir standen am Zaun und beobachteten die beiden Mädchen, die unter Aufsicht von Jim Taylor mit ihren Ponys über die Hindernisse sprangen.

»Eine ganz reizende häusliche Szene«, meinte Oliver Gerson. »Wirklich ein wunderschöner Nachmittag.«

Als die Kinder genug vom Reiten hatten, begleitete er uns zurück zum Haus.

»Leah wird sich bereits fragen, wo ihr geblieben seid«, meinte ich zu den beiden Kindern.

»Ach was, sie hat doch wieder ihre albernen Kopfschmerzen«, erklärte Belinda mit einem verächtlichen Unterton.

»Nun wissen Sie, daß Miß Belinda Lansdon keine sehr mitfühlende junge Dame ist«, sagte ich zu Oliver Geson.

»Miß Belinda Lansdon ist eine junge Dame mit festen Überzeugungen«, erwiderte er. »Und die spricht sie ohne zu zögern aus.«

Er ging nicht mit hinein, sondern entschuldigte sich damit, daß er in London dringenden Geschäften nachgehen müsse.

Später sagte Lucie zu mir: »Belinda mag ihn sehr. Und ich glaube, du gefällst ihm.«

Ich antwortete: »Er gehört zu den Menschen, die vortäuschen, andere zu mögen. Doch sind diese Empfindungen meist nur oberflächlich. Tief in ihrem Herzen sieht es oft ganz anders aus.«

»Das nennt man Heuchelei.«

»Oder Charme«, erwiderte ich.

Für mich war es Zeit, nach London zurückzukehren, aber ich ließ die Kinder bedenkenlos in Manorleigh zurück, da sie sich gut dort eingelebt hatten und ich sie in der Obhut von Leah und Miß Stringer wußte. Auch hatten sie sich bereits mit Mrs. Emery angefreundet und kamen auch mit Ann und Jane gut aus.

Trotzdem war ich am Tag meiner Abreise nach London etwas niedergeschlagen, doch tröstete ich mich mit dem Gedanken, daß die Kinder in Manor Grange glücklicher waren als im Londoner Stadthaus.

Morwenna erwartete mich bereits ungeduldig, denn die Zeit zur Vorbereitung auf das große Ereignis wurde langsam knapp. Wir mußten noch einmal zur Anprobe zum Schneider, und Madame Perrotte war mit meinem Hofknicks noch nicht zufrieden, weswegen ich täglich mit ihr proben mußte.

Nach einer arbeitsintensiven Woche war der große Tag endlich gekommen. Kaum waren Morwenna, Helena und ich in der Kutsche losgefahren, fühlte ich mich schutzlos den neugierigen, prüfenden Blicken der Passanten ausgesetzt. Das ganze Unternehmen schien eine Nervenprobe zu werden. Als wir dann den königlichen Audienzsaal erreicht hatten, sah ich zum erstenmal die Königin. Sie war kleinwüchsig, blickte traurig vor sich hin und machte einen apathischen Eindruck, was mich ein wenig irritierte.

Zum Glück hatte ich die Prozedur bald hinter mir, die gar nicht so spannend war, wie ich gedacht hatte. Ich trat vor; machte einen Hofknicks, küßte die fleischige, juwelengeschmückte kleine Hand und blickte kurz in das traurige alte Gesicht der Königin, dann ging ich vorsichtig rückwärts, gab acht, daß die drei großen Straußenfedern auf meinem Kopf nicht ins Rutschen gerieten, und bemühte mich, niemandem auf die obligatorische riesige Schleppe zu treten. Innerlich mußte ich über die aufwendige Vorbereitung auf diese kurze Begegnung mit Ihrer Majestät lachen. Immerhin hatte ich die Prüfung jedoch bestanden, und damit war ich ein geachtetes Mitglied der Londoner Gesellschaft.

Erleichtert nahm ich die Federn ab — eine ebenso große Last wie die schwere Schleppe an meinem Kleid —, setzte mich auf meinen Stuhl, lehnte mich zurück und atmete tief auf. »Gott sei Dank, es ist vorbei.«

Morwenna war ebenso erleichtert wie ich.

»Ich kann mich gut erinnern, wie es bei mir war«, sagte sie.

»Ich auch«, fügte Helena hinzu.

»Die ganze Zeit zitterte ich vor Angst«, gestand Morwenna. »Ich wußte, ich würde versagen.«

»Mir ging's genauso«, bestätigte Helena seufzend.

»Aber ihr beide seid glücklich verheiratet, und das ist doch letztendlich der Sinn der ganzen Angelegenheit«, warf ich ein.

»Der Sinn der ganzen Angelegenheit«, erklärte Helena, »besteht darin, allen Mädchen die Aussicht auf eine gute Partie zu verschaffen. Wir haben zwar beide einen guten Ehemann bekommen, aber in den Augen der Gesellschaft keine gute Partie gemacht. Bei unserer Hochzeit war Martin noch kein bekannter Politiker.«

Ich kannte die Geschichte. Sie hatten sich auf einer Australienreise kennengelernt. Martin hatte ein Buch über die nach Australien verbannten Sträflinge schreiben wollen. Doch nach seiner Rückkehr nach England nahm ihn Onkel Peter unter seine Fittiche und machte ihn zu dem erfolgreichen Politiker, der er heute war.

Morwenna sagte: »Justin betrachtete man damals auch nicht als eine gute Partie. Trotzdem wünsche ich mir keinen anderen Ehemann.«

»Es ist doch wichtiger, einen Mann zu finden, den man liebt, als eine gute Partie zu machen«, warf ich ein.

»Sieh mal an, was für eine kluge Frau unsere kleine Rebecca geworden ist«, spöttelte Helena. »Ich werde für dich beten, daß auch du den richtigen Weg gehst.«

Wir waren alle froh, daß das große Ereignis vorüber war. Aber uns stand noch anderes bevor: all die Einladungen, die Festlichkeiten, die Pracht und das Gerede während der Londoner Saison.

Mein Stiefvater ließ mich nicht aus den Augen. Schließlich kostete ihn meine Einführung in die Gesellschaft sehr viel Geld. Er hatte zwar immer viele Gäste in London und Manorleigh empfangen, doch dabei handelte es sich stets um politische Gesellschaften. Jetzt gab er Bälle für seine Stieftochter. Auch dabei spielte die Politik eine große Rolle, denn er stand stets im Blickpunkt der Öffentlichkeit. Von mir erwartete er eine für ihn vorteilhafte Heirat, die ich allerdings nicht gewährleisten konnte noch wollte.

Der erste Ball der Saison fand in seinem Londoner Haus statt. Im ganzen Haus verbreitete sich eine hektische Atmosphäre, denn es mußten viele Vorbereitungen getroffen werden. Celeste stand mir hilfreich zur Seite. Am Festtag kam sie mit ihrer Zofe Yvette in mein Zimmer, um mir beim Ankleiden zu helfen.

Celeste hatte ein lavendelblaues Chiffonkleid für mich ausgesucht, weil sie davon überzeugt war, daß es mir gut stünde und auch Benedict gefallen würde. Nachdem ich es angezogen und mich zufrieden im Spiegel betrachtet hatte, frisierte mich Yvette mit großer Sorgfalt und Geduld.

Das Ergebnis ihrer Bemühungen überraschte mich. Ich schaute in den Spiegel und erkannte mich kaum wieder. Ich sah attraktiver, aber auch irgendwie älter und reifer aus.

Mit Benedict an meiner rechten und Celeste an meiner linken Seite begrüßte ich, oben auf der breiten Treppe unter dem mächtigen Kronleuchter stehend, die Gäste. Ich erhielt viele Komplimente für mein glänzendes Aussehen, und Celeste lächelte stolz.

Ich hatte Celeste gern und empfand ein wenig Mitleid mit ihr, denn sie war an Benedicts Seite nicht glücklich, weil er sie nicht richtig liebte.

Zu meiner Erleichterung brauchte ich an diesem Abend nicht unter einem Mangel an Tanzaufforderungen zu leiden, wie ich nach den Berichterstattungen von Morwenna und Helena schon befürchtet hatte. Ich blieb also nicht wie ein Mauerblümchen sitzen, sondern tanzte ununterbrochen mit wechselnden Partnern.

Unter den vielen fremden Gesichtern entdeckte ich drei Männer, die ich bereits kannte.

Zuerst tanzte ich mit einem jungen Politiker, den mir mein Stiefvater vorgestellt hatte. Dank Madame Perrottes strengem Unterricht gelang es mir, mich gleichzeitig auf die Unterhaltung und auf meine Füße zu konzentrieren.

Der junge Mann erzählte, wie sehr er sich freue, meine Bekanntschaft zu machen und was für ein prachtvoller Mann mein Stiefvater sei. Die Unterhaltung reicherte er mit Anekdoten aus dem Abgeordnetenhaus und über Mr. Disraeli und Mr. Gladstone an. Er gehörte derselben Partei an wie Benedict. Ich gab möglichst kluge Antworten, obwohl ich ihn ziemlich langweilig fand. Als dieser Tanz vorüber war, kehrte ich aufatmend zu Morwenna und Helena zurück, wo mich aber bereits mein nächster Tanzpartner erwartete.

Ich erkannte ihn sofort, es war Oliver Gerson, der uns in Manorleigh besucht hatte.

Höflich verbeugte er sich vor uns und bat mich um den nächsten Tanz. »Ich hatte bereits die Ehre, Miß Mandevilles Bekanntschaft zu machen. Wir trafen uns in Manorleigh.«

»Mr. Gerson, nicht wahr?« sagte Morwenna. »Ja, ich erinnere mich.«

»Welch eine Ehre, daß Sie sich an mich erinnern, Mrs. Cartwright. Und Sie sind Mrs. Hume, die Gattin des großen Martin Hume.«

»Er steht allerdings nicht auf Ihrer politischen Seite«, bemerkte Helena honigsüß.

Er ging gleichmütig darüber hinweg. »Ich bin zwar ein guter Freund von Mr. Benedict Lansdon und nehme an all seinen Unternehmungen großen Anteil, aber ich habe keinen Hang zur Politik. Meine Stimme bekommt stets die Partei, die zum Zeitpunkt der Wahl meinen eigenen Interessen am meisten entgegenkommt.«

»Das ist sicherlich gut überlegt«, meinte Helena lachend. »Und nun führen Sie Miß Mandeville zum Tanz.«

Er lächelte mich an. »Habe ich das Vergnügen?«

»Aber gern.«

Gemeinsam betraten wir die Tanzfläche.

»Sie sehen großartig aus!«

»Das verdanke ich zum größten Teil Mrs. Lansdon und ihrer französischen Zofe.«

»Ich glaube, Sie haben es hauptsächlich der Gunst der Natur zu verdanken, die Sie überreich beschenkt hat.«

Ich mußte laut loslachen.

»Was habe ich denn Komisches gesagt?« fragte er leicht pikiert.

»Sie amüsieren mich eben. Wie kommen Sie nur immer auf solche ausgefallenen Formulierungen? Meinen Sie es damit ernst?«

»Sie kommen direkt aus meinem Herzen; und ich meine, was ich sage.«

»Wenn das so ist, will ich nicht unfreundlich sein und mich dafür bedanken.«

Er lachte mich an. »Ich habe unsere Begegnung im Garten von Manorleigh von ganzem Herzen genossen.«

»Ja, es war . . . amüsant.«

»Wie geht es der lebhaften Belinda und der eher zurückhaltenden Lucie?«

»Gut. Beide sind in Manorleigh. Mr. Lansdon meint, daß es ihnen guttäte.«

»Miß Belinda hat mich tief beeindruckt.«

»Sie haben bei ihr auch einen großen Eindruck hinterlassen.«

»Tatsächlich?«

»Darauf brauchen Sie sich allerdings nichts einzubilden, sie ist nämlich von jedem beeindruckt, der sich für sie interessiert.«

»Demnächst möchte ich wieder einen Besuch in Manor Grange machen, und ich komme bestimmt, wenn Sie wieder dort sind. Sie werden sich doch von Zeit zu Zeit in Manorleigh aufhalten?«

»Bis zum Ende der Saison bleibe ich in London.«

»Fein, dann hoffe ich, Sie während dieser Zeit noch häufiger zu sehen.«

»Können Sie genügend Zeit für so frivole Dinge wie Debütantinnenbälle erübrigen?«

»Ich halte die Gesellschaft interessanter Menschen nicht unbedingt für eine frivole Angelegenheit.«

»Aber so ein Ball . . .«

»Wenn ich dabei eine so angenehme Gesellschaft genießen darf wie eben jetzt, habe ich nichts dagegen.«

»Sie wissen sehr viel von mir. Erzählen Sie mir mal etwas über sich.«

»Gerne. Der Großvater von Benedict Lansdon war mein Wohltäter. Er hat sich meiner angenommen. Mein Vater kannte ihn gut, und Peter interessierte sich stets für mich. Er meinte, ich besäße sehr viel Vitalität und sei ihm sehr ähnlich. Man erringt leicht die Gunst anderer Menschen, wenn sie glauben, daß man ihnen ähnlich sei, und sie setzen große Hoffnungen in einen.«

»Sie werden zynisch«, bemerkte ich.

»Vielleicht. Die Wahrheit hört sich manchmal zynisch an. Trotzdem habe ich recht. Die meisten von uns sind selbstgefällig, und wenn sie jemanden kennenlernen, der ihrem Bild von sich selber entspricht, ist er ihnen gleich sympathisch.«

»Wahrscheinlich haben Sie recht. Onkel Peter war Ihnen also wohlgesonnen?«

»Sogar sehr. Ich merke, Sie hatten ihn sehr gern.«

»Und wie! Man mußte ihn einfach gern haben. Er war ein außergewöhnlicher, lebenserfahrener und kluger Mann, und er war zu jedem immer sehr freundlich und verständnisvoll.«

»Den weniger tugendhaften Menschen fällt es oft leichter, Sündern gegenüber nachsichtig zu sein. Haben Sie diese Erfahrung noch nie gemacht?«

»O doch. Sie waren also ein Freund von ihm, und er nahm Sie unter seine Fittiche.«

»So würde ich das nicht ausdrücken, denn ich war kein hilfloses Geschöpf. Er interessierte sich einfach für mich, brachte mir vieles bei und machte mich zu einem erfolgreichen Geschäftsmann.«

»Wobei er sich bestimmt nicht allzusehr anstrengen mußte.«

»Wer macht denn jetzt Komplimente?«

»Ich meine es ernst. Sie wirken sehr . . .« Ich verstummte, und er fragte:

»Ja? Was wollten Sie sagen?«

»Schlau.«

»Schlau? Scharfsinnig. Gescheit. Wissend. Das klingt etwas besser. Sind schlaue Menschen denn nicht auch ein wenig gerissen, selbstsüchtig und auf ihren eigenen Vorteil bedacht?«

»Das mag sein, aber jeder möchte doch schlau sein, oder nicht?«

»Wenn Sie es so sehen, dann danke ich Ihnen.«

Das Orchester hörte auf zu spielen.

»Schade«, sagte er. »Ich muß Sie zu Ihren Anstandsdamen zurückbringen. Aber der Abend fängt ja erst an, und es findet sich bestimmt noch einmal Gelegenheit zu einem gemeinsamen Gespräch.«

»Von mir aus gerne.«

»Ihre Tanzkarte ist sicherlich schon sehr voll, oder?«

»So ziemlich. Mein Stiefvater gibt diesen Ball mir zu Ehren. Die Gäste fühlen sich verpflichtet, mit mir zu tanzen, und ich sehe mich genötigt, mit seinen Freunden zu tanzen.«

Er verzog das Gesicht. »Ich sehe schon, ich muß eine günstige Gelegenheit abpassen, und ich muß scharfsinnig, gescheit und wissend sein, damit ich immer mit einem Auge auf meinen Vorteil schielen und im geeigneten Augenblick zur Stelle sein kann.«

Ich lachte. Ich hatte seine unterhaltsame Gesellschaft wirklich genossen.

Morwenna sah mich aufmerksam an. »Hat dir dieser Tanz Spaß gemacht? Du sahst sehr vergnügt aus.«

»Er ist ausgesprochen amüsant.«

»Und er sieht phantastisch aus«, bemerkte Helena. »Oh, da kommt Sir Toby Dorien. Ich glaube, diesen Tanz hast du ihm versprochen. Für Benedict ist dieser Mann wichtig. Martin kennt ihn gut.«

Wie anders war es doch, mit Sir Toby zu tanzen! Er war ein miserabler Tänzer. Wir stolperten über die Tanzfläche, und ein- oder zweimal trat er mir schmerzhaft auf die Zehen. Madame Perrotte hatte mir Tips für eine solche Situation gegeben, und ich besann mich darauf. Er sprach fast ausschließlich von Politik und zählte alle bekannten Politiker auf, die er persönlich kannte. Erleichtert atmete ich auf, als dieser Pflichttanz hinter mir lag.

Kaum war ich zu meinem Stuhl zurückgekehrt, da kam ein junger Mann auf uns zu, der mir irgendwie bekannt vorkam — er war sehr dunkel, mittelgroß und gut aussehend.

Während ich noch überlegte, woher ich ihn kannte, hörte ich Helena sagen: »Guten Abend, Monsieur Bourdon. Ich hatte gehofft, Sie heute abend hier zu sehen.«

Er verbeugte sich vor uns.

»Kennen Sie Mrs. Mandeville?«

»Aber natürlich. Wir lernten uns vor vielen Jahren in Cornwall kennen. Ich erinnere mich sehr gut an sie.«

»Ich kann mich auch an unsere erste Begegnung erinnern«, sagte ich.

Er nahm meine Hand und küßte sie galant.

»Das freut mich außerordentlich. Damals waren Sie zwar noch ein kleines Mädchen, aber es war unübersehbar, daß Sie zu einer schönen jungen Frau heranwachsen würden.«

»Sicher möchten Sie miteinander tanzen«, meinte Helena. »Ich habe Rebecca nahegelegt, etwas Platz auf ihrer Tanzkarte zu lassen. Bei dem Andrang schien mir das unbedingt erforderlich.«

»Und dieser Tanz ist nicht vergeben? Was für ein Glück! Miß Mandeville, darf ich bitten?«

»Gerne«, antwortete ich.

Er war ein hervorragender Tänzer — der beste, mit dem ich bis dahin getanzt hatte. Er führte mich galant über das Parkett. Dieser Tanz war das reinste Vergnügen.

»Celeste hat mir gesagt, daß Sie wieder zu Hause sind.«

»Gehen Sie sie oft besuchen?«

»Manchmal. Wenn ich in London bin, spreche ich vor. Wir haben ein Haus in London. Aber meistens halte ich mich in Chislehurst oder in Frankreich auf.«

»Sie bleiben wohl nie lange an einem Ort?«

»In Chislehurst wohne ich bei meiner Familie. Aber zur Zeit ist es dort sehr deprimierend. Sie haben bestimmt vom

181

Sohn des Kaisers und der Kaiserin gehört . . . dem Kronprinzen.«

Ich hatte keine Ahnung.

Er fuhr fort: »Er ist im Krieg gefallen. Sie haben doch bestimmt von den Kämpfen zwischen den Briten und den Zulus gehört?«

»Darüber wurde viel gesprochen. Aber jetzt ist dieser Krieg doch vorüber, oder etwa nicht?«

»Ja. Die Zulus wurden geschlagen und erbitten nun den Schutz der Briten, weil sie den Schutz einer Großmacht brauchen. Aber soweit ist es noch nicht. Die Regierung zögert mit einer neuen Verantwortungsübernahme. Folglich ist die Situation im Zululand noch nicht geklärt. Es finden immer noch vereinzelte Scharmützel statt. Der Kronprinz kämpfte im Dienste der britischen Armee. Sicher können Sie sich die unendliche Trauer in Chislehurst über seinen Tod vorstellen.«

Ich nickte.

»Die Kaiserin . . . war zum Abdanken gezwungen, weil sie den Ehemann verloren hatte und jetzt auch noch den Sohn. Das sind schwere Schicksalsschläge für sie. Die Exilfranzosen versuchen sie zu trösten. Darum sind auch wir in Chislehurst geblieben. Dies ist die Erklärung dafür, daß wir uns so lange nicht gesehen haben. Doch ich hoffe, daß sich das in Zukunft ändern wird.«

»Besuchen Sie Ihre Schwester oft?«

»Von heute an mit doppeltem Vergnügen, weil Sie mit ihr unter einem Dach leben.«

»Wollen Sie in nächster Zeit in Ihrem Haus in London wohnen?«

»Ja. Allerdings ist es nur ein sehr kleines Haus.«

»Was ist aus High Tor geworden?«

»Es gehört meinen Eltern. Sie haben es gekauft, weil sie dort leben wollten, haben sich allerdings dann für Chislehurst entschieden und sich dort ein Haus gekauft. Aber High Tor befindet sich noch immer in ihrem Besitz.«

»Und die kostbaren Gobelins sind auch noch dort?«

»Sie haben sie mit nach Chislehurst genommen. Woher wissen Sie von den Gobelins?«

»Ich weiß, daß Leah Polhenny die Wandteppiche in High Tor ausgebessert hat, und ich glaube, Ihre Mutter war mit ihrer Leistung ganz zufrieden. Leah ist jetzt unser Kindermädchen.«

Er schwieg ein paar Sekunden und runzelte nachdenklich die Stirn.

»O ja, ich erinnere mich. Sie war eine Weile bei uns, um die Gobelins zu reparieren. Sie kennen sie wohl sehr gut.«

»Niemand kennt Leah gut. Nicht einmal ich, obwohl ich viel mit ihr zusammen bin.«

»Jedenfalls ist die junge Dame nun bei Ihnen, und die ausgebesserten Gobelins befinden sich in der Sicherheit unseres Hauses in Chislehurst. Ich kann Ihnen gar nicht sagen, wie sehr es mich freut, Sie heute wiederzusehen. Ich hoffe nur, daß das auch umgekehrt der Fall ist.«

»Bis jetzt«, entgegnete ich, »war es mir ein Vergnügen.«

»Was soll das heißen . . . bis jetzt? Zweifeln Sie etwa daran, daß es weiterhin vergnüglich sein wird?«

»Nein, es wird bestimmt so bleiben.«

»Inzwischen sind wir auch auch so was wie Verwandte. Immerhin ist meine Schwester die Frau Ihres Stiefvaters.«

»Nun, zwischen uns besteht nun einfach eine engere Beziehung.«

»Wir werden uns oft sehen. Und ich freue mich schon sehr darauf.«

Ich bedauerte, daß der Tanz so schnell zu Ende ging. Mit Jean Pascal hätte ich stundenlang weitertanzen können. Er brachte mich zu meinem Platz zurück, und augenblicklich geriet ich wieder in Hochstimmung, denn Pedrek erwartete mich.

Er entschuldigte sein spätes Kommen mit einer Zugverspätung.

»Besser zu spät als nie«, bemerkte Morwenna. »Rebecca hat einen Tanz für dich reserviert.«

»Wie geht's?« erkundigte sich Pedrek.

183

»Den Umständen entsprechend.«

»Das klingt nach der Antwort eines kranken Patienten.«

»Ich fühle mich ein wenig befangen. Diese Bälle machen mir etwas angst, weil ich nie weiß, wer mich zum Tanz auffordert und ob es überhaupt irgendeiner tut. Manchmal fühle ich mich wie das Mauerblümchen der Saison.«

»Du? Niemals!«

»Natürlich nicht hier im Haus meines Stiefvaters. Da erfordert es der Anstand, mit mir zu tanzen. Bis jetzt bin ich mit zerquetschten Zehen, aber ungebrochenem Stolz davongekommen.«

Der Tanz mit Pedrek war der schönste des ganzen Abends. Nicht, daß er so gut tanzte wie Jean Pascal, aber mit ihm konnte ich unbefangen reden. Er war mein liebster Freund, mit dem ich mich vollkommen in Einklang fühlte.

»Wir haben uns lange nicht gesehen«, sagte er. »So darf es nicht weitergehen.«

»Was hast du für Pläne, Pedrek?«

»Nächsten Monat beginne ich mit meinem Bergbaustudium am College in St. Austell. Eines Tages übernehme ich die Pencarron-Mine. Mein Großvater meint, ich sollte mich so schnell wie möglich mit dem Bergbau vertraut machen. Das College zählt zu den besten in Südwales.«

»Bestimmt freuen sich deine Großeltern darüber. Schließlich ist St. Austell nicht sehr weit von Pencarron entfernt.«

»Zwei Jahre werde ich dort bleiben. Das Studium ist nicht leicht, aber anschließend kann ich gleich die Mine übernehmen. Mein Großvater sagt, dort würde man nach dem neuesten Stand der Technik ausgebildet. Beim Abendessen erzähle ich dir mehr darüber. Rebecca, versuche bitte, einen Tisch für zwei Personen zu reservieren. Ich will nicht, daß sich irgend jemand zu uns setzt.«

»Du machst mich neugierig.«

»Hoffentlich bist du nachher nicht enttäuscht. Oh, entschuldige, ich glaube, ich habe einen falschen Schritt gemacht.«

»Allerdings. Madame Perrotte würde verzweifelt die Hände über dem Kopf zusammenschlagen.«

»Mir ist aufgefallen, wie gut der Franzose getanzt hat.«

»Er ist wirklich ein hervorragender Tänzer.«

»Ja. Ich habe noch niemanden so gut tanzen sehen.«

»Das hört sich ein bißchen neidisch an. Aber weißt du, im Leben kommt es nicht nur darauf an, ein guter Tänzer zu sein.«

»Das erleichtert mich ungemein.«

»Pedrek, was ist los mit dir? Du bist heute gar nicht du selbst.«

»Habe ich mich zu meinem Vorteil oder zu meinem Nachteil verändert?«

Nach kurzem Zögern antwortete ich: »Das sage ich dir beim Abendessen. Sieh mal, die anderen gehen schon hinein. Glaubst du, wir müssen uns um deine Mutter und Tante Helena kümmern?«

»Sie können auf sich selbst achtgeben. Im übrigen bin ich überzeugt, sie finden auch andere Begleiter.«

»Richtig, sie haben sich zu meinem Stiefvater und seiner Frau gesellt.«

»Beeil dich, sonst sind die Tische für zwei Personen alle besetzt.«

Halb hinter einem großen Farn verborgen, entdeckten wir noch einen kleinen Tisch.

»Sehr schön«, entschied Pedrek. »Setz dich schon, ich hole etwas zu essen.«

Er kam mit dem Lachs zurück, der heute morgen frisch geliefert worden war. Auf jedem Tisch stand eine Flasche Champagner in einem Eiskübel. Pedrek nahm mir gegenüber Platz.

»Ich muß schon sagen, dein Stiefvater managt das mit Stil.«

»So eine Gesellschaft gehört zu den fast täglichen Verpflichtungen eines ehrgeizigen Abgeordneten.«

»Ich dachte, einen Abgeordneten beurteilt man nach seinen Leistungen im Parlament.«

»Es kommt auch auf die anderen Dinge an. Man muß die richtigen Leute kennen, an den richtigen Fäden ziehen und sich in der Öffentlichkeit gut darstellen.«

185

»Aha. Aber jetzt genug mit der Politik. Ich habe nicht die geringste Absicht, jemals in die Politik zu gehen. Freust du dich darüber?«

»Willst du wissen, ob ich mich darüber freue, daß du kein Politiker werden möchtest?«

»Genau.«

»Du könntest gar kein Politiker werden, Pedrek, dazu bist du viel zu ehrlich.«

Er zog die Augenbrauen hoch, und ich fuhr fort: »Ich meine, du bist zu aufrichtig. Politiker müssen sich stets an den Wünschen der Wähler orientieren. Das hat Onkel Peter immer gesagt. Er wäre ein guter Politiker gewesen. Wir alle hatten ihn gern, aber er konnte die Dinge und Menschen geschickt manipulieren. Denk doch mal daran, wie er Martin Hume geformt hat. Allerdings finde ich das nicht so gut; ein Mensch sollte sich aus eigener Kraft selber formen.«

»Du verlangst Vollkommenheit in einer unvollkommenen Welt. Aber jetzt habe ich genug von Politik und Politikern. Ich möchte mit dir über mich sprechen . . . und über dich.«

»Also los.«

»Wir waren immer Freunde«, begann er zögernd. »Wir sind beide unter ungewöhnlichen Bedingungen in den australischen Goldfeldern zur Welt gekommen. Meinst du nicht, daß uns das zu ganz besonderen Freunden macht?«

»Ja, natürlich. Aber das ist doch nichts Neues, Pedrek. Worauf willst du hinaus?«

»In den nächsten zwei Jahren kann ich nicht heiraten. Ich muß erst mein Studium beenden. Was meinst du dazu?«

»Was soll ich zu deinen Eheplänen meinen?«

»Du solltest dich sehr dafür interessieren, denn meine Ehepläne sind auch deine.«

Ich lachte vergnügt. »Einen Augenblick habe ich gedacht, du wärst einer verführerischen Sirene ins Netz gegangen, Pedrek.«

»Ich befinde mich seit meiner Geburt in den Fängen einer unwiderstehlichen Sirene.«

»Oh, Pedrek, du sprichst von mir! Das kommt ein bißchen plötzlich.«

»Mach dich nicht lustig, Rebecca, ich meine es ernst. Für mich gab es immer nur dich, und ich will, daß wir zusammenbleiben, für immer.«

»Du hast noch nie mit mir darüber gesprochen.«

»Ich mußte den richtigen Zeitpunkt abwarten. Außerdem war ich überzeugt, du spürst ebenso wie ich, daß uns etwas verbindet . . . du weißt genau, was ich meine. Deshalb hielt ich es immer für, nun ja, für unvermeidlich.«

»Also ich hielt es nie für unvermeidlich.«

»Trotzdem habe ich recht.«

»Soll das ein Heiratsantrag sein?«

»So etwas Ähnliches.«

»Was heißt denn das? Ist es nun einer oder nicht?«

»Ich möchte mich mit dir verloben.«

Ich lächelte ihn an und griff über den Tisch nach seiner Hand. »Ich bin stolz auf mich. Nicht viele Mädchen bekommen gleich auf ihrem ersten Ball einen Heiratsantrag.«

»Darum geht es nicht.«

»Du mußt mich ausreden lassen. Ich wollte sagen, einen Heiratsantrag von Pedrek Cartwright. Darauf bin ich unendlich stolz. Weil du es bist, Pedrek.«

»Das ist der glücklichste Abend meines Lebens.«

»Meiner auch. Meinst du nicht auch, daß sich unsere Familien darüber freuen werden?«

»Meine Mutter bestimmt. Bei deinem Stiefvater bin ich mir nicht ganz sicher.« Zweifelnd runzelte er die Stirn.

»Was hast du, Pedrek?« fragte ich.

»Er veranstaltet all das hier doch nur, weil er einen passenden Ehemann für dich heranziehen will.«

»Ich werde von heute an in genau zwei Jahren eine passende Ehe eingehen.«

»Sei vernünftig, Rebecca. Du weißt, daß er darunter etwas anderes versteht. Jedenfalls keinen Bergbauingenieur aus dem hintersten Cornwall.«

»Das Bergwerk bringt viel ein. Aber meinetwegen könnte

es auch eine längst abgebaute alte Mine sein. Ich geh mit dir, wohin du willst.«

»Oh, Rebecca, wir beide! Ich kann es kaum erwarten und würde am liebsten jeden Gedanken an ein Studium aufgeben und gleich bei meinem Vater im Büro anfangen. Dann könnten wir sofort heiraten.«

»Jetzt mußt *du* aber vernünftig sein, Pedrek. Die zwei Jahre gehen auch vorbei. Und die ganze Zeit über können wir uns auf die Zukunft freuen. Das ist doch wunderbar. Sie werden ohnehin sagen, wir seien noch zu jung. Bei einer Frau spielt das keine große Rolle. Achtzehn Jahre ist ein gutes Heiratsalter für sie. Aber ein Mann sollte älter sein. Halten wir uns an die Regeln, Pedrek.«

»Ja. Ich fürchte, uns bleibt nichts anderes übrig.«

»Du gehst auf das College, und ich warte voller Sehnsucht auf dich. Die Zeit vergeht bestimmt wie im Flug. Wir werden ein rauschendes Fest in Cador feiern. Meine Großeltern werden begeistert sein, und ich bin meinen Stiefvater endlich für immer los.«

»Du hast ihn nie gemocht.«

»Er ist schuld am Tod meiner Mutter. Daran muß ich immer denken.«

»Du kannst ihm nicht die Schuld an ihrem Tod geben, auch wenn er ein sehr berechnender und ehrgeiziger Mann ist, der seine erste Frau nur wegen ihrer Goldmine geheiratet hat. Geld bedeutet ihm sehr viel — Geld und Ruhm.«

»Er sieht sich selbst schon als zweiten Disraeli oder Gladstone. Er will eines Tages Premierminister werden.«

»Vielleicht gelingt ihm das.«

»Zur Zeit ist er leider mein Stiefvater und Vormund. Ich will aber keinen Vormund, und wenn es sich nicht vermeiden läßt, dann nur meine Großeltern.«

»Das geht nicht. Er ist dein Vormund, bis du einundzwanzig oder verheiratet bist. Er wird über unsere Heiratsabsichten nicht begeistert sein. Auf jeden Fall wird er verlangen, daß wir warten, bis du einundzwanzig bist.«

»Glaubst du, das kann er machen? Obwohl ich dich heiraten will und meine Großeltern ihre Zustimmung geben? Denn daß sie einverstanden sind, daran zweifle ich keine Minute.«

»Ich fürchte, er kann unsere Heirat verhindern.«

»Aber ich werde erst in drei Jahren einundzwanzig!«

»Wenn ich mein Studium beendet habe, sind wir beide zwanzig. Und dann heiraten wir. Aber wir sagen es ihnen erst, wenn die Trauung vollzogen ist.«

Ich lachte. »Wie aufregend!«

»In der Zwischenzeit«, fügte er hinzu, »behalten wir es für uns. Es reicht, wenn wir es ihnen später sagen.«

»Einverstanden. Bis dahin bleibt es unser Geheimnis.«

Er nahm meine Hand und drückte sie ganz fest. Dann hoben wir unsere Gläser und tranken auf unsere gemeinsame Zukunft.

Mein erster Ball machte mich über alle Maßen glücklich. Pedrek und ich waren verlobt — heimlich zwar, aber die Heimlichkeit steigerte nur meine Aufregung.

Die zwei Jahre würden rasch vorübergehen und dann würde ich mit Pedrek in ein Haus am Rand des Moores ziehen. Ich liebte das Moor. Wir würden in der Nähe unserer Großeltern wohnen. Ich wünschte mir zehn Kinder von ihm, alle so liebevoll und anhänglich wie Lucie. Welcher Ehemann würde Lucie in sein Haus aufnehmen, wenn nicht Pedrek? Ich war nicht bereit, mich von ihr zu trennen, denn ich betrachtete sie als mein Kind und erwartete von meinem zukünftigen Ehemann dasselbe. Pedrek würde sie bei uns wohnen lassen. Wir waren von Anfang an füreinander bestimmt gewesen.

Während der Saison drehte sich das Leben in London nur um Festlichkeiten. Mütter, die einen Mann für ihre Tochter suchten, veranstalteten unzählige Bälle und Gesellschaften. Da ich Benedicts Stieftochter war, wurde ich sehr häufig eingeladen.

In den nächsten drei, vier Wochen traf ich oft mit Pedrek zusammen. Er sollte den gutaussehenden Sohn aus gutem

Hause spielen. Er gehörte zwar nicht der Adelsschicht an, aber sein Großvater war ein bekannter und sehr wohlhabender Mann. Und Vermögen und Adel waren in den Augen der Gesellschaft gleichwertig.

Häufig ging ich mit Morwenna im Park spazieren, und Pedrek gesellte sich wie zufällig zu uns.

Wir genossen diese Tage, aber dann mußte er nach St. Austell abreisen. Er versprach, mir jede Woche zu schreiben, und ich mußte ihm das gleiche versprechen.

Nach der Trennung von Pedrek fühlte ich mich sehr allein. Aber meine gesellschaftlichen Verpflichtungen lenkten mich ein wenig ab. Immer wieder begegnete ich Oliver Gerson und Jean Pascal Bourdon. Aufgrund seiner Verbindung zur kaiserlichen Familie in Chislehurst wurde Jean Pascal von der feinen Gesellschaft akzeptiert. Oliver Gerson verdankte die Einladungen seiner engen Beziehung zu meinem Stiefvater.

Ich fand beide interessant und jeden auf seine Weise sehr unterhaltsam. Außerdem bewunderten sie mich unverhohlen, was natürlich meiner Eitelkeit schmeichelte.

Ich genoß jeden Tanz mit Jean Pascal und dankte Madame Perrotte aus tiefstem Herzen für ihren vorzüglichen Unterricht. Wenn ich mit Jean Pascal über die Tanzfläche wirbelte, bewunderten uns die Leute und sagten, wir seien ein traumhaftes Tanzpaar.

Ich erfuhr über die beiden Männer mehr. Jean Pascal betätigte sich als Weinimporteur und mußte deshalb in regelmäßigen Zeitabständen nach Frankreich reisen.

»Ich muß auch mal was tun«, erklärte er. »Ich kann nicht ununterbrochen tanzen.«

Er wirkte welterfahren, und manchmal erwies er sich als ein Zyniker. Er hoffte, daß es in Frankreich bald wieder eine Monarchie gab, denn dann konnte er in sein Heimatland zurückkehren und in einem alten Château wohnen.

»Ob das jemals möglich sein wird?« fragte ich ihn zweifelnd.

Er zuckte die Achseln. »Es tut sich allerlei. Es sind längst nicht alle mit der derzeitigen Regierung zufrieden. Alle gegenwärtigen Probleme begannen mit dieser verwünschten Revolution. Hätten wir unsere Monarchie behalten, stünde heute alles zum Besten.«

»Aber die Revolution liegt hundert Jahre zurück.«

»Und seitdem geht alles drunter und drüber. Napoleon hat ja wenigstens noch was Posivitves für unser Land bewirkt, aber was da jetzt abläuft, ist alles andere als erfreulich. Trotzdem reise ich nach Frankreich, exportiere Wein nach England und tue damit beiden Ländern einen Gefallen. Auf der ganzen Welt gibt es keinen besseren Wein als den französischen.«

»Da werden die Deutschen aber energisch widersprechen.«

»Die Deutschen!« Geringschätzig schnippte er mit den Fingern.

»Immerhin haben sie den Krieg gewonnen«, erinnerte ich ihn boshaft.

»Nur wegen unserer eigenen Dummheit. Wir haben ihre Kampfkraft unterschätzt.«

»Und jetzt muß Europa mit der Großmacht Deutschland leben.«

»Eine Tragödie. Aber eines Tages erobern wir uns unseren Platz zurück.«

»Meinen Sie die französischen Aristokraten?«

»Und dann werden sie schon sehen.«

»Gute Verbindungen zu England haben Sie jedenfalls. Ihre Schwester ist mit einem Abgeordneten verheiratet.«

Er nickte. »Ja. Das ist gut.«

»Für Ihre Schwester?«

»Ja, natürlich.«

Ich fragte mich, ob er ahnte, wie unglücklich seine Schwester in ihrer Ehe war. Doch würde ihn das vermutlich nicht stören, weil er es wichtiger fand, daß Benedict Lansdon ein wohlhabender und aufstrebender Politiker mit einer glänzenden Zukunft war.

Jean Pascal wollte bald in Frankreich heiraten. Seine Aus-

191

erwählte gehörte der entthronten Kaiserfamilie an. Sobald die Monarchie wieder eingesetzt war, würde er sich in einer hervorragenden Position befinden. Aus diesem Grunde verschob er die Heirat auf später.

Obgleich ich mich in seiner Gesellschaft gut amüsierte, begegnete ich ihm mit Mißtrauen. Ich mochte es nicht, wie er mich und viele andere Frauen ansah. Er taxierte die Frauen mit Blicken, die seine Begierde nicht verheimlichten, und machte immer wieder schlüpfrige Bemerkungen, die ich vorgab, nicht zu verstehen.

Hartnäckig wiederholte er seine Annäherungsversuche bei mir, obwohl ich ihm deutlich mein Desinteresse zeigte. Er war sehr von sich überzeugt und bildete sich tatsächlich ein, besser als ich selbst zu wissen, was ich wollte.

Sein Verhalten verwirrte und faszinierte mich zugleich.

Mir fehlte Pedreks beruhigende Gegenwart. Seine wöchentlichen Briefe halfen mir etwas über die Trennung hinweg. Immerhin verging die Zeit in der Gesellschaft von Jean Pascal schneller als mit einsamen Grübeleien.

Auch den amüsanten, schlagfertigen und charmanten Oliver Gerson sah ich häufig. Er wurde nicht zu allen Gesellschaften eingeladen, weil ihn einige Mütter mit heiratsfähigen Töchtern für keine beachtenswerte Partie hielten. Trotzdem liefen wir uns immer wieder über den Weg, und er zeigte offen, wie gerne er mit mir zusammen war.

Da ich nicht nach einem Ehemann Ausschau hielt, konnte ich die Bälle unbeschwert genießen. Aber auch diese vergnüglichen Monate gingen vorüber, und es wurde Zeit, mit Benedict und seiner Frau nach Manorleigh zurückzukehren.

Der Geist im Garten

Die Rückkehr nach Manorleigh weckte wieder wehmütige Erinnerungen an meine Mutter. Stets verweilten meine Gedanken bei den verschlossenen, seit Mutters Tod unverändert gebliebenen Zimmern. In Manor Grange konnten sich die Hausbewohner nicht so leicht aus dem Weg gehen wie im Londoner Stadthaus, und mir war das enge Zusammenleben manchmal zuviel.

In London hatte ich mit Morwenna und Helena ausgedehnte Einkaufsbummel und zahlreiche Besuche gemacht. Dort bekam ich Benedict, der im Unterhaus sehr beschäftigt war, tagelang nicht zu Gesicht. Celeste hatte ihren eigenen Freundeskreis — vorwiegend die Ehefrauen anderer Abgeordneter, mit denen sie sich regelmäßig traf. In Manor Grange sahen wir uns notgedrungen häufiger.

Die Kinder hatten mich freudig empfangen, und ich verbrachte die ersten Tage fast ausschließlich mit ihnen zusammen im Kinderzimmer. Aufgeregt erzählten sie mir von ihren Fortschritten im Unterricht und beim Reiten. Ich ging mit ihnen zur Koppel und sah ihnen bewundernd zu. Während meiner Abwesenheit hatten sie ihre Reitkünste so weit verbessert, daß sie von nun an in Begleitung eines Reitburschen mit ihren Ponys auch über die Landstraßen traben durften.

Leah sah wesentlich besser aus als vor einigen Monaten. Ich erkundigte mich, ob sie noch unter Kopfschmerzen leide.

»Sehr selten, Miß Rebecca«, antwortete sie. »Haben Sie die Londoner Saison genossen?«

»Ja, sehr«, erwiderte ich. »Aber leider blieb Mr. Cartwright nicht lange in London. Er möchte Bergbauingenieur werden und mußte zum Studienbeginn abreisen. Das College ist in Südwales, und wir werden uns wiedersehen, wenn er seine Großeltern in Cornwall besucht.«

193

»Fahren wir bald nach Cornwall?«

»Hoffentlich. Meine Großeltern haben uns eingeladen.«

»Die Kinder werden sich schrecklich freuen.«

»Du freust dich sicher auch darauf, dein Zuhause wiederzusehen.«

Ein seltsamer Ausdruck huschte über ihr Gesicht. Ich wußte, daß sie Cornwall liebte, aber dort mußte sie ihre Mutter besuchen, was ihr bestimmt nicht gefiel. Großmutter hatte mir geschrieben, Mrs. Polhenny habe sich ein Fahrrad mit Holzrädern und Eisenreifen gekauft — sie bezeichnete das Gefährt als Knochenschüttler —, mit dem sie auf dem Weg zu den schwangeren Frauen die Hügel hinauf- und hinuntersauste. Für eine Frau ihres Alters war das etwas gewagt, und sie hatte den lieben Herrgott vorher bestimmt um Erlaubnis gefragt und um seinen Beistand gebeten.

Benedict hatte in seinem großen Wahlbezirk viel zu tun. Er sprach auf Versammlungen, besuchte Konferenzen und stand an bestimmten Tagen seinen Wählern mit Rat und Tat zur Seite. Er empfing sie in einem kleinen Raum, den man von der Halle aus betrat, und hörte sich deren Beschwerden und Verbesserungsvorschläge an.

Die ganze Familie hatte unter seinen politischen Pflichten zu leiden und wurde ungewollt mit eingespannt.

Kam jemand in Benedicts Abwesenheit mit einem Problem, erwartete er ganz selbstverständlich von Celeste, daß sie aufmerksam zuhörte und verständnisvoll antwortete. Sie mußte eine wohlbegründete Erklärung für die Abwesenheit ihres Gatten abgeben und versichern, ihn nach seiner Rückkehr unverzüglich von dieser wichtigen Angelegenheit in Kenntnis zu setzen.

Eines Tages wünschte ihn ein Farmer zu sprechen. Benedict befand sich gerade auf einer mehrtätigigen Reise, und Celeste war ebenfalls nicht zu Hause. Folglich führte ich den Mann in Benedicts Besuchszimmer und hörte ihm aufmerksam zu. Ihm bereitete das Wegerecht große Sorgen, denn die Leute gingen einfach quer durch sein Feld und zertraten sein Getreide.

»Mir ist ein ähnlicher Vorfall aus Cornwall bekannt«, erwiderte ich. »Um Abhilfe zu schaffen, errichtete der Farmer einen Zaun und ließ nur einen schmalen Durchgang frei. Die Feldarbeiter hatten den Zaun schnell aufgestellt, und das Getreide wurde nicht mehr niedergetrampelt.«

»Daran habe ich auch schon gedacht, aber so ein Zaun kostet Geld.«

»Er ist sein Geld wert«, versicherte ich ihm. »Das Wegerecht ist gesetzlich geregelt. Daran können Sie nichts ändern.«

»Genau das ist der springende Punkt«, erwiderte er. »Ich dachte, vielleicht kann Mr. Lansdon da was machen.«

»Gesetz ist Gesetz, und solange es nicht abgeschafft ist, müssen Sie sich daran halten.«

»Na gut. Vielen Dank, daß Sie sich Zeit für mich genommen haben. Sie sind seine Stieftochter, nicht wahr?«

»Ja.«

»Mit Ihnen kann man besser reden als mit der ausländischen Dame.«

»Sie meinen Mrs. Lansdon.«

»Sie versteht nur die Hälfte von dem, was man sagt. Bei Ihnen ist das ganz anders. Sie besitzen einen gesunden Menschenverstand.«

»Ich bin bei meinem Großvater in Cornwall auf dem Land aufgewachsen.«

»Das merkt man. Sie wissen, wovon Sie reden. Es ist ein Vergnügen, sich mit Ihnen zu unterhalten.«

Ein paar Tage später traf Benedict mit diesem Farmer zusammen, der ihm begeistert erzählte, was er für eine kluge Stieftochter habe.

»Wenn ich ihn richtig verstanden habe, hast du ihn erfolgreich beraten«, sagte Benedict später zu mir.

»Außer mir war niemand da.«

»Die Leute sollen nicht herkommen, wenn ich nicht zu Hause bin. Ich habe einen besonderen Sprechtag für sie eingerichtet.«

»Er hat wohl nicht daran gedacht.«

195

»Du hast ihn sehr beeindruckt.«

»Ach, es ging nur um das Wegerecht. Ich kannte einen ähnlichen Fall aus Cornwall.«

»Er sagte, es wäre gut, mit jemandem zu reden, der etwas von der Sache versteht.«

»Oh, ich fühle mich geschmeichelt.«

»Ich danke dir sehr, Rebecca.«

»Dazu besteht kein Anlaß. Ich war gerade da, und er hat sich nicht abweisen lassen.«

Ich mochte Benedict nach wie vor nicht, weswegen ich bei ihm nicht den Eindruck erwecken wollte, ihm helfen zu wollen.

Ich hoffte inständig, der Farmer habe nicht zu ihm gesagt, mit mir könne man besser reden als mit Celeste.

Mein Mitleid mit Celeste wuchs ständig. Benedict machte nicht den kleinsten Versuch, seine Ehe zu verbessern. Er hatte eine Frau, die eine gute Gastgeberin war und auf deren elegante Erscheinung er stolz sein konnte. Das genügte ihm. Hatte er je darüber nachgedacht, daß er sie todunglücklich machte, nur eine seinen politischen Zielen dienende Marionette zu sein? Hatte er sich nie Gedanken über ihren Wunsch nach einem liebevollen Ehemann gemacht? Ich wußte, wie sehr sie sich nach seiner Zuneigung sehnte, und hielt sie für eine leidenschaftliche Frau, die geliebt werden wollte.

Über diesem Haus schwebte der tragische Tod meiner Mutter wie ein dunkler Schatten. Benedict ging oft in diese Zimmer, in denen noch immer ihre Bürsten auf dem Toilettentisch lagen und ihre Kleider in den Schränken hingen. Rechnete er mit der Rückkehr seiner geliebten Angelet?

Die bedauernswerte Celeste war ein lebendiger Mensch, von dem er geliebt wurde und den er lieben konnte — aber er ignorierte sie ebenso wie Belinda.

Eines Tages klopfte es leise an meine Zimmertür. Ich hatte gerade mein Reitkleid angezogen, stand am Fenster und blickte zu der Bank unter der Eiche hinüber. Erschrocken wandte ich mich um. In meiner damaligen Stimmung erwartete ich stets, meine Mutter hinter mir stehen zu sehen.

Langsam öffnete sich die Tür, und Celeste trat ein.

»Ich wußte, daß du hier bist, Rebecca. Gehst du aus?«

»Ja, aber ich habe nichts Besonderes vor. Ich wollte nur ein bißchen ausreiten.«

»Mrs. Carston-Browne ist da. Sie versetzt mich immer in Angst und Schrecken. Sie spricht so schnell, daß ich sie kaum verstehe. Sie wartet unten in der Halle.«

»Oje. Sie ist unermüdlich für ihre guten Werke unterwegs. Was will sie denn diesmal?«

»Sie sprach von einem Fest — einem Historienspiel. Jedenfalls habe ich das verstanden. Ich habe ihr gesagt, du seist hier und interessiertest dich sicherlich für eine solche Veranstaltung.«

»Celeste!«

»Verzeih mir, aber sie treibt mich zur Verzweiflung.«

»Ich gehe sofort zu ihr«, versprach ich.

Als ich hinunterkam, war Mrs. Carston-Browne bereits in das Besuchszimmer marschiert.

Die hagere, farblose Frau begrüßte mich mit einem Seufzer der Erleichterung. Schon zum zweitenmal in dieser Woche mußte ich anstelle von Celeste mit irgendeinem Besucher für Benedict reden.

»Guten Tag, Miß Mandeville. Wie schön, daß Sie zu Hause sind.«

»Guten Tag, Mrs. Carston-Browne. Fein, daß Sie vorbeikommen. Leider ist Mr. Lansdon nicht zu Hause.«

»Ihn wollte ich auch gar nicht sprechen. Er ist viel zu beschäftigt, und es ist auch keine Männerangelegenheit. Für das Historienspiel sind die Frauen zuständig.«

»Ich weiß nicht genau, worum es geht. Ich wohne noch nicht lange hier.«

»Nun, dann erkläre ich es Ihnen. Wir führen jedes Jahr ein Historienspiel mit Szenen aus der Jugendzeit der Königin auf. Dieses Jahr ist der vierzigste Jahrestag ihrer Thronbesteigung, und deshalb dachten wir, wir inszenieren die Krönung. Dafür sammeln wir Kleidung, alles, was zur damaligen Zeit paßt.«

»Ich weiß nicht, ob wir entsprechende Kleider haben. Da muß ich erst nachsehen.«

»Bitte tun Sie das. Außerdem möchten wir gerne, daß die beiden kleinen Mädchen auftreten. Kinder kommen immer gut an, und die Tochter unseres Abgeordneten ganz besonders. Und natürlich die kleine Adoptivtochter.«

»Die beiden sollen mitspielen?«

»Ja. Wir stellen eine Szene dar, in der die Königin die Nachricht von ihrer Krönung erhält. Und natürlich auch die Krönung selbst. Und dann die Hochzeit. Wir müssen noch eine Menge vorbereiten. Das Ganze dient einem wohltätigen Zweck. Wir wollen damit Geld für die Kirche sammeln. Ich dachte mir, die kleinen Mädchen könnten in der Hochzeitsszene auftreten. Vielleicht könnten sie Blumen streuen.«

»Das wird den beiden gefallen.«

»Bisher sind uns die Spiele immer recht gut gelungen. Wissen Sie, im Augenblick bereitet Reverend Whyte das Kirchendach große Sorgen. Es muß dringend repariert werden. Er sagt, wenn wir es machen lassen, bevor es ganz zusammenstürzt, sparen wir eine Menge Geld.«

»War Ihr Bazar ein Erfolg?«

»Ein Riesenerfolg.«

»Mrs. Lansdon bedauert sehr, daß sie nicht hiersein konnte, um Ihnen zu helfen.«

Mrs. Carston-Browne nickte der gerade eintretenden Celeste kühl zu.

»Wir mußten in London bleiben«, erklärte Celeste. »Wußten Sie, daß Rebecca ihr Debüt in der Gesellschaft hatte?«

»Selbstverständlich. Auch wir auf dem Land lesen Zeitung.«

»Stand darüber etwas in der Zeitung?« erkundigte ich mich neugierig.

»Gewiß. In den Lokalblättern. Wenn die Stieftochter unseres Abgeordneten . . .«

»Oh, natürlich«, unterbrach ich sie rasch.

»Uns wäre sehr geholfen, Miß Mandeville, wenn Sie die Kinder der Zeit entsprechend ausstaffieren könnten.«

»Dafür wird Mrs. Lansdon sorgen. Sie kann Ihnen auch bei den anderen Kostümen helfen. In solchen Dingen ist sie außerordentlich geschickt.«

»Tatsächlich?« fragte Mrs. Carston-Browne ungläubig.

»Ja. Sie hat sehr viel Geschmack und weiß, was man zu welcher Gelegenheit am besten trägt.«

»Das wäre natürlich eine große Hilfe. Darf ich Sie morgen vormittag um zehn Uhr dreißig zu unserer Komieteesitzung erwarten?«

Ich sah Celeste an, die meinen Blick verwirrt erwiderte.

»Ja. Wir kommen gern.«

Mrs. Carston-Browne erhob sich. Die Feder auf ihrem Hut bebte, als sie sich schwer auf ihren Sonnenschirm stützte. Mich bedachte sie mit einem anerkennenden, Celeste dagegen mit einem mißtrauischen Blick.

»Es war mir ein großes Vergnügen, mit *Ihnen* zu sprechen, Miß Mandelville«, sagte sie.

Ich rührte mich nicht von der Stelle, bis das Rattern ihrer Kutsche in der Ferne verhallte.

Was mache ich da eigentlich, dachte ich. Jetzt ist es schon so weit gekommen, daß ich *ihm* helfe. Höchste Zeit, nach Cornwall zu reisen. Ich wollte keine nähere Beziehung zu Benedict. Andererseits wollte ich Celeste mit ihren Problemen nicht völlig allein lassen.

Sie trat neben mich und schob ihren Arm unter meinen.

»Vielen Dank, Rebecca.«

Ich fühlte mich ein wenig besser.

In den beiden folgenden Wochen hielt uns das bevorstehende Historienspiel in Atem. Lucie und Belinda sahen ihrem Auftritt gespannt entgegen, wenn Belinda auch so tat, als interessiere sie das Ganze nicht.

Celeste sah sich nach passenden Stoffen um. Leah, die hervorragende Schneiderin, und Celeste, die erstklassige Entwürfe machte, schufen wunderschöne Kleider für die beiden Mädchen, die sie zu würdigen Blumenmädchen bei der königlichen Trauung machten.

Benedict eröffnete das Festspiel. Zwischen den einzelnen Akten fand jeweils eine Pause von einer halben Stunde statt. So lange dauerte der Umbau. In dieser Zeit konnten die Zuschauer an den Verkaufsständen Kuchen, selbstgemachte Marmelade, Blumen und alle möglichen Produkte von den umliegenden Farmen kaufen. Aber das Theaterspiel war natürlich die Hauptattraktion des Festes.

Celeste und ich halfen beim Kulissenumbau. Belinda konnte keine Sekunde stillstehen, und Lucie zitterte vor Lampenfieber. Die beiden trugen weiße, mit Spitzen besetzte Satinkleider und Kränze aus malvenfarbenen Anemonen. Sie sahen ganz reizend aus.

Im ersten Akt empfing die künftige Königin den Erzbischof von Canterbury und Lord Chamberlain, die ihr die Botschaft von der bevorstehenden Krönung überbrachten. Noch eindrucksvoller war die Krönungszeremonie. Aber am meisten Beifall bekam die Hochzeitsszene mit der Königin, ihrem Ehemann und dem ganzen Gefolge. Ganz vorne standen Belinda und Lucie, die als Familienmitglieder des Abgeordneten gut sichtbar sein mußten.

Als der Applaus abebbte, senkte sich der Vorhang, und die Darsteller verbeugten sich zum letztenmal.

Belindas Augen strahlten. Ich wußte, wie schwer ihr das Stillstehen fiel, und erwartete jeden Augenblick einen Luftsprung von ihr. Aber sie lächelte, verneigte sich artig und winkte ins Publikum, das angesichts dieser Geste entzückt lachte.

Am Abend sprach sie nur von ihrem Auftritt. »Ich hatte solche Angst, daß mein Anemonenkranz herunterfällt. Lucies Kranz saß schon ganz schief auf dem Kopf.«

Als ich ihnen gute Nacht sagte, erklärte Belinda mit fester Stimme: »Ich werde Schauspielerin. Eine richtige Schauspielerin auf einer richtigen Bühne.«

Belindas Wunsch, Schauspielerin zu werden, hielt ein paar Wochen an. Am besten daran gefiel ihr das Verkleiden. Eines Tages erwischte ich sie in meinem Zimmer, als sie sich

200

gerade einen meiner Hüte aufsetzte und ein Cape um ihre Schultern legte. Bei ihrem Anblick mußte ich amüsiert lachen. Sie wollte in die Küche gehen und sich den anderen zeigen. Ich erlaubte es ihr.

»Mein Name ist Rebecca Mandeville«, verkündete sie mit hochmütiger Stimme. Ihr Tonfall hatte nicht die geringste Ähnlichkeit mit meinem. »Ich war während der Saison in London sehr erfolgreich.«

Wir amüsierten uns köstlich.

Mrs. Emery, die an der Stirnseite des Tisches saß, an dem wir alle Tee tranken, fand sie talentiert. Jane, das Stubenmädchen, klatsche Beifall, und wir anderen stimmten ein. Belinda stand mitten in der Küche und warf Kußhändchen nach allen Seiten. Plötzlich stürzte sie hinaus. »Sie ist ein richtiges kleines Biest«, sagte Mrs. Emery. »Auf sie muß man aufpassen. Sie schreckt vor nichts zurück. Und sie steckt Miß Lucie mit ihrem Getue an.«

Leah konnte nicht verbergen, wie stolz sie auf ihren Liebling Belinda war. Ich führte ihre große Zuneigung auf Belindas Munterkeit und darauf zurück, daß sie die Tochter des Hauses war, Lucie hingegen nur ein Waisenkind, das wir aus Nächstenliebe aufgenommen hatten.

Lucie mußte sich zurückgesetzt fühlen. Daher beschloß ich, ihr zu verstehen zu geben, daß sie mir genausoviel bedeutete wie meine Halbschwester.

Durch unseren Beifall ermuntert, wollte Belinda zusammen mit Lucie ein »lebendes Bild« darstellen. Wir sollten alle in der Küche bleiben und warten.

Lachend und erwartungsvoll rückten wir unsere Stühle zurecht. Mrs. Emery saß mit im Schoß gefalteten Händen neben mir, auf der anderen Seite nahmen Leah und Miß Stringer Platz.

Mich beschlich ein ungutes Gefühl, als die Kinder hereinstürzten. Belinda trug einen Zylinder und einen Cut von Benedict. In diesen Sachen sah sie sehr komisch aus. Ich überlegte, was sie im Schilde führte und ob ich eingreifen mußte.

Lucie hatte ihr Haar hochgesteckt und sich in eines von

201

Celestes eleganten Kleidern gehüllt, dessen langen Rock sie wie eine Schleppe hinter sich herzog. Es hing an ihr herunter wie ein Sack.

Schweigend sahen wir ihnen zu.

»Ich bin Ihr Abgeordneter«, begann Belinda. »Und Sie müssen meine Anordnungen befolgen. Ich besitze ein großes Haus in London. Dort beschäftige ich viele Diener und empfange berühmte Gäste, den Premierminister und manchmal auch die Königin. Jedenfalls, wenn ich sie einlade.« Lucie trat vor. »Geh weg«, fuhr Belinda sie an. »Ich will dich nicht. Ich mag dich nicht. Ich liebe Belindas Mutter. Ich bin mit ihr in den verschlossenen Räumen verabredet. Dich will ich nicht.«

Miß Stringer erhob sich halb von ihrem Stuhl. Leahs Gesicht wurde kreideweiß. Mrs. Emery starrte mit offenem Mund auf diese Szene, und Jane murmelte irgend etwas Unverständliches vor sich hin.

Entsetzt erwartete ich Belindas nächste Worte. Ich mußte sie am Weitersprechen hindern. Rasch stand ich auf und ging zu ihr.

»Zieh sofort diese Sachen aus«, herrschte ich sie an. »Alle beide. Bringt sie dahin zurück, wo ihr sie hergenommen habt. Und nehmt niemals, niemals wieder einfach die Kleider anderer Leute aus den Schränken. Ihr habt genügend Sachen, mit denen ihr euch verkleiden könnt. Die könnt ihr anziehen, aber nur die.«

Trotzig sah mich Belinda an.

»Es war ein gutes Spiel«, schrie sie. »Und es ist eine wahre Geschichte. So wahr wie die Hochzeit der Königin.«

»Das ist keine wahre Geschichte«, erwiderte ich streng, »sondern eine sehr dumme. Leah, bring sie sofort weg . . .«

Leah hastete zu den Kindern. Ebenso Miß Stringer. Leah nahm Belinda bei der Hand, Miß Stringer Lucie, und gemeinsam verließen sie die Küche.

Niemand sprach ein Wort. Ich versuchte mich zu fassen und verließ die Küche. Ich war froh, daß Celeste einen ihrer Pflichtbesuche absolvierte und sich nicht unter uns Zuschauern befunden hatte.

Später suchte ich Mrs. Emery in ihrem Zimmer auf.

»So ist Miß Belinda nun einmal«, sagte sie. »Man weiß nie, was sie als nächstes anstellt. Man muß sie ständig beaufsichtigen. Sie steckt ihre Nase überall hinein.«

»Woher weiß sie von den verschlossenen Zimmern?«

»Na ja, woher wohl? Kinder haben große Ohren, und die Ohren von Miß Belinda sind mindestens zehnmal so groß wie die anderer Kinder. Und ihre Augen hat sie überall. Was ist dies? Was ist das? Und sie unterhält sich mit den Dienstmädchen. Ich kann nichts gegen den Klatsch unternehmen. In meiner Gegenwart wagen sie es nicht, aber ich weiß, daß hinter meinem Rücken getratscht wird.«

»Ich bin nur froh, daß Mrs. Lansdon nicht da war.«

»Ja, das wäre schlimm gewesen.«

»Mrs. Emery, woher weiß sie *das*?«

Sie schüttelte den Kopf. »In diesem Haus bleibt den Dienstmädchen fast nichts verborgen. Die winzigsten Kleinigkeiten entgehen ihnen nicht. Wir merken natürlich, wie er die Französin behandelt. Ganz anders als Ihre Mutter. Ihre Mutter hat er angebetet. Das weiß jeder hier im Haus. Seit ihrem Tod ist er ein gebrochener Mann. Und dann natürlich die verschlossenen Zimmer.«

»Mir gefällt das nicht, Mrs. Emery.«

»Da sind Sie nicht die einzige, Miß Rebecca. Darüber wird viel geredet. Man erzählt sich, ihr Geist hielte sich in ihrem Schlafzimmer auf. Ich bin die einzige, die es betreten darf, aber, um ganz offen zu sein, ich könnte auch niemanden vom Personal dazu bringen, dieses Zimmer zu betreten. Es wäre besser, wir schlössen die Türen wieder auf und nähmen ihre Sachen heraus. Dieses Zimmer kommt mir vor wie ein Heiligenschrein, Miß Rebecca. Und die Leute kommen auf die seltsamsten Ideen, wenn man so etwas im Hause hat.«

»Sie haben völlig recht, Mrs. Emery. Aber was können wir tun?«

»Es liegt an ihm. Wenn er nur versuchen würde, ein normales Leben mit seiner Frau zu führen. Verstehen Sie, was ich meine?«

203

»Natürlich. Wir müssen ihn darauf ansprechen.«

Sie sah mich an und zuckte die Achseln. »Nun, dann reden Sie mit ihm. Ihr Verhältnis ist zwar nicht gut, aber Sie kämen als einzige in Frage.«

In unserem Leben las das Personal wie in einem offenen Buch. Sie wußten genau, was um sie herum geschah.

»Warten wir's ab«, entgegnete ich. »Wenn sich eine günstige Gelegenheit ergibt, spreche ich ihn vielleicht darauf an.«

Sie nickte.

»Wie ich bereits sagte, es ist ungesund. Mir gefällt das nicht, Miß Rebecca, mir gefällt das ganz und gar nicht.«

Nach diesem Vorfall zog sich Belinda mürrisch in ihren Schmollwinkel zurück. Sie sprach kaum ein Wort mit mir, und Miß Stringer hatte im Umgang mit ihr noch mehr Schwierigkeiten als sonst.

Auch die sensible Lucie zog sich zurück, weil sie fürchtete, mich verärgert zu haben.

Ich erklärte ihr: »Ich bin nicht ärgerlich. Ich möchte nur, daß ihr versteht, wie taktlos es ist, andere Leute nachzuahmen. Begebenheiten von früher und von Menschen, die man nicht näher kennt, wie etwa die Hochzeit der Königin oder den Erzbischof von Canterbury, der ihr die Nachricht von ihrer Krönung bringt, darf man nachspielen. Aber Menschen, die man gut kennt, darf man nicht bloßstellen. Sie fühlen sich dadurch verletzt. Begreifst du den Unterschied?«

Sie nickte und entschuldigte sich reumütig.

Ein paar Tage später fand Belinda zu ihrer üblichen Munterkeit zurück. Ich unterhielt mich mit Miß Stringer und meinte, nun habe sie wohl endlich ihre schauspielerischen Ambitionen aufgegeben.

Miß Stringer antwortete: »Das waren nur kindliche Phantasien. Und schuld daran ist diese Mrs. Carston-Browne mit ihren ›lebenden Bildern‹.«

Da war ich mit ihr einer Meinung.

Die Kinder spielten mit Leah im Garten, und ich gesellte mich zu ihnen. Plötzlich rannte eines der Dienstmädchen auf uns zu. Atemlos stieß sie hervor: »Miß Rebecca, der neue Gärtnerbursche fällt die Eiche.«

»Was?« rief ich. »Das kann er doch gar nicht. Der Baum ist viel zu hoch und mächtig.«

Ich eilte zu meinem bevorzugten Aufenthaltsort und sah, daß der Gärtnerbursche nur ein paar Äste schnitt.

»Wer hat das angeordnet?« fragte ich ihn.

»Niemand, Miß. Aber ich dachte, der Baum könnte einen Schnitt vertragen.«

»Wir wollen nicht, daß an die Eiche Hand angelegt wird.«

Das Dienstmädchen ergänzte: »Die Geister mögen das gar nicht.«

Mit offenem Mund starrte der Junge den Baum an.

»Sie meint nur eine alte Sage, die man sich von diesem Baum erzählt«, erklärte ich schnell. »Wir wollen einfach nicht, daß die Eiche gestutzt wird. Aber wenn Mr. Champs der Meinung ist, man müsse die Äste schneiden, ist das natürlich etwas anderes. Dann soll er uns Bescheid sagen. Aber vorläufig lassen wir die Eiche am besten in Ruhe.«

»Was für ein Glück«, sagte das Dienstmädchen, »daß ich ihn rechtzeitig entdeckt habe, Miß Rebecca. Fängt einfach an zu sägen. Es hätte sonst was passieren können.«

»Spukt es hier?« fragte Lucie.

»Ach, das ist nur eine Geschichte.«

»Was für eine Geschichte?« wollte Belinda ganz genau wissen.

»Irgendeine, die man sich früher mal erzählt hat. Ich habe sie längst vergessen.«

»Geister mögen es gar nicht, wenn die Leute sie vergessen«, verkündete Belinda altklug. »Dann kommen sie zurück und spuken herum, damit man sich wieder an sie erinnert.«

»Red keinen Unsinn. Hier spukt es nicht«, sagte ich. »Was haltet ihr beiden davon, wenn wir ausreiten?«

Inzwischen war es November geworden. An den neblig trüben Tagen senkte sich die Dunkelheit bereits nachmittags um vier Uhr über das Land.

Seit sich der Gärtnerbursche an den Ästen der Eiche zu schaffen gemacht hatte, schienen die Geister zurückgekehrt zu sein. Eines der Dienstmädchen schwor, es hätte hinter dem Fenster des verschlossenen Schlafzimmers einen Schatten gesehen. Laut schreiend rannte sie aus dem Haus. Manche Dienstboten wagten sich nach Einbruch der Dunkelheit nicht mehr in den Garten und schon gar nicht in die Nähe der Eiche.

Auch ich wurde von diesem Aberglauben angesteckt. Nachts ging ich ans Fenster, blickte hinaus und hoffte wider aller Vernunft, Lady Flamstead oder ihre Tochter im Garten zu entdecken. Insgeheim hätte ich alles dafür gegeben, um einmal meine Mutter zu sehen.

Ich dachte über Mrs. Emerys Worte nach. Wie sollte man das Übersprudeln kindlicher Phantasie in einem Haus wie diesem verhindern? Die unselige Atmosphäre, geschaffen von einem Ehemann, der mit einer ungeliebten Frau zusammenlebte, machte uns allen zu schaffen. In diesem Haus durchdrang die Vergangenheit die Gegenwart wie dunkle Schatten. Vielleicht war das der Grund, warum wir beide, er und ich, stets an meine Mutter denken mußten.

Ich überlegte, wie ich ihn am unverfänglichsten auf die verschlossenen Räume ansprechen konnte, so daß er mir auch zuhörte.

Celeste sprach mit mir über die Angst der Dienstboten vor den Gespenstern.

»Vermutlich bleibt in einem Haus, in dem über die Jahrhunderte die verschiedensten Menschen gewohnt haben, ein unbestimmtes Gefühl, eine Empfindung für deren Gegenwart, zurück«, meinte ich.

»Was ist das für eine Geschichte mit der alten Eiche?«

»Sie handelt von einer Frau, die vor langer Zeit hier gelebt hat. Es war eine junge Frau, die von ihrem wesentlich älteren Ehemann vergöttert wurde. Sie starb im Kindbett und kam zurück, um sich mit ihrer Tochter, die sie zu Lebzeiten nie kennengelernt hat, zu unterhalten. Man behauptet, sie hätten sich unter der alten Eiche getroffen.«

»Dann ist sie ein freundliches Gespenst?«

»O ja, ein sehr gütiges.«

»Was ist aus der Tochter geworden?«

»Sie ist tot. Alle, die mit dieser Geschichte zu tun hatten, sind längst gestorben.«

»Und sie ist gleich nach der Geburt gestorben. Wie deine . . .«

»Ja«, antwortete ich. »Leider geschieht das sehr häufig.«

Sie nickte. »Ja, ich weiß. Warum kommt Lady Flamstead ausgerechnet jetzt zurück?«

»Weil sich das Personal an sie erinnert hat. Der Gärtnerbursche wollte die Äste der Eiche schneiden und hat damit die Ruhe der Geister gestört. Jedenfalls glauben das die Dienstboten.«

»Ah ja, ich verstehe.«

»Dieses ganze Gerede über die Geister gibt ihrem Leben ein wenig Würze. Meine Großmutter sagte mir einmal, Menschen, deren Leben eintönig sei, bräuchten solche Geschichten, um ein bißchen Spannung in ihren Alltag zu bringen. Geister und Gespenster eignen sich hervorragend zur Ablenkung.«

»So ist das also. Nach allem, was du gesagt hast, müssen wir uns wenigstens nicht vor klirrenden Ketten fürchten.«

»Weder Lady Flamstead noch ihre Tochter schleppen klirrende Ketten mit sich herum. Sie sind weder unangenehm noch bösartig!«

Ein paar Tage später fiel Celeste im Garten in Ohnmacht. Glücklicherweise befand sich Lucie in ihrer Nähe, die sofort um Hilfe rief. Ich hielt mich gerade in der Halle auf und eilte als erste hinaus.

»Tante Celeste liegt am Boden«, rief sie ängstlich.

»Wo?«

»Am Teich.«

»Geh und hol Mrs. Emery oder irgend jemand, den du finden kannst«, befahl ich.

Celeste lag leichenblaß auf der Wiese. Ich kniete neben ihr nieder und merkte gleich, daß sie das Bewußtsein verloren

207

hatte. Vorsichtig setzte ich sie auf und hielt ihren Kopf. Erleichtert sah ich ein bißchen Farbe in ihre Wangen zurückkehren. Wach werdend drehte sie den Kopf und blickte ängstlich über ihre Schulter.

»Es ist nichts passiert, Celeste«, tröstete ich sie. »Nur eine kleine Ohnmacht. Vielleicht lag es . . .«

Sie zitterte am ganzen Leib.

»Ich habe sie gesehen«, flüsterte sie fast unhörbar. »Wirklich. Sie war dort . . . dort unter dem Baum.«

Mir lief es eiskalt über den Rücken. Wen meinte sie bloß? Sah jetzt auch Celeste Gespenster?

»Komm, ich bringe dich ins Haus zurück.«

»Sie war dort«, sagte sie noch einmal. »Ich habe sie ganz deutlich gesehen.«

Mrs. Emery eilte herbei.

»Gott sei Dank, daß Sie da sind, Mrs. Emery«, sagte ich. »Mrs. Lansdon ist ohnmächtig geworden. Wir sollten sie so schnell wie möglich in ein warmes Zimmer bringen. Die Kälte hier draußen hat ihr zugesetzt.« Ich suchte verzweifelt nach einer vernünftigen Erklärung, denn mir ging dieses ganze Gerede über die Geister gehörig auf die Nerven.

»Ja. Bringen wir sie schnellstens ins Haus«, sagte die praktisch veranlagte Mrs. Emery.

»Am besten gleich in ihr Zimmer. Ein kleiner Schluck Brandy tut ihr bestimmt gut«, meinte ich.

Schwankend kam Celeste wieder auf die Füße. Sie wandte sich um und starrte voller Entsetzen auf die Bank unter dem Baum.

»Du zitterst ja. Komm, rasch!«

Wir brachten sie auf ihr Zimmer.

»Sie soll sich gleich hinlegen«, ordnete Mrs. Emery an. »Ich hole den Brandy. Außerdem schicke ich gleich ein Mädchen, das sich um das Feuer kümmern soll. Es ist fast ausgegangen.«

Celeste lag auf ihrem Bett. Ich setzte mich zu ihr, und sie umklammerte mit festem Griff meine Hand. »Geh nicht weg«, bat sie.

»Natürlich nicht. Ich lasse dich nicht allein. Sprich jetzt nicht, Celeste. Warte, bis Mrs. Emery den Brandy bringt. Nach einem kleinen Schluck geht es dir gleich besser.«

Noch immer zitternd lag sie in ihren Kissen.

Mrs. Emery trat ein, Ann folgte ihr dicht auf den Fersen.

»Sieh gleich nach dem Feuer, Ann«, befahl sie energisch. »Mrs. Lansdon fühlt sich nicht wohl. Hier ist der Brandy, Miß Rebecca. Soll ich gleich eingießen, Miß?«

»Ja, bitte, Mrs. Emery.«

Sie reichte mir das Glas, und ich hielt es Celeste an die Lippen. Sie leerte es mit winzigen Schlucken. Inzwischen prasselte auch das Feuer wieder.

Flehentlich sah mich Celeste an. Ich wußte, sie wollte nicht alleine sein. Beruhigend nickte ich ihr zu, während Mrs. Emery und Ann leise hinausgingen.

»Rebecca, ich habe sie gesehen. Sie war dort. Sie hat mich angesehen. Sie hat mir gesagt, hier wäre ihr Zuhause. Für mich wäre hier kein Platz.«

»Dieser . . . äh . . . Geist hat mit dir gesprochen?«

»Nein, nein. Nicht mit Worten. Aber ich habe es auch so verstanden.«

»Celeste, da war niemand. Du hast dir das eingebildet.«

»Aber ich habe sie klar und deutlich gesehen. Sie war da.«

»Sie?«

»Sie kam aus dem abgeschlossenen Schlafzimmer und ging zu der Stelle, an der sich die Geister aufhalten.«

»Das ist doch Unsinn, Celeste. Du kannst niemanden gesehen haben. Lucie befand sich in deiner Nähe und hat gesehen, wie du gestürzt bist. Sie hat kein Wort davon gesagt, daß noch jemand dagewesen wäre.«

»Sie ist zu mir gekommen. Ich habe sie gesehen. Zuerst hatte sie das Gesicht abgewandt. Aber ich wußte, wer sie war. Sie trug einen hellblauen Mantel mit einem weißen Pelzbesatz und einen blauen Hut mit weißem Pelzrand. Die Kleidung war ein wenig altmodisch.«

Einen blauen Mantel mit Pelzbesatz. Meine Mutter hatte ein solches Kleidungsstück besessen. Und auch einen dazu

209

passenden Hut. Ich erinnerte mich ganz genau. Ich sah sie deutlich vor mir, wie sie in diesem Mantel im Garten spazierengegangen war. Vergeblich versuchte ich, das leichte Beben meiner Hände zu unterdrücken.

»Du hast dir das eingebildet, Celeste«, sagte ich wenig überzeugend.

»Nein! Ganz und gar nicht! Ich habe in diesem Augenblick gar nicht an sie gedacht. Ich war weit weg mit meinen Gedanken, und da, ganz plötzlich, nahm ich eine Bewegung wahr. Zwischen den Bäumen entdeckte ich eine Gestalt in einem blauen Mantel. Sie saß auf der Bank . . . Ich wußte sofort, wer sie war. Im Hause habe ich ihre Gegenwart schon häufig gespürt. Diese verschlossenen Räume . . . ihr verschlossenes Schlafzimmer . . . Und heute ist sie zu den anderen Geistern in den Garten gegangen.«

»Du phantasierst, Celeste.«

»Nein, überhaupt nicht.«

»Glaub mir. Diese Bilder existieren nur in deinem Kopf.«

»In meinem Kopf?« stammelte sie.

»Ja. Du hast an sie gedacht und dir dann eingebildet, sie tatsächlich zu sehen.«

»Nein. Ich habe sie gesehen«, behauptete sie mit fester Stimme.

»Celeste, das muß aufhören. Vielleicht solltest du für eine Weile von hier weggehen.«

»Das geht nicht.«

»Warum nicht? Du könntest mit mir nach Cornwall reisen und Weihnachten mit uns verbringen. Meine Großeltern freuen sich bestimmt. Wir nehmen auch die Kinder mit.«

»Benedict kann hier nicht weg.«

»Dann fahren wir ohne ihn.«

»Das kann ich nicht, Rebecca.«

»Vielleicht wäre es gut.«

»Nein. Er braucht mich. Ich muß Gesellschaften geben. Das ist meine Pflicht als Ehefrau eines Abgeordneten.«

»In diesem Haus wird zuviel Wert auf die Pflichten gelegt und zu wenig auf . . . auf . . .« Sie blickte mich erwartungsvoll an, und ich setzte etwas lahm hinzu: ». . . auf, äh, das häusliche Leben. Du solltest mit uns kommen. Vielleicht merkt Benedict dann endlich, was du alles für ihn tust. Soll er dich ruhig einmal vermissen.«

Sie schwieg. Ihre bebenden Schultern verrieten, daß sie weinte. Plötzlich drehte sie sich um und sah mich an.

»Was soll ich denn machen?« schluchzte sie. »Er liebt mich nicht.«

»Das kann ich mir nicht vorstellen. Schließlich hat er dich geheiratet.«

»Er hat mich nur geheiratet, weil er eine Frau gebraucht hat. Alle Parlamentsabgeordneten sind verheiratet. Wer ein hohes Amt übernehmen will, braucht eine Ehefrau. Und zwar die passende. Das war deine Mutter, aber ich, Rebecca, ich bin nicht die richtige Frau für ihn.«

»Warum sagst du das? Du bist die perfekte Ehefrau. Eine wunderbare Gastgeberin und sehr elegant und attraktiv. Alle bewundern dich.«

»Wenn er mich ansieht, denkt er stets an eine andere.«

Ich schwieg.

»War sie sehr schön?« fragte sie.

»Das kann ich nicht beurteilen. Sie war meine Mutter. Ich habe nie darüber nachgedacht, ob sie schön ist oder nicht. Für mich war sie vollkommen, weil sie meine Mutter war.«

»Auch für ihn war sie vollkommen. Nie kann eine andere Frau ihren Platz einnehmen. Glaubst du, eine so starke Liebe kann einen toten Menschen aus dem Jenseits zurück auf die Erde locken, weil er den Lebenden trösten möchte?«

»Nein.«

»Deine Mutter war eine wundervolle Frau.«

»Für mich schon.«

»Und für ihn.«

»Ja. Aber beide heirateten zuerst jemand anders.«

»Ich weiß. Er hat dieses Mädchen in Australien geheiratet, der er die Goldmine zu verdanken hat.«

»Und meine Mutter hat meinen Vater geheiratet, einen gutaussehenden, charmanten Mann. Und er war sehr imposant — mindestens so eindrucksvoll wie Herkules oder Apoll. Er hat sein Leben für das seines Freundes geopfert.«

»Ich weiß. Man hat mir davon erzählt.«

»Und meine Mutter hat ihn zärtlich geliebt«, betonte ich. »Aber das alles ist längst Vergangenheit, Celeste. Die Gegenwart zählt.«

»Er mag mich nicht, Rebecca.«

»Meinst du, er hat seine erste Frau auch nur ein bißchen gern gehabt?«

»Das ist etwas anderes.«

»Inwiefern?«

»Ich liebe ihn so sehr. Als ich ihn das erstemal sah, dachte ich, er ist der wundervollste Mann der Welt. Und dann hat er mich gefragt, ob ich seine Frau werden wolle. Ich konnte es gar nicht fassen. Ich glaubte, ich wäre am Ziel meiner Träume. Er hat mich geheiratet. Aber er will mich nicht. Er will nur sie. Er träumt von ihr. Ich habe gehört, wie er im Schlaf ihren Namen sagte. Er hat sie aus dem Grab zurückgeholt, weil er ohne sie nicht leben kann. Sie ist hier. Hier in diesem Haus. Aber sie ist es leid, in diesen verschlossenen Räumen zu bleiben. Deshalb ist sie zu den anderen Geistern in den Garten gegangen.«

»Oh, Celeste. Wie kannst du nur so etwas glauben? Laß ihm noch ein bißchen Zeit.«

»Er hatte Zeit genug. Sie ist schon vor Jahren gestorben.«

»Sie wäre furchtbar traurig, wenn sie wüßte, wie sehr du ihretwegen leidest. Sie war der gütigste Mensch der Welt. Wenn sie zurückkäme, dann nur, um dir zu helfen, und nicht, um dir weh zu tun.«

Ich wünschte, ich hätte Celeste trösten können. Ich haßte diesen Mann, der für ihren Kummer verantwortlich war. Dieser selbstsüchtige, grausame Benedict war ein Ungeheuer.

Laut sagte ich: »Es wird alles gut werden, Celeste.«

Sie schüttelte den Kopf. »Aber ich bete darum. Manchmal liege ich hier und warte auf ihn. Ich warte und warte. Du kannst das nicht verstehen, Rebecca.«

»Doch, ich glaube schon. Aber jetzt mußt du dich ausruhen. Glaubst du, du kannst ein wenig schlafen?«

»Ich bin sehr müde«, antwortete sie.

»Soll ich Mrs. Emery bitten, dir etwas zu essen zu bringen? Wenn du magst, esse ich hier mit dir zusammen. Und anschließend ruhst du dich aus. Morgen geht es dir bestimmt wieder besser.«

»Ich bin noch nie ohnmächtig geworden. Es ist ein ganz merkwürdiges Gefühl, wenn plötzlich der Boden unter den Füßen schwankt.«

»Die Menschen fallen aus den unterschiedlichsten Gründen in Ohnmacht. Du bist nicht die erste, der das passiert. Ein Ohnmachtsanfall hat keinerlei Nachwirkungen. Vielleicht hast du dich nicht ganz wohl gefühlt in der kalten Luft . . .«

»Ich habe sie gesehen.«

»Wahrscheinlich hast du ein Trugbild gesehen. Diese Nebelschwaden . . .«

»Das war kein Nebel. Ich habe sie klar und deutlich gesehen.«

»Menschen sehen manchmal die seltsamsten Dinge. Aus Schattenbildern formen sie sich irgendwelche Gestalten. Das Gehirn beginnt zu arbeiten, und die Einbildungskraft sorgt für das übrige. Das kommt nur von dem dummen Gerede über die Geister. Nimm einmal an, es hätte sich tatsächlich um einen Geist gehandelt. Dann hätte es ebensogut Lady Flamstead oder Miß Martha sein können.«

»Ich weiß, wer es war. Mein Instinkt sagt es mir.«

»Möchtest du etwas essen?«

»Nein. Ich bringe keinen Bissen hinunter.«

»Glaubst du, du kannst jetzt schlafen?«

»Ich werde es versuchen.«

Ich erhob mich und gab ihr einen Kuß.

»Ich bin froh, daß du bei uns bist, Rebecca. Zuerst hatte ich Angst vor dir. Ich dachte, vielleicht haßt du mich. Die Frau, die den Platz deiner Mutter eingenommen hat.«

»So habe ich das nicht einen Augenblick lang gesehen. Sie

ist schon lange tot.« Ich lächelte ihr zu. »Falls du nicht schlafen kannst und möchtest, daß ich zu dir komme und wir uns ein wenig unterhalten, dann läute. Ich besuche dich gern.«

»Vielen Dank. Du gibst mir Trost. Falls mich überhaupt jemand trösten kann.«

»Du wirst dich bald beruhigt haben. Dann sieht die Welt wieder ganz anders aus.«

Sie lächelte schwach. Mit ihrem tränenverschmierten Gesicht und den zart geröteten Wangen sah sie sehr jung und verletzlich aus.

Ich war froh, endlich allein zu sein und in Ruhe nachdenken zu können. Die Unterhaltung mit ihr hatte mich zutiefst erschüttert. Obgleich ich ihr gegenüber behauptet hatte, nicht an die Geistererscheinung zu glauben, schwankte ich doch angesichts der Beschreibung der Kleidung. Ich sah meine Mutter in diesem Mantel durch den Garten gehen, ihr Haar sah unter dem von Celeste beschriebenen Hut hervor und fiel locker auf den weißen Pelzbesatz.

Aber es konnte sich unmöglich um meine Mutter gehandelt haben. Wenn sie tatsächlich zurückgekehrt wäre, hätte sie mit mir oder mit ihm Verbindung aufgenommen und sich nicht der armen Celeste gezeigt und sie geängstigt.

Ich erinnerte mich an die Nacht, in der ich die Gegenwart meiner Mutter in meinem Schlafzimmer gespürt hatte. Damals hatte ich sie weder gesehen noch ihre Stimme gehört. Es war nur eine Empfindung gewesen. Allerdings war ich damals wegen Lucies unsicherer Zukunft etwas überreizt.

In einer solchen Gemütsverfassung stellen sich leicht Halluzinationen ein. Aber nie hatte ich meine Mutter als Gestalt vor mir gesehen.

Ehe ich schlafen ging, warf ich noch rasch einen Blick in Celestes Schlafzimmer. Sie schlief ruhig und friedlich.

Die ganze Nacht wälzte ich mich unruhig hin und her. Um fünf Uhr früh wurde ich plötzlich hellwach. Mir war ein unglaublicher Gedanke gekommen. Die von Celeste geschilderte Kleidung hatte zweifellos einmal meiner Mutter gehört. Wenn sie nun jemand angezogen und den Geist gespielt hätte?

Dieser Gedanke ging mir nicht mehr aus dem Kopf.

In aller Frühe stand ich auf. Ich hatte viel zu tun. Aber zuerst sah ich nach Celeste.

Sie machte einen erschöpften Eindruck, und ich war froh, daß sie im Bett bleiben wollte.

Ich versprach, ihr ein leichtes Frühstück bringen zu lassen und sie später wieder zu besuchen.

Ich mußte Mrs. Emery ins Vertrauen ziehen.

Mrs. Emery hielt sich an einen festen Tagesablauf. Stets trank sie um elf Uhr ihre Tasse Tee, denn sie vertraute auf die wohltuende, entspannende Wirkung dieses heißen Getränks. Um diese Zeit traf ich sie sicherlich in ihrem Zimmer an.

Sie freute sich immer, wenn ich sie besuchen kam. Celeste war zwar die Hausherrin, aber seit ich erwachsen war, betrachtete Mrs. Emery mich als die eigentliche Herrin des Hauses. Ausländern gegenüber empfand sie ein tiefes Mißtrauen. Allein aus diesem Grund stand ich in ihrer Achtung höher als Celeste.

»Ich möchte mit Ihnen sprechen, Mrs. Emery.«

Sie richtete sich auf und lächelte mir zu. »Es ist mir ein großes Vergnügen, Miß Rebecca. Darf ich Ihnen eine Tasse Tee anbieten? Er ist im Handumdrehen zubreitet.«

»Vielen Dank. Das ist sehr freundlich.«

Ich schwieg, bis das Ritual der Teezubereitung beendet war. Oft hatte ich gehört, wie sie den Mädchen genaue Anweisungen erteilte. Zuerst die Kanne mit heißem Wasser vorwärmen, anschließend sorgfältig trockenreiben, dann den Tee hineingeben — einen Teelöffel pro Person und einen für die Kanne. Aufgießen, umrühren und fünf Minuten ziehen lassen — keine Sekunde länger oder kürzer.

Sie goß den Tee in feine, nur besonderen Besuchern vorbehaltene Porzellantassen. Es schmeichelte mir, daß sie mir zu Ehren ihr gutes Geschirr hervorholte.

»Mrs. Emery«, begann ich. »Ich mache mir wegen des gestrigen Vorfalls große Sorgen.«

»Ja, Mrs. Lansdon hat einen Schock erlitten.«

»Wissen Sie, warum?«

»Nein. Ich habe hin und her überlegt. Vielleicht ist sie schwanger.«

»Nein, nein. Das glaube ich nicht. Sie sah etwas — unter der Eiche.«

»Um Himmels willen, Miß Rebecca! Doch nicht den Geist!«

»Mrs. Lansdon glaubt, einen Geist gesehen zu haben. An der Bank, wo es angeblich spuken soll.«

»Du meine Güte! Das darf doch nicht wahr sein.«

»Sie beschrieb ganz genau seine Kleidung. Es waren Sachen, die meiner Mutter gehört hatten.«

Mrs. Emery starrte mich mit offenem Mund an.

»Ja. Sie ist überzeugt, den Geist meiner Mutter gesehen zu haben.«

»Das bildet sie sich ein. Wie traurig. Manchmal tut sie mir richtig leid.«

»Ja, mir auch. Aber ich glaube nicht, daß sie sich etwas eingebildet hat. Sie sah bestimmt jemanden unter diesem Baum. Und wer auch immer es war, er trug die Kleider meiner Mutter.«

»Dann gnade uns Gott!«

»Vielleicht täusche ich mich, aber ich glaube, daß sie irgend jemand aus diesem Haus erschrecken wollte.«

Mrs. Emery nickte nachdenklich.

»Sie gehen regelmäßig in diese Zimmer, und jeder im Haus weiß das. Jemand muß in Ihr Zimmer geschlichen sein, die Schlüssel an sich genommen und die Kleider aus dem Schrank meiner Mutter geholt haben.«

»Das kann ich mir nicht vorstellen.«

»Bewahren Sie die Schlüssel immer am selben Platz auf?«

»Natürlich.«

»Dann wäre es doch möglich, daß jemand diesen Platz kennt.«

»Ja, schon.«

»Soweit ich weiß, schließen Sie die Tür zu Ihrem Zimmer nie ab.«

216

Sie schüttelte den Kopf.

»Jemand hätte doch ungesehen hier hereinkommen können, während Sie anderweitig im Haus beschäftigt waren. Wer immer es auch war, er hätte die Schlüssel nehmen, die Tür zum verschlossenen Schlafzimmer aufsperren, die Kleider holen, die Tür wieder abschließen und den Schlüssel an seinen Platz zurücklegen können. Möglich wäre es jedenfalls.«

»Das traut sich keiner!«

»Manche Menschen trauen sich allerhand, Mrs. Emery.«

»Aber warum das alles?«

»Aus Bosheit.«

»Sie meinen, irgend jemand will diese arme Frau in Angst und Schrecken versetzen?«

»Ich halte es für möglich, und ich werde es herausfinden. Sind die Schlüssel an ihrem Platz?«

Sie stand auf, ging zur Kommode und öffnete die Schublade. Triumphierend hielt sie den Schlüsselbund hoch.

»Ich möchte gern mit Ihnen in das Schlafzimmer gehen, Mrs. Emery. Ich will nachsehen, ob die Kleider noch dort sind. Falls jemand diese Kleider gestern genommen hat, hat er vielleicht noch nicht die Zeit gehabt, sie wieder zurückzubringen.«

»Möglich. Die Schlüssel lagen in der Schublade. Wenn sie jemand geholt hat, muß er sie rasch wieder zurückgelegt haben, denn niemand weiß, wann ich in die Zimmer hinaufgehe.«

»Wenn die Kleider noch im Schrank hängen, hat Mrs. Lansdon nur eine Halluzination gehabt. Andernfalls ist es wohl so, daß jemand von unseren Leuten das Schreckgespenst gespielt hat und sich die Kleider noch in seinem Besitz befinden.«

»Ich wüßte nicht, wer von allen zu einer solchen Gemeinheit fähig ist.«

»Manche Leute lieben solche boshaften Spielchen. Auf jeden Fall sollten wir uns bemühen, das Geheimnis zu lüften. Sehen wir nach.«

Sofort erhob sich Mrs. Emery, und wir gingen in das Schlafzimmer meiner Mutter.

Kaum hatte ich die Schwelle übertreten, wurde ich wieder schmerzlich an die Vergangenheit erinnert. Ich sah mich wieder als kleines Mädchen . . . mit meiner Mutter. Der Anblick ihrer persönlichen Gegenstände tat mir weh. Aber ich war aus einem ganz bestimmten Grund hier eingedrungen und durfte mich nicht beirren lassen.

Ich ging zum Schrank. Alle ihre Kleider waren ordentlich aufgehängt, nur von dem blauen Mantel fehlte jede Spur. So sorgfältig wir auch nachsahen, er war nirgendwo zu entdecken.

Ich wandte mich an Mrs. Emery. »Jemand war hier und hat die Sachen genommen.«

»Ich kann es nicht glauben«, rief sie entsetzt. »Ich bewahre die Schlüssel immer in meinem Zimmer auf. Niemand außer Mr. Lansdon und mir kommt hier herein. Nur wir beide besitzen Schlüssel zu diesen Räumen.«

»Könnte jemand seine Schlüssel gestohlen haben?«

»Kaum. Er trägt sie an seiner Uhrkette. Außerdem war er in den letzten Tagen gar nicht da.«

Sorgfältig schloß sie die Tür ab, und wir kehrten in ihr Zimmer zurück.

Als wir uns gesetzt hatten, sagte sie: »Aber wir wissen nicht mit absoluter Sicherheit, ob sich der Mantel und der Hut in diesem Schrank befanden.«

»Das stimmt«, gab ich zu. »Aber ich erinnere mich genau, daß meine Mutter diese Sachen besonders gerne trug. Nach Cornwall hat sie sie allerdings nicht mitgenommen. Können Sie den Schlüssel an einem anderen Ort aufbewahren?«

»Sicher.«

»Dann kann unser Gespenst nämlich nicht mehr an den Schrank heran. Derjenige, der es spielt, wird wohl den Mantel und den Hut zurückbringen oder auch andere Kleidungsstücke herausnehmen wollen, um den Spuk fortzusetzen.«

»Mir läuft es eiskalt über den Rücken, Miß Rebecca. Es

wäre mir fast lieber, Mrs. Lansdon hätte einen wirklichen Geist gesehen.«

»Ich suche die Kleider, Mrs. Emery. Bestimmt sind sie irgendwo im Haus versteckt. Und wenn ich sie finde, finde ich auch den Betreffenden, der Mrs. Lansdon diesen niederträchtigen Streich gespielt hat.«

»Meine Güte, das hätte ernsthafte Folgen haben können. Wenn ich mir vorstelle, was alles hätte passieren können, wenn sie schwanger gewesen wäre . . .«

»Mrs. Emery, lassen Sie bitte diese Schlüssel nicht aus den Augen. Bewahren Sie sie an einem völlig sicheren Ort auf, den niemand außer Ihnen kennt. Bis ich hinter das Geheimnis gekommen bin, darf niemand das Schlafzimmer betreten.«

»Wie Sie wünschen, Miß Rebecca. Ich möchte wissen, wer diesen Streich ausgeheckt hat. Wenn es eines der Dienstmädchen war, also ich sage Ihnen, das war die längste Zeit bei uns im Haus.«

Gleich nachdem ich mich von ihr verabschiedet hatte, ging ich ins Schlafzimmer. Belinda und Lucie saßen mit Miß Stringer am Tisch und lernten.

»Guten Morgen, Miß Mandeville«, begrüßte mich Miß Stringer. »Möchten Sie etwas von mir?«

»Nein, nein. Geht der Unterricht gut voran?«

»Oh!« Sie blickte zur Decke. »So gut man es eben erwarten kann.«

»Wir haben gerade Geschichte«, sagte Lucie.

»Wie interessant!«

»Alles über Wilhelm den Eroberer.«

»Belinda ist ja so still heute morgen. Geht es dir gut, Belinda?«

Sie nickte nur.

»Bedanke dich bei Miß Rebecca für die Frage nach deinem Befinden und gib ihr eine richtige Antwort«, befahl Miß Stringer.

»Es geht mir gut, danke«, nuschelte Belinda.

219

»Ich dachte, du machst dir vielleicht Sorgen um deine Stiefmutter«, sagte ich.

Sie starrte auf die Tischplatte.

»Wie geht es Mrs. Lansdon?« erkundigte sich Miß Stringer.

»Sie ruht sich aus. Das Erlebnis gestern war ein bißchen viel für sie.«

»Ich habe gehört, sie ist gestern im Garten ohnmächtig geworden. Hoffentlich hat sie sich beim Hinfallen nicht verletzt.«

»Das hätte leicht passieren können«, entgegnete ich. »Zum Glück ist sie auf das weiche Gras gefallen.«

Ich warf einen raschen Blick auf die mit Büchern und Schulsachen vollgestopften Schränke. Das war kein ideales Versteck für Kleidungsstücke. Ganz bestimmt hätte Miß Stringer dort einen Mantel und einen Hut schnell entdeckt.

»Ich überlasse euch jetzt Wilhelm dem Eroberer«, sagte ich und eilte aus dem Schulzimmer. Ohne Beweise wollte ich Belinda nicht beschuldigen. Auch mit Lucie, die vielleicht an dieser Verschwörung beteiligt war, wollte ich erst später reden. Ich hoffte sehr, daß sie mit der ganzen Angelegenheit nichts zu tun hatte, aber ich wußte, Belinda zog sie häufig in solche Spiele hinein. Sie brauchte jemand zum Herumkommandieren.

Über dem Schulzimmer befand sich eine Mansarde, in der die Kinder häufig spielten. Wir benutzten sie allerdings auch als Abstellkammer. Sie gab ein phantastisches Versteck ab.

Über die kurze Wendeltreppe stieg ich ins Dachgeschoß hinauf. Der Raum hatte schräge Wände, so daß man nicht überall aufrecht stehen konnte. An einer Wand lehnten alte Bilder, auf der anderen Seite standen ausrangierte Möbel. Am Ende des Raumes entdeckte ich drei große Koffer. Einer von ihnen war sehr nachlässig geschlossen worden.

Alles war einfacher, als ich gedacht hatte. Als ich den Koffer öffnete, lagen obenauf der blaue Mantel und der Hut. Mein Verdacht hatte sich bestätigt.

Ich setzte mich in einen alten Lehnstuhl und dachte über

Belinda nach. Wie wäre meine Mutter mit einem solchen Kind umgegangen? Bestimmt hätte sie es ebenso geliebt wie mich.

Ich hatte das Gefühl, daß Belinda ihren Unfug ganz bewußt trieb und andere Menschen absichtlich verletzen wollte. Ich verstand einfach nicht, warum sie — meine eigene Schwester — sich so verhielt.

Ich suchte nach Entschuldigungen für ihr Benehmen. Natürlich führte dieser Gedankengang zu ihm — Benedict Lansdon. Er liebte Belinda nicht und war ihr kein guter Vater. Meine Mutter hätte sich gewünscht, daß er sich ihres gemeinsamen Kindes besonders liebevoll annahm, aber statt dessen stand er Belinda feindselig gegenüber.

Weil ihr Vater sie zurückstieß, suchte Belinda bei Leah all die Liebe und Geborgenheit, die sie brauchte. Anderen Menschen versuchte sie ständig zu beweisen, wie klug und geschickt sie war und wie gut sie Menschen schikanieren konnte.

Ich durfte nicht zu hart mit ihr ins Gericht gehen, sondern mußte nachsichtig sein. Schließlich war sie noch ein Kind. Früher oder später mußte sie in die Mansarde kommen und sich vergewissern, daß die Kleidungsstücke noch hier versteckt waren. Bestimmt hatte mein Besuch im Schulzimmer ihren Verdacht erregt; sie war scharfsinnig genug.

In einer Stunde endete der Unterricht. So lange wollte ich hier warten.

Ich hatte mich nicht geirrt. Eine Stunde später hörte ich Schritte auf der Wendeltreppe.

»Komm herein, Belinda«, forderte ich sie auf. »Ich möchte mit dir reden.«

Sie stand in der offenen Tür und starrte mich überrascht an. Ganz so schlau war sie also doch nicht. Insgeheim hatte ich befürchtet, sie käme aus Angst, hier von mir ertappt zu werden, erst gar nicht.

»Was machst du hier oben?« herrschte sie mich an.

»Du bist nicht sehr höflich.«

Sie wurde unsicher. »Was willst du hier?« fragte sie.

221

»Ich möchte, daß du zu diesem Koffer gehst, ihn öffnest und nachsiehst, was darin liegt.«

»Warum?«

»Weil ich will, daß du mir sagst, wie die Kleider in diesen Koffer gekommen sind.«

»Woher soll ich das denn wissen?«

Ich stand auf, nahm sie bei der Hand und führte sie zum Koffer. »Mach ihn auf!«

»Warum?«

»Mach ihn auf!«

Nun gehorchte sie.

»Du hast diese Kleider hineingelegt.«

»Nein.«

Ich ignorierte diese faustdicke Lüge. »Wie bist du in das verschlossene Schlafzimmer gekommen?«

Sie sah mich verschlagen von der Seite an. Sie hatte sich immer für besonders schlau gehalten, und es traf sie sehr, erwischt worden zu sein. Aber sie schwieg.

Daher fuhr ich fort: »Du hast die Schlüssel aus Mrs. Emerys Zimmer gestohlen. Du wußtest, wo sie waren, denn du hast sie dabei beobachtet, wie sie sie aus der Schublade genommen hat. Du wußtest auch, wann sie nicht in ihrem Zimmer ist. Du bist hineingegangen und hast die Schlüssel an dich genommen.«

Verblüfft starrte sie mich an. »Lucie redet Unsinn.«

»Lucie weiß davon?«

»Nicht alles«, antwortete sie.

»Und was hat Lucie gemacht?«

»Gar nichts. Lucie kommt überhaupt nicht auf eine so gute Idee. Dazu ist sie viel zu dumm.«

»Ich verstehe. Du hast also die Schlüssel gestohlen und die Kleider aus dem Schrank genommen. Du hast gewußt, daß dies Kleidungsstücke deiner Mutter sind. Sie wäre sehr traurig, wenn sie wüßte, was du treibst, Belinda. Macht es dir gar nichts aus, anderen Menschen weh zu tun?«

»Die anderen Menschen tun mir weh.«

»Wer? Wer verletzt dich?«

Sie blieb stumm.

»Leah ist gut und freundlich zu dir. Auch Miß Stringer. Lucie liebt dich und Mrs. Emery auch. War ich jemals unfreundlich zu dir?«

Einen Augenblick lang sah sie verunsichert aus und war nur noch ein furchtsames Kind.

»*Er* haßt mich«, sagte sie. »Er haßt mich, weil . . . weil sie meinetwegen gestorben ist.«

»Wer hat dir denn das erzählt?«

Verächtlich sah sie mich an. »Das wissen doch alle. Du weißt es auch. Du kannst mich nicht täuschen.«

»Ach, Belinda, so ist das nicht. Es war nicht deine Schuld. Hunderten von Kindern widerfährt dieses Unglück. Niemand gibt ihnen die Schuld daran.«

»Er mir schon«, erwiderte sie.

Am liebsten hätte ich sie in die Arme genommen, ganz fest an mich gedrückt und ihr gesagt: Wir sind Schwestern, Belinda. Wir haben zwei Väter, aber dieselbe Mutter. Diese Mutter verbindet uns. Warum sprichst du nicht mit mir? Warum erzählst du mir nichts von deinen Gefühlen?

Mit harter Stimme sagte sie: »Du magtst ihn auch nicht.«

»Belinda . . .«

»Nicht einmal du sagst die Wahrheit. Ich bin die einzige. Ich sage, daß ich ihn hasse.«

Verzweifelt suchte ich nach den richtigen Worten. Es stimmte, er lehnte sie ab und behandelte sie sehr kühl. Später wünschte ich mir oft, ich wäre älter gewesen und hätte das Kind trösten und ihm die nötige Liebe geben können.

Aber damals dachte ich nur an den gemeinen Streich, den sie Celeste gespielt hatte.

»Warum hast du sie erschreckt?«

Trotzig sah sie mich an. Der Anflug von Schwäche, den sie gezeigt hatte, war spurlos verschwunden. Sie war wieder die ausnehmend kluge Belinda, die an jedem Rache übte, der ihr einmal in die Quere gekommen war.

Gleichgültig zuckte sie die Achseln und lächelte spitzbübisch.

»Sie waren mir viel zu groß«, sagte sie. »Ich mußte beim Gehen sehr aufpassen.« Sie lachte fast hysterisch. »Einmal bin ich beinahe vornübergefallen. Der Hut hat besser gepaßt. Aber er hat auf meine Ohren gedrückt.«

»Sie ist in Ohnmacht gefallen«, erinnerte ich sie. »Glücklicherweise fiel sie auf weichen Boden, sonst hätte sie sich schlimm verletzen können.«

»Das wäre ihr recht geschehen. Sie hätte ihn nicht heiraten dürfen. Ich will keine Stiefmutter.«

»Was verstehst du schon davon? Du hast keine Lebenserfahrung. Vielleicht bist du nachsichtiger, wenn du erwachsen bist. Sie trifft nicht die geringste Schuld. Sie will nur das Beste für alle.«

»Sie kann nicht einmal richtig Englisch.«

»Ich glaube, ihr Englisch ist sehr viel besser als dein Französisch. Ist es dir vollkommen gleichgültig, daß sie sich hätte verletzen können?«

Mit ausdruckslosen Augen starrte sie mir ins Gesicht. Langsam schüttelte sie den Kopf.

»Ich war sehr gut«, sagte sie selbstgefällig. »Sie hat tatsächlich geglaubt, ich sei ein Geist.«

»Wie du siehst, warst du nicht halb so schlau, wie du gedacht hast. Du bist ertappt worden.«

»Lucie hat es dir erzählt.«

»Lucie hat mir gar nichts gesagt. Welche Rolle hat sie denn gespielt?«

»Keine. Das kann sie gar nicht. Dazu ist sie nicht gescheit genug. Sie hätte nur alles verdorben. Sie wußte es. Mehr aber auch nicht. Und sie hat es dir erzählt. Wie hättest du es sonst herausgekriegt?«

»Ich kenne *dich*, Belinda. Ich hatte dich sofort in Verdacht.«

»Warum?«

»Wegen der Kleider. Ich wußte, wo du sie her hast. Ich überprüfte mit Mrs. Emery den Schrank, und wir stellten fest, daß sie verschwunden waren. Also hatte sie jemand genommen. Belinda, ich muß ein ernstes Wort mit dir reden.«

»Was willst du machen? Wirst du es ihm . . . meinem Vater erzählen?«

Ich schüttelte den Kopf. »Nein. Du gehst zu deiner Stiefmutter, entschuldigst dich bei ihr und versprichst, nie wieder so etwas zu machen. Siehst du denn nicht ein, wie gemein es ist, anderen Menschen absichtlich so weh zu tun?«

»Ich habe nur einen Geist gespielt.«

»Ich habe dir gerade gesagt . . .«

Sie schob ihre Zungenspitze aus dem Mund.

»Hör zu, Belinda. Du möchtest, daß dich die Menschen mögen und dich bewundern. Oder etwa nicht?«

»Leah mag mich sowieso.«

»Leah ist seit ewigen Zeiten dein Kindermädchen. Sie liebt dich und Lucie, als wärt ihr ihre eigenen Kinder.«

»Mich hat sie aber lieber als Lucie.«

»Sie liebt euch beide. Wenn du zu den Menschen nett und freundlich bist, verhalten sie sich auch dir gegenüber nett und freundlich. Glaub mir, du wärst sehr viel glücklicher, wenn du dich wie ein anständiges Mädchen benimmst und anderen keine gemeinen Streiche spielen würdest. Diese Menschen haben dir nie etwas Böses getan.«

Instinktiv nahm ich sie in die Arme, und zu meiner Überraschung und Freude schmiegte sie sich an mich. Ein paar Minuten hielten wir uns eng umschlungen. Dann sah ich in ihr Gesicht. Die Tränen, die ihr über die Wangen liefen, waren echt.

»Vergiß nicht, Belinda, wir sind Schwestern. Du und ich. Wir haben unsere Mutter verloren. Ich habe sie gekannt und zärtlich geliebt. Sie hat mir alles bedeutet. Wir dürfen nie vergessen, daß auch er sie unendlich liebgehabt hat. Seit ihrem Tod ist er ein verbitterter, zutiefst einsamer Mann. Er kann sie nicht vergessen. Wir beide müssen ihm helfen, Belinda. Wenn wir ihm helfen, helfen wir uns selbst. Versprich mir, in Zukunft mit mir über deinen Kummer zu reden. Was auch geschieht, komm zu mir und sag es mir. Versprichst du mir das?«

Sie legte ihre Arme um meinen Hals und nickte. Ein tiefes

225

Glücksgefühl durchströmte mich. Ich war zu ihr durchgedrungen. Endlich fand ich Zugang zu diesem merkwürdigen Kind, das meine Schwester war.

»Von nun an werden wir über alles miteinander reden. Wir sind Freundinnen, Belinda.«

Wieder nickte sie.

»Noch etwas«, ermahnte ich sie. »Wir müssen zu deiner Stiefmutter gehen.«

Entsetzt zuckte sie zurück.

»Es muß sein. Sie hatte entsetzliche Angst, weil sie überzeugt war, einem Geist begegnet zu sein.«

Sofort kehrte die alte Belinda zurück. Ihr Gesicht drückte reinsten Triumph aus.

»Dieser Geist wird sie verfolgen.«

Belinda nickte, und ihre Augen funkelten vor Begeisterung bei dem Gedanken an erneute Geistererscheinungen. Meine Schlußfolgerung, daß auch in ihr ein guter Kern steckt und sie sich meine Worte zu Herzen genommen hatte, war etwas naiv gewesen.

»Wir müssen dafür sorgen, daß sie zur Ruhe kommt«, sagte ich eindringlich. »Wir gehen hin und sagen ihr die Wahrheit. Und zwar auf der Stelle. Du bittest sie um Verzeihung und sagst ihr, du hättest nicht gewußt, was du damit anrichtest.«

»Ich will aber nicht.«

»Wir müssen im Laufe unseres Lebens oft Dinge tun, die uns nicht gefallen. Ich gebe diese Kleider Mrs. Emery, und sie wird sie wieder dahin zurückbringen, wo sie hingehören. Sie wird sich freuen, daß im Garten kein Gespenst umgeht, sondern alles nur ein Kleinmädchenstreich gewesen ist.«

Sie widersetzte sich hartnäckig.

»Nun komm schon«, drängte ich. »Dann hast du es hinter dir.«

Ich nahm den Mantel und den Hut aus dem Koffer und führte Belinda zu Celeste.

Celeste saß in einem Morgenkleid am Fenster.

»Belinda möchte dir etwas sagen.«

Überrascht sah sie uns an.

Belinda leierte ihre Sätze herunter, als würde sie etwas auswendig Gelerntes vortragen. »Ich habe die Kleider aus dem Schrank im verschlossenen Schlafzimmer geholt. Ich nahm sie mit in den Garten, und als ich dich kommen hörte, warf ich sie mir rasch über. Es war nur ein Spiel, und es tut mir leid, daß ich dich erschreckt habe.«

Celestes Erleichterung war nicht zu übersehen.

Ich sagte: »Belinda bereut von Herzen, was sie angerichtet hat. Bitte verzeih ihr. Für sie war es nur ein Spiel. Du weißt, seit sie bei diesen ›lebenden Bildern‹ mitgemacht hat, verkleidet sie sich sehr gern und schauspielert mit Begeisterung.«

»Ja, ich verstehe es schon«, erwiderte Celeste mit matter Stimme.

»Belinda tut alles, was geschehen ist, sehr, sehr leid.«

Celeste lächelte ihr zu. »Du wolltest mir einen kleinen Streich spielen, wie? Ich habe mich wirklich albern benommen.«

Belinda nickte. Ich legte den Arm um ihre Schultern. Offensichtlich fand sie meine Berührung nicht angenehm, aber sie duldete sie.

»Reitest du heute nachmittag aus?« fragte ich sie.

»Ja.«

»Mit Lucie? Ich würde gerne mitkommen. Aber jetzt laß uns allein.«

Überglücklich hüpfte sie hinaus.

Ich sagte: »Sie bereut zutiefst, was sie dir angetan hat.«

»Sie haßt mich.«

»Nein. Sie ist nur vollkommen durcheinander. Sie weiß nicht, wo sie hingehört. Ihr Vater müßte ihr ein wenig mehr Aufmerksamkeit schenken. Weißt du, ich glaube, sie bewundert ihn.« Ich verstummte. »Aber so wie die Dinge liegen . . .«

»Ja, ich weiß genau, was du meinst«, antwortete Celeste.

Celeste und Belinda hatten das gleiche Problem: Benedicts mangelnde Zuneigung.

Die Schatzsuche

Kurz vor Weihnachten kehrte Benedict nach Manor Grange
zurück. Ich hatte gehofft, mit den Kindern nach Cornwall
reisen zu können, aber daraus wurde nichts, da wir während der Weihnachtszeit in Manorleigh vielen Verpflichtungen nachzugehen hatten. In Manor Grange mußten Gesellschaften gegeben werden, von den üblichen Einladungen
und der obligatorischen Bewirtung seiner freiwilligen Helfer
aus dem Wahlbezirk ganz zu schweigen. Mein Stiefvater
wollte Weihnachten nur seine Familie um sich haben.

Für mich war das eine große Enttäuschung. Ich mußte
nicht nur auf den Besuch bei meinen geliebten Großeltern
verzichten, sondern auch auf ein Wiedersehen mit Pedrek,
seinen Eltern und Großeltern.

Ich tröstete mich mit dem Gedanken an das Weihnachtsfest im nächsten Jahr, an dem wir bereits eifrig Pläne für unsere Hochzeit schmieden konnten. Bis dahin mußte ich
mich in Geduld fassen.

Miß Stringer besuchte für drei Wochen ihre Familie in den
Cotswolds. Zur Freude der Mädchen fiel der Unterricht solange aus. »Hurra!« schrie Belinda, und Lucie stimmte in
ihre Begeisterungsrufe ein. Singend tanzten sie durch das
Schulzimmer. »Drei Wochen Ferien!«

»Wir müssen noch eine Menge für Weihnachten vorbereiten«, erinnerte ich sie. »Ihr habt viel zu erledigen. Viel Freizeit bleibt euch nicht.«

Es sollte ein traditionelles Weihnachtsfest werden. Die
große Halle wurde mit Stechpalmenzweigen, Efeu, Lorbeer-
bäumchen und natürlich mit üppigen Mistelzweigbüschen
geschmückt.

Belinda war sehr aufgeregt. Sie und Lucie halfen eifrig
beim Dekorieren. Beide rannten zwischen der großen Halle
und der Küche hin und her, denn in der Küche mußten sie

den Weihnachtspudding umrühren. Mrs. Grant, die Köchin, bestand darauf, daß jeder Angehörige des Haushalts den Pudding rühren mußte.

Wir alle gehorchten und rührten — außer Benedict. Niemand kam auf die Idee, ihn dazu aufzufordern.

Der Puddinggeruch erfüllte die Küche, und wir alle gingen immer wieder gern hinein, um umzurühren und dem in den Kupferkesseln blubbernden Pudding zu lauschen. Mrs. Emery lud das gesamte Personal zum Probieren ein. Natürlich durften auch die beiden Kinder an dieser Zeremonie teilnehmen. Wie eine Hohepriesterin tauchte Mrs. Grant einen Löffel in die verschiedenen Kessel und gab jedem ein Tellerchen Pudding zum Versuchen. Alle brachen wegen seines köstlichen Geschmacks in Begeisterungsrufe aus.

Natürlich mußten auch die Pfefferminzpasten vorbereitet werden. Auf den Weihnachtskuchen schrieb Mrs. Grant mit blauem Zuckerguß »Fröhliche Weihnachten« und »Der Herr segne dieses Haus«. Wir standen alle um den Küchentisch und bewunderten ihr Werk.

In dieser Zeit war alles einfacher als sonst. Belinda wirkte sehr viel glücklicher und gab sich große Mühe, mir Freude zu machen. Ich sagte zu Celeste, dieser unglückselige Vorfall habe Belindas Verhalten positiv beeinflußt.

»Ich glaube, seitdem sind wir uns nähergekommen. Sie führt sich nicht mehr so tyrannisch auf. Sie braucht einfach mehr Liebe und Zärtlichkeit.«

Celeste stimmte mir zu.

Ich fuhr fort: »Sie bewundert ihren Vater. Deshalb verletzt seine Ablehnung sie zutiefst. Wenn er nur ein bißchen Interesse für sie zeigen würde, wäre alles viel besser.«

»Er mag Lucie lieber als Belinda.«

»Das ist auch sehr viel einfacher.«

»Mag sein. Aber Belinda ist seine Tochter.«

»Vielleicht können wir ihm das gelegentlich mal sagen.«

»Vielleicht«, seufzte Celeste.

Ich erhielt Post aus Cornwall. Pedrek hatte sein Versprechen, mir regelmäßig jede Woche zu schreiben, gehalten, und ich antwortete ihm stets umgehend. Folglich wußte ich über die Ereignisse in Cornwall bestens Bescheid. Im Studium machte er gute Fortschritte. Das anstrengende Lernen half ihm über die Trennung hinweg. Ich versuchte, amüsante Briefe über das Londoner Gesellschaftsleben und Manor Grange zu verfassen, und fügte politische Lageberichte hinzu.

Am Tag vor Weihnachten traf ein Paket aus Cornwall ein. Meine Großeltern schickten ein Halsband aus Amethyst und Pedrek mir ein goldenes Armband.

Erwartungsvoll las ich den Brief, den er seinem Geschenk beigelegt hatte.

Liebste Rebecca,
wenn wir doch nur zusammensein könnten! Ich hatte mich so darauf gefreut, Dich Weihnachten zu sehen. Wir alle rechneten mit Dir. Ich muß Dir ein Geständnis machen. Ich habe es ihnen erzählt. Ich konnte unsere Verlobung einfach nicht länger geheimhalten. Wir haben von Dir gesprochen, und alle wünschten sich, daß Du hier wärst. Und bei diesem Gespräch ist's mir einfach herausgerutscht.

Wir haben einander zwar versprochen, damit zu warten, bis wir es ihnen gemeinsam sagen können, aber wenn Du ihre Freude gesehen hättest, dann wärst Du sicher mit meiner verfrühten Mitteilung einverstanden gewesen. Meine Mutter und Deine Großmutter fielen sich in die Arme, und meine Großeltern waren nahe daran, in Tränen auszubrechen. In Freudentränen natürlich. Alle haben gesagt, genau das hätten sie sich immer gewünscht und immer für die Erfüllung dieses Wunsches gebetet. Und mein Großvater versprach, eine Hochzeit zu veranstalten, wie sie Cornwall noch nicht gesehen hat.

Aber sie alle halten es für klug, wenn wir warten, bis ich mein Studium abgeschlossen habe. Wir beide seien noch so jung und bräuchten noch einige Zeit der Vorbereitung. Der Meinung bin ich ganz und gar nicht. Ich wünsche mir nichts sehnlicher, als die Wartezeit abzukürzen.

Oh, Rebecca, wie schön wäre es, wenn Du hier wärst. Es wäre ein herrliches Weihnachtsfest. Deine Großeltern sagten, Du kämst im Frühling nach Cornwall, aber bis dahin dauert es noch so lange. So schwer es mir auch fällt, ich muß Geduld haben. Doch eines verspreche ich Dir, wenn wir erst verheiratet sind, werden wir uns nie mehr trennen.

Ich liebe Dich, heute, morgen und für immer.,
Pedrek

Auch meine Großmutter hatte mir geschrieben:

Liebe Rebecca,
gerade hat uns Pedrek die gute Neuigkeit mitgeteilt. Ich muß mich sofort hinsetzen und Dir schreiben und Dir sagen, wie glücklich Dein Großvater und ich darüber sind. Pedrek war ein wenig zerknirscht, weil er Dir versprochen hatte, nichts zu sagen. Verurteile ihn nicht. Es ist ihm einfach herausgerutscht. Er war überglücklich und mußte sein Glück mit jemandem teilen.

Wenn Du nur hier sein könntest!

Dein Großvater sagte, damit wäre sein größter Wunsch in Erfüllung gegangen. Meiner übrigens auch. Du hättest die Pencarrons sehen sollen. Die beiden sind ein liebes, rührendes altes Paar. Du weißt ja, Pedrek und seine Mutter sind für sie Sonne, Mond und Sterne, das ganze Universum. Sie sind richtige Familienmenschen.

Natürlich freuen sie sich auch, daß Pedrek ihr Bergwerk übernehmen wird. Alle ihre Wünsche sind somit in Erfüllung gegangen.

Wir haben auf Dein Wohl getrunken und ständig von Dir gesprochen. Mrs. Pencarron überlegt sich bereits, was für ein Kleid sie sich zur Hochzeit anfertigen läßt. Schließlich ist sie die Großmutter des Bräutigams. Und

Mr. Pencarron denkt dauernd darüber nach, wem er für die großartige Hochzeit, die er sich in den Kopf gesetzt hat, die Ehre zuteil werden lassen soll, die Speisen und Getränke zu liefern. Und erst Pedreks Eltern! Morwenna ist außer sich vor Freude, und Justin ebenso. Morwenna spricht oft davon, wie nah sich Eure Familien seit Eurer Geburt stehen, und wie eng sie mit Deiner Mutter befreundet war. Oh, Rebecca, ich weiß, wie sehr sich Deine Mutter über Deine Verlobung gefreut hätte. Dein Glück ging ihr über alles. Uns natürlich auch. Pedrek ist wirklich ein sehr netter junger Mann. Wir lieben ihn zärtlich. Diese Nachricht ist ganz wunderbar für uns.

Aber jetzt komme ich zu den regionalen Dingen. In Poldorey geht alles seinen gewohnten Gang. Mrs. Arkwright hat Zwillinge bekommen — wie es unsere kluge Mrs. Polhenny prophezeit hatte. Eines von Joe Garths Fischerbooten ist kürzlich in einem Sturm gesunken. Gott sei Dank konnten alle, die sich an Bord befanden, gerettet werden. Aber der Verlust des Bootes war ein schwerer Schlag für ihn. Irgend jemand hat neulich behauptet, die Glocke vom Teich von St. Branok gehört zu haben. Aber dieses Gerede kennst Du ja. Mrs. Yeo und Miß Heathers fechten ihren alljährlichen Streit um die Weihnachtsdekoration in der Kirche aus. Mrs. Polhenny kämpft noch immer für das Seelenheil der Sünder und fährt unermüdlich auf ihrem alten Knochenschüttler durch die Gegend. Darüber können wir uns immer köstlich amüsieren. Sie ist wirklich eine der größten Sehenswürdigkeiten von Poldorey.

Wir sind sehr enttäuscht, daß Du nicht bei uns sein kannst. Im Frühling mußt Du unbedingt kommen. Du weißt ja, das ist die schönste Jahreszeit. Du wirst uns an Weihnachten sehr fehlen — ganz besonders jetzt, nachdem Pedrek die frohe Botschaft ausgeplaudert hat.

Ganz liebe Grüße von Deinen Großeltern

Beim Lesen dieser liebevollen Briefe wurde mir ganz warm ums Herz. Ich verwahrte sie in der kleinen Silberdose, die meine Mutter mir vor langer Zeit geschenkt hatte, und legte die Dose in eine Schublade. Gelegentlich nahm ich sie heraus und las die Briefe erneut.

Kurz vor Weihnachten kam überraschender Besuch.

Als ich mit den beiden Mädchen von einem Ausritt zurückkehrte, fuhr gerade eine Kutsche vor. Gleich darauf erschien Mrs. Emery unter der Eingangstür und erteilte Anweisungen, wohin das Gepäck des Gastes zu bringen sei.

Der Besucher drehte sich um. Ich erkannte ihn sofort.

»Mr. Gerson!« rief ich.

Belindas Verhalten überraschte mich. Sie sprang von ihrem Pony und lief zu ihm hinüber. Lächelnd schaute sie zu ihm auf. Noch nie hatte sie jemandem einen so herzlichen Empfang bereitet.

Er nahm Belindas Hand und küßte sie mit großartiger Geste. »Es ist mir ein Vergnügen, dich wiederzusehen«, sagte er.

Anschließend trat er zu mir und küßte mir ebenfalls die Hand. Er schaute Lucie an, die ihm huldvoll ihre Hand entgegenstreckte. Auch sie bekam einen Handkuß.

An mich gewandt, sagte er: »Ich habe mich sehr auf Manorleigh gefreut. Ich hatte schon befürchtet, Sie könnten Weihnachten in Cornwall verbringen.«

»Aber wir sind da«, schrie Belinda und machte einen Luftsprung.

»Das ist herrlich!« antwortete er. »Weihnachten auf dem Land in angenehmer Gesellschaft.« Er schenkte uns allen ein Lächeln.

»Bleiben Sie länger?« erkundigte sich Belinda neugierig.

»Das kommt darauf an, wie lange mein Gastgeber mich hierbehält.«

»Ist Ihr Gastgeber mein Vater?« fragte Belinda ein wenig ängstlich.

»Jawohl.«

»Gehen wir ins Haus«, schlug ich vor.

233

Der Stallbursche führte unsere Pferde in den Stall, und wir traten in die Halle. In diesem Augenblick kam Benedict die Treppe herunter.

»Ah, da sind Sie ja, Gerson«, sagte er. »Ihr Zimmer ist vorbereitet. Ich sage Bescheid, daß man Sie hinaufführt. Schön, Sie zu sehen.«

»Ich freue mich, hier sein zu dürfen. Die jungen Damen gaben mir bereits das Gefühl, herzlich willkommen zu sein.«

»Soso«, sagte mein Stiefvater mit ausdruckslosem Gesicht. »Ihr Gepäck wird hinaufgebracht. Hatten sie eine angenehme Reise?«

»Danke, ja.«

»Ich möchte mich gerne noch vor dem Essen mit Ihnen unterhalten.«

»Selbstverständlich.«

»Gut.« Er ging mit Oliver Gerson durch die Halle. Unsere Gegenwart schien er kaum bemerkt zu haben.

Ich sah Belinda an. Ihre Augen strahlten vor Freude. »Das ist wundervoll«, rief sie begeistert. »Freust du dich nicht auch, Lucie? Er bleibt über Weihnachten hier.«

»Er ist sehr nett«, meinte Lucie.

»Natürlich ist er nett! Er ist der netteste Mann, den ich kenne.«

»Du kennst ihn doch kaum«, wies ich sie zurecht.

»Natürlich kenne ich ihn. Und ich mag ihn. Ich freue mich über seinen Besuch.«

Drei Stufen auf einmal nehmend, sprang sie die Treppe hinauf.

Lachend sah ich Lucie an. »Zumindest Belindas Zuneigung ist ihm sicher.«

»Sie spricht dauernd von ihm. Sie sagt, er wäre wie die Ritter, die alles nur Erdenkliche gewagt haben, um die Gunst der Königstochter zu gewinnen.«

»Hoffentlich täuscht sie sich da nicht«, erwiderte ich.

*

An diesem Weihnachtsfest drehte sich fast alles um Oliver Gerson. Den Kindern widmete er viel Zeit. Er zeigte besonderes Verständnis für Belinda, und sie genoß seine Gesellschaft. Sie strahlte vor Glück und benahm sich wie ein ganz normales, unbeschwertes, vergnügtes Mädchen.

Mein Stiefvater und Oliver Gerson zogen sich oft stundenlang zu geschäftlichen Besprechungen zurück. Benedict hatte Oliver Gerson aus diesem Grunde eingeladen.

Mir erzählte er, er sei die rechte Hand meines Stiefvaters.

»Soweit ich weiß, geht es um diese Clubs, oder nicht?«

»Unter anderem. Wie Sie wissen, habe ich bereits für den Großvater Ihres Stiefvaters gearbeitet.«

»Ach, der liebe Onkel Peter.«

»Er war ein wundervoller Mann. Scharfsinnig, bewandert und schlau wie ein Fuchs.«

»Haben Sie gern für ihn gearbeitet?«

»Sehr gern sogar. Es war fast abenteuerlich.«

»Er fehlt der ganzen Familie. Sagen Sie, er war doch in eine unangenehme Affäre verwickelt, was ist daraus eigentlich geworden?«

»Alle, die so schockiert taten, waren nur neidisch auf seinen Erfolg. Die Clubs erfüllen die Bedürfnisse vieler Menschen. Wenn sie spielen wollen, warum soll man sie dann nicht lassen? Wenn sie Geld verlieren, ist das allein ihre Sache.«

»Ich glaube, es ging nicht nur ums Glücksspiel.«

Er zuckte die Achseln. »Niemand wird gezwungen hinzugehen. Jeder besucht unsere Clubs aus freien Stücken. Unsere Geschäfte basieren auf der Grundlage des Gesetzes. Nichts daran ist illegal.«

»Onkel Peter wäre gern Abgeordneter geworden, aber dann gab es einen Skandal im Zusammenhang mit den Clubs, und seine politische Karriere war ruiniert.«

»Ich weiß. Aber das ist Jahre her. Der Prinzgemahl hatte fürchterlich engstirnige Ansichten und entsprechende moralische Grundsätze vertreten. Seit seinem Tod hat sich die öffentliche Meinung gewandelt, und man handhabt das alles viel lockerer.«

»Für meinen Stiefvater besteht also keine Gefahr?«

»Ich nehme an, er weiß, was er tut.«

»Meine Mutter war nicht dafür, daß er sich auf diese Geschäfte einließ. Sie bat ihn, die Clubs sofort zu verkaufen.«

»Dazu ist er ein viel zu guter Geschäftsmann. Wie könnte er der Verlockung eines außerordentlichen Gewinns widerstehen?«

»Das sollte ihm doch leichtfallen, er hat schließlich mehr als genug Geld.«

»Sie verstehen die Denkweise eines Geschäftsmannes nicht, Rebecca.«

»Das Glück der Familie sollte vor den Geschäften kommen. Meine Mutter mißbilligte diese Geschäfte und litt sehr darunter. Das war kurz vor ihrem Tod.«

Ich riß mich zusammen. Er mußte ja denken, daß ich Benedicts Geldgier die Schuld am Tode meiner Mutter gab, was ja vollkommen unsinnig war.

»Ach, wissen Sie«, meinte Oliver Gerson, »er hat einen guten Riecher. Schon bevor er die Goldmine seiner ersten Frau übernommen hat, ging es ihm finanziell nicht schlecht. Soviel ich weiß, arbeiteten viele Männer für ihn.«

»Ja. Meine Mutter hat mir das oft genug erzählt. Er hatte Glück und fand Gold, aber es reichte nicht zu dem großen Vermögen, das er sich ersehnt hatte. Immerhin war es genug, um andere Goldsucher einstellen und ihnen die Sicherheit eines geregelten Einkommens geben zu können. Die Chance, in seiner Mine Gold zu finden, stieg mit der Zahl der Arbeiter.«

»Sehen Sie, daß er den richtigen Riecher hat? Er zieht ein abenteuerliches Leben einem bequemen häuslichen Dasein vor. Ein Mann wie er will keine Ruhe und Bequemlichkeit, sondern Abenteuer und Spannung.«

»Und Sie? Haben Sie auch eine Nase für die richtigen Geschäfte?«

»Na klar. Leider hatte ich bis jetzt noch nicht so viel Glück wie Ihr Stiefvater.«

»Hoffentlich müssen Sie nicht mehr allzu lange darauf warten.«

»Das hoffe ich auch. Und ich werde mein Ziel erreichen. Was die momentanen Geschäfte angeht, so müssen Sie sich darüber keine Sorgen machen. Ihr Stiefvater weiß, wie man gefährliche Klippen umschifft.«

»Sie bewundern ihn sehr.«

»Wenn Sie mit ihm zusammenarbeiten, täten Sie es auch.«

Die Zeit, die Oliver Gerson nicht mit Besprechungen bei meinem Stiefvater zubrachte, schenkte er mir und den Kindern. Er behandelte die beiden Mädchen wie kluge Erwachsene und nicht wie unwissende Kinder. Meine Vermutung in bezug auf Belinda bestätigte sich. Sie brauchte nur konsequent liebevolle Zuwendung, und schon benahm sie sich wie ein ganz normales Kind. Ich freute mich über ihren Wandel, der uns allen guttat.

Häufig ritten wir zusammen aus. Meist sprachen wir nur über Belanglosigkeiten. Immer wieder brachte er die Kinder zum Lachen. Ständig fielen ihm neue Spiele ein, die sie begeisterten und unsere Ausflüge besonders vergnüglich machten.

»Wer von euch als erste einen Stechpalmenstrauch mit mindestens zehn Beeren entdeckt, bekommt eine Belohnung.«

Sie kicherten. Lucie rief: »Da ist einer!«

»Das ist kein Stechpalmenstrauch, Mr. Gerson. Oder?« fragte Belinda.

»Nein, das ist irgend etwas anderes. Jedenfalls keine Stechpalme. Eure Gouvernante könnte uns wahrscheinlich sagen, was das für ein Busch ist.«

»Wir sind froh, daß sie verreist ist. Sie macht aus jedem Spaß eine Unterrichtsstunde.«

»Lucie, es tut mir leid, aber das war der falsche Strauch. Versuch's noch mal.«

Ein anderes Mal ging es darum, wer zuerst ein graues Pferd entdeckte.

Die Kinder wetteiferten gerne miteinander und genossen diese Spiele sehr.

Der Ablauf des Weihnachtstages war genau geplant. Nur für die Unterhaltung der Kinder mußte noch gesorgt werden.

Oliver Gerson sprach mich darauf an. »Wir müssen uns für die beiden eine Beschäftigung einfallen lassen, von alleine geschieht da nichts.«

»Eine ausgezeichnete Idee. In Cador war Weihnachten ganz anders, da passierte immer irgend etwas.«

»Lassen Sie mich mal überlegen. Was halten Sie von einer Schatzsuche?«

»Eine Schatzsuche? Wo sollte die denn stattfinden?«

»Im Garten. Im Haus dürfen sie nicht herumtoben, solange sich die anderen Leute ausruhen.«

»Und wenn es regnet oder schneit?«

»Dann müssen wir eben im Haus irgendein ruhiges Spiel mit ihnen machen.«

»Wie soll die Schatzsuche vor sich gehen?«

»Die Kinder bekommen ein paar Hinweise — ungefähr sechs. Eine Reihe von kleinen Versen vielleicht, die ihnen den Weg weisen. Das ist weiter kein Problem.«

»Das hört sich wunderbar an. Wer verfaßt die Verse?«

»Wir. Dazu brauche ich Ihre Hilfe, weil Sie sich im Garten gut auskennen.«

»Eine gute Idee.«

»Natürlich. Sie ist ja auch von mir.«

Wir lachten.

»Wie viele Kinder kommen Weihnachten?« erkundigte er sich.

»Sechs. Vielleicht auch sieben. Die zwei von Benedicts Wahlleiter, dann noch die drei von seinen unermüdlichen Mitarbeitern und unsere beiden.«

»Sehr gut. Genau die richtige Anzahl. Um den rechten Ehrgeiz zu wecken, muß der Gewinner einen Preis erhalten. Ein Preis muß unbedingt sein.«

»Was nehmen wir als Preis?«

»Wir gehen heute noch ins Dorf und kaufen eine riesige Konfektschachtel. So eine bunte, auffallende. Eben einen würdigen Preis.«

238

»Das gefällt ihnen bestimmt.«

»Zumindest vertreibt es ihnen die Langeweile. Für Kinder ist es eine Strafe, wenn sie sich wegen müder Gäste mucksmäuschenstill verhalten müssen.«

»Glauben Sie nicht, daß Sie zu müde sein werden, um sich der Kinder anzunehmen?«

»Ich? Niemals! Ich werde hellwach und auf dem Posten sein.«

»Sehr schön. Das wird bestimmt ein unvergeßliches Weihnachtsfest für unsere beiden.«

»Gut. Machen wir uns sofort ans Werk. Zuerst die Hinweise. Aber die Kinder dürfen natürlich noch nichts ahnen. Am besten, wir verstecken uns. Wie wär's mit dem Sommerhaus? Wenn wir die Tür zumachen, ist es nicht zu kalt. Dort suchen sie uns nie.«

»Einverstanden. Gleich jetzt?«

»Natürlich. Wir haben noch viel zu tun. Heute nachmittag besorgen wir den Preis.«

Das Verseschmieden im Sommerhaus machte viel Spaß. Gemeinsam arbeiteten wir einfache Hinweise aus und verteilten sie an den entsprechenden Stellen im Garten. Anschließend kauften wir im Dorf eine große Konfektschachtel mit einer riesigen roten Schleife.

Bei unserer Rückkehr liefen uns Belinda und Lucie entgegen. Belinda umklammerte Oliver Gersons Arm.

»Wo seid ihr gewesen?« fragte sie in gebieterischem Ton.

»Oh«, erwiderte Oliver und machte ein verschwörerisches Gesicht. »Auf einer geheimen Mission.«

»Was für eine geheime Mission? Und was ist das da?«

Er legte einen Finger auf den Mund und lächelte mir geheimnisvoll zu.

Lucie griff nach meiner Hand. »Was ist das, Rebecca?« wollte sie wissen.

»Das«, sagte Oliver und hielt das Päckchen hoch, »ist der Preis.«

»Was für ein Preis? Was für ein Preis?« kreischte Belinda.

»Sollen wir es ihnen sagen?« fragte Oliver und sah mich an.

239

»Ich glaube schon. Sie können es ruhig schon wissen.«

Belinda konnte nicht mehr still stehen und hüpfte von einem Bein aufs andere.

Oliver sagte: »Am Weihnachtstag, nach dem Fest . . . findet eine Schatzsuche statt.«

»Was denn für ein Schatz?«

»Miß Rebecca und ich haben uns das für euch ausgedacht.«

»Für uns?« schrie Lucie, die inzwischen ebenso aufgeregt herumsprang wie Belinda.

»Für euch und all die anderen Kinder, die Weihnachten zu Besuch kommen. Mit mehreren Kindern macht es viel mehr Spaß.«

»Wie geht das? Ich will es wissen«, forderte Belinda.

»Wie schon gesagt, das hier ist der Preis. Man könnte auch sagen, der Schatz. Er gehört dem Kind, das am schnellsten ans Ziel gelangt. Ihr bekommt alle einen ersten Hinweis, der euch zum nächsten führt und dieser führt wiederum zum nächsten und so weiter. Insgesamt liegen für jeden von euch sechs Hinweise bereit. Alle betreffenden Stellen befinden sich hier im Garten. Wer zuerst alle sechs Hinweise entdeckt hat, bringt sie zu uns und erhält den Schatz. Wir, das heißt Miß Rebecca und ich, warten im Sommerhaus auf euch.«

»Das ist ein wunderschönes Spiel«, meinte Belinda. »Sie denken sich immer die herrlichsten Spiele aus, Mr. Gerson.«

»Nichts bereitet mir mehr Vergnügen, als Ihnen eine Freude zu machen, Miß Belinda.«

»Und was ist mit mir?« erkundigte sich Lucie.

»Das trifft natürlich auch auf Sie zu, Miß Lucie, und auf Miß Rebecca. Und auf all die anderen, die Weihnachten mitspielen.«

»Wann bekommen wir die Hinweise?« fragte Belinda.

»Wenn alle da sind. Sonst wäre es kein faires Spiel.«

Den ganzen Tag sprachen sie nur noch von der Schatzsuche.

»Hoffen wir auf gutes Wetter«, sagte ich. »Sie wären bitter

enttäuscht, falls uns das Wetter einen Strich durch die Schatzsuche macht.«

Am Weihnachtsmorgen hingen graue Wolken am Himmel. Es war ein trüber Tag, und die Luft war sehr feucht. Wir hofften inständig, daß es nicht anfangen würde zu regnen. Wenigstens war es nicht besonders kalt.

Am Vormittag besuchte die ganze Familie den Gottesdienst. Wir waren gerade zu Hause eingetroffen, da erschienen auch schon die Weihnachtssänger und sangen die wohlbekannten Lieder, die mich zutiefst bewegten.

Nach ihrer Darbietung bat Benedict die kleinen Sänger in die Halle und hielt eine kurze Dankesrede. Celeste verteilte an alle heißen Punsch und Pfefferminzpastete.

Anschließend begann das festliche Weihnachtsessen. Die Kinder saßen gemeinsam mit Leah an einem kleinen Tisch, während die Erwachsenen an dem großen Eichentisch mitten in der Halle Platz nahmen. Beim Essen herrschte eine ausgelassene Stimmung, und es wurde viel gelacht. Ich beobachtete meinen Stiefvater, der am Kopfende des Tisches saß und sich ganz reizend um seine Gäste bemühte. Wenn er sich doch ebenso liebevoll um seine Familie kümmern würde, dachte ich. Celeste saß ihm gegenüber am anderen Ende des Tisches und versuchte, die in sie gesetzten Erwartungen zu erfüllen. Mein Tischnachbar war Oliver Gerson. Ich vermutete, daß er diese Sitzordnung arrangiert hatte, was mich aber nicht weiter störte, denn ich fand die Aussicht auf eine vergnüglich dahinplätschernde Konversation sehr angenehm.

Hin und wieder blickte er zu dem kleinen Tisch hinüber. Wenn er Belindas Blick auffing, hob er grüßend die Hand, und sofort glitt ein Lächeln über ihr Gesicht. Im Gegensatz zu meinem vom politischen Ehrgeiz besessenen Stiefvater hatte Oliver Gerson noch Zeit für andere Menschen.

Ich sagte: »Anscheinend hält sich das Wetter.«

»Hoffentlich. Sonst müssen wir uns für die Kinder etwas anderes ausdenken.«

241

»Es darf einfach nicht regnen. Sie können es kaum noch erwarten, bis die Schatzsuche anfängt. Belinda und Lucie sprechen von nichts anderem mehr. Sogar die Weihnachtsgeschenke sind Nebensache geworden.«

Das Essen dehnte sich in die Länge, aber schließlich wurde die Tafel aufgehoben.

Inzwischen wußten alle Kinder von der bevorstehenden Schatzsuche. Sie drängten sich um Oliver, der ihnen sogleich den ersten Hinweis gab.

»Miß Rebecca und ich warten im Sommerhaus. Wer uns zuerst die sechs Hinweise bringt, bekommt den Schatz. Hier ist er.« Er hielt das Päckchen mit der großen roten Schleife hoch.

»Ich gebe euch jetzt das Startzeichen. Achtung, fertig, los!«

Auf dem Weg zum Sommerhaus fragte ich ihn: »Ist es den anderen Kindern gegenüber nicht etwas unfair, da Belinda und Lucie den Garten doch viel besser kennen als sie?«

»Es ist nie ganz gerecht«, entgegnete er.

»Nun, einige von ihnen sind immerhin älter als unsere, das schafft eine Art Ausgleich.«

»So ist's nun mal im Leben: Der eine hat den Vorteil, der andere jenen.«

Inzwischen waren wir am Sommerhaus angelangt, traten ein und setzten uns in die Korbsessel.

»Ob wir wohl lange warten müssen?«

»Nein, keine Sorge. Die Hinweise sind leicht zu entschlüsseln. Schon bald erscheint ein triumphierendes Kind auf dieser Schwelle.«

»Belinda möchte gerne die Siegerin sein.«

»Das hoffe ich für sie«, sagte er. »Das arme Kind.«

»Sie sagen das mit sehr viel Gefühl.«

»Sie ist ein interessantes kleines Mädchen. Sehr gescheit, wirklich. Sogar außerordentlich klug. Ich glaube, sie ist unglücklich.«

»Das stimmt. Außerdem ist so oft sehr schwierig.«

Er nickte.

»Aber«, setzte ich hinzu, »in letzter Zeit fühlt sie sich wohler. Sie haben sehr viel für sie getan.«

»Ich finde, ihr Vater müßte sich mehr um sie kümmern.«

»Allerdings. Es ist sehr traurig, wenn ein Kind so wenig Zuwendung bekommt. Doch der wichtigste Mensch im Leben eines Kindes ist die Mutter, und sie hat ihre Mutter nie gekannt.«

»Was ist mit Leah?«

»Sie ist das beste Kindermädchen, das man sich vorstellen kann, und sie tut alles für das Kind. Manchmal fürchte ich, sie verwöhnt sie zu sehr. Ich mache mir auch Sorgen um Lucie. Sie merkt nur zu gut, daß sie erst an zweiter Stelle kommt.«

»Lucie ist ein ganz entzückendes Kind. Ist sie wegen dieser offensichtlichen Benachteiligung durch Leah gekränkt?«

»Das weiß nicht nicht. Kinder sprechen über solche Dinge selten. Es ist schwer, ihre tieferen Gefühle zu ergründen. Belinda läßt Lucie manchmal spüren, daß sie die Tochter des Hauses ist. Lucies Geburt umgibt ein Geheimnis. Ihre Mutter war ein bißchen verrückt, und ihren Vater kennt niemand.«

»Erstaunlich, daß Sie sie aufgenommen haben.«

»Eigentlich haben es meine Großeltern getan. Ich war damals erst elf Jahre alt. Aber ich war davon überzeugt, sie nicht verlassen zu dürfen. Meine Großeltern erhörten meine Bitte und nahmen sie auf. Wenn mein Stiefvater später nicht erlaubt hätte, Lucie mit nach London zu nehmen, hätten sie sich in Cador um sie gekümmert. Aber er hatte nichts dagegen, und seitdem lebt sie bei uns.«

»Eigentlich sollte man annehmen, daß es Lucie und nicht Belinda an einem Gefühl der Sicherheit und Zugehörigkeit mangelt.«

»Lucie nimmt ihr Schicksal hin. Sie weiß, daß sie auf ungewöhnlichem Weg in unsere Familie kam. Mich betrachtet sie als eine Art Ersatzmutter. Und Belinda und sie stehen sich so nahe wie richtige Schwestern. Natürlich gibt es gelegentlich Streit, aber das ändert nichts an ihrer gegenseitigen Zuneigung.«

Er nahm meine Hand und drückte sie fest. »Ich finde es

sehr lieb von Ihnen, daß Sie sich dieses Kindes angenommen haben.«

»Ich konnte nicht lange zögern, und ich habe es noch keinen Tag bereut.«

»Und wenn Sie heiraten . . .?«

»Ich heirate nur einen Mann, der auch dieses Kind aufnimmt.«

Bei dem Gedanken an Pedrek lächelte ich unwillkürlich. Mit einem Ruck wurde die Tür aufgerissen, und Belinda stand vor uns. Endlich ließ Oliver meine Hand los.

»Hast du alle sechs Hinweise? Dann bekommst du den Schatz«, sagte Oliver.

Den Tränen nahe, schüttelte sie den Kopf.

»Ich habe nur fünf Verse«, jammerte sie. »Ich kann den letzten nicht finden. Ich habe überall nachgesehen. Lucie ist auch schon so weit wie ich. Aber ich will den Schatz. Er gehört mir. Das ist mein Haus.«

»Das eine hat mit dem anderen nichts zu tun«, wies ich sie zurecht. »Das ist ein Spiel. Du mußt ehrlich gewinnen und darfst keine schlechte Verliererin sein.«

Oliver Gerson streckte die Hand aus. Sie trat zu ihm und lehnte sich vertrauensvoll an ihn. Er öffnete ihre zu einer Faust geballte Hand und nahm ein paar Papierstückchen heraus.

»Der letzte fehlt«, sagte sie völlig verzweifelt.

»Was steht denn auf Zettel Nummer fünf?« fragte er. Er glättete das zerknüllte Papier und las laut vor:

»Hinter dem Wasser mußt du suchen,
vor den kleinen Hügeln,
neben dem edlen Griechen mit den Flügeln.«

Er faßte sie an den Schultern. Erwartungsvoll blickte sie ihn an.

»Du hast nicht genug nachgedacht. Du weißt doch, wo das Wasser ist. Oder etwa nicht?«

Sie schüttelte den Kopf.

»Wer ist der edle Grieche?«

»Das weiß ich nicht.«

»Natürlich weißt du das. Wer hat Flügel an den Schuhen?«
Verständnislos starrte sie ihn an.

»Wo wachsen denn die Seerosen?«

»Im Teich.«

»Ist das vielleicht kein Wasser? Und was befindet sich auf der Anhöhe über dem Wasser? Steht da nicht eine kleine Statue?«

Plötzlich begreifend, riß sie die Augen auf.

»Jetzt weißt du, wo du suchen mußt. Geh und hol den letzten Hinweis!«

Sie eilte davon. Ich wandte mich an Oliver Gerson: »Das ist gemein. Sie haben ihr das Versteck verraten.«

»Ich weiß.«

»Das ist den anderen gegenüber nicht fair.«

»Niemand wird es erfahren.«

»Aber, Mr. Gerson . . .«

»Wollen Sie nicht Oliver zu mir sagen? Das ist ein achtbarer und ruhmreicher Name. Oliver Goldsmith, Oliver Cromwell, Oliver Gerson.«

»Lenken Sie nicht ab. Sie haben gemogelt.«

»Was blieb mir denn anderes übrig?«

Atemlos rannte Belinda herein. Stolz schwenkte sie die sechs Zettel mit den Hinweisen. »Ich habe sie gefunden! Ich habe sie gefunden! Der Schatz gehört *mir*!«

Er nahm ihr die Zettel aus der Hand.

»Tatsächlich, es sind alle da. Dann bist du die erste und hast den Schatz verdient. Nun rufen wir die anderen, damit sie bei der Übergabe des Schatzes dabei sind.«

Gemeinsam verließen wir das Sommerhaus. Ich war wütend auf ihn, weil er die anderen Kinder betrogen hatte.

Er rief: »Kinder, hört mit der Suche auf, der Schatz ist bereits gefunden worden. Kommt alle zum Sommerhaus.«

Ausgelassen hüpfte Belinda um uns herum. Lucie lief schon über das Gras auf uns zu.

»Ich hätte fast gewonnen«, erzählte sie mir. »Ich hätte nur noch einen Zettel finden müssen.«

Nacheinander traten auch die anderen Kinder ein.

Oliver Gerson hob das mit dem roten Band geschmückte Päckchen hoch und rief: »Die Jagd ist beendet! Belinda ist die Siegerin. Miß Belinda Landson, dieser Schatz gehört Ihnen.«

Feierlich legte er ihr das Päckchen in die Hände. Ihr Gesicht strahlte vor Freude. Sie reichte das Päckchen Lucie, und einen winzigen Augenblick lang glaubte ich, sie würde ihr den Schatz überlassen. Aber sie wollte nur die Hände frei haben, um Oliver Gerson umarmen zu können. Er beugte sich zu ihr hinunter, und sie gab ihm einen Kuß.

Gleich anschließend entriß sie Lucie das Päckchen und drückte es ganz fest an ihre Brust.

Noch nie hatte ich sie so glücklich gesehen. Oliver Gerson hatte Belinda das schönste Weihnachten beschert, das sie je erlebt hatte.

In den nächsten Tagen schwebte Belinda wie auf Wolken. Längst hatte sie die Schokolade aus ihrem Schatzpäckchen aufgegessen, aber der leeren Schachtel räumte sie einen Ehrenplatz im Kinderzimmer ein. Immer wieder fiel ihr Blick auf die große rote Schleife. Freudig leuchteten ihre Augen auf.

Oliver Gerson war ihr Held. Es schien ihr gar nicht in den Sinn zu kommen, daß sie das Spiel auf höchst unfaire Weise gewonnen hatte. Sie hatte gewonnen, und nur das zählte.

Am nächsten Tag sprach ich ihn im Garten noch einmal auf die Schatzsuche an.

Er nahm meinen Arm und sagte: »Kommen Sie bitte mit ins Sommerhaus. Ich möchte ungestört mit Ihnen reden.«

Als wir uns gesetzt hatten, begann er: »Ja, ich weiß, es war nicht ganz korrekt. Ich habe gegen die Regeln verstoßen. Aber das Kind tat mir leid. Belinda interessiert mich. Und sie hat schon soviel Kummer gehabt.«

»Alles, was ihr fehlt, ist ein normales Familienleben, Eltern, die sie lieben. Manchmal hasse ich ihren Vater für das, was er ihr antut.«

»Ihm ist das gar nicht bewußt. Er will nur vergessen. Und dabei steht sie ihm im Wege.«

»Ich weiß nicht. Meine Mutter ist schon seit vielen Jahren tot.«

»Trotzdem. Aber wir können nichts für ihn tun. Doch dem Kind können wir helfen. Und das versuche ich.«

»Mit Erfolg. Sie haben sie sehr glücklich gemacht. Trotzdem ist es nicht gut, wenn sie glaubt, sie könnte mit Hilfe eines Betrugs alles erreichen, was sie will.«

»Im Leben passiert das öfters.«

»Das mag sein. Aber ich mißbillige und bedauere ein solches Verhalten sehr. Keinesfalls kann man ein Kind mit solchen Methoden erziehen. Sie haben ihr nach Ihrem Verhalten zu verstehen gegeben, daß nichts daran auszusetzen ist, wenn man auf unehrliche Weise zum Erfolg gelangt.«

»Sie sind eine Frau mit außerordentlich strengen moralischen Grundsätzen.«

»Darum geht es gar nicht. Ein Kind läßt sich leicht beeinflussen. Belinda bewundert Sie. Und was immer Sie auch machen, Belinda findet es richtig. So unbedeutend Ihnen diese Angelegenheit auch erscheinen mag, Sie sind ein Vorbild für Belinda und haben ihr auf diese Weise etwas grundlegend Falsches beigebracht.«

»Wenn Sie das so sehen, bitte ich Sie ganz herzlich um Entschuldigung. Trotzdem meine ich, daß man schon mal etwas großzügiger verfahren kann, wenn man damit ein Kind glücklich macht.«

»Glücklich machen? Jedes dieser Kinder hätte vor Freude gestrahlt, wenn es gewonnen hätte. Es war ein Spiel. Ein Wettbewerb. Und eines dieser Kinder wurde ungerechterweise auf das Siegespodest gehoben.«

»Ich verspreche Ihnen, nie wieder eine solche Dummheit zu machen. Hätte ich gewußt, wie Sie darüber denken, hätte ich es bleibenlassen. Aber sie war so verzweifelt und wollte um jeden Preis gewinnen. Da dachte ich, das arme Kind hat schon genug Schwierigkeiten, warum gönnst du ihm nicht einen kleinen Triumph?«

»Das war ja auch sehr nett. Vielleicht ist es wirklich nebensächlich, daß es eine Art Betrug war.«

»Nein, ich verstehe genau, was Sie meinen. Ich habe einen Fehler gemacht.«

»Sie haben sehr viel für sie getan, und dafür möchte ich Ihnen danken. Sie hat das schönste Weihnachtsfest ihres Lebens gefeiert. Sprechen wir nicht mehr davon. Ich nörgle wohl etwas zuviel.«

»Nein. Sie sind reizend und freundlich. In jeder Hinsicht eine außerordentlich sympathische Person.«

Ich fühlte mich zunehmend unwohl in seiner Gegenwart.

»Rebecca«, fuhr er fort. »Ich möchte Ihnen schon lange etwas sagen. Aber ich wollte den passenden Zeitpunkt abwarten. Ich hatte Angst, überstürzt zu handeln.«

»Was wollten Sie mir denn sagen?«

»Wissen Sie das nicht? Sie kennen doch meine Gefühle für Sie.«

Ich lehnte mich zurück und sah ihn aufmerksam an. Ein zärtliches Lächeln umspielte seinen Mund.

»Ich liebe Sie, Rebecca«, sagte er. »Seit ich Sie zum erstenmal gesehen habe. Es zog mich stets unwiderstehlich zu Ihnen hin. Ihr liebevoller Umgang mit den Kindern überwältigte mich. Die Fürsorge, mit der Sie sich um Belinda kümmern, und die Güte, die Sie dem anderen Mädchen Lucie entgegenbringen, hebt Sie für mich über alle anderen Menschen hinaus. Ich habe geträumt und gehofft. Ich habe uns bereits als Paar gesehen. Zusammen mit den Kindern. In dieser Hinsicht brauchen Sie sich keine Gedanken zu machen, Rebecca. Ich liebe Sie und möchte Sie heiraten.«

»Bitte, sprechen Sie nicht weiter«, unterbrach ich ihn. »Ich fühle mich geschmeichelt und geehrt. Ich schätze Sie sehr. Aber ich kann Sie nicht heiraten.«

»Das habe ich befürchtet. Verzeihen Sie mir, Rebecca. Lassen Sie uns Freunde bleiben. Aber denken Sie bitte noch einmal darüber nach.«

»Nein, Oliver, das hat keinen Zweck. Um Ihnen die Wahrheit zu sagen, ich heirate einen anderen Mann.«

Ungläubig starrte er mich an.

»Bitte, das muß ein Geheimnis bleiben. Es handelt sich

nicht um einen unüberlegten, plötzlichen Entschluß. Wir kennen uns seit unserer Kindheit, und die Hochzeit ist eigentlich, nun ja, wie soll ich sagen, unvermeidlich. Wir haben uns vor noch nicht allzu langer Zeit verlobt. Zu Beginn der Saison in London.«

»Ich verstehe«, sagte er ernüchtert.

»Es tut mir leid, Oliver. Ich mag Sie, und ich bin Ihnen dankbar für alles, was Sie für Belinda getan haben. Das werde ich nie vergessen.«

»Anscheinend habe ich mir zuviel erhofft.«

Ich schüttelte den Kopf. »Wenn ich frei wäre, wenn die Dinge anders lägen . . .«

»Ihre Entscheidung ist also endgültig und unwiderruflich?«

»Ja.«

»Und Sie lieben diesen Mann?«

»Ja, ohne Zweifel.«

»Und bis jetzt weiß niemand davon? Ist Ihre Familie mit dieser Heirat nicht einverstanden?«

»Doch. Alle freuen sich darüber.«

»Ihr Stiefvater . . .?«

»Er weiß es noch nicht. Aber ich betrachte ihn nicht als einen meiner Familienangehörigen. Darum ist seine Meinung für mich nicht wichtig. Aber meine Großeltern, die mich aufgezogen haben, und auch seine Familie sind begeistert.«

»Außer Ihrem Stiefvater wissen folglich alle davon?«

Ich nickte. »Wir können erst in einem Jahr heiraten. Dann aber erfährt es die ganze Welt.«

Er nahm meine Hand und küßte sie. »In diesem Fall bleibt mir nichts anderes übrig, als Ihnen alles Glück zu wünschen, das Sie sich erhoffen.«

»Vielen Dank, Oliver. Ich bin froh, daß Sie soviel Verständnis aufbringen.«

Die Tür des Sommerhauses wurde aufgestoßen, und Belinda und Lucie stürmten herein.

»Wir haben euch überall gesucht«, schimpfte Belinda. »Nicht wahr, Lucie?«

»Wir haben den ganzen Garten abgesucht, und dann hat Belinda gesagt, vielleicht sind sie wieder im Sommerhaus und bereiten eine neue Schatzsuche vor.«

»Nein«, entgegnete Oliver. »Eine Schatzsuche an Weihnachten reicht. Sonst wird es langweilig. Miß Rebecca und ich haben uns nur unterhalten.«

»Das scheint eine ernsthafte Unterhaltung gewesen zu sein«, sagte Belinda. »Wann reiten wir?«

»Wenn du willst, sofort«, schlug Oliver vor und wandte sich an mich. »Falls Sie Lust dazu haben.«

»Ja, gern.«

»Wonach sollen wir diesmal Ausschau halten?« wollte Belinda wissen. »Das letztemal haben wir braune Pferde gesucht.«

»Dann nehmen wir diesesmal schwarze«, erklärte Oliver. »Schwarze Pferde sieht man nicht oft.«

»Schwarze Pferde, schwarze Pferde«, schrie Belinda begeistert. »Bestimmt entdecke ich als erste eines. Los, kommt. Wir wollen keine Zeit verlieren.«

Sie lief zu Oliver und zerrte ihn am Arm.

Am Abend kam Belinda in mein Zimmer. Sie trug bereits ihr Nachthemd, denn sie mußte bald schlafen gehen. Ihr Besuch überraschte mich, aber ich freute mich über ihren Wunsch, mit mir zu reden. Unser Verhältnis war in der letzten Zeit besser geworden.

»Schön, daß du mich besuchst, Belinda. Du bist ja schon ausgezogen.«

»Leah bringt bald unsere Milch und die Biskuits.«

»Ich weiß. Möchtest du mir etwas sagen?«

Sie schwieg ein paar Sekunden, dann platzte sie heraus: »Du heiratest Oliver, habe ich recht?«

»Nein«, antwortete ich.

»Ich bin überzeugt, er hat dich gefragt. Er mag dich sehr.«

»Wie kommst du darauf?«

»So wie er dich ansieht und dir zulächelt, wenn er mit dir spricht. Außerdem redet er andauernd von dir.«

250

»Du bist eine gute Beobachterin, Belinda.«

»Ich weiß alles über diese Dinge, und ich weiß, er will dich heiraten. Und *ich* will das auch.«

»Du? Warum denn?«

»Dann könnte ich bei euch wohnen. Wir gehen von hier weg und wohnen in seinem Haus. Du und ich, Lucie und Oliver. Dann machen wir die ganze Zeit Spiele und eine Schatzsuche nach der anderen.«

»Das Leben besteht nicht nur aus Spielen und Schatzsuchen. Das weißt du genau.«

»Mit ihm haben wir immer soviel Spaß. Bestimmt hätten wir eine wunderschöne Zeit zusammen. Wir vier. Leah könnten wir natürlich auch mitnehmen.«

»Bevor du dir zuviel Gedanken machst, Belinda, sage ich dir ein für allemal, daß ich ihn nicht heiraten werde.«

»Aber er macht dir bestimmt einen Antrag.«

»Zu einer Ehe gehören immer zwei.«

»Ganz bestimmt fragt er dich. Ich dachte, er hätte dir im Sommerhaus einen Antrag gemacht. Wir hätten noch eine Weile draußen warten sollen, dann hättest du heute deine Verlobung bekanntgeben können.«

»Jetzt hör mir mal zu, Belinda. Ich weiß, du magst ihn sehr und würdest dich natürlich freuen, wenn er dein Schwager werden würde. Aber das Leben richtet sich nicht immer nach deinen Wünschen. Wir können nicht immer das haben, was wir wollen. Und schon gar nicht, wenn andere Menschen davon betroffen sind. Ich werde ihn auf gar keinen Fall heiraten.«

»Warum nicht?«

»Weil ich nicht will.«

»Alle Leute heiraten in deinem Alter.«

»Woher willst du das wissen?«

»Alle sagen es. Wenn man alt wird, muß man heiraten.«

»Man muß nicht. Und ich denke nicht daran, Mr. Gerson zu heiraten.«

»Aber er will dich heiraten.«

»Das weißt du doch gar nicht.«

»Doch, natürlich. Das weiß ich ganz genau.«

»Du kommst dir wohl sehr klug vor, wie?«

»Willst du etwa einen anderen heiraten?«

Ich zögerte einen Augenblick zu lang, und sie beobachtete mich scharf.

»Ich glaube fast, du hast das vor«, sagte sie anklagend.

»Sieh mal, Belinda, du verstehst nichts davon. Ich denke nicht mal im Traum daran, Mr. Gerson zu heiraten.«

»Aber warum denn nicht? Es wäre so schön. Du verdirbst alles. Wir könnten alle zusammensein. Stell dir vor, wieviel Spaß wir haben werden.«

Sie sah aus, als würde sie gleich in Tränen ausbrechen. Ich zog sie an mich.

»Es geht nicht immer nach deinem Kopf. Man heiratet, wenn man überzeugt ist, den einen und einzigen Menschen gefunden zu haben, mit dem man ein Leben lang glücklich sein kann. Eines Tages wirst du das verstehen. Jetzt geh und trink deine Milch!«

Ihr Gesicht wurde hart. Abrupt drehte sie sich um und rannte aus dem Zimmer.

Wie hatte ich mir nur einreden können, sie hätte sich verändert. Alles mußte nach ihrem Kopf gehen — sogar meine Heirat!

252

Alptraum

Nach Weihnachten verlief das Leben in Manorleigh in angenehmer Gleichförmigkeit. Belinda wirkte zufriedener und ausgeglichener denn je. Mrs. Emery faßte das, was wir alle empfanden, in Worte: »Wie schön, daß sie sich gefangen hat. Sie ist längst nicht mehr so streitsüchtig und viel ruhiger geworden. Außerdem will sie die anderen nicht mehr mit aller Gewalt übertrumpfen.«

Oliver Gerson kam häufig zu Besuch. Er verbrachte viel Zeit mit Benedict, doch ab und zu ritt er mit uns aus. Manchmal fühlte ich seinen wehmütigen Blick auf mir ruhen. Seinen Heiratsantrag wiederholte er jedoch nie mehr. Er verhielt sich unverändert freundlich und höflich.

Aus seiner Zuneigung zu Belinda machte er keinen Hehl, und sie genoß die Aufmerksamkeit, die er ihr schenkte, in vollen Zügen.

Vor Ende Mai war an eine Reise nach Cornwall nicht zu denken. Ich sehnte mich nach Pedrek. Seine regelmäßigen Briefe machten die lange Trennung zwar erträglich, aber sie konnten mir natürlich seine Gegenwart nicht ersetzen. Zuerst hatte ich befürchtet, Belinda würde gegen die Cornwallreise sein, weil Oliver Gerson sie dort nicht besuchen käme. Aber sie schien sich ebenso auf Cador zu freuen wie Lucie. Miß Stringer war allerdings weniger begeistert. Und Leahs Einstellung dazu war wieder gespalten, weil sie zu Hause ja auch ihre Mutter wiedersehen würde.

Endlich kam der von mir sehnsüchtig und ungeduldig erwartete Tag der Abreise.

Meine Großeltern und Pedrek erwarteten uns am Bahnhof.

Einer nach dem anderen umarmte mich liebevoll, und alle redeten gleichzeitig auf mich ein.

»Schön, daß du endlich wieder hier bist!« — »Du siehst

großartig aus!« — »Wir haben schon die Tage gezählt . . . und
Lucie . . . und Belinda . . . meine Güte, wie die beiden gewachsen sind!« — »Ganz Poldorey weiß, daß du heute an-
kommst.«

In der Kutsche umklammerte Pedrek meine Hand so fest,
als fürchte er, ich könnte ihm abhanden kommen. Belinda
und Lucie fragten unentwegt. »Wie geht es Blütenbiatt?« —
»Was macht Schneeglöckchen?« — »Warten die beiden Pferde
auf ihre kleinen Reiterinnen?«

»Da, seht nur, das Meer«, rief Lucie. »Es hat sich überhaupt nicht verändert.«

»Hast du vielleicht erwartet, es sei schwarz oder rot oder
violett geworden?« fragte Belinda abschätzig.

»Nein. Aber es ist doch schön, wenn man es nach so langer Zeit wiedersieht.«

»Von hier aus kann man schon Cador sehen.«

Und wirklich, da lag es vor uns. Genauso majestätisch wie
immer. Das Gefühl, endlich wieder nach Hause zu kommen, machte mich glücklich und zufrieden.

Meine Großeltern lächelten mir zu.

»Die Pencarrons wären am liebsten gleich heute gekommen. Aber wir dachten, am ersten Tag könnte das zuviel für
dich werden. Doch morgen besuchen sie uns bestimmt.«

»Wie schön«, erwiderte ich. »Ach, es ist herrlich, wieder
zu Hause zu sein.«

»Aber du hast dich doch in London und Manorleigh ganz
sicher nicht gelangweilt. Sicherlich hast du viel Interessantes erlebt«, sagte Großmutter.

»Nirgendwo ist es interessanter als in Cador.«

»Weihnachten haben wir eine Schatzsuche gemacht«, verkündete Belinda mit wichtiger Miene.

»Das war sicher sehr schön. So etwas könnten wir in Cador auch einmal machen.«

»Ach nein, das wäre nicht dasselbe, weil Mr. Gerson nicht
da ist. Er hat Gedichte aufgeschrieben, die man alle finden
mußte. Ich habe gewonnen. Los, Lucie, sag ihnen, daß ich
gewonnen habe.«

»Du hast mich um höchstens vier Sekunden geschlagen«, antwortete Lucie.

»Das muß ja ein aufregendes Spiel gewesen sein«, meinte Großmutter schmunzelnd.

»Es war die schönste Schatzsuche der Welt«, seufzte Belinda wehmütig.

Ich war glücklich. Endlich konnte ich wieder mit Pedrek zusammensein. Wegen meiner Ankunft hatte er sich ein paar Tage vom Studium freigenommen, und später würde er jedes Wochenende in Pencarron verbringen.

In Cador ging ich rasch auf mein Zimmer und blickte aus dem Fenster auf das Meer hinaus. Lucie und Belinda waren gleich zum Stall gerannt, um Blütenblatt und Schneeglöckchen zu begrüßen.

Meine Großmutter kam zu mir ins Zimmer.

»Soll ich dir beim Auspacken helfen?«

»Nein, das mache ich allein.«

Wir umarmten uns.

»Mir kommt es vor, als hätte ich dich Jahre nicht gesehen, Rebecca.«

»Ja, mir geht's genauso. Es war eine lange Zeit.«

»Du und Pedrek. Es ist einfach wunderbar. Die Pencarrons sind ganz aus dem Häuschen. Du kennst sie ja.«

»Die beiden sind wirklich ein zauberhaftes altes Paar.«

»Wir waren immer gute Freunde. Fast schon eine Familie. Und jetzt werden wir wirklich eine richtige Familie. Pedrek sagte, wenn er sich anstrengt und hart arbeitet, kann er schon am Ende dieses Semesters mit seinem Examen fertig sein. Der alte Jos Pencarron meinte, er habe die Mine auch ohne ein Studium oder irgendein Diplom über all die Jahre sehr gut geleitet. Aber heutzutage bräuchte man anscheinend ein Stück Papier dazu. Wenn ihr verheiratet seid, werdet ihr ganz in unserer Nähe wohnen. Dein Großvater und ich, wir freuen uns schon sehr darauf.«

Es klopfte an die Tür.

»Herein«, rief Großmutter.

Ein Mädchen betrat das Zimmer. Viel älter als sechzehn

Jahre konnte sie nicht sein. Sie hatte sehr dunkles Haar — fast schwarz —, wunderschöne dunkle Augen und eine bräunliche Hautfarbe. Ausländische Typen wie sie waren in Cornwall keine Seltenheit. Man behauptete, beim Untergang der spanischen Armada hätten sich etliche Seeleute auf das Festland retten können, in Cornwall niedergelassen und einheimische Mädchen geheiratet. Auf diese Weise hatte sich spanisches mit keltischem Blut vermischt. Dieses Mädchen hatte eine starke erotische Anziehungskraft und war außerordentlich attraktiv.

Sie blickte abwartend auf mein Gepäck.

»Das ist Magde«, stellte meine Großmutter sie vor. »Sie ist seit einem Monat bei uns und arbeitet in der Küche.«

»Man hat mich heraufgeschickt, Madam, weil ich Miß Rebecca beim Auspacken behilflich sein soll.«

»Vielen Dank«, sagte ich und lächelte. »Aber ich kann das ganz gut alleine. Ich brauche keine Hilfe.«

Sie zögerte und schien nicht zu wissen, wie sie sich verhalten sollte.

»Ist schon gut, Madge«, sagte Großmutter. »Du hast ja gehört, Miß Rebecca kommt alleine zurecht.«

Magde machte die Andeutung eines Knickses und ging mit enttäuschter Miene hinaus.

»Ein auffallendes Mädchen«, sagte ich.

»Ja. Und sie arbeitet fleißig. Ich glaube, sie ist froh, bei uns zu sein.«

»Sie ist erst seit einem Monat in Cador?«

»Ja. Sie kommt von Land's End. Mrs. Fellows hatte von ihr gehört und gemeint, sie könne sie in der Küche gut brauchen. Seit Ada geheiratet und uns verlassen hat, ist ihr die Arbeit über den Kopf gewachsen. Deshalb haben wir Madge eingestellt.«

»Was hat sie vorher gemacht? Sie scheint noch sehr jung zu sein.«

»Soweit ich weiß, ist sie das älteste von acht Kindern. Ihr Vater ist einer von diesen Bibelfanatikern. Du weißt schon, so mit Fegefeuer und Zorn Gottes und dergleichen.«

»Davon gibt es in Cornwall jede Menge.«

»Sie legen die Bibel auf eine ganz eigene Weise aus. Manchmal kommt es mir so vor, als seien sie von Natur aus sadistisch, denn sie wünschen allen Sündern von Herzen die schrecklichsten Qualen. Und Sünder sind natürlich alle, die anders denken als sie. Denen wäre es am liebsten, sie könnten im Moor Scheiterhaufen errichten und alle Sünder verbrennen.«

»Was ist mit dem Mädchen geschehen?«

»Ihr Vater hat sie hinausgeworfen.«

»Was hat sie denn verbrochen?«

»Sie hat an einem Sonntag gelacht. Außerdem hat er sie beim Gespräch mit einem Stallknecht erwischt. Vielleicht war es auch ein bißchen mehr. Auf jeden Fall hat er sie aus dem Haus gejagt. Eine Schwester von Mrs. Fellows hat sie aufgenommen und sich nach einem Platz für sie umgesehen. So kam sie zu uns.«

»Was diese Leute alles anstellen. Da fällt mir Mrs. Polhenny ein. Was treibt sie so?«

»Sie kämpft noch immer mit aller Kraft für das Gute. Du wirst sie schon noch sehen. Sie fährt ständig mit ihrem Fahrrad in der Gegend herum. Zwar wird sie unterwegs tüchtig durchgeschüttelt, aber so spart sie eine Menge Zeit.«

»Ich bin jedenfalls froh, daß diese Madge bei euch untergekommen ist.«

»Sie wird dir noch oft über den Weg laufen. Madge ist allgegenwärtig und nicht leicht zu übersehen. Aber jetzt lasse ich dich allein. Wir essen bald, damit du früh zu Bett gehen und ausschlafen kannst.«

Nachdem sie mich verlassen hatte, packte ich aus, zog mich um und reinigte mein Reisekostüm. Als ich hinunterkam, hatte sich die ganze Familie bereits am Eßtisch versammelt. Die Kinder waren gewaschen und gekämmt und strahlten vor Sauberkeit.

Pedrek saß neben mir, und wir unterhielten uns angeregt. Er erzählte von seinen Fortschritten beim Studium und sagte, wie sehr er sich freue, mich wieder in seiner Nähe zu haben.

257

Fünf Minuten nachdem ich mich in mein Zimmer zurückgezogen hatte, klopfte es an die Tür. Meine Großmutter hatte unser Ritual, am ersten Abend nach meiner Ankunft zum Plaudern auf mein Zimmer zu kommen, nicht vergessen.

»Was gibt es Neues?« erkundigte ich mich, sobald sie es sich in einem Lehnstuhl gemütlich gemacht hatte.

»Zuerst die schlechten Nachrichten«, antwortete sie. »In der Pencarron-Mine hat es einen Unfall gegeben. Josiah hat sich entsetzlich darüber aufgeregt. Er hat stets alle Sicherheitsvorkehrungen regelmäßig und gewissenhaft überprüft. Es hätte zwar schlimmer ausgehen können, trotzdem macht er sich schreckliche Vorwürfe.«

»Das ist ja furchtbar. Pedrek hat mir kein Wort davon gesagt.«

»Das haben wir miteinander abgesprochen. Er sollte euren ersten Abend nicht mit schlechten Neuigkeiten verderben. Es ist vor ungefähr sechs Wochen passiert. Ein paar Männer wurden verschüttet. Man konnte alle retten, aber einer trug schlimme Verletzungen davon. Jack Kellaway. Ein tragischer Fall.«

»Entsetzlich! Ist er verheiratet?«

»Ja, sie haben ein Kind. Ein Mädchen, acht oder neun Jahre alt. Mary — Mary Kellaway —, seine arme Frau, ist völlig verzweifelt. Der Unfall geschah während der Nachtschicht. Aber das Schrecklichste passierte einige Zeit später. Jack Kellaways Verletzungen waren so schlimm, daß er nicht mehr arbeiten konnte. Er schleppte sich nur noch mühsam in seinem Haus herum und sah keinen Ausweg mehr. Stets war er ein treusorgender Ehemann und Vater gewesen. Er konnte seine Hilflosigkeit nicht ertragen und wollte niemandem zur Last fallen. Eines Tages befand er sich allein im Haus. Da hat er es angezündet und sich dann die Kehle durchgeschnitten. Er wollte, daß es so aussieht, als wäre er im Feuer umgekommen. Das hatte irgend etwas mit der Versicherung zu tun. Er glaubte, seine Frau und sein Kind wären nach seinem angeblichen Unfalltod besser versorgt. Aber ein paar Landarbeiter entdeckten das Feuer und zerrten Jacks Körper aus dem brennenden Haus. Eine schrecklich traurige Geschichte. Das Haus war unbewohnbar und sein Plan ein Fehlschlag.«

»Mein Gott! Das ist ja entsetzlich!«

»Josiah hat sich um Mary Kellaway und das Mädchen, das ebenfalls Mary heißt, gekümmert. Er möchte ein neues Haus für sie bauen lassen. In der Zwischenzeit sind sie in Jennys Stubb's altem Cottage am Teich untergebracht. Eine andere Unterkunft konnte man so schnell nicht finden.«

»Wohnt sie noch dort?«

Großmutter nickte.

In diesem Cottage hatte Lucie ihre ersten Lebensjahre verbracht. Ich war einige Tage dort gefangengehalten worden. Ein unheimlicher Ort, der von einem Geheimnis umgeben zu sein schien. Ich konnte mir kaum vorstellen, daß sich die Witwe in diesem Cottage wohl fühlte und sagte das auch meiner Großmutter.

»Ich glaube, sie ist froh, ein Dach über dem Kopf zu haben. Es gab keine andere Möglichkeit. Anscheinend hat sie es sich recht gemütlich eingerichtet. Aber ich weiß schon, was du meinst. Es ist tatsächlich ein unheimlicher Ort. Doch das liegt nur an diesem Teich. Das Cottage unterscheidet sich in nichts von den anderen in dieser Gegend. Alles kommt nur von diesem Gerede über das versunkene Kloster.«

»Aber viele Leute glauben daran.«

»Ach, die Menschen in Cornwall sind sehr abergläubisch.«

»Seltsamerweise fühlte sich meine Mutter stets zu diesem Teich hingezogen.«

»Ich weiß.«

Wir schwiegen beide und dachten an sie. Nach einer Weile sagte ich: »Spricht man immer noch von den Glocken im Teich, deren Läuten kommendes Unheil ankündigt?«

»Natürlich. Dieses Gerede wird nie aufhören. Aber die Leute erinnern sich immer erst nach einem Unglück, daß sie vorher die Glocken gehört haben. Die ganze Geschichte ist nichts weiter als Unsinn.«

»Was gibt es sonst noch für Neuigkeiten?«

»Ein Boot ging im Sturm verloren. Dieses Jahr hatten wir schlimmere Stürme als sonst.«

»Die Katastrophen nehmen anscheinend kein Ende.«

»Ach, weißt du, Stürme wird es immer wieder geben. Übrigens, Mrs. Jones hat Zwillinge bekommen, und Flora Grey erwartet ein Baby.«

»Also genug Arbeit für Mrs. Polhenny.«

»Sie tut ihre Pflicht. Jetzt erzähle mir, wie es dir ergangen ist. Du hast eine erfolgreiche Saison hinter dir. Du bist verlobt und möchtest heiraten.«

»Das ist der Traum aller Mädchen. Aber unsere Verlobung ist ein Geheimnis, deshalb kann ich vor niemandem mit einer erfolgreichen Saison prahlen.«

Großmutter lachte. »Es ist herrlich. Unsere geheimsten Wünsche sind in Erfüllung gegangen.«

»Ich wußte gar nicht, daß euch die Heirat mit Pedrek so am Herzen lag.«

»Wir wollten uns auf keinen Fall einmischen. Eine Ehe muß ganz allein auf dem Willen der beiden Beteiligten beruhen. Hast du es deinem Stiefvater schon gesagt?«

»Warum sollte ich?«

»Weil er dein Vormund ist. Er muß es doch schließlich wissen.«

»Aber er wird dagegen sein.«

Sie schwieg. Ich spürte, wie mir vor Zorn das Blut in die Wangen stieg und lachte bitter. »Wahrscheinlich ist es ihm gleichgültig. Es wird ihn gar nicht interessieren. Er denkt nur an seine politische Karriere.«

»Er hat während der Saison sehr viel Geld für dich ausgegeben.«

»Sicher hat er gehofft, irgendein Adliger würde um meine Hand anhalten. Irgend jemand, der seinem Ruhm und seinem Ansehen dient. ›Rebecca Mandeville, Stieftochter des aufstrebenden Politikers Benedict Lansdon, heiratet den Herzog von . . .‹«

»Onkel Peter war so. Ihm waren solche Dinge sehr wichtig.

Benedict ist sein Enkel. Schon möglich, daß auch er Vorstellungen in dieser Richtung hat.«

Ich sah meiner Großmutter offen ins Gesicht. »Wenn er versuchen sollte, uns auseinanderzubringen . . .«

Beruhigend lächelte sie mir zu. »Mach dir keine Sorgen. Wir reden mit ihm. Er wird sein Einverständnis geben.«

Wütend stampfte ich mit dem Fuß auf. »Es geht ihn gar nichts an.«

»Da ist er vermutlich anderer Meinung.«

»Nein, Granny.«

»Wir zerbrechen uns darüber den Kopf, dabei wissen wir noch nicht einmal, ob er überhaupt gegen eure Heirat ist.«

»Ich finde es richtig, niemandem etwas zu sagen. Ich möchte unsere Heirat erst nach der Trauung bekanntgeben.«

Sie antwortete nicht. Ich wußte, sie würde später mit Großvater darüber beraten.

Entschlossen wechselte sie das Thema. »Die Kinder sehen gut aus.«

»Leah kümmert sich liebevoll um sie. Sie näht auch viel. Die beiden besitzen herrliche Kleider mit wunderbaren Stickereien. Ich glaube, nur beim Sticken ist sie wahrhaft glücklich. Aber bei Leah weiß man nie, woran man ist.«

»Sicher ist sie gerne mit euch nach Cornwall gekommen. Schließlich ist hier ihr Zuhause.«

»Ich weiß nicht. Sie hat es hier nicht leichtgehabt.«

»Nach ihrem Aufenthalt in High Tor hat sie sich verändert. Es ist schon ein merkwürdiger Zufall, daß sie nun zum Teil wieder für die gleichen Leute arbeitet. Wer hätte auch ahnen können, daß Benedict Celeste Bourdon heiratet?«

»Das war allerdings eine Überraschung. Ihr gemeinsames Interesse an Cornwall brachte sie einander wohl näher.«

»Ich bin froh, daß er wieder geheiratet hat. Ich muß oft an ihn denken. Endlich führt er wieder ein richtiges Familienleben.«

»Da irrst du dich.«

Ich berichtete ihr von den verschlossenen Zimmern, von

261

der vernachlässigten, unglücklichen Celeste und der zwischen ihm und Belinda bestehenden Antipathie.

»Belinda weiß genau, daß er sie ablehnt. Er zeigt es ihr überdeutlich. Zum Ausgleich kümmert sich Miß Stringer besonders liebevoll um sie. Und Leah vergöttert Belinda. Ich fürchte allerdings, sie läßt ihr zuviel durchgehen. Aber am meisten freut mich, daß sie in letzter Zeit ihre Zuneigung zu mir zeigt. Das ist mit ein Verdienst von Lucie.«

»Die arme Lucie! Man sollte eigentlich annehmen, sie hätte die größeren Probleme.«

»Ich habe ihr von ihrer Herkunft erzählt. Ich hielt es für das beste. Sonst hätte sie es vielleicht auf andere Art und Weise erfahren. Belinda ist unglaublich neugierig, und ich wollte auf jeden Fall vermeiden, daß sie etwas herausfindet und Lucie hänselt. Die beiden sind zwar gute Freundinnen, aber du weißt ja, wie Kinder sind. Natürlich habe ich ihr nicht gesagt, daß ihre Mutter ein wenig sonderbar war und niemand ihren Vater kennt. Ich habe ihr erklärt, ihr Vater sei tot — was ja nicht unbedingt eine Lüge sein muß —, und ihre Mutter, eine gute Bekannte von uns, hätte in der Nähe von Cador gewohnt. Damit hat sie sich zufriedengegeben.«

»Das hast du gut gemacht, Rebecca. Und nun berichte mir von Belinda.«

»Weihnachten kam ein Freund, oder besser gesagt, ein Geschäftsfreund meines Stiefvaters zu Besuch. Ein fast übertrieben höflicher Mann. Du weißt, was ich damit sagen will. Sehr charmant. Ein Weltmann. Besonders nett war er zu Belinda, und die sonnte sich in seiner Zuneigung.«

»Dieses Kind braucht Liebe. Eine ganz besonders zarte und einfühlsame Liebe.«

»Sie sehnt sich nach der Zuwendung ihres Vaters. Aber er beachtet sie nicht einmal. Deshalb versucht sie, ständig die Aufmerksamkeit anderer Leute auf sich zu lenken. Dauernd will sie im Mittelpunkt stehen.«

»Wie wird Lucie damit fertig?«

»Lucie ist ausgeglichen. Es scheint sie nicht besonders zu

stören. Sie betrachtet Belinda als Tochter des Hauses und überläßt ihr widerspruchslos den ersten Platz.«

»Sie ist ein liebes Kind.«

Ich nickte. »Und eine wunderbare Gefährtin für Belinda.«

»Was können wir tun, damit sich das Verhältnis zwischen Belinda und ihrem Vater bessert? Wie machen wir ihm klar, welchen Schaden er dem Kind zufügt?«

»Ich glaube kaum, daß sich daran etwas ändern läßt. In Manor Grange herrscht eine düstere und traurige Atmosphäre. Wenn er sich in London aufhält, ist es sehr viel angenehmer. Meist nimmt er Celeste mit, und wir haben das Haus für uns.«

»Wie geht es Mrs. Emery?«

»Großartig. Sie und Mr. Emery platzen fast vor Würde und Wichtigkeit. Ich komme mit Mrs. Emery gut zurecht. Sie lädt mich des öfteren auf eine Tasse Tee ein. Dann nimmt sie stets ihren besten Darjeeling-Tee, den sie für ganz besondere Anlässe in einem Geschäft in London besorgt. Anscheinend gibt es ihn nur dort.«

»Sie ist eine anständige Frau. Ich bin froh, daß sie bei euch ist. Es ist spät geworden, du solltest längst schlafen. Wir sehen uns morgen und übermorgen und überübermorgen . . . Sicher wirst du gut schlafen in deinem alten Bett. Morgen früh reden wir weiter. Gute Nacht, mein Schatz.«

»Gute Nacht, Granny.«

In dieser Nacht schlief ich ruhig und friedlich.

Nach ein paar Tagen hatte ich mich bereits wieder richtig eingelebt. Es schien, als sei ich nie weg gewesen. Bei einem Spaziergang in die Stadt begegnete mir Gerry Fish, der seinen Karren durch die Straßen schob, wie vor ihm bereits sein Vater, der alte Tom Fish. Er rief mir eine Begrüßung zu: »Wünsche guten Tag, Miß Rebecca. Wie geht's? Bleiben Sie länger bei uns?« Als ich am Handarbeitsgeschäft der alten Miß Grant vorbeiging, kam sie an die Tür, um mich zu begrüßen. Ihren Laden hatte sie schon geführt, als meine Mutter noch ein kleines Mädchen war. Früher hatte sie wunder-

263

schöne zarte Häkelarbeiten angefertigt. Heute konnte sie allerdings nicht mehr, denn ihre Hände waren vom Rheumatismus verkrüppelt.

Anschließend traf ich die jungen Trenarths, die das Gasthaus Fisherman's Arm vom alten Pennyleg übernommen und einige Neuerungen eingeführt hatten, die nicht auf die uneingeschränkte Zustimmung der Alteingesessenen stießen.

Ich plauderte mit den Fischern, die am Kai ihre Netze flickten. Sie berichteten mir in allen Einzelheiten über den Sturm, bei dem das Boot gesunken war.

Einen Tag nach meiner Ankunft kamen die Pencarrons zu Besuch. Sie freuten sich so sehr, als sei ich ein endlich heimgekehrtes Familienmitglied. Mir ging es ähnlich, denn ich fühlte mich schon als ihre Schwiegertochter.

Meine Großmutter hatte mir geraten, kein Wort über den Unfall in der Pencarron-Mine zu verlieren, damit sich Josiah nicht aufregte.

Wir verbrachten einen herrlichen Tag zusammen, obwohl Pedrek nicht dabei war. Ich hatte mit seinen Eltern verabredet, am Samstag nach Pencarron zu kommen und ihn mit meinem Besuch zu überraschen.

Das Wochenende in Pencarron verlief vollkommen harmonisch. Wir schmiedeten stundenlang Zukunftspläne und hatten dabei viel Spaß. Pedrek und ich wollten uns zu gegebener Zeit nach einem passenden Haus umsehen oder uns sogar, falls wir keines fanden, ein eigenes Haus bauen.

»Was meinst du? Am Meer oder am Moor?« fragte Pedrek.

»Vielleicht irgendwo dazwischen?« schlug ich vor.

Am Sonntagabend brachte mich Pedrek nach Cador zurück. Am nächsten Wochenende sähen wir uns wieder.

Leah nahm die beiden Kinder mit nach Poldorey. Unterwegs nahm sie die Gelegenheit wahr und besuchte ihre Mutter. Die Mädchen waren von Mrs. Polhenny fasziniert. Als sie beschrieben, wie sie auf ihrem Knochenschüttler saß, schüttelten sie sich aus vor Lachen.

»Es sah so lustig aus!« kreischte Belinda.

»Wir dachten, sie würde jeden Augenblick herunterfallen«, sagte Lucie und kicherte.

»Hat sie euch eine Extravorführung gegeben?« fragte ich.

»Wir kamen dort an, aber niemand war da, und als wir gerade wieder gehen wollten, da sahen wir sie kommen auf diesem . . .«

Sie konnten nicht aufhören zu lachen.

»Und was hat sie gesagt?«

»Wir mußten ins Haus und uns in den Salon setzen«, prustete Lucie.

»Im ganzen Zimmer hingen merkwürdige Bilder. Jesus am Kreuz . . .«

». . . und eines mit einem Lamm.«

»Und auf einem Bild war ein Mann mit vielen Pfeilen im Körper. Sie hat Leah gefragt, ob wir reine Seelen hätten.«

»Und was hat Leah geantwortet?«

»Sie hat gesagt, sie würde gut für uns sorgen«, erwiderte Lucie.

»Mrs. Polhenny hat mich nicht aus den Augen gelassen«, berichtete Belinda.

Die beiden Mädchen prusteten bereits wieder vor Lachen und konnten nicht weiterreden.

Später erzählte ich meiner Großmutter von ihrem Besuch bei Mrs. Polhenny. »Sie haben sich köstlich amüsiert«, fügte ich hinzu.

»Das freut mich. Ich hatte schon befürchtet, sie würden sich dort sehr unwohl fühlen und nie wieder hingehen wollen.«

»Sie verstanden den ganzen Besuch eher als eine Einladung zu einer amüsanten Sonderveranstaltung.«

»Wenn sie es so sehen, ist es ja gut. Leah muß hin und wieder ihre Mutter besuchen. Und wenn die Kinder gerne mit ihr hingehen, fällt es ihr sicherlich leichter.«

»Die beiden lenken Mrs. Polhennys Aufmerksamkeit von Leah ab.«

»Dasselbe habe ich gerade auch gedacht.«

Das neue Mädchen verbrachte viel Zeit mit den Kindern. Offensichtlich mochten sie Madge. Besonders gern begleiteten sie die Kinder in den Gemüsegarten. Ich freute mich über ihr fröhliches Gelächter, wenn sie zwischen den Beeten herumgingen.

Auch meiner Großmutter war das gute Einvernehmen zwischen den dreien bereits aufgefallen.

»Madge ist jung und lustig«, sagte sie. »Sie soll Leah ruhig ein wenig entlasten.«

»Damit Leah ihre Mutter häufiger besuchen kann?«

Meine Großmutter verzog das Gesicht. »Nein. Damit sie Zeit für sich selbst hat. Und Madge kann ein bißchen Familienanschluß auch nicht schaden. Sie ist selbst fast noch ein Kind und weit weg von zu Hause.«

Besonders gern gingen die drei zum Teich von St. Branok. Ich hörte sie begeistert über diese Ausflüge sprechen. Auch die Moor- und Heidelandschaft gefiel ihnen und war bei ihren Ausritten ein bevorzugtes Ziel.

Die Leute reden Geheimnisvolles über das Moor. Man erzählte sich von weißen Hasen und schwarzen Hunden, die wie Schatten aus dem Nichts auftauchen und unter anderem auch die Pencarron-Mine heimsuchten. Die meisten dieser Geschichten bezogen sich jedoch auf die verlassenen, mitten im Moor gelegenen Bergwerke.

Mir fiel Belindas außergewöhnliches Interesse an unheilvollen Geschehnissen auf. Begierig lauschte sie den Erzählungen der einheimischen Dienstmädchen und plapperte deren abergläubisches Geschwätz nach. Auch Lucie war nicht frei davon. Ihre Augen wurden ganz groß, wenn von unheimlichen Männern erzählt wurde, die in den Minen ihr Unwesen trieben und jeden Bergmann, den sie nicht leiden konnten, ins Unheil stürzten.

Am Teich lernten sie die kleine Mary Kellaway kennen. Sie wohnte mit ihrer Mutter noch in dem ehemaligen Cottage von Jenny und kam oft zu ihnen ans Teichufer, um sich mit ihnen zu unterhalten.

Mary war ein merkwürdiges Kind mit langem, glattem

266

Haar und seltsam traurigen Augen. Sie hatte die noch nicht lange zurückliegende Tragödie in ihrer Familie wohl noch nicht überwunden.

Ich kam dahinter, daß sie es war, die Belinda und Lucie von den Hasen und Hunden und unheimlichen Männern in den Bergwerken erzählt hatte.

Belinda glaubte fest an diese Wesen, und ihr abschließendes Urteil dazu lautete: »Mr. Kellaway muß sie verärgert haben. Deshalb ließen sie den Stollen über ihm zusammenstürzen.«

»Das ist doch Unsinn«, widersprach ich.

»Woher willst du das wissen?« erkundigte sich Belinda gereizt. »Du warst nicht dabei.«

»Weil es in Bergwerken keine unheimlichen bösen Männer gibt. Der Unfall geschah, weil der Stollen schlecht abgesichert war.«

»Mary sagt . . .«

»Du sollst mit Mary nicht über dieses Unglück reden. Sie muß versuchen, darüber hinwegzukommen.«

»Das gelingt ihr nie. Ihr Haus ist doch abgebrannt.«

»Sie bekommen bald ein neues Haus.«

Meine Großmutter betrachtete die Freundschaft der drei Kinder mit Wohlwollen. »Ich würde sie gerne nach Cador einladen, aber du weißt, wie das Personal ist. Wenn ich Mary nach Cador kommen lasse, fragen sie gleich, warum die anderen Kinder aus der Umgebung nicht auch hier spielen dürfen.«

»Belinda und Lucie gehen gerne zum Teich. Allerdings wäre es mir lieber, sie hätten sich einen anderen Spielplatz ausgesucht. Aber der Teich befindet sich eben in der Nähe des Cottages, und so können sie oft mit Mary zusammenkommen.«

Die beiden Kinder erzählten mir die Geschichte von den lasterhaften Mönchen, die ihre schlechten Taten nicht bereut hatten und die der Himmel mit einer großen Flut bestraft hatte.

»Der Himmel schickte eine Sintflut, wie bei Noah«, erklärte Lucie.

»Ach was, du bist dumm«, schnitt ihr Belinda das Wort ab. »Die war viel früher. Mönche und solche Sachen gab es zu Noahs Zeiten gar nicht.«

»Das weißt du doch nicht«, widersprach Lucie.

»Das weiß ich ganz genau. Die Mönche hatten auch keine Arche, deshalb sind sie alle ertrunken. Sie liegen noch immer im Teich. Aber nicht alle bösen Menschen sterben. Die Mönche wurden zum Weiterleben verurteilt und hausen auf dem Grund des Teiches. Das mußt du dir mal vorstellen, in diesem schmutzigen Wasser. Und bevor etwas Schlimmes passiert, läuten sie mit den Glocken. Ich möchte schrecklich gern einmal die Glocken läuten hören.«

»Du willst doch wohl nicht, daß ein Unheil geschieht?« fragte ich sie.

»Warum denn nicht? Das ist mir gleich.«

»Solange es dich nicht trifft«, entgegnete ich lachend.

Sie sprachen oft von diesen Glocken, und ich hatte den Verdacht, sie gingen nur zum Teich in der Hoffnung, einmal das Glockenläuten zu vernehmen.

Ich hatte mir angewöhnt, ihnen jeden Abend, sobald sie im Bett lagen, gute Nacht zu sagen.

Eines Abens trat ich ein und hörte gerade noch, wie Belinda sagte: »Das muß aufregend gewesen sein, als sie den ganzen Teich abgesucht haben, um Rebecca und den Mörder zu finden.«

Woher wußten sie davon? Ich hatte diesen Vorfall mit keiner Silbe erwähnt. Belinda schien zu ahnen, daß ich ihre Bemerkung gehört hatte und darüber entsetzt sein würde, denn sie wechselte rasch das Thema und redete von Blütenblatt, der morgen unbedingt zum Hufschmied gebracht werden mußte. Tom Grimes hatte versprochen, sie mitzunehmen.

Auf dem Weg in mein Zimmer überlegte ich, wer ihnen solche Dinge erzählte. Hier in der Gegend wußten alle davon. Es war wohl unvermeidlich, daß den Kindern einiges zu Ohren kam.

Pedrek kam jeden Samstag nach Cador. Ich erwartete ihn immer voller Sehnsucht. Meist ritten wir zusammen aus.

»Warum dürfen wir nicht mit?« beschwerte sich Belinda.

»Weil die beiden vieles allein zu bereden haben«, erklärte meine Großmutter.

»Mir macht es nichts aus, ihnen zuzuhören«, sagte Belinda, und wir mußten alle lachen.

Jedesmal beobachtete sie mißmutig unseren Aufbruch, und auch Lucie machte kein Hehl aus ihrer Unzufriedenheit. Aber für Pedrek und mich begann ein glücklicher Tag zu zweit.

Wir verstanden uns auch ohne Worte und ritten oft stumm nebeneinanderher. Ich fühlte mich in seiner Gegenwart herrlich geborgen. Pedrek stand mir näher als je zuvor — so nahe wie vor ihm nur meine Mutter.

Vor fast einem Jahr hatte er mit seinem Studium begonnen. »Die Hälfte der Wartezeit liegt hinter uns. Du mußt nur immer an die Zukunft denken«, sagte er.

»Mir kommt es vor, als ist es eine Ewigkeit her, seit du mir den Heiratsantrag gemacht hast.«

»Mir auch. Manchmal halte ich diese Warterei fast nicht mehr aus. Dann träume ich davon, dich zu entführen.«

»Ich hätte nichts dagegen.«

»Warum machen wir es dann nicht?«

»Und was wird dann aus deinem Studium?«

Nachdenklich sah er mich an. »Ich muß noch sehr viel lernen.«

»Eben. Je mehr du lernst, um so eher kannst du solche Unfälle verhindern, wie . . .«

»Ich weiß. Die Bodenforschung hat große Fortschritte gemacht. Mein Großvater wäre überrascht, wenn ich ihm von den neuesten Erkenntnissen berichten würde.«

»Wir müssen uns noch ein Jahr gedulden.«

»Aber warum warten wir noch mit dem Haus? Immerhin dauert es einige Zeit, bis es eingerichtet ist. Es wäre doch schön, wenn es zur Hochzeit bereits fertig wäre. Außerdem könnten wir auf diese Weise die Wartezeit sinnvoll nutzen.«

»Eine großartige Idee. Aber was wird dein Großvater dazu sagen?«

»Vermutlich hält er es für vernünftig. Meine Großmutter ist bestimmt damit einverstanden.«

»Weißt du, dann gehören wir schon richtig hierher.«

»Am nächsten Wochenende fangen wir ernsthaft mit der Suche an. Wie findest du das?«

»Phantastisch.«

»Das Haus müßte in der Nähe des Bergwerks liegen.«

»Ich glaube, wir müssen bauen.«

»Möglich. Irgendwo zwischen Pencarron Manor und Cador. Damit beide Familien zufrieden sind.«

Wir rasteten in einem gemütlichen alten Gasthof, der den Namen King's Head trug. Auf dem Wirtshausschild sah man eine Abbildung von Karl II. mit einer gewaltigen Lockenperücke auf dem Kopf. Im Gastzimmer stützten schwere Eichenbalken die Decke, die Butzenscheiben waren in Blei gefaßt und ein großer offener Kamin verbreitete eine anheimelnde, gemütliche Atmosphäe.

Wir tranken Apfelwein aus Zinnbechern, aßen Käse mit ofenwarmem Brot und sprachen über unser Haus.

Ich sah es bereits vor mir — die Halle, die breite Treppe, die Räume im ersten Stock. Eine Mischung aus Cador und Pencarron Manor.

»Ein viktorianisches Haus gefällt dir nicht«, meinte Pedrek. »Du lebst gerne in der Vergangenheit.«

»Mir ist es gleichgültig, in welchem Stil das Haus gebaut ist. Die Hauptsache ist, daß wir beide zusammen darin wohnen werden.«

Auf dem Rückweg hielten wir nach möglichen Bauplätzen Ausschau und diskutierten über deren Vor- und Nachteile.

»Dieses Grundstück ist schutzlos den Südweststürmen ausgeliefert.«

»Findest du es nicht zu einsam hier?«

»Wir stellen doch Personal ein. Und Lucie wohnt auch bei uns. Oh, Pedrek, was wird aus Belinda?«

»Natürlich kann sie auch bei uns wohnen.«

»Ihr Vater besteht sicher darauf, daß sie zu ihm kommt. Er braucht doch eine Familie wegen seiner Wähler.«

»Sie kann uns in den Ferien besuchen.«

»Ich weiß nicht, wie sie und Lucie mit einer Trennung fertig werden.«

»Sind sie denn so enge Freundinnen?«

»Das gerade nicht. Sie streiten schon manchmal, wie alle Kinder . . . Aber sie sind aneinander gewöhnt, und eine Trennung fällt ihnen sicherlich nicht leicht.«

»Sie werden sich daran gewöhnen.«

»Ich mache mir Sorgen, was mein Stiefvater zu unseren Plänen sagen wird. Er ist mein Vormund.«

»Bald bin ich dein Vormund.«

»Dieses ganze Vormundgerede geht mir auf die Nerven. Ich möchte selbst über mein Leben bestimmen. Aber ich brauche wohl sein Einverständnis.«

»Wir benachrichtigen ihn erst nach der Trauung. Das haben wir doch bereits abgesprochen.«

Damit war aber die Frage nach dem Verbleib der Kinder nicht gelöst. Ich schob dieses Problem vorerst einmal beiseite.

Pedrek begleitete mich zurück nach Cador.

Die Mädchen hießen mich stürmisch willkommen und ließen mich nicht mehr los.

»Wir sind heute nachmittag auch ausgeritten. Anschließend haben wir mit Leah einen Spaziergang zum Teich gemacht.«

»Das dachte ich mir«, antwortete ich, und an Pedrek gewandt: »Der Teich ist ihr Lieblingsplatz.«

»Nun, es ist ja auch ein geheimnisvoller Ort.«

»Nur wegen dieser alten Geschichten von Glocken und Mönchen«, sagte ich.

»Und von noch ganz anderen Dingen«, fügte Belinda hinzu.

»Andere Dinge?« fragte ich erstaunt.

»Nun, eben andere Dinge«, wiederholte sie mit einem geheimnisvollen Lächeln.

271

Meine Großmutter trat zu uns. »Schön, daß ihr wieder zu Hause seid. Habt ihr einen angenehmen Tag verbracht?«

Pedrek blieb zum Abendessen. Am Samstag aßen wir früher als sonst, damit er nicht zu spät nach Pencarron zurückkehrte.

Wir erzählten den Großeltern von unserer Suche nach einem geeigneten Grundstück für unser Haus.

»Habt ihr euch schon entschieden?«

»Nein. Wir müssen nächste Woche weitersuchen. Oder was meinst du, Pedrek?«

»Da wir gerade von Häusern sprechen«, mischte sich mein Großvater ein. »Heute nachmittag habe ich die Leute von High Tor getroffen. Sie ziehen weg.«

»Wirklich? Nach so langer Zeit?«

»Ja. Ihr Sohn hat einige Jahre in Deutschland verbracht, ist aber vor kurzem zurückgekommen. Er möchte ein Haus in Dorset kaufen. Wie heißen doch gleich die Leute?«

»Stenning«, sagte meine Großmutter.

»Richtig. Stenning. Sie wollen in der Nähe ihres Sohnes wohnen. High Tor haben sie nur gemietet und nicht gekauft, weil sie nicht wußten, wo sich ihr Sohn nach seiner Rückkehr niederlassen würde.«

»Das bedeutet, High Tor steht frei zur Vermietung oder zum Kauf«, meinte meine Großmutter und sah mich an.

Ich blickte zu Pedrek hinüber.

»High Tor«, murmelte ich. »Eine herrliche Lage.«

»Und ein altes Haus«, ergänzte Pedrek.

»Erst mal ist es nur so ein Gedanke«, sagte Großmutter. »Wahrscheinlich dauert es noch eine ganze Zeit, bis die Stennings ausziehen. Aber der Gedanke ist nicht schlecht.«

High Tor ging mir nicht mehr aus dem Kopf. Ich war wie besessen davon. Am nächsten Samstag ritten Pedrek und ich zu unserem Traumhaus. Ich sah es schon jetzt mit ganz anderen, nämlich den Besitzeraugen.

»Meinst du, wir können die Stennings aufsuchen?« fragte Pedrek.

»Sicher. Warum nicht? Sie kennen uns zwar nicht, aber bestimmt haben sie schon von uns gehört.«

»Gut.«

Wir ritten durch den Torbogen in den gepflasterten Innenhof bis zu der schweren eisenbeschlagenen Eichentür.

Ein Diener öffnete, und Pedrek fragte nach Mr. und Mrs. Stenning.

Bald darauf kam Mrs. Stenning die Treppe herunter. Sie schien ein wenig überrascht, war aber außerordentlich gastfreundlich und führte uns gleich in den Salon. Wir erzählten ihr, wir hätten von ihrem geplanten Umzug nach Dorset erfahren und würden uns für dieses Haus interessieren.

»Ich weiß leider nicht, ob die Eigentümer das Haus verkaufen oder vermieten wollen. Aber das ließe sich rasch in Erfahrung bringen. Wahrscheinlich kennen Sie sie.«

»Sehr gut sogar«, antwortete ich. »Mein Stiefvater ist mit Miß Celeste Bourdon verheiratet.«

»Wie interessant. Wir bleiben nicht mehr lange in High Tor. Wir haben ein Haus in Dorchester gemietet und wollen uns von dort nach einem geeigneten Grundstück umsehen. Wir verlassen dieses Haus höchst ungern. Es ist herrlich hier. Die meisten Möbel gehören uns. Die Bourdons haben nur ein oder zwei Möbelstücke zurückgelassen. Aber ich nehme an, Sie wollen das Haus mit eigenen Möbeln einrichten. Möchten Sie einen kleinen Rundgang machen?«

Eine Stunde lang besichtigten wir das im späten sechzehnten oder im frühen siebzehnten Jahrhundert erbaute Haus. Mir gefielen die Bogenfenster mit den Ziergiebeln und die großen Fensterflügel, durch deren Bleifassungen das Licht diffus gefiltert hereinfiel.

Mr. Stenning schloß sich uns an. Er wußte über die Architektur des Hauses Bescheid und erklärte, es sei in Stil von Inigo Jones erbaut, der zu einem Vorbild für viele Architekten geworden sei.

»Er hat die italienische Architektur studiert. Diese Einflüsse können Sie überall entdecken.«

Mich interessierte die Architektur des Hauses weniger. Ich

dachte nur daran, daß es vielleicht mein zukünftiges Heim war.

Die Stennings bestanden darauf, daß wir zum Tee blieben. Wir kehrten in den Salon mit den großen Bogenfenstern zurück. Der Raum war elegant gebaut und eingerichtet. Ein phantastisches Haus.

Wir konnten es kaum erwarten, mit meinen Großeltern darüber zu sprechen. Sie waren ebenso begeistert wir wir.

»High Tor ist genau das passende Haus für euch«, behauptete Großvater. »Wir sollten schon bald mit den Bourdons darüber reden.«

Ein paar Tage nach unserem ersten Besuch in High Tor erhielten wir eine Nachricht von den Stennings. Sie waren bereit, uns jederzeit zu empfangen und uns nähere Auskünfte über das Haus zu erteilen.

Bei der nächsten sich bietenden Gelegenheit machten wir von diesem Angebot Gebrauch.

Sie teilten uns mit, daß sie ihre Pläne geändert hatten und schon in zehn Tagen High Tor verlassen wollten. Sie gaben uns die Adresse der Bourdons in Chislehurst, meinten aber, wir könnten uns auch mit Mrs. Lansdon in Verbindung setzen.

Die Pencarrons kamen zum Abendessen nach Cador. Die beiden Großelternpaare berieten über den Hauskauf. Ganz im Gegensatz zu meinen Großeltern, die die Angelegenheit unter einem sehr viel romantischeren Aspekt betrachteten, vertrat Mr. Pencarron einen äußerst praktischen Standpunkt. »Wir müssen aufpassen, daß wir uns nicht mit einer Ruine belasten«, gab er zu bedenken.

Pedrek wehrte ab und meinte, ein Haus, das seit mehreren hundert Jahren Wind und Wetter getrotzt habe, würde mit Sicherheit auch die nächsten Jahrhunderte ohne Schaden überstehen. Aber Mr. Pencarron wollte ein solide gebautes, modernes Haus für sie.

»Wer in Cador aufgewachsen ist«, sagte meine Großmutter, »liebt diese romantischen alten Häuser, die viele Generationen überdauert haben. Ich habe stets den Eindruck, als nähmen sie den Charakter ihrer jeweiligen Bewohner an.«

»Trotzdem«, beharrte Mr. Pencarron, »müssen wir auf jeden Fall den Zustand des Gebäudes überprüfen.«

»Das dürfte nicht schwer sein«, meinte Großvater.

Wir, Pedrek und ich, wollten dieses Haus unbedingt haben. Wir ritten oft nach High Tor und malten uns unser Leben in diesem schönen alten Gebäude aus.

Pedrek hatte an die Bourdons geschrieben. Schon bald traf die Antwort ein. Sie wußten noch nicht mit Bestimmtheit, ob sie verkaufen wollten, versprachen aber, sich rasch zu entscheiden. Ungeduldig warteten wir auf eine genauere Nachricht.

An einem ganz gewöhnlichen Wochentag — wir hatten gerade zu Mittag gegessen — meldete eines der Mädchen einen überraschenden Besucher. Jean Pascal Bourdon.

Galant küßte er zuerst meiner Großmutter und anschließend mir die Hand.

»Welche Freude, Sie wiederzusehen!« sagte er überschwenglich. »Ich bin nur hergekommen, um zwei so reizenden Damen meinen Respekt zu erweisen. Ich werde eine Weile in Cornwall bleiben. Mademoiselle Rebecca, Sie sehen großartig aus.«

»Haben Sie schon gegessen?« fragte Großmutter.

»Ja, vielen Dank.«

»Möchten Sie vielleicht ein Glas Wein? Oder lieber Kaffee?«

»Eine Tasse Kaffee wäre wunderbar. Vielen Dank.«

Ich läutete, und kurz darauf erschien Madge. Jean Pascal musterte das Mädchen mit einem anerkennenden Blick. Madge, sich durchaus ihrer Anziehungskraft auf Männer bewußt, ging stolz erhobenen Hauptes durch den Raum und fragte nach kurzem Zögern: »Sie wünschen, Madam?«

»Bring uns bitte Kaffee, Madge.«

»Ja, sofort, Madam.«

Jean Pascal sagte: »Sie wissen natürlich, warum ich hier bin. Es geht um High Tor. Allerdings hat mich Ihr Interesse

275

an diesem Haus ein wenig überrascht. Warum möchten Sie das Haus denn so gerne kaufen?«

»Das ist kein Geheimnis. Rebecca und Pedrek Cartwright möchten in High Tor wohnen.«

Er zog die Augenbrauen hoch, und meine Großmutter ergänzte: »Sie werden in ungefähr einem Jahr heiraten.«

»Darf ich Ihnen gratulieren?« Er sah mich an, als amüsiere er sich insgeheim über meine Heirat.

»Sie dürfen«, erwiderte ich. »Danke sehr.«

»Das sind unerwartete Neuigkeiten.«

»Für uns kam es weniger überraschend«, sagte Großmutter. »Pedrek und Rebecca sind seit Jahren gute Freunde.«

Er nickte. »Die Stennings ziehen bald aus.«

»Wohnen Sie zur Zeit auch in High Tor?«

Er lächelte. »Ja. Dort sind genügend Zimmer. Es ist nicht gerade ein kleines Haus. Und ich habe noch einiges mit den Stennings zu besprechen. Ein paar Möbel in High Tor gehören meinen Eltern.«

Magde servierte den Kaffee. Wieder ruhte sein Blick auffallend lange auf dem Mädchen. Ich fand es eine schlechte Angewohnheit. Nie hätte Pedrek ein Mädchen auf diese Weise angesehen. Die zukünftige Ehefrau von Jean Pascal konnte sich auf seine Treue bestimmt nicht verlassen und niemals sicher sein.

Wir tranken Kaffee und sprachen über das Haus.

Er sagte: »Meine Familie muß zur Zeit einige Entscheidungen treffen, aber eines steht jetzt schon fest: Sie verlassen in Kürze Chislehurst.«

»Oh«, seufzte ich traurig. »Kehrt Ihre Familie wieder nach Cornwall zurück?«

Er schwieg. Ich ärgerte mich, weil ich ihm mein großes Interesse an dem Haus nur allzu deutlich verraten hatte. Mr. Pencarron würde sagen, eine schlechte Ausgangsbasis für zukünftige Verhandlungen mit dem Verkäufer.

Er lächelte mir zu. »Nein. Sie kommen nicht hierher zurück. Die Kaiserin verläßt Chislehurst. Seit dem Tod ihres Mannes und ihres Sohnes fühlt sie sich dort nicht mehr wohl. Sie will sich in Farnborough niederlassen, und meine Eltern werden ihr selbstverständlich folgen.«

»Aha. Also nicht nach Cornwall«, murmelte ich.

»Nein, nein. Cornwall ist ihnen zu abgelegen. Sie wollen in der Nähe der Kaiserin bleiben.«

»Und was wird aus High Tor?« erkundigte sich meine Großmutter.

Er schenkte uns ein angenehmes Lächeln. »Soweit ich unterrichtet bin, möchten Sie das Haus verkaufen.«

Meine Großmutter und ich wechselten triumphierende Blicke.

»Wann wird der Makler beauftragt?«

»Falls Sie ernsthaft an High Tor interessiert sind, räumen wir Ihnen das Vorkaufsrecht ein.«

»Vielen Dank«, sagte meine Großmutter. »Das ist mehr, als wir zu hoffen gewagt hatten.«

»Aber wir sind doch Freunde, oder?«

»Mein Mann und die Pencarrons möchten sich das Haus gerne einmal genauer ansehen.«

»Selbstverständlich. Sobald die Stennings ausgezogen sind, können wir die geschäftlichen Dinge in Angriff nehmen.«

»Sehr gut. Möchten Sie noch etwas Kaffee?«

»Ja, gern. Er schmeckt vorzüglich.«

Ich stand auf und nahm seine Tasse. Als er mich anlächelte, merkte ich, daß es in seinen Augen geheimnisvoll aufblitzte; offensichtlich verbarg er mir was.

»Wann soll die Hochzeit stattfinden?«

»Nicht sobald. Mr. Cartwright hat sein Studium erst nächstes Jahr abgeschlossen.«

»Aber gleich nach dem Examen findet die Hochzeit statt?«

»Ja.«

»Natürlich freut es mich ganz besonders, daß Sie mein früheres Zuhause zu Ihrem neuen Heim machen wollen.«

Als wir wieder unter uns waren, sah mich meine Großmutter freudestrahlend an.

»Ich kann mir nicht vorstellen, daß es irgendwelche

277

Schwierigkeiten geben wird«, sagte sie. »Dein Großvater und ich, wir möchten euch das Haus gerne zur Hochzeit schenken. Aber in diesem Punkt kommt es vielleicht noch zu Meinungsverschiedenheiten zwischen den Pencarrons und uns. Ich habe nämlich erfahren, daß sie dasselbe vorhaben.«

»Meine Güte, haben wir ein Glück! Wie viele junge Leute, die heiraten wollen, haben so großzügige, wunderbare Großeltern, die ihnen das schönste Haus der Welt schenken möchten?«

»Wir sind unendlich glücklich, weil wir dich für den Rest unseres Lebens in unserer Nähe haben werden.«

Natürlich war das Haus in den nächsten Tagen das Gesprächsthema Nummer eins. Für Samstag lud Großmutter Jean Pascal und die Stennings zum Mittagessen ein. Auch Pedrek und seine Großeltern kamen.

»Hoffentlich finden Sie in Dorchester ein Haus, das Ihren Wünschen entspricht«, sagte meine Großmutter zu den Stennings. »Soweit ich gehört habe, ist es eine schöne Stadt.«

»Auf jeden Fall bleiben wir in der Nähe des Meeres. Wie hier. Wir waren sehr glücklich in Cornwall, nicht wahr, Philip?«

Mr. Stenning stimmte lebhaft zu.

Pedrek und ich sahen uns während des Essens ständig an. Seit wir ein gemeinsames Haus in Aussicht hatten, war für uns die Hochzeit in greifbare Nähe gerückt.

Nach dem Essen gingen wir in den Salon und tranken Kaffee. Jean Pascal wandte sich an Pedrek und mich.

»Es ist nicht leicht, ein Haus zu beurteilen, solange noch andere Menschen darin wohnen. Sobald die Stennings ausgezogen sind, müssen Sie es sich noch einmal kritisch ansehen.«

»Welche Möbel gehören Ihrer Familie?« erkundigte ich mich.

»Nur ein paar besonders massive und schwere Stücke.

Zum Beispiel ein schönes altes Himmelbett mit vier dicken Pfosten. Meine Eltern hätten es gerne mitgenommen, aber es ist schon sehr alt, und wie wußten nicht, ob es den Transport unbeschadet überstehen würde. Vorsichtshalber haben sie es in High Tor stehenlassen. Dann noch ein oder zwei sehr schwere Schränke. Sie können sich gerne alles ansehen. Wir müssen nur einen Termin vereinbaren.«

»Sehr schön. Wir kommen bestimmt darauf zurück.«

Nachdem unsere Gäste gegangen waren, sprachen wir weiter von unserem zukünftigen Haus. Die Großelternpaare einigten sich darauf, es uns gemeinsam zur Hochzeit zu schenken.

Ich sagte: »Vielen Dank. Wir sind überglücklich.«

»Ihr bekommt nur, was euch gebührt, meine Liebe«, meinte Mr. Pencarron. »Hoffentlich macht ihr keinen Fehler. Ich empfinde ein gesundes Mißtrauen gegen uralte Häuser. Undichte Dächer, bröckelnde Mauern und zu allem Überfluß auch noch Gespenster. Ich könnte mir etwas Angenehmeres vorstellen.«

»Ein paar Renovierungsarbeiten fallen wahrscheinlich schon an«, erwiderte mein Großvater.

»Wir werden uns dieses Haus ganz besonders gründlich ansehen.«

»Ja, sobald die Stennings ausgezogen sind, werden wir es genauestens überprüfen lassen«, sagte meine Großmutter.

Ein paar Tage später wollte ich am Nachmittag ausreiten. Ich ritt gerade aus dem Stall, als Jean Pascal auf mich zukam.

»Hallo«, begrüßte er mich. »Ich wußte, daß Sie um diese Zeit häufig alleine ausreiten. Ich hatte gehofft, Ihnen zu begegnen.«

»Warum? Ist etwas geschehen?« fragte ich beunruhigt.

»Nein, ich wollte Sie nur sehen. Warum sollte ich Sie nicht auf Ihren einsamen Ausflügen begleiten? Dabei könnten wir uns sehr gut unterhalten.«

»Folglich haben Sie mir doch etwas zu sagen. Hängt es mit dem Haus zusammen?«

»Zu diesem Thema gäbe es eine Menge zu sagen. Aber es gibt auch noch anderes.«

»Zum Beispiel?«

»Sich einfach angenehm unterhalten. Ich genieße es, wenn sich eine Unterhaltung ganz zwanglos ergibt.«

»Was meinen Sie damit?«

»Lassen Sie alles auf sich zukommen, alles seinen natürlichen Gang gehen.«

»Wohin wollen Sie reiten?«

»Auf keinen Fall nach High Tor. Ich weiß, Sie reiten oft daran vorbei. Mrs. Stenning hat Sie einige Male gesehen.«

Ich fühlte mich beschämt, als hätte man mich bei einer Ungehörigkeit ertappt.

»Ich hoffe natürlich, daß sich damit alles zufriedenstellend entwickelt«, entgegnete ich würdevoll.

»Das wäre auch in meinem Sinn.«

»Mr. Pencarron möchte das Haus von einem Sachverständigen begutachten lassen. Ich hoffe, Sie haben nichts dagegen.«

»Nein, nein. Ich bewundere ihn. Ein weiser Entschluß. Wer weiß: Vielleicht stürzt das alte Herrenhaus über Ihrem Kopf zusammen?«

»Das glaube ich kaum.«

»Ich eigentlich auch nicht. Aber Mr. Pencarron ist ein Geschäftsmann. Er geht nicht hin und sagt: ›Ein hübsches Haus. Das kaufe ich für meinen Enkel und seine Braut.‹ Dafür gebührt ihm Respekt. Er ist ein Realist.«

»Deshalb bewundern Sie ihn?«

»Er ist ein kluger Mann. Romantik ist schön und gut, aber der kluge und realistische Mann sagt, das Haus ist schön, wenn es sich in gutem Zustand befindet. Es darf nicht gleich vom ersten Sturm umgepustet werden.«

»Jedenfalls bin ich froh, daß Sie Mr. Pencarrons Entscheidung, einen Sachverständigen hinzuziehen, akzeptieren. Ich fürchtete schon, Sie wären deshalb gekränkt.«

»Ganz gewiß nicht. Ich verstehe ihn. Ich verstehe übrigens sehr viel.«

280

»Sie sind ja auch ein kluger Mann.«

Ich gab meinem Pferd die Sporen, und wir galoppierten über ein brachliegendes Feld. Gleich dahinter zügelten wir unsere Pferde. Von hier aus hatte man einen herrlichen Blick auf das Meer.

»Haben Sie Sehnsucht nach Frankreich?«

Er zuckte die Achseln. »Ab und zu fahre ich hin. Im Grunde bin ich mit gelegentlichen Besuchen zufrieden. Natürlich, wenn es noch das alte Frankreich gäbe, dann vielleicht . . . Aber Gambetta und seine Republikaner haben das alte Frankreich zerstört. Reden wir nicht mehr über Politik. Jetzt ist hier mein Zuhause. Und das vieler Franzosen. Diese ganze Angelegenheit langweilt mich. Ich will nicht darüber sprechen.«

»Ich finde Politik sehr interessant. In London . . .«

»Natürlich. In Ihrem Leben dreht sich alles um Politik. Zumindest im Haus Ihres Stiefvaters und meiner Schwester. Aber das ändert sich bald. Sie werden das beschauliche Leben einer anständigen Dame in einem Herrenhaus auf dem Land führen. Diesen Weg haben Sie selbst gewählt. Ich möchte mit Ihnen reden. Suchen wir einen gemütlichen Gasthof, wo wir Apfelwein trinken können. Die Pferde haben gegen eine Rast bestimmt nichts einzuwenden. Was halten Sie davon?«

»Ich habe nichts dagegen. Bei dieser Gelegenheit können Sie mir von High Tor erzählen.«

Er wählte das Gasthaus, in dem ich vor kurzem mit Pedrek eingekehrt war. Der Kopf des Königs mit der dunklen Lockenperücke begrüßte uns auf dem Wirtshausschild über der Tür.

»Der Apfelwein soll hier ganz besonders gut sein.«

Wir setzten uns in den gemütlichen Gastraum, und ein dralles Mädchen servierte uns Apfelwein. Für einen Augenblick lenkte sie Jean Pascals Aufmerksamkeit von mir ab.

»Ha!« sagte er. »Ein altenglisches Gasthaus. Sehr typisch für dieses Land. Eine richtige Attraktion.« Er hob seinen Zinnbecher. »Wie die englischen Frauen. Und ganz besonders Miß Rebecca Mandeville.«

»Vielen Dank«, entgegnete ich kühl. »Die Stennings ziehen Ende der Woche aus, nicht wahr?«

Er lächelte. »Sie denken nur noch an High Tor.«

»Das gebe ich zu.«

»Im Augenblick betrachten Sie Ihr zukünftiges Leben in einem völlig romantischen Licht.«

»Woher wissen Sie das?«

»Weil ich auch einmal jung und verliebt war. Und Sie sind jung, und Sie lieben den glücklichen Pedrek.«

»Wir sind beide glücklich.«

»Zumindest er.«

Seine Augen strahlten mich an. Ich dachte: Er kann es nicht lassen. Er muß mit jeder Frau flirten. Selbst wenn er weiß, daß sie bald heiraten wird. Aber da wir in einem öffentlichen Gasthaus saßen und ich den Wirt geschäftig im Nebenzimmer hantieren hörte, fühlte ich mich sicher. Ich war froh, nicht mit ihm allein zu sein.

Geräuschvoll stellte er seinen Zinnbecher auf den Tisch und beugte sich dann zu mir herüber.

»Hatten Sie vor dem ehrenwerten Pedrek schon einen anderen Liebhaber?«

Ich fühlte, wie ich rot wurde, und fragte kühl: »Was soll das heißen?«

Mit einer abwehrenden Geste hob er die Hände und zuckte die Achseln. Wie die meisten seiner Landsleute — auch bei Celeste war mir das aufgefallen — unterstrich er seine Worte sehr häufig mit entsprechenden Handbewegungen.

»Was das heißen soll? Ganz einfach. Ist Pedrek der erste?« Er lachte. »Jetzt werden Sie gleich sagen, ich sei unverschämt.«

»Sie können Gedanken lesen.« Ich erhob mich von meinem Stuhl, aber er hielt meine Hand fest.

»Bitte, setzen Sie sich wieder. Sie sind noch sehr jung, Mademoiselle Rebecca. Deshalb verschließen Sie die Augen vor vielen Dingen. Man sollte aber nicht mit geschlossenen Augen durchs Leben gehen. Wer eine gute Ehe führen will, mit allem, was dazugehört, ist klug beraten, zuvor ein wenig Erfahrung zu sammeln.«

»Ich dachte, wir unterhalten uns über das Haus. Ich will nicht . . .«

»Ich weiß. Sie wollen die Realität nicht sehen. Sie malen sich in Ihrer Vorstellung hübsche Bilder aus und übertünchen damit das wirkliche Leben. Sie wollen sich belügen. Manche Menschen belügen sich ihr ganzes Leben lang. Möchten Sie zu denen gehören?«

»Vielleicht leben diese Menschen ganz glücklich mit ihrer Lüge.«

»Glücklich? Wie kann man denn glücklich sein, wenn man die Augen vor der Wirklichkeit verschließt?«

»Ich verstehe nicht, was Sie mir sagen wollen, und ich halte eine Fortsetzung dieser Unterhaltung für höchst überflüssig.«

»Finden Sie Ihr Benehmen nicht ein bißchen . . . kindisch?«

»In diesem Fall muß Ihnen in meiner Gesellschaft schrecklich langweilig sein. Ich werde mich verabschieden. Sie brauchen mich nicht zu begleiten. Mag sein, daß ich kindisch bin, aber ich kann sehr wohl alleine nach Hause reiten. Ich reite häufig allein.«

»Sie sind sehr hübsch, wenn Sie wütend sind.«

Ich war kurz davor, vollends die Beherrschung zu verlieren.

»Sie haben Angst vor einer Unterhaltung mit mir«, sagte er anklagend.

»Weshalb sollte ich Angst haben?«

»Weil Sie Angst vor der Wahrheit haben.«

»Ich versichere Ihnen, ich habe nicht die geringste Angst. Ich finde Ihre Fragen nur beleidigend.«

»Weil ich Sie nach einem Liebhaber gefragt habe? Ich entschuldige mich. Ich weiß, Sie sind noch Jungfrau und werden es höchstwahrscheinlich auch bis zu Ihrer Hochzeitsnacht bleiben. Ich finde diese Vorstellung ganz reizend, wirklich. Ich wollte nur darauf hinweisen, daß ein klein wenig voreheliche Erfahrung nicht unbedingt von Nachteil sein muß.«

»Wie können Sie es wagen, so mit mir zu reden?«

Sofort änderte sich sein Verhalten. Fast demütig sagte er: »Ich bin ein Narr. Vielleicht bin ich ein wenig neidisch auf Monsieur Pedrek.«

Ich versuchte, ein wenig sarkastisch zu klingen. »Jetzt sind wir wieder bei der altbewährten Methode angelangt. Ihrer Meinung nach verschleiere ich mit romantischen Vorstellungen die Wirklichkeit. Ich will Ihnen mal was sagen: Ich glaube Ihnen kein Wort. Sie würden jeder anderen Frau genau dasselbe sagen, mit genau denselben Worten. Dieses ganze Gerede ist vollkommen belanglos. Nichts weiter als eine seichte Unterhaltung.«

»Im Prinzip haben Sie recht. Aber im Augenblick sage ich die Wahrheit.«

»Sie geben also zu, daß Sie, der große Verfechter der Wahrheit, sehr oft die Unwahrheit sagen?«

Wieder hob er die Hände und zuckte die Achseln. »In Frankreich besorgt der Vater dem Sohn eine Geliebte. Meist eine ältere, charmante, erfahrene Frau. Sie unterweist ihn in den Dingen, auf die es im Leben ankommt, damit er bei seiner Heirat nicht *gauche* ist. Verstehen Sie?«

»Ich habe davon gehört. Aber wir sind hier nicht in Frankreich. In unserem Land herrschen andere Moralvorstellungen.«

»Ich bin davon überzeugt, daß sich die Engländer stets moralisch einwandfrei verhalten, während wir Franzosen ein von Grund auf lasterhaftes Volk sind.«

»Streiten wir jetzt über die Vorzüge und Nachteile unserer Nationen?«

»Nein, ganz und gar nicht. Mir gefällt sehr vieles in England. Die Scheinheiligkeit Ihrer Landsleute mag ich allerdings weniger. Sie verstehen es meisterhaft, die Moral hochzuhalten. Aber wie es in ihrem Innern aussieht, zeigen sie nicht. Ich glaube wirklich, daß ein wenig Erfahrung vor der Ehe für alle Menschen vorteilhaft wäre. Die Ehe ist das größte Abenteuer, auf das wir uns einlassen. Wenn wir auf kleine Krisen vorbereitet sind, werden wir besser damit fertig. Erfahrung ist in jedem Lebensbereich nur von Nutzen.«

»Raten Sie mir allen ernstes, ich soll . . . diese Erfahrung machen?«

»O nein, das würde ich nie wagen. Im Gegenteil. Ich möchte mich ganz aufrichtig dafür entschuldigen, daß ich dieses Thema angeschnitten habe.«

»Ich nehme Ihre Entschuldigung an. Vergessen wir die ganze Sache.«

»Darf ich Ihren Becher noch einmal nachfüllen?«

»Nein, danke. Ich muß aufbrechen. Zu Hause warten eine Menge unerledigter Dinge auf mich.«

Er senkte den Kopf. »Zuerst müssen Sie mir versprechen, daß Sie mir wirklich verziehen haben.«

»Sie haben sich entschuldigt, und ich habe Ihre Entschuldigung angenommen.—«

»Ich habe mich dumm benommen.«

»Ich dachte, Sie seien ein kluger und erfahrener Mann.«

Er sah mich so verzweifelt und unglücklich an, daß ich gegen meinen Willen einfach lachen mußte.

»Schon besser«, rief er. »Unter diesen Umständen glaube ich, daß Sie mir verziehen haben. Und ich bewundere Sie sehr. Ihre Frische, Ihre Schönheit, Ihr Wesen. Und ich bin ein Bewunderer Ihrer Unschuld. Sie verkörpern für mich die Reinheit . . .«

»Jetzt gehen Sie wieder entschieden zu weit. Ich mag, was manche Dinge angeht, naiv sein, aber unaufrichtige Schmeicheleien durchschaue ich sofort. Und Sie tragen sehr dick auf.«

»Sie halten mich also für einen Narren?«

»Was soll das? Sie behaupten, mich zu verstehen und zu kennen. Gut. Auch Sie sind mir kein Unbekannter. Sie interessieren sich sehr für Frauen. Sie können sie nicht eine Sekunde aus den Augen lassen. Sie versuchen, nicht nur jedes Dienstmädchen zu verführen, sondern überhaupt jede Frau, die Ihnen über den Weg läuft. Manche Leute behaupten, ein solches Verhalten sei für einen jungen Mann ganz normal. Ich kann diese Meinung nicht teilen, und es ist mir vollkommen gleichgültig, was Sie hierüber denken. Nur sollen Sie mich dabei aus dem Spiel lassen.«

Er lächelte fast unwiderstehlich. »Sie haben mich gehörig gemaßregelt. Sie haben recht. Ich bin ein Narr.«

»Vermutlich benehmen wir uns alle zuweilen ein wenig närrisch.«

»Bleiben wir weiterhin gute Freunde?«

»Selbstverständlich. Aber sprechen Sie nie wieder so mit mir.«

Heftig schüttelte er den Kopf. »Noch einen Becher Apfelwein, damit wir auf unsere Versöhnung anstoßen können?«

»Nein, danke. Ich habe genug getrunken.«

»Nur einen kleinen Schluck. Erst dann bin ich wirklich überzeugt davon, daß Sie mir verziehen haben.«

Man brachte frischen Apfelwein, und wir hoben unsere Becher.

»Auf unsere Freundschaft«, sagt er. »Und nun sprechen wir über High Tor. Sobald die Stennings das Haus verlassen haben, kommen Sie mit Monsieur Pedrek hinüber, damit ich Ihnen alles zeigen kann, was Sie interessiert.«

»Vielen Dank. So hatten wir es uns vorgestellt.«

Wir redeten von High Tor. Anschließend erzählte er vergnügliche Geschichten vom kleinen kaiserlichen Hof in Chislehurst und über die französischen Aristokraten.

Er plauderte sehr amüsant und konnte seine Landsleute treffend parodieren. Ständig brachte er mich zum Lachen, was ihn zu noch übertriebeneren Darstellungen anspornte. Trotz allem verbrachte ich noch einen angenehmen Nachmittag mit ihm.

Die Stennings hatten ihre Abreise um eine Woche verschoben, aber endlich kam der Tag des Umzugs. An einem Dienstag vormittag schickte mir Jean Pascal eine Nachricht nach Cador.

Er habe Mr. Pencarron gebeten, um drei Uhr zu ihm zu kommen, damit sie über die noch unklaren Punkte sprechen konnten. Ob ich mich ihnen nicht anschließen wolle? Umgehend ließ ich ihm meine Zusage übermitteln.

Die Mädchen saßen bei mir, als ich seine Nachricht erhielt. Neugierig fragten sie mich aus.

»Der Brief ist von Mr. Bourdon«, erklärte ich.

»Aus High Tor?« fragte Belinda.

»Ja.«

»Gehst du heute nachmittag hin?«

»Ja.«

»Ich möchte mitkommen«, bat Lucie.

»Heute nicht. Vielleicht ein andermal. Wenn wir das Haus gekauft haben, wirst du noch oft genug hinkommen. Wir müssen es vollständig neu einrichten. Stell dir vor, wieviel Spaß es machen wird, die Möbel und all die anderen Dinge auszusuchen.«

»Oh, herrlich. Darauf freue ich mich schon.«

Ich konnte es kaum erwarten und machte mich gleich nach dem Mittagessen auf den Weg nach High Tor.

Anscheinend hatten die Stennings sämtliche Stallburschen entlassen, denn niemand erschien, um sich um das Pferd zu kümmern. Ich führte es selbst in den Stall und ging dann über den Hof zum Haus. Das Läuten der Glocke hallte in den leeren Räumen wider. Kurz darauf öffnete Jean Pascal die Tür.

»Hallo. Schön, daß Sie da sind.«

»Ist Mr. Pencarron schon eingetroffen?«

»Nein, er ist noch nicht da. Aber treten Sie doch bitte ein.«

Wir gingen in die Halle.

»Ohne Möbel sieht alles sehr viel größer aus«, stellte ich fest.

»In einem leeren Haus fällt es Ihnen leichter zu entscheiden, wie Sie Ihre eigenen Möbel stellen möchten.«

»Und dieser Tisch?« fragte ich. »Nehmen Sie den mit oder verkaufen Sie ihn? Oder ist er bereits im Kaufpreis inbegriffen?«

»Das klären wir später. Ein oder zwei andere Möbelstücke sind auch noch hier. Es liegt an Ihnen, ob Sie sie behalten möchten oder nicht. Wollen Sie sich die Möbel gleich ansehen?«

»Wann wollte Mr. Pencarron hier sein?«

»Er wußte es nicht genau. Er hat noch irgendwelche Geschäfte in der Mine zu erledigen.« Anscheinend bemerkte er den ängstlichen Blick, den ich ihm von der Seite zuwarf, denn er sagte sofort: »Ich lasse die Eingangstür angelehnt, damit er jederzeit eintreten kann. Kommen Sie mit in den ersten Stock, und schauen Sie sich die Vase an.«

Auf dem Treppenabsatz blieb er stehen und zeigte auf eine prachtvolle Vase.

»Ist sie nicht schön?« fragte er.

»Wunderschön. An dieser Stelle muß unbedingt etwas stehen.«

Wir durchquerten die Galerie. »Sie werden sich eine Gemäldegalerie zulegen müssen«, sagte er.

»Meine Großeltern besitzen zahlreiche Familienporträts. Bestimmt überlassen sie mir ein paar davon.«

»Anscheinend wollen Sie eine ganze Dynastie gründen.«

Ich lachte. Er führte mich ein paar Stufen hinauf und öffnete eine Tür. In diesem Raum hingen noch Vorhänge an den Fenstern, und mittendrin stand ein riesiges Himmelbett.

»Das Familienerbstück der Bourdons.«

»Meine Güte, das ist ja riesig.«

»Die Samtvorhänge sind allerdings ein bißchen zerschlissen.«

»Sicher nehmen Sie das Bett mit.«

»Ich glaube kaum, daß meine Mutter mit einem Transport einverstanden ist.«

Er setzte sich auf den Bettrand und faßte plötzlich nach meiner Hand. Bevor ich wußte, wie mir geschah, saß ich bereits neben ihm.

Da ich ihn beunruhigt ansah, sagte er: »Fühlen Sie sich noch immer in meiner Gegenwart befangen?«

»Nein«, log ich. »Oder habe ich Grund dazu?«

»Nun, vielleicht. Sie befinden sich allein in einem Haus

288

mit einem Mann, den Sie für einen schlimmen Sünder halten. Und dieser Mann hat das auch niemals zu verbergen versucht.«

Ich wollte aufstehen, aber er hielt mich fest.

»In gewisser Hinsicht sind Sie eine kleine Idiotin, Rebecca. Aber ich bewundere Sie.«

»Mr. Pencarron kann jeden Augenblick hier sein. Finden Sie Ihr Benehmen nicht ein wenig sonderbar? Neulich haben Sie sich für Ihre Unverschämtheiten entschuldigt, und ich habe Ihre Entschuldigung angenommen.«

»Ich entschuldige mich nicht besonders gern.«

»Da sind Sie nicht der einzige. Aber manchmal ist es unumgänglich. Hören Sie endlich auf mit diesen Albernheiten.«

Anstelle einer Antwort zog er mich fest an sich, neigte den Kopf und küßte mich auf den Mund.

Jetzt war ich wirklich erschrocken. Ich versuchte, mich aus seinem festen Griff zu befreien, aber er war stärker als ich.

»Ich finde, es ist an der Zeit, daß Sie ein bißchen weniger unschuldig sind, Rebecca.«

»Sie . . . Sie Ungeheuer!«

»Mag sein. Allerdings habe ich das, was ich neulich gesagt habe, ehrlich gemeint. Ich bin tatsächlich der festen Überzeugung, jemand sollte Sie in die Schönheit der Liebe einweisen.«

»Sie ganz bestimmt nicht.«

»Genau in diesem Punkt irren Sie sich. Sie brauchen eine Unterrichtsstunde . . . von jemandem, der so charmant, erfahren und verständnisvoll ist wie Jean Pascal Bourdon.«

»Sie sind einfach lächerlich.«

»Das macht nichts. Dafür sind Sie sehr konservativ. Vergessen Sie Ihre Konventionen, Rebecca. Lassen Sie sich nur ein einzigesmal gehen. Hören Sie auf Ihre innersten Gefühle.«

»Meine innersten Gefühle sagen mir, daß ich Ihnen ins Gesicht schlagen sollte.«

»Versuchen Sie es«, sagte er und hielt meine Hände noch fester.

»Was haben Sie eigentlich vor?«

»Das wissen Sie ganz genau.«

»Ich fürchte, nein.«

»Denken Sie mal nach. Ich habe Ihnen sehr deutlich zu verstehen gegeben, was Sie brauchen, nämlich Erfahrung. Sie müssen wenigstens ein bißchen gelebt haben, bevor Sie sich auf dem Land lebendig begraben lassen.«

»Sie sind verrückt.«

»Im Augenblick bestimmt. Ihre Unschuld verführt mich. Ich begehre Sie. Schon lange. Ich habe nur auf eine passende Gelegenheit gewartet, um Ihnen zu zeigen, wieviel Spaß das Leben machen kann, wenn Sie Ihre Zimperlichkeit überwinden. Lassen Sie sich gehen. Ich verspreche, Sie werden es nicht bereuen. Sie brauchen ein kleines Abenteuer, an das Sie sich später in Ihrem langweiligen Leben erinnern können.«

»Glauben Sie im Ernst, ich würde mit Ihnen herumschäkern? Sie müssen den Verstand verloren haben. Für mich sind Sie nichts weiter als ein Lüstling, der jede Frau, die ihm gefällt, verführen will. Und Sie sind dermaßen eingebildet, daß Sie anscheinend felsenfest davon überzeugt sind, jede Frau würde Ihnen mit Wonne zu Füßen liegen.«

»Was wissen Sie schon? Ich bin davon überzeugt, daß es eine sehr erfreuliche und vergnügliche Erfahrung für Sie sein wird.«

»Lassen Sie mich sofort los.«

»Das kann ich nicht. Die Versuchung ist für mich viel zu groß.«

»Kommen Sie mir nie wieder unter die Augen.«

»Stellen Sie sich nicht so an. Sie werden bald merken, es ist höchst unterhaltsam . . . unwiderstehlich.«

»Wenn Mr. Pencarron kommt . . .«

Er lachte. »Sind Sie tatsächlich so naiv zu glauben, Mr. Pencarron käme heute hierher?«

Sprachlos starrte ich ihn an.

»Jetzt sind Sie überrascht«, sagte er mit breitem Grinsen. »Natürlich kommt er nicht. Er weiß gar nichts von unserem kleinen Rendezvous. Niemand weiß davon. Komm her, meine süße Rebecca, mein kluges Mädchen.«

Die Angst verlieh mir neue Kräfte. Es gelang mir aufzustehen, aber er hielt mich noch immer fest. Blitzschnell hob ich mein Knie.

Er schrie fürchterlich auf und fluchte wütend. Schon war ich an der Tür und lief durch die Galerie, aber er war mir dicht auf den Fersen. Oben auf der Treppe blieb ich stehen und lugte in die Halle hinunter. Irgend jemand war da. Belinda. Ich hörte mich stammeln: »Belinda . . .«

»Hallo, Rebecca. Du siehst . . .«

Ihr Blick fiel auf Jean Pascal. Das Schweigen schien ewig zu dauern. Jean Pascal faßte sich als erster.

»Hallo, Miß Belinda. Wollten Sie mich in einem leeren Haus besuchen?«

»Ja«, antwortete sie. »Lucie ist auch hier. Mit Leah. Wir wollten dich überraschen.«

Langsam ging ich die Treppe hinunter.

»Ich bin froh, daß du hier bist, Belinda.«

»Deine Frisur ist in Unordnung.«

»Wirklich?«

»Ja. Und wo ist dein Hut?«

»Oh, ich muß ihn irgendwo hingelegt haben.«

»Wir haben uns das Haus angesehen«, erklärte Jean Pascal, »und über die Möbel gesprochen.«

»Aha«, sagte Belinda und schaute aufmerksam von mir zu Jean Pascal. »Und deshalb sieht Rebecca so unordentlich aus?«

In diesem Augenblick erschien Lucie in der Halle.

Gott sei Dank waren die beiden gekommen. Sie hatten mich vor diesem Ungeheuer gerettet.

Jean Pascal sah mich an. Sein Mund verzog sich zu einem zynischen Lächeln. »Ich weiß, wo Sie Ihren Hut abgelegt haben. Oben im Schlafzimmer, neben der Galerie. Ich gehe und hole ihn.«

Belinda ließ mich nicht aus den Augen. Ich fragte mich, was wohl in ihrem Kopf vorging.

»Es stört dich nicht, daß wir gekommen sind?« erkundigte sie sich.

»Nein, nein, ganz und gar nicht. Ich freue mich.«

»Dürfen wir uns das Haus ansehen?«

»Es ist schon spät. Wir sollten nach Hause.«

»Nur ganz kurz«, bat Belinda.

Jean Pascal kam die Treppe herunter. Mit einer kleinen Verbeugung reichte er mir meinen Hut. Er hatte sich vollkommen unter Kontrolle. Nichts war ihm anzumerken.

»Wir möchten uns das Haus ansehen«, sagte Belinda. »Es sieht lustig aus ohne Möbel.« Sie rief »Huhuuu« und freute sich über das Echo. »Das hört sich an, als würden Gespenster rufen.«

»Du weißt genau, es liegt daran, daß es fast leer ist«, wies Lucie sie zurecht.

»Kommt mit«, sagte Jean Pascal. »Ich zeige euch das Haus. Begleiten Sie uns, Miß Rebecca?«

Am liebsten hätte ich geschrien: Nein, ich will nur weg von hier. Sie haben mir jede Freude an diesem Haus verdorben. Aber was hätte ich tun sollen? Ich mußte so tun, als sei nichts geschehen.

Während wir im Haus umhergingen, überlegte ich, wie ich mich verhalten sollte. Sollte ich mit meiner Großmutter darüber reden? Wie würde sie es aufnehmen? Ich konnte es ihr nicht sagen. Und Pedrek? Wie würde er reagieren?

Ich befand mich in einer verzwickten Lage, die sorgfältige Überlegungen erforderte. Es kam nicht in Frage, noch einmal mit ihm zu sprechen, es sei denn, ich wurde dazu gezwungen. Allerdings würde es nicht ganz leicht sein, ihm aus dem Weg zu gehen, schließlich war er der Bruder von Celeste. Und seiner Familie gehörte das Haus, das wir kaufen wollten.

Ich war ihm in die Falle gegangen wir ein Närrin. Diese Erkenntnis demütigte mich am meisten. Wie konnte ich nur so dumm sein?

Er würde behaupten, ich sei freiwillig gekommen und habe ihn durch mein Verhalten ermutigt. Später sei ich wegen meiner Schamlosigkeit in Panik geraten und hätte von Vergewaltigung gesprochen. Solche Behauptungen waren keine Seltenheit, sondern in ähnlichen Fällen eher die Regel. Meine Großeltern und Pedrek würden mir sicher glauben. Aber trotzdem wären Gerede, Zweifel und Mißtrauen die unvermeidliche Folge.

Als wir endlich auf unseren Pferden saßen, sagte er: »Ich danke Ihnen für den abwechslungsreichen Nachmittag. Schade, daß Sie schon gehen müssen.«

Wieder fiel mir sein zynisches Lächeln auf. Ich gab meinem Pferd die Sporen und ritt mit den Mädchen auf dem schnellsten Weg nach Cador.

Am darauffolgenden Freitag abend saß ich grübelnd in meinem Zimmer. Noch immer hatte ich mich zu keinem Entschluß durchgerungen. Meine Träume waren zerstört worden, das Haus bedeutete mir kaum noch was. Ich fühlte mich sehr unglücklich.

Ein Klopfen an der Tür riß mich aus meinen Gedanken. Leah trat ein. Als ich ihr besorgtes Gesicht sah, wußte ich sofort, daß etwas passiert war.

»Was ist los, Leah?« fragte ich ängstlich.

»Miß Belinda. Sie ist nicht da.«

»Nicht da? Wo ist sie denn?«

Leah schüttelte den Kopf. »Ich weiß es nicht. Lucie sagt, sie wollte Mary Kellaway irgend etwas bringen. Anscheinend hat Lucie sie gebeten, bis morgen zu warten, aber sie ließ sich nicht von ihrem Entschluß abbringen. Soweit ich verstanden habe, ging es um ein Buch, über das sie heute miteinander gesprochen haben.«

»Und sie ist noch nicht zurückgekommen?«

Wieder schüttelte Leah den Kopf.

»Wir müssen sie suchen.«

Ich eilte aus dem Zimmer und die Treppe hinunter. Unten in der Halle traf ich meine Großmutter.

Ich rief: »Belinda ist verschwunden.«

»Was?«

»Leah sagt, sie sei irgendwohin gegangen und bis jetzt noch nicht zurückgekehrt.«

»Sie ist alleine ausgegangen? Um diese Zeit?«

»Ich wußte nicht, daß sie wegging«, antwortete Leah. »Ich hätte sie niemals allein gehenlassen. Aber Lucie sagt . . .«

»Wo ist Lucie?«

»Lucie!« Ich rief nach ihr. »Lucie!«

Von oben erklang ihre Stimme.

»Rasch, komm herunter, Lucie.« Sie kam. Atemlos und ein wenig verblüfft schaute sie uns an.

»Wo ist Belinda hingegangen?«

»Sie wollte Mary ein Buch bringen.«

»Um diese Zeit?«

»Ich habe ihr gesagt, sie solle bis morgen warten, aber sie wollte nicht.«

»Wie lange ist sie schon weg?«

»Ungefähr eine Stunde.«

»Wir gehen ins Dorf«, entschied Großmutter, »und benachrichtigen Mr. Hanson. Die Leute sollen nach ihr suchen.«

In diesem Augenblick lief Belinda herein. Sie rannte zu mir und klammerte sich an mir fest. Ihr Kleid war zerrissen und blutverschmiert, Gesicht und Hände waren mit Erde und Blut beschmutzt.

»Oh, Rebecca«, schrie sie. »Es war entsetzlich. Er hat mich zu Tode erschreckt. Er sah scheußlich aus, ganz scheußlich. Ganz anders als sonst. Ich wußte nicht, was ich tun sollte. Ich habe um mich geschlagen und getreten und geschrien, aber niemand ist gekommen. Und er hielt mich fest . . . Ich konnte mich nicht befreien.«

»Wer? Wer?« schrie ich außer mir.

Trotz meiner Aufregung entging mir der entsetzte Gesichtsausdruck meiner Großmutter nicht.

Ich sagte: »Belinda, jetzt ist alles gut. Du bist bei uns. Du bist in Sicherheit. Hier kann dir nichts mehr geschehen. Erzähl uns, was passiert ist.«

»Ich wollte Mary ein Buch bringen. Ich habe es ihr versprochen. Eigentlich erst für den nächsten Tag, aber dann dachte ich, ich bringe es ihr lieber gleich. Ich war in der Nähe des Teichs. Alles war ganz still, und plötzlich habe ich ihn gesehen. Er sagte hallo, und ich sei ein reizendes kleines Mädchen und er möge reizende kleine Mädchen sehr gern. Zuerst war er sehr nett. Aber dann riß er mich zu Boden . . .«

Mir wurde fast übel. Sie legte ihren Kopf an meine Schulter: »Er sah ganz verändert aus, Rebecca. Ich erkannte ihn gar nicht mehr. Er versuchte, mir mein Kleid auszuziehen. Ich lag auf der Erde . . . und er zerrte an meinem Rock. Alles ist zerrissen . . .«

Ich streichelte ihr übers Haar. »Es ist gut. Alles ist gut.«

»Ich habe nach ihm geschlagen. Ich schlug ihn, so fest ich nur konnte. Und dann sprang ich auf und lief weg. Ich bin auf dem ganzen Heimweg gerannt.«

Mit kreidebleichem Gesicht kam mein Großvater in die Halle. Noch nie hatte ich ihn so wütend gesehen.

»Hast du den Mann erkannt, Belinda?« fragte er.

Schluchzend nickte sie.

»Wer war es?«

»Es war . . . Pedrek.«

Verzweifelt versuchte ich, diesem Alptraum zu entrinnen. Es gab kein Entkommen. Ich mußte mich dieser ungeheuerlichen Beschuldigung im hellen Licht des Tages stellen.

Ich konnte einfach nicht glauben, daß Pedrek so etwas getan haben sollte. Dieser rücksichtsvolle, freundliche, höfliche, hilfsbereite Mann, dem das Wohl anderer stets sehr am Herzen lag. Es war unglaublich. Aber Belinda hatte sich in besorgniserregendem Zustand befunden. Mir war das Grauen in ihren Augen nicht entgangen, als sie ihre entsetzliche Anklage vorgebracht hatte.

Meine Großeltern und ich blieben die ganze Nacht auf und sprachen über den schrecklichen Vorfall.

Ich blieb dabei. »Ich glaube es nicht. Ich kann es einfach nicht glauben.«

295

Meine Großmutter sagte: »Ich auch nicht. Aber das Kind wirkte völlig sicher. Woher sollte Belinda von solchen Dingen wissen, wenn sie es nicht am eigenen Leib verspürt hat? Ob er für einen Augenblick von Sinnen war?«

»Nein, nein«, schrie ich. »Nicht Pedrek.«

Ich dachte an mein Erlebnis mit Jean Pascal. Als Belinda von dem Überfall berichtet hatte, war mir sofort der Franzose eingefallen. Aber sie hatte gesagt, es sei Pedrek gewesen. Es war der schlimmste Augenblick meines Lebens.

Was sollten wir tun? Belinda war verwirrt und außer sich. Wir durften ihr keine weiteren Fragen stellen.

Leah hatte ihr ein leichtes Schlafmittel gegeben und blieb die ganze Nacht an ihrem Bett. Falls sie aus ihrem unruhigen Schlaf aufwachen sollte, mußte jemand dasein, der sie tröstete.

Die ganze Nacht versuchten wir drei, uns gegenseitig davon zu überzeugen, daß es unmöglich Pedrek gewesen sein konnte. Ich dachte, ich befände mich in einem bösen Traum, und hoffte, endlich aufzuwachen.

Schließlich dämmerte der Morgen. Aber auch das Sonnenlicht brachte keinen Trost.

Wir warteten auf Pedreks Ankunft, denn normalerweise kam er am Samstag morgen gegen zehn Uhr.

Wie würde er sich verhalten? Belinda war ihm entkommen, und er mußte damit rechnen, daß sie uns von seinem Überfall erzählt hatte. Vielleicht traute er sich gar nicht mehr nach Cador.

Doch er kam. Er ritt geradewegs zum Stall, als wäre nichts geschenen. Er kam ins Haus. Meine Großeltern erwarteten ihn in der Halle.

Bei seinem Eintreten erhoben wir uns.

Man merkte ihm nichts an, er benahm sich wie immer.

»Rebecca!« rief er voller Freude und lächelte mich an. Wir rührten uns nicht von der Stelle. Verwundert blickte er uns an. »Was ist denn los?«

Mein Großvater sagte: »Komm mit in den kleinen Salon. Wir müssen miteinander reden.«

Sichtlich verwirrt, folgte er uns. Mein Großvater schloß die Tür hinter ihm. »Setz dich!«

Pedrek bewegte sich wie ein Schlafwandler. Meine Knie zitterten stark, und ich befürchtete, mich nicht mehr lange auf den Beinen halten zu können.

»Was um Himmels willen ist denn geschehen?« fragte Pedrek.

»Belinda . . .« begann Großvater.

»Ist ihr etwas zugestoßen? Ist sie krank?«

»Pedrek, weißt du nicht, was mit ihr los ist?«

Stirnrunzelnd schüttelt er den Kopf.

»Gestern abend kam sie in einem furchtbaren Zustand nach Hause. Sie ist am Teich belästigt worden.«

»Großer Gott!«

»Sie ist entkommen — gerade noch rechtzeitig. Das arme Kind ist völlig verstört. Weiß der Himmel, was dieser Vorfall noch für schlimme Folgen für sie haben wird.«

»Das ist ja entsetzlich . . .«

»Sie hat den Mann erkannt.«

»Wer war es?«

In die darauffolgende Stille hinein sagte mein Großvater mit harter Stimme: »Du, Pedrek.«

»Was?«

»Am besten erzählst du uns genau, was geschehen ist.«

»Ich verstehe kein Wort.«

»Sie hat uns gesagt, du hättest mit ihr am Teich gesprochen. Am Teich von St. Branok. Sie behauptet, du hättest sie auf den Boden geworfen, ihre Kleider zerrissen und gesagt, du magst kleine Mädchen.«

»Sie ist verrückt!«

Wir ließen ihn nicht aus den Augen. Er wandte sich an mich. »Rebecca, du glaubst doch nicht . . .«

Ich schwieg. Ich konnte seinen Anblick nicht länger ertragen und schlug die Hände vor das Gesicht.

Er machte einen Schritt auf mich zu, aber Großvater schnitt ihm den Weg ab.

»Es handelt sich um eine ernste Angelegenheit«, sagte er.

»Ich weiß nicht, was tatsächlich geschehen ist, was in dich gefahren ist. Aber es ist besser, du erzählst es uns. Wir könnten . . .«

»Wie können Sie es wagen!« schrie Pedrek. »Das ist ungeheuerlich!«

»Holt sie her! Das soll sie mir ins Gesicht sagen. Sie lügt.«

Meine Großmutter ergriff das Wort. »Wir dürfen sie keiner neuerlichen Aufregung aussetzen. Sie ist in einem entsetzlichen Zustand. Sie hatte furchtbare Angst. Jeder, der dieses Kind gesehen hat, wird das bestätigen.«

»Ich begreife nicht, wie irgend jemand von euch auch nur eine Sekunde lang glauben kann, ich . . .«

»Sieh mal, Pedrek«, sagte mein Großvater. »Wir wollen diese Angelegenheit nicht überbewerten. Es ist weiß Gott schon schlimm genug. Könnte es nicht sein, daß du für einen Augenblick die Beherrschung verloren hast, ja, man könnte vielleicht sagen, verrückt geworden bist?«

»Ich war gar nicht dort.«

Meine Großeltern wechselten einen vielsagenden Blick.

»Wenn dieser Vorfall bekannt wird, führt das unvermeidlich zum Bruch zwischen unseren Familien«, sagte mein Großvater. »Ich verstehe dich nicht, Pedrek. Du bist der letzte Mensch, von . . .«

»Wie kannst du nur einer solchen Anschuldigung Glauben schenken, Rebecca?« Pedrek sah mich an. Verzweifelt versuchte ich, an den Pedrek zu denken, den ich mein Leben lang gekannt hatte, aber vor mir sah ich nur das Gesicht eines Ungeheuers. Ich kannte die Männer nicht. Erst neulich war ich auf Jean Pascal hereingefallen. Er hatte gesagt, ich sei unschuldig und habe keine Ahnung, wie es auf der Welt zuginge. Ich hatte Pedrek immer vertraut, aber ich hatte nicht die geringste Ahnung, wie weit Männer in ihrer sinnlichen Begierde gehen würden. Ich konnte Pedrek nicht in die Augen sehen. Ich fürchtete mich davor, etwas zu entdecken, was ich nicht sehen wollte.

Mein Großvater fragte: »Warst du gestern in der Nähe des Teiches, Pedrek?«

»Lieber Himmel«, sagte Pedrek wütend, »soll das ein Verhör sein? Ich bin vom College gekommen, wie an jedem Wochenende.«

»Dann warst du um diese Zeit mit deiner Familie zusammen.« Das Gesicht meines Großvaters entspannte sich. »Normalerweise bist du um sechs in Pencarron.«

»Ja, aber . . .«

Ich erstarrte vor Angst.

»Aber gestern abend nicht?« fragte mein Großvater beharrlich weiter.

»Nein. Ich wollte vor meiner Abreise noch einen Freund besuchen. Deshalb war ich später dran.«

»Und wann bist du zu Hause eingetroffen?«

»Ungefähr um halb acht.«

Eine gräßliche Stille breitete sich aus.

»Du warst also später in Pencarron als sonst?«

»Ja. Ungefähr anderthalb Stunden später.«

Ich erriet die Gedanken meiner Großeltern. Kurz nach sechs war Belinda in Cador eingetroffen.

»Und du bist später gekommen, weil du einen Freund besucht hast. Es tut mir leid, daß ich dich das fragen muß, Pedrek, aber kann dein Freund deine Aussage bestätigen?«

Pedrek kochte vor Wut. Regte er sich so auf, weil er Angst hatte? »Das ist ein Verhör. Sitze ich schon auf der Anklagebank? Muß ich ein Alibi nachweisen?«

»Ich habe es schon einmal gesagt. Es geht um eine schwerwiegende Anschuldigung. Ich bitte dich im Interesse von uns allen, den Sachverhalt zu klären. Und zwar zweifelsfrei.«

»Ich war nicht dort. Das Kind irrt sich. Belinda muß mich mit jemandem verwechselt haben.«

»Ich meine es gut mit dir, Pedrek. Wenn dein Freund bestätigt, daß du bei ihm gewesen bist, ist alles geklärt. Du kannst nicht gleichzeitig bei ihm und am Teich gewesen sein.«

»Ich habe ihn nicht angetroffen. Er war nicht zu Hause.«

»Du hast ihn also nicht gesehen. Und du bist später nach Hause gekommen als sonst . . .«

»Ja. Der geplante Besuch hat mich aufgehalten.«

Wir saßen alle ganz still und versuchten, seine Worte zu begreifen.

Er schrie: »Ich bin also schuldig gesprochen. Rebecca, wie kannst du nur so etwas von mir denken?«

»Ich glaube es nicht, Pedrek. Ich kann es nicht glauben.«

Er trat wieder auf mich zu, aber ich zuckte zurück. Meine Großmutter sagte: »Wir sind alle mit den Nerven am Ende. Ich halte es für das beste, wenn wir im Augenblick nichts weiter unternehmen. Zum Glück konnte Belinda entkommen. Aber wie sie dieses schreckliche Erlebnis verarbeiten wird, weiß niemand. Versteh uns bitte, Pedrek, aber auch daran müssen wir denken. Vielleicht können wir das Kind nochmals befragen, wenn es sich ein wenig beruhigt hat. Aber um ganz ehrlich zu sein, im Augenblick traue ich mich nicht, ihr weitere Fragen zu stellen.«

»Ich halte es für das beste, wenn du jetzt gehst, Pedrek«, ergänzte mein Großvater. »Wir müssen in Ruhe über alles nachdenken.«

Wortlos drehte er sich um und ging hinaus. Ich sah aus dem Fenster. Er ging geradewegs zum Stall hinüber. Ich spürte, daß ich den Pedrek, den ich so lange gekannt hatte, verloren hatte.

Leah sorgte sich sehr um Belinda, die sich auffallend ruhig verhielt und sich ganz in sich zurückzog. Weil sie an Alpträumen litt, schlief sie in Leahs Zimmer, damit diese sie jederzeit trösten konnte.

»Was würden wir nur ohne Leah machen«, seufzte meine Großmutter. »Keine Mutter kann besser für ihr eigenes Kind sorgen.«

Wir hatten vorsichtig versucht, Belinda zu befragen. Mit entsetztem Gesicht hatte sie sich von uns abgewandt.

»Aus einer solchen Sache können die schlimmsten Ängste entstehen«, sagte Großmutter. »Sie ist noch so jung. Ein Kind, das eine solche Erfahrung machen mußte, leidet entsetzlich.«

»Granny«, unterbrach ich sie. »Ich kann immer noch nicht glauben, daß Pedrek ihr das angetan haben soll.«

Sie schüttelte den Kopf. »Die Menschen machen die seltsamsten Dinge. Niemand weiß wirklich, was in einem anderen vorgeht.«

Ich konnte nicht essen; ich konnte nicht schlafen. Am späten Abend kam meine Großmutter zu mir.

»Ich dachte mir, daß du nicht schlafen kannst.« Sie zog ihren Morgenrock eng um ihren Körper und setzte sich auf den Bettrand.

»Wir müssen etwas unternehmen, Rebecca. So können wir nicht weitermachen.«

»Nein. Aber was sollen wir tun?«

»Belinda muß von hier weg. Leah sagt, sie spricht ständig von diesem Teich und wie die Männer damals nach dir gesucht und dabei den Mörder herausgefischt haben.«

»Von wem hat sie bloß diese Geschichten?«

»Die Leute reden viel. Sie merken gar nicht, wie aufmerksam die Kinder zuhören. Du kennst doch diese Schauermärchen, die man sich vom Teich erzählt. Da gibt es die unterschiedlichsten Versionen. Jedenfalls sollte Belinda von hier weggebracht werden. Und, so verhaßt mir dieser Gedanke auch ist, du solltest ebenfalls abreisen.«

»Abreisen«, wiederholte ich.

»Ja. In London oder Manorleigh erinnert sich Belinda nicht fortwährend an diese Geschichte. Leah will nicht, daß sie noch einmal zum Teich geht. Ich kann mir zwar nicht vorstellen, daß sie diesen Wunsch hat, aber manchmal übt ein solcher Ort eine seltsame Anziehungskraft auf die Betroffenen aus. Sie muß so schnell wie möglich darüber hinwegkommen und vergessen. Hier gelingt ihr das nie. Und was wird aus dir, meine Liebe, aus dir und Pedrek?«

»Ich glaube nicht . . .«

»Du willst es nicht glauben, aber völlig überzeugt von seiner Unschuld bist du auch nicht.«

»Ich weiß nicht. Vermutlich hast du recht.«

Sie nickte. »Du solltest für eine Weile von hier fortgehen.

301

Ich weiß, wie gern du Pedrek hast, und kann mir vorstellen, wie widersprüchlich deine Empfindungen sind. Du versuchst verzweifelt, an ihn zu glauben. Und im Grunde deines Herzens tust du das auch.«

»Ich weiß es nicht.«

»Die Zeit wird's klären. Wenn du hierbleibst, handelst du vielleicht unüberlegt und bereust es dein Leben lang.«

»Wieso?« fragte ich.

Hilflos zuckte sie die Achseln. »Du könntest dich nach reiflichen Überlegungen entschließen, ihm zu glauben. Du heiratest ihn. Und plötzlich entdeckst du schlimme Seiten an ihm, von denen du dir nicht einmal hättest träumen lassen. Aber auch wenn du ihn aufgrund deiner Zweifel abweist, könntest du das dein Leben lang bereuen. Geh zurück nach London oder nach Manorleigh. Finde heraus, wie du zu Pedrek stehst. Denk ernsthaft darüber nach. Laß keinen wichtigen Punkt außer acht. Und nimm Belinda mit. Kümmere dich um sie. Sie braucht ebensoviel Hilfe wie du, meine Liebe.«

Sie umarmte mich. Bestimmt hatte sie recht. Ich mußte weg von hier.

Für eine baldige Abreise sprach auch Leahs Verhalten, die über den Vorfall besonders aufgebracht war und keinen Zweifel an Pedreks Schuld hegte.

Meine Großmutter und ich sprachen mit ihr über Belindas Befinden. Großmutter fragte sie, ob das Kind immer noch ständig darüber nachdenke.

Leah richtete sich kerzengerade auf und ballte die Hände zu Fäusten.

»Glauben Sie, sie kann das jemals vergessen?« fragte sie mit harter Stimme. »Oh, Madam, Miß Rebecca, manchmal würde ich ihn am liebsten umbringen.«

»Leah!« murmelte ich.

»Ja, Miß Rebecca. Warum hat er dem Kind das angetan? Ich sehe das Entsetzen in ihren Augen. Sie wimmert im Schlaf. Manchmal schreit sie auf. Ich weiß nicht, ob sich das jemals wieder ändern wird. Solche Männer sind es nicht wert zu leben. Sollte er mir einmal gegenüberstehen, dann weiß ich nicht, was ich tue.«

»So darfst du nicht sprechen, Leah«, versuchte meine Großmutter sie zu beschwichtigen. »Vielleicht beruht das Ganze auf einem Irrtum. Es war fast dunkel, vielleicht hat sie nicht gut gesehen. Oder sie war so verängstigt, daß sie sich in der Person getäuscht hat.«

Leah sah meine Großmutter an, als zweifle sie an ihrem Verstand.

»Sie hat sehr gut gesehen«, betonte sie. »Männer . . . Männer sind selten das, was sie zu sein scheinen. Sie sind alle schlecht. Sie denken nur an sich, an ihr Vergnügen. Ihre Opfer kümmern sie nicht.« Ich hatte sie noch nie so aufgebracht gesehen. »Sie zwingen ihnen ihren Willen auf und werfen sie dann achtlos beiseite.«

»Liebe Leah«, unterbrach meine Großmutter sie, »du hast Belinda immer sehr nahegestanden. Du weißt am besten, wie man ihr darüber hinweghelfen kann. Du mußt dich besonders liebevoll um sie kümmern.«

Grimmig blickte Leah uns an. »Ich dulde nicht, daß man sie wieder und wieder befragt. Das lasse ich nicht zu. Sie muß so schnell wie möglich vergessen. Ich sehe keine andere Lösung.«

»Du hast recht«, erklärte Großmutter.

Leah nickte.

Als ich in ihre haßerfüllten Augen blickte, dachte ich entsetzt, sie könnte die Morddrohung an Pedrek ernst meinen.

Später sagte Großmutter zu mir: »Verständlicherweise ist sie furchtbar aufgebracht. Sie hat sich immer um Belinda gekümmert und betrachtet sie fast als ihr eigenes Kind. Daraus können sich für uns alle große Schwierigkeiten ergeben. Ich hoffe, sie erzählt diesen Vorfall nicht herum. Das würde Josiah umbringen.«

»Ich weiß, daß es nicht wahr ist, Granny. In meinem Herzen spüre ich das ganz deutlich.«

»Mir geht es genauso. Wir kennen Pedrek schon so lange. Es erscheint mir völlig unmöglich.«

»Es muß eine vernünftige Erklärung geben.«

Trotzdem mußten wir so schnell wie möglich weg von Cador. Leahs Verhalten hatte mir das nur zu deutlich gezeigt.

Ich versuchte, an Pedrek zu schreiben, zerriß aber die angefangenen Briefe immer wieder und begann von vorne, bis ich endlich das Gefühl hatte, die richtigen Worte gefunden zu haben.

Lieber Pedrek,
ich gehe zurück nach London, weil ich nicht länger hierbleiben kann. Ich bin so unglücklich, seit das alles passiert ist. Sicher geht es Dir genauso. Ich bin völlig durcheinander und weiß nicht, was ich Dir sagen soll. Meine Großeltern halten es für das beste, wenn ich für eine Weile weggehe. Ich will nicht an Deine Schuld glauben. Ich bemühe mich, Dir zu vertrauen. Manchmal denke ich, das Ganze ist einfach nur lächerlich, aber dann werde ich plötzlich wieder unsicher.

Versuche bitte, mich zu verstehen. Laß mir ein wenig Zeit.

Rebecca

Seine Antwort lautete:

Liebe Rebecca,
Du zweifelst an mir. Ich verstehe nicht, wie Du nur einen Augenblick lang so etwas von mir denken kannst. Ich habe geglaubt, Du liebst mich. Jetzt wird mir klar, daß ich mich geirrt hatte. Nach all den Jahren, die wir uns kennen, kannst Du Dir vorstellen, ich würde ein Kind belästigen! Es ist ein entsetzliches, grausames Lügengebäude. Aber Du ziehst es vor, anderen mehr Glauben zu schenken als mir.

Pedrek

Meine Hand, die den Brief hielt, zitterte. Ich weinte. Ich wollte zu ihm, ihn trösten, ihm sagen, wie sehr ich ihn liebte.

Aber ich konnte es nicht. Ich wußte, ich würde ständig auf ein verdächtiges Anzeichen lauern. Ich dachte an die Schwäche der Männer. Sie waren wahrhaftig keine edlen Ritter. Benedict Lansdon nicht, Jean Pascal nicht. Und Pedrek?

Mein Bild von ihm hatte sich gewandelt. Wenn ich mir sein Gesicht vorstellte, fühlte ich Jean Pascals gierigen Blick auf mich gerichtet. Die beiden Gesichter verschmolzen miteinander.

Zu dieser Zeit war ich nicht imstande, eine vernünftige Entscheidung zu treffen. Ich verließ Cador und reiste mit Belinda, Lucie, Leah und Miß Stringer nach London.

Je näher wir London kamen, um so verzweifelter wünschte ich, in Cornwall geblieben zu sein. Ich sehnte mich nach Pedrek und bereute, daß ich nicht noch einmal mit ihm gesprochen hatte. Je weiter ich mich von ihm entfernte, um so ungeheuerlicher erschien mir die gegen ihn erhobene Anklage. Pedrek konnte keiner Fliege etwas zuleide tun.

Ich sah zu Belinda hinüber. Blaß, mit geschlossenen Augen lehnte sie in ihrem Sitz. Lucie wirkte verwirrt. Wir hatten ihr nur gesagt, Belinda fühle sich nicht wohl und wir dürften sie auf keinen Fall aufregen.

Auch Miß Stringer war nicht eingeweiht worden. Ich hatte befürchtet, sie könnte auf einer Anzeige gegen Pedrek bestehen.

Leah ließ Belinda kaum aus den Augen. Möglicherweise fühlte sie sich schuldig, weil das Kind unbeaufsichtigt das Haus verlassen hatte. Aber Belinda hätte in jedem Fall ihren Kopf durchgesetzt, um an diesem Abend zu Mary Kellaway hätte gehen zu können. Leah hatte keinen Grund, sich Vorwürfe zu machen.

In London erwartete uns Benedicts Kutsche. Auch er kannte den wahren Grund für unsere vorzeitige Rückkehr nicht. Ich hatte zu meiner Großmutter gesagt: »Es interessiert ihn sowieso nicht. Er wird nicht einmal merken, daß wir da sind.«

Die Kutsche hielt vor dem prächtigen Stadthaus, in dem ich mich noch nie aufgehalten hatte. Am liebsten hätte ich mich in den nächsten Zug gesetzt und wäre nach Cornwall zurückgefahren.

Seit unserer Ankunft in London ging es Belinda wieder besser. Also war unsere Entscheidung, Cador zu verlassen, richtig gewesen.

Belinda aß widerspruchslos, was man ihr vorsetzte. Sie war von der Reise etwas erschöpft, und ich bat Leah, die beiden Kinder rasch zu Bett zu bringen.

Celeste freute sich, mich zu sehen. Aber sie erinnerte mich an Jean Pascal — er war ihr Bruder. Wieder kam mir die entsetzliche Szene im Schlafzimmer auf dem Himmelbett der Bourdons in den Sinn. Ich fragte mich, was wohl aus High Tor wurde. Wie sollte ich mich verhalten, wenn Jean Pascal zu Besuch kam? Eine neuerliche Begegnung mit ihm konnte ich wohl nicht vermeiden.

Nachdem ich meine Sachen ausgepackt hatte, ging ich hinunter. Während des Abendessens mit Celeste und Benedict drehte sich das Gespräch hauptsächlich um Cornwall und meine Großeltern.

Gleich nach dem Essen wollte ich mich auf mein Zimmer zurückziehen. Celeste zeigte dafür Verständnis, aber ich mußte ihr versprechen, morgen ausführlich mit ihr zu reden.

Als ich an der Tür zu Benedicts Arbeitszimmer vorbeiging, trat er gerade auf den Flur hinaus.

»Rebecca, bitte komm herein.«

Ich folgte ihm in sein Arbeitszimmer, und er schloß die Tür.

Er sah mich prüfend an und sagte: »Irgend etwas stimmt nicht. Was ist los?«

Ich zögerte. »Belinda geht es nicht gut.«

»Das habe ich bemerkt. Und dir? Du siehst auch nicht gerade blendend aus.«

306

»Ich?«

»Du scheinst überrascht.«

»Ja. Mich überrascht, daß dir das aufgefallen ist.«

»Ich merke so manches.« Er lächelte. »Ich wünschte mir, daß du glücklich bist.«

»Vielen Dank.«

»Ich weiß, ich zeige nur selten meine Gefühle. Aber das bedeutet nicht, daß mir andere Menschen gleichgültig sind.«

»Nein?«

»Nein. Ich möchte . . .« Er zuckte die Achseln. »Du sollst wissen, wann immer du . . .«

»Ja?«

»Wann immer du Hilfe brauchst . . .«

»Ich brauche keine Hilfe. Danke. Mir geht es gut.«

»Vergiß es bitte nicht. Deine Mutter wollte, daß wir Freunde sind.«

Fast flehentlich sah er mich an. Ich wußte nicht, was ich von ihm halten sollte.

Er fügte hinzu: »Ich bin für dich da. Das solltest du wissen. Wenn du mich brauchst, bin ich immer für dich da.«

Einen Augenblick lang vergaß ich mein eigenes Elend. Was um Himmels willen war mit diesem Mann geschehen? Seit den letzten Wahlen im März war Mr. Gladstone, sein bewunderter Held, Premierminister. Vielleicht erhielt er eine einflußreiche Position in seinem Kabinett. Wahrscheinlich war er deshalb so guter Laune. Er hatte Belinda und mich nicht nur bemerkt, sondern ihm war sogar aufgefallen, daß etwas nicht stimmte. Nach einer Woche dachte ich noch immer an das, was Belinda widerfahren war. Stundenlang saß ich grübelnd in meinem Schlafzimmer. Verzweifelt wünschte ich, ich wäre in Cornwall geblieben. Andererseits hätte ich Belinda nicht ohne Lucie abreisen lassen dürfen, und da Lucie im Hause von Benedict keinerlei Rechte hatte, brauchte sie hier meinen Beistand. Ich versuchte, einen Brief an Pedrek zu schreiben und ihm mitzuteilen, daß sich nichts zwischen uns geändert hatte. Aber ich konnte es nicht.

Wäre er ein Dieb gewesen oder gar ein Mörder, hätte ich treu zu ihm gehalten. Aber die Tat, die man ihm vorwarf, erfüllte mich mit unüberwindlichem Abscheu.

Ich sprach mit Celeste, die ihre eigenen Probleme hatte.

Sie sagte zu mir: »Du bist unglücklich. Willst du mir nicht erzählen, was dich bedrückt?«

Ich schüttelte den Kopf.

»Eine Liebesgeschichte?«

Ich nickte.

»In Cornwall. Dann kann es sich nur um Pedrek Cartwright handeln. Ich hielt ihn immer für einen reizenden jungen Mann. Ist es schiefgegangen?«

»Ja. Das kann man wohl sagen.«

»Arme Rebecca. Und du liebst ihn?«

»Ja.«

»Wie traurig. Das Leben ist grausam. Wenn man liebt und zurückgewiesen wird — das ist kaum zu ertragen.«

Ich schwieg. Meine Gedanken drehten sich nur um Pedrek. Ich hatte *ihn* zurückgewiesen. Wir hatten geglaubt, unsere Liebe hält ein Leben lang, aber schon beim ersten Windstoß war sie zerbrochen.

»Wenigstens hast du es noch rechtzeitig gemerkt. Dann geht es dir nicht so wie mir.«

Angesichts ihres Unglücks vergaß ich für kurze Zeit mein eigenes Leid.

Sie sah mich an. »Ich weiß, wie schmerzhaft es ist, darüber zu sprechen. Aber deine schlechte Erfahrung liegt erst kurz zurück, vergiß das nicht. Der Schmerz wird zwar noch lange bleiben, aber im Laufe der Zeit fällt es dir leichter, darüber zu reden. Manchmal frage ich mich, wie ich dieses Leben ertrage. Wenn er fort ist, geht es mir besser. Dann kann ich mir vormachen, alles sei nicht so schlimm. Aber wenn er da ist und mir ganz unmißverständlich zu verstehen gibt . . . Warum hat er mich bloß geheiratet?«

»Er muß dich geliebt haben. Sonst hätte er dich niemals zur Frau genommen.«

»Wahrscheinlich war es nur eine unüberlegte Handlung.«

»Ich glaube nicht, daß er in einer so wichtigen Angelegenheit zu überstürzten Handlungen neigt. Er muß überzeugt gewesen sein, ihr beide würdet zusammen glücklich werden.«

»Vielleicht. Zuerst dachte ich das auch. Aber er ist besessen von seiner Liebe zu einer Toten. Er kann sie nicht vergessen.«

»Verschwindet er immer noch in den verschlossenen Räumen?«

Sie nickte. »Und ich sitze da, traurig und einsam, und warte auf einen Mann, der mich ablehnt.«

»Arme Celeste.«

»Ich brauche einen Mann, der mich liebt. Ich kann nicht allein sein.«

»Vielleicht ändert sich das im Laufe der Zeit . . .«

»Im Laufe der Zeit? Sie ist seit Jahren tot, und trotzdem ist sie stets an seiner Seite. Selbst dieses Haus gehört ihr. Ich weiß nicht, wie lange ich das noch aushalte.« Sie starrte auf den Fußboden. »Ich könnte mir einen Liebhaber nehmen oder mich umbringen, ihm wäre es völlig gleichgültig.«

»Nein, Celeste, das darfst du nicht sagen.«

»Begreifst du denn nicht? Ich liebe ihn. Ich sehne mich so sehr nach ihm wie er sich nach seiner verstorbenen Frau sehnt. Wir irren beide durch ein Labyrinth und finden keinen Ausweg. Wir wollen das Unmögliche.«

»Vielleicht wird doch noch alles gut.«

»Vielleicht«, sagte sie bitter, »dieses Wort erfüllt mich nicht gerade mit großer Hoffnung.«

»Man sollte einen Menschen nicht zu sehr lieben. Man wird nur verletzt.«

Sie nickte.

»Ich bin überzeugt, er hat dich gern. Aber die Liebe zwischen meiner Mutter und ihm war etwas Besonderes.«

»Sie ist immer gegenwärtig.«

»Ich weiß. Sie steht wie ein Schatten zwischen euch.«

Und zwischen Pedrek und mir stand die Erinnerung an ein kleines Mädchen mit entsetzten Augen und zerrissenen

Kleidern. Solange dieser Schatten zwischen uns stand, konnten wir niemals miteinander glücklich werden.

Ich wußte einfach nicht mehr, was richtig oder falsch war, und die bedrückende Stimmung im Londoner Haus erstickte mich fast. Deshalb war ich froh, als wir endlich die Stadt verließen und nach Manorleigh fuhren.

Bei meinem Anblick fuhr Mrs. Emery entsetzt zurück. »Miß Rebecca, Sie sehen ja furchtbar blaß aus. Und mager geworden sind Sie auch. Dabei waren Sie schon immer dünn wie eine Bohnenstange. Daran ist nur dieses Cornwall schuld. Aber wir werden Sie wieder hochpäppeln. Glauben Sie mir, bald haben Sie wieder rote Wangen und Fleisch auf den Knochen.«

Ich ging auf mein Zimmer und setzte mich ans Fenster. Lange blickte ich zur Hermesstatue hinüber und auf die Bank unter der alten Eiche. Ich sehnte mich nach meiner Mutter. Sie hätte mir einen Rat geben können. Sie hätte gewußt, was ich tun sollte.

Oliver Gerson kam zu Besuch. Die Kinder und ich, wir freuten uns gleichermaßen darüber, denn seine Gegenwart vertrieb jeglichen Trübsinn. Auch er war hocherfreut über das Wiedersehen und küßte uns allen die Hand. Von einem Tag zum anderen schien Belinda das entsetzliche Erlebnis vergessen zu haben. Glücklich hüpften sie und Lucie um ihn herum.

»Warum haben Sie uns nicht ein einzigesmal in Cornwall besucht?« fragte Belinda.

»Weil ich ein pflichtbewußter Mensch bin und hier sehr viel Arbeit zu erledigen hatte.«

»Das verstehe ich«, versicherte ihm Belinda. »Sie müssen für meinen Vater arbeiten.«

»Darüber bin ich sehr glücklich, denn das gibt mir die Gelegenheit, hin und wieder mit seiner reizenden Familie zusammen zu sein.«

Unsere Augen trafen sich, und er lächelte freundlich. »Ich habe mich schon gefragt, wie lange Sie noch in Cornwall bleiben wollen.«

310

»Wir waren lange weg«, antwortete Lucie. »Und Belinda ist krank geworden.«

»Wie bedauerlich.« Besorgt wandte er sich an Belinda.

»Jetzt geht es mir wieder gut«, rief sie fröhlich. »Was machen wir heute?«

»Zuerst habe ich eine Besprechung mit deinem Vater. Danach kann ich mir eine Stunde freinehmen. Wir könnten ausreiten. Bevor die schönen Damen mich verlassen haben, haben wir das oft gemacht.«

»Wir haben *Sie* nicht verlassen«, sagte Belinda mit großem Ernst. »Wir mußten nur einen Besuch in Cornwall machen.«

»Und nun freust du dich, daß du wieder zurück bist?«

Belinda machte einen ihrer berühmten Luftsprünge und nickte.

»Wie heißt dieses Sprichwort? Ende gut, alles gut. Wenn Ihre Majestät mich jetzt entschuldigen wollen«, zu Belindas Vergnügen machte er eine elegante Verbeugung in ihre Richtung, »dann widme ich mich nun meiner Pflicht. Später reiten wir zusammen aus. Meine Wenigkeit, Miß Rebecca, Belinda und Lucie. Ich stehe zu Ihrer Verfügung.«

»Beeilen Sie sich«, befahl Belinda.

Er verneigte sich noch tiefer. »Ihr Wunsch ist mir Befehl, meine Königin.«

Er verzauberte sie. Jeden Tag hielt sie nach ihm Ausschau. Er kam recht häufig nach Manor Grange. Den Vorfall in Cornwall schien sie völlig vergessen zu haben. Sie war wieder munter wie zuvor.

Wenn Oliver nicht kam, zog sich Belinda schmollend zurück und war gänzlich unleidlich. Aber Leah hatte unendliche Geduld mit ihr und fand stets Entschuldigungen für Belindas schlechtes Betragen.

Auf unseren Ritten beschäftigte er die Kinder wie eh und je mit interessanten Spielen, die ihren Ehrgeiz anspornten. Miß Stringer äußerte sich sehr begeistert darüber. Inzwischen war auch sie Mr. Gersons Charme verfallen.

Eines Tages kamen wir an einem Gasthof vorbei, über dessen Eingangstür ein im Wind knarrendes Wirtshausschild

311

hin: Hanging Judge stand darauf. Sofort erwachte Belindas Interesse.

»Was bedeutet das? Heißt das so, weil das Schild mit dem darauf gemalten Richter dort oben hängt?«

»Nein, nein«, erklärte Oliver. »Das bedeutet, daß dieser Richter die Leute am Hals aufgehängt hat, bis der Tod eintrat.«

Belindas Augen funkelten vor Begeisterung.

»Kommt mit«, sagte er. »Gönnen wir uns eine Erfrischung.«

Mir war nicht ganz wohl dabei, mit den Kindern an einem solchen Ort eine Rast einzulegen, aber er drückte beruhigend meinen Arm. »Es macht den beiden bestimmt Spaß. Das ist etwas Neues für sie. Ich achte schon darauf, daß alles seine Ordnung hat.«

Wohin er auch kam, sein Charme schlug ein. Er sprach mit der Frau des Wirts. Sie tuschelten geheimnisvoll, als brüteten sie ein Komplott aus, und die Frau nickte verschwörerisch. Anschließend führte sie uns in den mit schweren Eichenbänken ausgestatteten Gastraum, der einen Hauch von Abenteuer ausstrahlte.

Die Kinder bekamen mit Wasser verdünnten Apfelwein. Mit großen staunenden Augen sahen sie sich um. Es war Belindas und Lucies erster Besuch in einem Gasthaus. Für die beiden Kinder wurde der Ausflug auf diese Weise zu einem großen Abenteuer.

Belinda wollte unbedingt wissen, was es mit dem Richter auf sich hatte. Oliver erzählte vom Herzog von Monmouth, dem Sohn Karls II., der damals James, dem Bruder des Königs, den Anspruch auf den Thron streitig machte. Es kam zu einer Schlacht, Monmouth wurde besiegt, er und seine Männer wurden gefangengenommen. Man stellte sie vor den grausamen Richter, der mit Vorliebe Todesurteile verhängte.

»In der ganzen Gegend gibt es eine Menge Galgen«, berichtete er, und sie hörten ihm gebannt zu.

Die Tragweite dieser entsetzlichen Dinge konnten sie gar

nicht erfassen, dachte ich, denn sie liebten diese blutrünstigen Berichte wie Märchen.

»Ihnen fallen immer die schönsten Sachen ein«, meinte Belinda zu Oliver Gerson.

Kaum waren wir zu Hause angekommen, berichteten sie Miß Stringer sofort von dem grausamen Richter und dem Aufstand von Monmouth.

»Das war wieder ein sehr lehrreicher Ausflug«, begeisterte sich Miß Stringer. »Er bringt den Kindern sehr viel bei. Wirklich, ein reizender Mann.«

Pedrek verfolgte mich bis in meine Träume. Immer wieder sah ich seinen entsetzten Gesichtsausdruck, als er von mir angeschuldigt wurde. Stets galt mein erster Gedanke nach dem Aufwachen ihm.

Ich mußte ihn wiedersehen. Ich mußte mit ihm reden. Die ganze Angelegenheit konnte nur auf einem Mißverständnis beruhen. Ich mußte ihm noch einmal versichern, daß ich ihn liebte.

Aber bevor ich mich dazu durchringen konnte, erhielt ich einen Brief von meiner Großmutter.

Liebe Rebecca,
ich hoffe, es geht Dir ein wenig besser. Ich halte es nach wie vor für richtig, daß Du weggefahren bist. In jedem Fall war es gut für Belinda. Pedrek verläßt Cornwall. Meiner Meinung nach das Beste, was er machen kann. Wir alle müssen von dieser scheußlichen Geschichte Abstand gewinnen und versuchen, die Dinge wieder ins rechte Licht zu rücken.

Er geht nach Australien. In Neusüdwales wurden Zinnvorkommen entdeckt, und man braucht dort dringend Bergbauingenieure. Zwar hat Pedrek sein Studium noch nicht abgeschlossen, aber er verfügt doch schon über beträchtliche Kenntnisse, und sein Großvater besitzt hervorragende Verbindungen in Australien. Er muß weg von hier. Wir können nicht so tun, als sei nichts gesche-

313

hen. Er reist schon bald ab, und ich weiß nicht, wie lange er fortbleiben wird.

Die Pencarrons sind völlig durcheinander. Sie verstehen die Welt nicht mehr. Sie denken, es hat einen bösen Streit zwischen Dir und Pedrek gegeben. Sie sind sehr traurig.

Dein Großvater und ich sind unsicher, wie wir uns verhalten sollen. Wie bringen es nicht fertig, ihnen die Wahrheit zu sagen. Ich wage mir nicht einmal vorzustellen, was Josiah tun würde. Sie schätzen Pedrek über alles. Dann wieder fragen wir uns, ob wir etwas hätten unternehmen sollen, ob es nicht unsere Pflicht gewesen wäre, Klarheit in die Angelegenheit zu bringen. Die ganze Sache ist so schrecklich. Was ist, wenn durch unser Schweigen einem anderen Kind das gleiche widerfährt? Andererseits können wir nicht an Pedreks Schuld glauben. Ich sagte zu Deinem Großvater, angenommen, er ist es tatsächlich gewesen, dann hat er seine Lektion erhalten.

Pedrek sieht sehr unglücklich aus, unendlich traurig und verwirrt. Ich weiß, mein Schatz, auch Du leidest. Ich bin froh, daß Du nicht hier bist.

Wir können nur abwarten. Versuche, Dich nicht in Deinem Schmerz zu vergraben. Vielleicht gibt es eines Tages eine ganz vernünftige Erklärung.

Immer wieder frage ich mich, ob wir uns richtig verhalten haben . . .

Der Brief fiel aus meinen zitternden Händen. Nach Australien wollte er! Er hielt es in Cornwall nicht mehr aus. Er floh vor einer unerträglichen Situation.

Nie hätte ich geglaubt, daß in so kurzer Zeit solch umwälzende Veränderungen in meinem Leben eintreten würden.

Ich hätte ihm schreiben sollen und ihn meiner tiefen Liebe versichern müssen.

Nun war es zu spät.

Tag und Nacht beschäftigte Pedrek meine Gedanken. Wo war er? Hatte er Cornwall bereits verlassen? Lebhaft konnte ich mir den herzzerreißenden Abschied von seinen Großeltern vorstellen.

Eines Tages kam eine verzweifelte Morwenna nach Manor Grange.

»Was ist zwischen dir und Pedrek vorgefallen?« wollte sie wissen.

»Wir haben beschlossen, nicht zu heiraten. Jedenfalls nicht in der nächsten Zeit.«

»Aber warum? Ihr wart so glücklich. Ihr habt euch doch auf die Hochzeit gefreut. Warum? Ihr hattet euch sogar schon für ein gemeinsames Haus entschieden.«

»Ich weiß. Aber manches hat sich verändert. Wir merkten, daß wir nicht alles bedacht hatten. Es wäre ein Fehler gewesen, so schnell zu heiraten.«

»Ich kann es einfach nicht glauben.«

Traurig sah ich sie an. Die Wahrheit konnte ich ihr unmöglich sagen. Ich durfte ihr auch nicht zeigen, wie verwirrt und unglücklich ich mich fühlte. Sie und auch Pedreks Vater sollten die Wahrheit nicht einmal ahnen.

Es war besser, sie hielt mich für eine launenhafte, wankelmütige Person. Nie würden sie glauben, daß Pedrek seine Meinung geändert hatte.

Und nun ging ihr Sohn nach Australien. Ich sah die Angst in Morwennas Augen. Ihr Verhalten mir gegenüber hatte sich vollkommen verändert. Sie behandelte mich kalt und abweisend.

Später sagte Mrs. Emery zu mir: »Mrs. Cartwright hat sich sehr verändert. Wahrscheinlich, weil ihr Sohn nach Australien geht.«

»Ja«, antwortete ich.

Achselzuckend wandte sie sich ab. Alle hier im Haus wußten, wie nah Pedrek und ich uns gestanden hatten. Sie wußten auch, daß irgend etwas vorgefallen sein mußte. Ich stellte mir vor, wie sie alle um den Küchentisch saßen und die Angelegenheit besprachen. Von unserer bevorstehenden

Heirat wußten sie allerdings nichts, folglich waren sie auf Mutmaßungen angewiesen.

Immer wieder überlegte ich, ob ich nicht doch versuchen sollte, ihn noch einmal zu sehen. Vielleicht könnte ich ihn zurückhalten. Er würde verlangen, daß ich an seine Unschuld glaubte. Doch kannte ich Pedrek wirklich? Kannte ich Pedrek so gut, daß ich mit Bestimmtheit sagen konnte, er würde sich niemals so verhalten wie Jean Pascal in High Tor? Ich war mir nicht sicher.

Ich unternahm nichts. Und er machte sich auf den Weg nach Australien.

Wir mußten versuchen, einander zu vergessen.

Die Erpressung

In Manor Grange herrschte eine spannungsgeladene Stimmung. Um Trost und Ablenkung zu finden, unterhielt ich mich oft mit Mrs. Emery in ihrem Zimmer. Ich mochte es, mit ihr über die mehr oder weniger wichtigen Haushaltsangelegenheiten zu plaudern und dabei den besonders kostbaren Tee aus ihren schönen Tassen zu trinken.

Da ihr fast nichts von den Vorgängen im Haus verborgen blieb, wurde ich von ihr immer bestens informiert.

Eines Tages sagte sie: »Zur Zeit ist Mr. Lansdon noch beschäftigter als sonst. Emery und ich, wir interessieren uns sehr für Politik, und wir drücken Mr. Lansdon ganz fest die Daumen.«

»Warum? Was ist denn los?«

»Zur Zeit findet eine Kabinettsumbildung statt. Und seine Partei ist an der Regierung. Wer weiß? Ich vermute, Mr. Lansdon bekommt einen hohen Posten. Emery meint, wahrscheinlich das Innenministerium.«

»Ist Mr. Emery denn überzeugt, daß Gladstone an der Macht bleibt?«

»Aber natürlich. Seit Disraeli seine Frau verloren hat, ist die Konservative Partei nicht mehr das, was sie einmal war. Ein Mann braucht eine Frau, die ihm zur Seite steht.«

»Da bin ich mir nicht so sicher. Immerhin hat er auch nach ihrem Tod wichtige Entscheidungen getroffen. Ich kann mir sogar vorstellen, daß sich ein Witwer erst recht ausschließlich in die Politik stürzt. Erinnern Sie sich zum Beispiel daran, wie er die Kontrolle über den Suezkanal erlangt hat. Außerdem hat er die Königin zur Kaiserin von Indien erklären lassen, einen Krieg mit den Russen verhindert und Zypern dem Empire angeschlossen. Das alles hat er nach dem Tod seiner Frau gemacht.«

»Ja, schon. Aber er ist ein unglücklicher Mann. Ein Mann

braucht ein glückliches Familienleben. Zum Beispiel Mr. Lansdon . . .« Traurig schüttelte sie den Kopf.

Alle Dienstboten wußten bestens Bescheid über unser Familienleben. Aber Mrs. Emery würde es niemals zulassen, daß wir zum Gegenstand des Tratsches am Küchentisch wurden. Sie redete nur mit Mr. Emery darüber, und das nie im Beisein anderer. Das übrige Personal belauschte uns bei jeder Gelegenheit, um trotzdem über alle Vorgänge informiert zu sein. Bestimmt tauschten sie ihre Informationen untereinander aus.

Ich seufzte.

»Man sollte nicht in der Vergangenheit leben«, ergänzte Mrs. Emery. »Ihr arme Mutter ist tot und begraben. Ihr Tod war ein schlimmer Verlust für uns alle. Wenn sie noch leben würde, wäre alles ganz anders. Die gegenwärtige Mrs. Lansdon gibt sich Mühe, aber er will ihre Hilfe nicht. Er blickt nur zurück.«

»Vielleicht ändert sich das im Laufe der Zeit.«

»Zeit. Was wären wir ohne die Zeit? Die Zeit heilt alle Wunden. Ich sage immer, wir haben keine Zeit für Sorgen und Kummer, Miß Rebecca. Aber es wäre doch schön, wenn Mr. Lansdon einen Posten im Kabinett bekäme, nicht wahr? Emery und ich würden uns sehr darüber freuen.«

»Ja. Ich wünschte . . .«

Erwartungsvoll sah sie mich an, aber ich schwieg.

Auch sie blieb stumm. Sie war eine sehr verständnisvolle Frau, und die Familie lag ihr sehr am Herzen. Nie hätte sie mir Fragen gestellt, deren Beantwortung mir weh täte.

Da Benedict sehr viel im Abgeordnetenhaus zu tun hatte, hielten er und Celeste sich in London auf. Während dieser Zeit kam Oliver Gerson ein- oder zweimal auf einen kurzen Besuch nach Manor Grange. Er berichtete mir, auch er habe momentan kaum Zeit, da alle geschäftlichen Angelegenheiten wegen der starken Beanspruchung von Mr. Lansdon in seinen Händen lägen.

Solange er da war, erklang Belindas fröhliches Lachen.

Auf meine Frage hin erklärte Leah, sie erwähne das schreckliche Erlebnis mit keinem Wort mehr, schlafe in der Nacht ruhig und friedlich und sei so lebhaft wie früher.

Eines Abends, als ich den Kindern gute Nacht sagen ging, warf sie plötzlich die Arme um meinen Hals und drückte mich ganz fest an sich.

»Ich liebe dich, meine Lieblingsschwester Rebecca.«

Selten hatte Belinda ihre Zuneigung so offen gezeigt, deshalb freute ich mich doppelt darüber. Auch Lucie umarmte mich, aber daran war ich ja gewöhnt. Sie hatte häufiger das Bedürfnis nach Zärtlichkeiten. »Ich liebe dich auch«, versicherte sie.

Immer wieder gelang es den beiden Mädchen, mich zu trösten.

Ein paar Tage später kehrte ich am frühen Nachmittag von einem Spaziergang zurück. Um diese Zeit zogen sich alle in ihre Zimmer zurück, um auszuruhen oder Tee zu trinken. Deshalb herrschte meist völlige Stille im Haus.

Ich ging die Treppe hinauf. Als ich am verschlossenen Schlafzimmer meiner Mutter vorbeikam, blieb ich überrascht stehen. Ich glaubte, von drinnen ein Geräusch zu hören. Leise schlich ich mich zur Tür und lauschte angestrengt.

Mir lief es eiskalt über den Rücken. Benedict war in London, und Mrs. Emery ruhte sich in ihrem Zimmer aus. Trotzdem hielt sich zweifelsfrei jemand hinter der abgeschlossenen Tür auf. Ich rührte mich nicht und lauschte atemlos. Wieder hörte ich dieses seltsame raschelnde Geräusch.

Ich zitterte am ganzen Leib. Kehrten die Toten tatsächlich zurück? Schon einmal hatte ich das Gefühl gehabt, die Gegenwart meiner Mutter zu spüren. Und was war mit Lady Flamstead?

Vorsichtig drückte ich die Türklinke nieder. Die Tür war abgeschlossen. Ich zögerte ein paar Sekunden, bevor ich mich entschlossen auf den Weg zu Mrs. Emery machte.

Leise klopfte ich an ihre Tür. Zuerst blieb alles still, dann fragte eine verschlafene Stimme: »Wer ist da?«

»Ich störe Sie nur ungern, Mrs. Emery, aber ich glaube, jemand ist im Schlafzimmer meiner Mutter.«

Sie öffnete die Tür und sah mich verwirrt an.

»Im Schlafzimmer«, wiederholte sie ungläubig.

»Ja. Ich habe deutlich Geräusche gehört.«

Sie faßte sich. »Aber nein, Miß Rebecca, das bilden Sie sich ein. Es sei denn, Mr. Lansdon wäre unerwartet und von uns allen unbemerkt zurückgekommen.«

»Das kann ich mir nicht vorstellen. Haben Sie Ihren Schlüssel noch?«

Nun schien sie doch leicht beunruhigt, ging rasch zur Kommode hinüber und öffnete die Schublade. Triumphierend hielt sie die Schlüssel hoch.

»Dann kann es nur Mr. Landson sein. Aber ich habe die Klinke heruntergedrückt, die Tür war abgeschlossen.«

»Hoffentlich haben Sie nicht nach ihm gerufen. Wenn er sich in diesem Zimmer aufhält, möchte er auf gar keinen Fall gestört werden.«

»Nein, ich habe kein Wort gesagt. Ich glaube auch nicht, daß er im Zimmer ist.«

»Ich gehe in sein Zimmer und sehe nach, ob seine Sachen da sind. Aber wir hätten ihn hören müssen, wenn er aus London zurückgekommen wäre. Die Kutsche hätten wir nicht überhört. Außerdem eilt er immer geschäftig im Haus umher. Es ist doch jedesmal dasselbe.«

»Wir müssen sofort nachsehen, Mrs. Emery. Nehmen Sie die Schlüssel mit. Vielleicht ist es ein Einbrecher.«

Sie machte ein grimmiges Gesicht. Aber zuerst schauten wir in Benedicts Zimmer nach. Nichts deutete auf seine Ankunft hin.

Unbehaglich sah mich Mrs. Emery an.

»Ich muß wissen, ob jemand in diesem Zimmer ist, Mrs. Emery.«

»Na gut, Miß Rebecca.«

Rasch eilten wir zum Schlafzimmer meiner Mutter, und Mrs. Emery schloß leise die Tür auf, überrascht hielt ich den Atem an. Alles hatte ich erwartet, nur das nicht. Dicht beim

Fenster saß Oliver Gerson an einem kleinen Schreibtisch. Zu seinen Füßen stand eine Stahlkassette. Es sah so aus, als würde er Papiere durchsehen.

Er stand auf und starrte uns verblüfft an.

»Sie«, stammelte ich, »Sie also . . .«

»Miß Rebecca.« Trotz seiner gebräunten Haut sah er plötzlich aschfahl aus.

Ich fuhr ihn an: »Was machen Sie hier? Niemand darf diese Zimmer betreten. Wie sind Sie hier hereingekommen?«

Inzwischen hatte er sich wieder gefaßt und war ganz der alte charmante Oliver Gerson. Lächend holte er mit der rechten Hand einen Schlüssel aus seiner Hosentasche.

»Davon gibt es nur zwei. Einen hat Mrs. Emery.«

»Und das ist der andere«, erwiderte er.

»Der von Mr. Lansdon? Er hat Ihnen den Schlüssel gegeben?«

»Ich soll einige Papiere holen.«

»Papiere?« fragte ich. »Aber das war das Schlafzimmer meiner Mutter.«

»Er bewahrt hier einige Papier auf. Ganz besonders wichtige Dokumente. Er bat mich sie ihm zu bringen.«

»Oh«, sagte ich und kam mir ziemlich albern vor.

Mrs. Emery seufzte erleichtert.

»Sie machen einen etwas verwirrten Eindruck«, meinte er. »Dachten Sie, ich sei ein Gespenst?«

Mrs. Emery sagte: »Mr. Lansdon besteht darauf, daß diese Zimmer stets verschlossen sind. Auch ich darf sie nur zum Saubermachen betreten. Ich finde es schon erstaunlich, daß er mich von Ihrer Ankunft und seiner Erlaubnis, dieses Schlafzimmer zu betreten, nicht verständigt hat.«

»Wahrscheinlich hielt er es nicht für so wichtig. Er wußte, mein Besuch würde nicht lange dauern. Im Grunde habe ich schon alles erledigt.«

»Haben Sie Gepäck, Mr. Gerson?« fragte Mrs. Emery. »Ich werde gleich ein Zimmer für Sie herrichten lassen . . .«

»Nein, das ist nicht nötig«, unterbrach er sie. »Ich wollte

nur rasch die Papiere holen und sofort nach London zurückfahren. Er braucht sie dringend.«

»Aber Sie möchten doch bestimmt etwas essen, ehe Sie
nach London aufbrechen?«

»Ich habe unterwegs ein Sandwich gegessen und ein Bier
getrunken. Ich bin sehr in Eile.«

»Wie sind Sie ins Haus gekommen?«

»Die Tür stand offen, und da ich niemanden gesehen
habe, ging ich geradewegs auf mein Ziel los. Ich wußte, wo
ich die Papiere finden würde.«

»Möchten Sie vielleicht eine Tasse Tee?«

»Sehr nett von Ihnen, Mrs. Emery. Ich habe Mr. Lansdon
gegenüber schon oft erwähnt, was für ein Juwel er an Ihnen
hat. Aber ich darf mich nicht mehr länger aufhalten. Ich
muß auf dem schnellsten Weg nach London.«

Während er sprach, steckte er einige Papiere in eine Ledertasche.

»Haben Sie auch gefunden, was Sie gesucht haben?« fragte ich.

»Ja. Alles.«

»Und Sie wollen uns sofort wieder verlassen?«

»Das bedaure ich selbst. Aber Mr. Lansdon ist ein unge-
duldiger Mann.«

»Da wird Belinda aber sehr enttäuscht sein.«

Er legte einen Finger auf den Mund. »Psst. Kein Wort zu
ihr, sonst bestraft sie mich bei meinem nächsten Besuch.
Und ich hoffe, bald wiederzukommen.«

Liebenswürdig lächelte er mich an. »So leid es mir tut, ich
muß mich beeilen. Und entschuldigen sie bitte, daß ich Sie
beunruhigt habe.«

Er nahm die Ledertasche, und gemeinsam verließen wir
das Zimmer. Sorgfältig schloß er die Tür ab und steckte den
Schlüssel wieder in seine Hosentasche.

»*Au revoir*», sagte er und hastete die Teppe hinunter.

Mrs. Emery wandte sich an mich. »Jetzt könnte ich wirklich eine schöne Tasse Tee vertragen, Miß Rebecca. Sie haben mir einen ganz schönen Schreck eingejagt.«

»Mir standen fast die Haare zu Berge, als ich jemanden hinter der Tür hörte.«

»Das kann ich gut verstehen. Gott sei Dank haben die Dienstmädchen nichts gemerkt. Sie wären völlig hysterisch geworden.«

Wir gingen zu ihrem Zimmer zurück. »Ein ganz reizender junger Mann«, sagte Mrs. Emery und sah mich intensiv an. »Immer ein Lächeln auf den Lippen und ein freundliches Wort für jedermann. Er ist zur Hausmagd ebenso freundlich wie zu allen anderen. Und die Kinder vergöttern ihn.«

»Ja. Ganz besonders Belinda.«

»Armes kleines Ding. Als sie aus Cornwall zurückkam, sah sie wirklich elend aus.« Sie sah mich an, und ihr Mund verzog sich zu einem leicht anzüglichen Lächeln. »Ich glaube, er mag Sie.«

Vermutlich hielt sie Oliver Gerson für den Mann, der mit einem Schlag alle meine Probleme lösen könnte.

Ungefähr eine Woche nach diesem Zwischenfall kam Benedict nach Manorleigh zurück. In seiner Begleitung befand sich Oliver Gerson.

Sie waren kaum zwanzig Minuten im Haus, als der ganze Ärger anfing.

Benedict war in seinem Arbeitszimmer. Die Kinder hatten noch Unterricht im Schulzimmer. Belinda freute sich schon auf den üblichen Reitausflug mit Oliver Gerson.

Als ich die Treppe hinaufging, hörte ich wütende Stimmen aus dem Arbeitszimmer. Neugierig blieb ich stehen. Benedict schrie: »Verschwinden Sie. Sofort! Verlassen Sie mein Haus!«

Ich stand vor Schreck wie erstarrt. Ich überlegte, ob ich Celeste holen sollte.

Dann hörte ich Oliver Gersons Stimme. »Glauben Sie bloß nicht, Sie könnten so mit mir reden. Vergessen Sie nicht, ich weiß zuviel.«

»Es interessiert mich nicht, was Sie wissen. Sie verschwinden von hier. Haben Sie mich verstanden? Raus!«

»Aber, aber«, sagte Oliver Gerson. »Überlegen Sie sich das gut. Glauben Sie nur nicht, ich würde untertänigst aus dem Haus marschieren. Sie können sich dieses Benehmen nicht mehr länger leisten, Mr. Benedict Lansdon. Ich wiederhole, ich weiß zuviel.«

»Das ist mir gleichgültig. Ich will Sie hier nicht mehr sehen. Sie müssen verrückt geworden sein, wenn Sie glauben, Sie könnten mich erpressen.«

»Steigen Sie von Ihrem Thron herunter. Ich will nur das, was mir zusteht. Nach der Hochzeit. Nämlich die Partnerschaft. Für Sie wäre das auch nicht schlecht. Dann hätten Sie mit diesen anrüchigen Geschäften nichts mehr zu tun. Sie wissen genau, solche Geschäfte schaden Ihrer politischen Karriere. Sie wollen doch sicher nicht, daß gewisse Dinge an die Öffentlichkeit gelangen. Was ist mit dem Devill's Crown, ha? Mr. Benedict Lansdon, Besitzer des berüchtigsten, übelsten Clubs in der ganzen Stadt. Kommen Sie, seien Sie vernünftig.«

Selbst wenn ich gewollt hätte, ich hätte mich nicht von der Stelle rühren können. Ich versuchte, ganz ruhig zu bleiben. Ich mußte unbedingt erfahren, worum es ging.

Mit lauter Stimme sagte mein Stiefvater: »Wenn Rebecca wüßte, was für ein Mensch Sie sind, hätten Sie bei ihr nicht den Funken einer Chance.«

»Sie kennt mich gut genug.«

»Ach was. Sie haben noch nicht einmal mit ihr darüber gesprochen.«

»Das ist nur eine Frage der Zeit. Ich habe sie schon fast soweit, und sie wird sich nicht von Ihnen zurückhalten lassen, sondern Ihnen die Stirn bieten. Überlegen Sie also Ihre nächsten Schritte sehr sorgfältig.«

»Das brauche ich nicht.«

»Ist das nicht Rebeccas Entscheidung?«

»Ich bin ihr Vormund. Ich verbiete diese Heirat. Zweifellos geben Sie sich sehr charmant, solange Sie auf Freiersfüßen wandeln. Und wenn Rebecca Sie abweist, versuchen Sie es bei Belinda. In diesem Fall müssen Sie zwar noch einige Zeit warten, aber Zeit haben Sie mehr als genug. Schlagen Sie sich Ihr Vorhaben ein für allemal aus dem Kopf. Sie setzen keinen Fuß in diese Familie. Ich kenne Sie viel zu gut. Jetzt versuchen Sie es sogar mit Erpressung. Aber damit haben Sie den Bogen endgültig überspannt.«

»Sie können gar nichts machen, Lansdon, überlegen Sie sich die unausweichlichen Folgen. Mit einem Schlag wären alle Hoffnungen, die Ihr Großvater in Sie gesetzt hat, zunichte. Ihre politische Karriere könnten Sie vergessen. Haben Sie denn gar nichts von ihm gelernt? Die Affäre Devil's Crown. Absolut vernichtend.«

»Wie . . . wie haben Sie es . . .?«

»Wie ich es herausgefunden habe? Das spielt keine Rolle. Entscheidend ist, daß ich Bescheid weiß. Seien Sie vorsichtig. Es ist immer noch besser, mein Schwiegervater zu sein, als gewisse Dinge an die Öffentlichkeit gelangen zu lassen.«

»Verlassen Sie dieses Haus!«

»Glauben Sie wirklich, ich lasse mich hinauswerfen? Wir haben Verträge miteinander.«

»Darum werden sich die Rechtsanwälte kümmern.«

»Bilden Sie sich bloß nicht ein, ich würde dieses Haus gesenkten Hauptes verlassen.«

»Es ist mir vollkommen gleichgültig, wie Sie dieses Haus verlassen. Hauptsache ist, daß Sie endlich verschwinden.«

»Wir sind noch nicht fertig miteinander, Benedict Lansdon.«

»Oh, doch. Das ist der Schlußstrich unter unserer Geschäftsverbindung, Oliver Gerson.«

Ich hörte, wie sie zur Tür gingen und eilte schnell die Treppe hinauf. Verstohlen spähte ich von oben über das Geländer und sah Oliver Gerson die Stufen hinunterlaufen.

Wie betäubt blieb ich stehen. Ich konnte mich nicht von der Stelle rühren. Benedict kam die Treppe herauf und entdeckte mich.

»Rebecca!« rief er. »Du hast gelauscht.«

Ich widersprach nicht.

»Komm bitte in mein Arbeitszimmer. Wir müssen miteinander reden.«

Ohne zu zögern, folgte ich ihm. Er schloß die Tür und sah mich sekundenlang scharf an.

Schließlich sagte er: »Setz dich! Was hast du gehört?«

»Ich hörte, wie er dir drohte. Er forderte eine Partnerschaft. Und dann sprach er davon, mich heiraten zu wollen.«

»Wie kannst du einen solchen Mann heiraten wollen? Liebst du ihn etwa?«

Brennende Röte schoß mir ins Gesicht. »Nein, ganz bestimmt nicht.«

»Dem Himmel sei Dank. Ich wußte nicht, was ich davon halten sollte. Du warst häufig mit ihm zusammen. Dauernd ist er mit dir und den Kindern ausgeritten. Und dann dieses ständige Kavalierspielen.«

»Das ist dir aufgefallen?«

»Selbstverständlich. Was glaubst du denn?«

»Ehrlich gesagt, ich bin überrascht. Ich war überzeugt, du hättest völlig vergessen, daß wir überhaupt existieren.«

»Belinda ist meine Tochter. Du bist meine Stieftochter. Ich trage die Verantwortung für euch. Natürlich weiß ich, was du machst. Ich könnte mich ohrfeigen, daß ich ihm gestattet habe, in mein Haus zu kommen.«

»Du hast eng mit ihm zusammengearbeitet. Folglich waren seine Besuche doch nichts Besonderes.«

»Ich hätte wissen müssen, was er im Schilde führt. Ständig war er hinter dir her.«

»Er wollte dein gleichberechtigter Partner werden und dachte, wenn er mich heirate, sei das nur noch eine Formalität.«

»Jawohl, so hat er sich das ausgerechnet.«

»Er hat mir vor einiger Zeit einen Heiratsantrag gemacht, aber ich habe abgelehnt.«

»Weißt du, er ist so von sich überzeugt, daß er ganz sicher ist, dich noch herumzukriegen.«

»In diesem Fall hat er mich falsch beurteilt.«

»Gott sei Dank. Zweifellos charmant. Ich hätte ihn schon viel früher durchschauen müssen. Als ich ihm gesagt habe, ich würde einer Heirat zwischen dir und ihm niemals zustimmen, hat er vollends den Kopf verloren. Damit habe ich alle seine sorgfältig ausgeklügelten Pläne vereitelt. Darum hat er versucht, mich zu erpressen. Aber das hast du ja gehört.«

»Ich bin schockiert. Ich weiß nicht, was ich von der ganzen Sache halten soll.«

»Hast du nicht gewußt, warum er dich die ganze Zeit umgarnt hat?«

»Am meisten erstaunt mich, daß du es bemerkt hast.«

»Hältst du mich für blind?«

»Was deine Familie anbetrifft, ja. Bezüglich deiner anderen Angelegenheiten ganz sicher nicht.«

»Dein Wohlergehen lag mir stets am Herzen. Deine Mutter« — seine Stimme zitterte ein wenig — »hat dich meiner Obhut anvertraut. Ich darf ihr Vertrauen in mich nicht enttäuschen. Ich wußte, du hast mich vom ersten Augenblick an abgelehnt. Ich habe versucht, dafür Verständnis aufzubringen. Sie hat es mir erklärt. Sie hat mir gesagt, wie nahe ihr euch gestanden seid, weil du ohne Vater aufgewachsen bist. Du wolltest, daß alles bleibt, wie es war. Wir beide sind uns nie nahegekommen. Und dann . . . ist sie gestorben.«

Er wandte sich ab, und ich sagte: »Ich habe sie auch verloren.«

»Sie hat mir alles bedeutet.«

Ich nickte.

»Zwischen dir und mir herrschte stets eine Art Feindschaft. Ich wollte das nicht.«

»Das glaube ich dir.«

Plötzlich betrachtete ich ihn mit ganz anderen Augen. Er war verletzlicher, als ich es je für möglich gehalten hätte. Nach außen wirkte er hart und rücksichtslos, aber im Grunde war er genauso schwach wie jeder andere. Er war ebenso traurig und einsam wie ich.

Nach längerem Schweigen sagte er: »Wir sollten versuchen, einander zu helfen, du und ich, anstatt uns . . .« Er verstummte und sah zum Fenster hinaus. Dann setzte er hinzu: »Das Verhältnis zwischen deiner Mutter und mir war stets harmonisch. Wir hatten nur ein einzigesmal Streit. Dabei ging es um diese Clubs. Ihr war schon der Gedanke verhaßt, ich könnte mich mit solchen Geschäften abgeben. Aber ich habe die Clubs von meinem Großvater geerbt. Er war ein Abenteurer. Und alle behaupteten, ich sei ihm sehr ähnlich. Inzwischen weiß ich, daß zwischen ihm und mir ein gewaltiger Unterschied besteht. Ich bereue, damals nicht auf sie gehört zu haben. Ich hätte diese Clubs längst verkaufen sollen.«

»Ich hörte irgend etwas über, wie war doch gleich der Name? Devil's Crown?«

»Ja. Ich trug mich lange mit dem Gedanken, diesen Club zu erwerben. Gerson glaubt, ich hätte ihn bereits gekauft. Er weiß nicht ganz soviel, wie er annimmt. Trotzdem verstehe ich nicht, woher er all diese Informationen hat.«

Schlagartig erinnerte ich mich. »Bewahrst du vertrauliche Papiere im Schlafzimmer meiner Mutter auf?«

»Ja.«

»Dann ist es also nicht nur eine Gedenkstätte. Entschuldigung, aber ich dachte, du würdest . . .«

»Das stimmt schon«, gab er zu. »Aber im Laufe der Zeit hielt ich es auch für einen guten Platz, um wichtige und vertrauliche Papiere aufzubewahren.«

Ich war überrascht und gleichzeitig amüsiert. Das war typisch für ihn. Einerseits schwelgte er in diesem Raum in Erinnerungen, andererseits hinderte ihn das nicht daran, auch die praktischen Seiten zu sehen.

»Obwohl sich sehr persönliche Dokumente in diesem Zimmer befinden, hast du Oliver Gerson allein hineingehen lassen?«

Verständnislos starrte er mich an. »Nein. Niemals.«

Ich setzte hinzu: »Aber trotzdem war er in diesem Zimmer.«

»Wann?«

»Es ist noch nicht lange her. Ich hörte Geräusche hinter der Tür und holte Mrs. Emery. Sie schloß auf, wir gingen hinein und entdeckten Oliver Gerson, der auf dem Schreibtisch in Dokumenten kramte. Er hat behauptet, du hättest ihm die Schlüssel ausgehändigt.«

Er konnte es nicht fassen. »Irgendwie muß er an Mrs. Emerys Schlüssel gekommen sein.«

»Nein. Sie holte ihre in meiner Anwesenheit aus der Kommodenschublade. Und die Tür oben war von innen abgeschlossen.«

»Das ist unglaublich. Das kann gar nicht sein. Ich trage meine Schlüssel stets an meiner Uhrkette.«

»Auf jeden Fall kam er nicht mit Mrs. Emerys Schlüssel hinein.«

»Das begreife ich nicht, Rebecca. Ich kann mir nicht erklären, wie er das bewerkstelligt hat. Es gibt nur zwei Schlüssel zu diesen Räumen.«

»Wenn er einen davon für eine gewisse Zeit in seinem Besitz hatte, konnte er sich leicht einen Nachschlüssel anfertigen lassen.«

»Das wäre eine Erklärung. Er muß irgendwann einen der Schlüssel an sich gebracht haben.«

»Das scheint mir die einzige Erklärung zu sein.«

»Und er hat Papiere durchgesehen.«

»Hat er dadurch etwas gegen dich in der Hand?«

Er schüttelte den Kopf. »Du weißt schon soviel, Rebecca, daß ich dir auch den Rest noch erzählen will. Mein Großvater hat diese Clubs gegründet und damit ein Vermögen verdient. Ihm bereiteten diese Geschäfte Vergnügen. Er liebte das Risiko. Manche hielten ihn für einen Gauner, aber die meisten Menschen mochten ihn. Inzwischen weiß ich, daß ich kein Mann seines Kalibers bin. Einige Charaktereigenschaften habe ich zwar von ihm geerbt, aber längst nicht alle. Ich bin politisch sehr ehrgeizig, das weißt du. Die Politik bedeutet mir mehr als ein Vermögen, das mir durch irgendwelche dunklen Kanäle zufließt. Ich bin kein armer Mann, ich besitze die Goldmine. Geld ist nicht das Problem.

Trotzdem reizte es mich, mein Vermögen zu vergrößern. Und jetzt, nach all den Jahren, werde ich endlich den Rat deiner Mutter beherzigen. Ich schaffe mir diese Clubs vom Hals. Gerson weiß das nicht, obwohl er ziemlich viel über meine Geschäft weiß. Er ist nichts weiter als ein ehrgeiziger Mann, der durch eine Heirat in den Besitz eines Vermögens gelangen will. Aber das hast du ja gehört.«

»Er will dich erpressen. Welche Folgen kann das für dich haben?«

»Dieser Devil's Crown, von dem er gesprochen hat, ist kein gewöhnlicher Nachtclub. Dort gehen ziemlich unsaubere Dinge vor. Man sagt, daß sich dort mit Vorliebe Drogenhändler aufhalten. Das war auch der Grund, warum ich die Finger davon gelassen habe.«

»Mit solchen Dingen hast du also nichts zu tun?«

»Nein. Früher nicht, jetzt nicht und auch nicht in Zukunft. Ich werde den Devil's Crown nicht kaufen.«

»Dann hat Oliver Gerson gar nichts gegen dich in der Hand.«

»Nun ja, er kann immer wieder Berichte in die Öffentlichkeit bringen, in denen auf meine Verbindung zu diesen Clubs hingewiesen wird.«

»Und das kann dir schaden?«

»Wenn es um einen Kabinettsposten geht, gewiß. Jedenfalls bin ich froh, daß du nicht mit ihm unter einer Decke steckst.«

»Ich hatte nie die geringste Absicht, seine Frau zu werden. Aber wenn ich ihn hätte heiraten wollen . . .«

»Dann hättest du nicht auf meinen guten Rat gehört, ich weiß«, sagte er lächelnd. »Da mir Streit verhaßt ist, bin ich außerordentlich froh, daß kein Anlaß dazu besteht.«

»Aber wenn ich jemanden heiraten will . . .«

Sein Lächeln wurde breiter. »Dann würdest du mir nicht einmal zuhören.«

»Ich entscheide selbst, wen ich heirate.«

»Aber wenn deine Wahl auf einen Mann wie Oliver Gerson fällt, werde ich alles unternehmen, was in meiner Macht steht, um diese Heirat zu verhindern. Denn genau das hätte deine Mutter von mir erwartet. Ich wünschte . . .«

Gespannt wartete ich auf seine weiteren Worte.

»Ich wünschte, ich wüßte, wie Gerson an diese Schlüssel gekommen ist. Ich kann dir gar nicht sagen, wie sehr ich mich darüber freue, daß du absolut nichts mit seinen Machenschaften zu tun hast. Ja, darüber freue ich mich wirklich ganz besonders.«

Glücklich sah ich ihn an. Er meinte, was er sagte.

Diese Unterhaltung wurde zum Wendepunkt in unserem Verhältnis.

Ein Mensch verschwindet

Gerade als ich mich Leah und den Kindern im Garten anschließen wollte, wurde ein an sie adressiertes Telegramm abgegeben.

Ich brachte es ihr hinaus. Mit zitternden Fingern nahm sie es in Empfang. Wie die meisten Menschen dachte sie bei einem Telegramm sofort an schlechte Nachrichten.

Sie las den Text und starrte mich fassungslos an.

»Etwas Unangenehmes?« fragte ich.

Belinda lief zu ihr und nahm ihr das Telegramm aus der kraftlosen Hand. »Mutter sehr krank«, las sie vor. »Fragt nach dir. Bitte komm nach Hause.«

»Oh, Leah«, sagte ich mitfühlend. »Du mußt sofort nach Poldorey.«

Beunruhigt sah sie mich an. »Aber das geht doch nicht. Die Kinder . . .«

»Das schaffen wir schon. Findest du nicht, du solltest zu ihr gehen? Sie verlangt nach dir.«

Leah nickte stumm.

»Am besten nimmst du gleich den Abendzug«, fügte ich hinzu. »Dann bist du morgen früh in Cornwall. Sicher holt dich jemand ab. Mach dir um uns keine Sorgen. Wir kommen auch einmal allein zurecht.«

Sie wirkte unentschlossen, ließ sich aber schließlich überzeugen.

Eine kranke Mrs. Polhenny schien mir unvorstellbar. Was konnte ihr nur zugestoßen sein?

Ein paar Tage später erhielt ich einen Brief von meiner Großmutter.

Liebe Rebecca,

Mrs. Polhennys Tod hat uns alle sehr erschüttert. Sie war ein fester Bestandteil unserer kleinen, überschaubaren

Welt. Wir können es noch gar nicht fassen, daß wir sie nie mehr sehen werden. Als sie von einer Entbindung nach Hause gefahren ist, prallte sie mit einem Rad ihres alten Knochenschüttlers auf einen großen Stein. Unglücklicherweise geschah es oben auf der Kuppe des Goonhilly-Hügels. Du weißt, wie steil dort die Straße ist. Sie ist gestürzt und erlitt einen Schädelbruch. Man brachte sie ins Krankenhaus nach Plymouth, aber ihr Zustand war schon bei ihrer Einlieferung sehr besorgniserregend. Ein Bote kam zu mir und teilte mir mit, sie verlange dringend nach mir. Anscheinend wollte sie mir irgend etwas Wichtiges mitteilen. Auch nach Leah hat sie geschickt.

Als ich hinkam, habe ich sie fast nicht mehr erkannt, so alt und zerbrechlich lag sie in den Kissen. Ihr Kopf war mit dicken Bandagen umwickelt.

Sie ließen mich zu ihr, aber nur, weil sie beharrlich darauf bestand. Ich war ein wenig überrascht, daß sie Besuche empfangen durfte, aber wahrscheinlich war ihr Zustand bereits hoffnungslos. Mich beschlich ein ganz eigenartiges Gefühl, Rebecca, denn diese Frau hatte große Angst. Dabei hat sie sich doch stets so verhalten, als sei sie sich ihres Platzes im Himmel vollkommen sicher. Diese tugendhafte Frau stand angeblich auf bestem Fuße mit dem Allmächtigen. Wir haben immer gesagt, sie hat bereits ihren gesicherten Platz im himmlischen Chor. Aber angesichts des Todes fürchtete sie sich entsetzlich.

Sie hat nach meiner Hand getastet, und ich habe ihre Hand gehalten, die sich eiskalt und feucht anfühlte. Sie war sehr schwach, aber ein leichter Druck ihrer Finger sagte mir, sie wolle mich ganz dicht bei sich haben. Sie versuchte, mir etwas zu sagen: »Ich will . . . will . . .« Ganz sanft sagte ich zu ihr: »Ja, Mrs. Polhenny, ich bin hier. Was möchten Sie mir sagen?« — »Ich muß . . . unbedingt . . .« Ich verstand nicht, was sie mir zu sagen versuchte, aber es muß ihr sehr wichtig gewesen sein. Plötzlich drangen gurgelnde Geräusche aus ihrer Kehle, und ich schickte rasch nach einer Krankenschwester. Man bat mich, ihr Zimmer zu verlassen, denn ein Arzt kümmerte sich um sie. Kurz darauf ist sie gestorben. Ich habe nicht erfahren, was sie mir Dringliches mitteilen wollte.

Ihr Tod war ein Schock für uns. Wir haben nie daran gedacht, daß auch sie einmal sterben könnte und wider besseres Wissen geglaubt, sie würde bis in alle Ewigkeit auf ihrem alten Knochenschüttler die Hügel rauf- und runtersausen.

Wie geht es Dir? Wir denken ständig an Dich. Inzwischen ist Pedrek in Neusüdwales eingetroffen. Seine Großeltern sind sehr betrübt, weil er so weit weg von ihnen ist. Wie ich gehört habe, will er zwei Jahre fortbleiben.

Ach, du gaubst gar nicht, wie sehr ich mir wünsche, das alles sei nicht passiert!

Vor meinen tränenfeuchten Augen verschwammen die Buchstaben. Diese entsetzliche Geschichte mit Belinda hat nicht nur Pedreks und mein Leben zerstört, sondern auch alle Menschen, die uns liebten, unglücklich gemacht.

Eine Woche später kehrte Leah aus Cornwall zurück. Sie war immer ein sehr zurückhaltender Mensch gewesen, und sie zeigte auch jetzt ihre Gefühle nicht. Während ihres Aufenthalts in Poldorey hatte sie die Beerdigung ihrer Mutter arrangiert und alle notwendigen Dinge, wie den Verkauf der Möbel, erledigt. Meine Großeltern hatten ihr hilfreich zur Seite gestanden und ihr angeboten, bis zur Rückkehr nach Manorleigh in Cador zu wohnen.

Die Kinder freuten sich natürlich, als sie wieder bei uns war. Besonders Belinda, die sehr traurig war, weil Oliver nicht mehr kam. Ich machte mir Sorgen, was geschehen würde, wenn sie erst merkte, daß er sie nie wieder besuchen würde.

Doch statt seiner hatten wir bald einen anderen Gast.

Benedict hatte Tom Marner bereits einmal kurz erwähnt.

Seit unserem Gespräch nach dem Streit mit Oliver verkehrten wir beinahe freundschaftlich miteinander. Als Benedict, Celeste und ich gerade beim Essen saßen, sagte er unvermittelt:

»Übrigens, demnächst kommt Tom Marner zu uns. Zur Zeit befindet er sich gerade auf der Überfahrt.«

Anscheinend hatte er auch Celeste nicht genauer über diesen Tom Marner informiert.

»Ein anständiger Mann«, erklärte Benedict auf ihre Frage. »Man könnte ihn mit einem ungeschliffenen Diamanten vergleichen. Er hat meine Goldmine gekauft. Ich bin überzeugt, er wird euch gefallen. Ehrlich, bodenständig, kompromißlos, ja, so könnte man ihn wohl beschreiben.«

»Ich verstehe«, lachte ich. »Rauhe Schale, weicher Kern.«

»Genau.«

»Ich habe ihm nicht meine sämtlichen Rechte an der Mine verkauft. Ein paar Anteile habe ich behalten.«

»Also ein reiner Geschäftsbesuch«, sagte ich etwas spöttisch.

»Könnte man sagen. Wir müssen ein paar Dinge regeln.«

»Wird er hier in Manorleigh oder in London wohnen?« erkundigte sich Celeste.

»Erst einmal in Manorleigh, würde ich sagen. Anschließend nehme ich ihn wahrscheinlich mit nach London. Ich vermute, er wird ein paar Wochen in England bleiben.«

»Dann müssen wir noch einiges vorbereiten«, meinte Celeste. Anschließend drehte sich die Unterhaltung um andere Dinge.

Mir kam der Besuch aus Australien sehr gelegen, denn nun konnte ich Belinda von ihrem Kummer wegen Oliver Gerson ablenken.

»Es ist doch merkwürdig«, sagte sie immer wieder. »Seit einer Ewigkeit hat er uns nicht mehr besucht.«

Nun konnte ich ihr antworten: »Dafür haben wir bald einen anderen Gast.«

»Wen denn?«

»Jemanden aus Australien.«

335

»Hat er ein rot und blau bemaltes Gesicht und Federn im Haar?«

»Das ist doch kein Indianer aus Nordamerika«, sagte Lucie geringschätzig. »Er kommt aus Australien.«

»Was verstehst denn du schon davon?«

»Jedenfalls mehr als du.«

»Hört auf zu streiten«, unterbrach ich sie. »Ihr müßt beide sehr höflich zu Mr. Marner sein.«

»Wie sieht er aus?«

»Woher soll ich das wissen? Ich habe ihn noch nie gesehen. Ihm gehört eine Goldmine.«

»Dann muß er sehr reich sein«, bemerkte Belinda ehrfürchtig. »Gold ist sehr wertvoll.«

»Gräbt er selbst nach Gold?« erkundigte sich Lucie.

»Das weiß ich nicht.«

»Aber natürlich«, sagte Belinda hochnäsig. »Sonst findet er ja keins. Wer holt denn das Gold heraus, wenn er in England ist?«

»Bestimmt hat er Leute, die für ihn arbeiten.«

»Oh.« Belinda war sichtlich beeindruckt.

»Erzähl uns von Australien«, schmeichelte Lucie.

»Ich kann mich kaum daran erinnern. Als wir von dort weggingen, war ich noch ein Baby.«

Von meinen Erzählungen über Australien konnten sie nie genug bekommen, obwohl ich ihnen schon oft alles berichtet hatte, was ich von meiner Mutter über Australien erfahren hatte.

Die bevorstehende Ankunft von Tom Marner machte Australien zum ständigen Gesprächsthema und steigerte unsere Neugier auf den Besucher.

Nach Benedicts Beschreibung mußte es sich um einen eher ungehobelten Mann handeln, der nur wenig Wert auf elegante Kleidung und gute Manieren legte, also das völlige Gegenteil von Oliver Gerson verkörperte. Ich hoffte, Belinda würde ihn trotzdem mögen.

Allerdings konnte ich mir nur schwer vorstellen, daß ein Mann wie ein ungeschliffener Diamant das Herz eines Kin-

336

des gewinnen könnte, das vom Charme Gersons überwältigt war.

Endlich kam Tom Marner an. Er war ein großer Mann mit sonnenverbrannter Haut. Um seine strahlendblauen Augen zog sich ein Kranz von Fältchen, und die Sonne hatte sein Haar zu einem hellen Blond gebleicht. Die Kinder schienen ein wenig enttäuscht zu sein. Sie hatten einen Bergmann erwartet — oder jedenfalls das, was sie sich unter einem Bergmann vorstellten. Bisher kannten sie nur die Bergleute aus den Zinnminen Cornwalls. Aber Tom Marner trug einen korrekten dunkelblauen Anzug, der in einem seltsamen Kontrast zu seiner wettergegerbten Haut stand.

Benedict stellte die Familie vor. »Meine Frau.«

Marner schüttelte Celeste die Hand. »Ich habe schon viel von Ihnen gehört. Es freut mich, Sie kennenzulernen.«

»Meine Stieftochter.«

Kräftig schüttelte er meine Hand.

»Und der Rest der Familie . . .«

Die Kinder traten vor und streckten ihm die Hände hin.

»Wie läuft's in Australien?« erkundigte sich Benedict.

Tom Marner winkte ab und rieb einen Finger an seiner Nase. Neugierig starrten die Kinder ihn an.

»Sie sehen gar nicht aus wie ein Goldsucher«, sagte die vorwitzige Belinda.

»Hoffentlich. Ich habe mich herausgeputzt, um bei euch in England einen guten Eindruck zu machen. Du solltest mich einmal bei der Arbeit sehen.« Er blinzelte Belinda zu, und sie kicherte.

Erfreut bemerkte ich, daß Belinda Gefallen an ihm fand.

Schon nach kurzer Zeit erwies sich Tom Marner als wahrer Segen für das Kind.

Er war ein gutmütiger Mann von herzerfrischender Ehrlichkeit. Zu jedermann verhielt er sich gleichbleibend freundlich. Nie zeigte er sich übellaunig. Kurzum, er war ein überaus angenehmer Zeitgenosse.

Mrs. Emery sagte mir im Vertrauen, nie hätte sie erwartet, einen solchen Naturburschen als geachteten Gast in diesem

Haus zu sehen, aber er wisse sich erstaunlich gut zu benehmen und hätte für jeden ein Lächeln übrig.

»Aber er begreift einfach den Unterschied zwischen Miß Belinda und dem Personal nicht. Gestern hörte ich, wie er das Küchenmädchen ›Chickabidee‹ nannte, und heute sprach er Miß Belinda genauso an.«

»Die Kinder mögen ihn. Und er nimmt sich Zeit für sie.«

»Ja. Anscheinend mag er Kinder.«

Miß Stringer beobachtete seinen Umgang mit den Kindern argwöhnisch. Sie fürchtete, die Kinder könnten ihre guten Manieren vergessen und seine australische Aussprache annehmen.

Seine Gegenwart veränderte manches. Aus Benedicts Arbeitszimmer ertönte oft lautes Gelächter, wenn die beiden dort zusammensaßen. Celeste fand ihn angenehm. Er ritt mit uns aus, und Belinda bewunderte ihn rückhaltlos, weil er sehr viel von Pferden verstand. Er und sein Pferd schienen eins zu sein. »Im Outback sitzt man fast ununterbrochen auf dem Pferd«, erklärte er. Er besaß Fähigkeiten, von denen die Kinder zuvor noch nicht einmal etwas geahnt hatten. So konnte er zum Beispiel die phantastischsten Knoten knüpfen und Lasso werfen. Er brachte es ihnen bei und erzählte ihnen, wie er in Australien Kühe mit dem Lasso gefangen habe.

Schon nach ein paar Tagen konnten wir uns kaum vorstellen, wie wir jemals ohne ihn ausgekommen waren.

Wenn Tom Marner keine geschäftlichen Besprechungen mit Benedict hatte, widmete er sich den Kindern. Oft saß er mit ihnen im Garten, und dann genoß auch Leah seine Gesellschaft. Seit dem Tod ihrer Mutter hatte sie sich verändert, wenn ich auch nicht genau hätte sagen können, ob sie sich befreit fühlte oder tief in ihrem Innern Trauer über den Verlust empfand.

Zwar sprach sie noch immer sehr wenig, aber ihr Blick war nicht mehr so trübsinnig, und ab und zu konnte man sie sogar lachen hören. Ebenso wie Celeste entspannte sie sich in Tom Marners Gegenwart sichtlich.

Er liebte die Natur und machte kein Hehl aus seiner Liebe zu seiner Heimat.

Den Kindern erzählte er von der Besiedlung Australiens. »Zuerst schickte man Sträflinge hin, Menschen, die irgendein geringfügiges Verbrechen begangen hatten. Manche waren sogar völlig unschuldig.« Er berichtete von den unsäglichen Leiden, die diese armen Menschen während der langen Überfahrt ertragen mußten. Kaum waren sie in dem von der Sonne ausgedörrten Land angekommen, zwang man sie zur Sklavenarbeit. In den leuchtendsten Farben schilderte er die Eukalyptusbäume und die bunten Vögel wie die Rosellasittiche und die grauen Kakadus mit ihrem roten Schopf, die in Australien Galahs hießen, oder die lachenden Kookaburras.

Häufig ahmte er das keckernde Gelächter der Kookaburras nach. »Dieser schrille Laut eignet sich hervorragend dazu, die Kinder aus der entlegensten Ecke des Gartens hereinzurufen«, bemerkte Miß Stringer ein wenig spöttisch.

Sie lauschte ebenfalls gerne Tom Marners spannenden Erzählungen und hatte trotz seiner rauhen Manieren nichts gegen ihn einzuwenden.

Ständig sprach er von Australien. Es konnte daher nicht ausbleiben, daß ich noch häufiger an Pedrek dachte als vorher. Ob er auch oft an mich dachte? Ich wußte, meine Zweifel an seiner Unschuld hatten ihn sehr verletzt. Tief in meinem Herzen glaubte ich ihm, aber seit dem Vorfall hatte ich Vorbehalte. Wenn ich ihn wirklich liebte, hätte ich dann nicht zu ihm stehen müssen? Wie lautete das Gelöbnis bei der Trauung? In guten wie in schlechten Tagen. Ich hatte mir nicht einmal die Mühe gemacht, mich mit ihm auszusprechen, geschweige denn ihm zu helfen.

Immer wieder sonderte ich mich von den anderen ab und hing meinen Gedanken nach. Manchmal war ich fast entschlossen, Pedrek einen Brief zu schreiben und ihn zu bitten zurückzukommen, damit wir noch einmal von vorne anfangen könnten.

Aber ich bezweifle, daß es zwischen uns jemals wieder so sein konnte wie früher. Ich brachte es nicht über mich, ihm zu schreiben.

Da sich Tom Marner häufig mit den Kindern beschäftigte, konnte ich des öfteren einsame Ausflüge unternehmen. Ich genoß das Alleinsein, weil ich dann ungestört an Pedrek denken konnte.

Eines Nachmittags kam ich auf meinem Heimweg am Hanging Judge vorbei. Ich hielt mein Pferd an und dachte an Oliver Gerson und die Begeisterung der Kinder über ihren ersten Gasthausbesuch.

Plötzlich traten zwei Menschen aus der Tür und gingen nebeneinadner zu den Stallgebäuden hinüber. Ungläubig starrte ich ihnen nach. Ich wollte meinen Augen nicht trauen. Oliver Gerson und Celeste! Argwöhnisch sah ich ihnen nach. Es mußte sich um ein heimliches Treffen handeln, denn Benedict hatte ihm offiziell das Haus und jeden Kontakt mit der Familie verboten. Was hatte das zu bedeuten? Sicher, sie war eine einsame, vernachlässigte Frau . . . aber ausgerechnet Oliver Gerson!

Es wäre für uns alle peinlich gewesen, wenn sie mich entdeckt hätten, deshalb ritt ich rasch weiter. Zu Hause angekommen, überlegte ich, was ich machen sollte.

Wenn das, was ich befürchtete, der Fall war, sah ich schlimme Zeiten auf uns zukommen. Suchte sie ausgerechnet bei Oliver Gerson Trost? Sicherlich war er ein charmanter Mann, und die beiden verband darüber hinaus auch das Gefühl, von Benedict schlecht behandelt worden zu sein. Es lag auf der Hand, daß sie sich gerne an ihm rächen würden.

Aber was ging mich das an? Mein Stiefvater konnte seine Angelegenheiten sehr wohl selbst regeln. Andererseits hätte sich meine Mutter bestimmt gewünscht, daß ich ihn informierte. Benedict und ich waren uns in den letzten Wochen immer nähergekommen. Ich achtete ihn nun und wollte nicht, daß ihm die beiden schadeten.

Ob Celeste von Oliver Gersons Erpressungsversuch wußte? Ich beschloß, mit ihr zu reden.

Gleich nach ihrer Rückkehr bat ich sie unter einem Vorwand auf mein Zimmer. Ohne zu zögern, folgte sie mir. Ich war entschlossen, sofort zum Kern der Sache zu kommen.

»Celeste, ich weiß, es geht mich nichts an, aber als ich heute zufällig am Hanging Judge vorbeikam, sah ich . . .«

Erschrocken starrte sie mich an. Erst wurde sie blaß, dann überzog flammende Röte ihr Gesicht.

»Du hast uns . . .«

»Ja. Ich sah dich mit Oliver Gerson.«

Sie schwieg.

»Du weißt natürlich, daß Benedict ihn aus dem Haus geworfen hat.«

Wortlos nickte sie.

»Celeste, verzeih bitte, aber . . .«

Sie unterbrach mich: »Ich weiß, was du denkst. Aber du irrst dich. Ich traf mich mit ihm, weil — du weißt, er hat das Haus in großer Eile verlassen.«

Ich nickte.

»Er hat in seinem Gepäck ein paar Spitzendeckchen gefunden, die uns gehören. Er sagte, er müsse sie versehentlich mit seinen Sachen eingepackt haben. Diese Deckchen wollte er mir zurückgeben, weil er dachte, es könnte sich vielleicht um wertvolle Spitzen handeln.«

»Und hat er sie dir zurückgegeben? Waren sie tatsächlich wertvoll?«

»Keine Ahnung. Ich habe sie nie zuvor gesehen. Ich wußte nicht einmal, daß Spitzendeckchen aus dem Haus verschwunden waren. Ich habe sie einfach in das Zimmer gelegt, das er stets bewohnt hat, wenn er zu Gast war. Du hast doch hoffentlich nicht geglaubt . . .«

»Eigentlich nicht. Aber Benedict hatte diesen Streit mit ihm, und da dachte ich . . .«

»Über solche Dinge spricht Benedict nie mit mir. Mr. Gerson sagte, es habe ein Mißverständnis gegeben. Er wollte nicht, daß Benedict etwas von unserem Zusammentreffen erfährt. Deshalb hielt er es für das beste, wenn wir uns im Gasthaus verabreden.«

341

»Dieser Mann ist nicht ganz ungefährlich.«

»Wieso sollte er gefährlich sein?«

»Nun, dieser Streit . . .«

»Er hat mir nur erzählt, Benedict hätte ihn schlecht behandelt.«

»Und du hast ihm seine Version der Geschichte geglaubt?« Gleichgültig zuckte sie die Achseln.

Ich wußte nicht, wie weit ich mich vorwagen sollte. Benedict hatte mich nur eingeweiht, weil er wußte, daß ich ohnehin alles mit angehört hatte. Er vertraute auf meine Verschwiegenheit.

»Ich halte es nicht für besonders klug, sich heimlich mit ihm zu treffen«, setzte ich dann hinzu.

»Es ist sehr nett von dir, daß du dir Sorgen um mich machst, Rebecca. Aber das ist nicht nötig. Ich würde mir niemals einen Liebhaber nehmen, falls es das ist, was du glaubst. Ich liebe Benedict. Auch wenn ich mir wünsche, ihm nie begegnet zu sein. Ich weiß, es ist dumm, aber ich liebe ihn. Trotz allem will ich nur ihn.«

»Celeste, bitte verzeih mir.«

»Du hast nichts getan, wofür du um Verzeihung bitten müßtest. Ich bin sehr froh, daß ich dich habe. Du hast mir schon unzählige Male geholfen. Manchmal bin ich so unglücklich, daß ich dieses Leben kaum noch ertragen kann.«

»Du kannst immer zu mir kommen und mit mir reden.«

»Darüber reden zu können hilft mir sehr«, gab sie zu. »Du hast Verständnis für mich und kennst meine Situation.«

»Aber unterschätze bitte Oliver Gerson nicht. Er ist ein gefährlicher Mann«, erinnerte ich sie nochmals mit Nachdruck.

Am nächsten Tag besuchte ich wieder einmal Mrs. Emery, um mit ihr zu plaudern.

Umständlich goß sie den Tee in ihre edlen Tassen.

»Meine Güte, Miß Rebecca, dieser Mr. Marner ist mir schon einer. Wenn man ihn nicht sieht, dann hört man ihn. Dauernd singt er Lieder von Känguruhs und solchen Sachen. Man kommt sich vor wie in der australischen Wildnis. Aber man muß ihn einfach gern haben. Obwohl ich ihn nicht unbedingt für einen echten Gentleman halte.«

»Das kommt darauf an, was sie unter einem Gentleman verstehen, Mr. Emery.«

»Einen wahren Gentleman erkenne ich auf den ersten Blick. Mr. Marner ist eher ein Original. Miß Belinda behauptet, in seinen Augen schiene die Sonne.«

»Sie neigt zu Übertreibungen und überschwenglichen Gefühlsausbrüchen, besonders wenn es um Männer geht.«

»Auf sie werden wir aufpassen müssen, wenn sie älter ist.«

»Manche Kinder sind halt so. Sie fühlen sich zu bestimmten Menschen hingezogen und bewundern sie vorbehaltlos.«

Zum Glück hatte ihre Bewunderung für Oliver Gerson nachgelassen. Tom Marner hatte seinen Platz eingenommen.

»Ich freue mich, wie oft seit seiner Ankunft in diesem Haus gelacht wird«, sagte Mrs. Emery. »Noch eine Tasse Tee?«

»Ja. Vielen Dank, Mrs. Emery. Er schmeckt vorzüglich.«

Geschmeichelt nickte sie.

»Ist Ihnen aufgefallen, wie sehr sich Leah verändert hat?«

»Leah?« wiederholte ich erstaunt.

»Ich hielt sie immer für ein wenig miesepetrig. Stets benahm sie sich, als laste alles Elend der Welt auf ihren Schultern. Jetzt ist sie ganz anders. Ich höre sie häufig mit den Kindern und Mr. Marner lachen. Und wissen Sie was? Gestern hat sie gesungen.«

»Was? Leah?«

»Ich traute meinen Ohren nicht. Sonst war sie sehr verschlossen und machte immer ein Gesicht, als ginge sie zu einem Begräbnis. Jetzt zwitschert sie den ganzen Tag wie ein munteres Vögelchen.«

»Ich freue mich für sie. Mr. Marner ist wohl allgemein sehr beliebt.«

343

»Vermutlich bleibt er nicht mehr lange bei uns.«

»Das glaube ich allerdings auch. Das wird ein Wehgeschrei im Kinderzimmer geben.«

»Miß Belinda wird jedenfalls sehr traurig sein. Und Leah auch. Übrigens gibt es gute Neuigkeiten von der Kabinettsumbildung. Man munkelt, daß sie nun endlich vollzogen werden soll. Wird ja auch Zeit, nach all dem Gerede. Mein Mann weiß alles über diese Dinge. Ich habe ihn in Verdacht, daß er am liebsten selbst im Parlament säße. Er behauptet, für einen bestimmten Herrn könnte sich etwas ergeben.«

»Für Mr. Lansdon?«

»Für wen denn sonst? Übrigens stammt das nicht von Emery. Es steht auch in den Zeitungen. Emery schneidet alle einschlägigen Artikel aus und bewahrt sie auf. Am liebsten wäre Emery das Außenministerium, aber dort wird kein Wechsel stattfinden. Das Innenministerium wäre auch nicht schlecht. Oder das Kriegsministerium. Jedenfalls meint das Emery.«

»Er ist an Mr. Lansdons Wohlergehen aber sehr interessiert.«

»Emery ist ein ehrgeiziger Mann.«

Im stillen lächelte ich bei dem Gedanken, wie sehr er sich wünschte, am Ruhm seines Herrn teilzunehmen. Eine Unterhaltung mit Mrs. Emery war mindestens so erfrischend und belebend wie ihr Tee.

Als ich an Benedicts Arbeitszimmer vorbeiging, öffnete er gerade die Tür. Lächelnd stand er vor mir.

»Rebecca, hast du einen Augenblick Zeit?«

»Ja, natürlich.«

»Dann komm herein.«

Einladend wies er auf einen Stuhl, und ich setzte mich. Er nahm hinter seinem Schreibtisch Platz, so daß wir einander gegenübersaßen.

»Ich möchte, daß du Bescheid weißt«, begann er. »Ich habe mit den Clubs endgültig Schluß gemacht. Alles ist reibungslos über die Bühne gegangen.«

»Ich nehme an, das erleichtert dich.«

»Ja, allerdings. Ich bereue nur, mich nicht schon vor Jahren dazu entschlossen zu haben.«

»Ich habe gehört, du wirst vielleicht Minister.«

»Vielleicht«, gab er zu. »Im Moment ist es nur ein Gerücht, aber ich glaube, diesmal habe ich eine echte Chance.«

»Ich wünsche dir jedenfalls viel Glück.«

»Danke.«

»Die Emerys verfolgen eifrig deinen Aufstieg.«

Er lächelte. »Das erwarte ich auch von ihnen.«

»Die beiden sind dir treu ergeben.«

Er nickte. »Als Politiker braucht man treue, zuverlässige Menschen um sich. Ich wollte dir das von den Clubs zur mitteilen, weil wir neulich davon gesprochen haben. Deine Mutter wäre zufrieden mit mir.«

Einen Augenblick herrschte Schweigen.

»Bei dieser Gelegenheit möchte ich dich gleich noch etwas fragen. Hat sich Gerson in letzter Zeit hier herumgetrieben?«

Sofort tauchte Olivers Bild vor mir auf. Ich sah, wie er zusammen mit Celeste aus dem Gasthaus kam.

»Du meinst hier, in der Nähe des Hauses? Nein, nicht, daß ich wüßte.«

»Sehr gut. Ich bin noch immer nicht dahintergekommen, wie die Schlüssel in seine Hände gelangt sind. Aber ich wüßte es zu gern. Vermutlich werde ich es nie erfahren. Ungeklärte Dinge bringen mich ganz durcheinander. Dabei war ich immer so vorsichtig.«

»Ja«, erwiderte ich. »Mir ist das auch rätselhaft.«

Ich erhob mich, weil ich die Unterredung für beendet hielt.

Ich sagte freundlich: »Der Verkauf der Clubs freut mich. Ich bin sicher, du hast richtig gehandelt.«

Er nickte. »Ich wollte nur, daß du es weißt.«

Ich ging zur Tür, da sagte er unvermutet: »Ich finde, du bist zu oft auf dem Land. Du solltest ab und zu nach London fahren. Ich habe dich in die Gesellschaft einführen lassen, damit du Besuche machen kannst und ein wenig Unterhaltung hast.«

»Ich bin lieber auf dem Land.«

»Fürchtest du nicht, du könntest diese Einstellung später einmal bereuen?«

Ich zuckte die Achseln.

»Ist etwas passiert?« fragte er.

»Etwas passiert«, wiederholte ich und kam mir reichlich albern vor.

»Vor kurzem hatte ich den Eindruck, daß dich etwas quält. Du hast über irgend etwas nachgegrübelt. Oder täusche ich mich?«

»Mir geht es gut.«

»Du weißt, wenn du Hilfe brauchst . . .«

Ich schüttelte den Kopf.

»Ich finde, du machst einen Fehler, wenn du dich dermaßen abkapselst. Was ist eigentlich mit Morwenna Cartwright los? Eigentlich ist es doch ihre Aufgabe, sich darum zu kümmern, daß du in Gesellschaft kommst.«

»Diese Aufgabe hat sie erfüllt.«

»Nun, mit einer Saison ist das aber nicht getan.«

»Ich möchte zur Zeit nicht auf Bälle gehen.«

»Ich finde es nicht gut, wenn du dich auf dem Land vergräbst.«

»Ich versichere dir noch einmal, ich vermisse hier gar nichts.«

»Gut. Wenn du es so haben willst . . .«

»Ich bin zufrieden.«

Durchdringend sah er mich an. Er gab sich viel Mühe, unser Verhältnis zueinander zu verbessern. Auch ich versuchte mein Bestes und lächelte ihm zu.

Dann verabschiedete ich mich mit einem leichten Kopfnicken und zog leise die Tür hinter mir ins Schloß.

Als Benedict das nächstemal nach London fuhr, blieb Celeste zu Hause.

Sie war auffallend still. Ich traute ihr nicht und fragte

mich, ob sie sich noch immer mit Oliver Gerson traf. Ein wenig unbehaglich fühlte ich mich schon, weil ich Benedict auf seine Frage nach Oliver nicht die ganze Wahrheit gesagt hatte. Aber hatte ich eine andere Wahl gehabt?

Am späten Vormittag kam Mrs. Emery völlig aufgelöst in mein Zimmer.

»Um Himmels willen, was ist passiert?« rief ich.

»Mrs. Lansdon.«

»Was ist mit ihr?« fragte ich beunruhigt.

»Sie ist nicht in ihrem Zimmer. Ihr Bett ist unberührt.«

»Vielleicht ist sie nach London gefahren.«

Mrs. Emery schüttelte den Kopf. »Alle ihre Sachen sind da.«

»Ist sie einfach fortgegangen, ohne etwas mitzunehmen?«

»Es sieht so aus.«

Wir eilten in Celestes Schlafzimmer, das aufgeräumt und leer war. Heute nacht hatte wohl niemand in diesem Bett geschlafen.

Bestürzt sah ich Mrs. Emery an.

»Sie muß heute nacht weggegangen sein«, sagte sie.

»Weggegangen? Wohin denn?«

»Fragen Sie mich nicht. Sie kann überallhin gegangen sein.«

»Was hat sie mitgenommen?«

»Nichts, soweit ich bis jetzt festgestellt habe. Aber fragen wir Yvette. Ihre Zofe weiß vielleicht Bescheid.«

»Sie soll sofort herkommen.«

Es dauerte nicht lange, und Yvette erschien.

»Wann haben Sie Mrs. Lansdon zuletzt gesehen?« fragte ich sie.

»Gestern abend, Mademoiselle.«

»Wissen Sie, wo sie sich aufhält?«

Verständnislos sah mich Yvette an. »Ich warte immer, bis sie mich ruft, um ihre Frisur zu richten. Heute morgen hat sie noch nicht nach mir geschickt. Ich dachte, sie braucht mich heute nicht.«

»Was machte sie gestern abend für einen Eindruck?«

»Sie war sehr still. Aber das ist sie meistens. Mir ist nichts Besonderes an ihr aufgefallen.«

»Sie hat nicht gesagt, daß sie heute eine Verabredung hat?«

»Nein, Mademoiselle. Sie hat kein Wort mit mir gesprochen.«

»Bringen Sie ihr nach dem Aufwachen nicht irgend etwas? Tee oder heiße Schokolade? Oder Kaffee?«

»Nur wenn sie es wünscht. Wenn nicht, störe ich sie nicht. Sie schläft manchmal sehr lange.«

»Sehen Sie bitte einmal Ihre Kleider durch, Yvette, und sagen Sie mir, ob eins fehlt.«

Sie öffnete den Schrank und die Kommode.

»Nein, nichts. Nur das graue Samtkleid, das sie gestern abend trug.«

»Sonst ist noch alles da?«

»Ja, Mademoiselle. Bis auf die grauen Schuhe, die sie gestern angehabt hat.«

»Was ist mit den Mänteln?«

»Sie besitzt einen Mantel, der genau zu dem grauen Samtkleid paßt. Und der hängt hier. Ein paar von ihren Kleidern hat sie letzte Woche weggegeben. Sie hat sie den Leuten in den Cottages geschenkt. Das macht sie von Zeit zu Zeit. Es fehlt nichts.«

»Was ist mit den Handtaschen?«

»Die Krokodilledertasche mag sie am liebsten. Ja, die ist auch da.«

»Anscheinend hat sie das Haus nur mit den Kleidern verlassen, die sie am Leib trug.«

»Vielleicht macht sie einen Spaziergang?«

»Die ganze Nacht? Hatte sie denn die Angewohnheit, des Nachts Spaziergänge zu machen?«

Energisch schüttelte Yvette den Kopf. »*Non, non, non*«, sagte sie nachdrücklich.

Ich schickte Ivette hinaus und wandte mich an Mrs. Emery. »Ich verstehe das nicht. Wo kann sie nur sein?«

Langsam schüttelte Mrs. Emery den Kopf.

»Was sollen wir bloß machen?« fragte ich.

»Möglicherweise hat sie tatsächlich einen Spaziergang gemacht. Vielleicht ist sie gestürzt und hat sich verletzt und liegt hilflos irgendwo da draußen rum.«

»Mr. Emery soll die Leute zusammenholen. Wir müssen sie suchen. Sie kann nicht weit weg sein. Yvette sagte, sie mache nicht gerne Spaziergänge. Aber man weiß ja nie. Vielleicht ist sie einfach immer weitergelaufen. Wir müssen unverzüglich mit der Suche beginnen.«

Mr. Emery ergriff sofort die Initiative. Auch Tom Marner schloß sich dem Suchtrupp an. Die ganze Umgebung wurde gründlich abgesucht. Ohne jeden Erfolg. Von Celeste keine Spur. Wir mußten unbedingt Benedict benachrichtigen.

Wieder einmal saß ich in Mrs. Emerys Zimmer. Sie war ebenso besorgt wie ich.

»In der Dienerschaft tuschelt man schon«, erzählte sie. »Bald hat sich diese Geschichte überall herumgesprochen. Wo steckt sie nur? Ach, wenn sie doch jetzt gleich durch diese Tür hereinkäme! Emery ist sehr beunruhigt. Mr. Lansdons Chancen verschlechtern sich dadurch. Ja, so stehen nun mal die Dinge, Miß Rebecca. Mir gefällt das ganz und gar nicht.«

»Mir auch nicht.«

»Sie ist einfach fortgegangen. Wenn sie wenigstens ein paar Kleider mitgenommen hätte.«

»Was würde das ändern?«

»Dann könnte man davon ausgehen, daß sie das Haus aus freien Stücken verlassen hat. Aber so, wie es aussieht . . .«

»Was wollen Sie damit andeuten, Mrs. Emery?«

»Für ihn wirkt sich das bestimmt sehr nachteilig aus. Hätte sie ihn wegen eines anderen Mannes verlassen . . . gut, das ist natürlich auch nicht schön, aber dafür könnte man ihn wenigstens nicht verantwortlich machen. Obwohl die Zeitungen ihm auch daraus einen Strick drehen könnten. Begreifen Sie denn nicht, Miß Rebecca, diese Geschichte hätte zu keinem ungünstigeren Zeitpunkt passieren können.«

»Sie denken an den alten Skandal?«

349

»Ja. Ich bin darüber genauestens im Bilde. Damals hat er zum erstenmal in Manorleigh kandidiert. Der Verdacht, er könnte etwas mit dem Tod seiner Frau zu tun haben, hat ihn um den Wahlsieg gebracht.«

»Ich weiß, ich kenne die Zusammenhänge.«

»Sollte es erneut einen Skandal geben, scheitert er wieder. Dann wird die alte Geschichte wieder aufgerührt.«

»Mrs. Emery, sie muß hier ganz in der Nähe sein. Ich kann mir nicht vorstellen, daß sie ohne ein Wort davonläuft.«

»Ich verstehe es nicht.«

»Mir geht es genauso.«

Mrs. Emery meinte nachdenklich: »Für mich sieht es so aus, als habe sie das Haus nicht freiwillig verlassen.«

»Glauben Sie etwa, man hat sie verschleppt?«

»Ich weiß auch nicht, wie ich es mir erklären soll. Aber ich habe Angst.«

Auch ich war von schlimmen Vorahnungen erfüllt.

Sofort, nachdem er unsere Nachricht erhalten hatte, kehrte Benedict nach Manorleigh zurück. Er befragte jeden einzelnen von uns, aber ohne Erfolg. Das Suchgebiet wurde weiter ausgedehnt, doch niemand fand auch nur eine Spur von Celeste.

Wir wußten, irgendwann würde die Presse ihr Verschwinden aufgreifen. Der Artikel kam früher, als wir erwartet hatten.

EHEFRAU EINES BEKANNTEN ABGEORDNETEN
SPURLOS VERSCHWUNDEN.

Erneut ist Benedict Lansdon in einen rätselhaften Vorfall verwickelt. Seine Frau, Mrs. Celeste Lansdon, ist aus ihrem Haus in seinem Wahlbezirk Manorleigh verschwunden. Wie es aussieht, hat sie kein Gepäck mitgenommen. In Manorleigh herrscht große Besorgnis. Man erinnert sich noch gut an den Tod von Benedict Lansdons erster Frau während seiner ersten erfolglosen Kandidatur in

Manorleigh. Damals munkelte man, es sei nicht alles mit rechten Dingen zugegangen. Später stellte sich allerdings heraus, daß sie an einer unheilbaren Krankheit litt und sich deshalb das Leben nahm. Der unglückliche Mr. Lansdon hält sich zur Zeit in Manorleigh auf, wo intensive Nachforschungen betrieben werden. Zweifellos wird sich der Vorfall bald aufklären.

Gespenstisches Schweigen lastete auf dem Haus. Die Dienerschaft unterhielt sich nur noch im Flüsterton. Sie tuschelten miteinander und beobachteten uns neugierig, wenn auch nicht ohne Mitgefühl.

Mir graute bei dem Gedanken, die Journalisten könnten mit dem Pesonal sprechen und Dinge über uns erfahren und veröffentlichen, die niemanden was angingen. Was erzählten die Dienstboten der Polizei? Ich kannte die Fragen nur zu gut — und konnte mir die entsprechenden Antworten lebhaft vorstellen.

In dieser Zeit erwies sich Tom Marner als große Hilfe. Er kümmerte sich um die Kinder. Ihr Gelächter aus dem Kinderzimmer schallte fast unheimlich durch das von Angst erfüllte Haus.

Wir fühlten uns entsetzlich hilflos, aber wir konnten nichts weiter tun als abwarten. Was war Celeste zugestoßen? Auch die Polizei kam nicht weiter. Wir alle wurden von ihr verhört, konnten ihr aber auch nicht weiterhelfen.

Jean Pascal traf in Manorleigh ein. Die Begegnung mit ihm wäre mit unter anderen Umständen unangenehm gewesen, aber angesichts dieser neuen Tragödie verblaßte der Zwischenfall in High Tor.

Er sah müde und traurig aus. Benedict sprach lange mit ihm in seinem Arbeitszimmer. Später beim Essen erzählte er uns, wie sehr sich seine Eltern um Celeste sorgten. Nach seinen Erkundigungen hier wollte er zurückfahren und sie über alles in Kenntnis setzen, da sie nicht mehr verreisen konnten.

351

Ehe er ging, nachm er mich kurz beiseite.

»Denken Sie bitte nicht zu schlecht von mir«, bat er. »Ich bereue zutiefst, was ich Ihnen angetan habe. Es tut mir unendlich leid, Rebecca. Ich habe Sie falsch beurteilt. Ich wollte schon ein- oder zweimal nach Manorleigh kommen, aber ich wußte nicht, wie Sie mich empfangen würden.«

»Ich fürchte, ich hätte Sie nicht sehr freundlich empfangen.«

»Das dachte ich mir. Was mit Celeste geschehen ist, bestürzt mich sehr. Ich habe sie in letzter Zeit kaum gesehen, aber sie war . . . ist meine Schwester.«

»Sobald wir etwas erfahren, benachrichtigen wir Sie unverzüglich.«

Er runzelte die Stirn.

»War zwischen den beiden alles in Ordnung?«

»Wie meinen Sie das?«

»Nun, immerhin ist sie spurlos verschwunden.«

»Als sie fortging, hielt sich Mr. Lansdon in London auf. Er ist von uns benachrichtigt worden und ist daraufhin sofort gekommen.«

»Ich verstehe. Vielen Dank.«

Erleichtert sah ich ihm nach, als er das Haus verließ.

Eine Woche verging, ohne daß wir weitergekommen wären. Jeden Tag standen groß aufgemachte Artikel über Celestes Verschwinden in den Zeitungen.

»Wo ist Mrs. Lansdon?« Die Schlagzeilen knallten nur so fett entgegen. Wir waren in aller Leute Munde.

Meine Großmutter schrieb mir einen besorgten Brief. »Es muß furchtbar für Dich sein, daß Du in eine solche Angelegenheit verwickelt bist. Willst Du nicht für eine Weile nach Cornwall kommen?«

Schon allein bei dem Gedanken erschauderte ich. In Cornwall warteten zu viele Erinnerungen an Pedrek auf mich. Außerdem hätte ich seinen Großeltern gegenübertreten müssen. Ich war schon froh, daß ich nicht nach London mußte, denn dort wäre ich unweigerlich Morwenna und Justin Cartwright über den Weg gelaufen. Bestimmt gaben sie mir die schuld an der gescheiterten Verlobung, so daß Pedrek nach Australien gehen mußte. Ich hätte es nicht ertragen, mit ihnen zusammenzutreffen, solange ich nicht über den Grund für mein Verhalten sprechen konnte.

Außerdem wollte ich in Manorleigh bleiben und Benedict zur Seite stehen. Ich betrachtete ihn jetzt eher wie einen guten Freund und wollte ihm gerne helfen.

Einem Journalisten war es gelungen, Yvette auszuhorchen. Er stellte ihr sehr geschickt Fragen, und sie plauderte über die unglückliche Ehe der Lansdons.

Wir konnten es in den Zeitungen nachlesen: »Er hatte nie Zeit für sie, berichtete eine Hausangestellte. Darüber war sie verzweifelt und weinte häufig. Sie war eine sehr einsame Frau . . .«

Yvette war entsetzt, als sie die Zeitungsberichte las und feststellte, was sie angerichtet hatte.

»Das habe ich nicht gesagt. Nein, so habe ich es nicht gesagt«, schluchzte sie. »Er ließ nicht locker und verleitete mich dazu, Dinge zu sagen, die ich gar nicht so gemeint habe.«

Die arme Yvette. Sie hatte den Ehemann ihrer Herrin wirklich nicht ans Messer liefern wollen. Aber jetzt war es zu spät. Die Gerüchte nahmen niederträchtige Formen an. Ein etwas anrüchiges Blatt schrieb folgenden Artikel über Benedict:

Der Abgeordnete von Manorleigh hat kein Glück in der Liebe . . . oder zumindest nicht mit der Ehe. Seine erste Frau, Lizzie, die ihm eine Goldmine vererbt und ihn zum Millionär gemacht hat, beging Selbstmord; seine zweite Frau starb bei der Geburt seiner Tochter, und nun ist seine dritte Frau, Celeste, spurlos verschwunden. Aber vielleicht nimmt es wenigstens in diesem Fall noch ein gutes Ende. Die Polizei verstärkt ihre Ermittlungen und hofft, den Fall bald gelöst zu haben.

Nach einer weiteren Woche hatten wir noch immer keine Nachricht von Celeste, obwohl die Polizei verbissen nach ihr suchte. Emery erzählte uns, die Polizisten hätten eine Weide in der Nähe des Sattelplatzes umgegraben, weil sie dort verdächtige Spuren entdeckt hatten. Ich fürchtete schon, sie würden Celestes Leichnam ausgraben. Aber sie fanden nichts, und für ein paar Tage hatten wir Ruhe.

Nach einiger Zeit verdrängte die Kabinettsumbildung Celestes Verschwinden aus den Schlagzeilen. Niemand war sonderlich überrascht, daß Benedict nicht zum Minister ernannt worden war.

Nach dem Frühstück las ich folgenden Artikel in der Zeitung:

Kein Ministerium für den Abgeordneten, dessen Frau auf mysteriöse Weise verschwunden ist. Mr. Benedict Lansdon, der Abgeordnete, den alle für befähigt hielten, ein hohes Amt zu bekleiden, wurde übergangen. Die Polizei erklärte, man stehe kurz vor der Lösung des Falls.

Ich fand es grausam, in welcher Form sie das Verschwinden seiner Frau mit seiner Nichtberücksichtigung im Kabinett verbanden. Auf diese Weise mußte man nicht drauf rumreiten. Sie gaben ihm indirekt schon die Schuld am Tod seiner Frau, obgleich dieser noch nicht einmal feststand.

Benedict nahm die Zeitungen mit in sein Arbeitszimmer. Traurig stellte ich mir vor, wie er einsam an seinem Schreibtisch saß und diese Gemeinheiten über sich lesen mußte. Einer plötzlichen Regung folgend, klopfte ich an seine Tür.

»Herein«, sagte er.

Ich öffnete die Tür. Er saß tatsächlich an seinem Schreibtisch und hatte die Zeitungen vor sich ausgebreitet.

»Es tut mir sehr leid«, sagte ich.

Er wußte, was ich damit sagen wollte. »Das war unvermeidlich.«

Ich setzte mich ihm gegenüber auf den Stuhl vor seinem Schreibtisch.

»Es kann nicht ewig so weitergehen«, versuchte ich ihm Mut zu machen. »Bestimmt bekommen wir bald eine Nachricht von ihr.«

Er zuckte nur die Achseln.

»Benedict, darf ich Benedict sagen? Ich kann schlecht Mr. Lansdon sagen und . . .«

Sein Mund verzog sich zu einem bitteren Lächeln. »Merkwürdige Sorgen hast du, das muß ich schon sagen. Als ob wir sonst keine Probleme hätten. Ich hatte immer verstanden, daß du mich nicht mit Vater oder Stiefvater anreden wolltest. Also nenn mich ruhig Benedict.«

Er lachte, aber es war kein fröhliches Lachen. Ich wußte, wie verzweifelt und aufgewühlt er war.

»Was geschieht jetzt?« fragte ich.

»Das kann ich dir auch nicht sagen. Wo kann sie nur sein, Rebecca? Hast du irgendeine Vermutung?«

»Wohin hätte sie schon gehen können? Sie hatte nur die Kleider, die sie auf dem Leib trug. Sie hat nicht einmal eine Handtasche mitgenommen. Und kein Geld.«

»Es muß ihr etwas zugestoßen sein. Die Polizei hält sie für tot, Rebecca.«

»Woher weißt du das?«

»Du weißt doch, daß sie die Weide in der Nähe des Sattelplatzes umgegraben haben. Warum hätten sie das tun sollen, wenn sie nicht erwartet hätten, sie dort zu finden?«

»O nein!«

»Sie glauben, sie wurde ermordet.«

»Aber wer . . .?« begann ich.

»Zuerst verdächtigt man den Ehemann.«

»Aber das ist unmöglich. Du warst damals in London.«

»Was hätte mich daran gehindert, nach Manorleigh zu fahren, in mein Haus zu gehen, in unser gemeinsames Schlafzimmer, ein Kissen zu nehmen, es ihr auf das Gesicht zu drücken und dann die Leiche verschwinden zu lassen?«

Entsetzt starrte ich ihn an.

»Ich habe es nicht getan, Rebecca. Ich erfuhr erst durch eure Nachricht von ihrem Verschwinden. Glaubst du mir?«

»Natürlich.«

»Dann vertraust du mir.«

»Warum sollte ich dir nicht glauben?«

»Ich danke dir. Dein Vertrauen hilft mir sehr. Es ist eine furchtbare Sache. Wie soll das noch enden?«

»Vielleicht kommt sie bald zurück.«

»Glaubst du das?«

»Ja.«

»Aber wo ist sie? Und warum ist sie weggegangen? Das ergibt alles keinen Sinn. Sie hatte doch keinen Grund.«

»Jedes Rätsel wird eines Tages gelöst.«

»Ich habe wieder und wieder darüber nachgedacht. Ohne Erfolg. Ich bin erschöpft. Alles ist meine Schuld, Rebecca. Ich bin für dieses ganze Unglück verantwortlich. Ich habe genausoviel Schuld, als hätte ich sie eigenhändig mit einem Kissen erstickt.«

»Sprich nicht so. Das stimmt nicht.«

»Doch. Du weißt, wie unglücklich ich sie gemacht habe.«

»Das stimmt allerdings.«

»Hat sie sich dir anvertraut?«

»Ein wenig.«

»Was immer sie auch getan hat, ich bin dafür verantwortlich. Ich hätte mich mehr um sie kümmern sollen.«

»Man kann sich nicht zwingen, einen anderen Menschen zu lieben.«

»Ich hätte sie nie heiraten dürfen, aber ich dachte, wir würden uns gut verstehen. Es war dumm von mir, auch nur einen Augenblick zu denken, sie könnte mir Angelet ersetzen.«

»Das kann niemand. Trotzdem hättest du mit ihr glücklich werden können. Wenn auch auf eine andere Weise. Sie liebt dich von ganzem Herzen.«

»Sie forderte zuviel. Hätte sie mich weniger gedrängt, wäre es mir vielleicht möglich gewesen, auf sie einzugehen. Doch das soll keine Entschuldigung sein. Ich habe so etwas schon einmal durchgemacht, Rebecca. Wenn ich mir vorstelle, ich hätte sie durch meine Gleichgültigkeit in den Tod ge-

356

trieben . . . wegen meiner Liebe zu Angelet — ich könnte nicht mehr mit gutem Gewissen weiterleben. Warum ist das Leben nur so grausam? Mit deiner Mutter damals glaubte ich, alle meine Wünsche seien in Erfüllung gegangen. Wir wollten beide das Kind, sie freute sich so sehr darauf. Und dann hat man mir alles genommen. Warum? All dieses Unglück, und wofür? Für Belinda. Aber warum erzähle ich dir das?«

»Weil wir Freunde geworden sind. Weil ich jetzt Benedict zu dir sagen kann.«

Ein flüchtiges Lächeln huschte um seinen Mund. Unvermittelt sagte er: »Aber was ist mit dir, Rebecca? Auch du bist nicht glücklich. Trotz meiner eigenen Sorgen sehe ich, daß du Kummer hast.«

»*Dir* ist das aufgefallen?«

»Ich habe dich schon einmal danach gefragt. Aber unser Verhältnis war wohl noch nicht vertraut genug. Wir standen uns zu lange wie Feinde gegenüber, stets auf der Lauer und bereit, beim kleinsten Anlaß loszuschlagen.«

»Ja. So war es leider.«

»Ich habe dich in mein Herz sehen lassen, Rebecca. Jetzt bist du an der Reihe.«

»Nun, dann gebe ich zu, daß ich unglücklich bin.«

»Eine Liebesgeschichte?«

»Ja.«

»Mein armes Kind. Kann ich dir helfen?«

»Mir kann niemand helfen.«

»Willst du nicht wenigstens mit mir darüber reden?«

Ich zögerte.

Nachdenklich sah er mich an. »Wenn du dich mir nicht anvertrauen möchtest, muß ich mich ernsthaft fragen, wieviel unsere neue Freundschaft wert ist.«

»Ich habe ein wenig Angst, daß der Mann, den ich liebe, keine Gnade vor deinen Augen findet. Du hast dir für deine Stieftochter bestimmt einen Ehemann mit Rang und Namen gewünscht.«

»Ich . . .«

»Du hast diese teuren Gesellschaften für mich gegeben, und deshalb dachte ich, dir wäre ein Herzog gerade gut genug für mich, und du würdest unsere Heirat mit allen Mitteln zu verhindern versuchen.«

»Also damals ist es passiert. Mir lag immer nur dein Glück am Herzen. Ich wollte alles so machen, wie es sich deine Mutter gewünscht hätte. Ist es ein treuloser Kerl?«

»Nein. Wir wollten schon bald heiraten.«

»Du und . . .?«

»Pedrek. Pedrek Cartwright.«

»Oh. Ein sympathischer junger Mann. Ich habe mich stets für ihn interessiert, weil er in meinem Haus zur Welt kam. Ich kann mich noch sehr gut an die damalige Aufregung erinnern. Was ist passiert?«

Ich schwieg lange, denn ich wollte über den gräßlichen Verdacht gegen Pedrek nicht sprechen.

»Bitte sag es mir.« Er ließ nicht locker. »Ich kann mir kaum vorstellen, daß er etwas Unrechtes getan hat. Was war los, Rebecca?«

»Ich . . . ich kann nicht darüber reden.«

»Bitte, sag es mir.«

Plötzlich hörte ich mich fast gegen meinen Willen sprechen. Ich erzählte ihm alles. Fassungslos starrte Benedict mich an.

Dann sagte er: »Das glaube ich nicht.«

»Wir konnten es alle nicht glauben.«

»Und meine Tochter — Belinda — hat das behauptet?«

»Sie war verwirrt, in seelischer Not. Wenn du dabeigewesen wärst und sie gesehen hättest . . .«

»Habt ihr Pedrek darauf angesprochen?«

»Er kam am nächsten Morgen und benahm sich, als sei nichts geschehen.«

»Und was hat er gesagt?«

»Er hat es abgestritten.«

»Und du hast dem Kind geglaubt, nicht ihm?«

»Du hättest sie sehen sollen. Sie hat verzweifelt geweint, ihre Kleider waren zerrissen.«

»Und sie hat behauptet, dieser Überfall wäre am Teich von St. Branok verübt worden?«

»Es ist eine sehr einsame Gegend.«

Er schien in weite Ferne zu blicken. »Ich erinnere mich sehr gut an diesen Teich.«

Nachdenklich sah er mich an. Nach einer Weile sagte er: »Ist dir gar nicht in den Sinn gekommen, daß das Kind lügen könnte?«

»Ich habe dir doch schon gesagt, wie sie ausgesehen hat. Sie war verzweifelt. Es war offensichtlich, daß sie belästigt worden war.«

»Ich finde an dieser Geschichte einiges reichlich merkwürdig. Weißt du, vor vielen Jahren ist etwas ganz Ähnliches geschehen. Deine Mutter war damals noch ein Kind, und ich war kaum älter als sie. Und das Drama spielte sich ebenfalls am Teich von St. Branok ab. Aus diesem Grund finde ich Belindas Aussagen sehr sonderbar. Damals ist ein Mörder aus dem Gefängnis entflohen. Man hatte ihn wegen Vergewaltigung und Mord an einem kleinen Mädchen zum Tode verurteilt. Wir haben dir nie etwas davon gesagt. Aber ich glaube, jetzt wird es Zeit, dir die ganze Geschichte zu erzählen, Rebecca. Möglicherweise steht sie mit Belindas Erlebnis in Zusammenhang. Um es kurz zu machen, deine Mutter stand damals dem Mörder am Teich von St. Branok von Angesicht zu Angesicht gegenüber.«

Entsetzt hielt ich den Atem an.

»Ich bin gerade noch rechtzeitig dazugekommen. Ich rannte zu ihm hin, stieß ihn mit aller Kraft weg, er stürzte und schlug sich an einem dieser großen Steine den Schädel ein. Ich habe ihn umgebracht. Wir waren noch sehr jung, hatten große Angst und wußten nicht, was wir tun sollten. Also zerrten wir seinen Körper zum Teich und schoben ihn mit vereinten Kräften ins Wasser. Das klingt sehr dramatisch, und wie ich sehe, bist du jetzt schockiert, doch solchen Dingen steht man ganz plötzlich und unvorbereitet gegenüber. Man glaubt immer, solche Dinge stoßen nur anderen Menschen zu, aber niemals einem selber. Wir behielten

359

das Geheimnis für uns, deine Mutter und ich. Von da an fühlten wir uns sehr miteinander verbunden. Trotzdem trennten wir uns. Verstehst du, dieses schreckliche Ereignis trennte uns und verband uns gleichzeitig aufs Innigste. Um das verstehen zu können, muß man es selbst erlebt haben. Aber zurück zu deinem Problem. Findest du es nicht merkwürdig, daß Belinda am selben Ort etwas Ähnliches widerfuhr?«

»Vielleicht«, erwiderte ich. »Aber dieser einsame Ort ist für einen Überfall ideal.«

»Könnte es nicht sein, daß ein phantasievolles Kind, dem man von dem lange zurückliegenden Vorfall erzählt hat, sich das alles nur eingebildet hat?«

»Aber das Entsetzen in ihrem Gesicht! Ihre Kleider. Außerdem hat ihr niemand diese Geschichte erzählt, und falls doch, hat sie mit Sicherheit nicht verstanden, worum es ging.«

Wieder schwieg er und schien zu überlegen. »Würdest du einen Rat von mir annehmen?«

»Zumindest höre ich ihn mir an.«

»Pedrek hält sich zur Zeit in Australien auf, nicht wahr? Deine Zweifel und dein Verdacht haben ihn sehr verletzt. Du hast die Verlobung gelöst, und er ging tief enttäuscht ans andere Ende der Welt. Habe ich das richtig verstanden?«

»Ja.«

»Dann geh jetzt gleich auf dein Zimmer und schreibe ihm einen Brief. Bitte ihn zurückzukommen. Teile ihm mit, wie entsetzlich du leidest. Schreibe ihm, daß du ihn brauchst. Das stimmt doch?«

»Ja, aber . . .«

»Möchtest du dein ganzesw Leben unter dieser falschen Entscheidung leiden? Du liebst ihn. Mich überrascht das keineswegs, schließlich wart ihr beide oft zusammen. Die Liebe zwischen euch ist langsam gewachsen und hat darum besonders tiefe Wurzeln. Ich weiß, du liebst ihn wirklich. Ihr könntet eine wundervolle Ehe führen. Diese einmalige Chance zum Glück darfst du nicht wegwerfen. Wenn du

dich von ihm abwendest, begehst du einen nie wiedergutzu-
machenden Fehler.«

»Ja, ich bliebe mein Leben lang unglücklich. Aber ich weiß
auch, daß ich niemals das Entsetzen in Belindas Gesicht vergessen werde.«

»Schreib ihm. Sag ihm, daß du einen Fehler gemacht hast.
Gesteh's ihm ruhig ein. Und, glaub mir, ich weiß genau, du
hast einen Fehler gemacht. Schreib ihm, daß du an ihn
glaubst. Schreib ihm, daß du ohne ihn nicht leben kannst.
Und schreib ihm gleich heute.«

»Vielleicht sollte ich noch einmal darüber nachdenken.«

Er erhob sich, schob seinen Stuhl zurück und kam auf
mich zu. Hoch aufgerichtet stand er vor mir und sah mich
ernst an.

»Hör auf mich. Ich weiß, wie gern du ihn hast. Für dich
wird es nie einen anderen Mann geben. Wirf dein Glück nicht
weg, Rebecca. Viele Menschen ruinieren aufgrund eines einzigen Fehlers ihr ganzes Leben. Schreib ihm, wie sehr du
ihn liebst und daß du nicht einmal mehr den Schatten eines
Zweifels gegen ihn hegst. Daß du von seiner Unschuld vollkommen überzeugt bist. Bitte ihn, nach Hause zu kommen.«

»Aber ich bin nicht sicher . . .«

»Du bist dir sicher. Das weiß ich. Ich glaube, ich kann dir
sogar beweisen, wie recht ich habe. Aber zuerst mußt du Pedrek schreiben. Zögere deine Entscheidung nicht hinaus.
Ich weiß, wie ich dir helfen kann. Warte nicht länger. Denk
an deine Mutter. Sie hätte dasselbe von dir erwartet. Sie
wollte immer nur dein Glück, Rebecca. Siehst du, jetzt
strahlen deine Augen schon ein bißchen.«

»Weil ich an Pedrek denke.«

»Los, geh und schreibe ihm!«

Benedict hatte nicht lockergelassen und mich überzeugt. Ich
begriff, warum gerade er von allen Männern, die zum Gold-
suchen nach Australien gegangen waren, auch Gold gefunden hatte. Vielleicht war er manchmal rücksichtslos, aber er
erreichte, was er sich vorgenommen hatte.

Benedict hatte mich überzeugt. Ich hegte nicht mehr den geringsten Zweifel an Pedreks Unschuld. Es mußte eine andere Erklärung für Belindas schreckliches Erlebnis geben.

Rasch setzte ich mich hin und schrieb:

Liebster Pedrek,
ich liebe Dich. Ich bin sehr unglücklich ohne Dich. Damals geschah alles so schnell, und ich konnte gar nicht richtig erfassen, was vor sich ging. Du sollst wissen, daß ich an Dich glaube. Alles war mein Fehler. Heute weiß ich das. Bitte komm zurück. Was immer wir durchstehen müssen, wir werden es gemeinsam durchstehen. Davon bin ich fest überzeugt. Du bist unschuldig. Irgendwann werden wir beweisen können, daß diese fürchterliche Anklage gegen Dich zu Unrecht erhoben wurde. Ich glaube Dir. Gemeinsam schaffen wir es.
Bitte, bitte, komm zurück zu mir.
In Liebe   Deine Rebecca

Ich konnte in diesem Brief nicht alle meine Gefühle enthüllen. Vielleicht ging auch alles ein wenig durcheinander. Aber ich meinte jedes einzelne Wort ernst. Benedict hatte mir geholfen, mir über meine wahren Gefühle klarzuwerden. Er hatte mir den Glauben an Pedrek zurückgegeben.

Ich brachte den Brief umgehend zur Post.

Kurze Zeit später sprach mich Benedict an: »Hast du Pedrek geschrieben?«

»Ja.«

»Hast du ihm mitgeteilt, daß du von seiner Unschuld überzeugt bist?«

»Ja.«

Er lächelte. »Dann komm bitte in mein Arbeitszimmer.«

Wieder setzte ich mich ihm gegenüber an seinen Schreibtisch. Er läutete nach einem Mädchen und bat, Belinda zu ihm zu schicken.

»Ja, Sir. Ich sage Leah sofort Bescheid.«

»Leah braucht nicht mitzukommen. Belinda findet den Weg auch alleine.«

Kurz darauf erschien Belinda. Sie fühlte sich sichtlich unwohl. Mißtrauisch sah sie ihn an. Plötzlich straffte sie ihren Körper und nahm eine kämpferische Haltung ein.

»Mach die Tür zu und komm herein«, sagte Benedict.

Widerwillig gehorchte sie.

»Ich möchte mit dir reden«, begann er. »Erinnere dich an dein Erlebnis am Teich von St. Branok.«

Ihr Gesicht lief dunkelrot an. »Ich darf nicht darüber sprechen. Das ist . . . das ist nicht gut für mich. Ich muß alles vergessen.«

»Du wirst es noch früh genug vergessen. Jetzt will ich, daß du dich daran erinnerst. Du sollst mir genau sagen, was damals geschehen ist. Ich meine natürlich die Wahrheit.«

»Das ist nicht gut für mich. Ich muß es vergessen.«

»Aber ich will es wissen.«

Sie fürchtete sich vor ihm. Ich empfand tiefes Mitleid mit ihr.

»Los, fang schon an«, sagte er, »damit wir es bald hinter uns haben.«

»Es war Pedrek«, sagte sie anklagend.

»Beginnen wir ganz am Anfang. Warum bist du zum Teich gegangen? Du durftest doch um diese Zeit gar nicht mehr aus dem Haus.«

»Ich wollte Mary Kellaway, die im Cottage am Teich wohnt, ein Buch bringen.«

»Bist du bei Mary Kellaway gewesen?«

»Nein. Es ist auf dem Hinweg passiert.«

»Was ist aus dem Buch geworden?«

»Das . . . das weiß ich nicht. Er hat mich . . . angesprungen.«

»Hat Mary Kellaway dir von dem Mörder erzählt, den man gefunden hat, als man den Teich nach Rebecca abgesucht hat?«

»Nein, das war . . .«

»Nicht Mary Kellaway. Wer war es dann?«

363

»Mary Kellaway hat uns von den Glocken am Grund des Teiches und von Geistern und solchen Sachen erzählt.«

»Ich verstehe. Und wer hat dir von dem Mörder erzählt?«

»Das war Madge.«

»Madge?«

»Ein Dienstmädchen in Cador«, warf ich ein. »Sie war häufig mit den Kindern zusammen.«

»Also Madge hat dir von dem Mörder erzählt. Das stimmt doch?«

»Ja.« Sie lächelte und vergaß für einen Augenblick ihre Angst vor ihm. »Er hat lange im Teich gelegen.«

»Hat sie dir auch gesagt, wen er umgebracht hat?«

»Ja, ein kleines Mädchen . . . na ja, nicht direkt ein kleines Mädchen. Es war ungefähr neun oder zehn Jahre alt.«

»So alt wie du. Hat sie dir auch gesagt, was er mit dem kleinen Mädchen gemacht hat?«

Sie schwieg.

»Sie hat es dir erzählt, nicht wahr?«

»Sie hat gesagt, sie dürfe mit uns nicht darüber reden. Wir seien noch zu jung und würden es sowieso nicht verstehen.«

»Aber du bist ein kluges Mädchen und hast natürlich gewußt, was sie gemeint hat.«

Sie fühlte sich geschmeichelt. »O ja, natürlich.«

»Du magst Pedrek Cartwright nicht, oder?«

»Er ist mir gleichgültig.«

»Ich will eine ehrliche Antwort. Warum bist du an diesem Abend ausgegangen, Belinda? Wo ist das Buch, das du deiner Freundin bringen wolltest? Was ist mit diesem Buch geschehen?«

»Das . . . das weiß ich nicht.«

»Das kannst du auch nicht wissen. Weil es dieses Buch niemals gegeben hat. Du hast Pedrek am Teich gar nicht gesehen, oder?«

»Doch, doch. Er hat mich angegriffen . . . wie der Mörder. Aber ich bin weggelaufen.«

»Warum, Belinda?«

»Weil . . . weil ich nicht wollte, daß er das mit mir macht.«

»Ich meinte, warum sagst du nicht endlich die Wahrheit?«

»Ich sage die Wahrheit. Ich bin weggelaufen.«

»Es ist sinnlos weiterzulügen. Du bist zum Teich gegangen. Dort hast du deine Kleider zerrissen und dir das Gesicht mit Erde beschmiert. Du hast dir sogar Kratzwunden beigebracht. Es war wie Theaterspielen, und du spielst gerne Theater, nicht wahr, Belinda? Du hast eine gute Vorstellung gegeben. Alle sorgten sich um dich. Und dabei hast du nur abscheuliche Lügen erzählt.«

»Nein! Nein! Ich hasse dich. Du hast mich immer gehaßt. Du gibst mir die Schuld am Tod meiner Mutter. Aber ich bin nicht schuld daran. Ich wünschte, ich wäre nie geboren worden.«

Ich hielt es nicht mehr aus. Voller Mitleid stand ich auf, um zu ihr hinüberzugehen, aber Benedict hielt mich mit einer Handbewegung zurück.

Mit freundlicher Stimme sagte er: »Ich gebe dir keine Schuld, Belinda. Ich habe dich nie für den Tod deiner Mutter verantwortlich gemacht. Ich möchte, daß wir gute Freunde sind. Wollen wir es nicht wenigstens versuchen?«

Sofort hörte sie auf zu weinen und sah ihn an.

»Wir helfen einander gegenseitig. Ich helfe dir, und du hilfst mir. Deine Mutter wäre sehr unglücklich, wenn wir Feinde wären.«

Sie schwieg. Er trat zu ihr und kniete neben ihr nieder.

»Sag mir die Wahrheit. Erzähl mir alles. Ich bestrafe dich nicht, denn ich bin davon überzeugt, daß du einen guten Grund für dein Verhalten hattest. Du liebst Rebecca, nicht wahr?«

Sie nickte heftig.

»Und du möchtest nicht, daß sie unglücklich ist.«

Sie schüttelte den Kopf. Dann sagte sie: »Ich habe es gemacht, weil . . . weil . . .«

»Ja?«

»Für sie.«

»Für Rebecca?«

Wieder heftiges Kopfnicken. »Sie wollte ihn heiraten. Das gefiel mir nicht. Ich wollte, daß sie Oliver heiratet. Dann hätten wir alle zusammenleben können. Das wäre auch für sie viel schöner gewesen . . .«

»Ich verstehe. Du wolltest nur das Beste für Rebecca. Allerdings bist du noch ein bißchen zu jung, um über das Leben anderer Menschen zu bestimmen, findest du nicht?«

»Ich wußte genau, wie schön das Leben mit Oliver werden würde. Was hast du jetzt mit mir vor?«

Ich ging zu ihr und nahm sie bei den Händen.

»Haßt du mich jetzt?« erkundigte sie sich eher beiläufig.

Ich schüttelte den Kopf.

»Er ist fortgegangen, nicht wahr? Er ist nach Australien gegangen.«

»Ja.«

»Und du wolltest, daß er hierbleibt. Bestimmt haßt du mich!«

»Nein. Endlich begreife ich die Zusammenhänge. Du hast dich wirklich gemein und niederträchtig benommen. Tu das nie wieder.«

»Aber es war doch nur ein Spiel.«

»Ein Spiel, das anderen Menschen viel Kummer und Leid bereitet hat.«

»Aber ich habe es für dich getan.«

»Inzwischen weißt du, daß du mir damit alles andere als einen Gefallen erwiesen hast.«

Sie fing wieder an zu weinen.

»Ab heute wirst du dich wieder wohler in deiner Haut fühlen. Ein Geständnis erleichtert ungemein. Du hast jetzt die Chance, dir dein schändliches Verhalten noch einmal bewußt vor Augen zu führen und darüber nachzudenken. Dann kommst du vielleicht wieder zur Vernunft.«

»Es tut mir leid, Rebecca. Aber mit Oliver hätten wir soviel Spaß gehabt, und er wollte dich heiraten. Jetzt kommt er überhaupt nicht mehr.«

»Aber Mr. Marner ist hier. Den magst du doch auch, oder?«

»Er geht nach Australien zurück.«

»Aber noch nicht so bald.« Ich wandte mich an Benedict. »Ich glaube, ich bringe sie zu Leah und erzähle ihr, was vorgefallen ist.«

Unvermittelt schlang sie die Arme um meinen Hals. »Ich habe es auch deinetwegen getan«, flüsterte sie.

»In erster Linie aber für dich. Du kannst mich nicht mehr täuschen.«

»Und auch für Lucie. Sie mochte Oliver auch.«

»Ja, schon gut. Wir sollten alle versuchen zu vergessen, was du angerichtet hast. Aber versprich mir, nie wieder so niederträchtig zu sein.«

Sie nickte und klammerte sich an mich.

Sie sah Benedict nicht an, als sie mit mir hinausging. Ich brachte sie zu Leah ins Kinderzimmer.

»Es hat Ärger gegeben«, sagte ich. »Wahrscheinlich will sie mit dir allein sin. Sie wird dir alles sagen. Wir reden später noch darüber. Beruhige sie erst einmal, Leah.«

Die stets verständnisvolle Leah nahm Belinda in die Arme.

Ich ging in Benedicts Arbeitszimmer. Er wartete bereits auf mich.

»Woher hast du das gewußt?« fragte ich ihn.

»Manchmal habe ich Belinda vom Fenster meines Arbeitszimmers aus beobachtet. Sie ist ein sehr eigenartiges Kind und ähnelt weder deiner Mutter noch mir. Zu Lucie fühle ich mich mehr hingezogen. Belindas Art macht mich ärgerlich.«

»Du hast dich nie um sie gekümmert.«

»Ich weiß. Vielleicht, wenn sie anders wäre . . .«

»Du warst gemein zu ihr. Einem Kind das Gefühl zu geben, es sei schuld am Tod der Mutter. Ich weiß, da bist du kein Einzelfall, so etwas geschieht immer wieder, aber davon wird es auch nicht besser.«

»Das ist mir klar. Aber irgend etwas an ihr stößt mich ab. Celeste hat mir erzählt, daß sie die Kleider ihrer Mutter genommen und Geist gespielt hat. Das spricht nicht gerade für ihren Charakter.«

»Das kommt nur von den Schuldgefühlen, die du in ihr ausgelöst hast.«

»Ich gebe zu, daß ich viele Fehler gemacht habe, aber ob das ihren Charakter so entscheidend geprägt hat? Sie hat sehr überlegt und vorsätzlich gehandelt. Zuerst hat sie den Schlüssel aus Mrs. Emerys Zimmer gestohlen. Dieser ganze Aufwand. Das war keine Eingebung des Augenblicks. Sie hat es *geplant*. Sie wußte genau, daß sie jemandem Schmerz bereiten würde, und ich vermute, was sie Pedrek und dir angetan hat, war auch einer ihrer sorgfältig überlegten Pläne. Sie ist unaufrichtig und hinterhältig.«

»Immerhin ist sie so raffiniert vorgegangen, daß es ihr gelungen ist, uns alle zu täuschen.«

»Ihr habt euch bereitwillig von ihr täuschen lassen.«

»Weil sie noch ein Kind ist. Ich wäre nie auf den Gedanken gekommen, daß ihr jemand von dem Mörder erzählt hat.«

»Die Leute reden doch immer. Zum Beispiel diese törichten Dienstmädchen. Oder das kleine Mädchen, dessen Vater bei dem Grubenunglück umgekommen ist. Belinda interessiert sich für alle Katastrophen und für Schreckensgeschichten. Diese dumme Madge hat die Phantasie der Kinder in die falsche Richtung gelenkt. Natürlich haben sie nicht alles begriffen, aber es reichte, um einem Kind wie Belinda mehr als genug Stoff für ihr grausames Spiel zu liefern.«

»Ich komme mir ein bißchen dumm vor.«

»Verstehst du jetzt, warum ich wollte, daß du den Brief an Pedrek schreibst, bevor du die ganze Wahrheit erfährst? Nur dein Vertrauen und deine tiefen Gefühle für ihn sollten dich von seiner Unschuld überzeugen und dich veranlassen, diesen Brief zu schreiben.«

»Ich weiß nicht, was ich noch sagen soll. Richtig glücklich bin ich über all das nicht, das kannst du dir sicher vorstellen, aber . . .«

»Immerhin bist du erleichtert. Außerdem glaube ich, sind wir beide jetzt zumindest ein bißchen zufrieden und glücklicher als vorher. Es hat mir großen Kummer bereitet, dich so unglücklich zu sehen.«

Er nahm meine Hände und drückte sie ganz fest.

»Ich möchte dir so gerne sagen, wie . . .« begann ich.

»Sag jetzt gar nichts. Wir reden später miteinander. Wir haben uns noch sehr viel zu sagen. Aber wir haben auch noch sehr viel Zeit.«

Der verrufene Club

In mir prallten widersprüchliche Gefühle aufeinander. Einerseits fühlte ich mich durch die Aussprache mit Benedict wie befreit, andererseits betrübte mich Celestes Verschwinden sehr. Allein ihre Rückkehr konnte mich aus diesem Stimmungswechsel befreien. Ich war Benedict dankbar, daß er mich so hartnäckig wieder Pedrek zugewandt hatte, so daß wir zu einem neuen Glück finden konnten.

Nur zu gern hätte ich ihm bei der Bewältigung seiner Schwierigkeiten geholfen.

Ich schrieb noch einen Brief an Pedrek, in dem ich ihm erklärte, was damals tatsächlich vorgefallen war, und ihm gleichzeitig versicherte, den ersten Brief auf Benedicts Rat hin vor der Aufklärung des Vorfalls abgeschickt zu haben.

Anschließend schrieb ich an meine Großeltern, an die Pencarrons, an Morwenna und Justin. Ich erklärte auch ihnen die wahren Zusammenhänge und teilte ihnen mit, daß ich an Pedrek geschrieben habe in der Hoffnung, er könne mir noch einmal verzeihen.

Außerdem bat ich sie alle, über Belinda nicht zu hart zu urteilen. Schließlich sei sie noch ein Kind und habe immer unter der fehlenden Mutter gelitten.

»Ich habe mit Benedict gesprochen«, schrieb ich, »und er ist bereit, in Zukunft alles für ein harmonisches Familienleben zu tun. Aber im Augenblick ist er natürlich sehr besorgt und unglücklich, weil wir noch immer nichts von Celeste gehört haben. Hoffentlich erfahren wir bald etwas.«

Ich überlegte, wie lange es wohl dauerte, bis Pedrek meinen Brief erhalten hatte, und rechnete aus, bis wann seine Antwort bei mir eintreffen konnte. Die Briefe hatten schließlich einen weiten Weg zurückzulegen.

In der Zwischenzeit blieb mir nichts anderes übrig als abzuwarten. Der Gedanke, mein Mißtrauen könne Pedrek so sehr verletzt haben, daß er nicht mehr zu mir zurückfinden konnte, beunruhigte mich.

Meine Großeltern beantworteten meinen Brief umgehend. Sie äußerten sich sehr verständnisvoll und versicherten mir, Belinda trotz ihrer üblen Streiche weiterhin zu mögen und ihr das auch zu zeigen.

»Sie ist noch ein Kind, das dürfen wir nicht vergessen«, schrieb meine Großmutter. »Vermutlich wollte sie nicht nur ihren Vorteil, sondern auch dein Glück. In ihrer Naivität glaubte sie, Gott spielen und unser Leben nach ihrem Willen beeinflussen zu können. Aber auf Kosten von Dir und Pedrek! Hoffentlich kommt er bald nach Hause. Wir wünschen uns so sehr, daß Ihr noch viele glückliche Jahre zusammen verbringen werdet.«

Ich dachte an Benedict. Er hatte Belinda als einziger durchschaut und die Wahrheit aus ihr herausgelockt. Wenn ich ihm doch nur helfen und ihm damit meine Dankbarkeit beweisen könnte!

Immer wieder ging mir die heimliche Begegnung Oliver Gersons mit Celeste durch den Kopf. Hätte ich Benedict davon erzählen sollen? Hatte dieses Treffen irgendeine Bedeutung oder stand es gar im Zusammenhang mit Celstes Verschwinden?

Aber ich brachte es nicht über mich, mit ihm über Oliver Gerson zu sprechen. Er haßte diesen Mann. Auch hielt ich es durchaus für möglich, daß Gerson zumindest für einige der schmutzigen Zeitungsartikel verantwortlich war. Ihm kamen Benedicts Schwierigkeiten natürlich sehr gelegen. Seine Schadenfreude mußte grenzenlos sein.

An Celestes Tod glaubte ich nicht. Je länger ich darüber nachdachte, um so überzeugter war ich, daß der Schlüssel zur Lösung des Rätsels bei Oliver Gerson lag.

Aber niemals würde er Benedict helfen. Und mir? Ich hatte meine Zweifel, denn seine Freundlichkeit mir gegenüber war zweckgebunden gewesen. Hatte er tatsächlich einen so üblen Charakter? Mit den Kindern war er liebevoll umgegangen. Die beiden hatten ihn bewundert und geliebt. Für

Lucie war er der nette Mr. Gerson gewesen, und Belinda hatte er alles bedeutet. Sie hatte ihn abgöttisch geliebt.

Ich mußte mit ihm sprechen. Doch ich wußte nicht einmal, wo er wohnte. Bestimmt stand er noch in geschäftlicher Verbindung mit diesen Clubs und arbeitete für die neuen Eigentümer. Einige Namen der Clubs waren mir geläufig: The Green Light, The Yellow Canary, Charade und natürlich der Devil's Crown, der Benedict nie gehört hatte.

Ich wußte, alle lagen im Londoner West End. Es konnte nicht allzu schwierig sein, die Adressen ausfindig zu machen. Endlich hatte ich einen konkreten Plan, und ich beschloß, mich gleich ans Werk zu machen. Das war ich Benedict schuldig.

Vermutlich wußte Oliver Gerson, wo sich Celeste aufhielt. Vielleicht war sie sogar mit ihm durchgebrannt. Womöglich noch ins Ausland. Die Leute in den Clubs würden mir Auskunft geben können.

Ich mußte nach London. Ich hatte mir ohnehin vorgenommen, Morwenna zu besuchen, die mir inzwischen einen sehr liebevollen Brief geschrieben hatte.

Lucie wollte unbedingt mitkommen, aber ich lehnte es entschieden ab. Belinda, die mich sonst immer bestürmt hatte, nach London mitzudürfen, sagte diesmal kein Wort. Seit ihrem Geständnis verhielt sie sich ausgesprochen zurückhaltend, fast unterwürfig.

Leah versicherte mir, ich könne die Kinder getrost in ihrer Obhut lassen. Belinda gehe es sehr viel besser, seit sie die Wahrheit gesagt habe. »Diese Geschichte lag ihr die ganze Zeit auf der Seele, Miß Rebecca«, erklärte sie und fügte in der Absicht, ihren Liebling zu rechtfertigen, hinzu: »Sie hatte es nur gut gemeint.«

»Ja, natürlich«, erwiderte ich. »Der Weg zur Hölle ist gepflastert mit guten Absichten.«

»Das bedauernswerte kleine Geschöpf. Die Schuld liegt nur bei ihrem Vater. Und ausgerechnet er hat sie gedemütigt und gezwungen, ein Geständnis abzulegen. Sie hat schreckliche Angst vor ihm.«

Offenbar konnte Belinda die schlimmsten Dinge anrichten, Leah würde sich immer hinter sie stellen. Ich dachte an ihre eigene, freudlose Jugend im blitzblanken Haus von Mrs. Polhenny und versuchte, sie zu verstehen. Zumindest meinte sie es nur gut mit Belinda.

Ich verabschiedete mich herzlich von Lucie, aber etwas kühl von Belinda.

Pedreks Eltern holten mich in London vom Bahnhof ab und begrüßten mich warmherzig. Mein Brief hatte unser vertrautes Verhältnis wieder hergestellt.

Morwenna küßte mich. »Ganz herzlichen Dank für deinen Brief und ganz besonders dafür, daß du an Pedrek geschrieben hast, noch bevor du . . .«

Ich lächelte und dankte im stillen Benedict.

»Bestimmt kommt er bald nach Hause. Ich fühle es«, sagte Morwenna.

Auch Justin begrüßte mich freundlich. Es wurde ein fröhliches Wiedersehen. Am ersten Abend sprachen wir fast ausschließlich von Pedrek. Er hatte seinen Eltern geschrieben, es gefalle ihm gut in Australien, aber Morwenna war überzeugt, er habe großes Heimweh nach Cornwall.

»Mein Vater ist überglücklich, daß er bald zurückkommt«, fügte sie hinzu.

»Weißt du denn, ob er kommt?« fragte ich ein wenig skeptisch.

»Wir haben seither noch keinen Brief von ihm bekommen, aber das ist in der kurzen Zeit auch kaum möglich. Doch wird er sicherlich so bald wie möglich zurückkommen.«

Ich schickte ein stummes Stoßgebet zum Himmel, daß er nicht nur wiederkommen, sondern mir auch von ganzem Herzen verzeihen würde.

Morwenna sagte: »Ich nehme an, du möchtest in London einige Einkäufe erledigen.«

»Ja. Ich muß ein paar Besorgungen machen.«

»Es tut mir leid, daß ich dich nicht begleiten kann, ich muß mehrere Verabredungen einhalten.«

»Aber das macht doch nichts. Dafür habe ich Verständnis.

Außerdem sind die paar Einkäufe schneller erledigt, wenn ich allein gehe.«

Ich stellte mir vor, wie entsetzt sie wäre, wenn sie von meinem Vorhaben gewußt hätte.

Den Vormittag verbrachte ich mit Morwenna. Justin, dessen Geschäft sich mit dem Verkauf von Zinn in alle Herren Länder befaßte, mußte wegen Transportangelegenheiten dringend in sein Büro.

Am Nachmittag kam Morwenna einer Verabredung nach, was mir sehr gelegen kam.

Es war ein sonniger Tag mit einem strahlendblauen Himmel. Kaum hatte Morwenna das Haus verlassen, eilte ich hinaus und hielt eine Mietdroschke an. Überrascht sah mich der Kutscher an, als ich ihm sagte, er solle mich zum Yellow Canary bringen. Bestimmt bat ihn nicht jeden Tag eine ehrbar aussehende Frau darum.

Vor einem Gebäude in einer engen Seitenstraße hielt er an. Neben der Eingangstür hing das Bild eines gelben Kanarienvogels an der Wand.

Ich stieg aus, ging zur Tür und zog an einer Klingelschnur. Einen Augenblick später öffnete sich die Tür, und dunkle Augen starrten mich an.

»Ja?« brummte eine männliche Stimme.

»Kann ich bitte den Geschäftsführer sprechen?« fragte ich.

»Wir haben noch geschlossen.«

»Das weiß ich. Aber ich brauche ein paar Auskünfte.«

»Sind Sie von der Presse?«

»Nein. Ich bin eine Freundin von Mr. Oliver Gerson.«

Das beeindruckte ihn wohl. Er schwieg sekundenlang. »Ich werde ihm ausrichten, daß Sie nach ihm gefragt haben.«

»Wann kommt er denn?«

»Das weiß ich nicht. Er kommt und geht, wann es ihm paßt. Warten Sie eine Minute.« Er öffnete die Tür, und ich trat in einen dunklen Vorraum, von dem aus eine Treppe nach oben führte.

»Ist Mr. Gerson mit Ihnen verabredet?«

»Nein. Aber ich muß ihn unbedingt sprechen. Es ist wirklich sehr dringend.«

Abschätzend blickte er mich von oben bis unten an. »Gut«, sagte er schließlich. »Wahrscheinlich ist er im Green Light.«

»Wo ist das?«

»Nur ein paar Straßen weiter. Die Clubs befinden sich alle in dieser Gegend. Ich sage Ihnen, wie Sie hinkommen. Es ist leicht zu finden. Wenn Sie zur Tür hinausgehen, wenden Sie sich nach rechts und gehen bis zur Kreuzung Lowry Street. Der Green Light liegt auf der rechten Straßenseite. Sie können den Club gar nicht verfehlen. An der Außenseite hängt eine grüne Laterne.«

»So wie bei Ihnen der gelbe Kanarienvogel?«

»Genau. Um diese Zeit müßten Sie ihn dort eigentlich antreffen.«

Ich dankte ihm und ging hinaus auf die Straße. Dank seiner genauen Wegbeschreibung fand ich den Green Light Club ohne Schwierigkeiten.

Die Eingangstür stand offen, und ich trat ohne zu zögern ein. Der kleine Flur sah fast genauso aus wie in dem anderen Club. Eine Tür öffnete sich, und eine Frau kam auf mich zu.

»Guten Tag«, sagte ich.

»Guten Tag. Kann ich Ihnen helfen?«

»Ich suche Mr. Oliver Gerson. Ist er hier?«

»Wie heißen Sie?«

»Miß Mandeville.«

»Was wollen Sie von ihm?«

»Es handelt sich um eine persönliche Angelegenheit.«

Ein mißtrauischer Blick streifte mich. »Tut mir leid, er ist nicht da.«

Mir sank der Mut. »Wo kann ich ihn denn erreichen?«

»Leider bin ich nicht befugt, Ihnen Auskunft zu geben. Aber wenn Sie mir Ihren Namen und die Adresse dalassen, schicke ich ihm eine entsprechende Nachricht.«

»Ich wohne bei Freunden und halte mich nur kurze Zeit in London auf. Sagen Sie ihm bitte, es sei dringend.«

Plötzlich hörte ich eine Stimme. »Nanu, wer ist denn das? Das ist ja eine Überraschung, Rebecca!«

Oliver Gerson kam die Treppe herunter.

»Das ist schon in Ordnung, Emily«, sagte er zu dem Mädchen. »Die junge Dame ist eine Freundin von mir.«

»Oh«, rief ich erleichtert. »Ich bin so froh, daß ich Sie gefunden habe.«

»Ich fühle mich geehrt, daß Sie mich suchen.«

»Ich wußte nicht genau, ob Sie noch als Geschäftsführer für die Clubs tätig sind, aber es schien mir die einzige Möglichkeit, Sie aufzuspüren.«

»Die neuen Eigentümer wünschten meine weitere Mitarbeit und haben mich als Geschäftsführer übernommen. Zu meinen Bedingungen. Deshalb habe ich das Angebot akzeptiert. Aber das ist kein passender Ort für eine junge Dame. Gleich um die Ecke ist eine Teestube. Erzählen Sie mir bei einer Tasse Tee, was Sie hierhergeführt hat.«

Er nahm meinen Arm und geleitete mich aus dem Club. Während wir die Straße hinuntergingen, machte er mir unentwegt Komplimente.

Er sprühte wie immer vor Charme, und obwohl ich ihm kein Wort glaubte, hörte ich seine übertriebenen Schmeicheleien gerne.

Wir überquerten die Straße, bogen um die Ecke und betraten eine kleine Teestube. An den wenigen, weit auseinanderstehenden Tischen saßen kaum Gäste.

»Guten Tag, Mr. Gerson. Einen Tisch für zwei Personen?«

»Ja, und bitte einen, an dem man nicht schutzlos den Augen der Öffentlichkeit preisgegeben ist, Marianne.«

»Aber das weiß ich doch, Sir.«

Sie lächelte schelmisch und musterte mich mit einem neugierigen, aber freundlichen Blick.

Sie führte uns zu einem Tisch, der abgesondert von den übrigen in einer Nische stand.

»Fein, sagte Oliver. »Bringen Sie uns bitte Tee und etwas von Ihrem köstlichen Gebäck.«

Sie bedachte ihn mit einem fast zärtlichen Blick, und ich

dachte, er mag ein Erpresser und ein Schurke sein, aber er versteht es, Menschen glücklich zu machen.

Die Serviererin brachte das Gewünschte und erhielt dafür ein außerordentlich liebenswürdiges Lächeln von ihm. Sie bediente ihn, als gäbe es keine größere Genugtuung für sie.

»Und nun verraten Sie mir bitte, womit ich Ihnen helfen kann«, sagte er zu mir.

»Ich wollte Sie fragen, ob Sie etwas von Celeste Lansdon gehört haben.«

Sein Mund verzog sich zu einem Lächeln. »Natürlich. Sie hat für große Schlagzeilen gesorgt. Ihr Verschwinden ist kein Geheimnis. Der bedauernswerte Mr. Lansdon! Er steckt zweifellos in einer reichlich verzwickten Lage.«

»Sie hassen ihn wohl sehr?«

Er zuckte die Achseln. »Ich hatte Ärger mit ihm.«

»Er leidet sehr unter dieser Geschichte.«

»Sie werden sehen, es wird ihm nicht weiter schaden. Er erholt sich wieder davon.«

»Man hat ihn nicht zum Minister ernannt.«

»Na und? Er hat schon einmal eine Wahl verloren. Wegen seiner ersten Frau. Und jetzt, da er sich am Ziel seiner Wünsche glaubte, machte ihm halt seine dritte Frau einen Strich durch die Rechnung. So ist das Leben. Mal ist man ganz oben, dann wieder ganz unten. Aber einen starken Mann zeichnet vor allem die Fähigkeit aus, sich nach einem tiefen Fall wieder ganz nach oben zu arbeiten.«

»Anscheinend freuen Sie sich über sein Pech.«

»Sie erwarten doch nicht, daß ich mir deshalb Asche aufs Haupt streue, oder?«

»Das gerade nicht, aber wie wär's mit ein wenig Mitgefühl.«

»Nun, nicht alle Menschen sind die Güte selbst.«

»Wissen Sie etwas von Celeste Lansdon?«

»Wie kommen Sie darauf?«

»Ich habe Sie einmal mit ihr zusammen gesehen. Sie kamen aus dem Hanging Judge.«

»Leider habe ich Sie damals nicht bemerkt.«

»Ich weiß also, daß Sie mit ihr in Verbindung standen.«

»Das arme Mädchen! Sie war sehr unglücklich. Er hat sie sehr vernachlässigt. So kann man einen Menschen zu Verzweiflungstaten treiben. Ein Riesenskandal! Besonders wenn man seine Vergangenheit bedenkt. Er kann von Glück sprechen, daß er nicht mehr im Clubgeschäft ist. Dann hätten sie noch mehr Material gegen ihn.«

»Sie betreiben dieses Geschäft immer noch.«

»Meine liebe Rebecca, ich bin kein ehrgeiziger Ministeranwärter. Ich kann mein Leben in aller Ruhe nach eigenem Gutdünken gestalten, jedenfalls solange ich nicht gegen die Gesetze verstoße.«

»Vorausgesetzt, man erwischt Sie nicht dabei! Sie unternehmen zur Zeit keine weiteren Erpressungsversuche?«

Für einen Augenblick verschlug es ihm die Sprache, und ich setzte rasch hinzu: »Ich habe Ihre Unterhaltung mit Benedict mit angehört. Sie wollten mich heiraten, um Benedicts Partner zu werden. Fällt es Ihnen jetzt wieder ein?«

»Einem Lauscher entgeht oft ein wichtiger Teil der Unterhaltung. Eine Ehe mit Ihnen wäre für mich kein Opfer gewesen, ganz im Gegenteil. Ich dachte nur, verwandtschaftliche Beziehungen zu Benedict Lansdon seien von Vorteil. Ganz besonders, da die Dame, um die es ging, die entzückendste junge Dame ist, der ich je begegnet bin.«

»Auf Ihre Komplimente kann ich verzichten.«

»Ich sage nur die Wahrheit. Ich mag Sie sehr. Sie besitzen Unternehmungsgeist. Am hellichten Tag wagen Sie sich in Nachtclubs. Eine ehrbare junge Dame macht so etwas nicht.«

»Das habe ich in Betracht gezogen. Aber Benedict leidet sehr.«

»Ich glaube, die Zeiten sind nicht leicht für ihn. Aber was kümmert Sie das? Ich hatte nicht den Eindruck, daß Sie ihm besonders zugetan sind.«

»Mein Verhältnis zu ihm hat sich grundlegend geändert. Er hat mir sehr geholfen. Nun möchte ich ihm gerne helfen.«

»Ihnen geholfen?«

»Ja. Er hat ein Mißverständnis zwischen mir und dem Mann, den ich heiraten möchte, bereinigt.«

»Darf ich erfahren, wer der Glückliche ist?«

Ich machte eine ungeduldige Handbewegung, aber er ließ sich nicht von seiner Frage abbringen. »Für mich ist er der glücklichste Mann der Welt. Ist es Pedrek Cartwright?«

»Ja.«

»Und Ihr Stiefvater hat diese Heirat ermöglicht? Was hat er davon?«

»Nichts. Sie begreifen gar nichts. Er hat endlich die Vergangenheit weggeschoben und den Tod meiner Mutter akzeptiert. Er und ich . . .«

»Wie rührend«, sagte er leicht zynisch.

Ich erhob mich halb von meinem Stuh. »Ich sehe, es hat keinen Zweck, mit Ihnen zu reden.«

»Warum denn nicht? Ich helfe Ihnen.«

»Wirklich?«

»Ja.«

»Ich weiß nicht, inwieweit ich Ihnen vertrauen kann.«

»Glauben Sie mir, ich helfe Ihnen sehr gern.« Dies sagte er so ernst, daß er mich fast überzeugte.

»Erzählen Sie mir von Pedrek.« Zu meiner eigenen Überraschung berichtete ich ihm ausführlich über Belindas Streich in Cornwall.

»Dieses Kind! Ein unberechenbares Geschöpf! Ich mochte sie sehr.«

»Das beruhte auf Gegenseitigkeit. Tatsächlich hat sie diese ungeheuerlichen Lügen hauptsächlich Ihretwegen erzählt.«

»Sie hat wirklich Phantasie, die Kleine. Trotzdem bin ich überrascht, daß sie so weit ging. Aber natürlich, wenn sie mir einen Gefallen erweisen wollte . . .«

Plötzlich kam mir eine Idee.

»Hat sie etwa für Sie den Schlüssel zum Schlafzimmer meiner Mutter aus Mrs. Emerys Zimmer gestohlen?«

Aufreizend lächelte er mich an.

»Aber natürlich«, sagte ich. »Warum bin ich nicht gleich

darauf gekommen? Sie hat Mrs. Emerys Schlüssel gestohlen, damit Sie sich einen Zweitschlüssel anfertigen lassen konnten.«

Sein Lächeln wurde breiter.

»Und danach hat sie ihn wieder zurückgelegt.«

»Klingt überzeugend.« Er grinste.

»Wie konnten Sie nur! Ein Kind für eine solche Gaunerei zu benutzen!«

»Sie war ein sehr anhängliches, mir treu ergebenes Geschöpf. Und ich mußte diese Papiere unbedingt sehen. Ich mußte die Tatsachen aus erster Quelle erfahren.«

»Und dabei haben Sie festgestellt, daß Benedict wegen Devil's Crown Verhandlungen geführt hat.«

»Sie sind ein kluges Mädchen. Dann wissen Sie ja bereits alles. Das erspart mir weitere Reden. O ja, Miß Belinda ist bereit, sehr viel für mich zu wagen.«

»Blindas tiefe Gefühle sind leider nur sehr oberflächlicher Natur«, sagte ich boshaft. »Ihre treue Hingabe schenkt sie inzwischen einem anderen männlichen Gast unseres Hauses. Einem Goldminenbesitzer aus Australien. Er erzählt spannende Geschichten vom australischen Outback. Oliver Gerson ist für Belinda nur noch eine blasse Erinnerung.«

»Vielleicht ist es so am besten. Und Benedict hat ihr Lügengebäude zum Einsturz gebracht. Warum?«

»Weil er mein Glück wollte.«

»Anscheinend möchte er sein Leben von Grund auf ändern.«

»Wir alle fangen noch einmal von vorn an. Es lohnt sich. Außerdem ist es sehr viel befriedigender, anderen Menschen zu helfen, anstatt beleidigt auf Rache zu sinnen. Wie ist es nun? Helfen Sie mir?«

»Glauben Sie, ich bin in diese Angelegenheit verwickelt?«

»Ich hörte, wie Sie ihm mit Vergeltung drohten.«

»Zum Glück bin ich nicht mehr auf sein Wohlwollen angewiesen.«

»Und darüber hinaus kommen Sie noch in den Genuß mitzuerleben, daß er nicht Minister geworden ist.«

»Hat er sich darüber sehr aufgeregt?«

»Sie haben selbst gesagt, er wisse Rückschläge mit Würde hinzunehmen. Und das war auch der Fall. Aber Celestes Verschwinden hat ihn verändert. Er muß wissen, was mit ihr geschehen ist, sonst ist er für den Rest seines Lebens unglücklich.«

»Vorausgesetzt, die Lösung des Rätsels kommt ihm gelegen. Ich habe gehört, die Polizei hat eine Weide nahe beim Sattelplatz umgegraben.«

Ich nickte. »Es sah so aus, als sei dort vor kurzem etwas vergraben worden, das hat sie auf diesen Gedanken gebracht.«

»Die Polizei hat nichts gefunden?«

»Nein. Ich glaube auch nicht an Celestes Tod.«

»Können Sie sich vorstellen, sie könnte jemals wieder mit ihm leben oder sogar glücklich mit ihm werden, nach allem, was geschehen ist?«

»Wenn er es ernsthaft versuchen würde . . . und sie sich auch Mühe gäbe, warum nicht? Wie schon gesagt, er hat sich verändert.«

Er griff über den Tisch nach meiner Hand und drückte sie.

»Sie sind ein sehr nettes Mädchen, Rebecca. Ich wäre der glücklichste Mann der Welt, wenn ich mit meinen Plänen Erfolg gehabt hätte.«

»Ich hätte Sie nie geheiratet. Es gab immer nur . . .«

»Den glücklichen Pedrek.«

»Ich vermute, in letzter Zeit war er nicht besonders glücklich. Aber falls er zurückkommt — was ich sehr hoffe —, versuche ich, ihn sehr glücklich zu machen.«

»Ich beneide ihn. Aber wahrscheinlich kann ich Ihnen im Augenblick mehr von Nutzen sein als er.«

»Deshalb habe ich Sie aufgesucht.«

»Wo wohnen Sie in London?«

»Bei den Cartwrights.«

»Ah, bei den Eltern des glücklichen Pedrek. Ich kenne das Haus. Wie lange bleiben Sie dort?«

»Höchstens eine Woche.«

381

Über seine Teetasse hinweg, lächelte er mich an.

»Ich muß jetzt gehen«, sagte ich. »Vielen Dank für den Tee und für die Zeit, die Sie mir geopfert haben.«

»Ich sage rasch Marianne Bescheid, anschließend bringe ich Sie mit einer Droschke nach Hause.« Er schwieg und lächelte spitzbübisch. »Keine Sorge. Ich mache keinen unerwünschten Annäherungsversuch.«

In der Droschke setzte er sich neben mich.

»Ich fürchte, Sie sind ein wenig enttäuscht von mir«, meinte er. »Ich würde Ihnen sehr gerne helfen, wenn ich könnte.«

»Davon bin ich überzeugt.«

»Halten Sie mich denn nicht für einen niederträchtigen Schurken?«

»Nein.«

»Nur für einen Erpresser?«

»Viele Menschen sind in gewisser Weise rücksichtslos, trotzdem besitzen sie einen guten Kern.«

Schweigend saßen wir nebeneinadner. Endlich sagte er: »So, wir sind da. Ich steige nicht aus. Wahrscheinlich möchten Sie nicht mit mir zusammen gesehen werden.«

»Nein, weil . . .«

Mit einer Handbewegung brachte er mich zum Schweigen. »Ich verstehe. Ich warte, bis Sie sicher im Haus sind, dann fahre ich diskret weiter.«

»Sehr freundlich und rücksichtsvoll von Ihnen.«

Er küßte meine Hand. »*Au revoir*, süße Rebecca.«

Rasch eilte ich ins Haus.

Zwei Tage später erhielt ich durch einen Boten eine Nachricht von ihm. Ich war froh, allein im Haus zu sein und niemandem eine Erklärung geben zu müssen.

Er bat mich, heute nachmittag um drei Uhr ins Devil's Crown zu kommen.

Dieser Treffpunkt verunsicherte mich etwas, aber ich überwand mein Unbehagen in der Hoffnung, Neuigkeiten über Celeste zu erfahren.

Ein wenig ängstlich betrachtete ich das schäbige Haus, das

sich ganz in der Nähe des Yellow Canary und des Green Light befand. Es hatte Ähnlichkeit mit den anderen Clubgebäuden, nur daß hier ein Teufel mit Pferdehufen, Hörnern und einer Krone auf dem Kopf an die Wand gemalt war.

Ich trat näher und bemerkte einen großen Messingklopfer, der ebenfalls die Form eines gekrönten Teufelskopfes hatte.

Ich klopfte. Gleich darauf öffnete Oliver Gerson die Tür.

»Ich wußte, Sie sind pünktlich«, sagte er zur Begrüßung. »Kommen Sie bitte herein.«

Ich betrat einen kleinen Vorraum, in dem nicht ein einziges Möbelstück stand. Er öffnete eine Tür und ging mir voran in das angrenzende Zimmer. Auch dieser Raum war vollkommen leer. Ich begann mich unbehaglich zu fühlen. Ihm entging das nicht, denn er sagte: »Ich habe meine Gründe, warum ich Sie gerade hierherführe. Es tut mir leid. Sehr gemütlich ist es wirklich nicht. Wir haben die Räumlichkeiten erst vor kurzem erworben, und die Umbaupläne werden noch gemacht.«

»Warum haben Sie mich ausgerechnet in dieses Haus gebeten?«

»Sie brauchen wirklich keine Angst zu haben. In meiner Gegenwart sind Sie vollkommen sicher. Ich glaube, Sie werden es nicht bereuen, hergekommen zu sein.«

»Es ist ein wenig . . . unheimlich.«

»Wegen des Teufels an der Hauswand? Die Clubgäste lieben ihn.«

Er nahm meinen Arm. Instinktiv wich ich zurück. War ich ihm ebenso naiv in die Falle gegangen wie Jean Pascal in Cornwall?

»Könnten wir uns nicht woanders unterhalten?« schlug ich vor. »Vielleicht wieder in dieser Teestube?«

Er schüttelte den Kopf. »Nein, leider nicht. Aber ich versichere Ihnen noch einmal, Sie brauchen keine Angst zu haben. Zugegeben, ich bin ein Gauner, vielleicht auch ein Abenteurer und habe meine jetzige Position nicht immer auf geradem Wege erreicht, aber ich überfalle keine Frauen.

Übrigens haben Sie mich noch gar nicht gefragt, warum ich mit Ihnen sprechen wollte.«

»Ich nehme an wegen Celeste.«

»Ich möchte Sie vorsichtig auf gewisse Dinge vorbereiten, damit Sie keinen Schock erleiden. Sie haben uns damals aus dem Hanging Judge kommen sehen. Ja, ich habe mich mit ihr getroffen. Aber es war keine Liebesaffäre. Die arme Frau hat mir einfach leid getan. Ich bin nicht ganz so schlecht, wie Sie denken. Ich empfinde sehr wohl Mitleid mit unglücklichen Menschen. Wie Sie gesagt haben, selbst im schlimmsten Schurken steckt ein guter Kern. Sie hat mir vertraut und mußte sich bei jemandem aussprechen. Deshalb haben wir uns in unregelmäßigen Abständen verabredet. Dann drohte Benedict, alles zu ruinieren, was ich mir aufgebaut hatte. Zum Glück setzten andere auf mich, die meinen Wert erkannten. Aber ich war furchtbar wütend auf ihn und besessen von dem Gedanken, Benedict für alles, was er mir angetan hatte, bezahlen zu lassen. Da erinnerte ich mich an den alten Skandal in Manorleigh.«

»Erzählen Sie weiter.«

»Mir kam der Gedanke, ihm auf seinen Weg zur Ministerwürde ein paar Stolpersteine zu legen. Seine Ehefrau Nummer eins hat ihm vor Jahren die Karriere ruiniert, warum sollte die Ehefrau Nummer drei nicht dasselbe bewerkstelligen können?«

»Sie haben diese entsetzliche Geschichte in die Wege geleitet?«

»Sie mußte verschwinden. Spurlos. Ohne jemandem Bescheid zu sagen. Sonst hätte der Plan nicht funktioniert. Sie durfte auch nichts mitnehmen. Der Verdacht, daß sie ermordet worden sei, sollte aufkommen.«

Ungläubig starrte ich ihn an.

»Sie halten sie versteckt. Sie wissen, wo sie ist.«

Er nickte.

»Wo ist sie?«

»Das werden Sie noch früh genug erfahren.«

»Sie sind ein abscheulicher Mensch.«

»Hat er sich etwa weniger abscheulich verhalten? Hat er nicht seine erste Frau schrecklich unglücklich gemacht? Um seine Tochter hat er sich auch nicht gekümmert. Er hat aus diesem Kind ein kleines Ungeheuer gemacht. Und hat er sich Ihnen gegenüber vielleicht wie ein gütiger Stiefvater benommen?«

»Das war zum größten Teil mein Fehler. Wenn ich ihn nicht zurückgestoßen hätte, hätte er sich um mich gekümmert.«

»Aha. Sie haben sich Entschuldigungen für ihn zurechtgelegt. Ich fand allerdings, er sollte endlich einmal merken, daß es außer ihm noch andere Menschen auf der Welt gibt. Ja, ich weiß, er will sein Leben völlig ändern. Aber hätte er das auch gewollt, wenn wir ihn nicht bestraft hätten?«

»Bitte erzählen Sie mir alles.«

»Sie sind zur rechten Zeit gekommen, Rebecca. Wie Sie wissen, mag ich Sie sehr. Ich wollte sie heiraten, und zwar nicht nur wegen der Partnerschaft mit Benedict. Und ich wünsche Ihnen von Herzen sehr viel Glück. Ich hoffe, daß Ihr geliebter Pedrek zu Ihnen zurückkommt und daß Sie es schaffen, ein harmonisches Familienleben in Manorleigh und London aufzubauen. Vielleicht können Sie damit Ihren Stiefvater über seinen politischen Mißerfolg hinwegtrösten. Ich habe meine Rache gehabt und möchte jetzt diese leidige Affäre abschließen. Und Sie können mir dabei helfen. Celeste ist hier.«

»Hier? In diesem Haus?«

Er nickte. »Sie war die ganze Zeit über hier. Dieses Haus steht leer. Einen besseren Platz hätten wir gar nicht finden können. Im Obergeschoß befindet sich eine Wohnung, mit Küche und allem, was dazugehört. Celeste glaubte, wenn sie für eine Weile verschwinden würde, dann käme Benedict zur Besinnung. Sie hoffte, sie würde ihm fehlen, und er würde seine Zuneigung zu ihr entdecken. Sie dachte an nichts anderes. Und ich habe ihr geholfen.«

»Sie haben Celeste für Ihre eigenen Zwecke mißbraucht. Mit ihrer Hilfe haben Sie sich gerächt!«

»Ja. Natürlich kam mir ihr Wunsch sehr gelegen.«

»Sie haben sie beeinflußt und vielleicht sogar angestiftet. Sie haben ihr genau erklärt, wie sie vorgehen muß.«

Er zuckte die Achseln. »Zu Beginn ihrer Ehe hoffte sie inständig, seine Gefühle für sie würden sich ändern. Das war ihr sehnlichster Wusch. Als dies nicht geschah, war sie bereit, dafür jedes Wagnis einzugehen. Ich unterbreitete ihr meinen Fluchtplan, und sie war sogleich begeistert. Im Laufe der Zeit schmuggelte sie ein paar Kleidungsstücke aus dem Haus und brachte sie mir. Ihrer Zofe erklärte sie, daß sie die Kleider für arme Leute bräuchte. Ich richtete währenddessen die Räume oben wohnlich her.«

»Ein furchtbares Komplott!«

»Ja. Sehr sorgfältig geplant und ausgeführt. Aber ich sehe ein, nun ist es genug. Sie muß zurück. Und wir müssen uns eine glaubwürdige Geschichte einfallen lassen. Das wird nicht ganz leicht sein. Aber mit Ihrer Hilfe kann es gelingen. Ich vertraue auf Ihre Verschwiegenheit. Einen Plan habe ich bereits, und ich glaube, er findet Ihre Zustimmung. Vergessen Sie die neugierigen Presseleute nicht. Celeste kann nicht länger hierbleiben, denn demnächst fangen die Umbauarbeiten an.«

»Wann kann ich sie sehen?«

»Sobald ich Ihnen meinen Plan erläutert habe. Erklären Sie den Cartwrights, bei denen Sie wohnen, irgend etwas in Benedicts Stadthaus erledigen zu müssen. Sagen Sie, Sie müßten irgendwelche Kleider aussortieren, oder gebrauchen Sie sonst eine Ausrede. Am Morgen kommt Celeste dorthin. Sie macht einen verwirrten Eindruck und sagt, sie wisse nicht, was in der Zwischenzeit mit ihr geschehen sei. Sie habe ihr Gedächtnis verloren. Eines Abends sei sie aus dem Haus gegangen, wisse aber nicht mehr, wohin. Sie müsse wohl etwas Geld in ihrer Tasche gehabt haben, denn sonst hätte sie sich keine Fahrkarte nach London kaufen können. Im Zug sei sie mit einer Frau ins Gespräch gekommen, der, wie der Zufall so spiele, eine Pension gehöre. Celeste habe ihr gestanden, daß sie sich an nichts erinnern könne. Die Geschichte wird sich folgendermaßen weiterentwickeln. Die liebenswürdige Frau bietet ihr ein Zimmer in ihrer Pension an. Dort bleibt sie einige Zeit — wie lange, daran wird sie sich nicht erinnern. Da sie ganz offensichtlich aus guter Familie stammt, vertraut die Frau darauf, später ihr Geld und vielleicht auch noch eine Belohnung zu bekommen. Celeste verspricht ihr das und erklärt, sie brauche nur vorübergehend eine Unterkunft, bis sie ihr Gedächtnis wiedererlange. Jeden Tag geht sie durch die Straßen Londons und sucht nach ihrem Haus. Sie weiß, irgendwo in dieser Stadt besitzt sie ein Heim. Und dann, plötzlich, kommt sie an Benedicts Stadthaus vorbei. Irgend etwas daran kommt ihr bekannt vor. Sie klopft an die Tür, und Sie öffnen, überwältigt vor Freude. Sie bringen Celeste sofort zu Bett und verständigen einen Arzt. Im Gespräuch kehren Celestes Erinnerungen nach und nach zurück, bis sie auch wieder weiß, wer Sie sind. Jetzt schicken Sie Benedict eine Nachricht. Er kommt. Die glückliche Wiedervereinigung findet statt. Celeste ist in den Schoß der Familie zurückgekehrt, und der Schleier ihres geheimnisvollen Verschwindens hat sich endlich gelüftet.«

Ungläubig und mit wachsendem Widerwillen hörte ich ihm zu. Als er mit seinen Erläuterungen fertig war, sagte ich: »Diese Erklärung wird Ihnen kein Mensch abnehmen.«

»Das liegt an Ihnen. Sie müssen es glaubhaft erzählen.«

»Sicher . . .«

»Es gibt keine andere Möglichkeit, Rebecca. Stellen Sie sich vor, die Presse bekommt Wind von der ganzen Angelegenheit. Benedict kann keinen weiteren Skandal verkraften. Gedächtnisverlust ist die einzige Möglichkeit. Sie müssen erklären, daß sie krank gewesen ist. Wahrscheinlich glauben alle, daran sei die Vernachlässigung durch ihren Ehemann schuld, aber dieses Gerede wird verstummen, wenn er sich Hand in Hand mit ihr in der Öffentlichkeit zeigt. Die Leute mögen Liebesgeschichten.«

»Bringen Sie mich zu ihr.«

»Bitte kommen Sie mit.«

Ich folgte ihm eine schier endlose Treppe hinauf. Keuchend gelangten wir auf dem obersten Treppenabsatz an. Auf sein Klopfen hin öffnete sich sofort die Tür. Da stand Celeste, blaß, dünn und erschöpft.

Sie umarmte mich.

»Oh, Celeste!« rief ich. »Ich bin so froh, dich zu sehen.«

»Rebecca, ich habe etwas Entsetzliches angestellt.«

»Mach dir keine Sorgen«, antwortete ich beschwichtigend. »Es ist vorbei. Oliver hat mir alles erklärt.«

Er beobachtete uns neugierig.

»Schluß jetzt mit der rührseligen Begrüßung. Wir müssen vernünftig sein.« Er wandte sich an Celeste. »Rebecca hat eingewilligt. Sie wird uns helfen.«

Unter Tränen lächelte mich Celeste an. Ich hatte Mitleid mit ihr und hoffte zutiefst, Benedict und sie würden gemeinsam ein neues Leben beginnen können.

»Oliver hat mir die Geschichte deiner Flucht erzählt. Wir wollen nicht mehr davon reden, Celeste. Du mußt zurückkommen. Die Zeitungen haben gemeine Artikel über dein Verschwinden veröffentlicht.«

Oliver unterbrach mich: »Wir müssen uns absprechen, sonst geht mein Plan schief. Die Aussagen müssen genau übereinstimmen.«

Er holte eine Flasche aus seiner Rocktasche. »Hier müssen irgendwo Gläser sein.« Er ging zu einem Schrank und kam mit drei Gläsern zurück. »Ein Schluck Brandy ist jetzt genau das richtige. Ja, auch für Sie, Rebecca. Das wird Ihnen guttun.«

Wir setzten uns an einen Tisch, und er goß den Weinbrand ein.

Nachdem er einen Schluck getrunken hatte, sagt er mit einem liebenswürdigen Lächeln: »Celeste, Rebecca hilft uns, damit wir mit heiler Haut aus dieser Geschichte herauskommen. Sie kehren unter das schützende Dach Ihres Ehemannes zurück, und die glückliche Wiedervereinigung kann stattfinden. Rebecca möchte, daß die Familie glücklich zusammenlebt, und da wir Rebecca alle sehr gern haben, müssen wir ihr diesen Gefallen tun. Jedenfalls, soweit uns das möglich ist. Jetzt hören Sie gut zu. Rebecca verbringt die Nacht im Stadthaus Ihres Mannes. Morgen früh bringe ich Sie mit einer Droschke von hier weg. Zwei Querstraßen vor dem Haus Ihres Mannes steigen Sie aus und gehen zu Fuß weiter. Läuten Sie an der Tür, Rebecca wird gleich öffnen und bei Ihrem Anblick in Freudenschreie ausbrechen. Sie weinen ein bißchen und versuchen, einen sehr verwirrten Eindruck zu machen. Sie versuchen sich zu erinnern, warum Ihnen das Haus bekannt vorkam. Schließlich fällt Ihnen ein, daß es das Haus Ihres Mannes sein muß.«

»Hoffentlich geht das gut«, warf ich ein. »Für mich klingt diese ganze Geschichte reichlich unglaubwürdig.«

»Es geht bestimmt gut. Wir müssen nur überzeugend schauspielern. Wenn die Presse die Wahrheit ans Licht der Öffentlichkeit bringt, gibt es einen riesigen Skandal.«

»Für Sie?« erkundigte ich mich süffisant. »Wer weiß, welche Strafe einen Menschen erwartet, der eine von der Polizei gesuchte Person versteckt hält.«

»Ich könnte mich schon irgendwie aus der Sache herauswinden. Aber der Gedächtnisverlust ist auch im Interesse Ihres Stiefvaters die beste Lösung. Wer sich an nichts erinnert, ist unschuldig. Außerdem ist diese Geschichte für die Presse nicht interessant genug.«

»Ich habe lange hin und her überlegt, ob ich mich auf diese Sache einlassen soll«, sagte Celeste. »Manchmal empfand ich richtigen Haß auf Benedict. Ich wollte mich an ihm rächen. Aber inzwischen wünschte ich, ich hätte das Haus nie verlassen. Was haben die Zeitungen berichtet?«

»Die Polizei sucht dich, Celeste.«

Sie schauderte.

»Ja«, bestätigte Oliver. »Deswegen ist es besser, dieses Haus bei Einbruch der Dunkelheit zu verlassen. Ich werde auch keine Mietdroschke nehmen, denn der Kutscher könnte sie sehen, Celeste, und sich später an Sie erinnern. Ich hole meine eigene Kutsche und setze mich selbst auf den Kutschbock. Heute abend kehrt Celeste in das Haus ihres Mannes zurück. Sie müssen sofort aufbrechen, Rebecca. Erzählen Sie den Cartwrights, was immer Sie wollen, aber gehen Sie so schnell wie möglich zu Benedicts Haus. Bei Celestes Ankunft müssen Sie dort sein, damit Sie ihr helfen können. Bringen Sie sie rasch zu Bett, und bleiben Sie bei ihr. Schicken Sie Benedict eine Nachricht. Und spielen Sie Ihre Rolle gut.«

»Ich gehe sofort.« Ich stand auf. »Mir bleibt nicht mehr viel Zeit, wenn ich vor Celeste in Benedicts Haus sein will.«

Er nickte.

Ich wandte mich an Celeste. »Alles wird gut. Ich erwarte dich dort. Mach dir keine Sorgen.«

»Benedict . . .«

»Er wird sich sehr über deine Rückkehr freuen.«

»Das glaube ich kaum. Er lehnt mich ab.«

»Er hat sich verändert«, beruhigte ich sie. »Er will ein neues Leben anfangen.«

Sie umarmte mich stürmisch.

»Ich bringe Sie hinaus«, sagte Oliver zu mir. Und an Celeste gewandt: »Machen Sie sich fertig. Wir haben nur noch ein paar Stunden Zeit.«

Als wir die Treppe hinunterstiegen, meinte ich zu Oliver: »Ich muß Benedict die Wahrheit sagen.«

»Um Himmels willen, warum?«

»Es geht nicht anders.«

»Aber . . .«

»Ich muß. Er wird einsehen, daß es die einzige Möglichkeit ist, einen weiteren Skandal zu verhindern. Ihre Geschichte ist einfach nicht überzeugend genug. Ich könnte sie jedenfalls nicht glauben. Wenn Benedict die Wahrheit kennt, wird er mitspielen, weil er gar keine andere Wahl hat.«

»Und was macht er mit mir?«

»Ich erkläre ihm, daß Sie ihm wenigstens einen Skandal erspart haben.«

»Wollen Sie tatsächlich ein gutes Wort für mich einlegen?«

»Ja.«

»Rebecca, für Sie tue ich fast alles.«

Wir verließen den Devil's Crown, und ich fuhr auf schnellstem Weg zu den Cartwrights.

Ich durfte keine Zeit mehr verlieren. Rasch eilte ich auf mein Zimmer und packte ein paar Sachen in meine Reisetasche. Erleichtert hörte ich Morwenna heimkommen. Ich eilte die Treppe hinunter.

»Morwenna, ich möchte heute abend in Benedicts Stadthaus, weil ich . . . einige Dinge aus meinem Zimmer mit nach Manorleigh nehmen will. Wahrscheinlich bleibe ich ein oder zwei Nächte dort, dann habe ich genügend Zeit zum Packen.«

»Gehst du jetzt gleich?«

»Ja, sofort. Ich will gleich anfangen, damit ich so bald wie möglich nach Manorleigh zurückkehren kann.«

»Wer kümmert sich dort um dich? Niemand von der Familie hält sich zur Zeit in London auf.«

»Das Personal. Mir wird es an nichts fehlen.«

Es ging leichter, als ich gedacht hatte.

Den Dienstboten in Benedicts Haus erzählte ich das gleiche. Der Nachmittag dehnte sich ins Endlose. Irgendwann, die Nacht war schon hereingebrochen, klopfte es an die Tür. Ich sauste die Treppe hinunter, aber das Mädchen öffnete bereits. Ich stand dicht hinter ihr. Sie stieß einen überraschten Schrei aus.

»Celeste!« rief ich. »Oh . . . Celeste!« Ich schob das Mädchen beiseite und umarmte Celeste.

Sie sah sehr blaß aus und wirkte tatsächlich außerordentlich verwirrt. »Rebecca«, murmelte sie.

Ich wandte mich an das Mädchen. »Mrs. Lansdon ist zurück!« Ich gab mir große Mühe, freudig überrascht zu klingen.

Die Dienerschaft eilte aus allen Richtungen in die Halle. Alle starrten Celeste an, als sei sie ein Gespenst. Der Butler und die Hausdame traten zu mir, und ich gab folgende Anweisungen: »Mrs. Lansdon ist krank. Ich bringe sie gleich zu Bett. Schicken Sie nach dem Arzt. Sie zittert ja. Richten Sie die Wärmflasche her. Ich schreibe gleich eine Nachricht an

Mr. Lansdon, die Sie ihm bitte sofort überbringen. Und sagen Sie vorläufig niemandem von Mrs. Lansdons Rückkehr.«

An Benedict schrieb ich folgende Notiz: Bitte komme sofort. Es gibt Neuigkeiten. Deine Anwesenheit ist unbedingt erforderlich.

»Wir warten ab, was Mr. Lansdon befiehlt, ehe wir auch nur eine Menschenseele außerhalb des Hauses von ihrer Rückkehr verständigen«, schärfte ich allen ein.

Der Butler neigte würdevoll den Kopf. Ihn konnte kein noch so überwältigendes Ereignis zu einer sichtbaren Gefühlsregung verleiten. Ich hoffte, daß sie verstanden hatten, daß die Presse nicht ins Haus gelockt werden sollte.

Ich brachte Celeste auf ihr Zimmer. Zwei Dienstmädchen hantierten bereits mit den Wärmflaschen. Ich schickte sie hinaus, half Celeste beim Auskleiden und brachte sie zu Bett.

»Sag so wenig wie möglich, Celeste. Du machst deine Sache ausgezeichnet. Du siehst sehr verwirrt und mitgenommen aus.«

»So fühle ich mich auch. Rebecca, ich habe furchtbare Angst.«

»Es geht alles gut. Du mußt nur schweigen. Gib einfach keine Antwort auf neugierige Fragen. Wir schaffen es.«

»Benedict . . .«

»Er wird es begreifen. Dafür sorge ich.«

»Oh, Rebecca!« Schluchzend legte sie mir die Arme um den Hals.

»Hör zu, Celeste. Du hast eine schlimme Zeit hinter dir. Aber von heute an wendet sich alles zum Guten. Du wirst sehen.«

Sie sah mich mit fast kindlichem Vertrauen an, und ich kam mir erbärmlich vor. Mit meinen Worten versuchte ich, mir selbst Mut zu machen, denn ich hatte nicht weniger Angst als sie.

Es klopfte an die Tür. Ich schlüpfte hinaus, weil Celeste nicht hören sollte, was gesprochen wurde.

»Die Botschaft nach Manorleigh ist unterwegs«, meldete die Hausdame. »Und der Doktor wird bald hier sein.«

»Vielen Dank, Mr. Geaves. Es ist etwas Entsetzliches passiert. Stellen Sie sich vor, Mrs. Lansdon hat ihr Gedächtnis verloren.«

»Von solchen Fällen habe ich schon des öfteren gehört, Miß Rebecca.«

»Aber sonst geht es ihr gut. Ganz langsam kehrt ihr Erinnerungsvermögen wieder. Das Haus hat sie zumindest erkannt, und das ist ein gutes Zeichen.«

»Die arme Frau. Sie muß Schreckliches durchgemacht haben.«

»Ja. Aber wir sorgen dafür, daß es ihr bald bessergeht. Sobald Mr. Lansdon eintrifft . . .«

»Natürlich, Miß Rebecca. Ah, da ist jemand an der Tür. Das muß der Doktor sein.«

Ich ging hinunter, um ihn zu empfangen. Todernst erklärte ich ihm: »Etwas ganz Ungewöhnliches ist geschehen. Obwohl sich Mr. Lansdon bestimmt erst selbst dieser Sache annehmen und die entsprechenden Schritte einleiten will, sollten Sie Bescheid wissen. Aber ich verlasse mich auf Ihre Diskretion, Dr. Jennings. Mrs. Lansdon ist zurück.«

Verblüfft starrte er mich an.

»Ja. Anscheinend hat sie das Gedächtnis verloren.«

»Das wäre eine Erklärung.«

»Um es noch einmal zu betonen, niemand darf vorerst davon erfahren. Wir wollen keine Presse.«

»Ich verstehe«, erwiderte der Arzt. »Selbstverständlich können Sie sich auf mich verlassen.«

»Bitte sehen Sie sich Mrs. Lansdon an. Sie ist sehr schwach und regt sich leicht auf.«

»Ich gehe gleich zu ihr und gebe ihr ein Beruhigungsmittel. Sie braucht erst einmal unbedingte Ruhe, dann sehen wir weiter. Wir müssen ihr Gedächtnis nach und nach wieder auffrischen.«

Ich brachte ihn in ihr Schlafzimmer. Ängstlich blickte uns Celeste entgegen. Ich beruhigte sie: »Es ist der Doktor, Celeste. Er gibt dir ein leichtes Beruhigungsmittel, damit du schlafen kannst. Du brauchst dir keine Sorgen zu machen. Du bist zu Hause, du bist in Sicherheit.«

Ich blieb im Zimmer, solange der Arzt bei ihr war, weil ich befürchtete, er könnte ihr unangenehme Fragen stellen. Celeste machte nicht den Eindruck, als sei sie dieser Situation gewachsen.

Aber er verhielt sich sehr freundlich und zurückhaltend. Nachdem er ihr ein Mittel gegeben hatte, ging ich mit ihm in die Halle hinunter. Auf der Treppe sagte er zu mir: »Sie ist wirklich sehr durcheinander. Welch ein Glück, daß sie am Haus ihres Mannes vorbeikam und es erkannte.«

»Hoffentlich bleibt das nicht so.«

»Nein, nein. Im Laufe der Zeit wird sie sich an immer mehr Dinge erinnern können. Aber das geht nicht von heute auf morgen. Körperlich scheint sie gesund zu sein. Es handelt sich um eine Blockade der Seele. So was gibt's.«

»Kennen Sie sich damit aus?«

»Ja, ich hatte schon einmal einen solchen Fall.«

»Und die betreffende Person hat sich wieder vollständig erholt?«

»Ja. Allerdings hat es einige Zeit gedauert.«

»Sie machen mir Mut. Hoffentlich kommt Mr. Lansdon bald.«

»Seine Anwesenheit wird ihr sicherlich helfen. Da sie Menschen um sich hat, die sie kennt, und sich in einer vertrauten Umgebung befindet, wird sie bald wieder gesund sein.«

Er verabschiedete sich von mir mit einigen tröstenden Worten. Erleichtert sah ich ihm nach. Die erste Hürde hatten wir gemeistert.

Ich kehrte rasch zu Celeste zurück. Sie sah mich schlaftrunken an. Ich setzte mich an ihr Bett und hielt ihre Hand, bis sie eingeschlafen war. Dann wartete ich auf Benedict.

Endlich hörte ich ihn kommen. Ich eilte die Treppe hinunter und lief in die Halle.

»Rebecca!«

»Benedict, es ist etwas passiert, komm mit in mein Zimmer.«

Er folgte mir, und ich schloß die Tür hinter ihm zu. Aufmerksam sah ich ihn an.

»Celeste ist hier«, sagte ich einfach.

»Hier?« Ungläubig starrte er mich an.

»Ich habe sie gefunden.«

»Was? Wo? Wie geht es ihr?«

»Sie schläft. Ich habe den Arzt kommen lassen. Er hat ihr ein Beruhigungsmittel gegeben. Sie hat eine Menge durchgemacht.«

»Was?« wiederholte er verständnislos. »Ich verstehe dich nicht . . .«

»Ich erzähle dir die ganze Geschichte von Anfang an.« Und das tat ich. Fassungslos hörte er zu, ohne mich auch nur einmal zu unterbrechen. Am Ende meines Berichtes sah ich ihm deutlich seine Erleichterung an.

»Ich möchte sie sehen«, sagte er nach kurzem Schweigen.

»Sie schläft. Aber komm mit. Sonst glaubst du womöglich nicht, daß sie wirklich hier ist.«

Zusammen gingen wir in das Schlafzimmer. Celeste lag blaß im Bett. Ihr wunderschönes dunkles Haar breitete sich wie ein Fächer über die Kissen aus.

»Wie jung sie aussieht«, flüsterte er.

»Ich muß mit dir reden, Benedict. Du mußt gut vorbereitet sein, bevor sie aufwacht. Gehen wir zurück in mein Zimmer.«

Wie ein Schlafwandler ging er neben mir her. In einer solchen Verfassung hatte ich ihn noch nie gesehen. Anscheinend wußte er nicht, wie ihm geschah.

»Ich habe hin und her überlegt«, begann ich. »Und Oliver Gerson hat sich auch Gedanken gemacht. Ich weiß, du haßt ihn, aber er ist nicht dumm. Er hat erreicht, was er wollte — dich um die Berufung zum Minister zu bringen. Er ist völlig zufrieden.«

»Ich sorge dafür, daß er vor Gericht kommt. Er hat sie versteckt und die Polizei irregeführt.«

»Daran darfst du nicht einmal denken. Du machst die ganze Sache nur noch schlimmer. Niemand ist in dieser Angelegenheit ohne Schuld — auch du nicht. Du hast sie vernachlässigt und unglücklich gemacht. Immer wieder hast du dich in diese verschlossenen Räume zurückgezogen. Wie konntest du ihr das nur antun? Sie liebt dich so sehr, mehr als du es verdienst. Also vergiß bitte jeden Rachegedanken. Du hast nicht weniger Schuld als Oliver Gerson. Er hat in der Zwischenzeit wenigstens seine Handlungsweise bereut. Ich habe sie nur dank seiner Hilfe gefunden. Und der Gedächtnisverlust war auch seine Idee. Es ist die einzige Möglichkeit, Benedict. Mit Oliver Gerson hast du nichts mehr zu tun. Aber denk an die Presse. Die Journalisten werden dir auf den Fersen sein. Erzähle ihnen die Geschichte vom Gedächtnisverlust. Dann gibt es wenigstens keinen neuen Skandal.«

Er nickte und lächelte mich ein wenig spöttisch an. »Ihr habt eine sehr vernünftige Lösung gefunden.«

»Uns bleibt nichts anderes übrig, Benedict. Wir müssen auch an sie denken. Ich möchte sie nicht noch unglücklicher machen, als sie ohnehin schon ist.«

»Du hast recht. Ich bin mindestens so schuldig wie Gerson. Ich habe sie schlecht behandelt . . .«

»Ich hoffe, das wird sich in Zukunft ändern.«

»Ich kann es versuchen, Rebecca.«

»Versprich mir, daß du dir Mühe gibst.«

Er nahm meine Hände und zog mich an sich. Ich legte die Arme um seinen Hals.

»Benedict, du hast mich glücklich gemacht. Warum sollte dir dasselbe nicht auch bei ihr gelingen?«

Plötzlich lachte er. Er hielt mich auf Armeslänge von sich und strahlte mich an. »Du bist mein Schutzengel, Rebecca. Ich danke Gott, daß er dich mir geschickt hat — Stieftochter.«

»Danken wir Gott, daß wir uns beide haben«, fügte ich hinzu.

Später gingen wir noch einmal zu Celeste. Sie war wach, wenn auch ein wenig benommen.

»Celeste«, sagte ich sanft. »Benedict ist hier.«

Mit einem Schlag war sie hellwach. Ängstlich setzte sie sich auf. Er trat zu ihr und nahm sie in die Arme.

»Ich bin so froh, daß du wieder zu Hause bist«, sagte er. Sie schmiegte sich an ihn.

Leise ging ich hinaus und schloß die Tür hinter mir. Am liebsten wäre ich vor Freude gesprungen.

Das Geständnis

Die nächsten Tage verliefen sehr ereignisreich. Celeste war glücklich, weil Benedict seine Mitschuld an ihrem verzweifelten Verhalten eingestanden hatte und sich um sie kümmerte. Damit ging für sie ein Traum in Erfüllung.

Der Arzt äußerte sich zufrieden über ihren Gesundheitszustand und riet uns, ihren Gedächtnisverlust nicht zu erwähnen. Erst wenn sie selbst darauf zu sprechen käme, sollten wir auf dieses Thema eingehen. Benedict informierte die Presse. Wie erwartet, wurde ausführlich über Celestes Rückkehr berichtet.

Diesmal stellten die Zeitungen Benedict als den überglücklichen Gatten dar, der trotz des gegen ihn gerichteten Verdachts den bedauerlichen Zwischenfall mit Mut und Würde bewältigt hatte.

Natürlich kam die Wende in dieser Affäre für seine politische Karriere zu spät. Aber wenn sich ihm noch einmal eine solche Möglichkeit böte, würde er eher noch größere Chancen haben, weil sich sein Bild in der Öffentlichkeit grundlegend gewandelt hatte. Der besorgte Ehemann, der freudestrahlend seine verschollene, an Gedächtnisverlust leidende Ehefrau in die Arme schloß, prägte sich den Wählern ein.

In einem Gespräch mit Benedict erklärte ich ihm, daß ich gerne vor ihnen nach Manorleigh zurückkehren wolle, um die persönlichen Gegenstände und Kleider meiner Mutter aus den verschlossenen Zimmern zu entfernen. Mrs. Emery würde mir bestimmt dabei helfen. Und in Zukunft dürfe es keine verschlossenen Räume mehr in Manor Grange geben.

Zu meiner Überraschung willigte er sofort ein.

Als ich nach Manorleigh kam, überfielen mich die Kinder sofort mit Fragen nach Celeste. Ich erzählte ihnen die Geschichte von ihrem Gedächtnisverlust. Mit großen Augen hörten sie zu.

»Man kann doch nicht einfach vergessen, wie man heißt«, meinte Belinda mißtrauisch.

»Doch. Das passiert zwar selten, aber öfter als man denkt«, antwortete ich.

Nachdenklich runzelte Belinda die Stirn, und ich fragte mich sorgenvoll, was jetzt wohl wieder in ihrem Kopf vorgehen mochte.

Ich schickte die Kinder in den Garten und ging zu Mrs. Emery.

»In der nächsten Zeit wird es im Haus einige Veränderungen geben«, berichtete ich ihr. »Mr. Lansdon ist klargeworden, wie sehr er seine Frau vernachlässigt hat. Inzwischen bemüht er sich angestrengt um sie. Sie reden viel miteinander, auch über Politik. Endlich läßt er sie an seinem Leben Anteil nehmen. Mrs. Lansdon blüht richtig auf und ist so fröhlich, wie ich sie noch nie erlebt habe.«

Mrs. Emery nickte zufrieden.

»Aber dazu bedurfte es erst einer Katastrophe«, meinte sie ernst.

»Mrs. Emery, es geht um die verschlossenen Zimmer. In Zukunft gibt es die in diesem Haus nicht mehr. Ich möchte Sie bitten, mir beim Ausräumen zu helfen. Am besten fangen wir sofort damit an. Ich will alle Kleider meiner Mutter und ihre persönlichen Gegenstände entfernen. Nichts soll mehr darauf hindeuten, daß sie diese Räume bewohnt hat.«

Mrs. Emery seufzte vor Erleichterung. »Weiß er, was Sie vorhaben?« erkundigte sie sich vorsichtshalber.

»Ja. Er sieht ein, daß es unbedingt nötig ist. Wenn die beiden aus London zurückkommen, ist alles erledigt.«

»Das ist gut. Wirklich, sehr gut. Mir hat das nie behagt.«

»Die Möbel räumen wir um, vielleicht stellen wir das eine oder andere Stück auch auf den Speicher. Den Schreibtisch müssen wir stehenlassen, darin bewahrt er wichtige Papiere auf. Aber die Kleider kommen alle weg. Möglicherweise entdecken wir auf dem Speicher auch ein paar Möbel, die wir in die Zimmer stellen können. Nur ein paar — dann machen die Räume gleich einen ganz anderen Eindruck.«

»Ich verstehe, was Sie meinen, Miß Rebecca. Sie brauchen mir nur zu sagen, wann wir mit der Arbeit anfangen sollen.«

Am nächsten Tag räumten wir die beiden bisher stets verschlossenen Räume meiner Mutter um. Ich packte ihre Kleider sorgfältig zusammen und brachte sie in Körben und Koffern auf den Speicher. Die Bürste mit ihren Initialen nahm ich an mich und legte sie auf meinen Toilettentisch. Wir arbeiteten ohne Unterlaß, und als wir fertig waren, erinnerte nichts mehr an die Frau, die einmal hier gelebt hatte.

Alles war für die Heimkehr von Benedict und Celeste bereit.

Von Pedrek hatte ich noch keine Antwort auf meine Briefe bekommen, was bestimmt mit der Entfernung zu tun hatte. Trotzdem hatte ich Angst, er könne mir vielleicht nicht verzeihen und nie zu mir zurückkommen. Tapfer versuchte ich, mir nichts anmerken zu lassen.

Tom Marner machte einen niedergeschlagenen Eindruck auf mich. Als die Kinder bei Miß Stringer im Schulzimmer Unterricht hatten, nutzte ich die Gelegenheit und sprach ihn darauf an.

Er antwortete nicht sofort. Nach einer Weile sagte er: »Ich habe hier eine herrliche Zeit verbracht und die herzlichste Gastfreundschaft erfahren. Ich wollte nicht abreisen, solange Mrs. Lansdons Verschwinden nicht geklärt war. Aber nun ist sie zurück, und alles ist in bester Ordnung. Ich kann meine Abreise nicht mehr länger aufschieben.«

»Sie haben doch sicher vertrauenswürdige Angestellte, die sich um Ihre Mine kümmern?«

»Ja, selbstverständlich. Trotzdem bin ich schon viel zu lange weg. Ich kann schließlich nicht für immer in England bleiben. Ich muß unbedingt zurück, ob es mir paßt oder nicht.«

»Wir bedauern sehr, daß Sie abreisen müssen. Belinda wird untröstlich sein.«

Er lächelte. »Ich bin auch etwas betrübt, denn ich habe mich hier fast wie zu Hause gefühlt. Ich mußte unbedingt wissen, was mit Mrs. Lansdon geschehen ist.«

»Der Abschied von einem lieben Besuch fällt immer

schwer. Wir werden alle traurig sein. Aber ich hoffe, Sie kommen wieder einmal nach England.«

»Bestimmt.«

Ich machte mir Sorgen um Belinda. Erst hatte sie Oliver Gerson verloren und jetzt Tom Marner. Hoffentlich spielte sie nicht verrückt.

Zu Ehren von Celestes und Benedicts Rückkehr versammelten sich alle Familienmitglieder und das gesamte Personal in der großen Halle. Es war ein bewegender Augenblick.

Eine strahlende Celeste trat durch die Tür. Sie war schöner denn je. Benedicts Zuneigung bewirkte wahre Wunder. Ich hoffte inständig, daß er seinen guten Vorsätzen treu bliebe.

Ich hatte Emery gebeten, Champagner aus dem Keller zu holen, um auf die glückliche Heimkehr von Mrs. Lansdon anzustoßen. Celeste bedankte sich sehr herzlich für die freundliche Begrüßung. »Es geht mir bereits wieder recht gut«, verkündete sie, und alle klatschten vor Freude.

Zum Abendessen hatte ich Gäste eingeladen, hauptsächlich politische Freunde von Benedict. Celeste versetzten solche offiziellen Einladungen immer in große Angst, aber in den letzten Tagen hatte sie mehr und mehr an Selbstvertrauen gewonnen.

Der Abend war ein großer Erfolg.

Celeste und Benedict wirkten glücklich. Manchmal traf sich mein Blick über den Tisch hinweg mit seinem. Wir verstanden uns wortlos. Er wollte endlich die Vergangenheit ruhenlassen. Ich wußte, das Bild meiner Mutter würde er stets in seinem Herzen tragen. Er konnte sie nicht vergessen. Aber er fand Trost bei Celeste, die ihn liebte. Im Laufe der Zeit würde auch seine Liebe zu ihr wachsen, daran zweifelte ich nicht.

Inzwischen wußte das ganze Haus von Tom Marners baldiger Abreise. Alle bedauerten das sehr. »Ein sehr sympathischer Mann«, bemerkte Mrs. Emery. »Obwohl er nicht aus dem besten Stall kommt.«

Ich lachte und meinte, darüber hätte ich noch nie nachgedacht.

Miß Stringer berichtete: »Die Kinder sind vollkommen durcheinander, besonders Belinda. Sie fragt mich dauernd nach Schiffen, und wie weit es nach Australien sei. Zufällig hörte ich, wie sie mit Lucie von blinden Passagieren sprach. Hoffentlich kommt sie nicht auf die Idee, sich aufs Schiff zu schmuggeln. Dieses Kind ist zu allem fähig.«

Ich mußte auf alle Fälle herausfinden, was sie im Schilde führte. Ihre dauernden Fragen nach den Goldfeldern irritierten mich.

»Und du wurdest dort geboren, Rebecca«, seufzte sie. »Du Glückliche!«

»Ich glaube kaum, daß man das als einen besonderen Glücksfall bezeichnen kann«, erwiderte ich. »Es gibt sehr viel bessere Orte, um ein Kind zur Welt zu bringen.«

»Ich wünschte, ich wäre in den Goldfeldern geboren. Ist es sehr weit nach Australien?«

»Es liegt am anderen Ende der Welt«, verkündete Lucie, stolz auf ihr Wissen.

»Man fährt mit einem riesigen Schiff. Jede Menge Leute befinden sich an Bord. Und blinde Passagiere.« Belindas Blick ging träumerisch in unbekannte Fernen.

»Was weißt du von blinden Passagieren?«

»Sie verstecken sich auf dem Schiff. In einem Hafen gehen sie heimlich an Bord, und wenn das Schiff sich auf hoher See befindet, kommen sie aus ihrem Versteck heraus, weil man sie dann nicht mehr an Land bringen kann.«

»Das kann man sehr wohl, und das wird auch gemacht. Im nächsten Hafen nämlich.«

»Die gescheiten blinden Passagiere bleiben in ihrem Versteck, bis sie Australien erreicht haben.«

»So lange kann sich kein Mensch verstecken.«

»Gescheite Leute schon.« Nachdenklich starrte sie vor sich hin.

»Du denkst doch nicht etwa daran, dich als blinder Passagier auf ein Schiff zu schmuggeln?«

»Ich stelle mir das aufregend vor. Ein richtiges Abenteuer«, antwortete sie mit leuchtenden Augen.

»Ganz und gar nicht. Wenn du entdeckt wirst, mußt du arbeiten, bis man dich im nächsten Hafen von Bord jagt.«

»Das würde mich nicht stören. Dich etwa, Lucie?«

»Nein, ich würde auch arbeiten.«

»Gemüse putzen, das Geschirr abwaschen, das Deck schrubben?« fragte ich spöttisch.

»Ich schrubbe die Decks«, bestimmte Belinda. »Lucie macht den Abwasch und kümmert sich um das Gemüse.«

»Du redest lauter Unsinn«, sagte ich energisch.

Aber ich machte mir Sorgen. Ich traute Belinda jederzeit zu, ihre Phantasien in die Wirklichkeit umzusetzen.

Leah war irgendwie anders. Sie grübelte unentwegt. Als ich sie ein- oder zweimal ansprach, reagierte sie nicht.

Ich wollte wissen, warum Leah so zerstreut war. Deshalb ging ich ins Kinderzimmer, während die Kinder Unterricht bei Miß Stringer hatten. Ich mußte mit ihr reden. Als ich eintrat, räumte sie gerade auf. Sie hielt ein Nachthemd von Belinda in der Hand und machte ein Gesicht, als würde sie gleich in Tränen ausbrechen.

»Leah«, sagte ich. »Warum sagst du mir nicht, was los ist? Vielleicht kann ich dir helfen.«

Sie blieb stumm und kämpfte mit den Tränen.

»Sind Sie traurig, weil Mr. Marner abreist?«

Erschrocken starrte sie mich an. Ich hatte also ins Schwarze getroffen.

»Arme Leah. Du hast dich in ihn verliebt.«

Sie nickte.

»Oh, Leah, das tut mir sehr leid. Bestimmt hat er es nicht darauf angelegt. Er ist zu allen Menschen sehr freundlich.«

»Das weiß ich. Aber zu mir war er immer besonders freundlich.«

»Es tut mir unendlich leid. Bestimmt wäre er außer sich, wenn er wüßte, was er damit angerichtet hat.«

»Er ist ganz und gar nicht außer sich, Miß Rebecca. Er hat

mich gefragt, ob ich ihn heiraten und mit ihm nach Australien gehen wolle.«

Mit offenem Mund starrte ich sie an. Dann faßte ich mich, lief zu ihr und gab ihr einen Kuß.

»Aber weshalb bist du denn traurig? Du liebst ihn doch, oder?«

»Ja. Ich liebe ihn sehr. Er ist der wundervollste Mensch, den ich kenne. Ich konnte erst gar nicht glauben, daß ich ihm gefalle.«

»Leah, du bist eine sehr schöne Frau. Und außerdem ein netter und freundlicher Mensch. Warum sollte er sich nicht in dich verlieben? Aber ich begreife nicht, warum du so traurig bist.«

»Wegen Belinda. Ich kann den Gedanken nicht ertragen, mich von ihr zu trennen.«

»Meine liebe Leah, ich weiß, wie gern du sie hast. Du kümmerst dich fast seit ihrer Geburt um sie. Aber du mußt dein eigenes Leben leben.«

»Ich kann mich nicht von ihr trennen. Ich kann es einfach nicht.«

Ich verstand nicht ganz, warum ihr gerade die Trennung von einem so schwierigen, aufsässigen Kind wie Belinda unmöglich schien. Zwar hatte ich schon öfters gehört, daß es einigen Kindermädchen schwerfiel, sich von ihren Schützlingen zu trennen, aber irgendwann kam dieser Zeitpunkt unweigerlich.

»Ich stehe vor einer schwierigen Wahl«, sagte Leah. »Ich weiß nicht, für wen ich mich entscheiden soll.«

»Hast du mit Mr. Marner schon darüber gesprochen?« fragte ich.

Sie schüttelte den Kopf. »Ich habe ihm nur gesagt, ich wisse nicht, was ich will. Er glaubt, ich sei mir meiner Gefühle nicht sicher. Er will mir Zeit lassen, bis ich mir ganz klar darüber bin. Aber die Zeit wird knapp. Er reist bald ab und will, daß ich ihn begleite.«

»Du mußt mit ihm gehen, Leah. Du hast gesagt, du liebst ihn. Denk doch an deine Zukunft.«

»Ich kann mich nicht zwischen ihm und Belinda entscheiden. Ich fühle mich innerlich zerrissen.«

»Leah, es geht um dein gemeinsames Leben mit Mr. Marner. Er ist bestimmt ein guter Ehemann. Ihr werdet miteinander glücklich sein. Und was Belinda angeht, du weißt, wie unberechenbar sie ist. Innerhalb einer Woche können sich ihre Ansichten und Vorlieben völlig verändern. Außerdem dauert es nicht mehr lange, dann will auch sie ihr eigenes Leben führen und braucht kein Kindermädchen mehr.«

Schmerzlich verzog sie das Gesicht.

»Sei vernünftig«, redete ich ihr zu. »Überleg doch, es geht um deine Zukunft, deine Ehe, deine eigenen Kinder. Du kannst unmöglich auf alles verzichten, nur um das Kind anderer Leute großzuziehen.«

Sie brach in Tränen aus. »Ich weiß nicht, was ich machen soll«, schluchzte sie. »Ich weiß es einfach nicht.«

»Überleg's dir gut. Dann triffst du bestimmt die richtige Entscheidung.«

Zwei Tage später kam Benedict zu mir und teilte mir mit, Tom Marner wünsche uns zu sprechen.

»Uns?« fragte ich überrascht.

»Dich, mich und Celeste.«

»Geht es um Leah?« erkundigte ich mich.

»Ja. Sie ist bei ihm. Sieht so aus, als handele es sich um etwas Ernstes. Wir sind in meinem Arbeitszimmer verabredet.«

Ich ging gleich mit ihm, und Celeste schloß sich uns an.

»Ich bin gespannt, worum es geht«, sagte sie.

»Ich glaube, Tom Marner und Leah wollen heiraten.«

»Oh, welch eine Überraschung. Das ist ja herrlich!«

Es klopfte an die Tür, und Benedict rief sie herein. Leah sah unsicher und ein wenig ängstlich aus, Tom Marner wirkte ernster als sonst.

Benedict bot ihnen Platz an und bat sie, ihr Anliegen vorzutragen.

Ein kurzes Schweigen folgte. Liebevoll lächelte Tom Marner Leah zu. »Fang an«, sagte er.

Leah riß sich zusammen und straffte den Rücken. »Alles begann, als ich in High Tor die Gobelins ausbesserte. Damals war ich das erstemal von zu Hause weg.«

»Ich kann mich gut daran erinnern«, murmelte Celeste.

»Ja, Sie haben damals auch noch in High Tor gewohnt«, fuhr Leah fort. »Mich beeindruckte das Leben, das Sie führten. Die Familie Bourdon war sehr freundlich zu mir. Ganz besonders Monsieur Jean Pascal . . .«

Ich atmete tief durch. Sobald ich diesen Namen hörte, überlief mich ein Frösteln. Eine furchtbare Ahnung beschlich mich.

»Ich . . . ich glaubte, ihn zu lieben. Ich glaubte, wir würden heiraten. Sie müssen mich verstehen, ich war ein ahnungsloses junges Mädchen. Ich war immer nur mit meiner Mutter zusammengewesen, die von Sünde und Höllenfeuer geredet hat. Ich wußte genau, daß ich gesündigt hatte. Aber es ist halt passiert. Er hat nie ein Wort von Heirat gesagt, aber ich dachte, Menschen, die das getan haben, was ich mit Jean Pascal gemacht habe, würden in jedem Fall heiraten, weil . . .«

Ich unterbrach sie. »Wir verstehen dich sehr gut, Leah.«

»Ich habe meine Arbeit an den Gobelins beendet und bin zu meiner Mutter nach Hause zurückgekehrt. Und dann habe ich gemerkt, daß ich ein Kind erwartete. Sie haben meine Mutter gekannt . . .«

»Ich kannte sie sehr gut«, warf ich ein. Ich konnte mir die schrecklichen Szenen in Mrs. Polhennys Cottage nur zu gut vorstellen. Eine verängstigte Leah, eine wütende Mutter, die niemals ein uneheliches Kind akzeptieren würde.

»Sie sagte, ich sei von Grund auf schlecht und ich werde in die Hölle kommen. Unser guter Ruf sei für alle Zeiten dahin. Sie begann, Pläne zu schmieden. Sie wollte mich fortschicken. Ich sollte mich allein durchs Leben schlagen.«

»Soviel zu ihrer christlichen Nächstenliebe«, murmelte Benedict.

»Bitte beurteilen Sie sie nicht zu hart«, bat Leah. »Sie wollte immer nur das Beste für mich. Sie war sehr erregt und offenbarte mir gegen ihren Willen ihr eigenes Geheimnis. Sie hatte eine schwere Zeit hinter sich. Sie nannte sich Mrs. Polhenny, obwohl sie nie verheiratet war. Ihr war genau dasselbe passiert wie mir. Sie war sechzehn Jahre alt, als ein Gutsherr aus ihrem Heimatdorf sie verführte. Sie erwartete ein Kind — mich. Ihre entsetzten Eltern schickten sie zu einer Tante. Diese Tante war Hebamme, und meine Mutter lernte bei ihr alles Notwendige. Nach einiger Zeit zog sie nach Poldorey, gab sich als Witwe aus und arbeitete als Hebamme. Damals war ich ungefähr fünf Jahre alt. Das Unglück, das ihr zugestoßen war, hatte aus ihr die religiöse Fanatikerin gemacht, als die sie alle gekannt haben. Nachdem ich von meiner unehelichen Geburt erfahren hatte, ergriff mich tiefes Mitleid mit ihr. Durch meine Schuld mußte sie sich noch einmal mit demselben Problem auseinandersetzen.

Sie hielt mich im Haus versteckt. Den Leuten erzählte sie, ich sei in St. Ives bei einer Tante. Aber ich hatte nie eine Tante in St. Ives.«

»Dann habe ich dich damals doch am Fenster gesehen«, sagte ich. »Es war nur ein Schatten. Aber ich war mir sicher, daß sich jemand im Haus befand.«

»Ja«, bestätigte sie. »Ich habe Sie auch gesehen. Ich stand voller Angst hinter der Tür. Ich weiß nicht, was ich gemacht hätte, wenn ich von jemandem entdeckt worden und mein Zustand bekanntgeworden wäre. Meine Mutter sagte, sie könne nie wieder erhobenen Hauptes durch die Straßen dieser Stadt gehen. Die Leute würden mit dem Finger auf sie zeigen, weil ihre Tochter eine Hure sei. Sie war bereit, alles zu tun, damit es nicht soweit kam, wirklich alles. Jenny Stubbs, die sich ständig einbildete, schwanger zu sein, paßte ihr hervorragend ins Konzept. Sie sehnte sich nach einem Kind. Da meine Mutter Hebamme war, fiel ihr die Ausführung ihres Plans nicht schwer. Meine Mutter beschloß, Jenny, die schon einmal ein Kind gehabt hatte, zu untersuchen und anschließend aller Welt zu verkünden, Jenny sei tatsächlich schwanger. Sie wollte sich um Jenny kümmern und ihr zu gegebener Zeit mein Kind unterschieben. Je länger sie darüber nachdachte, desto mehr begeisterte sie sich für diesen Gedanken. Zumindest nach außen hin hätte dann alles seine Ordnung gehabt.«

»Aber dann«, rief ich, »dann ist Lucie dein Kind!«

»Sie hat ihren Plan geändert. Zur selben Zeit erwartete Ihre Mutter ein Baby. Sie ist bei der Geburt gestorben, deshalb hat sich in den ersten Tagen kaum jemand um das Kind gekümmert. Es war ein zartes kleines Mädchen. Meine Mutter war fest davon überzeugt, es hätte nur ein paar Tage, höchstens einige Wochen, zu leben. Sie liebte Kinder sehr, jedenfalls Babys und Kleinkinder. Sobald sie größer wurden, betrachtete sie sie mit Mißfallen. Und dann machte sie folgendes. Sie nahm Mrs. Lansdons kränkliches Baby und gab es Jenny und legte mein Kind in das Bettchen im Kinderzimmer von Cador. Ich hatte ein gesundes, kräftiges Kind zur Welt gebracht, und ihr schien es so das Beste zu sein. Ihre Familie konnte meinem Kind ein Leben bieten, wie es Jenny Stubbs nie möglich gewesen wäre. Und meine Mutter fühlte sich trotz allem als Großmutter dieses kleinen Geschöpfes. Sie war überzeugt, alles wunderbar geregelt zu haben. Sie konnte unmöglich wissen, daß Lucie kräftiger werden, sich erholen und überleben würde.«

Ich sah Benedict an. Er war ebenso entsetzt wie ich.

Tom Marner ergriff das Wort. »Belinda ist Leahs Tochter.«

»Und das bedeutet«, sagte Benedict ganz langsam, »daß Lucie meine Tochter ist.«

Ein langes Schweigen folgte. Schlagartig erinnerte ich mich an den Tag, an dem ich in meinem Zimmer in Cador die Gegenwart meiner Mutter zu spüren glaubte, an meine fast zwanghafte Überzeugung, für Lucie sorgen zu müssen — für die Tochter meiner Mutter, Benedicts Kind. Überglücklich erkannte ich, daß ich den Wunsch meiner Mutter erfüllt hatte. Ich hatte das Versprechen, das ich ihr am Teich gegeben hatte, gehalten.

Tom Marner sagte: »Leah hat mir alles erzählt, und ich bestand darauf, daß sie Ihnen die Wahrheit beichtet. Schließlich sind wir alle davon betroffen. Wir müssen uns überlegen, wie wir weiter vorgehen wollen. Sicher können Sie sich alle vorstellen, wie es in Leah aussieht.«

»Ja«, meinte Benedict. »Aber Sie müssen auch uns verstehen. Für uns ist das ein großer Schock.«

»Lassen Sie mich nur noch kurz sagen, was wir uns überlegt haben«, fügte Tom hinzu. »Leah und ich möchten Belinda mit nach Australien nehmen.«

Am Abend saßen Benedict, Tom Marner, Celeste und ich im Salon. Leah war nach ihrem Geständnis fast zusammengebrochen und brachte nicht die Kraft auf, sich zu uns zu gesellen.

»Mir fällt es noch immer schwer, diese Geschichte zu glauben«, sagte Benedict. »Hätte jemand von euch dieser Hebamme eine so niederträchtige Tat zugetraut?«

»Ich schon«, erwiderte ich. »Aber vor ihrem Tod plagte sie anscheinend ihr Gewissen. Sie hat nach meiner Großmutter geschickt, weil sie ihr unbedingt etwas sagen wollte. Bestimmt wollte sie ihr gestehen, was sie angerichtet hatte. Leider ist sie gestorben, ohne noch etwas sagen zu können, sonst wüßten wir längst Bescheid.«

»Auf keinen Fall dürfen wir Leah von ihrem Kind trennen«, warf Celeste ein. »Ich wünsche mir von Herzen, daß Belinda glücklich ist. Immerhin ist sie meine Nichte. Ich empfinde eine gewisse Verantwortung für sie.«

»Seltsam. Ich fühlte mich schon immer mehr zu Lucie hingezogen«, bemerkte Benedict. Ich hatte den Eindruck, er sprach zu sich selbst. »Vielleicht besteht doch eine besondere Verbindung zwischen Eltern und Kind, selbst wenn man gar nichts von der Blutsverwandtschaft weiß.«

»Ich mag Lucie auch sehr«, erklärte Celeste.

Bis tief in die Nacht saßen wir beisammen und redeten. Tom Marner bestand hartnäckig darauf, Leah und Belinda nach Australien mitzunehmen. »Sie ist ein merkwürdiges Kind«, sagte er. »Man muß mit ihr umgehen können.« Bei diesen Worten lächelte er. Ich war überzeugt, er konnte mit ihr umgehen. Und Belinda liebte ihn. Wenn wir sie hierbehielten, verziehe sie es uns nicht. Sie hatte mich sicherlich gern, aber zweifellos stand ihr Leah näher, und auch Tom nahm einen besonderen Platz in ihrem Herzen ein.

Im Laufe der Unterhaltung wurde uns allen klar, daß wir dieses wechselhafte Kind mit seiner Mutter und dem Stiefvater, den es sich selbst ausgesucht hatte, nach Australien reisen lassen mußten.

Tom und Leah heirateten bald darauf. Ihre Abreise stand kurz bevor. Belinda und Lucie waren die Brautjungfern.

Belinda war völlig aus dem Häuschen. Sie sprach nur noch von Australien und ihrem großartigen neuen Vater.

Ich fand ihr Verhalten uns anderen gegenüber, die wir uns stets um sie gekümmert und sie geliebt hatten, ein wenig ungerecht. Aber sie war so glücklich und aufgeregt, daß sie ihre wahren Gefühle beim besten Willen nicht verbergen konnte. Wir bemühten uns, sie zu verstehen.

Nach der kirchlichen Trauung fand ein kleiner Empfang in Manor Grange statt.

Als ich die Halle betrat, kam eines der Dienstmädchen auf mich zu. Ihre Augen strahlten, und ihre Stimme zitterte vor Aufregung, als sie sagte: »Es erwartet Sie jemand im kleinen Salon, Miß Rebecca.«

Ich öffnete die Tür. Vor mir stand ein Mann mit dem Rücken zum Fenster. Er hatte sich verändert. Seine Haut war sonnenverbrannt, und er sah älter aus, als ich ihn in Erinnerung hatte.

»Pedrek!« rief ich.

Und schon liefen wir aufeinander zu.

Seine Umarmung raubte mir fast den Atem. Irgendwie brachte ich es trotzdem fertig zu sagen: »Du bist nach Hause gekommen. Ich habe so lange auf eine Nachricht von dir gewartet.«

»Ich hielt es für das Beste, gleich selbst zu kommen.«

»Endlich! Es war eine schrecklich lange Zeit!«

»Denk nicht mehr daran. Das Heute zählt. Ich habe nie aufgehört, dich zu lieben, Rebecca. Trotz allem.«

»Und ich habe dich immer geliebt.«

»Zweifle niemals wieder an mir.«

»Niemals . . . niemals . . . niemals . . .«, antwortete ich.

Es gab so viel zu erzählen und vorzubereiten.

Bald nach Toms und Leahs Hochzeit kam der Tag des Abschieds. Belinda benahm sich wie ein übermütiger Kobold. Sie konnte keine Sekunde stillstehen.

»Wir kommen euch irgendwann besuchen«, meinte sie. »Und ihr könnt uns besuchen kommen. Das hat mein Vater gesagt . . .«

Sie machte einen ihrer berühmten Luftsprünge und warf die Arme um meinen Hals.

»Ich liebe dich, Rebecca«, flüsterte sie ein wenig traurig, fast so, als wolle sie sich für ihre offen gezeigte Begeisterung entschuldigen. »Ich komme wieder und besuche dich.« Ganz fest klammerte sie sich an mich. »Meinetwegen kannst du jetzt den alten langweiligen Pedrek heiraten.«

»Vielen Dank. Genau das werde ich auch tun«, versprach ich ihr.

VICTORIA HOLT · PHILIPPA CARR · JEAN PLAIDY –

drei Namen, eine Autorin

Die berühmte Schriftstellerin begeistert die Leser immer wieder mit ihren romantisch-dramatischen Romanen, die sich vor der spannenden Kulisse der Geschichte abspielen.

VICTORIA HOLT

Das Schloß im Moor
01/5006

Das Haus der tausend Laternen
01/5404

Die siebente Jungfrau
01/5478

Die Braut von Pendorric
01/5729

Das Zimmer des roten Traums
01/6461

Die geheime Frau
04/16

Der Fluch der Opale
04/35

Die Rache der Pharaonen
04/66

JEAN PLAIDY

Der scharlachrote Mantel
01/7702

Die Schöne des Hofes
01/7863

Im Schatten der Krone
01/8069

Die Gefangene des Throns
01/8198

Königreich des Herzens
01/8264

PHILIPPA CARR

Die Erbin und der Lord
01/6623

Die venezianische Tochter
01/6683

Im Sturmwind
01/6803

Die Halbschwestern
01/6851

Im Schatten des Zweifels
01/7628

Der Zigeuner und das Mädchen
01/7812

Sommermond
01/7996

Darüber hinaus sind von Philippa Carr noch als Heyne-Taschenbücher erschienen: „Geheimnis im Kloster" (01/5927), „Der springende Löwe" (01/5958), „Sturmnacht" (01/6055), „Sarabande" (01/6288), „Die Dame und der Dandy" (01/6557).

Wilhelm Heyne Verlag München

HEYNE TASCHENBÜCHER

Klassiker unter den Frauenromanen: fesselnde Lebens- und Schicksalsromane von Weltautorinnen.

Gwen Bristow: Der unsichtbare Gastgeber
01/7911

01/7863

01/7934

01/7794

Wilhelm Heyne Verlag München

Susan Howatch

*Die bewegenden, mitreißenden Gesellschaftsromane der englischen Bestseller-Autorin
Ein faszinierendes Lesevergnügen*

01/7908

01/5820

01/5859

01/5920

01/5974

01/6015

Wilhelm Heyne Verlag München

Philippa Carr

besser bekannt als

Victoria Holt

Das Geheimnis von St. Branok

Als Zehnjährige wird Angelet Hanson von einem entsprungenen Sträfling überfallen. Diese traumatische Begegnung beeinflußt ihr Leben nachhaltig. Benedict Lansdon, der Mann, der sie damals gerettet hat, wird ihr zum Schicksal. Jahre später treffen sie sich unter dramatischen Umständen auf den Goldfeldern Australiens wieder…

Ein neuer Erfolgsroman der englischen Schriftstellerin Philippa Carr alias Victoria Holt.

Deutsche Erstausgabe
460 Seiten, gebunden · ISBN 3-89457-016-4
Roman Hestia